内容简介

本书由百题构成，属学科史专题记述性质。百题大凡有四种类型：百年学科重要事件，重要思潮，代表性学者，代表性著作。本书宗旨是对20世纪中国古典文学学科的史实做初步清理、认定和记述。写法力求翔实，“不虚美，不隐恶”，用证据说话，让读者在对原始材料的了解与比较中自行判断并得出结论。

20世纪中国古典文学学科通志

第2卷

国家社科基金
重点项目（04AZW003）

顾问 傅璇琮 徐公持
特聘编写指导 徐公持
主编 刘敬圻
副主编 张安祖

山东教育出版社

图书在版编目(CIP)数据

20世纪中国古典文学学科通志. 第2卷/刘敬圻主编.
—济南：山东教育出版社，2012
ISBN 978-7-5328-6300-6

Ⅰ.①2… Ⅱ.①刘… Ⅲ.①中国文学—古典文学研究—概况—20世纪 Ⅳ.①I206.2

中国版本图书馆CIP数据核字(2012)第093531号

20世纪中国古典文学学科通志

第二卷

主编 刘敬圻

主 管：山东出版传媒股份有限公司
出版者：山东教育出版社
(济南市纬一路321号 邮编：250001)
电 话：(0531)82092663 **传真**：(0531)82092663
网 址：http://www.sjs.com.cn
发行者：山东新华书店集团有限公司
印 刷：山东临沂新华印刷物流集团有限责任公司
版 次：2012年7月第1版第1次印刷
规 格：880mm×1230mm 32开本
印 张：22.875印张
字 数：552千字
书 号：ISBN 978-7-5328-6300-6
定 价：66.00元

(如印装质量有问题，请与印刷厂联系调换)
印厂电话：0539—2925888

目录

胡适的《白话文学史》

《白话文学史》的写作始末及时代背景

胡适在《白话文学史·自序》中介绍了该书的写作始末，该书是由《国语文学史》修改而成，《国语文学史》是胡适在国语讲习所讲国语文学史时所编讲义。

> 民国十年(1921 年)，教育部办第三届国语讲习所，要我去讲国语文学史。我在八星期内编了十五篇讲义，约有八万字，有石印的本子。
>
> 《国语文学史》共十五讲，第一讲为我为什么要讲国语文学史呢？第二讲为古文是何时死的？第三讲至第十五讲从汉朝的平民文学始，结至南宋白话文。①

1922 年 3 月 23 日，胡适到天津南开大学演讲，当晚在旅社将《国语文学史》进行修改，删去一部分，归并作三编：第一讲为汉魏六朝的平民文学；第二讲为唐代文学的白话化；第三讲为两宋的白话文学。胡适对此修改感到不满意，次日在旅馆里又拟出新纲目，由“引论”、“二千五百年前的白话文学——国风”、“春秋战国时代的文学是白话的吗”、“汉魏六朝的民间文学”、“唐代文学的白话化”、“两宋的白话文学”、“金元的白话文学”、“明代的白话文学”、“清代的白话文学”、“国语文学的运动”十部分组

① 胡适：《白话文学史·自序》，合肥：安徽教育出版社，2006 年。

成。但此修改计划并未付诸实施。

> 重作《国语文学史》的志愿遂一搁六七年，中间十一年(1922年)暑假中我在南开大学讲过一次，有油印本，就是用三月中我的删改本，共分三编，除去了原有的第一讲。同年十二月，教育部开第四届国语讲习所，我又讲一次，即用南开油印本作底子，另印一种油印本。这个本子就是后来北京翻印的《国语文学史》的底本。①

民国十六年(1927年)，北京文化学社将《国语文学史》排印出版，有黎锦熙序，但此次出版并未经过胡适同意。胡适得知后觉此书尚不适合出版，但既已出版，又不便责备友人，遂决心修改。

> 不过拿这种见解不成熟，材料不完备，匆匆赶成的草稿出来问世，实在叫我十分难为情。我为自赎这种罪过起见，遂决心修改这部书。②

《白话文学史》于1927年写成，1928年由新月书店出版。该书原计划分上、中、下三卷来写，但只完成了上卷，且只有汉代到中唐的白话文学史部分，唐代也只谈到韵文部分。胡适曾声明"这部文学史的中下卷大概是可以在一二年内继续编成的"③，但最终并未践守诺言。《白话文学史》与此前的《国语文学史》已经大为不同。

> 原稿十五讲中，第一讲(本书的"引子")是早已删去了的(故北京印本《国语文学史》无此一章)，现在却完全恢复了；第二讲稍有删改，也保留了；第三讲与第四讲(北京印本的第二章第三章)保存了一部分。此外便完全不留一字了。④

《白话文学史》相比于《国语文学史》，内容要详细得多，吸收了1921—1927年间新发现或新整理的许多重要史料，

---

①②③④ 胡适:《白话文学史・自序》，合肥:安徽教育出版社，2006年。

观点方面也有若干变动。①

《白话文学史》及其前身《国语文学史》都是在新文学运动的背景下产生的。正如陈平原所说：

> 胡适的文学史著述，大都酝酿于文学革命运动时，成形于整理国故思潮中。②

胡适 1917 年 1 月发表在《新青年》上的《文学改良刍议》，标志着新文学运动的开始。新文学运动提倡白话文，胡适不遗余力地鼓吹。1917 年 5 月写成的《历史的文学观念论》中说："今日之文学，当以白话文学为正宗。"1918 年 4 月又作《建设的文学革命论》，进一步明确提出"国语的文学，文学的国语"。此前维新派为了开启民智，曾提倡白话文。经过新文学运动发起者的努力，1920 年各大报刊改用白话，教育部颁令改用国语，白话文运动取得决定性胜利。但是，反对白话文的声音始终没有间断，因而《白话文学史》不是单纯的学术著作。胡适在《白话文学史·引子》中提出两点：

> 第一，我要大家知道白话文学不是这三四年来几个人凭空捏造出来的；我要大家知道白话文学是有历史的，是有很长很光荣的历史的。我要人人都知道国语文学乃是一千几百年历史进化的产儿。国语文学若没有这一千几百年的历史，若不是历史进化的结果，这几年来的运动决不会有那样的容易，决不能在那么短的时期内变成一种全国的运动，决不能在三五年内引起那么多的人的响应与赞助。
>
> 第二，我要大家知道白话文学在中国文学史上占一个什么地位。老实说吧，我要大家都知道白话文学史就是中

---

① 骆玉明：《关于胡适的〈白话文学史〉》，见胡适《白话文学史》，合肥：安徽教育出版社，2006 年。

② 陈平原：《中国现代学术之建立》，第 220 页，北京：北京大学出版社，1998 年。

国文学史的中心部分，中国文学史若去掉了白话文学的进化史，就不成中国文学史了，只可叫做“古文传统史”罢了。

黎锦熙在为《国语文学史》所作的《代序》中说：“这是‘文学革命’之历史的根据，或者也含有一点儿‘托古改制’的意味。”

胡适的《白话文学史》的写作目的被后来的研究者们明白地揭示出来：

> 他的《白话文学史》及其前身《国语文学史》，又是他开展白话文运动中的一个具体而重要的步骤。因此，它们不仅不是为学术而学术的著作，毋宁说相反，是为他提倡白话文学从而开展新文学革命的宏大目标服务的一种革命行为。①

> 《国语文学史》和《白话文学史》是学术著作，却不是为学术而学术的著作，它明显带有工具色彩，目的在为作者胡适所倡导的白话运动服务，是作者推行白话运动有机的和重要的组成部分……②

> 胡适写《白话文学史》，其目的不仅在于中国文学史，更重要的是以此为手段替“五四”白话新文学运动寻找历史的“证据”，以正本清源，提高人们对白话文学地位的认识，进一步推动新文学运动的深入。③

《白话文学史》的特点

一、历史进化的文学史观

胡适在《历史的文学观念论》中说：“居今日而言文学改良，

①② 刘石：《关于胡适的两部中国文学史著作》，北京：《文学评论》，2003 年第 4 期。

③ 魏崇新、王同坤：《20 世纪中国文学史观——观念的研究》，第 82 页，北京：西苑出版社，2002 年。

当注重'历史的文学观念'。一言以蔽之,曰:一时代有一时代之文学。"①《文学改良刍议》中说:"文学者,随时代而变迁者也。一时代有一时代之文学:周秦有周秦之文学,汉魏有汉魏之文学,唐宋元明有唐宋元明之文学。此非吾一人之私言,乃文明进化之公理也。"②"一时代有一时代之文学",这一说法并非胡适所发明,但胡适不同前人之处在于他认为每一时代的文学都胜过前代。

胡适《白话文学史》以前的文学史著作都是以古文传统为中国文学史正宗或中心,而胡适的历史进化的文学史观则认为"这一千多年的中国文学史是古文文学的末路史,是白话文学的进化史"③。

1935 年,胡适在《中国新文学大系·建设理论集》导言中对他所提出的新的文学史观颇为得意:

> 我们在那时候所提出的新的文学史观,正是要给全国读文学史的人们戴上一副新的眼镜,使他们忽然看见那平时看不见的琼楼玉宇,奇葩瑶草,使他们忽然惊叹天地之大,历史之全!拿《水浒传》、《金瓶梅》来比当时的正统文学,当然不但何、李的假古董不值得一笑,就是公安、竟陵也都成了扭扭捏捏的小家数了!拿《儒林外史》、《红楼梦》来比方、姚、曾、吴,也当然再不会发那"举天下之类无以易乎桐城姚氏者也"的伧陋见解了!所以那历史进化的文学观,初看去好像貌不惊人,此实是一种"哥白尼的天文革命":哥白尼用太阳中心说代替了地中心说,此说一出就使天地易

① 胡适:《历史的文学观念论》,《胡适古典文学研究论集》,上海:上海古籍出版社,1988 年。

② 胡适:《文学改良刍议》,《胡适古典文学研究论集》,上海:上海古籍出版社,1988 年。

③ 胡适:《白话文学史·引子》,合肥:安徽教育出版社,2006 年。

位，宇宙变色；历史进化的文学观用白话正宗代替了古文正统，就使那"宇宙古今之至美"从那七层宝座上倒撞下来，变成了"选学妖孽，桐城谬种"（这两个名词是玄同创的）！从"正宗"变成了"谬种"，从"宇宙古今之至美"变成了"妖魔"、"妖孽"，这是我们的"哥白尼革命"。①

与此文学史观相联系，胡适提出"白话文学史就是中国文学史的中心部分"，将白话文学史等同于中国文学史。为此，胡适扩大了白话文学的范围。

> 我把"白话文学"的范围放得很大，故包括旧文学中那些明白清楚近于说话的作品。我从前曾说过，"白话"有三个意思：一是戏台上说白的"白"，就是说得出，听得懂的话；二是清白的"白"，就是不加粉饰的话；三是明白的"白"，就是明白晓畅的话。②

二、"大胆的假设，小心的求证"的治学方法

胡适在提出"这一千多年的中国文学史是古文文学的末路史，是白话文学的进化史"的假设后，在《白话文学史》中进行了"小心的求证"。这一方法使得胡适重视考据。由于手头缺少相关书籍，《白话文学史》便不曾从《三百篇》做起。敦煌材料的发现对他的文学史写作也有很大的影响：

> 六年前的许多假设，有些现在已得着新证据了，有些现在须大大地改动了。如六年前我说寒山的诗应该是晚唐的产品，但敦煌出现的新材料使我不得不怀疑了。怀疑便引我去寻新证据，寒山的时代竟因此得着重新考定了。又如我在《国语文学史》初稿里断定唐朝一代的诗史，由初唐到晚唐，乃是一段逐渐白话化的历史。敦煌的新史料给我添

① 胡适：《中国新文学大系·建设理论集·导言》，上海：上海文艺出版社，1980 年。

② 胡适：《白话文学史·自序》，合肥：安徽教育出版社，2006 年。

了无数佐证,同时却又使我知道白话化的趋势比我六年前所悬想的还要早几百年！我在六年前不敢把寒山放在初唐,却不料隋唐之际已有了白话诗人王梵志了！我在六年前刚见着南宋的《京本通俗小说》,还很诧异,却不料唐朝已有不少的通俗小说了！①

三、选录大量文学作品

据学者统计,《白话文学史》"全书选三百一三例,其中文十一例,赋二例"②。胡适自己也说：

> 我这部文学史里,每讨论一人或一派的文学,一定要举出这人或这派的作品作为例子。故这部书不但是文学史,还可算是一部中国文学名著选本。③

对此,胡适的解释是：

> 文学史的著作者决不可假定读者手头案上总堆着无数名家的专集或总集。这个毛病是很普遍的。西洋的文学史家也往往不肯多举例：单说某人的某一篇诗是如何如何；所以这种文学史上只看见许多人名、诗题、书名,正同旧式朝代史上堆着无数人名、年号一样。这种抽象的文学史是没有趣味的,也没有多大实用的。④

四、对佛教翻译文学的重视

专设第九、第十两章谈佛教的翻译文学,佛经被大段引录入书中,作为白话文学的历史依据之一。

> 另一方面是原来说法布道的本意,六朝以下,律师宣讲,禅师谈禅,都倾向白话的讲说；到禅宗的大师的白话语录出来,散文的文学上遂开一生面了。⑤

---

①③④ 胡适：《白话文学史・自序》,合肥：安徽教育出版社,2006 年。

② 徐雁平：《胡适与整理国故考论》,第 162～163 页,合肥：安徽教育出版社,2003 年。

⑤ 胡适：《白话文学史》,第 150 页,合肥：安徽教育出版社,2006 年。

五、提出一些新观点

胡适在《白话文学史·自序》中说："这部书里有许多见解是我个人的见地，虽然是辛苦得来的居多，却也难保没有错误。"下面把这些见解分条列出。

1. "一切新文学的来源都在民间。""这是文学史的通例，古今中外都逃不出这条通例。"①

2. 建安文学的主要事业在于制作乐府歌辞。"这个以曹氏父子为中心的文学运动，它的主要事业在于制作乐府歌辞，在于文人用古乐府的旧曲改作新词。"②

3. 故事诗起来的时代是在建安、泰始之间(200—270年)。"有蔡琰的长篇自纪诗，有左延年与傅玄记秦女休故事的诗。此外定还有不少的故事诗流传于民间。例如乐府有《秋胡行》，本辞虽不传了，然可证当日有秋胡的故事诗；又有《淮南王篇》，本辞也没有了，然可证当日有淮南王成仙的故事诗。故事诗的趋势已传染到少数文人了。故事诗的时期已到了，故事诗的杰作要出来了。"③

4. 佛教文学发生之晚与"唱导"、"梵呗"的方法的重要。"佛教盛行如此之晚，故译经在中国文学上发生影响也更晚。四五世纪的中国文学可说是没有受到佛经的影响，因为偶然采用一两个佛书的名词不算是文学影响。佛教文学在中国文学上发生影响是在六世纪以后。"④

5. 白话诗的四种来源。"这四项——民歌、嘲戏、歌妓的引诱、传教与说理——是一切白话诗的来源。"⑤

6. 对王梵志与寒山诗的考证。⑥

7. 李杜优劣论。"然而我们凡夫俗子终不免自惭形秽，终

---

①②③④⑤⑥ 胡适：《白话文学史》，第17页，第42页，第63页，第142页，第156页，第160～177页，合肥：安徽教育出版社，2006年。

觉得他歌唱的不是我们的歌唱。他在云雾里嘲笑那瘦诗人杜甫，然而我们终觉得杜甫能了解我们，我们也能了解杜甫。杜甫是我们的诗人，而李白则终于是'天上谪仙人'而已。"①

8. 天宝大乱后的文学特别色彩说。"开元、天宝是盛世，是太平世；故这个时代的文学只是歌舞升平的文学，内容是浪漫的，意境是做作的。八世纪中叶以后的社会是个乱离的社会；故这个时代的文学是呼号愁苦的文学，是痛定思痛的文学，内容是写实的，意境是真实的。"②

9. 对卢仝、张籍的特别注重。论述张籍、卢仝的诗歌用了很长的篇幅，认为："张籍的天才高，故他的成绩很高。他的社会乐府，上可以比杜甫，下可以比白居易。元结、元稹都不及他。"③"卢仝的特别长处只是他那压不住的滑稽风趣，同他那大胆尝试的精神。"④

《白话文学史》的影响

《白话文学史》出版后，产生了深远的影响。后来的一些文学史的写作受到胡适的文学史观、研究方法、文学史通例、文学作品的大量选入、对具体作家作品的定位与评价等的影响。"在20年代至40年代末这一历史时期内，在中国文学史研究领域中影响最大的莫过于胡适的《白话文学史》。"⑤

陆侃如和冯沅君合著的《中国诗史》，"于唐代以后，元代以前，只叙词而没有诗；元代以后只叙散曲，诗和词都没有了。著

---

①②③④ 胡适：《白话文学史》，第206页，第219页，第278页，第293页，合肥：安徽教育出版社，2006年。

⑤ 魏崇新、王同坤：《20世纪中国文学史观——观念的演进》，第81页，北京：西苑出版社，2002年。

者认为唐以后的诗，宋以后的词，都是‘劣作’，所以应该‘人取我弃’”。“著者以打破格律和运用方言俗语为诗体进步的形式主义观点，以及认为曲胜于词而且超过以往时代的‘文体进化论’观点，都显然表现着胡适的影响。”①

胡云翼1932年出版的《新著中国文学史》显然也受到胡适的文学史观的影响。“于历代正统文学仅在综述中概而论之，甚至一笔带过，而对‘大众文学’则娓娓细说。如于唐则详于诗歌，于宋则详于歌词，于元则详于戏曲，于明则详于小说，于清亦然。‘一代有一代之文学’的文学史观在书中得到了彻底的贯彻……”②

自《白话文学史》出版后，白话文学及与之相关的民间文学、通俗文学受到了重视。周作人于1932年出版的《中国新文学的源流》一书中说道：“影响中国社会的力量最大的，不是孔子和老子，不是纯粹文学，而是道教(不是老庄的道家)和通俗文学。因此研究中国文学，更不能置通俗文学于不顾。”③

郑振铎在《中国俗文学史》(1938年出版)第一章中谈到俗文学与正统文学的关系时说：

> 许多的正统文学的文体原都是由“俗文学”升格而来的。像《诗经》，其中的大部分原来就是民歌。像五言诗原来就是从民间发生的。像汉代的乐府，六朝的新乐府，唐五代的词，元、明的曲，宋、金的诸宫调，哪一个新文体不是从民间发生出来的。
>
> 当民间发生了一种新的文体时，学士大夫们其初是完

---

① 余冠英：《胡适对中国文学史“公例”的歪曲捏造及其影响》，北京：《文艺报》，1955年第17期。

② 刘永翔、李露蕾：《胡云翼重写文学史·前言》，上海：华东师范大学出版社，2004年。

③ 周作人：《中国新文学的源流》，第15页，北京：人文书店，1932年。

全忽视的，是鄙夷不屑一读的。但渐渐的，有勇气的文人学士们采取这种新鲜的新文体作为自己的创作的形式了，渐渐的这种新的文体升格而成为王家贵族的东西了。至此，而它们渐渐的远离了民间，而成为正统的文学的一体了。①

这段论述显然祖述胡适《白话文学史》中关于"一切新文学的来源都在民间"的说法。胡适认为"这是文学史的通例"。这一通例说对后来的文学史著述产生了很大的影响，对此，研究者多有论述。

30年代以后国人所撰文学史著，或多或少或明或暗都受到胡适描述的所谓"文学史通例"的制约。就连鲁迅、郑振铎两位大家的研究思路，也打上了这一印记。鲁迅30年代称："旧文学衰颓时，因为摄取民间文学或外国文学而起一个新的转变，这例子是常见于文学史上的"；"士大夫是常要夺取民间的东西的，将竹枝词改成文言，将'小家碧玉'作为姨太太，但一沾着他们的手，这东西也就跟着他们灭亡"。而郑振铎在《中国俗文学史》第一章描述"俗文学"和"正统文学"的互动关系时，基本上照抄胡适的说法，将民间文学作为中国文学发展的原动力。这一颇有新意的假设，到50年代演变成为"民间文学主流论"，越来越暴露其理论缺失。②

30年代的文学史著作受胡适《白话文学史》的影响，还表现为选录大量的作品。刘经庵《中国纯文学史纲》中，"作家共计约有二百七十余人，作品有四百三十余篇。若分而读之，一则可当作历代的文学家的传略，一则可当作历代的纯文学的选粹"③。

胡适对一些古代作家作品的评价也影响了一些文学史著

① 郑振铎：《中国俗文学史》，第2页，北京：东方出版社，1996年3月。

② 陈平原：《中国现代学术之建立——以章太炎、胡适之为中心》，第202页，北京：北京大学出版社，1998年。

③ 刘经庵：《中国纯文学史纲》之编者例言，北京：东方出版社，1996年。

作。"郑振铎的《中国俗文学史》(1938 年出版)称《僮约》为'很有风趣的俗文学',陆侃如、冯沅君的《中国诗史》(1931 年 12 月出版)、刘大杰的《中国文学发展史》(1941 年 1 月发行)都将王梵志和王绩并提。刘大杰且认为王梵志的'吾有十亩田'等思想内容和语言艺术都毫无可取的诗是'从朴质浅显中能表现出真情实意'的'好诗'。既然将白话的作品故意抬高,另一面必然是将比较难懂的作品极力贬低,所以郑宾于的《中国文学流变史》(1930 年 10 月出版)就说杜甫的《秋兴八首》'雕炼过度,不是好诗',而把这些诗中的忧时爱国的极其深厚的思想感情一笔抹煞了。这分明也是胡适式的偏见。"①

刘大杰于 1941 年出版的《中国文学发展史》是一部优秀的文学史著作,但同样明显地受到胡适《白话文学史》的影响。"从《白话文学史》出版到《中国文学发展史》写成,已经过去了十多年,十多年之后,刘大杰仍然在表现出对胡适的文学史权威的确认与维护——或引据其观点,或因袭其方法,或照搬其原文——一方面,是确认与维护胡适按照写实原则遴选的文学史经典,另一方面,也是确认与维护胡适采用写实方法对这些文学史经典所作的诠释。"②

要之,《白话文学史》在 20 世纪产生了相当深远的影响,正如一位研究者所云:"《白话文学史》是二十世纪最具有个性魅力的一部文学史……就是这部问题颇多的文学史,能风行一时,它的二元模式和以民间为主动力的演进观迅速被其他文学史撰写者吸收融化,这种模式影响比较深远,延续到二十世纪七八十年代。"③

---

① 余冠英:《胡适对中国文学史"公例"的歪曲捏造及其影响》,北京:《文艺报》,1955 年第 17 期。

② 戴燕:《写实主义下的文学阅读》,北京:《中国现代文学研究丛刊》,2002 年第 2 期。

③ 徐雁平:《胡适与整理国故考论》,第 175～176 页,合肥:安徽教育出版社,2003 年。

对《白话文学史》的评价

胡适的《白话文学史》一问世，毁誉并至，褒贬互见。对这部争议颇多的文学史的评价，按照时间顺序，大致可以分为1949年前、50年代和“文革”后三个阶段。

一、1949年前对《白话文学史》的评价

此书问世，尽管风行一时，但同时也受到尖锐的批判。这些批判涉及《白话文学史》中所有有争议之处，如文学史观、研究方法、材料取舍、对作家作品的评价等。

1929年，张大卫《评胡适之〈白话文学史〉》表示了对《白话文学史》的失望。

> 具这和专门研究而发愿心的人所编出的文学史，总应该能安慰中国学者的渴望了，可是胡先生最近出的《白话文学史》，我们读起来，处处感觉到他是偏冗、武断、杂乱无系统。①

1931年12月，梁淑仪发表在《图书评论》上的《胡适著〈白话文学史〉上卷》中写道：

> 这部书，因为作者是中国学术界中一个很大的权威，曾风行一时，大中学校的文学史课程中采此书为参考书或课本者，不计其数……从这书的重心看，与其称其为文学史，似乎还不如称作“白话文体变迁史”来得名实稍为相称一点。而作者偏要以文学史自居，真未免是太大胆的假设！②

---

① 张大卫：《评胡适之〈白话文学史〉》，上海：《国闻周报》，1929年6月第6卷第22期。

② 梁淑仪：《胡适著〈白话文学史〉上卷》，北京：《图书评论》，1931年12月第1卷第9期。

1932年，周作人在《中国新文学的源流》中对"白话文学中心论"、"古文字是死的，白话文是活的"表示异议。

胡适之先生在他所著的《白话文学史》中，他以为白话文学是中国文学唯一的目的地，以前的文学也是朝着这个方向走，只因障碍物太多，直到现在才得走入正轨，而从今以后一定要这样走下去。这意见我是不大赞同的。照我看来，中国文学始终是两种互相反对的力量起伏着，过去如此，将来也如此。

我以为古文和白话并没有严格的界限，因此死活也难分……即在胡适之先生，他从唐代的诗中提出一部分认为是白话文学，而其取舍却没有很分明的一条线。①

鲁迅对《白话文学史》虽没有具体评价，但一句"适之的《白话文学史》也不见得好"②，已清楚地表明其对《白话文学史》的看法。

朱光潜则以诗一样的语言表达了他对《白话文学史》材料取舍的惊讶，并且尖锐地指出胡适《白话文学史》的根本原则是错误的。

作史都不能无取裁，胡适之先生的《白话文学史》像他的《词选》一样，所以使我们惊讶的不在其所取而在其所裁。我们不惊讶他拿一章来讲王梵志和寒山子，而惊讶他没有提及许多重要的诗人，如陈子昂，李东川，李长吉之类；我们不惊讶他以全书五分之一对付《佛教的翻译文学》，而惊讶他讲韵文把汉魏六朝的赋一概抹煞，连《北山移文》《荡妇秋思赋》《闲情赋》《归去来辞》一类的作品，都被列于僵死的文

① 周作人：《中国新文学的源流》，第36页，北京：人文书店，1932年。

② 鲁迅：《致章廷谦》（1929年10月26日），《鲁迅书信集》，北京：人民文学出版社，1976年。

学；我们不惊讶他用二十页来考证《孔雀东南飞》，而惊讶他只以几句话了结《古诗十九首》，而没有一句提及中国诗歌之源是《诗经》。但是如果我们能接受他的根本原则，采取他的观点，他的这部书却是中国文学史的有价值的贡献。他把民间文学影响文人诗词的痕迹用着颜色的笔勾出来了。尽管有许多人不满意这部书，这一点特色就够使它活一些年代了。但是我们看，他的根本原则是错误的。他的根本原则是什么呢？一言以蔽之，"做诗如说话"。这个口号不仅是"白话文学史"的出发点，也是近来新诗运动的出发点。"白话文学史"不过是白话诗运动中的一个重要事件！就许多事件说，做诗决不如说话。在这篇文章里我把"做诗不如说话"的理由说出来，以就教于胡先生和一般讲诗学者。①

朱光潜对《白话文学史》的批评集中在其对作品的取舍上，他连用三个排比句，对胡适的许多重要诗人未提一字、讲韵文而抹煞汉赋、对《古诗十九首》只提了几句而只字不提《诗经》表示惊讶，而且从根本上否定了《白话文学史》的根本原则"做诗如说话"。但朱光潜也肯定了《白话文学史》的贡献："他把民间文学影响文人诗词的痕迹用着颜色的笔勾出来了。"

对于《白话文学史》尽管批评者众多，但批评中有肯定者亦不少。

1932 年，胡云翼在其所著《新著中国文学史》自序中表达了对《白话文学史》的看法：

严格点说来，我们认为满意较多的实只有吾家教授胡小石的《中国文学史》及吾家博士胡适的《白话文学史》……

① 朱光潜：《替诗的音律辩护——读胡适的〈白话文学史〉后的意见》，《诗论》，第 229 页，北京：三联书店，1984 年。

胡适先生的《白话文学史》，论其眼光及批评的独到，实是最进步的文学史；只可惜过于为白话所囿，大有“凡用白话写的作品都是杰作”之概，这未免过偏了。如王梵志的诗究竟有什么了不得之处，竟劳胡先生在珍贵的篇幅上大书特书而加以过分的赞美呢？这真令我百读百思都不得其解！①

郑振铎在《中国俗文学史》第一章“何谓俗文学”中对胡适的观点表示赞同：

胡适之先生说道：“中国文学史上何尝没有代表时代的文学？但我们不应向那‘古文传统史’里去寻，应该向那旁行斜出的‘不肖’文学里去寻。因为不肖古人，所以能代表当世”。这话是很对的。讲述俗文学史的时候，随时都可以发生同样的见解。②

二、50年代对《白话文学史》的批判

50年代，批判胡适思想，《白话文学史》成为焦点之一。这一时期学者们对《白话文学史》进行了彻底地清算，但毋庸置疑，此时的批评打上了意识形态的烙印，因而对胡适及其《白话文学史》的评价有失公允和客观。这时期对《白话文学史》的批判集中在历史进化的文学观、实用主义的研究方法、形式主义及一些观点上。

游国恩的《批判胡适的资产阶级维新的学术观点和他的思想方法》一文，认为胡适对于文学形式看得太重了。

他的形式主义就特别突出地表现在对某些问题的认识上。例如他对文学的看法，只注意篇幅的长短，认为写情短诗、独幕剧、短篇小说是文学进步的“最经济的”体裁。而特别强调的，只是文言白话形式上的区别，不管内容如何，只

① 胡云翼：《新著中国文学史·自序》，上海：北新书局，1932年。

② 郑振铎：《中国俗文学史》，第12页，北京：东方出版社，1996年。

要是白话都是好的，文言一概反对。像王梵志的打油诗并没有什么思想性，只因为比较通俗，就在《白话文学史》里大捧而特捧。他片面地把李白说成是一个山林隐士，是一个出世的道士。他完全没有分析李白诗的内容，只是注意它的风格，看到它的形式。他对于李白的乐府诗仅仅笼统地介绍它的几种不同的风格，如说什么很颓放的，很悲观的，很美艳的，很飘逸的，很沉痛的等等，非常表面而不肯深入地追究一下李白诗的思想内容的本质。白居易对文学的看法是有一定的进步意义的，而胡适却说他"受了汉朝迂腐诗说的恶影响，把三百篇都看作'兴发于此而义归于彼'的美刺诗，因此遂抹煞一切无所为而作的文学"。他不知白居易这一论点正是要反对这种"无所为而作的文学"，却反而认为不应该，这显然是把文学看作超现实超一切的东西，显然是资产阶级的纯文学观点，为文学而文学的错误观点……他抽掉了文学的社会内容，抹煞了文学的社会意义，忽视了文学的社会作用，于是乎文学就只有空壳子，只有表面的形式了，只有把它当作消遣娱乐的工具了。①

何其芳在《胡适文学史观点批判》中驳斥了胡适的关于中国文学史的两个"谬论"。

"一部中国文学史只是一部文字形式（工具）新陈代谢的历史"，胡适在"逼上梁山"中说。这就是他的应用到整个中国文学史上的"历史进化的文学观"的具体内容。这也就是我们必须驳斥的他的关于中国文学史的第一个谬论。

由于同一的文学工具至上的形式主义的观点，胡适竟至把文学的语言，白话或者文言，作为划分和评价过去的文

① 游国恩：《批判胡适的资产阶级维新的学术观点和他的思想方法》，北京：《光明日报》，1954年12月22日。

学的主要标准，并从而得出了他关于中国文学史的第二个谬论："白话文学史就是中国文学史的中心部分"。①

王运熙《汉代的俗乐和民歌——兼斥胡适白话文学史对乐府诗的歪曲和污蔑》②，对胡适的对于乐府诗注重形式和兴趣进行了批判。

从汉到唐这一段时期我国诗歌的主流是乐府诗，从草野进入乐府的许多民间歌诗，不仅本身具有非常刚健清新的生命力量，而且深刻地启发和滋养了这一时期的许多位大作家，使他们创造出不少富有人民性的作品。然而，胡适肯定它们，不是由于它们具有深刻的社会内容，具有丰富的人民性和现实主义精神，而是它们具有"活的体裁和新的风趣"；胡适也肯定了这些民歌对于文人的巨大影响，然而他认为这种影响不是表现在人民性和现实主义精神方面，而是"供给了无数新花样，新形式，新体裁，引起了文人的新兴趣"。

在论述汉乐府中的民歌时，像《战城南》、《陌上桑》、《东门行》、《孤儿行》等等优秀的诗篇，胡适也都提到了，而且将他们钞录了下来。但胡适并没有能够指出产生这些诗歌的社会历史背景，并没有能够分析这些诗歌反映了怎么样的阶级矛盾和人民的苦难。对这种重要的问题，他都回避了，而仅仅肤泛地说它们具有"动人的内容"、"真实的情感"……另一方面，胡适津津不倦地谈论着这些民歌的形式和技术。

对汉乐府民歌的巨大影响，胡适也是从形式和兴趣两

① 何其芳：《胡适文学史观点批判》，北京：《人民文学》，1955年5月；《胡适思想批判论文选集》，第257～267页，北京：三联书店，1959年。

② 王运熙：《汉代的俗乐和民歌——兼斥胡适白话文学史对乐府诗的歪曲和污蔑》，上海：《复旦学报》，1955年第2期。

方面着眼的。建安时代是我国诗歌异常发展的时代，曹操父子以及建安七子等著名诗人，在汉乐府民歌的现实主义精神影响之下，写下许多优秀的诗篇，真实地刻画了那个时期社会的动乱面貌。但胡适却把这种现象仅仅说成是对乐府歌词的摹仿……胡适是完全脱离了建安时代的社会基础和作品的思想内容来谈汉乐府的影响的。

胡适评论诗人，总是用“诙谐”“有风趣”等字眼来称赞他们，就是由兴趣主义出发的。他说“杜甫有他的诙谐风趣，所以他总寻得事物的滑稽的方面，所以他处处有消愁遣闷的诗料，处处能保持他那打油诗的风趣”。从胡适看来，杜甫的所以伟大不是由于他集成了古乐府民歌的那种热爱人民的精神，而是继承了他的风趣……胡适从我国古典诗歌总结出来的菁华就只有“趣味”两个字。

王瑶的《关于“历史进化的文学观念”的理解》①，驳斥了胡适的“历史进化的文学观念”。

抽象地看，“一时代有一时代之文学”这样的话，好像也并不错，我们也是十分重视文学的时代性的；但他所谓“时代”只是“年代”的前后或中国历史上的“朝代”，而并不是各个不同经济制度的社会发展阶段，这是和他那历史是由一点一滴的渐变进化来的反动观点一致的；因为它抽去了各个历史时期不同的阶级关系和社会生活的内容，把历史的发展仅只了解为在年代上的数量的增加，因此这种表面上好像非常重视文学和时代关系的说法，其实正是抹杀了在各个具体历史阶段中的文学的时代性的。所以当需要对某一时代何以会产生反映某一社会现实内容的文学作品作出

① 王瑶：《关于“历史进化的文学观念”的理解》，《王瑶全集》卷5，第348～364页，石家庄：河北教育出版社，2000年。

说明和解释时，他那种抹杀文学的阶级性质和不敢正视文学的思想内容的所谓“历史进化的文学观念”，就完全无能为力了。

以胡适的《白话文学史》来说，这可以说是标本的用他自己的理论来解释作品的书了。他说：“这书名为白话文学史，其实是中国文学史。”于是无论李白、杜甫，在他的笔下都变成白话作家了；但那系统还是一元的，就是想尽方法把一切的作品都说成是白话的。但到他写《五十年来之中国文学》时，他却又把古文学和白话文学并列起来，变成二元的了。

于是他的文学史和有关研究古典文学的文章中就充满了这些主观主义的考证，并据以抹杀作品的思想内容和宣扬他的反动的唯心论观点。

用这种完全从主观出发来企图说明文学的发展历史，那除了歪曲和污蔑我们的古典文学遗产以外，还能产生什么有价值的结果呢！但他明白地说了：“这叫做历史进化的文学观念”。

在他用所谓“历史进化的文学观念”所作的《白话文学史》中，《诗经》是没有地位的，屈原是根本没有这个人的；陶渊明、杜甫、白居易都成了“打油诗”的作者，李白只是一个“出世之士”。

余冠英《胡适对中国文学史“公例”的歪曲捏造及其影响》①一文中，把胡适歪曲我国文学史的事实的手段归纳为五点：

一是割截历史。他的《白话文学史》则是从汉高祖起头，都是斩绝历史源流的荒谬作法。

① 余冠英：《胡适对中国文学史“公例”的歪曲捏造及其影响》，北京：《文艺报》，1955 年第 17 期。

二是抹煞事实。胡适以否定“古文”，否定骈文、律诗的方法抹煞了中国文学遗产中的大部分作品，除先秦文学外，如《史记》、《汉书》、唐人传奇等都在抹煞之列。

三是隐蔽精华。胡适对于他抹煞不掉而不得不表面加以肯定的作品，便极力贬低（实际等于抹煞）其价值。

四是搬运糟粕。我们知道胡适的《白话文学史》是搬进一些“新材料”的，那就是王褒的戏弄侮辱劳动人民的《僮约》，王梵志的宣传颓废思想的恶劣的打油诗，几个佯狂和尚的“诡谲诗赋”等等。

五是捏造或歪曲“公例”。胡适关于中国文学史不仅有零散的荒谬议论，而且提出成套的、捏造或曲解文学史发展规律的所谓“公例”。那些“公例”就是胡适的“大胆的假设”，而以上所举的那些歪曲武断便是他的“小心的求证”。

“公例”之一是文言和白话长期对立不断斗争说……而胡适之所以提出“文白对立”的“公例”，其目的却是想以此来掩盖历史上真正的两种文学的矛盾，那就是人民的文学和反人民的文学、民主性的文学和封建性的文学、现实主义的文学和反现实主义的文学的矛盾。历史上只有这两种文学的斗争才是真正的斗争，它是进步的社会力量与反动的社会力量矛盾的反映。撇开文学内容，隐蔽文学的阶级性，把问题局限在文学的工具上，这本是胡适一贯的伎俩。研究文学史的人如果跟着他的方向跑，一开始就会陷入形式主义的泥坑。

“公例”之二是文体进化论，也就是文体不断“革命”不断“解放”论……根据庸俗进化论观点提出的文学进化论，实际上就是指文体的变革。他认为文体的每一次变革都是“解放”，所以新体一定比旧体进步，每一时代的文学总比前一时代高明……从上述这一“公例”见出胡适把中国文学史看成一部文体代谢的历史。这是对于历史的故意歪曲，和第一“公例”一样都是提倡形式主义，宣传文学的无思想性的花枪。同时，也像他以白话文学否定文言文学一样，以用新体裁写的文学否定用旧体裁写的文学，这又是抹煞祖国文学遗产，宣传世界主义的花枪。

胡适所强调的另一条“公例”——“一切新文学的来源都在民间”，和前两条也是分不开的。单论这一条本身，与胡适所说“古今中外都逃不出这个公例”都并不错，但我们不要被他迷惑，如以为胡适真正懂得文学和人民生活的关系，真正尊重人民和人民的精神劳动，那就错了。这一条“公例”在胡适解释和运用的时候是完全被歪曲了的。

郑振铎写于1958年的《中国文学史的分期问题》中说：

胡适的《白话文学史》乃舍文学的本质上的发展，而追逐于文学所使用的语言的那个狭窄异常的一方面的发展之后，以为中国文学的发展，只是“白话文学”的发展。执持着这样的“魔障”，难怪他不得不舍弃了许多不是用白话写的伟大的作品，而只是在发掘着许多不太重要的古典著作。譬如，像叙述大诗人杜甫的诗篇，他只是繁琐地叙述着杜甫集子里的几篇带些诙谐性的小诗。①

三、“文革”后对《白话文学史》的评价

“文革”过后，人们开始反思《白话文学史》的价值，对其评价也趋向客观。《白话文学史》自80年代以来，已由多家出版社先后出版，如岳麓书社1982年版，上海书店1989年版，东方出版社1996年版，上海古籍出版社1999年版，安徽教育出版社2006年版，团结出版社2006年版。对于一本学术著作来说，这是不多见的现象。对《白话文学史》的研究也日渐多起来，对其

① 《郑振铎古典文学论文集》，第18页，上海：上海古籍出版社，1984年。

评价从50年代的基于意识形态领域的大批判转向学术探讨，对其评价也趋向全面客观。现选择一些有代表性的研究成果择要摘录如下。

董乃斌《论草创期的〈中国文学史〉》①，对《白话文学史》的评价是：

> 首先，他彻底地打破了历来的文学正统观，把向来被视为旁支小道的民间歌谣抬举到从未有过的崇高地位……其次，它鲜明地提出了下述观点：民间文学是一切新文学的源头活水，也是推动文学发展的巨大动力，而贵族化的文人创作，却屡屡戕害那活泼生动的民间文学精神，因而阻碍和影响着文学的健康发展……以一部用"以论带史"方法写出的文学史来说，观点鲜明，线索清晰，固然是它的优长，可是倘若这位作者的史观不那么正确，不那么对头，情况又会怎样呢？如果是这样，那么，这部文学史在处理史料、作出评价时，就有可能发生偏差，乃至错误。
>
> 无论是从事实，还是从道理上说，胡适把古典文学划分为"活"的和"死"的两类，都是可以商榷的；尤其是具体地看，有些被他全然否定、彻底舍弃的文学形式，未必能说是死了的。
>
> 再说，以是否"白话"为第一标准去取舍古代作家、去论文学史，也是有问题的。这个标准的科学性、可靠性，颇值得怀疑。

陈平原1998年2月出版《中国现代学术之建立——以章太炎、胡适之为中心》，其"作为新范式的文学史研究"一章中对《白话文学史》做了全面而客观的评价。

---

① 董乃斌：《论草创期的〈中国文学史〉》，长春：《社会科学战线》，1997年第5期。

更重要的是，胡适的这两部大书（按：指《中国哲学史大纲》和《白话文学史》）都是建立“典范”（paradigm）之作，既开启了新途径，引进了新方法，提供了新观念，又留下了不少待证的新问题。后来者可以继承它，也可以批判它、超越它，但无法漠视它的存在。这种“起了划时代的作用”的大著，有下卷和没下卷其实关系不大；其意义主要不在自身论述的完美无瑕，而在于提供了示范的样板……直到今天，胡氏提出的不少理论假设，仍参与文学史家的“对话”。①

将中国文学按其“表现工具”（文言或白话）一分为二，构成互相对立平行发展的“古文传统史”和“白话文学史”，这一“大胆的假设”，确是胡适首创的。尽管后来者对“死文学”和“活文学”的提法有很多非议，可“双线文学”这一基本框架仍在今天的文学史研究中发挥作用。关键不在于对具体作家作品或者流派思潮的评价是否得当，而在于这一研究思路打破了此前按朝代或文体讨论文学演进的惯例，找到了一根可以贯穿二千年中国文学发展的基本线索。自此以后，中国文学史再也不是“文章辨体”或“历代诗综”，而是具备某种内在动力且充满生机的“有机体”——这一点曾使不少文学史家兴奋不已，也因此催生出不少名噪一时的文学史著。可以这样说，“双线文学观念”是本世纪中国学界影响最为深远的“文学史假设”。这一假设被不断修订完善，甚至衍生出许多新的学术命题；人们往往关注这些具体命题（如乐府、弹词、说书的研究等），而忘却使这些命题得以成立（进入学者视野）的理论框架。时过境迁，胡适的“大思路”已经变成常识，而其论述的空疏与偏颇则日益成为后

① 陈平原：《中国现代学术之建立——以章太炎、胡适之为中心》，第142页，北京：北京大学出版社，1998年。

来者攻击的理由。这无疑是不公允的。①

从一个文学革命倡导者转为文学史家，胡适的优点是有成见，缺点则是太有成见。倘若只是以史为鉴，胡适的文学史知识绰绰有余，也足以支撑其提倡白话文学之主张。可作为一个史家，胡适抱定“白话正宗”说，闲置其终生信仰的“历史的眼光”，将一部中国文学史简化为“古文文学的末路史”和“白话文学的发达史”，其牵强附会之处，甚至远比《中国哲学史大纲》为多。即便如此，胡适的文学史著仍然具有某种典范意义，因其毕竟提出了一套崭新的研究思路。②

《白话文学史·引子》所标榜的两大目标，“要大家知道白话文学史是有历史的”，获得了巨大成功；而“要大家都知道白话文学史就是中国文学史的中心部分”，则留下许多问题。胡适的功绩在于其对“白话文学”的发现(包括对乐府歌词的制作及其深远影响、对佛教文学及故事的流播、对王梵志和寒山的生平考证以及对晚清北方的评话小说和南方的讽刺小说的描述等)，其缺陷则在于为了重建“文学正统”而故意贬低乃至抹煞二千年的“古文传统”。③

骆玉明在为上海古籍出版社1999年版《白话文学史》所作导读《关于胡适的〈白话文学史〉》中对《白话文学史》给予了高度评价：

而在中国文学史方面，虽说在胡适之前已有多种专著，其中谢无量的《中国大文学史》(1918)还享誉颇盛，但要论感觉之敏锐、面目之新颖，都不能和这部《白话文学史》相比。

生于后世的人想要挑剔胡适等人理论中的某些偏颇乃

①②③ 陈平原：《中国现代学术之建立——以章太炎、胡适之为中心》，第147～148页，第150页，第152页，北京：北京大学出版社，1998年。

至错谬并不难，但它在历史上发生过的巨大作用并不因此而有所消减。

即使在现在来读这部《白话文学史》，我们还是能感受到各种有意义的启发。

我们差不多可以说，《白话文学史》是第一部具有现代学术眼光的中国文学史专著。但另一方面的事实，是这部书的基本观点，在整体上并未被后人接受。这里的主要问题，是胡适企图把《白话文学史》当作"中国文学史"来写，这样不可避免地产生了过度的排斥。

一部学术史上的名著，重要的并非它是否有缺陷，而是它在当时条件下所提供的学术创造性。就这一点而言，胡适"为中国学术谋解放"的意愿在《白话文学史》中是得到了相当程度的实现的。①

魏崇新、王同坤《20世纪中国文学史观——观念的研究》中对《白话文学史》是这样评价的：

在《白话文学史》中，胡适对具体作家作品的分析并不见精彩，他的贡献主要在于创构了"双线文学史观"。这种文学史观将中国文学史简化为两种文学的起伏消长史，难免有简单化之嫌和牵强附会之处，但他第一次将本来纷无头绪的中国文学史梳理清楚，并将其纳入自己构设的叙述框架之中，这比那些无系统思想无叙述框架，按部就班地以朝代为序讲述中国文学史的著作要高明得多，因为他为人们了解中国文学史提供了一个全新的思路。他对民间文学、古代小说的重视，开辟了一个新的研究领域，对后人具有启迪意义。

① 骆玉明：《关于胡适的〈白话文学史〉》，《白话文学史》，上海：上海古籍出版社，1999年。

胡适《白话文学史》的偏颇之处也是相当明显的。首先是他过于扬白话而贬文言。他只注重文学的语言形式而忽视了文学作品的内容,他肯定了几乎所有的白话文学,包括那些并没有多少意义的打油诗,同时他也否定了两千年的中国古诗文的传统与成果,甚至将《诗经》、《楚辞》弃而不论,把韩柳的古文也一笔勾销。这显然不符合文学史的实际。因为衡量作品价值的大小并不完全取决其所运用的语言形式,文言作品中有优秀之作,白话文学中也有低劣的东西,将语言形式与作品所表现的内容整合起来分析才能衡量出其真正的价值。其次是胡适对白话文学范围的界定也是不科学的。他把白话文学的范围随自己的需要而任意扩大,把《史记》、《汉书》、佛经的译文、唐代的诗歌等都划入白话文学的领地,其中有很多显然是白话文学框范所难以容纳的。

胡适的《白话文学史》并非完美之作,却有其片面的深刻之处,他虽然是无头无尾的断代之作,却比很多有头有尾的文学通史更有价值,这主要得力于胡适独特的文学史观念和治学方法。①

刘石在《关于胡适的两部中国文学史著作》中说:

二书对于学术研究的最大功绩,是换一个视角发掘中国文学史上素来为人轻视的白话文学创作。

但在我看来,胡著的问题除这些前人指出过的之外,还体现在一个悖论似的缺陷,即具体选目过窄,整体框架过大。说它过窄,是上面说的,将中国古代文学的价值限定在界限本难确定的所谓"白话"作品中,大量优秀的文学作品

① 魏崇新、王同坤:《20世纪中国文学史观——观念的研究》,第87~88页,北京:西苑出版社,2002年。

被拒之门外；说它过大，是我以为，虽然白话和文言界限难明，尽可言人人殊，像胡适所定的那种说白、清白、明白“三白”方针，却未免太具主观随意性，客观上将白话文学的框架扩大化了。①

徐雁平《胡适与整理国故考论》说：

我们今天可以说，《白话文学史》的模式有诸多问题，但如果将其置入当时的语境之中，如果将文学研究和文学史的撰写视为一个不断发现的过程，也就是对文学的历史和研究者内心世界的不断发现的话，那么《白话文学史》应该是值得充分肯定的。它通过文学或者说借助文学表达了当时社会的一种主流文化思潮，那就是平民意识的觉醒与生长，同时它也给阅读者带来了一种新的审视文学历史的眼光，不再是以传统的诗文为中心，而是将其他先前不登正统文学大雅之堂的“诗余”、“词余”、语录，不入流的小说以及山歌民谣等等全都带入文学的殿堂中来。文学显得繁杂而充满生机，前所未有。②

戴燕《写实主义下的文学阅读——文学史研究——中国文学史经典的生成》认为：

在胡适的文学史里，前所未有地集中了关注社会和人生问题的作品，远离现实、远离社会的作品，他都比较少选入……胡适的评价，较之以往，变化巨大，实际上这也是文学史对旧有文学经典的一次相当大的颠覆。③

---

① 刘石：《关于胡适的两部中国文学史著作》，北京：《文学评论》，2003年第4期。

② 徐雁平：《胡适与整理国故考论》，第176～177页，合肥：安徽教育出版社，2003年。

③ 戴燕：《写实主义下的文学阅读》，北京：《中国现代文学研究丛刊》，2002年第2期。

从这些评价中可以看出，“文革”后对《白话文学史》的评价基本上都是秉持客观的态度，肯定其开创性和典范作用，同时对其缺陷和不足也客观地指出。让我们以戴燕对胡适《白话文学史》的评价作为本文的结束语。

> 《白话文学史》也为“中国文学史”增添了一套新的叙事方式。虽然它还远非内容完整的文学通史，但通过它，人们多少已经能够看见整个中国文学史的眉目。①

（复旦大学博士后流动站　宋立英）

① 戴燕：《中国文学史：一个历史主义的神话》，北京：《文学评论》，1998年第5期。

刘师培、黄节、黄侃等的古典文学研究

刘师培、黄节、黄侃的经历有许多共同点。在青年时代他们都曾经鼓吹过反清革命。民国肇建，各派势力争权夺利，尔虞我诈，继之而来的是连年不息的军阀混战。这种政局使二黄深感失望，刘师培则因袁世凯帝制失败走投无路，于是都不约而同地退隐于书斋讲堂，著书授徒。他们都具有非凡的天分与极深的旧学造诣，兼具儒林、文苑两长，既能进行学术研究也能进行文学创作，在《国粹学报》刊发论述文字，于南社雅集吟咏唱和。他们把中国传统学问作为安身立命的基础、不可或缺的精神支柱，直至化为生命的组成部分。

他们三人又同于蔡元培 1916 年出长北京大学前后进入北大，刘师培、黄节更是被蔡元培亲自聘任引进。

黄侃于 1914 年 9 月被聘为北京大学教授，讲授“文字孳乳”、“词章学”、“中国文学史”。① 黄节于“1917 年被聘为北京大学教授”②，讲授魏晋六朝诗歌，后来又上伸下延到《诗经》与顾亭林诗，在传统诗学领域里爬梳耕耘。刘师培在 1917 年秋季“应蔡元培之聘，任北京大学文科教授，兼任文科研究所国文门

---

① 司马朝军、王文晖：《黄侃年谱》，第 90 页，武汉：湖北人民出版社，2005 年。

② 孙文光：《中国近代文学大辞典》“黄节”条，第 852 页，合肥：黄山书社，1995 年。

指导教师”，担任“中国文学”、“中国古代文学史”课程。① 在北大任教期间，为了教学之需都编写了讲义，刘师培编写了《中国中古文学史讲义》，黄节编写了《诗学》，黄侃编写了《文心雕龙札记》。

蔡元培兴办大学的思想清楚明确，即“仿世界各大学通例，循思想自由原则，兼容并包主义”。“无论有何种学派，苟其言之成理，持之有故，尚不达自然淘汰之运命者，虽彼此相反，而悉听其自由发展。”正因如此，“对于教员，以学诣为主”，“在校授课以不违背上述主张为界限”。“筹安会之发起人，清议所指为罪人者也，本校教员中有其人，以其所授为古代文学，与政治无涉，则听之”，因为“人才至为难得，若求全责备，则学校殆难成立”。② 筹安会发起人说的就是刘师培。1919 年 3 月 18 日北京《公言报》发表一篇记者的文章《请看北京学界思潮变迁之近状》，其中将北大文科新旧两派的阵营划分得清楚鲜明：“国立北京大学自蔡孑民氏任校长后，气象为之一变，尤以文科为甚。文科学长陈独秀氏，以新派首领自居，平昔主张新文学甚力，教员中与陈氏沆瀣一气者，有胡适、钱玄同、刘半农、沈尹默等。”“与之对峙者，有旧文学一派。旧派中以刘师培氏为之首，其他如黄侃、马叙伦等，则与刘氏结合，互为声援者也。”③ 对北大文科水火不容的两派，蔡元培“兼容并包”的办法就是折中新旧，使两派各得其所，既开风气，又不废传统，既开中国大学思想自由的先河，又为后世留下了一批经得起时间考验的学术成果。

他们的著作也有一致的特点：都是为教学所需而编撰的讲义，提纲挈领，要言不烦，高度概括。写作体例首先是详尽罗列

---

① 万仕国：《刘师培年谱》，第 262 页，扬州：广陵书社，2003 年。

②③ 蔡元培：《蔡孑民先生言行录》，第 155～156 页，第 166～167 页，桂林：广西师范大学出版社，2005 年。

第一手材料，然后以按语形式断以己见，画龙点睛，切中肯綮。他们对汉魏六朝诗文及《文心雕龙》等文本都有深细钻研，对看家书可以说是孜孜矻矻，攻治不懈。在这种基础上得出的结论，不仅经受了学生的检验，也经受了近百年时间的冲刷。

刘师培的中古文学研究

刘师培（1884—1919），字申叔，江苏仪征人。清末结识章太炎、章士钊等反清志士，受他们影响，遂参与反清的革命活动。改名光汉，著《攘书》，创办《警钟日报》，鼓吹排满复汉。后又改变革命立场，依附清两江总督端方，入端方幕府。端方被杀后，又加入为袁世凯鼓吹帝制的筹安会，为"筹安会六君子"之一，被袁世凯授为"上大夫"。袁氏死后，他流寓天津，无以为生。当时初任北京大学校长的蔡元培爱惜人才，于1917年秋季聘他任北京大学文科教授，兼任文科研究所国文门指导教师，担任"中国文学"、"中国古代文学史"等课程的讲授，指导文科研究所国文门经学、史传、中世文学史、诸子四科。此后两年时间他一直任教北京大学，直到1919年11月20日病逝。

刘师培聪颖过人、才思敏捷，又有家学渊源。其曾祖文淇、祖父毓崧、伯父寿曾、父亲贵曾都是名重一时的经学家，四世治《春秋左氏传》，而代代相续的《春秋左氏传旧注疏证》最后犹未完稿，其家族治学之勤奋与严谨可见一斑。刘师培继承了家族的治学传统，在短促的35年的一生中，勤于著述，笔耕不辍，成就斐然。其身后由钱玄同编定、宁武南氏印行的《刘申叔先生遗书》所收著作即达74种。蔡元培在《刘君申叔事略》中说："所著书经其弟子陈钟凡、刘文典诸君所搜辑，其友钱君玄同所整理，南君桂馨聘郑君裕孚所校印者，凡关于论群经及小学者二十二种，论学术及文辞者十三种，群书校释二十四种，除诗文集外，率皆民元前九年以后十五年中所作，其勤敏可惊也。向使君委身学术，不为外缘所扰，以康强其身，而尽瘁于著述，其成就宁可限量？惜哉！”①刘师培为学横贯四部，既博且精，他与章太炎、王国维一样，是名符其实的国学大师。

刘师培的文学研究著作也有多种，如《中国中古文学史讲义》、《广阮氏文言说》、《骈文读本序》、《与人论文书》、《古文辞辨》、《文说》、《文章源始》、《文学出于巫祝之官说》、《文章学史序》、《论文杂记》、《南北文学不同论》、《论说部与文学之关系》、《论近世文学之变迁》等。此外，《刘申叔先生遗书》中还有若干涉及文学的篇章，如《诗分四家说》、《各诗国风分主八节说》、《齐诗大小雅分主八节说》、《楚辞考异》、《读全唐诗书后》、《樊南文集详注书后》、《苏诗合注书后》、《读全唐诗发微》等，其中前三篇为经学研究，后数篇为文学典籍之校勘文章。另外，刘氏当年任教北大时的受业弟子罗常培曾记有四种授课笔记：一、群经诸子，二、中古文学史，三、《文心雕龙》及《文选》，四、汉魏六朝专家文研究。后来由罗常培整理问世的有《汉魏六朝专家文研究》及《文心雕龙》中的“颂赞篇”、“诔碑篇”两种。

刘师培在文学研究中，造诣最深的是中古文学研究，其代表性成果即《中国中古文学史讲义》。该书成为近百年来众所公认的文学史经典之作，至今畅行不衰。同样也是中古文学专家的鲁迅对该书给予了很高评价。他在1928年致台静农的信中说：“中国文学史略，大概未必编的了，也说不出大纲来。我看过已刊的书，无一册好。只有刘申叔的《中古文学史》，倒要算好的，可惜错字多。”②鲁迅还在他著名的讲演《魏晋风度及文章与药

① 陈引驰编校：《刘师培中古文学论集》，第276页，北京：中国社会科学出版社，1997年。

② 鲁迅：《鲁迅全集》卷九，第350页，北京：人民文学出版社，1958年。

及酒之关系》中说到，研究魏晋文学最重要的三种书除清严可均辑的《全上古三代秦汉三国晋南北朝文》、丁福保辑的《全汉三国晋南北朝诗》而外，“辑录关于这时代的文学评论有刘师培编的《中国中古文学史》。这本书是北大的讲义，刘先生已死，此书由北大出版。上面三种书对于我们研究有很大的帮助。能使我们看出这时代的文学确有点异彩。我今天所讲，倘若刘先生的书里已详的，我就略一点；反之，刘先生所略的，我就较详一点”①。鲁迅这次讲演的时间是1927年，同致台静农的信一样，距刘师培逝世的时间已将近十年。这段时间内，林林总总的各种中国文学史已经出版很多。除《中国小说史略》、《汉文学史纲要》外，鲁迅还有编写一部完整的中国文学史的夙愿，他必然会留心各种文学史并比较其优劣。鲁迅又是中古文学专家，他不仅有很多文学批评层面研究的杰出成果，在文献学领域他也坚持不懈地校勘嵇康的作品，完成并出版了周校《嵇康集》。所以他对《中国中古文学史讲义》的评价是从专业角度出发，极具权威性的。蔡元培在《刘君申叔事略》中说：“余长北京大学后，聘君任教授。君时病瘵已深，不能高声讲演。然所编讲义，元元本本，甚为学生所欢迎。”②可见此书当时即为校长、学生所推重，并具有“元元本本”的特色。

《中国中古文学史讲义》共五课，分别是“概论”、“文学辨体”、“论汉魏之际文学变迁”、“魏晋文学之变迁”、“宋齐梁陈文学概论”。在写法上也有着自己的特色，每一课都以罗列当时的文学评论材料为主，条分缕析，眉目粲然，材料完足，观点自见。再加上作者画龙点睛式的评点，概括揭示出各则材料之间的内

① 鲁迅：《鲁迅全集》卷三，第380页，北京：人民文学出版社，1958年。

② 陈引驰编校：《刘师培中古文学论集》，第276页，北京：中国社会科学出版社，1997年。

在联系，连缀成文，浑然一体。

第一课虽然阐明作者自己的文学观是重“文”轻“笔”，重俪词轻散体，但却明确指出对偶是汉语言的根本特点。本课开宗明义地指出：“物成而丽，交错发形，分动而明，刚柔判象，在物佥然，文亦犹之。惟是捈欲通嘒，纮埏实同，偶类齐音，中邦臻极。何则？准声署字，修短揆均，字必单音，所施斯适。远国异人，书违颉诵，翰藻弗殊，侔均斯逊。是则音泮轾轩，象昭明两，比物丑类，泯踦从齐，切响浮声，引同协异，乃禹域所独然，殊方所未有也。”这段文字后面作者又概括揭示了文章大意：“此一则明俪文律诗为诸夏所独有，今与外域文字竞长，惟资斯体。”①中国文学的这种特质也一直为陈寅恪所思考：“中国之文学与其他世界诸国之文学，不同之处甚多，其最特异之点，则为骈词俪语与音韵平仄之配合。就吾国数千年文学史言之，骈俪之文以六朝及赵宋一代为最佳。”“六朝及天水一代思想最为自由，故文章亦臻上乘，其骈俪之文遂亦无敌于数千年之间矣。”②“赵瓯北诗话盛称吴梅村歌行中对句之妙。其所举之例，如‘南内方看起桂宫，北兵早报临瓜步’等，皆合上等对子之条件，实则不独吴诗为然，古来佳句莫不皆然。岂但诗歌，即六朝文之佳者，其篇中警策之俪句，亦莫不如是。”“今言及此者，非欲助骈俪之文，增高其地位。不过藉以说明对偶确为中国语文特性之所在，而欲研究此种特性者，不得不研究由此特性所产生之对子。此义当质证于他年中国语言文学特性之研究发展以后。”③刘氏较陈氏早十几年认

---

① 陈引驰编校：《刘师培中古文学论集》，第 3 页，北京：中国社会科学出版社，1997 年。

② 陈寅恪：《寒柳堂集 · 论再生缘》，第 64～65 页，上海：上海古籍出版社，1980 年。

③ 陈寅恪：《金明馆丛稿二编 · 与刘申叔雅论国文试题书》，第 226～227 页，上海：上海古籍出版社，1980 年。

识到这一点，确为独得之见，不能简单地以重骈轻散的保守文学观视之。陈寅恪一生都在思考这个问题，而且还期待后来者继续研究。这也启发我们重视和研究这一问题。从这点出发，刘氏认为“非偶词俪语，弗足言文”。而这类“文”又以六朝齐梁为优：“故沉思翰藻，今古斯同，而美媲黄裳，六朝臻极。”“齐梁文词于律为进，弗得援后世弗逐程律之作，上薄齐梁。”骈俪之文既然是符合语言规律的，那么清代桐城派以华而不实相诟病也并非平情之论：“沉思翰藻，弗背文律，归、茅、方、姚之伦，弗得以华而弗实相訾。”①

第二课“文学辨体”的中心是以“阮氏《文笔对》为主，特所引群书，以类相从，各附案词，以明文轨”。“文笔”说是六朝时持续时间长、牵涉范围广的关于文体分类的讨论，目的是用以区别文学与非文学作品的界限。这种讨论唐代以后逐渐消歇，但到了清中期又被刘氏同乡阮元提了出来。阮元不仅在自己创办的广州学海堂以“文笔”之别策问诸生，而且写有《文言说》、《文韵说》来阐明看法。他认为：“凡偶皆文也。于物两色相偶而交错之，乃得名曰‘文’。文即象其形也。”②“综而论之，凡文者在声为宫商，在色为翰藻。”③刘氏受阮元影响至为明显，这点早就经人指出：“师培步武齐、梁，实阮元文言之嗣乳。”④“仪征阮氏之文言学，得师培而门户益张，壁垒益固。论小学为文章之始基，以骈文实文体之正宗，本于阮元者也。”⑤他本人又作有《广阮氏文言说》，从文字训诂的角度阐释“文”的含义，因为“阮于许、张、刘诸

---

① 陈引驰编校：《刘师培中古文学论集》，第3～4页，北京：中国社会科学出版社，1997年。

②③ 阮元：《揅经室集·文言说》，第606页；《文韵说》，第1066页，北京：中华书局，1993年。

④⑤ 钱基博：《现代中国文学史》，第116页，第122页，上海：世界书局，1933年。

故训，推阐弗详，故略伸其说”①，以补其不足。

本课开篇即引《晋书·蔡谟传》以下九条有“文笔”两字的书证，来证明“知古云文笔，犹今人所云诗文、诗词，确为二体”。接着引述颜延之所说“竣得臣笔，测得臣文”等三证来说明“是偶语韵词谓之文，凡非偶语韵词概谓之笔。盖文以韵词为主，无韵而偶，亦得称文。”“文”的概念既明，又引六证来说清什么是“笔”及“笔”的特点和范围：“是官牍史册之文，古概称笔。盖笔从‘聿’声，古名‘不聿’，‘聿’‘述’谊同。故其为体，唯以直质为工，据事直书，弗尚藻彩。《礼·曲礼篇》曰：‘史载笔。’孔修《春秋》亦曰：‘笔则笔，削则削。’后世以降，凡体之涉及传状者，均笔类也。陆机《文赋》，诠述诗赋十体，弗及传记，亦其明征。”“文”、“笔”之义既明，但《南史·孔珪传》“与江淹对掌辞笔”，《陈书·岑之敬传》“雅有辞笔”的“辞”又何所指义？《讲义》的结论是：“据上二证，均辞笔并言：‘辞’字作‘词’，‘词’与‘文’同。《说文》云：‘词，意内而言外也。’《周易·乾文言》曰：‘修辞立其诚。’又《系辞上》曰：‘系辞焉以尽其言。’修饰互文，系缀同情，是词之为体，迥异直言。屈宋之作，汉标《楚辞》，亦其证也。是知六朝之辞，亦以偶语韵文为限。”问题清楚了，“辞”即“词”，而“词”又与“文”相同，是“偶语韵文”。除“辞、笔”并言外，还有“诗、笔”并言者，如赵璘《因话录》：“韩文公与孟东野友善。韩公文至高，孟长于五言，时号‘孟诗韩笔’。”《讲义》认为：“盖诗有藻韵，其类亦可称文；笔无藻韵，唐人散体概属此类。故昌黎之作，在唐称笔；后世文家，奉为正宗：是均误笔为文者也。”由此可知，唐代诗对偶用韵，具备六朝“文”的特点，在与“笔”对举时相当于六朝之“文”。而“笔”则是散体文的总称，即当时所称的古文。而唐后都“误笔

① 陈引驰编校：《刘师培中古文学论集》，第183页，北京：中国社会科学出版社，1997年。

为文"了。"文笔"的概念还有一些特殊情形:《南齐书·晋安王子懋传》:"文章诗笔,乃是佳事。"刘氏认为"是笔与诗、文并殊。"其实这里是"文章"与"诗笔"并称,二者都是复词偏义的双音合成词,"章"与"笔"均无义。还有"笔"与"论"并称者:刘禹锡《中山集·祭韩侍郎文》:"子长在笔,予长在论。"《讲义》说:"是笔与论殊。盖笔主直书,论则兼尚植指,故《文赋》隶论于文,于记事之体则否。"这里的"论"不同于"笔",因"笔"以叙述为主,而"论"则需树立论点进行论证,技法远较"笔"复杂,所以陆机将其分类归属于"文"。

作者最后进行总结,卒章显志,申说了对文笔概念进行辨析的原因:"知散行之体,概与文殊。唐宋以降,此谊弗明,散体之作,亦入文集。若从孔子正名之谊,则言无藻韵,弗得名文,以笔冒文,误孰甚焉。又文苑列传,前史佥同。唐宗以降,文学陵迟,仅工散体,恒立专传,名实弗昭,万民丧察,因并辨之。"

作者用很短的篇幅,简省的文字,将六朝以迄阮元聚讼纷纭的"文笔"论问题,以及"文笔"概念的内涵,辨析得清楚明白。既言必有据,"元元本本",又要言不繁,切中肯綮。

第三课论述汉魏之际文学变迁,重点突出了三国尤其是建安文学,开篇即总结出建安文学变革的四项原因及鲜明特色。"建安文学,革易前型,迁蜕之由,可得而说:两汉之世,户习七经,虽及子家,必缘经术。魏武治国,颇杂刑名,文体因之,渐趋清峻,一也。建武以还,士民秉礼,迨及建安,渐尚通侻,侻则侈陈哀乐,通则渐藻玄思,二也。献帝之初,诸方棋峙,乘时之士,颇慕纵横,骋词之风肇端于此,三也。又汉之灵帝,颇好俳词,(见杨赐《蔡邕传》)下习其风,益尚华靡,虽迄魏初,其风未革。"外部的社会原因,文学自身发展的需要,都使文学革新成为必然。

接下来引用了刘勰《文心雕龙·时序》论述东汉三国文学部

分，来显示这一阶段文学变迁的轨迹。作家作品是构成文学史最重要的因素，古代作家的生平事迹主要依靠正史列传的记载。《讲义》罗列了《魏志·王粲传》以下十条传记材料来“审三国人文之大略”。尤其是《王粲传》不仅记载了王粲，而且是记载建安七子最系统的文献。还记录了七子之外的邯郸淳、繁钦、路粹、丁仪、丁廙、杨修、荀纬等人。并且还兼及七子家族及后代，如应玚之弟应璩、阮瑀之子阮籍，还有嵇康、吴质等，建安、正始文学家粲然略备，“据以上诸传，可审三国人文之大略”。作者又罗列了一些正史传记中对文学家文藻、文才的评价，如“《吴志·王蕃、楼玄、贺邵、韦曜、华覈传评》：薛莹称蕃弘博多通，玄才理条畅，邵机理清要，曜笃学好古，有记述之才。胡冲以为玄、邵、蕃一时清妙，略无优劣；必不得已，玄宜在先，邵当次之，华覈文赋之才，有过于曜，而典诰不及也。”从而“审三国文体之大略”。

对建安文学的评价，《讲义》首先全录了曹丕的《典论·论文》，认为“此篇推论建安文学优劣，深切著明。文气之论，亦基于此。”又引录曹丕《与吴质书》、曹植《与杨德祖书》、杨修《答临淄侯笺》三书，因这几封信“于建安诸子文学得失，足审大凡”。但刘氏认为“于建安文学得失，品评綦当”还属《文心雕龙》“才略篇”、“体性篇”、“风骨篇”中的三则对建安作家直接评价的文字。除一般评价之外，建安文学的一些特异之点，当时的论述文字也被引录无遗。《宋书·谢灵运传论》说曹氏父子“以情纬文，以文被质”，“子建、仲宣以气质为体”，提出了“气质”说，刘氏认为“与彦和所论文气合”。而《文心雕龙》“明诗篇”所说“暨建安之初，五言腾踊”，建安作家群的诗作“慷慨以任气，磊落以使才”都说明“建安诗体殊于东汉中叶之作”。

本课还有“附录”，选录祢衡等人的文章，目的是：“汉魏之际，文学变迁，既如上课所述矣。然其变迁之迹，非证以当时文章各体，不足以考其变迁之由。”所以“略录祢衡以下文章十二篇，以明概略。”作者选文以类相从，每类后作者均加精辟按语，实则是对这段文学规律的概括总结。

在引录祢衡《鲁夫子碑》、《吊张衡文》后，按语写道：“东汉之文，均尚和缓；其奋笔直书，以气运词，实自衡始。《鹦鹉赋序》谓：‘衡因为赋，笔不停缀，文不加点。’知他文亦然。是以汉魏文士，多尚骋辞，或慷慨高厉，或溢气坌涌（孔融《荐祢衡疏》语），此皆衡文开之先也。（孔融引重衡文，即以此启。故融之所作，多范伯喈，惟荐衡表，则效衡体，与他篇文气不同。）”点出祢衡为文的特点及导夫先路的开创之功以及对孔融的影响。

在陈琳《为曹洪与魏文帝书》文后，总结陈文的特点是：“孔璋之文，纯以聘辞为主，故文体渐流繁富。《文选》所载《檄豫州》、《檄吴将校部曲》二文，亦与此同。”他对后来文风也是有影响的，“文之由简趋烦，盖自此始”。在吴质《答东阿王书》、应璩《与曹长思书》、陶丘一《荐管宁表》文后说：“以上三文，体虽不同，然均词浮于意，足以考文体恢张之渐。”这类文章的风格与东汉之文是不同的，“盖东汉之文，虽多反复申明之词，然不以隶事为主，亦不徒事翰藻也”。对丁仪的《刑礼论》则指出：“东汉论文，如《延笃》、《仁孝》之属，均详引经义，以为论断。其有直抒己意者，自此论始。魏代名理之文，其先声也。”文章虽短，意义却大，摆脱经学羁绊，自己立论，并开曹魏论理文之先河。在刘廙《政论·疑贤篇》、蒋济《万机论·刑论篇》两篇魏代子书之文后，认为这类文“纯以推极利弊为主，不尚华词，与东汉异”。最后又引录了杜恕《请令刺史专民事不典兵疏》、夏侯玄《时事议》等三篇魏代奏疏，并归纳出东汉与魏代奏疏之不同：“东汉奏疏，多含蓄不尽之词。魏人奏疏之文，纯尚真实，无不尽之词。”

在全部引文之后，刘氏提出不同于刘勰的观点，并总结出汉魏文学之四点不同：“《文心雕龙》诸书，或以魏代文学与汉不异。不知文学迹迁，因自然之势。魏文与汉不同者，盖有四焉：书檄之文，聘词以张势，一也；论说之文，渐事校练名理，二也；奏疏之文，质直而屏华，三也；诗赋之文，益事华靡，多慷慨之音，四也。凡此四者，概与建安以前有异，此则研究者所当知也。”这实际是对建安文学特色的概括。

第四课魏晋文学之变迁所述为自魏太和(227—233)以迄正始(240—249)之文学。《讲义》仍是开篇总结这一时期的文学流派及根本特点："魏代自太和以迄正始，文士辈出。其文约分两派：一为王弼、何晏之文，清峻简约，文质兼备，虽阐发道家之绪，实与名法家言为近者也。此派之文，盖成于傅嘏，而王、何集其大成，夏侯玄、钟会之流，亦属此派。溯其远源，则孔融、王粲实开其基。一为嵇康、阮籍之文，文章壮丽，摠采聘辞，虽阐发道家之绪，实与纵横家言为近者也。此派之文，盛于竹林诸贤。溯其远源，则阮瑀、陈琳已开其始。惟阮、陈不善持论，孔、王虽善持论，而不能藻以玄思，故世之论魏晋文学者，昧厥远源之所出。”

接下来叙“傅嘏及王何诸人”。傅嘏、荀粲、裴徽皆“善言名理”，而“清谈之风，实基于此”。王弼为文“句各为义，文质兼茂，非惟析理之精也”。而何晏之文学，“已开晋、宋之先”。刘氏对嵇康、阮籍文学风格的比较最有见地。如说阮、嵇之文均以“丽”为特色，但二人之“丽”却不同，“阮文之丽，丽而清者也”，“嵇文之丽，丽而壮者也”，“均与徒事藻采之文不同”。“嵇、阮之文，艳逸壮丽，大抵相同。若施以区别，则嵇文近汉孔融，析理绵密，阮所不逮；阮文近汉祢衡，托体高健，嵇所不及：此其相异之点也。至其为诗，则为体迥异，大抵嵇诗清峻，而阮诗高浑。彦和所谓遥深，即阮诗之旨言，非谓阮诗之体也。”“魏初诗歌，渐趋轻靡，嵇阮矫以雄秀，多为晋人所取法，故彦和评论魏诗，亦惟推重二子也。”

“丙”条述及“潘陆及两晋诸贤之文”。“西晋一代，文士实繁”，有张华、左思、孙楚、挚虞、傅玄等人，但“六朝论西晋文学者，必以潘、陆为首。故《宋书·谢灵运传论》以为降及元康，潘、陆特秀；《南齐书·文学传论》亦谓潘、陆齐名"。到了东晋，则又呈现了与西晋不同的风貌："东晋人士，承西晋清谈之绪，并精名理，善论难，以刘琰、王蒙、许询为宗，其与西晋不同者，放诞之风，至斯尽革。又西晋所云名理，不越老、庄，至于东晋，则支遁、法深、道安、惠远之流，并精佛理，故殷浩、郄超诸人，并承其风，旁迄孙绰、谢尚、阮裕、韩伯、孙盛、张凭、王胡之，亦均以佛理为主，息以儒玄；嗣则殷仲文、桓玄、羊孚，亦精玄论。大抵析理之美，超越西晋，而才藻新奇，言有深致，即孙安图所谓'南人学问，精通简要'（见《世说·文学篇》）也。故其为文，亦均同潘而异陆，近嵇而远阮。"

《讲义》的最后一课是"宋齐梁陈文学概略"。南朝文学最突出的一点是"文学特立一科"。本课开篇即云："中国文学，至两汉、魏、晋而大盛，然斯时文学，未尝别为一科（故史书亦无《文苑传》），故儒生学士，莫不工文。其以文学特立一科者，自刘宋始。考之史籍，则宋文帝时，于儒学、玄学、史学三馆外，别立文学馆（《宋书》本纪），使司徒参军谢元掌之（《南史·雷次宗传》）。明帝立总明观，分儒、道、文、史、阴阳为五部（《宋书》本纪），此均文学别于众学之征也。故《南史》各传，恒以'文史'、'文义'并词，而'文章志'诸书，亦以当时为最盛。""更即簿录之学言之：晋荀勖因魏《中经》区书目为四部，其丁部之中，诗、赋、图赞，仍与汲冢书并列；自齐王俭撰《七志》，始立'文翰'之名；梁阮孝绪撰《七录》，易称'文集'。（《七录》序云：'王以诗赋之名，不兼余制，故改为文翰。窃以顷世文词，总谓之集，变翰为集，于名尤显。故序'文集录'为内篇第四。'）而'文集录'中，又区楚辞、别集、总集、杂文为四部，此亦文学别为一部之证也。"

然后"将由宋迄陈文学，区为三期：一曰宋代，二曰齐、梁，三曰陈代"。叙述刘宋文学时，首先探讨了该代文学兴盛的原因：

"宋代文学之盛，实由在上者之提倡。"刘宋文学家被当代所推重者与后代迥异："晋、宋之际，若谢混、陶潜、汤惠休之诗，均自成派。至于宋代，其诗文尤为当时所重者，则为颜延之、谢灵运。"

第二阶段齐、梁文学兴盛的原因还是"由在上者之提倡"。"据《齐书·高帝纪》谓：'帝博学善属文。'""故高帝诸子，若鄱阳王锵好文章，江夏王锋能属文，并见《齐书》、《南史》，非惟豫章王嶷工表启、武陵王晔工诗已也。"所以，"宋、齐之际，亦中古文学兴盛之时"，从齐初到齐、梁之际再到梁代，"文士辈出"，作品迭现。到了第三阶段的陈代，"承梁季之乱，文学渐衰"，但世祖提倡，后主又光大其业，"在东宫，汲引文士，如恐不及"，又现复苏之势，出现了徐陵、顾野王这样名重一时的文士。

在结束宋、齐、梁、陈四代文学的描述时，作者又在"总论"中揭示了这个时期的一个重要文学现象，文学之士大都为世家大族出身："自江左以来，其文学之士，大抵出于世族；而世族之中，父子兄弟各以能文擅名。如《南史》称刘孝绰兄弟及群从子侄，当时有七十人，并能属文，近古未之有(《孝绰传》)；又王筠与诸儿论家门文集书谓：'史传所称，未有七叶之中，人人有集如吾门者。'(《筠传》)此均实录之词。"这些擅文学的世族子弟由于其特殊的主客观条件，形成了自身的特点：一、"当时之人，既出自世族，故其文学之成，必于早岁"；二、"且均文思敏速，或援笔立成，或文无加点"，"此亦秦汉以来之特色"。

作者又总结了宋、齐、梁、陈四个朝代的文学得失，"厥有四端"。"一曰：矜言数典，以富博为长也。齐、梁文翰与东晋异，即诗什亦然。自宋代颜延之以下，侈言用事。""学者浸以成俗。齐、梁之际，任昉用事，尤多慕者，转为穿凿。""南朝之诗，始则工言景物，继则惟以数典为工。(观齐、梁人所存之诗，自离合诗、回文诗、建除诗以外，有四色诗、八音诗、数名诗、州郡名诗、药名诗、姓名诗、鸟兽名诗、树名诗、草名诗、宫殿名诗各体，又有大言、小言诸诗，此均惟工数典者也。）因是各体文章，亦以用事为贵。”这种以隶事用典相高风气的形成，与统治者的倡导是密不可分的。“考之史传，《南史》称王俭尝使宾客隶事”，“梁武集文士策经史事”。“而类书一体，亦以梁代为盛，藩王宗室，以是相高”，“虽为博览之资，实亦作文之助；即《诗品》所谓‘文章略同书抄’，《齐书》所谓‘缉事比类，非对不发，博物可嘉，职成拘制’也”。用典愈多，篇幅愈长。“故当时世主所崇，非惟据韵，兼重长篇”，“诗什既然，文章亦尔。用是篇幅益恢”，“俚词滋众，此必然之理也”。

“二曰：梁代宫体，别为新变也。宫体之名，虽始于梁；然侧艳之词，起源自昔。晋、宋乐府，如《桃叶歌》、《碧玉歌》、《白纻词》、《白铜鞮歌》，均以淫艳哀音，被于江左。迄于萧齐，流风益盛”。“特至于梁代，其体尤昌。《南史·简文纪》谓：‘帝辞藻艳发’，‘然伤于轻靡，时号宫体’。”“盖当此之时，文士所作虽多艳词（如徐摛特有轻艳之才，新声巧变，人多讽习是），然尤为艳丽著者，实惟摛及庾肩吾，嗣则庾信、徐陵承其遗绪，而文体特为南北所崇。”

“三曰：士崇讲论，而语悉成章也。自晋代人士均擅清言，用是言语、文章虽分二途，而出口成章，悉饶词藻。”“晋宋之际，宗炳之伦，承其流风，兼以施于讲学。宋则谢灵运、瞻之属，并以才辩辞义相高，王惠精言清理。”“齐承宋绪，华辩益昌。”“迄于梁代，世主尤崇讲学，国学诸生，惟以辩论儒玄为务，或发题申难，往复循环。”“用是讲论之词，自成条贯，及笔之于书，则为讲疏、口义、笔对，大抵辨析名理，既极精微，而属词有序，质而有文，为魏、晋以来所未有。当时人士，既习其风，故析理之文，议礼之作，迄于陈季，多有可见，则亦士崇讲论之效也。”

“四曰：谐隐之文，斯时益甚也。谐隐之文，亦起源古昔。宋代袁淑，所作益繁。惟宋齐以降，作者益为轻薄，其风盖昌于刘宋之初。”“嗣则卞铄、丘巨源、卞彬之徒，所作诗文，并多讥刺。”“梁则士风益薄，士多嘲讽之文”，“而文体亦因之愈卑矣”。

得失既明，又综合概括了南朝文学的风格特点：“要而论之，南朝之文，当晋、宋之际，盖多隐秀之词，嗣则渐趋缛丽。齐、梁以降，虽多侈艳之作，然文词雅懿，文体清峻者，正自弗乏。斯时诗什，盖又由数典而趋琢句，然清丽秀逸，亦自可观。又当此之时，张融之文，务为诡激；裴子野之文，制多法古。盖张氏既以新奇为贵，裴氏欲挽靡丽之风，然朝野文人，鲜效其体；观简文《与湘东书》，以为裴氏之文不宜效法，此可验当时之风尚矣。至当时文格所以上变晋、宋而下启隋、唐者，厥有二因：一曰声律说之发明，二曰文笔之区别。”

《讲义》完成两年后，1919 年 5 月 20 日，刘师培在《国故月刊》第三期上发表了一篇《搜集文章志材料方法》(自秦汉迄隋)，这篇文章实际是对他编写《讲义》的方法及材料取资范围的总结。这时模仿欧美体例的文学史已出版多种，但刘氏并没采用这种已相当流行的体例，而是另辟蹊径，转向传统的民族编纂学，求索古为今用的方法。文章说：“文学史者，所以考历代文学之变迁也。古代之书，莫备于晋之挚虞。虞之所作，一曰《文章志》，一曰《文章流别》。志者，以人为纲者也；流别者，以文体为纲者也。今挚氏之书久亡，而文学史又无完善课本，似宜仿挚氏之例，编纂《文章志》、《文章流别》二书，以为全国文学史课本，兼为通史文学传之资。”①其实这种方法已被他在编写讲义时所采用，以人为纲，下隶所能搜集到的文章材料，点面结合，浑然一体。

文章认为编纂文学史“必以搜集材料为主”，共分四个方面：

---

① 陈引驰编校：《刘师培中古文学论集》，第 105 页，北京：中国社会科学出版社，1997 年。

一、"就现存之书分别采择也"。"正史文苑传,固为搜集材料之大宗,然正史或无文苑传,或文士别立专传","则全史之文,均应按卷披阅,其涉及文学者,单句只词,均宜摘采"。① 其他如正史之注、别史、地方史志,以及子书等等,均在可采之列。二、"就既亡各书钩沉摭逸也。逸书之中,其首应搜辑者,为晋人、宋人、齐人、梁人所撰各文章志。"②"此均古代文学史之专书也。今宜检阅各书,剌取所引逸文,以备编辑。然逸书之应采择者,不仅此类,凡汉、魏六朝逸史,以及既逸子书,均宜博采。"③ 三、"古代论诗评文各书必宜详录也。刘氏《文心雕龙》集论文之大成,钟氏《诗品》集论诗之大成,此二书所论,凡涉及历代文章得失及个人诗文得失者,均宜分类摘录。自是以外,刘氏《史通》所论,虽以史书为主,其涉及文章者,亦宜略采。又唐人评论古代文学,虽精密不逮六朝,然可采之词,迹自不乏,似宜检阅《全唐文》一过,凡各文之中,有涉及评论前人文学者,另编抄录,以备采择。(唐人杂史及笔记各书,亦宜略事检阅。)"④ 四、"文集存佚及现存篇目必宜详考也。""凡汉、魏、六朝各专集,存于今者,卷数异同,均宜详录;其有今无专集者,宜就梅氏、严氏所辑各诗文,注明今存若干篇,以符挚氏《文章志》旧式。"这些看法,对我们今天搜集编写文学史材料,仍然是有启发、指导意义的。

刘师培的文学史观前后一贯,自成系统。发表在《国粹学报》第二十六期(1907 年 3 月 4 日)上的《论近世文学之变迁》一文,虽然早于《讲义》十年,但二者却呼应紧密,若合符节。该文认为唐以前学术与文学未分,士大夫没有不能文者:"宋代以前义理考据之名未立,故学士大夫莫不工文。六朝之际虽文与笔分,然士之不工修词者鲜矣。唐代之时武夫隶卒均以文章擅长,

---

①②③④ 陈引驰编校:《刘师培中古文学论集》,第 105 页,第 105 页,第 106 页,第 107 页,北京:中国社会科学出版社,1997 年。

或文词徒工，学鲜根柢。若夫于学则优，于文则绌，唐代以前未之闻也。”①但宋代以后，形势变化。“至宋儒立义理之名，然后以语录为文而词多鄙俗。”“至近儒立考据之名，然后以注疏为文而文无性灵。夫以语录为文可宣于口而不可笔之于书，以其多方言俚语也；以注疏为文可笔于书而不可宣之于口，以其无抗堕抑扬也，综此二派咸不可目之为文。”②这种情形到清代更呈两极分化之势，“学日进而文日退”。“古代谓文原于学，汲古既深，摛辞斯美，（如杜诗‘读书破万卷，下笔如有神’是。）所谓读千赋者自善赋也。今则不然，学与文分，义理考证之学迥与词章殊科，而优于学者往往拙于为文，文苑、儒林、道学遂一分而不可复合，此则近世之异于古代者也。”③

刘师培的“近世”是指从明末到清末这一历史时期，他把本时期的文章分为数派。一是“明代末年复社、几社之英以才华相煽，敷为藻丽之文”。二是“顺、康之交易堂诸子竞治古文，而藻丽之作，易为纵横”。“大抵驰骋其词，以空辩相矜，而言不轨则，其体出于明允、子瞻。”三是“下迨雍、乾，堇浦、太鸿犹沿此体，以文词名浙西，东南名士咸则之，流派所衍固可按也”。另外该文对桐城文派的评价也有着自己的独特视角：“望溪方氏摹仿欧、曾，明于呼应顿挫之法，以空议相演。又叙事贵简，或本未不具，舍事实而就空文。桐城文士多宗之，海内人士亦震其名，至谓天下文章莫大乎桐城。厥后桐城古文传于阳湖、金陵，又数传而至湘、赣、西粤。然以空疏者为之则枯木朽荄，索然寡味，仅得其转折波澜。惟姬传之丰韵，子居之峻拔，涤生之博大雄奇，则又近今之绝作也。”④

文章最后对有清一代的文章变迁进行了概括：“然考其变迁

①②③④ 陈引驰编校：《刘师培中古文学论集》，第 270 页，第 270 页，第 271 页，第 272 页，北京：中国社会科学出版社，1997 年。

之原,则顺、康之文大抵以纵横文浅陋,制科诸公博览唐、宋以下之书,故为文稍趋于实。及乾、嘉之际通儒辈出,多不复措意于文,由是文章日趋于朴拙,不复发于性情,然文章之征实莫盛于此时。特文以征实为最难,故枵腹之徒多托于桐城之派以便其空疏,其富于才藻者又日流于奇诡。此近世文体变迁之大略也。"①

文学发展离不开时间、空间的制约,探讨文学与时代关系的文章汗牛充栋,而探讨文学与地理关系的文章则不多见。刘师培发表于清光绪三十一年(1905)十月十八日《国粹学报》第九期上的《南北文学不同论》,是其所作《南北学派不同总论》中的一篇,就是一篇探讨此问题的有见地、成系统、且影响广远的名文。许文雨曾为讲疏,程千帆曾为笺注,并收入程千帆所著《文论要诠》(后改名《文论十笺》)中。

刘师培首先在《南北学派不同总论》中,从自然地理到人文地理阐述了南北的不同及其对学术的影响。先叙自然地理对人民风习的制约作用:"中国群山,发源葱岭,蜿蜒而东趋。黄河以北为北干,江河之间为中干,大江以南为南干。盖两山之间必有川,则两川之间亦必有山。中国古代舟车之利甫兴,而交通未广,故人民轻去其乡,狉狉榛榛,或老死不相往来。《礼记·王制篇》有云:'广谷大川,民生其间者易俗。'盖五方地气,有寒暑燥湿之不齐,故民群之习尚,悉随其风土为转移。"②接着说明人文风俗对学术的影响:"俗字从人,由于在下者之嗜欲也。风字训教,由于在上者之教化也。汉族初兴,肇基西土,沿黄河以达北方,故古帝宅居,悉在黄河南北。三代之时,学术兴于北方,而大

① 陈引驰编校:《刘师培中古文学论集》,第 273～274 页,北京:中国社会科学出版社,1997 年。

② 刘师培:《南北学派不同总论》,《国粹学报》第四册,第 647 页,扬州:广陵书社,2006 年影印。

江以南无学。魏、晋以后，南方之地，学术日昌，致北方学者，反瞠乎其后。其故何哉？盖并、青、雍、豫，古称中原，文物声名，洋溢蛮貊，而江、淮以南，则为苗蛮之窟宅。及五胡构乱，元魏凭陵，虏马南来，胡氛暗天，河北、关中，沦为左衽，积时渐久，民习于夷。而中原甲姓，避乱南迁，冠带之民，萃居江表，流风所被，文化日滋，其故一也。又古代之时，北方之地，水利普兴，殷富之区，多沿河水，故交通日启，文学易输。后世以降，北方水道淤为民田；而荆、吴、楚、蜀之间，得长江之灌输，人文蔚起，迄于南海不衰，其故二也。故就近代之学术观之，则北逊于南；而就古代之学术观之，则南逊于北。盖北方之地，乃学术发源之区也。"①

《南北文学不同论》首先阐明南北语言声音不同。"南声之始，起于淮、汉之间；北声之始，起于河、渭之间。故神州语言，虽随境而区，而考厥指归，则析分南北为二种。"②然后叙述南北文章之区别。"声音既殊，故南方之文亦与北方迥别。大抵北方之地，土厚水深，民生其间，多尚实际。南方之地，水势浩洋，民生其际，多尚虚无。民崇实际，故所著之文，不外记事、析理二端。民尚虚无，故所作之文，名为言志、抒情之体。"③

接着按时代从"六艺"、先秦诸子、两汉、魏晋、南北朝、隋唐、宋、金元明，直到清代中叶的文学现象，都依南北来区分其异，断制谨严，线索清楚，给后人以很大启发。但从另一方面来看，该文局限也很明显，即过多着眼南北文学之异，而没有注意南北文学的逐渐趋同。这一点早经程千帆指出："吾国学术文艺，虽以山川形势、民情风俗，自古有南北之分，然文明日启，交通日繁，则其区别亦渐泯。东晋以来，南服已非荒徼；五代以后，中华更

① 刘师培：《南北学派不同总论》，《国粹学报》第四册，第 647～648 页，扬州：广陵书社，2006 年影印。

②③ 陈引驰编校：《刘师培中古文学论集》，第 260 页，第 261 页，北京：中国社会科学出版社，1997 年。

无割据。故学术文艺虽有南北之分，然其细已甚，与先唐大殊。刘君此论，重在阐明南北之始即有异，而未暇陈说其终则渐同，古则异多同少，异中见同；今则同多异少，同中见异。此其今古之殊，亦论吾华文学发展之地理因素所不可忽视者也。且地理区分，于文学之发展，固不失为重要之因素，然实非决定性之条件。刘君此论，于我国文学南北之殊，强调过甚，遂舍此一端，即无以解释周、秦以次文运之变迁，此亦一往之见。今诵此篇，于斯种种，固不可不分别观之也。"①

刘师培思想敏锐，目光如炬，在文学研究中不断开辟新领域，发现新问题。比如以诗证史问题，钱谦益实开其端绪，至陈寅恪而大倡之，并有《元白诗笺证稿》等著作行于世。刘师培亦关注此问题，他在清光绪三十四年(1908)于《国粹学报》第四十六期发表《读〈全唐诗〉发微》一文，举出十九例唐诗例证与史书互证："《全唐诗》中所载感时伤世之诗，均可与史书互证。如杨炯《和刘长史答十九兄》诗，言刘延嗣官润州为徐敬业所执也(故诗有'石城俯天阙'诸句，又有'危言数贼臣'句)。岑参《骊姬墓下》诗，言武惠妃之事也(诗言'献公恣耽惑，视子如仇雠'，又言'欲吊二公子，濆汾无轻舟'，刺讥之言可见)。高适《辟阳城》诗(诗言'何得英雄主，反令儿女欺'，又云'母仪俱云失')，祖咏《古意》诗(诗云'夫差日淫放，举国求妃嫔'，又云'楚王竟何去，独自留巫山')，李嶷《读前汉书外戚传》(诗云'印绶妻封邑，轩车子拜郎'，又言'宠因宫掖里')，均讥杨妃之宠，兼刺元宗之色荒。白居易《思子台有感》(序言'祸胎不独在江充'，诗言'但以恩情生隙罅，何人不解作江充'，又言'但使武皇心似烛，江充不敢作江充')，郑还古《望思台》(诗云'谗语能令骨肉离')，许浑《读戾太子传》(诗云'佞臣巫蛊已相疑，身殁湖边筑望思')，温庭筠《四皓

① 程千帆：《文论十笺》，第125页，哈尔滨：黑龙江人民出版社，1983年。

诗》(诗云'但得戚姬甘定分,不应直有采苓翁'),均刺文宗之废立,兼悼太子之沉冤。自此以外,则权德舆《读谷梁之作》(诗云'奈何赵志父,独举晋阳兵',又云'群臣自盟歃,君政如赘旒'),指李怀光之事言。吴融《无题》之什(诗云'沁园芜没伫秋风',又云'粉貌早闻残洛市,箫声犹自傍秦宫。今朝陌上相非者,曾此歌钟几醉同'),指韦保衡之事言,而戎昱《苦哉行》,则又伤回纥之横暴(诗云'彼鼠侵我厨,纵狸授梁肉。鼠虽为君却,狸食自须足',又云'羶腥逼绮罗'),感时抚事,情见乎词。推之李华《咏史》、王翰《飞燕篇》,均指陈宫闱之失,敷陈往事,以寄讽谏之忱。罗隐《咏史》诗,韩偓《有感》诗、《观斗鸡》诗,均历指邪臣之非,比物兴怀,以写离忧之思。汇而观之,可以考见唐代之秘史矣。其足以考证人物者,其证尤多。如岑参《送许拾遗恩归江南拜亲》诗,许拾遗者,即杜少陵诗中所谓许八拾遗也。李渥有《秋日登越王楼献于中丞》诗,李渥者,即《唐摭言》所记之李渥也。此亦《全唐诗》有补于考史之征。"①刘氏写作此文时只有二十五岁。该文是"采铜于山"的原创之作,是他在阅读《全唐诗》中发现的问题,并得出结论后排列在一起,省略了中间的考证论述过程。当代学者卞孝萱有鉴于"《读〈全唐诗〉发微》无单行本,知者极少。为了不埋没刘氏对《全唐诗》的研究、考证成绩,尤其是以唐诗证史的创获",撰写了《刘师培以唐诗证史》来进行"补证"和"引申","逐一考出古典、今典,以补刘氏之所未言","略加发挥,以尽其意"。②

① 刘师培:《读〈全唐诗〉发微》,《国粹学报》第九册,第 5086～5087 页,扬州:广陵书社,2006 年影印。

② 卞孝萱:《现代国学大师学记·刘师培以唐诗证史》,第 56 页,北京:中华书局,2006 年。

黄节的诗学研究

黄节(1873—1935),近代学者、诗人。原名晦闻,字玉昆,号纯熙,后改名节,别署晦翁、黄史氏。广东顺德人。1905年在上海与邓实、刘师培等建立"国学保存会",并创办《国粹学报》,既提倡国故,又进行反清革命。1909年加入同盟会,1910年参加南社。1915年反对袁世凯复辟帝制,曾著文驳斥帝制主张。1917年被聘为北京大学教授,讲授中国古典文学。此后十几年间,除1928年返广州短期担任广东省教育厅长外,绝大部分时间在北大、清华教书。

黄节是著名诗人,一生坚持诗歌创作,著有《蒹葭楼诗》二卷,始于1895年,止于1933年,收诗425首,但并非全部。今人马以君辑《蒹葭楼集外佚诗》近80首,载《明清诗文研究丛刊》第2辑。后马以君又编成《黄节诗集》,于1989年由中国人民大学出版社出版,共收诗609首,是为目前黄诗最全之本。并时诗人对其诗作评价甚高。陈三立《蒹葭楼诗题词》评其诗:"格澹而奇,趣新而妙,造意铸语,冥辟群界,自成孤诣。"汪国垣《光宣诗坛点将录》将其评为地煞星镇三山黄信。

黄节的著作多为对魏晋南北朝诗歌的笺注,计有:

(一)《汉魏乐府风笺》(十五卷四册),北京大学出版社1925年出版。

(二)《鲍参军诗注》(四卷二册),民国十二年出版。

(三)《谢康乐诗注》(四卷二册),民国十三年出版。

(四)《诗律》(六卷一册),民国十四年出版。

(五)《阮步兵咏怀诗注》(一卷一册),民国十五年出版。

(六)《曹子建诗注》(二卷一册),民国十九年出版(兼由商务印书馆印行,定价一元二角)。

(七)《诗旨纂辞》(三卷一册)全书未完),民国十九年出版。①

(八)《变雅》一卷。

(九)《魏武帝魏文帝诗注》(附《魏明帝诗注》)。

此外,黄节的著作还有《黄史》(刊《国粹学报》)。据记载,《中国文学史》、《周秦诸子学》、《中国通史》②、《粤东学术源流史》等③也为其著。

其中,《曹子建诗注》、《鲍参军诗注》、《阮步兵咏怀诗注》,1957 年由人民文学出版社再版,《汉魏乐府风笺》、《谢康乐诗注》、《魏武帝魏文帝诗注》(附《魏明帝诗注》),1958 年由人民文学出版社再版。另外《诗学》、《诗律》附《蒹葭楼诗》,于 2007 年由天津古籍出版社以《黄节诗学诗律讲义》为名重版。另外,中华书局于 2008 年编辑出版了《黄节诗学选刊》,所收黄氏诗学著作除上述人民文学出版社于 50 年代所出六种之外,还有《诗旨纂辞》与《变雅》。

还有一些单篇文章散见于《国粹学报》、《南社丛刻》等刊物。

黄节诗学湛深,吴宓说他:"为近今中国诗学宗师,合诗教、诗学、诗法于一人,兼能创造。"④

黄节的著作大都是他在大学授课时撰写的讲义,而这其中主要是魏晋六朝诗人诗作的笺注,综合性的诗学论著较少,有代表性的就是《诗学》。《诗学》也是黄氏任教北大时的讲义,1929 年由北京大学排印出版。全书叙述由汉魏至明代的诗歌发展梗

①② 王森然:《近代名家评传》(二集),《黄节先生评传》引吴宓《黄节学术》,第 264～266 页,第 276 页,北京:三联书店,1998 年。

③ 孙文光:《中国近代文学大辞典》,第 852 页,合肥:黄山书社,1995 年。

④ 吴宓:《吴宓诗话》,第 187 页,北京:商务印书馆,2005 年。

概，篇幅虽不足五万字，但能成一家言，影响深远。吴小如评为："其学术价值足与鲁迅《汉文学史纲要》、刘师培《中古文学史讲义》媲美。"①

全书分为"序"、"诗学之起源"、"汉魏诗学"、"六朝诗学"、"唐至五代诗学"、"宋代诗学"、"金元诗学"、"明代诗学"等八部分。"诗学之起源"中说，所谓"诗学"是指文人的诗歌创作，这种创作晚于民间歌谣的产生。"班孟坚曰：'哀乐之心，感而歌咏之声发。'古者民俗歌谣，皆谓之诗。十五国风所采是也。《击壤》、《卿云》，亦皆可歌，不尽比于琴瑟，是故古无所谓诗学也。"②诗学的"初期"是从专职诗人有意为诗算起。"诗之兴其始于'颂'乎？欧阳庐陵曰：'古者登歌清庙，大师掌之。'是故四始之体，惟'颂'专为郊庙颂述功德而作。其他率因触物比类，宣其性情，恍惚游衍，往往无定，未若'颂'之立为专体也。诗之有学，此其初期也。"第一批专职诗人的创作是应郊庙祭祀歌功颂德的需要而产生的，接下来便是为了应各国日益频繁的纵横外交需要了。"《传》曰：'登高能赋，可为大夫。'班孟坚曰：'言感物造耑，材知深美，可与图事也。降及春秋，诸侯卿大夫，交接邻国，当揖让之时，必称诗以论其志。'故孔子曰：'不学诗，无以言'也。诗之有学，此其中期也。"③前两个时期专职诗人的身份都是贵族大夫，战国时期这种局面彻底改变了。"班孟坚曰：'春秋之后，周道浸微，聘问歌咏，不行于列国。学诗之士，逸在布衣，而贤人失志之赋作矣。大儒孙卿及楚臣屈原，离谗忧国，皆作赋以风，咸有恻隐古诗之义。'是故诗学之兴也，其后期则成于赋乎？"④除诗人的身份转变而外，形式典雅凝重的颂体诗与辞赋合流，形成了新

---

① 吴小如：《〈黄节诗学诗律讲义〉出版题记》，《黄节诗学诗律讲义》，第 2 页，天津：天津古籍出版社，2007 年。

②③④《黄节诗学诗律讲义》，第 5 页，第 6 页，第 6 页，天津：天津古籍出版社，2007 年。

的体式。

“汉魏诗学”一节，重点探讨各种诗体的起源，五七言而外，还涉及八言、六言乃至九言，但重点是五七言。他认为五言诗源于诗三百。“严沧浪曰：‘风雅既亡，一变而为《离骚》，再变而为西汉五言。’五言诗者，其源实导于三百，而欲变《离骚》复杂之辞者也。观三百篇中若‘以介我黍稷，以谷我士女’、‘彼有不获稚，此有不敛穧’、‘乃求千斯仓，乃求万斯箱’，皆五言连用，特未以为全篇耳。《离骚》文辞复杂，五言句实不一二觏。西汉之初，学者既惮乎三百篇之简奥，而又以《离骚》过为繁杂，乃创此体。”“五言之兴也，始于汉武”，“乐府既有五言”，于是《古诗十九首》及苏李赠答相继成篇，遂为五言古诗之首。此五言诗所由兴也。至于七言的起源，黄氏认为：“七言之兴也，亦始于汉武。”“刘彦和谓七言亦出自《诗》、《骚》，孔颖达举‘如彼筑室于道谋’为七言之始，是已。顾亭林谓楚辞‘招魂’、‘大招’，去其些、只，即是七言，说亦良是。然未以为全篇也。至‘柏梁’，则通体皆七言，故后世以为七言始耳（古诗歌七言之可诵者，若宁戚《饭牛歌》、高祖《大风歌》、项羽《垓下歌》。然《饭牛》、《大风》两章纯乎全篇七言也。《垓下歌》七言矣，然中用‘兮’字，雅近楚辞，亦不得以此为七言诗也）。虽然武帝柏梁诗体，如今之联句，非一人全篇之作，至后汉张衡作《四愁诗》，七言之体益著。此七言诗所由兴也。”①

“六朝诗学”一节首先讲了五、七言诗之“变体”，这种“变体”孕育了后来的近体诗。“以六朝之词藻，上承汉魏而下开唐宋，凡诗之体格，无不备于是时。”这节重点叙述了六朝五、七言诗特别是五言诗的流变。“然以五、七言较论，则五言之作，其源流为远。魏晋之间，以阮籍别为一派，与陈思相匹，《诗品》云：‘其源

① 《黄节诗学诗律讲义》，第 9 页，天津：天津古籍出版社，2007 年。

出于小雅，司马氏之初，则左思、刘琨、郭璞，三分鼎足，莫此为盛。'而左之挺拔，源出刘桢。刘之源刚，源出王粲。郭之豪隽，源出潘岳。过江而后，笃生渊明，其源出于应璩，而又协左思风力。要之渊明之诗，卓绝后先，三百之遗也。宋代词人则以谢灵运、鲍照为首。而谢源于陈思，鲍源于二张（晋张协、张华）。若谢混、谢瞻、袁淑、王微、王僧达源于张华。萧齐以谢朓独步一时，其源出于谢混。梁代右文，作者为众，若江淹、何逊，足为两雄。沈约、范云、吴均、柳恽，差堪羽翼。而江则成就于谢朓，沈则宪章乎鲍照，其源尤可溯。陈则徐陵称首，北周庾信为优。至隋而杨素沉雄华赡，风骨甚遒，已僻唐人陈、杜、沈、宋之轨。此则五言之盛，其源流可称述者也。"①

七言与五言相较，则远逊于五言。"若夫七言之作，则以六朝之大，惟鲍照一人，最为遒宕。梁武、庾信亦自靡丽，斯为次之。溯其源流，不若五言远矣。盖五言极盛于汉代，至六朝而未衰。七言则汉始萌芽，尚沿骚体（如汉武《瓠子》、《秋风》，张衡《四愁》，皆汉七言长篇，未脱骚体是也）。至魏文《燕歌行》、陈琳《饮马长城窟行》，始称七言巨制。以是观之，则七言未振于汉代，迄六朝而方兴，是以其源流之远，未及五言。"②

在"唐至五代诗学"一节，黄节高屋建瓴，以截断众流的气魄，提纲挈领地概括了唐代初盛中晚四个时期诗歌的发展脉络。同时，明确了诗风变化的原因，评骘了重点诗人，堪称一部浓缩的唐诗史。

首先指出初唐"四杰"、"四友"的诗学渊源："皆能远挹谢、鲍，近宗徐、庾。引六朝之源流以入初唐，此其选也。"但这一时期的诗风却与六朝有别："五、七言古诗，亦视六朝为绮靡。夫绮

---

①②《黄节诗学诗律讲义》，第15～16页，第16页，天津：天津古籍出版社，2007年。

靡则伤气格。”于是就有人想变化风气：“张九龄、陈子昂起而振救之，夺魏晋之风骨，变梁陈之俳优（采王渔洋说），抑沈、宋之新声，掩王、卢之靡韵（采邓元锡说），而风斯一变。”①

降及盛唐，群星璀璨，李杜而外，“其时如王维之精渺，李颀之冲秀，高适之沉雄，岑参之奇逸，四子者，称‘王李高岑’。而孟浩然以雅人深致，与王维齐名，亦称‘王孟’，各以其所长，争唪一时。而乐府七言，至是而始畅；近体律绝，推是为正宗。所谓气格声律，至详极备，唐代诗学之盛，盛于此矣”②。

中唐初期尚能保存关注现实的余绪。“天宝丧乱，施于大历、贞元；李、杜之风未远，学者犹能感时哀歌。”③但是随着“近体繁多，古声渐远”，“惟韦应物之古淡，柳宗元之峻洁，铮铮气格，称为‘韦柳’，斯为难及”。④到了韩愈时代，“韩愈博大，鼓吹六经，以难文复古，以险韵为诗，力追汉魏，树之宗风，其时与昌黎并立者，孟郊一人而已”。“盖昌黎本好奇崛，而东野亦硬语盘空，以是并称‘韩孟’。一时若卢仝、贾岛，皆闻韩、孟而起者，而风又一变。奇崛之失，至于涩僻，如卢仝、贾岛或至不可卒读。于是元稹、白居易兴焉”，“盖元、白之浅易，实矫韩、孟之涩僻而为之也，而风又一变”。⑤那么晚唐诗风又是如何变化的呢？“元、白之失，在于浅易，格每下而力劣，声杀削而音微。施及晚唐，而沉雄深浑之诗，至于绝响。于是温庭筠之绮靡，李商隐之纤秾，同时而兴。尚声律而忽气格，抑又下于初唐四子及沈、宋远矣。流及五季，迄用无题，而风又一变。读杜甫汉朝陵墓，较李商隐马嵬锦瑟，读杜甫九日蓝田庄，较杜牧九日齐山，则盛唐晚唐之升降，已可喟矣。”⑥

黄节对盛唐李、杜两大家的评价也别具只眼，更多地着眼于

---

①②③④⑤⑥《黄节诗学诗律讲义》，第19～20页，第21页，第21页，第21页，第22页，第22～23页，天津：天津古籍出版社，2007年。

诗体。如谓“李白古风最为五言之冠，顾其天才卓绝，而忧时感愤，恒发于言”。而“太白七言古体，原逊五言”，“王渔洋论太白七言诗，等诸王、李、高、岑，称盛唐五家，则七言不逮杜甫矣”。但其“七言绝诗，如画中神品，窅然入微，高出盛唐诸公之上”。对李白的五七言律诗也作了评价：“其五言律，清闲俊逸，从容于法度而不为所窘。白尝言兴寄深微，五言不如四言，七言又其靡也。况使束于声调，俳优哉，俳优哉，遂谢不复为。独于《黄鹤楼见崔灏所赋搁笔去》、《于凤凰台鹦鹉洲戏摹》为二律，是故七言律非其所长，亦其所不愿为也。”至于杜甫，则七古、七律、五古、五律、五排、七排都特立独出，没有争议。但有一种论调认为杜诗五言不如七言，《讲义》则驳斥道：“故就其五言诸体观之，甫实兼有李白之长。然则谓杜尤长七言则可，谓其不长五言则未可也。渔洋论杜七言，以为前所未有，后所莫及，盖举其尤长者言之。”杜甫有些体制是短腿，也无讳饰的必要：“惟五、七言绝诗，非杜所长，则不必以是求之耳。”①

黄氏特重韩愈，也属其独到之见。“李、杜而后，降及贞元、元和间，学杜而得其至者，惟韩昌黎一人而已。然昌黎之学杜，非逐其声响而求之也。昌黎七言古诗，王渔洋极称之。然以五言论，则亦何后于李、杜？渔洋选古诗，不录昌黎五言，未为得也。昌黎五言古诗如《归彭城》，如《烽火》等篇，感怀时事，不减杜甫《潼关》、《石壕》诸作。又如《此日足可惜》、《赠张籍》及《秋怀十一首》、《县斋有怀》、《龊龊》等篇，其自述身世，亦陈子昂《感遇》、李白《古风》、杜甫《遣兴》之遗也。至如《合江亭》，如《陪杜侍御游湘西两寺》，如《岳阳楼别窦司直》等篇，则雄奇闳肆，其气格骎骎乎直过李、杜。故谓昌黎五言之长不可没也。若七言古

①《黄节诗学诗律讲义》，第23～25页，天津：天津古籍出版社，2007年。

诗，则《汴州乱》、《桃源图》、《永贞行》、《感春》等篇，亦等诸杜甫《丽人》、《兵车》之作。若《赠张功曹》、《谒衡岳庙》、《杏花》、《寒食日出游》、《送区宏南归》、《石鼓歌》等篇，则哀丽悱恻，而出以奇放，慷慨动人，可独步千古矣。故谓昌黎尤长七言，此其最也。”①昌黎之短“惟近体五、七言律绝，非其所长，则逊于杜甫耳”②。

作者认为有唐一代起振起风气的诗人只有四人。“观夫唐一代之诗，初唐有陈子昂，盛唐有李、杜，中唐有昌黎，皆关乎一代文章风气者。至晚唐而阙然，则风气盛衰，人材升降，可以见矣。”而对于初、盛、中、晚的唐诗发展分期，他也认为只能就主要的倾向而言，并非绝对。“是故论唐诗由初而盛，由盛而中，由中而晚，其间时代声调，固自不同。王世懋曰：‘亦有初而逗盛，盛而逗中，中而逗晚者，变之渐也。非逗故无由变，如四诗之有变风、变雅。杜子美全集半是大历以后作，即大历十子，亦岂无盛唐，必谓盛唐人无一语落中，中唐人无一语入盛，则亦固哉其言诗矣。然则区时代为四以论唐诗者，于其源流之正变，风气之推迁，气格声调之异同，就其大势而观之，以慎其所学，斯为无害。若毛举单词，摭拾一二篇章，以分别初、盛、中、晚，诚未见其善学也’。”③

晚清时，宋诗之帜大张，诗宗江西成为一时风尚，仅钱基博《现代中国文学史》列入专节的宋诗派诗人就有陈三立、陈衍、郑孝胥、胡朝梁、李宣龚等人，还有级别稍低的附见者十三人。黄节本人的诗歌创作也是取法宋诗者，张尔田在为他的《鲍参军诗注》所作序中说他“其诗历宋之后山、宛陵诸家，尽规其度”。所以《诗学》中“宋代诗学”一节篇幅独大，且皆深造自得之言。举

①②③《黄节诗学诗律讲义》，第 25～26 页，第 26 页，第 27～28 页，天津：天津古籍出版社，2007 年。

重若轻，把头绪纷繁、数量众多的诗人诗派、诗歌诗论，宏观微观相结合，从源到流剖析清楚，功力毕见。

首先他对宋初名噪一时的“西昆派”的优长局限以及后人评价的得失进行了高度概括：“要而论之，杨(亿)、刘(筠)诸人，时际升平，故其为诗，雍容典赡，无唐末五季衰飒之气，此其胜也。然而专工对偶，疏于气格，词华虽丽，六义则缺，此其短也。清初吴之振作《宋诗钞》，遂置亿不录，良有所见。而纪晓岚乃称西昆体取材博赡，炼词精整，非学有根柢，不能熔铸变化，自名一家，未免阿所好矣。”①想改变西昆风气的是苏舜钦与梅尧臣。“西昆之焰既戢，而苏子美、梅圣俞继起，称‘苏梅’体。才力体制，尽翻西昆窠臼。”②“宋初之诗，至苏、梅一变。《刘后村诗话》云：‘苏、梅二子，稍变以平淡豪俊，而和之者尚寡。’是故其时去西昆之风未远，前乎苏梅者，有王禹偁，欲变之而未能，盖王无师友讲习也。(见叶水心语)至苏、梅稍变之，而和者尚寡。”③彻底改变西昆风气的是欧阳修，“至欧阳修出而尽变之”。欧阳修创作成就如何？毁誉不齐，存在争议：“论欧公之诗，抑有毁誉不齐者，李调元谓欧诗全是有韵古文。王渔洋则谓宋承唐季衰陋之后，至欧公始拔流俗。然李不喜宋诗，其言未足为允。渔洋称欧公七言长句高处直追昌黎。就其所长而言，是则七言古体其最也。”其诗学则学韩愈。“欧公为人，尝以昌黎之后一人自命，其文学昌黎，于诗亦然。”④

欧阳修之后，宋代的大诗人是王安石与苏轼。“欧公之后，苏、黄之前，独推王安石。王渔洋亟称其七言长句。要之，荆公古近体皆能之。”王的诗学渊源杜甫。“荆公之诗，一致力于杜甫，尝谓世之学者，至乎甫而后为诗，不能至，要之不知诗焉而。

①②③④《黄节诗学诗律讲义》，第 31 页，第 31 页，第 31～32 页，第 32～33 页，天津：天津古籍出版社，2007 年。

(见《老杜诗后集序》)夫在宋之初,缀拾韩文者欧公也(见《记旧本韩文后》),缀拾杜诗者荆公也。"①对荆公诗的弱点,王渔洋认为:"荆公狠戾之性,见于其诗文,可望而知"。黄氏评道:"盖渔洋选七言,首录荆公以继欧阳后,然犹讥其狠戾。是则荆公之诗虽佳,而性情有未理矣。又在宋蔡绦论之曰:'荆公诗乏风骨,一味清新耳。'黄山谷亦谓荆公诗暮年方妙,惟格高而体下。由是观之,亦见其本质有未美处,不独渔洋讥之。"②

对苏诗的评价,黄节认为宋人最为得当。"同时与荆公齐名者则苏轼也。近世论东坡之诗者,渔洋举其七言长句,以为子美、退之后一人。要之东坡诸体皆工,而七古为最。在宋张芸叟论之云:'东坡诗如武库初开,矛戟森然,一一求之,不无利钝。'是则论东坡之诗者,当观其大而已。若一一求之,微独东坡,即子美、退之亦岂能无可訾者欤。陈后山云:'东坡始学刘禹锡,故多怨刺,学不可不慎也。晚学太白,至其得意则似之矣。然失于粗,以其得之易也。'后山亲见东坡,其所言当必不谬。今观东坡初年诗,则怨刺之作居多,晚年稍变之以豪放,亦适如后山之言。然则读东坡诗者,分别以观之可矣。"③

北宋最大的诗派为影响深远的江西诗派。"其所谓江西云者,以山谷为江西人,从山谷一派者,故谓之江西诗派耳。由是言之,江西诗派可论者,又只有山谷、后山两家而已。山谷出东坡之门,然而东坡独心折山谷之诗,数效其体。盖山谷虽脱胎于杜,顾其天资之高,笔力之雄,自辟庭户,实足配食子美。(王渔洋语)五七言古律皆工,七绝则千篇一体,稍乏风韵耳。自王荆公提倡杜诗,其时风气尚未大开,至山谷而杜之风始盛。"④山谷学杜,又非表面模拟。"山谷教人为诗,在乎精研经史,是故山谷

①②③④《黄节诗学诗律讲义》,第 34 页,第 34 页,第 35 页,第 37 页,天津:天津古籍出版社,2007 年。

于诗虽学杜，而能自成面目，由其读书之功也。”①

江西诗派的另一巨子陈师道诗学山谷，有人认为“后山诗且贤于山谷”，黄节认为：“平心而论，后山之洒落，不如山谷，综其全集观之，大抵叹老嗟悲之词为多，而山谷则否，此其所以不如也。当是时，江西诗派为众所趋，学山谷者往往规抚形似，惟后山虽师山谷，而实远祖少陵。山谷叹以为深得于老杜（见任渊序），信知言矣。魏衍又称其诗语精妙，未尝无谓而作，其志意行事，班班见于其中。是则读后山集者，尤当兼观其行及其际遇，以见其立言之旨，始为善学后山者耳。”② 如何看待陈诗叹老嗟悲问题，黄节见解独到且富有启发性：“虽然后山之诗多怨也，吾所谓其叹老嗟卑之词为多。然则读后山诗者，以此短之可乎？曰不可。”为什么？“虽然平心而论，后山之诗不能谓之不多怨，喜其多怨而不失身耳。观后山却章惇之见，以至终身不用，却赵挺之之裘，以至受寒而死，是岂少陵所能为者？故有后山持身之义，则诗虽多怨而无害。否则叹老嗟卑，其言愈冷，其中愈热，鲜不至于失身不止，是未善学后山而得其害矣。害不仅在文字而在性情矣。性情之失，而身名随之，比比又皆是。吾实有所见而言之，欲以救今日学后山之失者，此非小故也。”③

南宋诗坛，状态若何？“南渡留传之富，卓然成家，以杨、陆二子为最。”杨万里在两宋诗坛中的地位怎样？“平心而论，以诚斋比之黄、陈，自是不及，惟在南宋，则必推其名家。”而在南宋与陆游相较，诗才、立身亦自不同。“夫以诗论，则杨较逊于陆，若论晚节，则陆不逮杨。”④ 南宋最大诗人还当属陆游。陆游的诗学渊源较少被论者涉及，黄节却说得十分明确：“若夫放翁诗派源出于江西，则尤足详述。放翁学诗于曾几，曾几之学出于韩

---

①②③④《黄节诗学诗律讲义》，第 38 页，第 39 页，第 40～41 页，第 41～42 页，天津：天津古籍出版社，2007 年。

驹。而韩驹列名于江西诗派，一传为曾几，再传为放翁。”①这只是就师友传习授受而言，其实江西诗派的鼻祖是杜甫，黄氏引刘后村论放翁诗曰：“放翁学力似杜甫。”又引《唐宋诗醇》之论：“观游之生平，有与杜甫类者，少历兵间，晚栖晨亩，中间浮沉中外，在蜀之日颇多，其感激悲愤忠君爱国之诚，一寓于诗。酒酣耳热，跌荡淋漓，至于渔舟樵径，茶碗炉熏，或雨或晴，一草一木，莫不著咏歌以寄此意，此与杜甫之诗何以异哉。诗至万首，瑕瑜互见，譬之深山大泽，色合者多，不暇剪除荡涤。若捐疵颣，存英华，略纤巧可喜之词，而发其闳深微妙之旨，实可与李、杜、韩、白诸家，异曲同工，追配东坡而无愧者也。”黄节对放翁各体诗的评价是：“诸体皆工，七律尤长，惟排律及五言差逊。《四库提要》论其诗能自辟一宗，不袭黄、陈旧格，是在学者细意辨之而已。”②

黄节对南宋其他流派与诗人的评价也使人耳目一新，如对徐照、徐玑、翁卷、赵师秀等“永嘉四灵”的评价即其一例，说他们“为诗力追晚唐，以矫江西派之失。四子之诗，所传只人各一卷，不足以窥其全。然虽刻意雕琢而取径太狭，终不免破碎尖酸之病”。再如评南宋末的范成大与姜夔也眼光独到，说他们“出入于江西诗派而不为其所囿”，“石湖晚年始学苏、黄，白石则初年学山谷，而晚年则否”。范成大的学诗历程是“早岁吟咏，实溯中唐而下”，“中年以后，骨力乃以渐而遒，盖追溯苏、黄遗法，而约以婉峭。较其才调之健不及诚斋，而无诚斋之粗豪。气象之阔不及放翁，而无放翁之窠臼。允堪伯仲之间耳”。③姜夔取径则与之相反。“白石自三薰三沐师黄山谷。居数年，一语噤不敢吐，始大悟学即病，顾不若无所学为得，于是山谷诗亦束高阁。（见其自叙）盖是时喜宗江西者，皆落黄、陈窠臼，惟白石翻然而

①②③《黄节诗学诗律讲义》，第 42 页，第 44～45 页，第 44～45 页，天津：天津古籍出版社，2007 年。

悟。故又自谓求与古人合，不若求与古人异。向也求与古人合，今也求与古人异。及其无见乎诗也，则不求与古人合而不能不合，不求与古人异而不能不异。(亦见自叙)由其言观之，故曰白石初年学山谷，而晚年则否，可以知矣。凡一诗一文，必有一时之风尚。趋风尚者，虽贤达亦所不免，然众趋而趋，则逐人后不能自立。惟有学识者，于众中自辟门户。白石谓‘学即病，不若无学为得’，非谓不学，谓不可随人所学而学之耳。不然，使白石而不学也，奚能成其为白石也哉。”正因如此，“南渡诗家，能从江西派人，而不从江西派出者，又独推白石矣”。①

“金元诗学”一节中说道：“辽之诗学，无足称述，至金亦惟元好问一人而已。”至于元代，黄氏概括说：“夫诗至元代欲复唐音而才力薄弱，自道园而外，实无足与宋贤相较者。吴渊颖、杨铁崖力追唐代，曾未能至于遗山。盖诗至元而衰矣。汪师韩《诗学纂问》论宋元以后诗以为有四美焉：曰博、曰新、曰切、曰巧。既美矣，失亦随之：学虽博，气不清也，不清则无音节。虽新，词不雅也，不雅则无气象。且也切而无味，则象外之境穷；巧而无情，则言中之意尽。是虽泛论宋元后诗人，要之其言实有所见者，文章与风俗盖隐隐相系。元代之风俗远逊宋时，故气不清则词不雅，此必至之势也。东坡曰‘言有尽而意无穷’者，天下之至言，元以后知此者盖已稀矣。”②

对明代之诗，黄氏认为：“有明一代之诗，步趋唐辙，视元则伯仲，而比宋则逊矣。”③所以《诗学》只略述其梗概而已。

黄节以革命先进的身份，本可高官厚禄，安享尊荣，但他却甘愿清贫，一生孜孜矻矻，作诗、讲诗、研诗不倦，目的何在？他在《阮步兵咏怀诗注·自叙》中说出了自己的苦心：“世变既亟，

①②③《黄节诗学诗律讲义》，第45～46页，第52～53页，第54页，天津：天津古籍出版社，2007年。

人心益坏，道德礼法尽为奸人所假窃，黠者乃藉辞图毁灭之。惟诗之为教，最入人深，独于此时学者求诗则若饥渴。余职在说诗，欲使学者由诗以明志而理其性情，于人之为人，庶有裨也。"①"夫雅废国徵，谓无人服雅而国将绝尔。国积人而成者，人之所以为人之道既废，国焉得而不绝，非今之世邪？余以饥寒交困，风雪穷冬，茅栋孰忧，妾御求去，故乡路阻，妻孥莫保，暮齿已催，国乱无已，而独不废诗。余亦尝以辨别种族，发扬民义垂三十年，其于创建今国，岂曰无与？然坐视畴辈及后起者藉手为国，乃使道德礼法坏乱务尽。天若命余重振救之，舍明诗莫由。"② 正因如此，他研注古诗时，"往往中夜勤求未得，则若有鬼神来告，豁然而通。余是以穷老益力，虽心藏积疾，不遑告劳者，为古人也，为今人也"③。

《自叙》作于 1926 年，其时正是风雨如磐，新旧军阀为争权夺利而混战不已之时。黄节以诗学作为挽回世道人心的手段和为民族国家尽力的途径，是有意识的，是高度自觉的。

黄侃的《文心雕龙》研究

黄侃(1886—1935)，原名乔馨，字梅君，后改名侃，字季刚，又字季子，号量守居士。湖北蕲春人。青年时代赴日本留学，加入同盟会，宣传革命。回国后在辛亥革命时期，曾直接参加领导过革命活动。袁世凯执政时，拒不参加筹安会。后见国事日非，遂退而讲学，于 1914 年应聘北京大学为教授。后又在中国大学、武昌高等师范学校、东北大学、中央大学等校任教授。

黄侃在日本时，曾师事章太炎学习小学。民国初年拜刘师

①②③ 黄节：《阮步兵咏怀诗注》"自叙"，第 2 页，第 3 页，第 4 页，北京：人民文学出版社，1957 年。

培为师，学习经学。他是与章太炎齐名的国学大师，是我国著名的音韵训诂学家。他的研究领域也兼及文学，特别是对《文心雕龙》与《昭明文选》有深入研究。创作方面，古文而外兼工诗词，今存文 52 篇，诗 1017 首，词 376 阕。

黄侃著作，在其生前大都未整理出版。在写作形式上，成型者为其在大学授课所印发之讲义，其他还有大量阅读各种书籍时所写的批语，仅"对《说文》、《尔雅》、《广韵三书》所作批语即达七十余万言"①。对他的著作的整理出版大都是在他去世后，特别是近二三十年进行的。已出版部分计有：

《黄季刚先生遗书》，台北：石门图书公司，1980 年。

本书 14 册，第 1、2 册为手批《说文解字》，第 3 至 5 册为手批《尔雅义疏》，第 6 册为手批《文始》，第 7 册为《古韵谱稿》、《复位唐韵考》，第 8 册为手批《经籍旧音辨证》，第 9、10 册为圈点《十三经白文》，第 11 至 14 册为《评点昭明文选》。

《字正初编》，武汉：武汉大学出版社，1983 年。

《集韵声类表》，上海：开明书店，1936 年。

《黄侃声韵学未刊稿》，武汉：武汉大学出版社，1985 年。

《广韵校录》，上海：上海古籍出版社，1985 年。

《尔雅音训》，上海：上海古籍出版社，1983 年。

《黄侃手批尔雅正名》，武汉：武汉大学出版社，1986 年。

《文字声韵训诂笔记》，上海：上海古籍出版社，1983 年。

《黄侃手批白文十三经》，上海：上海古籍出版社，1983 年。

《量守庐群书笺识》，武汉：武汉大学出版社，1985 年。

《黄季刚诗文钞》，武汉：湖北人民出版社，1985 年。

《黄季刚先生手写日记》，台北：学生书局，1977 年。

---

① 黄焯：《量守庐学记・季刚先生生平及其著述》，第 33 页，北京：三联书店，1985 年。

《黄侃日记》，南京：江苏教育出版社，2001年。

《蕲春黄氏文存》，武汉：武汉大学出版社，1993年。

《丁丁集》，《制言》第40、42期。

《量守庐遗墨》，黄念容编（非卖品）。

《黄侃批点南宋四家律选》，湖北省图书馆印，1985年。

《文选平点》，上海：上海古籍出版社，1985年。

《文选黄氏学》，台北：文史哲出版社，1977年。

《文心雕龙札记》，北京：中华书局，1962年；上海：上海古籍出版社，2000年。

《日知录校记》，《日知录集释》，上海，上海古籍出版社，1985年。①

另外，"黄侃先生哲嗣黄延祖在武汉大学人文科学基金资助下，组织人力对先生著述进行全面整理，比勘先生手稿，并查阅所引典籍，主持编辑《黄侃文集》"，"历时六年，现已告竣，计得《国学文集》、《国学讲义录》、《文心雕龙札记》、《文选平点》、《说文笺识》、《广韵校录》、《尔雅音训》等十余种。手批本除《白文十三经》和《说文解字》外，更有《尔雅义疏》和《广韵》（原件已佚，现有先生弟子殷孟伦之迻录本）两种，均套色影印"。②《黄侃文集》上述各种，中华书局已于2006年全部出版。

黄侃文学研究方面的著作主要是《文心雕龙札记》与《文选平点》两种，还有《文学论微·标观篇》、《中国文学概谈》两篇文章，《阮籍咏怀诗补注》、《李义山诗偶评》两种诗歌注、评。上述四种作为中华书局版《黄侃文集·文心雕龙札记》附录刊行。

《文心雕龙札记》（以下简称《札记》）原本是教学的产物。黄

---

① 司马朝军、王文晖：《黄侃年谱·附录》，武汉：湖北人民出版社，2005年。

② 黄侃：《文心雕龙札记》"黄侃文集出版说明"，第2页，北京：中华书局，2006年。

侃之子黄念田在为中华书局 1962 年版《札记》所作“后记”中说：“先君以公元一九一四至一九一九年间任教于北京大学，用《文心雕龙》等书课及门诸子，所为‘札记’三十一篇，即成于是时。一九一九年后，还教武昌高等师范学校凡七载，复将‘札记’印作讲章。一九三五年秋，先君逝于南京，前中央大学所办《文艺丛刊》拟出纪念专号，乃检箧中所藏武昌高等师范所印讲章，录出‘原道’以下十一篇畀之。‘神思’以下二十篇，则先君一九二七年居北京时，已付北京文化学社刊印。二十余年以来，《文艺丛刊》及文化学社所印之本皆不易得，海内之欲读是书者，时以重印为嘱。爰将一九二七及一九三五年两次印行各篇都为一集，重加勘校，并断句读，交中华书局上海编辑所出版。”①自上世纪 60 年代以来，《札记》不断再版，仅单行本即有中华书局 1962 年版、华东师范大学出版社 1996 年版（陈引驰校订，附录《文学论微·标观篇》、《中国文学概谈》、骆鸿凯“物色第四十六”本）、上海古籍出版社 2000 年版（周勋初导读本）、中国人民大学出版社 2004 年版（吴方点校附录“物色第四十六”本）、中华书局 2006 年版（黄延祖重辑《黄侃文集》本）。

《札记》在《文心雕龙》研究史上是一部划时代的里程碑式的著作。牟世金在《文心雕龙研究论文集序——“龙学”七十年概观》文中说：“近代《文心雕龙》研究的奠基者当推黄侃”，“不仅由于黄侃研治《文心雕龙》成就较高，影响较大，且他一开始就使之初具‘龙学’的意义了。黄氏《札记》虽问世稍晚，但它是在一九一四至一九一九年讲授《文心雕龙》于北京大学期间撰写的。把《文心雕龙》作为一门学科搬上大学讲坛，这是有史以来的第一次。此外，不仅刘师培、范文澜、刘永济等，都先后在各大学开设此课，日本铃木虎雄也于大正乙丑（1925）春，‘在大学课以《文心雕龙》了’。这说明从黄侃开始，《文心雕龙》研究就是一门独立

① 黄侃：《文心雕龙札记》，第 235 页，北京：中华书局，1962 年。

的学科:龙学。”①

至于《札记》在《文心雕龙》研究中的革命性震撼,黄氏的门人,台湾学者李曰刚说:“民国鼎革以前,清代学士大夫多以读经之法读《文心》,大则不外校勘、评解二途,于彦和之文论思想甚少阐发。黄氏《札记》适完稿于人文荟萃之北大,复于中西文化剧烈交绥之时,因此《札记》初出,即震惊文坛,从而令学术思想界对《文心雕龙》之实用价值、研究角度,均作革命性之调整,故季刚不仅是彦和之功臣,尤为我国近代文学批评之前驱。”②

对于《札记》的地位及影响,周勋初说:“《文心雕龙札记》一书,就从 1927 年文化出版社印行算起,也已问世五十多年了。治《文心雕龙》者历久不衰,一直把《札记》视作重要的参考书。目下研究《文心雕龙》的盛况更是迈越往古,观点和方法也已大不相同,然而《札记》此书仍然享有不可动摇的地位,此中原因,值得好好地总结。”③

本书体例分两部分,一是对《文心雕龙》每篇进行理论阐发,二是对其中的文字典故进行训释。后一部分出自朴学大家黄侃之手,其精确不移自然不容置疑,但传统研究者也都或多或少地作过这方面的工作,所以《札记》的贡献主要在于对刘书旨意的探讨阐发。黄氏站在以骈体为“文”之正宗的立场上,对桐城派的文论多所驳诘,包括对桐城派提出的阴阳刚柔之说。

姚鼐在《复鲁絜非书》中说:“鼐闻天地之道,阴阳刚柔而已。文者,天地之精英,而阴阳刚柔之发也。”④曾国藩在此基础上又发展为太阳、太阴,少阳、少阴四象。此说作为文学不同风格特

①② 中国文心雕龙学会:《文心雕龙研究论文集》,第 3 页,北京:人民文学出版社,1990 年。

③ 周勋初:《黄季刚先生〈文心雕龙札记〉的学术渊源》,《文心雕龙札记》,第 20 页,上海:上海古籍出版社,2000 年。

④ 王运熙、顾易生:《清代文论选》下,第 572 页,北京:人民文学出版社,1999 年。

点的一种象征性表述，自有其一定道理，但如划分绝对，就难免拘执牵强，陷入简单化了。《札记》在"定势第三十"中说："然执一而不通，则谓既受成形，不可变革，为春温者，必不能为秋肃，近强阳者，必不能为惨阴。为是取往世之文，分其条品，曰此阳也，彼阴也，此纯刚而彼略柔也。一夫倡之，众人和之。噫！自文术之衰，窾言文势者，何其纷纷耶！"①而为文的"定势之要，在乎随体，譬如水焉，槃圆则圆，盂方则方；譬如雪焉，因方为珪，遇圆成璧，焉有执一定之势，以御数多之体，趣捷狭之径，以偭往旧之规，而阳阳然自以为能得文势，妄引前修以自慰荐者乎！是故彦和之说，视夫专标文势妄分条品者，若山头之与井底也；视徒知崇慷慨者，相去乃不可以道里计也。"②文章应以"文体之自然"为本，而不能预设先验的气势来规范文章。"知凡势之不能离形，则文势亦不能离体也"，"阴阳刚柔亦非文势所能自为也"。"知趣向从违随乎物形而不可横杂以成见，则为文定势，一切率乎文体之自然，而不可横杂以成见也。"③

《文心雕龙》第一篇是"原道"，后人本此引申出"文以载道"之说，《札记》则认为这是曲解刘勰原意，而刘之原意是道法自然。"《序志》篇云：'《文心》之作也，本乎道。'案彦和之意，以为文章本由自然生，故篇中数言自然。一则曰：'心生而言立，言立而文明，自然之道也。'再则曰：'夫岂外饰，盖自然耳'。三则曰：'谁其尸之，亦神理而已。'寻绎其旨，甚为平易。盖人有思心，即有言语，既有言语，即有文章；言语以表思心，文章以代言语，惟圣人为能尽文之妙，所谓道者，如此而已。此与后世言'文以载道'者截然不同。"④而"文以载道"之说盛行，必将戕害文章，使之成为"枯槁之形"。"今曰'文以载道'，则未知所载者即此万物之所由然乎？抑别有所谓一家之道乎？如前之说，本文章之公

①②③④《文心雕龙札记》，第109页，第110页，第110页，第5页，上海：上海古籍出版社，2000年。

理，无庸标榻以自殊于人；如后之说，则亦道其所道而已，文章之事，不如此狭隘也。夫堪舆之内，号物之数曰万，其条理纷纭，人鬓蚕丝，犹将不足仿佛，今置一理以为道，而曰文非此不可作，非独昧于语言之本，其亦胶滞而罕通矣。察其表则为谖言，察其里初无胜义，使文章之事，愈痟愈削，寖成为一种枯槁之形，而世之为文者，亦不复撢究学术，研寻真知，而惟此窾言之尚，然则阶之厉者，非文以载道之说而又谁乎？”①

黄侃以朴学家的治学习惯研治《文心雕龙》，对其中一些概念的内涵给以明确界定，不作玄虚之解，不作疑似之辞，对其解释容或有不同之见，但要不失为重要的一家之言。如对何谓“风骨”，研究者即仁智互见，莫衷一是，而黄氏认为“风骨”“二者皆假于物以为喻。文之有意，所以宣达思理，纲维全篇，譬之于物，则犹风也。文之有辞，所以摅写中怀，显明条贯，譬之于物，则犹骨也。必知风即文意，骨即文辞，然后不蹈空虚之弊。或者舍辞意而别求风骨，言之愈高，即之愈渺，彦和本意不如此也。”②再如对“体性”的解释：“体斥文章形状，性谓人性气有殊，缘性气之殊而所为之文异状。”③另外，对“神与物游”的疏释也是要言不烦：“此言内心与外境相接也。内心与外境，非能一往相符会，当其窒塞，则耳目之近，神有不周；及其怡怿，则八极之外，理无不浃。然则以心求境，境足以役心；取境赴心，心难于照境。必令心境相得，见相交融，斯则成连所以移情，庖丁所以满志也。”④

总之，《札记》特色如论者所言：“季刚先生对《文心雕龙》中文字典故方面的诠释，因为朴学修养湛深的缘故，固然精确不可移；就是对《文心雕龙》中理论的阐发，也是切理恹心，富于启发。季刚先生具有非常丰富的创作经验，而他的创作，正是继承刘勰所倡导的优秀传统发展而来；他的理论，直接继承着刘勰所阐发的微言奥义。他的成就，真可谓学有本源。那么通过他本人的

①②③④《文心雕龙札记》，第6页，第101页，第96页，第93页，上海：上海古籍出版社，2000年。

高度成就，沿着他指示的门径，作探源之举，可免亡羊之病，而有直指心源之助。阅读《文心雕龙》的人，当然在所必读了。”“这样看来，《文心雕龙札记》一书乃是清末民初三大文学流派纷争中涌现出来的一部名著。”①

黄侃对《昭明文选》用力甚勤，其子黄延祖文中记载：“先君精研《文选》，从公元一九一四年至一九一九年间任教于北京大学用《文心雕龙》课及门诸子时，平点《文选》一部，门下诸生竞相传录。（见骆鸿凯著《文选学》后记及所藏迻录本。）后还教武昌高等师范学校和南京中央大学，复手批《文选》数部。”②其对《文选》评点勤奋至此。而且他在书眉上的评点数量很多，既有校语，又有文例、文义的阐发和各种标识。其女黄念容说：“先君季刚先生，熟精选理，研讨至勤。凡萧《选》之文，见于诸史与本集及宋以前书，皆取以互校，所手批《文选》，丹黄烂然。凡汪韩门、余仲林、孙颐谷、胡果泉、朱兰坡、梁茝林、张仲雅、薛子韵诸家书，于文义有关者，并已参核，凡所批注，积满书眉。”③但由于黄侃奉行五十岁以前不著书的信念，所以他对《文选》的研究虽然成一家之学，但没有成书。先是其女黄念容根据他的眉批整理了《文选黄氏学》，于 1977 年由台湾文史哲出版社出版。其侄黄焯据另外的批点本也手录一部，名《文选平点》，于 1986 年由上海古籍出版社出版。后其子黄延祖又“将先姐念容所辑《文选黄氏学》与先从兄耀先所辑《文选平点》重辑为一，尽力保存先君批点《文选》之全貌”④。该书名《文选平点》（重辑本），分上下册，作为《黄侃文集》之一，于 2006 年由中华书局出版，是为最全本。

（黑龙江大学　杨庆辰）

---

① 周勋初：《黄季刚先生〈文心雕龙札记〉的学术渊源》，《文心雕龙札记》，第 20 页，上海：上海古籍出版社，2000 年。

②③④ 黄侃：《文选平点》，第 7 页，第 2 页，第 8～9 页，北京：中华书局，2006 年。

学衡派与中国古典文学

学衡派是五四新文化运动主流之外的一个超越于政治党派之见的独立的学术派别。这个学术团体以东南大学为阵地，以《学衡》杂志为平台，主要成员有吴宓、梅光迪、刘伯明、马承坤、胡先骕、萧纯锦、邵祖平、徐则陵、柳诒徵等。此外，一批为《学衡》供稿的作者，如吴芳吉、刘朴、赵思伯、缪凤林、胡梦华、陆维钊、林损、景昌极、刘永济、汤用彤、钱念孙等人认同《学衡》的宗旨，一般也被归到这个学术派别之中。

《学衡》杂志创刊伊始，柳诒徵就在《弁言》中提出四项准则："诵述中西先哲之精言以翼学"，"解析世宙名著之共性以邮思"，"籀绎之作必趋雅音以崇文"，"平心而言不事嫚骂以培俗"。① 在此基础上，吴宓提出："论究学术，阐求真理，昌明国粹，融化新知。以中正之眼光，行批评之职事，无偏无党，不激不随。""以切实之功夫，为精确之研究，然后整理而条析之，明其源流，著其旨要，以见吾国文化有可与日月争光之价值。"②这是《学衡》"同人之根本思想与公共主张"③，也可以看做学衡派治学论事的基本态度或者核心准则。在新文化运动思潮中，学衡派的宗旨确实显出其不同凡响、特立独行的特质。这主要体现在如下几个方面：一是以西方的新人文主义为学理体系，在融化西方新知的理

① 柳诒徵：《弁言》，南京：《学衡》，1922 年第 1 期。

②《〈学衡〉杂志简章》，见该杂志各期卷首。

③《吴宓自编年谱》，第 241 页，北京：三联书店，1995 年。

论基础上“昌明国粹”；二是坚持学术独立，拒绝参与政治，摒弃党派的偏激情绪，以学术为生存真义，以阐求真理为终极目的；三是以中正、中庸之原则进行文化、文艺批评，从而继承和维护具有普遍、永恒的人文价值的中西方传统文化。在这一宗旨的指导下，学衡派就中国文化各个层面的问题展开了探讨，如儒学的核心价值问题，中西文化的冲突、对立问题，包括西方的文化和文学的基本状况等。他们还对新文化运动、新文学动向进行了激烈而持久地批判，内容涉及文言与白话的优劣问题、新旧文学观念问题、传统文化的扬弃与继承问题、历史的进化的文学观问题等。

谈到学衡派，周作人在1934年说：“只有《学衡》的复古运动可以说没有什么政治意义，真是为文学上的古文殊死战，虽然终于败绩，比起那些人来要胜一筹了。”①从政治的角度看，学衡派是保守的，但他们在存续中国传统文化、肯定中国古代文学成就等方面所做的不懈努力，有着不容忽视的价值。

对中国古典文学流变史的总结和梳理

作为20世纪二三十年代一个重要的学术流派，学衡派站在文化保守主义的立场上，反思新文化运动的意义与价值，对新文化运动过度批判传统文化，多“破”少“立”的偏激情绪和激进态度，积极地加以调整。学衡派对古典文学的肯定，对古典文化的坚持，在当时影响颇大。新文化运动的先驱和主将鲁迅批评说：“夫所谓《学衡》者，据我看来，实不过聚在‘聚宝之门’左近的几个假古董所放的假毫光。”②鲁迅先生对《学衡》的评价虽然是否

① 周作人：《〈现代散文选〉序》，上海：《大公报·文学副刊》，1934年12月1日。

② 鲁迅：《估〈学衡〉》，北京：《晨报副刊》，1922年2月9日。

定性的，但这种否定性的关注和批评恰恰让我们从一个侧面看到，新文化运动的主将们将学衡派视作是不可小觑的对手。

针对新文化运动的倡导者们反对传统文学样式，主张废除文言文，力倡白话文的态度，学衡派给予了有力的反驳。论及中国古典文学，学衡派往往追源溯流，在考察文学流变的基础上，坚持各个时代的文学自有其优长和价值，不能因为文学的发展变化就否弃传统的文学样式，不能因为有白话文学的出现，就废弃古典文学的诗、词、赋等文体。

梅光迪在《评提倡新文化者》①一文中，谈到中国古代文学史上各体文学的更替、流变。

> 吾国文学，汉魏六朝则骈体盛行，至唐宋则古文大昌，宋元以来，又有白话体之小说、戏曲。

接下来，他批评了新文化运动的提倡者以此为借口，废文言、倡白话的不合理之处。

> 彼等乃谓文学随时代而变迁，以为今人当兴文学革命，废文言而用白话。夫革命者，以新代旧，以此易彼之谓。若古文、白话之递兴，乃文学体裁之增加，实非完全变迁，尤非革命也。诚如彼等所云，则古文之后，当无骈体，白话之后，当无古文，而何以唐宋以来，文学正宗与专门名家，皆为作古文或骈体之人？此吾国文学史上事实，岂可否认，以圆其私说者乎？

胡先骕的《评尝试集》②则从词句的长短形式等方面考察了由元曲到清代剧本、弹词的变化，指出由句法不整齐的杂剧、传奇演变为句法整齐的剧本、弹词也是必然的，是符合文学发展规律的，反驳了胡适提出的只有由诗到词才是进步的说法。

> 胡君又以为"句法太整齐了，就不合语言的自然"，以为中国之诗一变而为长短句之词，为一大进步，而词之所以较

---

① 梅光迪:《评提倡新文化者》，南京:《学衡》，1922 年第 1 期。

② 胡先骕:《评尝试集》，南京:《学衡》，1922 年第 1 期。

诗为高者，即以句不整齐而近乎语言之自然之故。然则何以有句法不整齐之元曲之后，乃一变而有句法整齐之剧本、弹词与乡民之曲本乎？……杂剧退化始成今日之剧本，传奇退化始成今日之弹词，文学趋向，为解放，为舍难就易，为减少人为的而增加自然的。而结果如此，是诗歌句法整齐，反较不整齐为自然也。胡君不察此理，妄谓句法整齐为不自然，乃以语言为证，殊不知诗出于歌谣，文出于语言，而歌谣与语言，一发原于情感，一发原于智慧，皆为初民同时所共具之才能，非歌谣出于语言也。

在阐明了文学形态的发展流变之后，一些学人指出：之所以历代文莫过于周秦，诗莫高于唐宋，是因为虽然后人也都作诗、作文，但后世的诗、文都会以唐宋的诗和周秦的文为准则，才会出现看似周秦后无文、唐宋后无诗的现象。

自文学之大体观之，文自二典之后而有群经，群经之后而有诸子，诸子之后而有两京，两京之后而有六朝、有八家，似进化矣。诗自《三百篇》后而有楚辞，楚辞之后而有乐府，有古诗；乐府、古诗之后而有近体，而有词有曲，似亦进化矣。然文之奇者，莫过于周秦；诗之雅者，莫高于唐宋。周秦以后，未尝无文，要皆宜述于彼也；唐宋以后，未尝无诗，要当取则于此也。①

孙德谦的《评今之治国学者》②从中国古代目录学的角度，谈到了诗、词、文、小说的流变及其在中国传统文学史上的地位。

自汉而后，诗人踵起，故班志艺文，以诗赋自为一略，及唐而设科取士，诗家由是为极盛焉。迨至有宋，则又一变而为词，词固诗之余也。然则诗词二者，皆为风雅之遗矣。吾观昔之为诗词者，吟咏性情，长于讽谕，有风人陈古刺今之

---

① 吴芳吉：《三论吾人眼中之新旧文学观》，南京：《学衡》，1924 年第 31 期。

② 孙德谦：《评今之治国学者》，南京：《学衡》，1923 年第 23 期。

意，即论近世，其一二名家，要不离乎是，然而不多得也。……今之治国学者，此又一流也。昔司马子长作《史记》，有《滑稽列传》，而刘彦和《文心雕龙》则别撰为《谐讔》篇，文人游戏，偶焉为之，何足深责。然刘向父子，著《别录》、《七略》，其部次诸子，则以小说列其末，史书《经籍志》不但辞曲一家，置于诗文集后，名不雅驯者，且削而不录也。可见小说、辞曲非学之先务矣。今则不然，能文之士，乐为小说，烟墨不言，任其驱染，而诲盗诲淫，在所不计。不知以吾一时游戏之作，其间败坏风俗，而贻害人心者，何可胜言！昧者不察，犹谓小说之书，感人最易，岂不悖乎？曲始于元，其时张小山辈特造为新声，以补词之不足耳。顾以其可被诸管弦，久目为游戏之具，近虽有识其渊源，校其音律者，然不加考索，善于歌唱滥吹，其中此类为多，亦以此本游戏之事，非关学问也。乃明知其为游戏，偏欲夸大其事，谓曲者国粹之所存，夫国粹，固若是其小乎？他如悬灯而作隐书，叩钟而成联语，瘁其心力，以炫思虑之奇巧，作此游戏者，时有所闻，今之治国学者，此又一流也。

针对一些学者大力提倡小说的做法，孙德谦从目录学的角度着手，谈到自古以来，小说都被视为末流，而今人却过分夸大了小说、辞曲的作用。由此，学衡派对新文化运动从语言层面上颠覆传统的做法给予了回击。事隔近百年后，我们可以看到，在倡文言还是行白话的问题上，学衡派的做法是保守的，也是不合历史的发展逻辑的。但面对中国传统文化，学衡派给予了“同情”式的理解和关怀，这无疑值得我们吸取和借鉴。

学衡派在反思新文化运动的过程中，并不拘于文言、白话之争。学衡派的大部分学人深得西方文化熏染，他们往往融会中西，以西方文学批评理论考察中国文学的发展，这种治学思路颇具新意，并颇有创见。

浪漫主义此后大张，乃见于晋代……至六朝文体坏，诗歌之靡丽，骈文之浮嚣，彰彰在人耳目，直至唐陈子昂出，诗体始革，韩愈出，文体始进，苏东坡、韩愈之文为起八代之衰，盖非甚言之也……浪漫主义之影响于个人行为者，厥为喜矜奇立异，破弃礼法，以自鸣高尚，在西文则自命为天才(Genius)，在吾国旧俗，则自命为才子与名士，人苟欲为才子与名士，必言行冠服……故才子与名士，本美名也，而在吾国，才子则为轻佻儇薄代称，名士每与佯狂傲慢同义，皆恂恂笃行之士避之若浼者也……甚或公然认恣情纵欲为率性，守礼节欲为矫饰，如唐之韩偓、明之王次回，皆刻意为闺房靡艳之诗，一若艺术之要事，无有逾此者。而金人瑞之修饰王实甫之《北西厢》，则尤其著者。吾国素以稗官小说为小道，虽士君子偶一为之，要皆以之遣闲情而无郑重视之者，故小说、杂剧在吾国不成庄重之文学，此与欧西诸邦积习有异者也。至金人瑞始以《水浒》、《西厢》与《史记》、《庄》、《骚》并称，甘冒士林之大不韪，不可不谓为浪漫批评家之健者。《北西厢》虽成于王实甫之手，而金实修饰之，以艺术论，《琵琶记》、《牡丹亭》、《桃花扇》、《长生殿》各传奇，无出其右者，然以淫奔之辞，视为文学正宗，与《史记》、《庄》、《骚》并称，则颓废派浪漫文学之表征也。①

在这里，叶瑛指出，中国古代文学史也像西方一样，有着浪漫一派，六朝文学、唐代的诗歌都可大致归于这一类。同时，中国古代文学史上浪漫派中的某些作家也表现出颓废的色彩，如唐代的韩偓、明代的王次回，他们着意写闺房儿女事，格调不高。另外，经金圣叹批改过的《西厢记》也可归为颓废一派。此外，叶瑛还谈到，在中国古代小说的领地里，也有一部可归为浪漫主义的作品。

中国文学言爱情与此类浪漫文学家相若者，厥为《石头记》一书……此书之后半，为高兰墅所续，吾不知苟使曹雪

① 叶瑛：《谢灵运文学》，南京：《学衡》，1924年第33期。

芹躬自为之，结局当何若。苟使宝玉果娶黛玉者，能琴瑟静好如国风所许乎，抑浪漫之幻梦，以实现而失其光彩乎？观夫袭人、宝钗之阴奸，王熙凤之酷毒，则宝玉之出家，殆已知其"男人是土做的，女人是水做的"之说，为不可信耶。吾人对于文学，不必步趋古人，已可于古昔文学不中正之处见之，今日之浪漫主义为可訾。

接下来，叶瑛谈到中国古代文学史上出现的写实主义一派。

佛罗贝尔为写实主义文豪之巨擘，其《鲍瓦雷夫人传》(Madame Bovary)一书，号称十九世纪第一杰作……与之相类者为吾国之《金瓶梅》。(此书有两本，一本写淫猥之事特多，闻系后人增益者，原本则文字颇为纯洁，然要旨与之相若也。)此书传为王凤洲著，真伪固未易辨，然非名手莫办，可断言也。此书写土豪西门庆之生活与其家庭，切中事理，虽未必便为宋代生活之写真，然必吻合于明代社会之状况。然以与去宋未远之元人施耐庵所著之《水浒》相较，则见其描写宋代生活亦近似也。作者著此书之目的，甚难臆度，其写实之技艺，则极惊人。……说者谓作者以孟玉楼自况，孟三儿诚为浊中之清，然日与虎狼蛇蝎相处，求其无所习染，殆不可能也。佥谓此书诲淫，吾以为诲淫之书，必须附会爱情以浪漫色彩，此书读之但令人欲呕尔。晚清末年之写实小说，如李伯元之《官场现形记》、吴趼人之《二十年目睹之怪现状》皆属此类，唯无结构，欠剪裁，但连缀若干不相连之事为一篇，不啻多数之短篇小说，以艺术论，尚在《金瓶梅》之下耳。第二类之写实主义则更进一步。盖已无高尚之期望，但以揭出人类性恶之实相为快，一若与人类有宿仇。如鬼王撒旦，但务欲陷之于地狱为快者……吾国小说中类此者尚少，《儒林外史》虽以讽刺著，然尚多风趣；《水浒》则尚带浪漫色彩。其书中人物十九皆具美德，固非尽为地狱变相也。然《水浒》之讽刺主义，根本乃与此种写实主义相似。

在这篇文章中，叶瑛除了借用西方的文学理论来考察中国古典文学外，还从人与自然及作家对自然的态度这一角度，考察中国古典诗歌的流变过程。

艺术之兴，先模仿肉体，进而及于自然，雕刻绘画，俱先人物，而后以次及于鸟兽、花卉、山水等。盖初级艺术，重视生活方面，故其表现皆直接与生活有关者，或纪念，或示范，皆以艺术为手段，进而模仿自然，始为艺术而艺术，乃为艺术之进步，文学之演进也，亦复如是。初则叙述人生，进而及于自然，再进则取自然之美为描写之对象。初民文学，专写生活，《诗》三百篇其例。楚骚而降，由写实进为想像，艺术大为进步，然其对象仍不出人生范围，间有及于自然者，乃不过用为人生之象征。《诗》"萚兮萚兮，风其漂女"，与《楚辞》"荃不察余之中情"之类，皆指点自然物以寄其意，非出于审美之情绪及欣赏之态度也。稍进则写行为，写恋爱，而及于人生之美，如《史记·吴世家》写季子之高洁，《刺客列传》写侠士之勇烈，此为行为之美也。《诗·硕人》写庄姜，乐府《羽林郎》、《陌上桑》之写美人，此写异性之美也。然前者偏于伦理的情操，不离训诲，目的既不单纯，后者兼及男女之欲，审美亦难确切。所谓"视之盈目，孰者克尚"，美未及审，审美之明，已为爱所掩也。此就审美而言者，至于描写自然，如《山海经》之纪名物，《月令·夏小正》之纪时序，《诗·七月》之写田原，宋玉之赋风，木玄虚之赋海，郭景纯之赋江，以及其他各家之纪游历，或敷陈实况，或略志经验，皆非出于欣赏之态度及美之情操也。间有咏叹自然者，《诗》"河水洋洋，北流活活"，《楚辞》"嫋嫋兮秋风，洞庭波兮木叶下"之类，然仅有句而无章。古诗"明月皎夜光，促织鸣东壁"，始有一章半章咏叹矣，然无全篇。魏武帝《观沧海》诸作，始全篇咏叹，然在旅行中抒怀之作，非纯为自然而写自然。综而言之，陶、谢以前，文人对于自然之态度可分为三类。（一）受自然之暗示，含有宗教的情操者，如阳舒阴惨……之类。(二)取自然为象征,用以富其想象者,如天步艰难之类。(三)对自然而发生联想者,如凄风苦雨之类。从未有出于欣赏态度以尝得自然美味也。此就自然方面言者,据此可知自然之美,虽在加惠于人生,而表之于文学则从未之见。至陶渊明、谢灵运始连篇叠简,咏叹自然,开山水诗之宗派,纯出审美之兴趣。取自然之美为描写之对象,为美而写美,成立一种自然美之文学,故曰美之发现也。

从叶瑛对中国古代文学发展流变的讨论中,可以看到,学衡派绝非中国传统意义上的守旧复古派,其中的成员得西方文化的浸淫,他们接受了西方的文化保守主义,时时在将中国传统文化与西方相比较,同时也在用西方的理论观照中国的文学与文化,他们的论点也确能成一家之言。时人对学衡派以他人之长处凸显自家之优势的治学方式给予了尖锐的批评。茅盾说:"今年提倡国粹的声浪从南京发出,颇震动了死寂的空气;我拜读了好几篇,觉得他们的整理国故有些和孙诒让等前辈同一鼻孔出气——是表彰国故,说西洋现今的政法和思想都是我国固有的。……我对于这样的'整理国故'真不胜其怀疑了。"①但无论如何,百年之后,我们应该清楚地看到,学衡派运用比较方法所做的分析,进一步深化了中国古代文学研究,将中国古代文学研究推向了新阶段。

正是因为有着融会中西的学术背景,学衡派不仅有着极其开阔的学术眼光,而且对中国文学发展的观察也更加细致入微。除了从整体上考察文学史上各种文体代更的现象之外,学衡派还对各种文体内部的发展变化做了认真地梳理。如谈到诗歌,胡先骕将中国四千年来的诗分为四个时期:

中国文学自唐虞以来,历时四千载之久,宁能墨守古

① 茅盾:《茅盾复陈德徵》,北京:《小说月报》,1922年第13卷。

昔，但知模仿而无创造耶？今试考中国四千年间之诗，按其性质可分为四大时期，各大时期中又可分为若干小时期。第各大时期关于技术上之区别较大则显见，可例之为改革，小时期仅可例为变异耳。①

胡先骕还详细地谈到了各个时期诗的基本特色。第一个时期开始于唐虞，终于周末，主要包括《诗经》、《离骚》等。

此时期之诗，发源于歌谣，大体为四言。技术极其简陋，喜用比兴与重言，每每数章之诗，意义相似，仅易数字而已，此时期虽始于唐虞，然唐虞夏商之诗，为数极寡，至周初始盛，实则谓此时期，仅包括有周一代亦可。此孔子所以美周之文也……其精神一方面，最足引人注意者，则所述者尽属人事，既无希腊之述神话诗，复无乔塞之咏英雄诗，写景观念，亦极不发达，诗歌内容无外乎家室廊庙、起居日用、礼乐刑政以及祀神述祖之事，其所表现者纯为人文主义，初无一毫浪漫主义羼杂其间。此亦中国古代文明迥异于其他文明者也。至屈原出，始创《离骚》，以忠君爱国之忱，一寓于香草美人之什，既破除四言之轨律，复尽变人文主义之精神，秉楚人好鬼之遗风，遂开诗中超自然之法门。虽一时影响不大，未能开一时期，然中国诗之浪漫主义，已伏根于此矣。

第二时期起于西汉迄于陈隋。

其形式上之改革，为五言之代四言，全篇之代分章，赋体之代比兴，各首不同之句法以代各章相同之句法。然最大之改革，厥为五言之代四言也。此时期又可分为若干小时期。如西汉体、建安体、正始体、太康体、元嘉体、齐梁体。凡治选学者，皆能言之。至其共同之性质，则为以五言为通用之体裁，其技术则一方面固较周秦为优，一方面乃较唐人

① 胡先骕：《评尝试集》，南京：《学衡》，1922 年第 1 期。

为劣。句喜排偶，然每每多芜辞。尝有一二联铺比其间，初无要旨，删汰之反觉简洁者，其状景物也，但有语其大略，而不能精刻入微，即大谢写景之作，亦非王孟之比。此时期尤有一习气，即拟古是。自有方《古诗十九首》及苏李赠答诗以来，离人思妇之什，已为朝野所珍视。乐府体遂以渐而繁，彼作者亦竞相模拟。试一阅郭茂倩《乐府诗集》，即见模拟之风大盛于此时也。且不但模拟诗题，甚且袭用句法，读之令人生厌，独陶阮谢三公以振奇之姿，不旁门户，别开支派。然数百年间之趋向，可见也。此时期大可称之为古学主义时代，以其尚模仿也。初唐诸家，或承齐梁之余绪，或追魏晋之往迹，尚为此时期之遗裔。

第三个时期是从盛唐到五代。

其特性在形式上则为七古与律诗大兴，技术上则章法、句法较第二期为严谨。一篇之中少累句，一句之中少芜辞，不尚模仿古人，要能各立门户，赓作乐府之习渐衰，因事命题之作大盛，以杜工部一人之作而论，则舍七绝外，几于无体不佳，写景叙事，抒情述志，清新沉雄，瘦硬婉约，无美不具，开后人无数法门，为千余年中国诗之星宿海日。人以之拟弥儿敦，恐弥儿敦之于英诗之影响，远不及杜诗之于中国诗影响之大也。此外则与杜相鼓吹者，前有王右丞、孟襄阳，后有李太白、高常侍、岑嘉州，于是盛唐之诗，遂开示中国历史上未有之光荣。此后元和间之韩愈、白居易、元稹、柳宗元、孟郊、贾岛、卢仝、李贺，以及中晚之李商隐、杜牧、温庭筠诸贤，各辟蹊径，要不以外于盛唐诸公也。

第四个时期是宋以后。

此时期之诗之性质，厥为用字、造句、立意、遣辞，务以新颖曲折为尚。唐人之美往往为自然的，宋人之美则为人为的；唐人仅知造句，宋人务求用字；唐人之美在貌，宋人之美在骨；唐人尽有疏处，宋人则每字每句皆有职责，真能悬之国门，不易一字也。唐诗视汉魏六朝之诗，技术固较工，宋诗则较唐人尤工。唐人尚有拙处，宋人则绝无拙处，有时反以过工为病。唐诗音调谐婉，宋诗则过取生涩，即以孟郊、李贺之诗以与黄山谷、陈后山较，唐宋之界，仍判然也。唐诗之味如鸡鸭鱼肉，美则美矣，日饫之或有厌倦之意；宋诗则如海鲜，如荔枝、凤梨，如万寿果，如鳄梨，其风味之隽永，一甘之即不忍或舍也。在欧洲文学中，厥为法人之文，恍惚似之耳。自此以降，元人虽对于宋人之过于生涩处有所纠正，然无特种之更张。明人则误在模仿唐人之面目，遂蒙画虎类狗之诮。清初诗人亦步趋唐人，除一二人外，未能别开蹊径。清末郑子尹、陈伯严、郑太夷虽能各开一派，然不能自异于宋人，日后之不可知。在今日观之，中国诗之技术，恐百尺竿头，断难再进一步也。

胡先骕在《评朱古微彊村乐府》①一文中，还谈到词的发展与变化，认为后世的词与宋代相比，不可同日而语。

常考词肇于晚唐，盛于两宋，至胡元则曲代兴而词渐微，明承元人之敝，南宋诸名家词皆不显于世。小令但知规抚花间，慢词往往俚俗杂出，尽失雅音轨范矣。清初虽词人辈出，然旧籍湮芜，格律放失，至毛晋《汲古阁六十一家词》出，世人始得广读两宋名家词。万树《词律》成，倚声家始得知宋词法度。然毛刻既多舛误，万律亦未尽能遵，加以时值承平，但知啸傲风月，流连诗酒，故虽以王贻上、朱竹垞之隽才，究无苍莽激越、环奇骀宕之气。按律谐声，尤多龃龉，持与两宋名家比，终觉有上下床之别也。

关于文，学衡派也给予了相当多的关注。他们提出，自唐以来，文的领域中有三大运动：退之之变骈俪，永叔之更西昆，有明前后七子、唐宋派之冲突。这三大运动可看作是中国古代文章转变的枢纽。

① 胡先骕：《评朱古微彊村乐府》，南京：《学衡》，1922 年第 10 期。

自韩柳以古文为天下介，而名位不崇，厥流未广，且骈俪之势，浸淫已久，回荡辗转，未能遽熄。至宋初而西昆之势张甚，永叔所谓当时作者，务以言语声偶摘裂，号为时文，以相夸尚也。尹师鲁、苏舜卿、梅圣俞抗之于先，永叔继之，眉山、临川、南丰从而附和，其风乃熄。学者渐趋于古，嗣后数百年，为文多以唐宋为宗，所谓文章正宗是也。至明弘治、嘉靖，李何王李以复古倡，天下靡然，卒之归王诸人，屹然不动，挽狂澜于既倒之时，搜坠绪于陵夷之末，而韩欧之文，复彪炳于天壤。则是三大运动者，实绾千数百年文学转移之纽者也。①

刘永济的《说部流别》②一文则专门讨论了中国古代小说的发展与变化。他认为，小说缘于中国古代的神话。

稽小说之缘起，亦初民文学之支流也。创体之蚤，谅同谣谚，是以远古传述，失所从来，神人杂糅，语多奇怪。列御寇、庄周之所记，《山海经》、《鸿烈》之所称，虽半由寓言，实多资遗说。而屈原《天问》亦杂陈神怪，莫知所自。大抵往古异迹，图画祠堂，有如是者，故三闾愤懑，呵而问之。其间所称顾菟烛龙、增城县圃诸事，以拟希腊神话，岂必减其恢奇。而故俗相传，盘古开天、七日造人之说，持比《旧约·创世》，亦颇同其谲诞。

刘永济还谈到小说最初就被列为末流、视为"小道"的原因。

惟是古人简陋，或多口传，后世文胜，乃形楮墨，亦如古诗耳受，今著简编。循其轨涂，殆无二辙，但大雅君子病其不经，博学儒生卑其细碎，遂用以小目之。是以志怪仅见于南华，野语见斥于孟子，不足以媲美雅言，频烦圣虑。

在该文中，刘永济还详细论述了两汉至魏晋的小说。

① 夏崇璞：《明代复古派与唐宋派之潮流》，南京：《学衡》，1922 年第 9 期。

② 刘永济：《说部流别》，南京：《学衡》，1925 年第 40 期。

两汉近古，流风未绝，故《神异经》、《十洲记》依托神仙恍惚之说，则阆风县圃之遗意也。《汉武故事》、《内传》、《洞冥》虚构天人感通之迹，则华胥、崆峒之故事也，虽作者姓名未足征信，而时俗沿袭，岂尽相悬？东方称滑稽之雄，汉武有神仙之志，好事者为之因缘附著，不亦宜乎？

刘永济还指出魏晋小说大兴的原因。

迨夫魏晋代兴，齐梁踵武，玄风大扇。佛法西来，长生久视之道既张，因果报应之说复盛，谈谐苟洽，资料更多。其前则有秦王嘉之《拾遗》，晋干宝之《搜神》，陶潜之《后记》。其后则有宋刘敬叔之撰《异苑》，梁吴均之续《齐谐》，或祖述旧闻，或网罗异迹，或撰集出一手，或补缀于后人。莫不领异标新，摛华掞藻，固已穷幽明之骇怪，极意象之荒唐矣，嗣有作者，曷以远过。

唐代是文言小说的繁盛期，刘永济将这个时期的小说分为四类。

一曰纪佚事。纪佚事者，拾史外之遗闻，叙一事之端委，铺陈施设，事伟而文丰者也。属此门者，曰《海山记》、《迷楼记》、《开河记》、《梅妃传》、《长恨歌传》、《太真外传》、《东城老父传》、《高力士传》也。二曰写义侠。写义侠者，模绘英杰，发抒郁伊，祖马迁游侠而加恢诡者也。属此门者，曰《虬髯客传》、《红线传》、《刘无双传》、《剑侠传》是也。三曰记艳异。记艳异者，儿女会合之私，死生聚散之苦，绮合绣组，情文凄芬者也。属此门者，曰《会真记》、《霍小玉传》、《李娃传》、《章台柳传》、《杜秋娘传》是也。四曰传神异。传神异者，踵六代之余习，宗二氏之寓言，挈有以入无，翻空而出幻者也。属此门者，曰《南柯记》、《枕中记》、《柳毅传》、《步非烟传》、《离魂记》、《杜子春传》、《李林甫传》是也。

宋元之后，白话小说大兴。在《说部流别》一文中，刘永济分析了宋元白话小说产生和发展的原因，他认为宋元白话小说源于宋代说话，“讨源者固视南北两宋为滥觞，而观澜者终叹元明以来为壮阔”,并对明清小说予以评价。

> 《三国志》则史而少文,《西游记》则虚而多幻,《儒林外史》则杂而无章,《东周列国》则枯而乏韵。前之两书,犹瑕瑜互彰;后之二作,则碔砆乱玉。至于《金瓶梅》之猥亵,《镜花缘》之俗陋,《品花宝鉴》之淫乱,《七侠五义》、《儿女英雄传》之平庸,又无论矣。其余诸作,皆说部之舆台,稗官之仆隶,不足以升大雅之堂者也。具浮天浴日之观,抱涵虚纳深之量者,其惟《水浒》、《红楼》乎?《红楼》毗于阴,故文多缱绻;《水浒》丽于阳,故词尚激昂。一则忠愤不平之鸣也,一则情天恨海之史也。至其包举之大,组织之巧,体物之工,言情之妙,倘所谓并驾齐轨,异曲同工者欤?然而竟为侈丽之词,没其讽谕之义,使览之者劝百而讽一,则亦同夫赋家之失矣。

由此,我们可以清楚地看到,学衡派立足于弘扬传统文化,对中国古典文学的发展和演变做了细致、详尽地清理。学衡派对中国古典文学发展、流变的总结和梳理虽然有很强的目的性和针对性,是为了反击新文化运动,反对倡扬白话。学衡派与新文化运动孰是孰非,在此我们不做评判。但我们必须看到,学衡派在贯通中西文化,洞悉中外文学发展走向之后,对中国古典文学流变做出的梳理有客观、理性的一面。《学衡》杂志刊登的大部分文章确实出于严肃的学术研究和讨论,而绝非仅仅出于意气之争。

对各体文学的本质规定性的思考

究竟什么是诗,什么是文,什么是小说,它们有什么样的质的规定性,有哪些内在的创作规律和规范,对于这些问题,学衡派也进行了深入地探讨。

吴芳吉在《四论吾人眼中之新旧文学观》①一文中谈到，诗有一些基本的规范，那就是要“有兴、有材、有字、有句、有体、有格”，在此基础上，还要“有气象、有神韵，或兼长，或偏胜者，而后可为佳诗”。他还举例说，有些情境、篇章、文句虽然富含诗意，但“或仅有兴无材，或有材无字，或有字无句，或有句而无体、无格，或并此而皆无之”，是不能被称为诗的。

> 范滂揽辔而慨乎澄清，祖逖渡江而志在恢复，虽有诗材，不得谓此便为诗也。桓元子北征，见儿时种柳成围，曰：木犹如此，人何以堪。狄梁公《太行望云》曰：吾亲遥舍其下，久不忍去。固亦有字句矣，然不得谓此即为诗也。苏蕙回文之锦，合琴瑟以重谐，归庄万古之愁，招国魂于已逝，采则龙变多姿，韵则鸾和齐响，有体又有格矣。然非其正，仍不得谓为真诗。诗不以莹辉巧技为能，驰骋曼声为快也。

吴芳吉还谈到，虽然诗和歌剧在形式上是相似的，但从本质上看，它们是绝对不同的，“剧词不妨似诗，诗则不得似剧。以歌剧由诗演成，诗不由歌剧演成也”。他举例说：

> 今人有以《孔雀东南飞》为古歌剧者，是亦不知诗体之辨识者矣。剧语之似诗者，如《西厢》“四面山色中，一鞭残照里”，直五律佳联。然以老杜“九江春草外，三峡暮帆前”较之，前者伤巧，只为剧诗，后者直质，乃真诗也。《牡丹亭》“月明无犬吠黄花，雨过有人耕绿野”，亦是七律佳联，然以放翁“隔离犬吠窥人过，满箔蚕饥待叶归”较之，亦前者伤巧，只为剧诗，后者直质，乃真诗也。故剧语与诗语之分，不关体制之异同，乃视艺术之衡度，有虽同体而异性者。《桃花扇》咏秦淮诗：“梨花似雪柳如烟，春在秦淮两岸边。一带妆楼临水盖，家家分影照婵娟”，通体明靓馥郁，视渔洋咏秦淮诗“旧事南朝剧可怜，至今风俗斗婵娟。秦淮丝肉中宵

① 吴芳吉：《四论吾人眼中之新旧文学观》，南京：《学衡》，1926 年第 42 期。

发，玉律抛残作笛钿”，高出万万。然以诗论，吾当取其后者，亦以前者伤巧，后者直质，伤巧非诗，直质始为诗矣。

胡先骕谈到诗的字数、长短等问题，认为中国的诗歌之所以呈现出或四言、或五言、或七言这样整齐的体式，是由中国语言的特点决定的。

> 太古之时，《卿云歌》等即为四言，《诗经》具体为四言，间以三言、五言……《离骚》之为物，杂具文与歌谣之性质，故其句法参差不齐，是为例外。递降而为五言、七言，皆中国韵语自然之趋向，不得不尔者。欧洲语言多为复音的，故不能如中国四言、五言、七言之整齐。①

他还谈到，在中国诗歌史上，虽然关于诗句的字数问题有些特例，比如说，出现了一些六言诗及九言诗，但这些体式都只是一时的风潮，没能形成规模。“宋人虽常作六言诗，然读之殊觉不顺，且仅为绝句，未有用为长篇古诗与律诗者。”“明人虽有造作九言诗者，然其体卒不能通行，读之亦觉费力。可见四言、五言、七言者，中国语中最适宜之句法也。”

胡先骕还谈到各种诗体也有一个基本的发展变化过程。

> 今试以历史上之往迹观之，四言诗只盛于周，为期不及千载。至五言诗则自汉魏以至于齐梁，几为唯一之诗体。其时七言诗虽间有作之者，然远不及五言诗之重要。即至唐宋以还，虽七言古兴，而律诗大盛，然五言古诗终占第一重要位置，至于今日犹无能起而代之者，学诗者犹以为入手之途境。②

他还指出不同的诗体与它们所表达的内容之间有着密切的关系。比如，“五言古之为物，既可言志，复能抒情，既可叙事，复能体物”，“七言古以剽疾流利抑扬顿挫为本，故宜于笔力矫健之

---

① 胡先骕：《评尝试集》，南京：《学衡》，1922 年第 1 期。

② 吴芳吉：《四论吾人眼中之新旧文学观》，南京：《学衡》，1926 年第 42 期。

作，故虽说理言志不及五言，而跌宕过之”，“七言古诗中之为长庆体，又为叙事之良好工具”，“五七言律诗（排律不在内）以八句四韵之短幅，复以对偶为要旨，自不能如五七古极纵横阔大尽理穷物之能事，然其本能为有含蓄之咏叹，故声调尤为重要，而其能事尤在言短意长也”。

在该文中，胡先骕还谈到对仗的问题。胡先骕认为，诗歌之所以有对仗，是为了增加美感，与天地之大音是一致的。“对仗之功用，正与句法之整齐，音韵之谐叶，与夫双声叠韵同为增加诗之美感之物。且天地间事物，比偶者极多，俯拾即是，并不繁难也。故虽在周秦之世，说理之言亦尚排偶。”他还谈到五七绝的对仗问题：

> 五七绝本四句，皆不必对仗者，何诗人每每以其两句对仗，甚或四句皆对仗乎？殊不知单行与对仗各有效用，单行句法矫捷犀利，宛转摇曳。故元遗山之诗，亦以矫捷犀利著。对仗句法，雄浑严整，厚重缓和，故不求流动而欲端整之作宜之。①

谈到诗的平仄问题时，胡先骕说：

> 今试观古诗中，若偶夹律句，便觉软弱而不矫健，或全句平仄音之句过多，便觉不谐协。故“壁色立积铁”、“溪西鸡齐啼”之句，其音节特觉刺耳。又如词中之《寿楼春》调，以平音过多，及其他拗调中之拗句，致非习读此项词调者，每有聱牙之感，亦以是故。虽梅圣俞《酌酒与妇饮》一诗，全篇皆用仄音，然亦其卖弄精神处，不可为训。平常习于宋诗造句生硬者，其诗之音节，每有喑哑之病，则亦由于过于牺牲音节以求别趣也。再观叙事之七古，自以长庆体为最佳，盖叙事贵婉转尽致，因之音节亦尚谐婉。长庆体全用律句以作古诗，其声调之铿锵，情韵之缠绵，遂较平常之七言古

① 吴芳吉：《四论吾人眼中之新旧文学观》，南京：《学衡》，1926 年第 42 期。

诗出一头地。①

关于诗的用典，学衡派也坚持认为，用典无悖于诗的本质，甚至可以说是诗之为诗的一个重要因素。针对新文化运动的主将胡适反对用典的观点，胡先骕在《评尝试集》一文中反驳说："古人往事复往往为人所共晓，引以为喻，可为现时情事生色，此用典之起源，亦无害于诗之本质者也。又或诗人意有所刺，不欲人明悉其意，乃假托于昔人，又或意有所寓，不欲明言，乃以昔人之情事，以寄托其意兴，此亦诗所许者也。"② 当然，学衡派肯定典故在诗歌中的重要作用，并不表明他们反对将新词汇、语汇以及其他的看似非诗的材质纳于诗歌之中。相反，他们提出，诗的生命力正在于能将看似非诗的内容融会其中。

> 吾人非谓新名词不可为诗，六朝之诗，视两汉之文藻声色，亦已新矣；非谓白话不可为诗，国风、楚辞，亦已启其端矣；非谓韵律全不可离，《击壤》、《采莲》之歌，《病妇》、《孤儿》之行，尝破韵而弃律矣；非谓诗不可以言理，西汉《十九首》中，尽有抽象之句，步兵八十篇内，不少议论之词；至于以异族文学之意境入诗者，则鼓角、横吹之曲，佛法、僧迦之咏，齐梁以来，亦多多矣。③

学衡派还对文的特性进行了讨论。他们指出，一篇文章立意是否明确，表情是否恰切，跟语言的体式是白话还是文言无关，所以，即使是骈文，也能生动活泼，传神入妙。

> 文之生死，岂在体制？以言语论，凡人言语，有同说一事，一则娓娓动听，栩栩欲活；一则不善措辞，全无生气。乌在一用语体，其文皆生耶？若如文章，六经尚矣，诸子百家以及历代史书，能卓然盛业，传之不朽者，固无论已。古文家凡其入情入理，可泣可歌，苟是死板文字，何能传世而行

---

①② 胡先骕：《评尝试集》，南京：《学衡》，1922 年第 1 期。

③ 吴芳吉：《四论吾人眼中之新旧文学观》，南京：《学衡》，1926 年第 42 期。

远？故读诸葛武侯《出师表》，觉其忠义之气，跃然纸上，读李密《陈情表》，使人孝养之心，油然而生，其文死乎？否乎？人之为文，在善叙事。譬如作游记文，能状山川情景，使读之者心旷神怡，如置身于其中。作节烈传记，述其一言一动，只知有殉夫之志，往往令人不忍卒读，泣下沾襟。夫文至可以感人若此，犹得以一涉文言，黜之曰自古皆死耶？骈文之体，固是以辞藻胜，然六朝工于摹写，如刘孝仪《使还与永丰侯书》："马衔苜蓿，嘶立故墟。人获蒲萄，归种旧里。"真一幅子卿归国图也。庾子山《为梁上黄侯世子与妇书》："想镜中看影，当不含啼；栏外将花，居然俱笑。"此种文，何等活泼，直入画境。夫文能妙达画理，岂犹垂垂欲死耶？六朝名家，其他亦多类是。①

梅光迪针对"作诗如作文"的主张与胡适论战："足下谓'诗国革命自何始？要须作诗如作文'，梅颇不以为然，诗文截然两途。"梅光迪认为文是文，诗是诗，"诗之文字与文之文字自有诗文以来(无论东西)已分道而驰"。梅光迪指出："吾国求诗界革命，当于诗中求之，与文无涉也。"梅氏反对"诗家成为古人奴婢，无古人学术怀抱，而只效其形式"。他嘲笑胡适的白话自由诗如儿时所听的"莲花落"，"真所谓革尽古今中外诗人命者"。总体来看，学衡派认为，文重在把作者的观点表达得淋漓尽致，透彻明白，而诗则忌直白、浅露，重含蓄蕴藉，重言外之意。胡适的白话诗，实则是取消了诗文区别，以文为诗，以白话本身为诗，诗的含蓄全然未见，只保留着从国外借来的诗句的分行排列。胡适无视诗文区别，当然会遭到学衡派诸人的猛烈抨击。

学衡派这些关于诗文特性的讨论，在很大程度上都是针对"新文化"运动倡言白话文学，反对古典文学的言论和观点而发的。

---

① 孙德谦：《论六朝骈文》，南京：《学衡》，1924年第26期。

学衡派虽然对新文化运动过分倡扬白话文学颇为不满，但这并没有影响他们对白话小说给予客观的、冷静的评价。学衡派并不排斥白话小说和其他白话语体文学，他们对章回小说进行了较为深入地研究。他们提出，虚构性是小说的基本特性，认为“文学境界固不必真”，“《水浒》、《红楼》何莫非幻”，读者之所以能从幻中读出其真，是因为“天理人情合于天理人情，虽幻不害其真，不合于天理人情者，虽真而实为幻”。① 黄乃秋在《评胡适红楼梦考证》一文中，就谈到绝对不能将《红楼梦》中的故事与现实社会中的事件划上等号。

> 一、《红楼》为已经剪裁之人生。例如叙述十数年间事，言饮食者寥寥可数，言宝黛之会面，亦不过百十次，而其中大都含有至理，实际人生决不若是之单纯与合理也。二、《红楼》为超时空性之人生。例如，吾人与《红楼》相去已二百年，然第一开卷，欣赏即莫可名言，西人之能读之者，如翟理斯辈，亦谓其动人之情，难可方拟，其不通中文者，且以闻人之讲说为乐，实际人生又决不若是之具有普遍性也。三、《红楼》为契合名理之人生。如黛之死，如宝之出家，如熙凤之失败，固因果厘然。即如紫鹃之侍惜春，袭人之归玉函，巧姐之嫁村氓，亦皆起迄不紊，实际人生又决不若是之有契名理也。四、《红楼》为已经渲染之人生。主角之超凡无论矣，下至二三等侍婢，如五儿、小红辈，亦尽属人间尤物。即其描叙诗书之精妙，建筑之华美，均令人有观止之叹，实际人生又决不若是之完善无缺也。是则《红楼》一书之所叙述，殆断不能以实际人生相绳。②

他们也明确地提出，小说叙述的故事是超越于现实生活之上的，所以，小说和历史有着根本的不同。

---

① 吴芳吉：《再论吾人眼中之新旧文学观》，南京：《学衡》，1923 年第 21 期。

② 黄乃秋：《评胡适红楼梦考证》，南京：《学衡》，1924 年第 38 期。

虽然小说家言，或有闻必录，或因寄所托，子虚亡是，古人不嫌，亦以其体本应尔也。若施之于史则大不可矣。史之书事，皆据其事之显著者，笔之于书，不能以己之理想，推测于其间，亦不能以己之爱憎增损于其间。盖天下事无无因而至者，亦无无果而成者，事与言行，实有互为因果之道，其因如是，则其得果如是，或不如是，史但据事直书，则人之观之者，亦可推类而知其故矣。此史之所得为者也。若夫其事之隐微与其人之密忽，亲之者既未宣之于言，传之者亦恐或有失实。此史之所不得为者也。虽不得为，然苟有一二流露于事实，则作史者亦必谨书之，使人睹指即可以知归，见微或可以知著……小说、传记可以幻虚为实，而史则断不容以疑为信也。此史文所以必不可同于小说、传记也。①

学衡派对民间俗文化中的戏剧也给予了相当的关注。《学衡》杂志收录了数篇洪深等人关于戏曲的论述，探讨了中国戏剧的本质形态。

凡初入中国戏园者，无殊入疯人之院，事事均觉奇行，臧获救主，至不惜自杀其儿，将军断臂以愚敌，卒获全胜，此果日常经验所有者耶？演者举止怪诞，匪夷所思，扮演人物则五色灿烂，涂泽如夜叉，喝工道白，又为实际生活所不闻，艺术基于幻象，吾国舞台之所以表此幻象者，则更不伦以浆代舟，建旌为军，虽近儿戏，犹属可解，至若跨椅为桥，登桌为山……一鞭之挥舞不同，而所表之情亦异，旌旗招展，军旅森严，一转瞬间，易兵车而艨艟矣。凡此种种，殊难索解而演者认真奏技，观者亦信仰不疑。“看戏的是傻子，做戏的是疯子”，旨哉所言。②

① 张尔田：《史传文研究法》，南京：《学衡》，1925 年第 39 期。
② 洪深：《中国戏剧略说》，南京：《学衡》，1926 年第 45 期。

对具体作家的评价和定位

除了从总体上考察中国古代文学的流变和发展，探讨各体文学的基本特质外，学衡派还对中国古代的重要作家，特别是诗词领域的作家给予了相当的关注。学衡派非常推崇杜甫。如胡先骕在《评尝试集》一文中指出，杜甫是笼罩诗坛的最重要的人物，“杜工部之诗，包罗万有，韩昌黎专学其雄浑，白居易专学其平易，李义山专学其秾丽，王荆公专学其苍劲，黄山谷专学其奇崛，陈后山专学其幽涩，各以杜之一长而发扬光大之，遂各辟一门户”①。自杜甫一出，后世诗人皆未能越杜甫而别辟蹊径。后世诗人只有似杜不似杜之分，只有学杜成功不成功之分。

> 盖人之性情虽大约相似，然绝不能相同，故同一学杜，韩昌黎即异乎白居易，杜樊川复异乎李义山，欧阳文忠、王半山、黄山谷、陈后山、陈简斋、陆放翁皆学杜而各各不同。虽各各不同，然细究之，则仍知其皆出于杜。斯之谓脱胎即创造，创造即脱胎；斯之谓创造必出于模仿也。胡君所主张句句须有我在，韩白黄陈之学杜而终能自辟门户者，正以其句句有我在也，于此正可以生物学例之……韩白黄陈之异乎杜而终为杜之子孙者，正以其虽面目不似杜而骨则似杜也。反而观温飞卿、李长吉、卢仝、孟郊、贾岛、柳柳州、韦苏州、苏东坡、范石湖、翁灵舒、谢皋羽之辈，则不得谓为杜之子孙者，以其绝不似杜也。②

他们还对历代作家做了一个基本的排序：“第一流诗家至少亦有曹植、陶潜、阮籍、谢灵运、鲍照、李白、杜甫、王维、孟浩然、韩愈、柳宗元、王安石、苏轼、黄庭坚、陈师道、陆游、元好问、阮大铖诸人，而岑参、高适、韦应物、储光羲、孟郊、李贺、李商隐、杜

①② 胡先骕：《评尝试集》，南京：《学衡》，1922 年第 2 期。

牧、白居易、刘禹锡、欧阳修、梅尧臣、陈与义、范成大、姜夔、刘基、高启之诗，亦可归之第二流之列。”①可以说，关于哪些人可以归入大家之列的问题，学衡派基本上达成了一致。邵祖平在《无尽藏斋诗话》中，也详细地谈到了对古代作家的排序问题。

六月一日，诸友共集金陵宴乐春酒肆，酒余论列古之诗人，因戏约各举十人，以概古今作者。当时取纸笔书举者，柳翼谋、马宗霍、胡步曾诸公暨仆凡四人，结果举列十人，大同小异。仆所举列者，计曹子建、陶渊明、谢康乐、李太白、杜子美、韩退之、白香山、苏东坡、黄山谷、陆放翁十人。柳髯所举几同，惟陆放翁易为王介甫。步曾所举者无曹子建，有王右丞、柳柳州，余无甚出入。马君所举仅九人，有一人尚在考虑中，未竟其选……灯下重有所感，复取前列之作家，依代增为二十家。计晋魏六朝五家，曹子建、陶渊明、谢康乐、鲍明远、庾子山；李唐五家为李太白、杜子美、韩退之、孟东野、白香山；两宋五家为梅圣俞、王介甫、苏东坡、黄山谷、陆放翁；金元明清五家为元遗山、虞道园、高青邱、吴梅村、郑子尹。之二十家，各树门户，足固疆围，古今悠悠，蔑以加矣。②

他还论述了各家的不同特点：

曹子建波澜壮阔，诗家初祖；陶渊明元气老雄，无假镌琢；谢康乐如朝霞夕翠，秀色满眼；鲍明远如孤蓬惊沙，振飞绝迹；庾子山如袿薰綦迹，自然芳泽；李太白如翔鸾哕凤，杜子美如奇骥怒猊，韩退之如奔蛟骇惊，皆以其姿力绝世；孟东野如霜崖苍鹘，寒骨凄神；白香山如春草怒生，杂花敷荣；梅圣俞如玉音清远，羹酒澹泊；王介甫如老吏深智，霜鹰远姿；苏东坡如海若谈道，澜漪飘翻，东西易位；黄山谷如天孙制锦，精丽绝世，独具锦机；陆放翁老笔纷披，英姿飒爽；元

① 胡先骕：《评金亚匏秋蟪吟馆诗》，南京：《学衡》，1922 年第 8 期。

② 邵祖平：《无尽藏斋诗话》，南京：《学衡》，1923 年第 23 期。

遗山感喟苍凉，风云翕赫；虞道园古调独弹，贞姿自赏；高青邱雅音高畅，古姿嵚崎；吴梅村雍门哀弹，有时亦媚里耳；郑子尹解衣磅礴，论者或讥荒伧。此二十家之略品也。

学衡派还就诗、词、曲等领域的重要作家及作品展开了讨论。

楚臣屈原，离谗忧国，作赋以刺当世，有恻隐古诗之意。其徒宋玉、唐勒、景差和之，刘彦和所谓爰锡名号，与诗画境，六义附庸，蔚成大国者也。汉则司马相如、扬子云竞为艳丽之词，而曲终奏雅，深得讽谕之义焉……迨正始明道，诗杂仙心，江左篇制，则溺乎玄风矣。有唐之世，以诗赋设科，群士响臻，彬彬称盛焉，中国于是乎有诗赋之学。文章为不朽盛业……昌黎创为古文，而承学之士，趋重单行，亦自持之有故，乃必是此而非彼，斯乌可哉！夫骈散俱有专长，不可偏重者也，中国于是乎有辞章之学。词者，诗余。梁武帝《江南弄》、陶宏景《寒夜怨》、陆琼《饮酒乐》、徐孝穆《长相思》已具词体，至太白《菩萨蛮》、《忆秦娥》，其繁情促节，长吟远慕，遂使前此诸家悉归环内矣。两宋词人，细密如耆卿，豪放如东坡，用律精审如美成，琢句警炼如邦卿，各擅其胜，虽至文正之忠义，文山之节烈，亦优为之。曲者，远本古乐府，而为词之变，复有南北之别。金元之际，白仁甫、贯酸斋、马东篱、王和卿、关汉卿、张小山、乔梦符、郑德辉，其尤著者也，中国于是乎有词曲之学。①

关于词作家，学衡派论述道：

然尝试溯词之源流，本为歌曲之滥觞，雕虫之小技。春花秋月，征歌按舞之候，所以寄丽情，调急管，以图一夕之欢者耳，初非庄重雅正之诗可比。故《花间》一集，全赋艳情，其淫靡之甚者，且邻于郑卫。时至北宋，尚沿故习，故耆卿

① 孙德谦：《中国学术要略》，南京：《学衡》，1922 年第 11 期。

《乐章》多杂鄙语，山谷小词，不登大雅。范文正不惜为“都来此事，眉间心上，无计相回避”之语，欧阳文忠且传有“堂上簸钱堂下走，那时相见已关心，何况到如今”之辞，盖风尚使然也。自东坡以横放杰出之才，为铜琶铁板之曲，“逸怀浩气，超脱尘垢，于是花间为皂隶，而耆卿为舆台”，风气乃为之丕变。至辛稼轩之《菩萨蛮·书江西造口壁》、《破阵子·为陈同甫赋壮诗》，几不知其为令词矣。自是以降，虽不人为苏辛，而词已尽洗绮罗香泽之态，无论为白石之清空，或梦窗之秾丽，要不容纤悉伧俗之气存乎其间，而伧俗则花间之痼疾，北宋所不免，虽清真且以不高远见讥也。故南宋名家决不作“啼粉涴郎衣，问郎何日归”之伧语。即周清真之“低声问向谁行宿，城上已三更。马滑霜浓，不如休去，直是少人行”；与“有何人念我无聊，梦魂凝想鸳侣”；与“不恋单衾再三起，有谁知为萧娘书一纸”，亦非白石、梦窗所肯落笔也。尝谓南宋之词为雅词，要亦文学进化之迹有然。……即《花间》一集，其中诸词，亦有雅郑之别。如温助教之作，则尚为美人芳草之思，如“春梦正关情，镜中蝉鬓轻”，“鸾镜与花枝，此情谁得知”，“春恨正关情，画楼残点声”，“红烛背，绣帘垂，梦长君不知”，“若耶溪，溪水西，柳堤不闻郎马嘶”，皆语语有身分，所谓丽以则者。……令词一如绝句，最难见长，以其气短少回旋之余地。而在能手，则每多神来之作，如上举辛稼轩之《破阵子》、《菩萨蛮》是。其次亦须清韵悠然，绕梁不绝，方称能事。①

他们还论述了明清时期文的基本情况：

永乐以还，三杨台阁体积弊日深，为文者习于肤廓冗沓，精气销亡。物极而反，弘治七子之以复古倡，势也。七子中，以李梦阳、何景明为首，其言文必秦汉，诗必盛唐，非

① 胡先骕：《评文芸阁云起轩词钞王幼遐半塘定稿剩稿》，南京：《学衡》，1924 年第 27 期。

是者弗道，曰古文之法亡于韩，曰视古修词，宁失之理。故其为文佶倔聱牙，句荆字棘，至难句读，与唐宋文大相径庭。海内风从，粗犷晦涩，真可谓文章一厄矣。当时砥柱中流者，为王慎中、唐荆川、王守仁等。守仁为文，不主一家，慎中、荆川力重欧曾，演迤详赡，卓成大家，足与北地派相抗。至嘉靖中，王世贞、李攀龙复嘘李何之焰，而排王唐，徐中行、谢榛等五人附之，是谓嘉靖七子。于鳞谓文自西京，诗自天宝而后，俱不足观。其文粉饰太甚，精气不足。归有光以一举子，起排世贞方张之焰，诋之曰庸妄巨子，世贞久亦心折，观其为有光作赞，盖大有悔意焉。有光深于经术，其文以欧曾为归，时茅坤评唐荆川所选八家文而行之，艾千子又建豫章社以行有光之绪，而三袁亦创公安体以宗眉山，唐宋派势力益巩固，虽夏允彝、陈子龙辈试畅弇州之流，然已如死灰之不可复燃矣。①

针对胡适提出的“桐城文之衰落”的问题，胡先骕在《评胡适〈五十年来中国之文学〉》一文中指出：“桐城文之得名，始于方侍郎苞，姚鼐继之，而为文益工，故有‘天下之文，其在桐城’之誉。”他认为：“桐城文所重者，舍意义外，厥为体制之纯洁。”“吾常以为桐城文似法国文学。法人之为文也，不为浮诞夸张之语，不为溢美溢恶之评，一字一句，铢两恰称，不逾其分。”②

他还从文的流变的角度讨论桐城派的文，肯定了桐城派的文典雅有度。

欧阳修、曾巩之文，偏于柔者也；陶潜、韦应物之诗，偏于柔者也。偏于刚者易见，偏于柔者难知。韩诗之佳者，不在南山而在秋怀，苏诗之佳者，不在少年驰骤之七古，而在

---

① 夏崇璞：《明代复古派与唐宋文派之潮流》，南京：《学衡》，1922 年第 9 期。

② 胡先骕：《评胡适〈五十年来中国之文学〉》，南京：《学衡》，1923 年第 18 期。

东坡和陶诸诗。盖阅世深,见道笃,精气内敛,不逞才思,自然高妙也。桐城文家除三数人外,为文多偏于柔,故外貌枯淡,不易炫人耳目。然"选言有序,不刻画而足以昭物情",此正其所长,不足为病也。此正安诺德所谓雅典之文也。①

学衡派还讨论了文学与政治的关系等问题。吴宓指出,时代政治的清平稳定一般都会伴随着文学创作与研究的繁盛。

> 吾国若汉武帝、唐太宗、清圣祖之时代,依稀似之。大凡政治修明、声威远被,民康物阜、风美俗淳之际,亦必人才辈出,文学昌盛。故一国之文学史实与其政治史关系密切,而文章著作最盛之时,正即其国运最隆、国威最张之时,此即治文学史者所谓文学大成时代。②

关于文学运动与文学思潮之间的关系,胡先骕在《评胡适之〈五十年来中国之文学〉》一文中也做了思考。

> 一种运动之价值,初不系于其成败,而一时之风行,亦不足为成功之征。文化史上最有价值者,厥为欧洲之文艺复兴运动……在吾国唐代,陈子昂之于诗,韩愈之于文,宋代王禹偁、梅圣俞之于诗,尹洙、欧阳修之于文,乃有价值而又成功之运动也。至若明代前后七子之复古运动,则虽风靡一时,侥幸成功,其无价值自若也。③

学衡派是一个在政治上较为保守的派别。谈到保守派的历史意义与价值,哈耶克曾这样说:保守派"无法对我们现在的行动方向提供一种替代性的选择。它或许能通过对当前潮流的抗拒而成功地延缓那些并不可欲的发展变化,但是由于它并不能提出另一种方向,所以它也就无力阻止它们继续发展"④。的确,学衡派无论怎样努力,也未能阻止住白话代替文言的脚步。

---

①③ 胡先骕:《评胡适〈五十年来中国之文学〉》,南京:《学衡》,1923 年第 18 期。

② 吴宓:《论今日文学创造之正法》,南京:《学衡》,1923 年第 15 期。

④ 哈耶克:《自由秩序原理》,第 193 页,北京:三联书店,1997 年。

从这个角度上看，正如周作人所说，他们是“没有什么政治意义”的。但在20世纪初激烈的文化冲突中，学衡派作出了历史性的反应，他们以特有的眼光审视文化变革，为建构中国式的新文化体系作出了应有的贡献。近百年之后，再来审视学衡派，有这样几点是今人在治学过程中必须要吸取和借鉴的：1. 在上世纪二三十年代特定的文化环境下，他们勇于坚守、维护古典文学优秀传统，与文化激进派进行尖锐论战，表现出了坚定的文化立场和执著的学术勇气。2. 在批评新文化运动的过程中，学衡派“大都能遵循慎思明辨、平情立言的学术精神，并竭力维护几为蔚为大流的新潮扫荡殆尽的‘学问之尊严，学问家之人格’”①。3. 学衡派对古典文学发展流变史进行了系统地梳理，对各种文体本质规定性进行深入地思考，对具体作家给予公允的判定与评价。学衡派之所以能在古典文学研究中达到这样的高度，正建立在他们融会中西的学术背景之上。

（华中师范大学　王炜　李志娟）

① 孙尚扬：《在启蒙与学术之间：重估〈学衡〉（代序）》，见孙尚扬、郭兰芳编《国故新知论——学衡派文化论著辑要》，第4页，北京：中国广播电视出版社，1995年。

鲁迅的《中国小说史略》及其他古典文学研究(上)

鲁迅(1881—1936),本名周樟寿,后改名周树人,1918 年发表第一篇白话短篇小说《狂人日记》时始以鲁迅为笔名,浙江绍兴人。青年时代曾就读于江南水师学堂、矿务铁路学堂。1902 年 3 月赴日留学,先后就读于东京的弘文学院、仙台医学专门学校。1909 年 8 月回国后,先后在浙江两级师范学堂、绍兴府中学堂、山会初级师范学堂、南京临时政府教育部、北京中华民国政府教育部等处供职,工作之余从事古籍的辑录和整理工作。1920 年 8 月至 1928 年 1 月,先后在北京大学、北京师范大学、北京女子师范大学、厦门大学、广州中山大学等十一所院校任教,其间从事古代小说史及其他古典文学研究。此后虽然不再从教,但对古典文学研究仍时有涉猎。主要成果有《中国小说史略》、《中国小说的历史的变迁》、《古小说钩沉》、《唐宋传奇集》、《小说旧闻钞》等,"皆不朽之著述。又能得风气之先,为近世学术界导夫前路"①。

① 孔嘉(台静农):《鲁迅先生整理中国古文学之成绩 · 序言》,重庆:《理论与现实》,1939 年 11 月 15 日第 1 卷第 3 期。李宗英、张梦阳编:《六十年来鲁迅研究论文选》(上),第 253 页,北京:中国社会科学出版社,1982 年。

鲁迅的文学遗产观与少年志趣

鲁迅向来重视文化遗产，认为"古人所创的事业中，即含有后来的新兴阶级皆可以择取的遗产"①，但须"思理朗然，如鉴明镜，时时上征，时时反顾，时时进光明之长途，时时念辉煌之旧有"②。怀"古"是为了鉴"今"，择取遗产是为了发展当世。所以他主张"弃去蹄毛，留其精粹，以滋养及发达新的生体"③。

具体到文学遗产，鲁迅对于"精粹"的理解自有其"特别"之处："凡是'正宗'或'正统'的东西，他都不看重，却是另外去找出有价值的作品来看。"④

他认为"历史上都写着中国的灵魂，指示着将来的命运，只因为涂饰太厚，废话太多，所以很不容易察出底细来……但如看野史和杂记，可更容易了然了，因为他们究竟不必太摆史官的架

---

① 鲁迅：《集外集拾遗·〈浮士德与城〉后记》，《鲁迅全集》第 7 卷，第 356 页，北京：人民文学出版社，1981 年。《〈浮士德与城〉后记》(1930 年 6 月，上海)，最初印入中译本《浮士德与城》，上海：神州国光社，1930 年 9 月。

② 鲁迅：《坟·摩罗诗力说》(1907 年)，《鲁迅全集》第 1 卷，第 65 页，北京：人民文学出版社，1981 年。《摩罗诗力说》最初发表于《河南》月刊，1908 年第 2 号、第 3 号，署名"令飞"。

③ 鲁迅：《且介亭杂文·论"旧形式的采用"》，《鲁迅全集》第 6 卷，第 23 页，北京：人民文学出版社，1981 年。《论"旧形式的采用"》(1934 年 5 月 2 日)，最初发表于上海《中华日报·动向》，1934 年 5 月 4 日，署名"常庚"。

④ 周启明(周作人)：《鲁迅的青年时代·鲁迅与中学知识》，第 55 页，北京：中国青年出版社，1957 年。

子。”①又“深恶先前的称小说为‘闲书’”②，以为“其在文林，有如舜华，足以丽尔文明，点缀幽独，盖不第为广视听之具而止……稗官职志，将同古‘采诗之官，王者所以观风俗知得失’矣”③。他爱屈原《离骚》、《天问》等篇，以为“抽写哀怨，郁为奇文……放言无惮，为前人所不敢言”④。并且，“鲁迅对于汉魏文章，素所爱诵，尤其称许孔融和嵇康的文章……就因为鲁迅的性质，严气正性，宁愿覆折，憎恶权势，视若蔑如，皜皜焉坚贞如白玉，懔懔焉劲烈如秋霜，很有一部分和孔嵇二人相类似的缘故”⑤。

这种偏好早在鲁迅青少年时代就已经初露端倪。

寿洙邻(三味书屋塾师寿镜吾之子)回忆说：“镜吾公不喜八股文，所授止经史纲要、唐宋诗、古文词，鲁迅并不措意，镜吾公常手抄汉魏六朝古典文学，但鲁迅亦喜阅之，故往往置正课不理，其抽屉中小说杂书古典文学，无所不有”。“后一、二年，由我授课，其时我正阅览明季遗老诸书，如亭林、梨洲、船山，及《明季稗史》、《明史纪事本末》、《林文忠全集》、《经世文编》等书。鲁迅亦尽

---

① 鲁迅：《华盖集·忽然想到(四)》(1925 年 2 月 16 日)，《鲁迅全集》第 3 卷，第 17 页，北京：人民文学出版社，1981 年。《忽然想到》最初分四次发表于《京报副刊》，1925 年 1 月 17、20 日，2 月 14、20 日。

② 鲁迅：《南腔北调集·我怎么做起小说来》(1933 年 3 月 5 日)，《鲁迅全集》第 4 卷，第 512 页，北京：人民文学出版社，1981 年。本篇最初印入《创作经验》，上海：天马书店，1933 年 6 月。

③ 鲁迅：《古籍序跋集·〈古小说钩沉〉序》，《鲁迅全集》第 10 卷，第 3 页，北京：人民文学出版社，2005 年。本篇最初发表于绍兴《越社丛刊》，1912 年 2 月第一集，署名“起孟”。

④《坟·摩罗诗力说》(1907 年)，《鲁迅全集》第 1 卷，第 69 页，北京：人民文学出版社，1981 年。

⑤ 许寿裳：《亡友鲁迅印象记》，第 42 页，上海：上海文化出版社，2006 年。

阅之，此时他已有古典文学的著述，如《续会稽典录》便是。”①

周作人回忆说：“他对于唐朝的‘韩文公’韩愈和宋朝的‘朱文公’朱熹这两个大人物，丝毫不感受影响，虽然没有明显的攻击过，但这总是值得注意的一点。他爱‘楚辞’里的屈原诸作，其次是嵇康和陶渊明，六朝人的文章，唐朝传奇文，唐宋八大家不值得一看，‘桐城派’更不必提了。他由此引伸又多读佛经，本来并无宗教信仰，只是去当作古书来看，因为中国自后汉起便翻译佛经，到六朝为止译出了不少，所以当作六朝文来读，也是很有兴趣的事情。”②

许寿裳回忆说：“鲁迅在弘文学院时，已经购有不少的日本文书籍，藏在书桌抽屉内，如拜伦的诗，尼采的传，希腊神话，罗马神话等等。我看见了这些新书中间，夹着一本线装的日本印行的《离骚》……”③

正如周作人所言，鲁迅的古典文学研究“无不有其独得之处，而其起因亦往往很是久远，其治学与创作的态度与别人颇多

---

① 寿洙邻：《我也谈谈鲁迅的故事》(1956 年)，鲁迅博物馆鲁迅研究室《鲁迅研究月刊》选编：《鲁迅回忆录：散篇》(上册)，第 4、6 页，北京：北京出版社，1999 年。此外，关于鲁迅阅读小说野史的情况还可参阅：周建人著《鲁迅幼年的学习和生活》(1954 年 10 月)，周建人、茅盾等著《我心中的鲁迅》，第 1 页，长沙：湖南人民出版社，1979 年。鲁迅著《且介亭杂文·随便翻翻》，《鲁迅全集》第 6 卷，第 136 页，北京：人民文学出版社，1981 年。周启明著《鲁迅的青年时代》中的“避难”、“买新书”，第 18、20 页，北京：中国青年出版社，1957 年。知堂著《关于鲁迅》(1936 年 10 月 24 日)，原载上海：《宇宙风》，1936 年第 29 期、30 期；今见周启明著《鲁迅的青年时代》，第 116 页，北京：中国青年出版社，1957 年。周遐寿(周作人)著《鲁迅的故家·第一分　百草园·三五　娱园》，第 46 页，北京：人民文学出版社，1981 年重印本。

② 周启明：《鲁迅的青年时代》，第 55～56 页，北京：中国青年出版社，1957 年。

③ 许寿裳：《亡友鲁迅印象记》，第 11 页，上海：上海文化出版社，2006 年。

不同，我以为这是最可注意的事。豫才从小就喜欢书画”①，喜欢“‘杂览’”②，“这些事情都很琐屑，可是影响却很不小，它就‘奠定’了他半生学问事业的倾向，在趣味上直到晚年也还留下好些明了的痕迹”③。

鲁迅的古典文学研究历程

鲁迅研究古典文学的历程，大致可分三期：1909 年 8 月回国至 1920 年 8 月为准备期，工余从事《古小说钩沉》等的辑录工作；1920 年 8 月至 1926 年 8 月为高峰期，其间结合北大、北师大、女师大的小说史教学，完成《中国小说史略》等小说史著述；1926 年 8 月以后为延续期，著有《汉文学史纲要》、《魏晋风度及文章与药及酒之关系》等。

一、准备期：抄书辑佚

据周作人回忆，“归国后他（按，指鲁迅）就开始抄书，在这几年中不知共有若干种”④。“一九〇九年六月，鲁迅归国后在浙江两级师范学堂工作，曾多次前往浙江图书馆借阅资料，正式开始了这书（按，指《古小说钩沉》）的校辑工作。到绍兴后，鲁迅继续了这项工作，曾经常向府中学堂图书馆借阅古籍。除在校中阅读、校辑外，他也常在家里小堂前的一张八仙桌上，进行这项工作。鲁迅在阅读类书时，常用宽狭不同、颜色不同的小纸条，把有关资料细心地录写下来，订讹补缺，辨伪还真，最后加以精

①③④ 知堂：《关于鲁迅》（1936 年 10 月 24 日），原载上海：《宇宙风》，1936 年第 29 期、30 期。今见周启明：《鲁迅的青年时代》，第 118 页，第 120 页，第 121 页，北京：中国青年出版社，1957 年。

② 周启明：《鲁迅的青年时代·鲁迅的国学与西学》，第 47 页，北京：中国青年出版社，1957 年。

选。这些小纸条，估计至少有六千多张。鲁迅抄录后，又分门别类，加以整理，全写清楚后集中装订成十大本。订成后，又继续不断地逐渐加以增补。当年鲁迅亲手抄录的这类小纸条，现在还保存着千余张，它生动地表现了鲁迅严谨的科学态度和刻苦的学习精神。”①其间鲁迅“翻查古书抄唐以前小说逸文”②，辑录《古小说钩沉》并为之作序③，又辑录《小说备校》七种（1911年）④。周作人也曾帮助鲁迅做过一些抄录工作，他说：“辛亥革命起事的前后几个月，我在家里闲住，所做的事大约只是每月抄书，便是帮同鲁迅翻看古书类书，抄录《古小说钩沉》和《会稽郡故书杂集》的材料，还有整本的如刘义庆的《幽明录》之类。”⑤

至于鲁迅抄书辑佚的动机，一方面是出于兴趣和爱好。这可以追溯到他的青少年时代：“癸巳以前，在曾祖母卧室的空楼上，南窗下放着一张八仙桌，鲁迅就在那里开始抄书的工作……最初在楼上所做的工作是抄古文奇字，从那小本的《康熙字典》的一部查起，把上边所列的所谓古文，一个个的都抄下来，订成一册，其次是就《唐诗叩弹集》中抄录百花诗，如梅花桃花，分别录出……这些小事情关系却是很大。不久不知道是不是从玉田那里借来了一部《唐代丛书》，这本是世俗陋书，不大可靠，在那

---

① 谢德铣：《鲁迅在绍兴府中学堂》，薛绥之主编《鲁迅生平史料汇编》第一辑，第187页，天津：天津人民出版社，1981年。

② 知堂：《关于鲁迅》（1936年10月24日），原载上海：《宇宙风》，1936年第29期、30期。今见周启明：《鲁迅的青年时代》，第121～122页，北京：中国青年出版社，1957年。

③《古小说钩沉》在鲁迅生前未刊行，最初发表于绍兴《越社丛刊》，1912年第1集，署名“起孟”。后收入1938年版《鲁迅全集》第8卷。

④《小说备校》七种后来收入唐弢著《鲁迅全集补遗续编》。现存抄稿上未具日期，稿纸用的是绍兴府中学堂试卷。

⑤ 周作人：《知堂回想录·九六　卧治时代》，第267页，香港：三育图书有限公司，1980年。

时却是发见了一个新天地……鲁迅抄得更多，记得的有陆羽《茶经》三卷，陆龟蒙的《耒耜经》和《五木经》等。这些抄本是没有了，但现存的还有两大册《说郛录要》，所录都是花木类的谱录，其中如竹谱笋谱等五六种是他的手抄，时代则是在辛亥年春天了。不知道在戊戌前的哪一年，买到了一部《二酉堂丛书》，其中全是古逸书的辑本，有古史传，地方志，乡贤遗集，自此抄书更有了方向，后来《古小说钩沉》与《会稽郡故书杂集》就由此出发以至成功。"①另一方面，"此非求学，以代醇酒妇人者也"②。自1909年8月归国后，鲁迅"一遘于杭，两遇于越"③，深感"防守攻战，心力颇瘁"④。他曾自言，"一个人处在沉闷的时代，是容易喜欢看古书的"⑤，所以抄书辑佚又是鲁迅排遣现实苦闷的一种方式。

1912年2月中旬，经许寿裳推荐并两次来函"敦劝"⑥，鲁

① 周遐寿：《鲁迅的故家·第一分　百草园·五三　抄书》，第70～71页，北京：人民文学出版社，1981年重印本。

② 鲁迅：《书信·101115　致许寿裳》，《鲁迅全集》第11卷，第327页，北京：人民文学出版社，1981年。

③ 鲁迅：《书信·101221　致许寿裳》，《鲁迅全集》第11卷，第328页，北京：人民文学出版社，1981年。鲁迅先后经历了浙江两级师范学堂教员反对新任监督封建顽固派夏震武的"木瓜之役"(1909年12月—1910年1月)，绍兴府中学堂学生反对新任代理监督杜海生、陈子英借口甄别考试以开除校中活跃分子而发生的两次学潮(1910年8月下旬、11月中旬)。

④ 鲁迅：《书信·110102　致许寿裳》，《鲁迅全集》第11卷，第327页，北京：人民文学出版社，1981年。

⑤ 鲁迅：《书信·341128　致刘炜明》，《鲁迅全集》第12卷，第576页，北京：人民文学出版社，1981年。

⑥ 许寿裳：《亡友鲁迅印象记》，第36页，上海：上海文化出版社，2006年。原文如下："我被蔡先生邀至南京帮忙……乘间向蔡先生推荐鲁迅。蔡说：'我久慕其名，正拟驰函延请，现在就托先生……代函敦劝，早日来京。'我即连写两封信给鲁迅，说蔡先生殷勤延揽之意。"

迅离开绍兴到南京临时政府教育部担任部员。在南京教育部期间，据许寿裳回忆，“暇时或同访图书馆，鲁迅借钞《沈下贤集》，《唐宋传奇集》所收的《湘中怨辞》，《异梦录》，《秦梦记》，就在这时钞写的。”①

同年3月，鲁迅又由南京临时政府教育部推荐给北京中华民国政府教育部，并于5月初赴京任职。在北京教育部期间，鲁迅曾与张宗祥谈到京师图书馆的书籍，“鲁迅笑道：‘……馆中有十二卷本白棉纸《说郛》，我看是明初抄本，可惜内容不详，你是“打字机”……何妨录出大家来研究研究。丛书堂抄本《嵇康集》，我曾经翻阅过，里边涂去原文另加校改处，大抵根据刻本，反失本真，你能够仔仔细细的照原书抄一下，也是我所急需的。’我说：‘二个月缴卷，丛书堂《嵇康集》涂改处用墨极浓，不能辨认者，只好将来抄后再参详。’这就是后来印出来的《嵇康集》和鲁迅喜欢研究魏晋文学的初步”②。其间鲁迅“以丛书堂本《嵇康集》校《全三国文》”，并作《〈嵇康集〉跋》③；抄录《沈下贤文集》，

---

① 许寿裳：《亡友鲁迅印象记》，第36页，上海：上海文化出版社，2006年。又据蔡元培回忆：“先生进教育部以后，我们始常常见面。在南京时，先生于办公之暇，常与许君季茀影抄一种从图书馆借来的善本书，后来先生所完成的有校订本《魏中散大夫嵇康集》等书，想就是那时间工作的一斑了。”见蔡元培著《记鲁迅先生轶事》（1936年11月），鲁迅博物馆鲁迅研究室《鲁迅研究月刊》选编《鲁迅回忆录：散篇》（上册），第100页，北京：北京出版社，1999年。原载《青年界》，1936年11月第10卷第4号。

② 张宗祥：《我所知道的鲁迅》（1961年），鲁迅博物馆鲁迅研究室《鲁迅研究月刊》选编《鲁迅回忆录：散篇》（上册），第66页，北京：北京出版社，1999年。原载《图书馆》杂志，1961年第4期。

③ 鲁迅：《日记·癸丑日记》（1913年10月15、19、20日，12月19、30日），《鲁迅全集》第14卷，第77～78、85、87页，北京：人民文学出版社，1981年。

共十二卷并跋①；校《鲍明远集》，并作校记②。此外，就是抄古碑。孙伏园说："鲁迅先生跟着南京政府搬到北京，他的苦闷也许比一般青年更甚，只要看他在创作《狂人日记》以前几年，住在绍兴会馆钞古碑的生活就可知道。"③当时正值袁世凯复辟帝制时期，"北京文官大小一律受到注意，生恐他们反对或表示不服，以此人人设法逃避耳目"④。鲁迅后来在《呐喊·自序》中说："许多年，我便寓在这屋里钞古碑。客中少有人来，古碑中也遇不到什么问题和主义，而我的生命却居然暗暗的消去了，这也就是我惟一的愿望。"⑤而从积极的方面来讲，抄古碑则"一方面可以研究中国字体史，另方面，可以作为写中国文学史的风俗习惯的正确了解的一面"⑥。

二、高峰期：小说史教学与著述

鲁迅自1920年8月至1926年8月离京前，先后在北大、北

① 鲁迅：《日记·甲寅日记》（1914年4月6、7、9、11、12、16、17、19、23、27日，5月17、24日），《鲁迅全集》第14卷，第108～110、112、113页，北京：人民文学出版社，1981年。

② 鲁迅：《日记·戊午日记》（1918年9月24、25日），《鲁迅全集》第14卷，第328页，北京：人民文学出版社，1981年。《〈鲍明远集〉校记》（1918年），《鲁迅全集》第8卷，第77页，北京：人民文学出版社，1981年。本篇据手稿编入，原无标题、标点。

③ 孙伏园：《哭鲁迅先生》，鲁迅先生纪念委员会编《鲁迅先生纪念集·悼文（第一辑）》，第79页，上海：上海书店复印，1979年。

④ 周遐寿：《鲁迅的故家·抄碑的目的》，第200页，北京：人民文学出版社，1981年重印本。

⑤《鲁迅全集》第1卷，第418页，北京：人民文学出版社，1981年。

⑥ 许广平1951年11月6日致胡冰函，见胡冰《鲁迅研究札记》，第56页，上海：新文艺出版社，1958年。

师大、女师大等八所院校兼课，主要讲授小说史。开课情况如下表①：

校　名	职　务	开设课程	任教时间（从收聘书时间算起）
北京大学	讲师、北京大学研究所国学门委员会委员	小说史	1920.8—1926.8
北京师范大学（原称北京高等师范学校）	讲师	小说史	1920.8—1926.8
北京女子师范大学（原称北京女子高等师范学校）	讲师、教授（1926）、女师大校务维持会委员	小说史、文艺理论，1925 年底又为国文系一年级、四年级学生开设选文课	1923.7—1926.8
世界语专门学校	讲师、董事	小说史	1923.9—1925.3
集成国际语言学校	不详	不详	1924.5—1924.6
黎明中学	高中文科小说教员	高中小说课	1925.9—1925.12

① 参见李何林主编《鲁迅年谱》（增订本）第 2 卷，第 25、27、34、131、231～232、243～246、316 页，北京：人民文学出版社，2000 年。陈漱渝著《鲁迅在北京的教学活动》（原载《鲁迅在北京》，天津：天津人民出版社，1978 年）、北京鲁迅博物馆绘制《鲁迅在北京各校兼课时间统计表》、《北京大学聘书》等各校聘书，见薛绥之主编《鲁迅生平史料汇编》第三辑，第 194、210～214 页，天津：天津人民出版社，1983 年。

校　名	职　务	开设课程	任教时间（从收聘书时间算起）
大中公学	高中部教员	新文艺学科	1925. 9—1925. 11
中国大学	大学部文科国文系讲师	小说学科	1925.9—1926.5

周作人回忆说："还有一件事，也是发生在一九二〇年里，北大国文系想添一样小说史，系主任马幼渔便和我商量，我一时也麻胡的答应下来了，心想虽然没有专弄这个问题，因为家里有那一部鲁迅所辑的《古小说钩沉》，可以做参考；那么上半最麻烦的问题可以解决了，下半再敷衍着看吧。及至回来以后，再一考虑觉得不很妥当，便同鲁迅说，不如由他担任了更是适宜。他虽然踌躇，可是终于答应了，我便将此意转告系主任，幼渔也很赞成。"①这就是鲁迅讲小说史的缘起。

鲁迅授课，"那门课名义上是'中国小说史'，实际讲的是对历史的观察，对社会的批判，对文艺理论的探索。有人听了一年课以后，第二年仍继续去听，一点也不觉得重复……我们听他的讲，和读他的文章一样，在引人入胜、娓娓动听的语言中蕴蓄着精辟的见解，闪烁着智慧的光芒。对于历史人物的评价，都是很中肯和剀切的，跟传统的说法很不同……当时听讲的人，若是有人能够把鲁迅讲课时重要的讲话记录下来，会成很可宝贵的一

① 周作人：《知堂回想录·一三七　琐屑的因缘》，第410页，香港：三育图书有限公司，1980年。知堂：《关于鲁迅》（1936年10月24日）一文中也有类似的记载，原载上海《宇宙风》，1936年第29期、30期。今见周启明：《鲁迅的青年时代》，第123页，北京：中国青年出版社，1957年。

部资料,可惜没有人这样做过”①。“鲁迅以朴素的、质直的、不加文饰的说话,款款而又低沉的声音……给听众如饮醇醪,如服清凉散,这种说话,听一百遍也不会厌”,“虽说是讲《中国小说史略》,实在是对一切事物都含有教育道理,无怪学生们对这门功课,对这样的讲解都拥护不尽,实觉受益无穷”。② “在北大,每当鲁迅讲课,教室里两人一排的座位上总是挤坐着四五个人,找不到座位的学生就站在门边、走道甚至坐在窗台上听讲。在世界语专门学校,鲁迅最先在一个小教室给四十余名学生讲课,后来,听课的人越来越多,学校不得不请鲁迅到兼作礼堂的大教室上课了。”③

北京从教期间,鲁迅继《古小说钩沉》之后,又从《太平广记》、《文苑英华》、《资治通鉴考异》、《说郛》等古籍中继续钩稽中

---

① 冯至:《笑谈虎尾记犹新》(1976 年 7 月 9 日),鲁迅博物馆鲁迅研究室《鲁迅研究月刊》选编《鲁迅回忆录:散篇》(上册),第 331 页,北京:北京出版社,1999 年。原载《鲁迅回忆录》一集,上海:上海文艺出版社,1978 年。

② 许广平:《鲁迅回忆录·三　鲁迅的讲演与讲课》,第 24、32 页,北京:作家出版社,1961 年。关于鲁迅授课的特色,另见魏建功著《忆三十年代的鲁迅先生》,原载北京《文艺报》,1956 年第 19 号;鲁彦著《活在人类的心里》(1936 年 10 月),原载上海《中流》半月刊,1936 年 11 月 5 日第 1 卷第 5 期;董秋芳著《我所认识的鲁迅先生》,原载上海《多样文艺》月刊,1936 年 11 月 1 日第 1 卷第 6 期。这三篇文章分别见于鲁迅博物馆鲁迅研究室《鲁迅研究月刊》选编:《鲁迅回忆录:散篇》(上册),第 257、120、114 页,北京:北京出版社,1999 年。此外还可参阅许钦文:《学习鲁迅先生》,上海:上海文艺出版社,1959 年。

③ 陈漱渝:《鲁迅在北京·鲁迅在北京的教学活动》,天津:天津人民出版社,1978 年。转引自薛绥之主编:《鲁迅生平史料汇编》第三辑,第 197 页,天津:天津人民出版社,1983 年。关于鲁迅小说史课受欢迎的情况,另见尚钺:《怀念鲁迅先生》(1939 年 10 月,原载《抗战文艺》,1939 年 11 月),鲁迅博物馆鲁迅研究室《鲁迅研究月刊》选编:《鲁迅回忆录:散篇》(上册),第 132 页,北京:北京出版社,1999 年。

国小说史料，①《唐宋传奇集》和《小说旧闻钞》的辑录工作主要是这一时期完成的。在此基础上，鲁迅自编小说史讲义，陆续印发给学生，即为《中国小说史略》。鲁迅后来说："我的《中国小说史略》，是先因为要教书糊口，这才陆续编成的"②，以此"助听者之聆察，释写生之烦劳"③。当年毕业于北大的王儒卿在给单演义的回信中说："鲁迅先生是我的老师，他在北大教课即由我们那一班学生开始，教的是中国小说史。他出版的《中国小说史略》，就是给我们编的讲义。"④许广平回忆说："鲁迅对我们讲《中国小说史略》的时候在早期，那时的书还刚刚在北大第一院的新潮社出版，我们就人手一册地拿这分装成上下册的《中国小说史略》做课本了。讲前三篇的时候，因为课本还没有印出，就用中国的油光纸临时印的……"⑤钱玄同也指出，《中国小说史

① 据《鲁迅日记》，鲁迅从张阆声处借得《青琐高议》残本一册，托周建人抄写（1921 年 2 月 28 日）；抄《遂初堂书目》（1922 年 8 月 27 日～9 月 3 日，现存手抄本 64 页）、《隋遗录》（1922 年 9 月 14 日）；以明抄《说郛》校《桂海虞衡志》（1922 年 9 月 12 日）；又为北大校正《太平广记》八十册又别本九册（1923 年 4 月 2 日～5 月 22 日）。见鲁迅：《日记・日记第十》（1921 年 2 月 28 日），《鲁迅全集》第 14 卷，第 411 页，北京：人民文学出版社，1981 年。鲁迅：《日记・附录　一九二二年日记断片》（1922 年 8 月 27 日，9 月 3、12、14 日），《鲁迅全集》第 15 卷，第 327 页。鲁迅：《日记・日记十二》（1923 年 4 月 2、9、17 日，5 月 22 日），《鲁迅全集》第 14 卷，第 450～452、455 页。

② 鲁迅：《集外集拾遗补编・柳无忌来信按语》（1930 年 2 月 19 日），《鲁迅全集》第 8 卷，第 299 页，北京：人民文学出版社，1981 年。

③ 鲁迅：《中国小说史略・后记》（1924 年 3 月 3 日），《鲁迅全集》第 9 卷，第 296 页，北京：人民文学出版社，1981 年。

④ 单演义：《鲁迅在西安》，第 135～136 页，西安：陕西人民出版社，1981 年。

⑤ 许广平：《鲁迅回忆录・三　鲁迅的讲演与讲课》，第 27 页，北京：作家出版社，1961 年。

略》是鲁迅在北大、师大、女师大等校讲授中国小说史时“一两年中随编随印之讲义”①。

油印本讲义《小说史大略》系鲁迅“一九二〇年后在北京大学与师范大学教小说史时所发”，“经路工同志断定是最初的讲义本”，凡17篇，约六万言，“为他的大著作《中国小说史略》奠定了巩固的基础及研究的总方向”。② 铅印本讲义《中国小说史大略》约出版于1921—1922年，凡26篇。③《中国小说史略》于1923年12月、1924年6月，由北京大学新潮社分上、下册出版，凡28篇，约十五万言。北新书局于1925年9月改印合订本，1931年出修订本，1935年第十版又作个别改订，为最后定本。(此外，《中国小说史略》的日译文自1924年1月13日开始在日文《北京周报》上连载。④)篇目对照如下：

《小说史大略》	《中国小说史大略》	《中国小说史略》
第一篇：史家对于小说之论录		第一篇：史家对于小说之著录及论述
第二篇：神话与传说	第一篇：神话与传说	第二篇：神话与传说

① 钱玄同：《我对周豫才君之追忆与略评》(1936年10月24日)，鲁迅博物馆鲁迅研究室《鲁迅研究月刊》选编：《鲁迅回忆录：散篇》(上册)，第95页，北京：北京出版社，1999年。原载北平：《世界日报》，1936年10月26、27日。

② 单演义：《关于最早油印本〈小说史大略〉讲义的说明》，《鲁迅小说史大略》，第119～120页，西安：陕西人民出版社，1981年。

③ 路工：《从〈中国小说史大略〉到〈中国小说史略〉》(1971年12月)，《访书见闻录》，第214页，上海：上海古籍出版社，1985年。原载《文物·革命文物特刊(一)》，1972年。

④ 日文《北京周报》，1924年第96～102期，104～129期，131～133期，137期。李何林主编：《鲁迅年谱》(增订本)第2卷，第122页，北京：人民文学出版社，2000年。

《小说史大略》	《中国小说史大略》	《中国小说史略》
第三篇:汉艺文志所录小说	第二篇:汉书艺文志所载小说	第三篇:《汉书·艺文志》所载小说
第四篇:今所见汉小说	第三篇:今所见汉小说	第四篇:今所见汉人小说
第五篇:六朝之鬼神志怪书(上)	第四篇:六朝之鬼神志怪书(上)	第五篇:六朝之鬼神志怪书(上)
第六篇:六朝之鬼神志怪书(下)	第五篇:六朝之鬼神志怪书(下)	第六篇:六朝之鬼神志怪书(下)
第七篇:世说新语与其前后	第六篇:世说新语与其前后	第七篇:《世说新语》与其前后
第八篇:唐传奇体传记(上)	第七篇:唐之传奇文(上)	第八篇:唐之传奇文(上)
第九篇:唐传奇体传记(下)	第八篇:唐之传奇文(下)	第九篇:唐之传奇文(下)
	第九篇:唐之传奇集及杂俎	第十篇:唐之传奇集及杂俎
	第十篇:宋之志怪及传奇文	第十一篇:宋之志怪及传奇文
第十篇:宋人之话本	第十一篇:宋之话本	第十二篇:宋之话本
	第十二篇:宋元之拟话本	第十三篇:宋元之拟话本
第十一篇:元明传来之历史演义	第十三篇:元明传来之讲史(上)	第十四篇:元明传来之讲史(上)
	第十四篇:元明传来之讲史(下)	第十五篇:元明传来之讲史(下)

《小说史大略》	《中国小说史大略》	《中国小说史略》
第十二篇：明之历史的神异小说	第十五篇：明之神魔小说(上)	第十六篇：明之神魔小说(上)
	第十六篇：明之神魔小说(下)	第十七篇：明之神魔小说(中)
		第十八篇：明之神魔小说(下)
第十三篇：明之人情小说	第十七篇：明之人情小说(上)	第十九篇：明之人情小说(上)
	第十八篇：明之人情小说(下)	第二十篇：明之人情小说(下)
	第十九篇：明之拟宋市人小说及后来选本	第二十一篇：明之拟宋市人小说及后来选本
	第二十篇：清之拟晋唐小说及其支流	第二十二篇：清之拟晋唐小说及其支流
	第二十一篇：清之讽刺小说	第二十三篇：清之讽刺小说
第十四篇：清之人情小说	第二十二篇：清之人情小说	第二十四篇：清之人情小说
	第二十三篇：清之以小说见才学者	第二十五篇：清之以小说见才学者
第十五篇：清之侠义小说与公案	第二十五篇：清之侠义小说与公案	第二十七篇：清之侠义小说及公案
第十六篇：清之狭邪小说	第二十四篇：清之狭邪小说	第二十六篇：清之狭邪小说
第十七篇：清之谴责小说	第二十六篇：清之谴责小说	第二十八篇：清末之谴责小说

《中国小说史略》较之铅印本《中国小说史大略》文字增加了约两万字，除增补第一篇“史家对于小说之著录及论述”外，又将“明之神魔小说”上、下两篇分为上、中、下三篇，对各篇的具体修改，包括增删材料、修改内容和文句等；较之油印本《小说史大略》，篇目溢出十一篇，篇幅多出一倍半。从中可见《史略》不断丰富和完善的过程。①

《中国小说史略》出版后，陈源（西滢）在《现代评论》第 2 卷第 50 期（1925 年 11 月 21 日）的《闲话》中影射鲁迅“整大本的剽窃”②。又于 1926 年 1 月在《晨报副刊》上发表《致志摩》（1926 年 1 月 18 日）的公开信：“他自己的《中国小说史略》却就是根据日本人盐谷温的《支那文学概论讲话》里面的《小说》一部分。其实拿人家的著述做你自己的蓝本，本可以原谅，只要你书中有那样的声明。可是鲁迅先生就没有那样的声明。”③

鲁迅作《不是信》予以澄清：“盐谷氏的书，确是我的参考书之一，我的《小说史略》二十八篇的第二篇，是根据它的，还有论《红楼梦》的几点和一张《贾氏系图》，也是根据它的，但不过是大意，次序和意见就很不同。其他二十六篇，我都有我独立的准备，证据是和他的所说还时常相反。例如现有的汉人小说，他以为真，我以为假；唐人小说的分类他据森槐南，我却有我法。六朝小说他据《汉魏丛书》，我据别本及自己的辑本，这工夫曾经费去两年多，稿本有十册在这里；唐人小说他据谬误最多的《唐人说荟》，我是用《太平广记》的，此外还一本一本搜起来……其余

① 详参吕福堂：《〈中国小说史略〉的版本演变》，见陈漱渝主编《鲁迅版本书话》（上册），第 104 页，北京：北京图书馆出版社，2004 年。

②《鲁迅全集》第 3 卷，第 238 页注释〔31〕，北京：人民文学出版社，1981 年。

③ 李宗英、张梦阳编：《六十年来鲁迅研究论文选》（上），第 45 页，北京：中国社会科学出版社，1982 年。

分量，取舍，考证的不同，尤难枚举。”①

李霁野回忆说：“当时许多读者不明真相，都急于要看鲁迅先生对于陈源加给他的罪状怎样辩解。我们几个朋友去访问鲁迅先生，他的精神非常轻松愉快，将答辩文章的主要内容随谈随笑告诉我们了。他说原想将盐谷温这部分书翻译出来，让读者们去客观的明了真相；可是觉得不值当费这样多精力，作罢了。他说陈源冒充学贯中西的教授……是经不起一击的论敌……这篇驳斥的文章题为《不是信》，在《语丝》上发表。《语丝》未到时发售处就挤满了人，《语丝》一到就抢购完了。”②

鲁迅后来在《且介亭杂文二集·后记》(1935 年 12 月 31 日夜半至 1936 年 1 月 1 日晨)中说：“在《中国小说史略》日译本的序文里，我声明了我的高兴，但还有一种原因却未曾说出，是经十年之久，我竟报复了我个人的私仇。当一九二六年时，陈源即西滢教授，曾在北京公开对于我的人身攻击，说我的这一部著作，是窃取盐谷温教授的《支那文学概论讲话》里面的‘小说’一部分的；《闲话》里的所谓‘整大本的剽窃’，指的也是我。现在盐谷温教授的书早有中译，我的也有了日译，两国的读者，有目共见，有谁指出我的‘剽窃’来呢？呜呼，‘男盗女娼’，是人间大可耻事，我负了十年‘剽窃’的恶名，现在总算可以卸下，并且将‘谎狗’的旗子，回敬自称‘正人君子’的陈源教授，倘他无法洗刷，就只好插着生活，一直带进坟墓里去了。”③

---

① 鲁迅：《华盖集续编·不是信》，《鲁迅全集》第 3 卷，第 229～230 页，北京：人民文学出版社，1981 年。《不是信》最初发表于北京《语丝》周刊，1926 年第 65 期。

② 李霁野：《回忆鲁迅先生》，第 8～9 页，上海：新文艺出版社，1956 年。

③《鲁迅全集》第 6 卷，第 450～451 页，北京：人民文学出版社，1981 年。

胡适在 1936 年 12 月 14 日致苏雪林的复信中也谈及此事："凡论一人，总须持平。爱而知其恶，恶而知其美，方是持平。鲁迅自有他的长处。如他的早年文学作品，如他的小说史研究，皆是上等工作。通伯先生当日误信一个小人张凤举之言，说鲁迅之小说史是抄袭盐谷温的，就使鲁迅终身不忘此仇恨！现今盐谷温的文学史已由孙俍工译出了，其书是未见我和鲁迅之小说研究以前的作品，其考据部分浅陋可笑。说鲁迅抄盐谷温，真是万分的冤枉。盐谷一案，我们应该为鲁迅洗刷明白。最好是由通伯先生写一篇短文，此是'gentleman〔绅士〕的臭架子'，值得摆的。"①

当代学者胡从经在《中国小说史学史长编》中又说："1986 年间笔者在东京大学访问研究时，获见东大荣誉教授伊藤漱平所编《鲁迅增田涉师弟答问集》，卷首有松枝茂夫所作序，言及在昭和四年(1929)在东京帝国大学听中国小说史课时，盐谷温教授就已用鲁迅原版《史略》作教材，可见盐谷氏对《史略》的推重(可惜此事鲁迅生前并不知悉)。"②

此即鲁迅《中国小说史略》与盐谷温《支那文学概论讲话》之关系的一段公案。

1924 年 7 月，鲁迅应西北大学和陕西省教育厅合办的暑期学校的聘请赴西安讲学。据《鲁迅日记》，自 21 日至 30 日，九天里共讲了十二次，前十一次在"暑期学校"，最后一次仅讲半小时，是在讲武堂对士兵讲的，内容均为小说史。③ 如孙伏园所

① 胡适：《书信·1936 年·致苏雪林(12 月 14 日)》，《胡适全集》第 24 卷，第 324～325 页，合肥：安徽教育出版社，2003 年。

② 胡从经：《中国小说史学史长编》，第 427 页，上海：上海文艺出版社，1998 年。

③ 鲁迅：《日记·日记十三》(1924 年 7 月 21 日～30 日)，《鲁迅全集》第 14 卷，第 506 页，北京：人民文学出版社，1981 年。

言:“小说史之讲法,本来可浅可深,可严正,亦可通俗。”①当时西安省立第三中学校长刘安国回忆说:“他讲课非常生动,旁引博证,联系实际,讽刺深刻,句句扣人心弦,沁人肺腑,因而使得我不能不每课必听,每听必终,课后还去请教,受益实多,留下的印象,是永难磨灭的”。② 陪同鲁迅上课的刘依仁回忆说:“鲁迅先生的讲演,真如他的写的文章一样,理论形象化,绝不抽象笼统,举出代表作品,找出恰当例证,具体发挥,没有废话,使听者不厌,并感到确有独到之处。”③又据当时易俗社编辑谢迈千和担任招待员的竞化教员李级仁回忆,鲁迅“说话非常简要,有时也很幽默含蓄,偶尔一笑”,“听众全被吸引住了”。④

当时直系军阀刘镇华窃据了陕西督、省两座,得意忘形之余,邀请一批学者来陕讲学,以粉饰门面,此即西安暑期学校的缘起。据王淡如回忆,“军阀刘镇华曾经托人示意,请给士兵讲演时调换一下题目,意思是说:你周树人总不肯给我歌功颂德了么,给士兵打一下气总可以吧? 但结果使他这个奢望落了空。鲁迅先生答复的很直爽,‘给士兵讲可以,我还是讲小说史,因为我只会讲小说史’。刘碰了个软钉子,几乎要马上掀开‘礼贤下士’的假面具的时候,经人劝阻,才隐忍住了。当时的《新秦日报》曾透露了这个‘兼座怒形于色’的消息,还被罚得停了几天刊”⑤。许广平回忆说:“鲁迅对当时西安以及北方军阀黑暗,是

---

① 孙伏园 1942 年 10 月 1 日致林辰信。林辰:《鲁迅赴陕始末》,见薛绥之主编《鲁迅生平史料汇编》第三辑,第 816 页,天津:天津人民出版社,1983 年。

②④ 单演义:《鲁迅在西安》,第 135 页,西安:陕西人民出版社,1981 年。

③ 单演义:《鲁迅讲学在西安》,转引自李何林主编《鲁迅年谱》(增订本)第 2 卷,第 143 页,北京:人民文学出版社,2000 年。

⑤ 王淡如:《一段回忆》,原载《西安日报》,1956 年 10 月 9 日。薛绥之主编:《鲁迅生平史料汇编》第三辑,第 782 页,天津:天津人民出版社,1983 年。

很小心对待的，故对军士也只讲小说史，即可具见。”①照鲁迅自己的说法，那时候是“大约万料不到我是一个虽对于决无杀身之祸的小事情，也不肯直抒自己的意见，只会嗡！嗡！对啦！”②

西安讲学的讲稿经鲁迅整理后刊出，即为《中国小说的历史的变迁》③，它是《史略》的缩编，但补充了一些观点和例证，还修正与丰富了《史略》的某些说法。

北京从教期间，鲁迅又作《破〈唐人说荟〉》(1922 年)④、《宋民间之所谓小说及其后来》(1923 年 11 月)⑤、《明以来小说年表》(1923 年)⑥、《〈何典〉题记》(1926 年 5 月 25 日)⑦、《为半农题记〈何典〉后，作》(1926 年 5 月 25 日)⑧等小说史相关论文；致

① 许广平 1953 年 3 月 11 日致单演义书。薛绥之主编：《鲁迅生平史料汇编》第三辑，第 763 页，天津：天津人民出版社，1983 年。

② 王淡如：《一段回忆》，原载《西安日报》，1956 年 10 月 9 日。薛绥之主编：《鲁迅生平史料汇编》第三辑，第 782 页，天津：天津人民出版社，1983 年。

③ 原载《国立西北大学、陕西教育厅合办暑期学校讲演集》(二)，西安：西北大学出版部，1925 年 3 月。鲁迅：《中国小说史略・附录》，《鲁迅全集》第 9 卷，第 299 页，北京：人民文学出版社，1981 年。

④ 本篇最初发表于《晨报副刊》“文艺谈”栏，1922 年 10 月 3 日，署名“风声”。收入鲁迅：《集外集拾遗补编》，《鲁迅全集》第 8 卷，第 106 页，北京：人民文学出版社，1981 年。

⑤ 本篇最初发表于北京：《晨报五周年纪念增刊》。收入鲁迅：《坟》，《鲁迅全集》第 1 卷，第 144 页，北京：人民文学出版社，1981 年。

⑥ 稿本现存，未印。

⑦ 本篇最初印入刘半农标点本：《何典》，上海：北新书局，1926 年 6 月，署名“鲁迅”。收入鲁迅：《集外集拾遗》，《鲁迅全集》第 7 卷，第 296 页，北京：人民文学出版社，1981 年。

⑧ 本篇最初发表于北京《语丝》周刊，1926 年 6 月 7 日第 82 期，署名“鲁迅”。收入鲁迅：《华盖集续编》，《鲁迅全集》第 3 卷，第 303 页，北京：人民文学出版社，1981 年。

钱玄同信(1924年11月26日)①,对《醒世姻缘》的内容与版本作了说明;致北师大学生傅筑夫、梁绳祎信(1925年3月15日)②,对中国神话的分期和内容分类等问题提出了自己的看法。此外还曾三次校勘《嵇康集》。③

1926年8月,鲁迅离开北京赴厦门。原因如鲁迅自言,“因为做评论,敌人就多起来,北京大学教授陈源开始发表这‘鲁迅’就是我,由此弄到段祺瑞将我撤职,并且还要逮捕我。我只好离开北京,到厦门大学做教授”④。许广平说:“如果不是和段、章

---

① 鲁迅:《书信·241126　致钱玄同》,《鲁迅全集》第11卷,第432页,北京:人民文学出版社,1981年。

② 鲁迅:《书信·250315　致梁绳祎》,《鲁迅全集》第11卷,第437页,北京:人民文学出版社,1981年。

③ 一次是在1921年,见鲁迅:《日记·日记第十》(1921年2月12日,3月2、8、20日),《鲁迅全集》第14卷,第410～413页,北京:人民文学出版社,1981年。一次是在1922年,见鲁迅:《日记·附录　一九二二年日记断片》(1922年1月27日,2月16、17日,8月7日),《鲁迅全集》第15卷,第325～327页,北京:人民文学出版社,1981年。一次是在1924年,见鲁迅:《日记·日记十三》(1924年6月1、3、6、7、8日),《鲁迅全集》第14卷,第499、500页,北京:人民文学出版社,1981年。并于1924年6月10日作《〈嵇康集〉序》,据鲁迅:《日记·日记十三》(1924年6月10日),《鲁迅全集》第14卷,第500页,北京:人民文学出版社,1981年。《〈嵇康集〉序》最初发表于《华美周刊》,1938年第1卷第1期,署名“鲁迅”,后收入1938年版《鲁迅全集》第9卷《嵇康集》。本篇篇末所署日期为“六月十一日”。其间,鲁迅又作《〈嵇康集〉逸文考》、《〈嵇康集〉著录考》(此二篇当写定于1924年6月之前),后附入鲁迅校本《嵇康集》末,收入1938年版《鲁迅全集》第9卷。《〈嵇康集〉序》、《〈嵇康集〉逸文考》、《〈嵇康集〉著录考》均见鲁迅:《古籍序跋集》,《鲁迅全集》第10卷,第64、51、55页,北京:人民文学出版社,2005年。

④ 鲁迅:《集外集·俄文译本〈阿Q正传〉序及著者自叙传略·〔备考〕:自传》(1925年5月26日),《鲁迅全集》第7卷,第85页,北京:人民文学出版社,1981年。

之流大斗，致列于几十位被捕者之林，和另外的原因，大约未必会离开北京的。北京已经住了十五年了，可以静下来研究学问，有好图书馆，这是先生时常所怀念的。”①

三、延续期:《汉文学史纲要》及其他

1926 年 8 月至 1936 年 10 月逝世，鲁迅先到厦门，再到广州，后到上海，在动荡中度过了生命的最后十年。这一时期，鲁迅的工作重心逐渐由“教书”转向“作文”，但并没有因此而放弃对古典文学的研究。

1926 年 9～12 月，鲁迅任厦大国文系教授兼国学院研究教授，原准备开设三门课程:声韵文字训诂研究，每周一节;小说选及小说史，每周二节;文学史纲要，每周二节，②而事实上只担任了中国文学史和中国小说史这两门课。其中中国文学史课程是新编讲义，题为《中国文学史略》，后改名《汉文学史纲要》。③ 虽然“旧存的讲义……随便讲讲就很够了”，但鲁迅“还想认真一点，编成一本较好的文学史”④，“功罪在所不计”⑤，“然而颇费

---

① 许广平:《鲁迅和青年们》，《欣慰的纪念》，第 48 页，北京:人民文学出版社，1981 年第 2 版。原载《文艺阵地》，1938 年 10 月第 2 卷第 1 期。

② 据《各科教员每周授课时数之调查(节录)》，原载《厦大周刊》，1926 年 12 月 18 日第 168 期。见薛绥之主编:《鲁迅生平史料汇编》第四辑，第 18 页，天津:天津人民出版社，1983 年。

③ 1927 年在广州中山大学讲授同一课程时，改题《古代汉文学史纲要》。该书为未完稿，在鲁迅生前没有出版过，最早收入鲁迅先生纪念委员会编辑的《鲁迅全集》第 10 卷(鲁迅全集出版社，1938 年)，改题《汉文学史纲要》。今见《鲁迅全集》第 9 卷，第 341 页，北京:人民文学出版社，1981 年。

④ 鲁迅:《两地书·第二集　厦门——广州·四一》(1926 年 9 月 14 日)，《鲁迅全集》第 11 卷，第 117 页，北京:人民文学出版社，1981 年。

⑤ 鲁迅:《两地书·第二集　厦门——广州·四四》(1926 年 9 月 22 日)，《鲁迅全集》第 11 卷，第 123 页，北京:人民文学出版社，1981 年。

事，因为文学史的范围太大了"①。许广平回忆说："《汉文学史纲要》这个课目是在厦门大学开始讲授的，这个课目为新编的，独具风格的，但可惜的是厦门只教过开头的几段就停止了，而中大也只不过教过那么短的时间，也就是限于厦门的一部分就遇到四月十五日拘捕学生，致学业不能继续，从此也没机会再教这门功课，因着别的工作关系，也未继续写完《汉文学史纲要》，作为他的创作的一部分未完稿是可惜的。"②

他的课在厦大受到极大欢迎，"本来在文科教室里，除了必修的十来个学生之外，老是冷冷清清的。可是从鲁迅先生来校讲课以后，钟声一响，教室里就挤满了人，后来的只好凭窗站着听了，教室里非但有各科学生来听讲，甚至助教和校外的报馆记者也来听讲了"③。鲁迅致许广平信中也说："此地之学生似尚佳……对我之感情似亦好，多说文科今年有生气了。"④

---

① 鲁迅：《两地书·第二集　厦门——广州·四八》（1926 年 9 月 30 日），《鲁迅全集》第 11 卷，第 136 页，北京：人民文学出版社，1981 年。

② 许广平：《回忆鲁迅在广州的时候》，巴金、冯至、黄源等：《鲁迅回忆录》二集，第 281 页，上海：上海文艺出版社，1979 年。

③ 俞荻：《回忆鲁迅先生在厦门大学》，鲁迅博物馆鲁迅研究室《鲁迅研究月刊》选编：《鲁迅回忆录：散篇》（上册），第 468 页，北京：北京出版社，1999 年。本文原载《文艺月报》，1956 年 10 月号。关于鲁迅在厦大讲课的情形及特色另见：川岛：《和鲁迅先生在厦门相处的日子里》（1957 年 4 月 9 日），原载《红旗飘飘》第 1 辑，见川岛：《和鲁迅相处的日子》，第 50 页，成都：四川人民出版社，1979 年。俞念远：《我所记得的鲁迅先生》（1936 年 3 月 21 日），原载汉口《西北风》半月刊，1936 年 5 月 16 日第 2 期。这两篇文章均收入鲁迅博物馆鲁迅研究室《鲁迅研究月刊》选编：《鲁迅回忆录：散篇》（上册），第 474、457 页，北京：北京出版社，1999 年。亦可参阅陈梦韶：《鲁迅先生在厦门大学》（1979 年 12 月），薛绥之主编：《鲁迅生平史料汇编》第四辑，第 83 页，天津：天津人民出版社，1983 年。陈梦韶：《鲁迅在厦门》，北京：作家出版社，1954 年。

④ 鲁迅：《两地书·第二集　厦门——广州·五〇》（1926 年 10 月 4 日），《鲁迅全集》第 11 卷，第 140 页，北京：人民文学出版社，1981 年。

许广平回忆说，“临去(厦门)之前，鲁迅曾经考虑过：教书的事，绝不可以作为终生事业来看待，因为社会上的不合理遭遇，政治上的黑暗压力，作短期的喘息一下的打算则可，永远长此下去，自己也忍受不住。因此决定：一面教书，一面静静地工作，准备下一步的行动，为另一个战役作更好的准备，也许较为得计吧。因此，我们就相约，做两年工作再作见面的设想……”①但鲁迅在 1926 年 10 月 4 日致许寿裳信中则说：“或者在此至多不过一年可敷衍欤？”②10 月 16 日致许广平信中又说：“我现在很想至多在本学期之末，离开厦大。”③“终于由二年的成约，毁了；变为一年，而半年，而四月余，到底干不下去。”④原因是“厦门大学校长林文庆，和他意见不合——即教育见解，背道而驰”⑤，“朱山根之流已在国学院大占势力，□□(□□)又要到这里来做法律系主任了，从此《现代评论》色彩，将弥漫厦大。在北京是国文系对抗着的，而这里的国学院却弄了一大批胡适之陈源之流”，使鲁迅“觉得毫无希望”⑥。他在 10 月 23 日致许广平信中表达了对厦大的失望：“我以北京为污浊，乃至厦门，现在想来，可谓妄想，大沟不干净，小沟就干净么？”⑦同日致章廷谦信中又

① 许广平：《鲁迅回忆录·厦门和广州》，第 65 页，北京：作家出版社，1961 年。

② 鲁迅：《书信·261004　致许寿裳》，《鲁迅全集》第 11 卷，第 485 页，北京：人民文学出版社，1981 年。

③⑥ 鲁迅：《两地书·第二集　厦门——广州·五六》(1926 年 10 月 16 日)，《鲁迅全集》第 11 卷，第 156 页，北京：人民文学出版社，1981 年。

④⑤ 景宋(许广平)：《鲁迅先生往那些地方躲》，原载广州：《国民新闻》副刊《新时代》，1927 年 2 月。收入钟敬文编：《鲁迅在广东》，上海：北新书局，1927 年 7 月。转引自薛绥之主编：《鲁迅生平史料汇编》第四辑，第 225 页，天津：天津人民出版社，1983 年。

⑦ 鲁迅：《两地书·第二集　厦门——广州·六〇》(1926 年 10 月 23 日)，《鲁迅全集》第 11 卷，第 169 页，北京：人民文学出版社，1981 年。

说:“北京如大沟,厦门则小沟也,大沟污浊,小沟独干净乎哉?既有鲁迅,亦有陈源。但你既然‘便是黄连也决计吞下去’,则便没有问题。要做事是难的,攻击排挤,正不下于北京,从北京来的人们,陈源之徒就有。”①

其间,鲁迅收到中山大学朱家骅电报,“是给兼士、玉堂和我的,说中山大学已改职(当是“委”字之误)员制,叫我们去指示一切。大概是议定学制罢。”②鲁迅在11月1日致许广平信中说:“如果中大定要我去,我到后于学校有益,那我就于开学之前到那边去。”“但我对于此后的方针,实在很有些徘徊不决,那就是:做文章呢,还是教书?因为这两件事,是势不两立的:作文要热情,教书要冷静。兼做两样的,倘不认真,便两面都油滑浅薄,倘都认真,则一时使气血沸腾,一时使心平气和,精神便不胜困惫,结果也还是两面不讨好。看外国,兼做教授的文学家,是从来很少有的。我自己想,我如写点东西,也许于中国不无小好处,不写也可惜;但如果使我研究一种关于中国文学的事,大概也可以说出一点别人没有见到的话来,所以放下也似乎可惜。但我想,或者还不如做些有益的文章,至于研究,则于余暇时做。”③他在11月9日致许广平信中再次表示“我这几天忽而对于到广州教书的事,很有些踌躇了,恐怕情形会和在北京时相像”④。

---

① 鲁迅:《书信·261023　致章廷谦》,《鲁迅全集》第11卷,第489页,北京:人民文学出版社,1981年。

② 鲁迅:《两地书·第二集　厦门——广州·五六》(1926年10月16日),《鲁迅全集》第11卷,第157页,北京:人民文学出版社,1981年。又,鲁迅:《日记·日记十五》(1926年10月16日),《鲁迅全集》第14卷,第620页,北京:人民文学出版社,1981年。

③ 鲁迅:《两地书·第二集　厦门——广州·六六》(1926年11月1日),《鲁迅全集》第11卷,第183～184页,北京:人民文学出版社,1981年。

④ 鲁迅:《两地书·第二集　厦门——广州·七一》(1926年11月9日),《鲁迅全集》第11卷,第195页,北京:人民文学出版社,1981年。

在厦门期间，除《汉文学史纲要》，鲁迅又作《〈嵇康集〉考》（1926 年 11 月 4 日讫）①、《〈绛洞花主〉小引》（1927 年 1 月 14 日）②等。他于 1927 年 1 月 16 日离厦门赴广州③，打算在教书的同时，“对于‘绅士’们仍然加以打击……第二是与创造社联合起来，造一条战线，更向旧社会进攻，我再勉力写些文字”④。

1927 年 2～4 月，鲁迅在中山大学任文学系主任兼教务主任。他后来回忆说：“在钟楼上的第二月，即戴了‘教务主任’的纸冠的时候，是忙碌的时期。学校大事盖无过于补考与开课也，与别的一切学校同。于是点头开会，排时间表，发通知书，秘藏题目，分配卷子……于是又开会，讨论，计分，发榜。”⑤其间讲授文艺论、中国文学史（上古至隋）、中国小说史课程。⑥ 据欧阳山回忆：“听众之多，使得讲课也不能在教室讲，而要在大礼堂讲了。一上课，不只大礼堂里坐满了人，连四周的窗台也坐满了人，

---

① 鲁迅：《两地书·第二集　厦门——广州·六八》，《鲁迅全集》第 11 卷，第 188 页，北京：人民文学出版社，1981 年。据《厦大周刊》1926 年 11 月 20 日第 164 期，此文原拟载于厦大《国学季刊》，第 1 期。详见薛绥之主编：《鲁迅生平史料汇编》第四辑，第 25 页，天津：天津人民出版社，1983 年。后因该校发生了反对校长林文庆的风潮，季刊未能印出。原稿于 1953 年发现，今见《鲁迅全集》第 10 卷，第 73 页，北京：人民文学出版社，2005 年。

② 原载陈梦韶：《绛洞花主》，上海：北新书局，1928 年。收入鲁迅：《集外集拾遗补编》，《鲁迅全集》第 8 卷，第 145 页，北京：人民文学出版社，1981 年。《绛洞花主》是陈梦韶根据《红楼梦》改编的剧本。

③ 鲁迅：《日记·日记十六》（1927 年 1 月 16～18 日），《鲁迅全集》第 14 卷，第 639 页，北京：人民文学出版社，1981 年。

④ 鲁迅：《两地书·第二集　厦门——广州·六九》（1926 年 11 月 7 日），《鲁迅全集》第 11 卷，第 191 页，北京：人民文学出版社，1981 年。

⑤ 鲁迅：《三闲集·在钟楼上（夜记之二）》，《鲁迅全集》第 4 卷，第 34 页，北京：人民文学出版社，1981 年。

⑥《本校文史科概况报告（摘录）·（五）文史科课程表》，原载《国立中山大学开学纪念册》，1927 年 3 月。见薛绥之主编：《鲁迅生平史料汇编》第四辑，第 196～197 页，天津：天津人民出版社，1983 年。

还有更多的，是站在窗子外，大门口！……他讲的都是中国文学史里的问题和知识，我们都是闻所未闻的，当时听了真如获至宝。同时他非常幽默，常常讲一些引人发笑的话，但他自己却不笑；因为他的态度那么严肃，更引得课堂里的学生们哈哈大笑。"①

鲁迅脱离中大的原因，一是顾颉刚之来。"有一天，傅孟真（其时为文学院长）来谈，说及顾某可来任教，鲁迅听了就勃然大怒，说道：'他来，我就走。'态度异常坚决。"②他在1927年4月26日致孙伏园信中说："我真想不到，在厦门那么反对民党，使兼士愤愤的顾颉刚，竟到这里来做教授了，那么，这里的情形，难免要变成厦大，硬直者逐，改革者开除。而且据我看来，或者会比不上厦大，这是我新得的感觉。我已于上星期四辞去一切职务，脱离中大了。"③二是"四·一五"广州大屠杀。许寿裳回忆说："清党事起，学生被捕者不少，鲁迅出席各主任紧急会议，归来一语不发，我料想他快要辞职了，一问，知道营救无效。不久，他果然辞职，我也跟着辞职。"④

至此，鲁迅对教界彻底绝望。他在5月15日致章廷谦信中说："教界这东西，我实在有点怕了，并不比政界干净。"⑤后来又

---

① 欧阳山：《光明的探索》(1978年)，见周建人、茅盾等著：《我心中的鲁迅》，第96～97页，长沙：湖南人民出版社，1979年。原载北京《人民文学》，1979年第2期。

② 许寿裳：《亡友鲁迅印象记》，第70页，上海：上海文化出版社，2006年。关于鲁迅脱离中大的原因，亦可参阅：鲁迅1927年4月20日致李霁野信，鲁迅：《书信·270420 致李霁野》，《鲁迅全集》第11卷，第540页，北京：人民文学出版社，1981年。谢玉生1927年4月25日致孙伏园信，伏园：《鲁迅先生脱离广东中大》，原载汉口《中央副刊》，1927年5月11日第48号，收入薛绥之主编：《鲁迅生平史料汇编》第四辑，第235页，天津：天津人民出版社，1983年。

③ 鲁迅：《书信·270426 致孙伏园》，《鲁迅全集》第11卷，第542页，北京：人民文学出版社，1981年。

④ 许寿裳：《亡友鲁迅印象记》，第71页，上海：上海文化出版社，2006年。

⑤ 鲁迅：《书信·270515 致章廷谦》，《鲁迅全集》第11卷，第544页，北京：人民文学出版社，1981年。

说："我是在二七年被血吓得目瞪口呆，离开广东的。"①他对进化论的信念也轰毁了："我一向是相信进化论的，总以为将来必胜于过去，青年必胜于老人……然而后来我明白我倒是错了……我在广东，就目睹了同是青年，而分成两大阵营，或则投书告密，或则助官捕人的事实！我的思路因此轰毁。"②

脱离中大后，鲁迅"在'目瞪口呆'的局面下还一时不能走出"③，在广州白云楼上住了有半年之久，"鲁迅从此潜心写作，不怕炎热的阳光侵入住室到大半间，仍然手不停挥"④。其间进行了《唐宋传奇集》的编纂和考证工作⑤，作《稗边小缀》⑥、《〈唐宋传奇集〉序例》（1927 年 9 月 10 日）⑦。又校正《游仙窟》，并作

---

①《三闲集·序言》（1932 年 4 月 24 日），《鲁迅全集》第 4 卷，第 4 页，北京：人民文学出版社，1981 年。

② 鲁迅：《三闲集·序言》（1932 年 4 月 24 日），《鲁迅全集》第 4 卷，第 5 页，北京：人民文学出版社，1981 年。

③ 许广平：《鲁迅回忆录·六　厦门和广州》，第 71 页，北京：作家出版社，1961 年。

④ 许寿裳：《亡友鲁迅印象记》，第 71 页，上海：上海文化出版社，2006 年。

⑤ 鲁迅：《书信·270623　致章廷谦》，《鲁迅全集》第 11 卷，第 551 页，北京：人民文学出版社，1987 年。

⑥ 鲁迅：《日记·日记十六》（1927 年 8 月 22～24 日），《鲁迅全集》第 14 卷，第 668 页，北京：人民文学出版社，1981 年。《稗边小缀》未另发表，最初印入鲁迅：《唐宋传奇集》下册，上海：北新书局，1928 年 2 月。收入鲁迅：《唐宋传奇集》，北京：人民文学出版社，1956 年。《〈唐宋传奇集〉稗边小缀》今见于鲁迅：《古籍序跋集》，《鲁迅全集》第 10 卷，第 93 页，北京：人民文学出版社，2005 年。

⑦ 鲁迅：《日记·日记十六》（1927 年 9 月 10 日），《鲁迅全集》第 14 卷，第 670 页，北京：人民文学出版社，1981 年。《〈唐宋传奇集〉序例》最初发表于上海《北新》周刊，1927 年 10 月 16 日第 51、52 期合刊，署名"鲁迅"。后印入鲁迅：《唐宋传奇集》上册，上海：北新书局，1927 年 12 月。收入鲁迅：《唐宋传奇集》，北京：人民文学出版社，1956 年。今见于鲁迅：《古籍序跋集》，《鲁迅全集》第 10 卷，第 87 页，北京：人民文学出版社，2005 年。

《〈游仙窟〉序言》(1927年7月6日)①,为《游仙窟》能早日出版,曾多次致信章廷谦②。川岛《记重印〈游仙窟〉》说:"这书(按,指北新书局1929年2月出版的《游仙窟》)虽说由我校点,但在印出之前,实际上鲁迅先生为此书所花费的劳动,不比我为少",后期"关于校对以及到书的印出,种种工作,都由鲁迅先生代我承担了"。③ 此外,又作《关于小说目录两件》(1927年7月30日)④、《书苑折枝》(1927年8月8日)⑤、《书苑折枝(二)》⑥、《书苑折枝(三)》⑦等。

1927年7月23日、26日,"就是当他被清党当时的血骇得

---

① 鲁迅:《书信·270707 致章廷谦》,《鲁迅全集》第11卷,第555页,北京:人民文学出版社,1987年。《〈游仙窟〉序言》最初以手迹制版印入章廷谦校点本《游仙窟》,上海:北新书局,1929年2月,署名"鲁迅"。收入鲁迅:《集外集拾遗》,《鲁迅全集》第7卷,第315页,北京:人民文学出版社,1981年。

② 1927年7月7日、28日致章廷谦信。鲁迅:《书信·270707 致章廷谦》、《书信·270728 致章廷谦》,《鲁迅全集》第11卷,第555、563页,北京:人民文学出版社,1981年。

③ 川岛:《记重印〈游仙窟〉》(1957年6月9日),川岛:《和鲁迅相处的日子》,第81、86页,成都:四川人民出版社,1979年。

④ 最初发表于北京《语丝》周刊,1927年8月27日、9月3日第146、147期,署名"鲁迅"。收入鲁迅:《集外集拾遗补编》,《鲁迅全集》第8卷,第166页,北京:人民文学出版社,1981年。

⑤ 最初发表于上海《北新》周刊,1927年9月1日第45、46期合刊,署名"楮冠"。收入《集外集拾遗补编》,《鲁迅全集》第8卷,第179页,北京:人民文学出版社,1981年。本文以读书札记的形式,将所读古书中若干有参考价值的资料摘录并加按语。

⑥ 最初发表于上海《北新》周刊,1927年9月16日第47、48期合刊,署名"楮冠"。收入《集外集拾遗补编》,《鲁迅全集》第8卷,第182页,北京:人民文学出版社,1981年。

⑦ 最初发表于上海:《北新》周刊,1927年10月16日第51、52期合刊,署名"楮冠"。收入《集外集拾遗补编》,《鲁迅全集》第8卷,第185页,北京:人民文学出版社,1981年。

目瞪口呆，而暗中被监视在广州的时候”①，鲁迅曾两次到广州夏期学术讲演会作题为《魏晋风度及文章与药及酒之关系》②的重要学术讲演，每次两小时。③ 他在此前致章廷谦信中说：“此举无非游戏，因为这是鼻辈所不乐闻的。以几点钟之讲话而出风头，使鼻辈又睡不着几夜，这是我的大获利生意。”④1928 年 12 月 30 日致陈濬信中又说：“弟在广州之谈魏晋事，盖实有慨而言。‘志大才疏’，哀北海之终不免也。迩来南朔奔波，所阅颇众，骤感积虑，发为狂言。”⑤鲁迅当时的讲演“虽然极力避免嫌疑，却没有一点妥协投降的成分，而且相反的，对反动阶级曲曲折折地加以讽刺”⑥。“那时广州的天气很闷热，是多雨天。市师的礼堂又很小，最多坐三四百人，但那两天到了很多人，光坐的就有五六百人，还有站着听的。鲁迅先生讲演的效果很好，会场很活跃，讲到很多地方都引起哄堂大笑”，“但他自己却不笑，而是当成很严肃的事情来讲，大家越是笑，他的神情就更严肃。由于鲁迅当时的处境很坏，他要发表言论来向国民党抗议，但用什么办法来抗议呢？

---

① 欧阳凡海：《关于研究鲁迅先生的几个基本认识的商榷》，原载《文学》。见鲁迅先生纪念委员会编：《鲁迅先生纪念集·悼文·第四辑》，第 21 页，上海：上海书店复印，1979 年。

② 许广平翻译，记录稿经鲁迅修改后最初发表于广州《民国日报》副刊《现代青年》，1927 年 8 月 11～13 日、15～17 日第 173～178 期。改定稿发表于上海《北新》半月刊，1927 年 11 月 16 日第 2 卷第 2 号，署名“鲁迅”。收入鲁迅：《而已集》，《鲁迅全集》第 3 卷，第 501 页，北京：人民文学出版社，1981 年。

③ 鲁迅：《日记·日记十六》（1927 年 7 月 23 日、26 日），《鲁迅全集》第 14 卷，第 664 页，北京：人民文学出版社，1981 年。

④ 鲁迅：《书信·270717　致章廷谦》，《鲁迅全集》第 11 卷，第 559 页，北京：人民文学出版社，1981 年。

⑤ 鲁迅：《书信·281230　致陈濬》，《鲁迅全集》第 11 卷，第 646 页，北京：人民文学出版社，1981 年。

⑥ 欧阳凡海：《关于研究鲁迅先生的几个基本认识的商榷》，原载《文学》。见《鲁迅先生纪念集·悼文（第四辑）》，第 21 页，上海：上海书店复印，1979 年。

他想出了这个题目来讲演，来达到他抗议的目的”。①

1927年9月27日，鲁迅离广州赴上海，②从此专力“作文”，对于古典文学则时有研究。其间作《〈中国小说史略〉题记》(1930年)、《〈中国小说史略〉日本译本序》(1935年6月9日)③，重订《小说旧闻钞》并作《再版序言》(1935年1月24日)④，又作《关于〈唐三藏取经诗话〉的版本》(1931年1月19日)⑤、《书的还魂和赶造》(1935年2月15日)⑥、《论讽刺》(1935年3月16日)⑦、《什么是“讽刺”?》(1935年5月3日)⑧、

---

① 欧阳山:《光明的探索》(1978年)，周建人、茅盾等著:《我心中的鲁迅》，第103、104页，长沙:湖南人民出版社，1979年。原载北京《人民文学》，1979年第2期。

② 鲁迅:《日记·日记十六》(1927年9月27日～10月3日)，《鲁迅全集》第14卷，第671～672页，北京:人民文学出版社，1981年。

③ 本文用日文写成，最初印入《中国小说史略》日译本，即增田涉日译本《支那小说史》，东京:东京赛棱社，1935年。后由作者译成中文，收入鲁迅:《且介亭杂文二集》，《鲁迅全集》第6卷，第347页，北京:人民文学出版社，1981年。

④ 最初印入鲁迅:《小说旧闻钞》，上海:上海联华书局，1935年7月。《〈小说旧闻钞〉再版序言》，今见鲁迅:《古籍序跋集》，《鲁迅全集》第10卷，第158页，北京:人民文学出版社，2005年。

⑤ 最初发表于上海《中学生》杂志，1931年2月第12号，原题为《关于〈唐三藏取经诗话〉》。收入鲁迅:《二心集》，《鲁迅全集》第4卷，第275页，北京:人民文学出版社，1981年。

⑥ 最初发表于《太白》半月刊，1935年第1卷第12期，署名长庚。收入鲁迅:《且介亭杂文二集》，《鲁迅全集》第6卷，第230页，北京:人民文学出版社，1981年。

⑦ 最初发表于《文学》月刊，1935年4月第4卷第4号“文学论坛”栏，署名“敖”。收入鲁迅:《且介亭杂文二集》，《鲁迅全集》第6卷，第277页，北京:人民文学出版社，1981年。

⑧ 本文应《文学》月刊社的《文学百题》征文而写，但被国民党书报审察机关禁止刊出，在该书中仅存题目。后发表于《杂文》月刊，1935年9月第3号，署名“鲁迅”。收入鲁迅:《且介亭杂文二集》，《鲁迅全集》第6卷，第328页，北京:人民文学出版社，1981年。

《六朝小说和唐代传奇文有怎样的区别?》(1935 年 5 月3 日)① 等学术性文章,作《淞隐漫录》、《淞隐续录》、《漫游随录图记》、《风筝误》等四书的藏书题记(1934 年 9 月)②。此外,鲁迅曾两次致信郑振铎,建议他"编印明代小说传奇插画",进而组织"影印明板小说,如《西游》,《平妖》之类,使它能够久传"(1934 年 1 月 11 日),并建议增加刻印《水浒牌子》等(1934 年 9 月 27 日)。③

寓居上海期间,是鲁迅文学史观的成熟和深化期。这首先表现为鲁迅在方法论上由进化论到唯物史观与阶级论的转变。鲁迅这时深感"以史底惟物论批评文艺的书……那是极直捷爽快的,有许多昧暧难解的问题,都可以说明"④,"马克思主义是最明快的哲学,许多以前认为很纠缠不清的问题,用马克思主义的观点一看,就明白了"⑤。他在《三闲集·序言》(1932 年 4 月

---

① 本文是应《文学》月刊社的征文而写的,最初印入《文学百题》,上海:生活书店(《文学》月刊社),1935 年 7 月。今见《鲁迅全集》第 6 卷,第 322 页,北京:人民文学出版社,1981 年。

② 鲁迅于 1934 年 9 月 5 日将此四种书寄往北平,托宋紫佩装订成册。解放后由黄珠(杨霁云)抄集,刊于《文汇报》副刊《笔会》,1959 年 7 月 25 日至 27 日。(据李何林主编:《鲁迅年谱》(增订本)第 4 卷,第 96～97 页,北京:人民文学出版社,2000 年。)《题〈淞隐漫录〉》、《题〈淞隐续录〉残本》、《题〈漫游随录图记〉残本》、《题〈风筝误〉》,收入鲁迅:《集外集拾遗补编》,《鲁迅全集》第 8 卷,第 369、370、371、372 页,北京:人民文学出版社,1981 年。

③ 鲁迅:《书信·340111　致郑振铎》、《书信·340927　致郑振铎》,《鲁迅全集》第 12 卷,第 318～319、522 页,北京:人民文学出版社,1981 年。《水浒牌子》,即《水浒图》,又名《水浒叶子》,明末画家陈洪绶绘制的梁山泊人物绣像四十图。

④ 鲁迅《书信·280722　致韦素园》,《鲁迅全集》第 11 卷,第 629 页,北京:人民文学出版社,1981 年。

⑤ 转引自李霁野:《鲁迅先生两次回北京》,鲁迅博物馆鲁迅研究室《鲁迅研究月刊》选编:《鲁迅回忆录:散篇》(上册),第 279 页,北京:北京出版社,1999 年。

24 日)中说:“我有一件事要感谢创造社的,是他们‘挤’我看了几种科学底文艺论,明白了先前的文学史家们说了一大堆,还是纠缠不清的疑问。并且因此译了一本蒲力汗诺夫的《艺术论》,以救正我——还因我而及于别人——的只信进化论的偏颇。”① 他在 20 年代著述《中国小说史略》和《中国小说的历史的变迁》时,还深受进化论的影响,试图“从倒行的杂乱的作品里寻出一条进行的线索来”②。此时说到自己的《中国小说史略》,则认为“不过可看材料,见解却都是不正确的”③。这鲜明地反映了鲁迅的思想转变。鲁迅后来反思道:“进化论对我还是有帮助的,究竟指示了一条路。明白自然淘汰,相信生存斗争,相信进步,总比不明白不相信好些。就只不知道人类是有阶级斗争。”④如唐弢在《鲁迅的杂文》中所言,“鲁迅是由嵇康的愤世,尼采的超人,配合着进化论,进而至于阶级革命论的”⑤。这一时期,鲁迅对文学的阶级性有了更深刻的认识:“文学有阶级性,在阶级社会中,文学家虽自以为‘自由’,自以为超了阶级,而无意识底,也终受本阶级的阶级意识所支配”⑥,“某一种人,一定只有这某一

---

①《鲁迅全集》第 4 卷,第 6 页,北京:人民文学出版社,1981 年。

② 鲁迅:《中国小说的历史的变迁》,见鲁迅:《中国小说史略·附录》,《鲁迅全集》第 9 卷,第 301 页,北京:人民文学出版社,1981 年。

③ 鲁迅:《书信·331220　致曹靖华》,《鲁迅全集》第 12 卷,第 299 页,北京:人民文学出版社,1981 年。

④ 冯雪峰:《回忆鲁迅·三　触到他自己的谈话片断之二》,第 31 页,北京:人民文学出版社,1952 年。

⑤ 李宗英、张梦阳编:《六十年来鲁迅研究论文选》(上),第 229 页,北京:中国社会科学出版社,1982 年。本文原载《鲁迅风》,1939 年 1 月 11 日创刊号。

⑥ 鲁迅:《二心集·“硬译”与“文学的阶级性”》,《鲁迅全集》第 4 卷,第 205～206 页,北京:人民文学出版社,1981 年。本篇最初发表于上海《萌芽月刊》,1930 年 3 月第 1 卷第 3 期。

种人的思想和眼光，不能越出他本阶级之外”①，“即使是从前的人，那诗文完全超于政治的所谓‘田园诗人’，‘山林诗人’，是没有的。完全超出于人间世的，也是没有的”②。他在《致姚克》(1934 年 3 月 24 日)中曾对美国作家赛珍珠(布克夫人)将《水浒》书名译为《All Men are Brothers》表示异议，以为“其书名，取‘皆兄弟也’之意，便不确，因为山泊中人，是并不将一切人们都作兄弟看的”③。

鲁迅文学史观的成熟和深化又表现在他对于“史识”的理性思考与突出强调。他指出，郑振铎《中国文学史》“乃文学史资料长编，非‘史’也。但倘有具史识者，资以为史，亦可用耳”④。主张“史总须以时代为经，一般的文学史，则大抵以文章的形式为纬”⑤，并提倡“倘要研究文学或某一作家”，须做到“所谓‘知人论世’”⑥，“倘要论文，最好是顾及全篇，并且顾及作者的全人，以及他所处的社会状态，这才较为确凿。要不然，是很容易近乎说梦的”⑦。

---

① 鲁迅:《南腔北调集·谚语》(1933 年 6 月 13 日)，《鲁迅全集》第 4 卷，第 543 页，北京:人民文学出版社，1981 年。本篇最初发表于《申报月刊》，1933 年 7 月 15 日第 2 卷第 7 号，署名“洛文”。

② 鲁迅:《而已集·魏晋风度及文章与药及酒之关系》，《鲁迅全集》第 3 卷，第 516 页，北京:人民文学出版社，1981 年。

③ 鲁迅:《书信·340324　致姚克》，《鲁迅全集》第 12 卷，第 359 页，北京:人民文学出版社，1981 年。

④ 鲁迅:《书信·320815　致台静农》，《鲁迅全集》第 12 卷，第 102～103 页，北京:人民文学出版社，1981 年。

⑤ 鲁迅:《书信·351105　致王冶秋》，《鲁迅全集》第 13 卷，第 243 页，北京:人民文学出版社，1981 年。

⑥《且介亭杂文二集·“题未定”草(六)》(1935 年 12 月 18～19 日夜)，《鲁迅全集》第 6 卷，第 421 页，北京:人民文学出版社，1981 年。本篇第六、七两节最初发表于上海《海燕》月刊 1936 年 1 月第 1 期。

⑦《且介亭杂文二集·“题未定”草(七)》(1935 年 12 月 18 日)，《鲁迅全集》第 6 卷，第 430 页，北京:人民文学出版社，1981 年。

“编成一本较好的中国文学史”，是鲁迅的夙愿，他在厦大和中大的中国文学史讲义《汉文学史纲要》即是其未完稿。① “他说过，在他活着的时期内，无论如何也写不出全部，因此想写到唐代为止。宋以下还有许多必须阅读的书，到底不可能了；到唐代比较少，还可以办到。”②定居上海以后，尽管时局动荡，鲁迅仍然有志于此。他订购了当时商务印书馆出版的《四部丛刊》三编及续编、百衲本《二十四史》，开明书店出版的《二十五史》，以及其他许多资料，如历代诗文的总集和别集、作家年谱、历史年表和可供查考的工具书之类。③ 鲁迅在书信中又多次谈及编写文学史的想法：

《致李小峰》(1931 年 4 月 26 日)：“我久想作文学史，然第一须生活安静，才可以研究，而目下情形，殊不可能，故一时实无从措手。且现在法律任意出入，虽文学史，亦难免不触犯反革命第 X 条也。”④

《致增田涉》(1932 年 5 月 9 日)：“今后拟写小说或中国文学史。”⑤

---

①《两地书·第二集　厦门——广州(四一、四四、四八)》，《鲁迅全集》第 11 卷，第 117、123、133、136 页，北京：人民文学出版社，1981 年。

②〔日〕增田涉著，北京师范大学中文系现代文学组译：《鲁迅的印象》，第 63 页，北京：北京师范大学中文系，1976 年。《鲁迅的印象》初名《鲁迅杂记》，是著者在 1947 年间写出，陆续发表在日本中国文学研究会会刊《中国文学月报》上。第二年，著者加以修订，改名《鲁迅的印象》，和鲁迅书信及其他两篇文章合编成一个集子，即用这篇的名称作书名，由日本雄辩会讲谈社出版。

③ 据 1927～1936 年《鲁迅日记》及所附书账，《鲁迅全集》第 14、15 卷，北京：人民文学出版社，1981 年。

④ 鲁迅：《书信·310426　致李小峰》，《鲁迅全集》第 12 卷，第 44 页，北京：人民文学出版社，1981 年。

⑤ 鲁迅：《书信·320509　(日)致增田涉》，《鲁迅全集》第 13 卷，第 482 页，北京：人民文学出版社，1981 年。

《致曹靖华》(1932 年 12 月 12 日):“我们明年也许到那边(按,指北京)去住一两年,因为我想编一本‘中国文学史’,那边较便于得到参考书籍。”①

《致曹聚仁》(1933 年 6 月 18 日):“居今之世,纵使在决堤灌水,飞机掷弹范围之外,也难得数年粮食,一屋图书。我数年前,曾拟编中国字体变迁史及文学史稿各一部,先从作长编入手,但即此长编,已成难事,剪取欤,无此许多书,赴图书馆抄录欤,上海就没有图书馆,即有之,一人无此精力与时光,请书记又有欠薪之惧,所以直到现在,还是空谈。”②

鲁迅曾向许寿裳谈到他计划中的中国文学史的分章:“(一)从文字到文章,(二)诗无邪(《诗经》),(三)诸子,(四)从《离骚》到《反离骚》,(五)酒,药,女,佛(六朝),(六)廊庙和山林。”③又据许寿裳回忆,“其大意也曾片段地对我说过。关于诸子者,他说杨子为我,只取他自己明白,当然不会著书;墨子兼爱,必使人人共喻,故其文词丁宁反复;老子的‘无为而无不为’,总嫌其太阴柔;庄子的文词深闳放肆,则入于虚无了。关于《反离骚》者,以为扬雄摭《离骚》而反之,只是文求古奥,使人难懂,所谓‘昔仲尼之去鲁兮,斐斐迟迟而周迈,终回复于旧都兮,

---

① 鲁迅:《书信·321212　致曹靖华》,《鲁迅全集》第 12 卷,第 130 页,北京:人民文学出版社,1981 年。

② 鲁迅:《书信·330618　致曹聚仁》,《鲁迅全集》第 12 卷,第 184 页,北京:人民文学出版社,1981 年。

③ 许寿裳:《亡友鲁迅印象记》,第 51 页,上海:上海文化出版社,2006 年。又据日本学者增田涉的回忆,鲁迅逝世前三个月还曾向他谈及编写文学史的计划。篇目大致是:第一章,从文字到文章;第二章,“思无邪”(《诗经》);第三章,诸子;第四章,从《离骚》到《反离骚》(汉);第五章,酒、药、女人、佛(六朝);第六章,廊庙与山林(唐)。见增田涉著,北京师范大学中文系现代文学组译:《鲁迅的印象》,第 63 页,北京:北京师范大学中文系,1976 年。

何必湘渊与涛濑’。但假使竟没有可以回复之处，那将如何呢？《离骚》而至于《反离骚》，《恨赋》而至于《反恨赋》，还有甚么意思呢？关于酒和药者，他常常和我讨论，说魏晋人的吃药和嗜酒，大抵别有作用的，他们表面上是破坏礼教，其实是拥护礼教的迂夫子。他那篇《魏晋风度及文章与药及酒之关系》(《而已集》)，便是这部文学史的一部分。至于全集所载的《汉文学史纲要》乃是用作讲义，很简单的。”①冯雪峰也谈到，鲁迅曾打算如果来不及写正式的中国文学史，“或者先写 sketch，像《魏晋风度及文章与药及酒之关系》那样，一断片一断片的写起来再说”②。

正如何幹之所言，“鲁迅虽然没有留下一本完整的文学史，但对于文学史的研究，却曾写过极有价值的意见”③。

(黑龙江大学　赵琳)

---

① 许寿裳：《亡友鲁迅印象记》，第 51～52 页，上海：上海文化出版社，2006 年。

② 冯雪峰：《鲁迅先生计划而未完成的著作——片断回忆》(1937 年 10 月 15 日)，原载上海《宇宙风》，1937 年 11 月 1 日第 50 期。见周建人、茅盾等：《我心中的鲁迅》，第 165 页，长沙：湖南人民出版社，1979 年。

③ 何幹之：《鲁迅思想研究》，第 208 页，北京：生活·读书·新知三联书店，1950 年。

鲁迅的《中国小说史略》及其他古典文学研究(下)

鲁迅的古典文学研究业绩

鲁迅古典文学的治学方向在文学史研究。30年代,由日本东京改造社印行的最早的十卷本《鲁迅全集》,第六卷即为"文学史研究"。① 李长之为纪念鲁迅逝世20周年而作的《文学史家的鲁迅》称其为"科学的中国文学史的奠基人",认为"文学史的工作在鲁迅是几乎认为和创作同等重要,而且几乎一生没有放下过这心愿的"②,并指出,他的文学史著作"有发展,有演变,有影响,有规律性,有继承性……这才是史,这才是文学史!"③ 冯雪峰也认为鲁迅是"一个博学而有独到见解的文学史家"④。鲁迅的文学史研究又以小说史研究最为卓著,正是《中国小说史略》等小说史著述奠定了他在古典文学研究领域的大师地位。此外,又有《汉文学史纲要》、《魏晋风度及文章与药及酒之关系》等。

---

① 立华:《日本文艺界编〈鲁迅全集〉——聘茅盾等为编辑顾问 第一集现已出版》,天津:《庸报》,1937年2月26日。今见张梦阳:《中国鲁迅学通史》(上卷),第299页,广州:广东教育出版社,2002年重印本。

②③ 李长之:《文学史家的鲁迅》,北京:《人民文学》,1956年11月号。

④ 冯雪峰:《鲁迅生平及其思想发展的梗概》,转引自许怀中:《鲁迅研究我国古典小说史论著中的"史识"》,鲁迅研究学会《鲁迅研究》编辑部编:《鲁迅研究》(4),第157页,北京:中国社会科学出版社,1981年。

一、《中国小说史略》等小说史著述

小说史研究在鲁迅的古典文学研究乃至全部治学经历中占有极其重要的地位。他在计划编辑自己全集时曾拟分三大部分:"人海杂言"、"荆天丛草"和"说林偶得"。其中前两部分是他的杂文集和小说集,第三部分则是他的小说史著作及所辑集的小说史料。张若英在《作为小说学者的鲁迅先生》一文中指出:"中国的小说,是因他而有完整的史书,中国小说研究者,也因他的中国小说史的产生,才有所依据的减少许多困难,得着长足的发展。"①何幹之在《鲁迅思想研究》中也说:"鲁迅研究中国古文学的最大业绩之一是他著述小说史……作者对于中国小说史,确有不少独到的见解,加以对于小说史料的校订辑录,汇集起来,确是小说史的大事。"②唐弢则指出,《中国小说史略》、《小说旧闻钞》等"有见解,有系统,有虚心的探求,十分谨严"③。

鲁迅的小说史著述可分为史论著作和文献整理两大部分:史论著作以《中国小说史略》(以下简称《史略》)为代表,辅之以《中国小说的历史的变迁》(以下简称《变迁》);文献整理则有《古小说钩沉》、《唐宋传奇集》和《小说旧闻钞》,分别为《史略》前七

---

① 张若英:《作为小说学者的鲁迅先生》,上海:《光明》,1936 年 11 月 25 日第 1 卷第 12 期。转引自张梦阳:《中国鲁迅学通史》(上卷),第 288 页,广州:广东教育出版社,2002 年重印本。

② 何幹之:《鲁迅思想研究》,第 199～200 页,北京:生活·读书·新知三联书店,1950 年。此外,徐森玉在《和鲁迅在教育部同事》一文中也回忆说,"那时,鲁迅对中国小说史的研究,其观点的正确和论点的新颖,实在使我们折服"。原载上海:《上海文学》,1961 年 10 月号。见鲁迅博物馆鲁迅研究室《鲁迅研究月刊》选编:《鲁迅回忆录:散篇》(上册),第 73 页,北京:北京出版社,1999 年。

③ 唐弢:《纪念鲁迅先生》,原载《作家》月刊,1936 年第 2 卷第 2 期。见鲁迅博物馆鲁迅研究室《鲁迅研究月刊》选编:《鲁迅回忆录:散篇》(中册),第 658 页,北京:北京出版社,1999 年。

篇、中四篇和后十七篇的史料基础。

1.《中国小说史略》(附《变迁》)

《中国小说史略》打破了"中国之小说自来无史"①的局面,它是我国第一部系统的小说史专著。该书以文言写成,全书二十八篇,前有《题记》和《序言》,篇末附有《后记》。②《中国小说的历史的变迁》以通俗易懂的白话文写成,共分六讲,它是《史略》的缩编,而时有新见,可与《史略》相互补充和印证。二书篇目对照如下:

<table>
<tr><th>《中国小说史略》</th><th>《中国小说的历史的变迁》</th></tr>
<tr><td>第一篇　史家对于小说之著录及论述</td><td rowspan="4">第一讲　从神话到神仙传</td></tr>
<tr><td>第二篇　神话与传说</td></tr>
<tr><td>第三篇　《汉书・艺文志》所载小说</td></tr>
<tr><td>第四篇　今所见汉人小说</td></tr>
<tr><td>第五篇　六朝之鬼神志怪书(上)</td><td rowspan="3">第二讲　六朝时之志怪与志人</td></tr>
<tr><td>第六篇　六朝之鬼神志怪书(下)</td></tr>
<tr><td>第七篇　《世说新语》与其前后</td></tr>
</table>

---

① 鲁迅:《中国小说史略・序言》,《鲁迅全集》第 9 卷,第 4 页,北京:人民文学出版社,1981 年。20 世纪初,先于《史略》产生的小说史著作有:张静庐《中国小说史大纲》,上海:泰东书局,1920 年 6 月。郭希汾(绍虞)编译《中国小说史略》,上海:中国书局,1921 年 5 月初版。但前者实为作者准备写作的"中国小说史"的第一编"总论"且缺乏应有的学术水准,后者"译自日人盐谷温所著《支那文学概论讲话》中之一节"(郭希汾编译:《中国小说史略・序》,上海:中国书局,1921 年),皆不能以系统的中国小说史视之。

②《史略》中的《题记》、《序言》和《后记》并非一时所作。《序言》作于 1923 年 10 月 7 日,《后记》作于 1924 年 3 月 3 日,《题记》作于 1930 年 11 月 25 日。

《中国小说史略》	《中国小说的历史的变迁》
第八篇　唐之传奇文（上）	第三讲　唐之传奇文
第九篇　唐之传奇文（下）	
第十篇　唐之传奇集及杂俎	
第十一篇　宋之志怪及传奇文	第四讲　宋人之“说话”及其影响
第十二篇　宋之话本	
第十三篇　宋元之拟话本	
第十四篇　元明传来之讲史（上）	
第十五篇　元明传来之讲史（下）	
第十六篇　明之神魔小说（上）	第五讲　明小说之两大主潮
第十七篇　明之神魔小说（中）	
第十八篇　明之神魔小说（下）	
第十九篇　明之人情小说（上）	
第二十篇　明之人情小说（下）	
第二十一篇　明之拟宋市人小说及后来选本	
第二十二篇　清之拟晋唐小说及其支流	第六讲　清小说之四派及其末流
第二十三篇　清之讽刺小说	
第二十四篇　清之人情小说	
第二十五篇　清之以小说见才学者	
第二十六篇　清之狭邪小说	
第二十七篇　清之侠义小说及公案	
第二十八篇　清末之谴责小说	

(1)《史略》的特色

第一,《史略》是“从根本上做工夫起”①,“光是搜集材料,就不失为一大事业”②。张若英指出,《史略》“不止于是一部‘史’,也是一部非常精确的‘考证’书,于‘史’的叙述之外,随时加以考释,正讹辨伪,证本清源……鲁迅先生以历史的,同时又是考据的态度,来从事整理成‘史’而又可‘信’,这是在方法上最见卓识的地方”③。与此同时,正如唐弢所言,“他从来不肯把古书当烂膏药,像那些搬运家一样,在自己的文章里胡贴一阵。‘夜读’既不乱‘抄’,‘风雨’尤忌瞎‘谈’,他有的是锐利的眼光,认真的精神”④。

第二,《史略》采用了鲁迅所谓“史总须以时代为经,一般的文学史,则大抵以文章的形式为纬”⑤的书写体例。鲁迅试图“从倒行的杂乱的作品里寻出一条进行的线索来”⑥,故“以时代

① 郑振铎:《鲁迅的辑佚工作——为鲁迅先生逝世二周年纪念而作》,原载重庆:《文艺阵地》,1938 年 10 月 16 日第 2 卷第 1 期。见《郑振铎文集》第 4 卷,第 445 页,北京:人民文学出版社,1985 年。

② 〔日〕山上正义作,李芒译:《谈鲁迅》(摘录),薛绥之主编:《鲁迅生平史料汇编》第四辑,第 293 页,天津:天津人民出版社,1983 年。日文稿原载日本《新潮》月刊,1928 年 3 月号。中译稿原载北京:《鲁迅研究资料》,1977 年 11 月第 2 辑。

③ 张若英:《作为小说学者的鲁迅先生》,上海:《光明》,1936 年 11 月 25 日第 1 卷第 12 期。转引自张梦阳:《中国鲁迅学通史》(上卷),第 289 页,广州:广东教育出版社,2002 年重印本。

④ 唐弢:《纪念鲁迅先生》,原载《作家》月刊,1936 年 11 月 15 日第 2 卷第 2 期。见鲁迅博物馆鲁迅研究室《鲁迅研究月刊》选编:《鲁迅回忆录:散篇》(中册),第 658 页,北京:北京出版社,1999 年。

⑤ 鲁迅:《书信·351105 致王冶秋》,《鲁迅全集》第 13 卷,第 243 页,北京:人民文学出版社,1981 年。

⑥ 鲁迅:《中国小说的历史的变迁》,见鲁迅:《中国小说史略·附录》,《鲁迅全集》第 9 卷,第 301 页,北京:人民文学出版社,1981 年。本篇系鲁迅 1924 年 7 月在西安讲学时的记录稿,经本人修订后,收入《国立西北大学、陕西教育厅合办暑期学校讲演集》(二),西安:西北大学出版部,1925 年 3 月。

为经”。全书除第一篇“史家对于小说之著录及论述”外，以下二十七篇上自神话与传说，下讫清末谴责小说，基本以时代发展为序，全面考察中国古代小说发展的内部规律，揭示其在思想、内容和形态等方面的渊源流变关系。张若英指出，《史略》“在体例上最见特色的，是鲁迅先生只注意于‘蜕化的迹象’，而寻其发展，在必要时，亦叙其对前人的拟作。于一体例的兴，也围述其根源，趋向，有时也说到发展的结果。所以，于史的部分，开始于上古的神话传说，继之以汉人小说，六朝鬼神志怪，然后是唐传奇，宋话本，元明讲史，再及于明清的章回小说”①。这部著作又“以文章的形式为纬”，或着眼于题材，或着眼于体式，有时为集中说明一种文学现象，也会突破时代的限制，如历来模仿《世说》者附在《世说》之后，清代讲史提到元明部分等。当代学者陈平原在《小说史：理论与实践》一书中则指出：“将小说类型的演进作为中国小说史叙述的重点，构成了鲁著的一大特色。而这里面蕴涵的小说史意识即是，在某种意义上，可以把中国小说（尤其是元明清三代的章回小说）的艺术发展理解为若干主要小说类型演进的历史。这一学术思路，终于使得小说史的研究摆脱了作家作品点评的传统方式，走向综合性的整体把握。”②此外，“其于一时影响最大的著作，有时也特加强调，不株守例则，如六朝部分之《世说新语》与其前后章。于重要著作，亦不惜巨大篇幅，详加论列，从作者，内容，一直到版本的异同。第十五篇元明传来之讲史下，专说《水浒传》的版本沿革，即其一例。”③

---

①③ 张若英：《作为小说学者的鲁迅先生》，上海：《光明》，1936 年第 11 月 25 日第 1 卷第 12 期。转引自张梦阳：《中国鲁迅学通史》（上卷），第 289 页，广州：广东教育出版社，2002 年重印本。

② 陈平原：《小说史：理论与实践》，第 176～177 页，北京：北京大学出版社，2005 年重印本。

第三,《史略》充分体现了鲁迅"知人论世"的方法论。① 他说,"我们想研究某一时代的文学,至少要知道作者的环境,经历和著作"②。"倘要论文,最好是顾及全篇,并且顾及作者的全人,以及他所处的社会状态,这才较为确凿。要不然,是很容易近乎说梦的。"③《史略》即注意揭示小说史上诸文学现象产生的思想文化背景、社会政治背景以及时代风气、作家情况等,尤其注意从具有鲜明民族特色的儒释道三教合一的宗教文化观念中寻找答案。孔嘉(台静农)指出,鲁迅"于每一新的内容与形式之发生,其历史的背景与环境,皆有一简括的叙述"④。他不同意张若英的意见,认为说《史略》"缺乏社会背景之论述","盖习见世上通行概论式之著作,以支离之讲述为高明,以谨严之史裁为疏简,益见其庸妄而已"⑤。又以为鲁迅运用了"知人论世"的方法,故对中国小说不同的艺术价值的评价至允当,读了《中国小说史略》,"不仅我们于此易明白了中国小说历史的演变,并且于

---

① 鲁迅在《且介亭杂文·序言》(1935 年 12 月 30 日)、《且介亭杂文二集·"题未定"草(六)》(1935 年 12 月 18～19 日夜)等文章中多次提到"知人论世"的问题。见《鲁迅全集》第 6 卷,第 3、421 页,北京:人民文学出版社,1981 年。

② 鲁迅:《而已集·魏晋风度及文章与药及酒之关系》,《鲁迅全集》第 3 卷,第 501 页,北京:人民文学出版社,1981 年。

③ 鲁迅:《且介亭杂文二集·"题未定"草(七)》(1935 年 12 月 18～19 日夜),《鲁迅全集》第 6 卷,第 430 页,北京:人民文学出版社,1981 年。

④ 孔嘉:《鲁迅先生整理中国古文学之成绩》,重庆:《理论与现实》,1939 年 11 月 15 日第 1 卷第 3 期。见李宗英、张梦阳编:《六十年来鲁迅研究论文选》(上),第 255 页,北京:中国社会科学出版社,1982 年。

⑤ 孔嘉:《鲁迅先生整理中国古文学之成绩》,重庆:《理论与现实》,1939 年 11 月 15 日第 1 卷第 3 期。见李宗英、张梦阳编:《六十年来鲁迅研究论文选》(上),第 259 页,北京:中国社会科学出版社,1982 年。此外,赵景深在《〈中国小说史略〉的评价》中也说,"鲁迅谈到各类小说的兴起,总要先叙明其所以兴起的社会原因。例如《世说新语》一类书的起来"。见湖南人民出版社编:《鲁迅研究文丛》(1),第 22 页,长沙:湖南人民出版社,1980 年。

此得到了每一作品本身的价值”①。

第四,《史略》又成功运用了比较研究的方法。鲁迅说,“比较是医治受骗的好方子”②。《史略》既吸收了传统的“校雠学”的优长,在同一作品内部不同版本之间进行了比较(如对《水浒传》的研究),又运用“‘多翻翻’同类书的比较方法”,尤为可贵的是,“他从来不孤立地考察中国文学史(小说史)”,“他从印度、日本文学与中国文学之关系中,发现了一个东方文学体系”,充分注意到印度、日本等国文学与中国文学之间的相互交流与影响,并运用无影响和实证的“平行研究”对中西文学进行比较,通过对印度、埃及、希腊与中国的神话的考察,用“小说起源于神话的这一世界文化发展的共同规律”来“反驳《汉书·艺文志》上‘小说家者流,盖出于稗官’之旧说”。③ 此即鲁迅所谓“盖凡论往古人文,加之轩轾,必取他种人与是相当之时劫,相度其所能至而较量之,决论之出,斯近正耳”④。

第五,《史略》是一部科学谨严而有独到见解的小说史著作。鲁迅曾自言:“如果使我研究一种关于中国文学的事,大概也可以说出一点别人没有见到的话来。”⑤增田涉认为,鲁迅“虽然总

---

① 孔嘉:《鲁迅先生整理中国古文学之成绩》,重庆:《理论与现实》季刊,1939 年 11 月 15 日第 1 卷第 3 期。见李宗英、张梦阳编:《六十年来鲁迅研究论文选》(上),第 263 页,北京:中国社会科学出版社,1982 年。

② 鲁迅:《且介亭杂文·随便翻翻》(1934 年 11 月 2 日),最初发表于上海:《读书生活》月刊,1934 年 11 月第 1 卷第 2 期,署名“公汗”。收入鲁迅:《且介亭杂文》,《鲁迅全集》第 6 卷,第 138 页,北京:人民文学出版社,1981 年。

③ 参阅孙昌熙:《鲁迅的比较文学观及其研治古典文学的成就》,中国鲁迅研究学会《鲁迅研究》编辑部编:《鲁迅研究》(6),第 275 页,北京:中国社会科学出版社,1982 年。

④ 鲁迅:《坟·科学史教篇》(1907 年),《鲁迅全集》第 1 卷,第 26 页,北京:人民文学出版社,1981 年。

⑤ 鲁迅:《两地书·第二集　厦门——广州·六六》(1926 年 11 月 1 日),《鲁迅全集》第 11 卷,第 184 页,北京:人民文学出版社,1981 年。

览历来各家的记载，又从独自的见地而下严正的推翻”①。孔嘉（台静农）指出，近代同类著作“或偏于论述，或侧重考证，皆类乎长编，先生是书独以文学史家的严谨态度出之”②。赵景深认为《史略》“写得谨严、仔细、有创见”，鲁迅“有‘史识’，有他自己独到的见解，不同于一般论小说史的人只知道堆砌材料”。③ 张若英指出，《史略》在论证方面，“其特点自不外考证精确与论断谨严。于每一倾向，只涉及代表的作品，其详略，又据价值影响而定。作家历史，经他考录的也很多，而且大都及其资料来源，备读者据以探索。至定晚清小说为‘谴责’，以别于‘讽刺’的《儒林外史》，自然是由于其论断的一贯谨严的标准而来。其论断一书优劣，水准的高，又自可见”④。在《史略》正式出版后，由于材料的新发现，鲁迅曾多次致信台静农、杨霁云、日本学者增田涉等订正《史略》中的错误⑤，亦可见其谨严态度。

---

①〔日〕增田涉：《支那文学史·译者的话》，东京：东京赛棱社，1935年。转引自胡从经：《中国小说史学史长编》，第427页，上海：上海文艺出版社，1998年。

② 孔嘉：《鲁迅先生整理中国古文学之成绩》，重庆：《理论与现实》，1939年11月15日第1卷第3期。见李宗英、张梦阳编：《六十年来鲁迅研究论文选》（上），第255页，北京：中国社会科学出版社，1982年。

③ 赵景深：《〈中国小说史略〉的评价》，《鲁迅研究文丛》（1），第25、21页，长沙：湖南人民出版社，1980年。

④ 张若英：《作为小说学者的鲁迅先生》，上海：《光明》，1936年11月25日第1卷第12期。转引自张梦阳：《中国鲁迅学通史》（上卷），第289页，广州：广东教育出版社，2002年重印本。

⑤ 详见鲁迅：《书信·320815 致台静农》、《书信·340524 致杨霁云》、《书信·340529 致杨霁云》，《鲁迅全集》第12卷，第102～103页，第427页，第436页，北京：人民文学出版社，1981年。鲁迅：《书信·340108 (日)致增田涉》、《书信·340531 (日)致增田涉》、《书信·340607 (日)致增田涉》、《书信·340627 (日)致增田涉》，《鲁迅全集》第13卷，第551～554页，第577～579页，第581～583页，北京：人民文学出版社，1981年。

第六,《史略》又是一部充满批判锋芒和战斗性的著作。增田涉说,鲁迅“在自己的字里行间,闪烁着尖锐的批评锋芒,可以窥见‘作家鲁迅’的面貌”①。赵景深则称“《中国小说史略》是战斗的革命著作”,认为“鲁迅在分析古小说的时候,有着分明的爱憎和热烈的好恶……尽管这时鲁迅还没有机会接受多少马克思列宁主义的思想,但他已经是反对儒家思想的健将。他佩服嵇康那样反礼教的精神。《中国小说史略》第七篇(“世说新语与其前后”),是可以同《而已集》中的《魏晋风度及文章与药及酒之关系》对看的……《小说史略》在谈到纪昀《阅微草堂笔记》的时候,欣赏作者反对理学的精神……鲁迅对于儒、释、道三教在中国混合为‘三教同源’这种乌烟瘴气的事情也是深痛恶嫉的。在《中国小说史略》中,他摘引了《续金瓶梅》中《三教堂青楼成净土》这一回中的几个片断,可以看出,鲁迅是带着憎恶和愤怒的心情来对待中国文化中这些落后和黑暗的东西的”。②

此外,《史略》“于简略叙述中见繁复事态,于一二语中论断全文,简当中肯,往往而然,这也可以说是中国小说史的一优秀处”③。

关于《史略》的不足之处,张若英认为有如下四方面:①“在每一蜕变期间,社会经济背景叙述的不足”;②“对作者以及作品思想考察部分的缺乏”;③“由于当时未见许多重要的书,无

① 〔日〕增田涉:《支那文学史·译者的话》,东京:东京赛棱社,1935年。转引自胡从经:《中国小说史学史长编》,第427页,上海:上海文艺出版社,1998年。

② 赵景深:《〈中国小说史略〉的评价》,《鲁迅研究文丛》(1),第22、23页,长沙:湖南人民出版社,1980年。

③ 张若英:《作为小说学者的鲁迅先生》,上海:《光明》,1936年11月25日第1卷第12期。转引自张梦阳:《中国鲁迅学通史》(上卷),第290页,广州:广东教育出版社,2002年重印本。

从得其概略”;④“鲁迅先生写作态度虽是‘谨严’,由于沿误以及未见,著者时代的不能断定,卷帙的误记,作家假定的非是,亦偶一有之,如第二十八篇‘清末之谴责小说’章,我即写过两篇短文订正,都收在《小说闲谈》里,据孙楷第两目,亦可见误清为明作者,胡适也有订正。然此皆白璧微瑕,无关大体也”。① 后来又指出,鲁迅当时的思想仍然是以进化论为基础的,“所以论《红楼梦》,则止于一曹雪芹‘自叙说’,论农民革命和谴责小说,在政治上就不可能有更高的理解,若干论断,也必然难跳出唯心的范畴。还达不到从阶级关系上进行研究分析”②。

赵景深指出,《中国小说史略》成书时间较早,在材料上也受到限制,例如当时连“三言”都没能完全看到,这就难免在材料的判断上造成某些失误。③

刘文典认为,“鲁迅不懂佛学,更不懂印度学术,所以他把中国的小说源流说不清楚”④。

当代学者刘扬忠则指出:“总的看来,鲁迅对中国小说历史变迁,偏重于从政治文化背景上去寻找原因,而忽视了艺术形式自身发展的原因和其他文化形态对小说艺术的影响。”⑤

---

① 张若英:《作为小说学者的鲁迅先生》,上海:《光明》,1936 年 11 月 25 日第 1 卷第 12 期。转引自张梦阳:《中国鲁迅学通史》(上卷),第 290 页,广州:广东教育出版社,2002 年重印本。

② 阿英:《关于〈中国小说史略〉》,《文艺报》,1956 年第 20 号。转引自齐裕焜:《独创与通观——中国古代小说论集》,第 12 页,上海:上海三联书店,2009 年。

③ 参看赵景深:《〈中国小说史略〉勘误》(载《银字集》)。据齐裕焜:《独创与通观——中国古代小说论集》,第 12 页,上海:上海三联书店,2009 年。

④《听刘文典讲〈关于鲁迅〉》,《正义报》,1949 年 7 月 14 日。转引自张梦阳:《中国鲁迅学通史》(上卷),第 362 页,广州:广东教育出版社,2002 年重印本。

⑤ 刘扬忠:《文学专史撰著的百年回顾》(下),北京:《文史知识》,2003 年第 7 期。

(2)《史略》的学术地位

胡适说："在小说的史料方面，我自己也颇有一点点贡献。但最大的成绩自然是鲁迅先生的《中国小说史略》；这是一部开山的创作，搜集甚勤，取材甚精，断制也甚谨严，可以替我们研究文学史的人节省无数精力。"①

钱玄同说："（鲁迅）著有《中国小说史略》一书。此书条理明晰，论断精当，虽编成在距今十多年以前，但至今还没有第二部比他更好的（或与他同样好的）中国小说史出现。他著此书时所见之材料不逮后来马隅卿（廉）及孙子书（楷弟）两君所见者十分之一，且为一两年中随编随印之讲义，而能做得如此之好，实可佩服。"②

郑振铎说："然而有识者却仍具着'有理性的裁判'的。对于小说，戏曲和词曲的新研究，曾有过相当完美的成绩。鲁迅的《中国小说史略》乃是这时期最大的收获之一，奠定了中国小说研究的基础。"③"他的《中国小说史略》的出版，减少了许多我在暗中摸索之苦。"④"这是一部奠基的大著作。从这部大著作出

---

① 胡适：《白话文学史・自序》，第5～6页，天津：百花文艺出版社，2002年。该序作于1928年6月5日，胡适《白话文学史》由上海新月书店1928年初版。

② 钱玄同：《我对周豫才（即鲁迅）君之追忆与略评》（1936年10月24日），鲁迅博物馆鲁迅研究室《鲁迅研究月刊》选编：《鲁迅回忆录：散篇》（上册），第95页，北京：北京出版社，1999年。原载北平：《世界日报》，1936年10月26、27日。

③ 郑振铎选编：《文学论争集・导言》（1935年10月21日），见赵家璧主编：《中国新文学大系・文学论争集》（影印本），第17页，上海：上海文艺出版社，1981年。

④ 郑振铎：《永在的温情——纪念鲁迅先生》（1936年10月25日），原载上海：《文学》月刊，1936年11月1日第7卷第5期。鲁迅博物馆鲁迅研究室《鲁迅研究月刊》选编：《鲁迅回忆录：散篇》（中册），第559页，北京：北京出版社，1999年。

版了以后，研究中国古小说的人才能够有确切可据的基础。许多问题，在那里都大部分被解决了，许多过去模糊影响的见解和似是而非的议论，在那里都被廓清了。近三十年来研究中国古小说的人很多，但像鲁迅先生那样气吞全牛，一举而奠定了研究的总方向，有了那末伟大而正确的指示的，还不曾有过第二个人。"①

赵景深说："鲁迅对于中国小说史的研究，实有很大的功绩，正不容我们忽视。""鲁迅的《中国小说史略》是现有的三数同类书中最好的一部，到现在为止，还没有比他写得更好的。"②

郭沫若说："在近代学人中我最钦佩的是鲁迅与王国维。""王先生的《宋元戏曲史》和鲁迅先生的《中国小说史略》，毫无疑问，是中国文艺史研究上的双璧；不仅是拓荒的工作，前无古人，而且是权威的成就，一直领导着百代的后学。"③

日本学者增田涉说："鲁迅作为文学史家乃至学者，因《中国小说史略》，恐在百年后，仍被世人称誉。"④他回忆说："鲁迅的名字成为难忘的东西渗透我的头脑的，倒是由于他的《中国小说史略》。我们在大学听过盐谷温先生的中国小说史的讲课，在那

① 郑振铎：《中国小说史家的鲁迅》(1949 年 10 月 13 日)，北京：《人民文学》，1949 年创刊号。

② 赵景深：《中国小说史家的鲁迅先生》，最初发表于上海：《大晚报》，1936 年 10 月 22 日。后收入赵景深：《小说戏曲新考》，第 98 页，上海：世界书局，1943 年 10 月再版。

③ 郭沫若：《鲁迅与王国维》(1946 年 9 月 14 日)，《文艺复兴》，1946 年 10 月 1 日第 2 卷第 3 期。见李宗英、张梦阳编：《六十年来鲁迅研究论文选》(上)，第 588、592 页，北京：中国社会科学出版社，1982 年。

④〔日〕增田涉：《支那文学史・译者的话》，东京：东京赛棱社，1935 年。转引自胡从经：《中国小说史学史长编》，第 427～428 页，上海：上海文艺出版社，1998 年。

时，关于中国小说史，盐谷先生在《中国文学概论讲话》中说的最详细，被认为在小说史方面是最高的成就。正在那时候，出现了鲁迅的《中国小说史略》，那材料的丰富和体系的完整使人惊异”，并称《史略》是“中国小说史的划时代名著”。①

日人山上正义也说：“创作之外，作为他的事业，在中国文学史上具有不灭功绩的还有《中国小说史略》”，它“是一部巨著，……像这样系统归纳起来的书乃为先声”。②

当代学者刘扬忠则指出：“自从小说史的开山人鲁迅的《中国小说史略》问世以来，几十年间，他所创立的文艺社会学性质的述史范式成为众所归依的主流形式。鲁迅首创了小说史的理论框架和编撰体制。这种理论框架，就是以朝代更迭为经，以类型划分为纬，以代表性作品为经纬交织的‘节点’，用社会历史批评的方法描述小说史；所谓编撰体制，就是一种教科书型的编写样式，寓史识于描述之中，注重小说史线索的清晰、完整。”③

（3）《史略》的影响

《史略》的问世，对此后的小说史研究产生了巨大的影响，堪称是此后“近十余年来治小说史者的南针”④，“虽仅短短的十多

---

①〔日〕增田涉著、北京师范大学中文系现代文学组译：《鲁迅的印象·绪言》，第1～2页，北京：北京师范大学中文系，1976年。

②〔日〕山上正义作、李芒译：《谈鲁迅》（摘录），日文稿原载日本《新潮》月刊，1928年3月号。中译稿原载北京：《鲁迅研究资料》，1977年11月第2辑。收入薛绥之主编：《鲁迅生平史料汇编》第四辑，第292～293页，天津：天津人民出版社，1983年。

③ 刘扬忠：《文学专史撰著的百年回顾》（下），北京：《文史知识》，2003年第7期。

④ 郑振铎：《鲁迅先生的治学精神——为鲁迅先生周年纪念作》，上海：《申报》，1937年10月19日。见《郑振铎文集》第4卷，第438页，北京：人民文学出版社，1985年。

年时间，因此而得到的发展，也是很惊人的"①。

增田涉指出："原著一经问世，立即博得各方面的绝赞，不仅一般研究家，连专门研究家也仰仗此书而获益非浅。受此书刺激或启发，不断出现中国小说史的新发现和新研究，原著在中国小说研究上可称为是划时代的。"②他又提到："因为当时谁也不注意，所以他给与新的研究的启发是不少的。受了它的刺激，盐谷先生完成了明代小说三言（《喻世明言》、《警世通言》、《醒世恒言》）二拍（《拍案惊奇》、《二刻拍案惊奇》）的研究，弄明白了《今古奇观》的成立系统。我和长泽规矩也君、辛岛骁君同去上野图书馆查考《醒世恒言》，查考三言的编者冯梦龙，研究的辅助工作是很多的，那都是以《中国小说史略》做引导的调查、研究。"③赵景深说："最近我时常翻阅鲁迅的这三部书——《中国小说史略》、《小说旧闻钞》以及《唐宋传奇集》，并且也时常念念不忘于《古小说钩沉》。我想按照鲁迅在《中国小说史略》上所精选的几十部小说来详细阅览探讨，至今只写成一部《小说闲话》，本想请鲁迅题签，不料他却去世了。"④

20世纪上半期，在《史略》的影响下，出现了十余部小说史，"然大都蓝此，所谓'杰构'（1930年改版题记），终竟是未曾

---

① 张若英：《作为小说学者的鲁迅先生》，上海：《光明》，1936年11月25日第1卷第12期。转引自张梦阳：《中国鲁迅学通史》（上卷），第288页，广州：广东教育出版社，2002年重印本。

②〔日〕增田涉：《支那文学史·译者的话》，东京：东京赛棱社，1935年。转引自胡从经：《中国小说史学史长编》，第427页，上海：上海文艺出版社，1998年。

③〔日〕增田涉著、北京师范大学中文系现代文学组译：《鲁迅的印象·绪言》，第1～2页，北京：北京师范大学中文系，1976年。

④ 赵景深：《中国小说史家的鲁迅先生》，原载上海：《大晚报》，1936年10月22日。见赵景深：《小说戏曲新考》，第101页，上海：世界书局，1943年。

见”①。其中，沈从文虽认为《史略》“稍嫌不足”，有志将小说史“来重新作一种估价”②，所著《中国小说史》惜仅两章，未能终篇。谭正璧的《中国小说发达史》③虽不失为一部严谨的著作，但终究未能从先哲巨著的余荫下破茧而出。作者在《自序》(1935年6月)中即坦言，此作系参照周树人《中国小说史略》写成，但因周著问世已逾十载，其间中国古典小说宝藏之发现已令人惊异，故尽加网罗，撰成斯作。④ 郭箴一的《中国小说史》⑤与鲁迅《中国小说史略》相同的地方竟然多达一百多处，长的一处可占郭著的四五页，⑥实属“荒谬绝伦”⑦。胡从经指出，因袭和依傍《史略》的体例、架构、类型设计乃至具体的评述是这一时期小说史的通病，即便优秀者也未有大的突破，至多在或一论点、或一背景、或一材料方面有所补充与纠正。⑧

---

① 张若英:《作为小说学者的鲁迅先生》，上海:《光明》，1936年11月25日第1卷第12期。转引自张梦阳:《中国鲁迅学通史》(上卷)，第290页，广州:广东教育出版社，2002年重印本。

② 沈从文:《中国小说史・绪论》，暨南大学出版室印，约于1930年前后刊行。系国立暨南大学“中国小说史讲义”之一。转引自胡从经:《中国小说史学史长编》，第389页，上海:上海文艺出版社，1998年。

③ 谭正璧:《中国小说发达史》，上海:上海光明书局，1935年。

④ 据胡从经:《中国小说史学史长编》，第391页，上海:上海文艺出版社，1998年。

⑤ 郭箴一:《中国小说史》，长沙:商务印书馆，1939年。该书系王云五、傅纬平主编《中国文化史丛书》之一。

⑥ 顾梁:《书评》，《华声》半月刊，1945年第1卷第5期。转引自马幼垣:《郭箴一〈中国小说史〉的来源》，《中国小说史集稿》，台北:时报文化出版事业有限公司，1980年初版。

⑦ 马幼垣:《郭箴一〈中国小说史〉的来源》，原载《中国时报・人间》，1978年7月1日。收入《中国小说史集稿》，台北:时报文化出版事业有限公司，1980年初版。

⑧ 胡从经:《中国小说史学史长编》，第400页，上海:上海文艺出版社，1998年。

2.《古小说钩沉》等文献整理工作

鲁迅辑录整理古典小说文献的成果主要有:《古小说钩沉》、《唐宋传奇集》和《小说旧闻钞》。许寿裳称三书"是他的《中国小说史略》的副册。搜罗的勤劬,考证的认真,允推独步。近年来研究小说者虽渐次加多了,宋以后的史料虽有新获了,但是搜辑古逸之功,还未见有能及鲁迅的呢"①。

(1)《古小说钩沉》②

《古小说钩沉》是鲁迅辑录的唐以前古小说佚文集,现行本共收周《青史子》至隋侯白《旌异记》等三十六种。关于此书的内容和缘起,鲁迅在《〈古小说钩沉〉序》中说:"余少喜披览古说,或见讹敚,则取证类书,偶会逸文,辄亦写出。虽丛残多失次第,而涯略故在。大共琐语支言,史官末学,神鬼精物,数术波流。真人福地,神仙之中驷;幽验冥征,释氏之下乘。人间小书,致远恐泥,而洪笔晚起,此其权舆。况乃录自里巷,为国人所白心;出于造作,则思士之结想。心行曼衍,自生此品,其在文林,有如舜华,足以丽尔文明,点缀幽独,盖不第为广视听之具而止。……惜此旧籍,弥益零落,又虑后此闲暇者尟,爰更比缉,并校定昔人集本,合得如干种,名曰《古小说钩沉》。"③

现行本编次如下:

青史子

裴子语林

---

① 许寿裳:《亡友鲁迅印象记》,第42页,上海:上海文化出版社,2006年。

② 最初收入鲁迅先生纪念委员会编辑:《鲁迅全集》第8卷,上海:鲁迅全集出版社,1938年。又有《古小说钩沉》(上、下),上海:鲁迅全集出版社,1939年初版。

③ 鲁迅:《古籍序跋集》,《鲁迅全集》第10卷,第3页,北京:人民文学出版社,2005年。

郭子

笑林

俗说

小说

水饰

列异传

古异传

戴祚甄异传

述异记

荀氏灵鬼志

祖台之志怪

孔氏志怪

神怪录

刘之遴神录

齐谐记

幽明录

谢氏鬼神列传

殖氏志怪记

集灵记

汉武故事

妒记

异闻记

玄中记

陆氏异林

曹毗志怪

郭季产集异录

王浮神异记

续异记

录异传

杂鬼神志怪

祥异录

宣验记

冥祥记

旌异记

《古小说钩沉》又有鲁迅手稿本十册，藏北京鲁迅博物馆。“传世鲁迅手稿仅包括小说三十一种，而今本《古小说钩沉》则包括小说三十六种，即多出《神怪录》(列于《孔氏志怪》之后)、《祥异录》、《宣验记》、《冥祥记》、《旌异记》(以上四种列于全书之末)……这后一种方案，可能是鲁迅本人的修订案，但其中恐怕也夹有二十卷本《鲁迅全集》编辑者的意见。”①

北京图书馆又藏有鲁迅手稿《小说钩沉目录》三纸：

第一集　一种

青史子

第二集　六种

语林　郭子　笑林　俗说　小说　水饰

第三集　十三种

列异传　古异传　甄异传　述异记　灵鬼志　祖台之志怪　孔氏志怪　神录　齐谐记　幽明录　鬼神列传　志怪记　集灵记

第四集　二种

汉武故事　妒记

第五集　九种

异闻记　玄中记　异林　曹毗志怪　集异记　神异记　续异记　录异传　杂鬼神志怪

---

① 顾农：《〈古小说钩沉〉的成书过程》，长春：《东北师大学报》(哲学社会科学版)，1985年第1期。

鲁迅在《唐宋传奇集·序例》(1927 年 9 月 10 日)中谈到，"先辑自汉至隋小说，为《钩沉》五部讫"①。依据鲁迅手稿来考察，应当是：一、《汉书·艺文志》著录的小说；二、《隋书·经籍志》著录的小说；三、《新唐书·艺文志》著录的小说；四、《隋志》、《唐志》著录，而未列入小说类者；五、史志未著录的小说。②

此书"是未完成之作，虽经写定清本，却未及著作序跋，说明每一部辑出的古佚书的作者及原书卷帙，搜辑经过，像他在《会稽郡故书杂集》所著的序跋一样"③。许广平说，鲁迅"原意似乎是在每一卷之前(共三十六卷)有一序文，来说明这一卷小说是从那里搜辑得来，别的书本有没有类似的记载，原著者略历，和鲁迅先生自己考证所得的意见等，体裁略似《会稽郡故书杂集》。但是因为屡次想付印都没有成功，同时因别方面的写作也抽不开时间来整理，所以至今印在全集的仅只是小说逸文的部分，这是很值得惋惜的"④。

鲁迅在北京时，即考虑印行此书，但"因为看的人一定很少，

---

① 鲁迅：《古籍序跋集》，《鲁迅全集》第 10 卷，第 87 页，北京：人民文学出版社，2005 年。《〈唐宋传奇集〉序例》，最初发表于上海：《北新周刊》，1927 年 10 月 16 日第 51、52 期合刊，后印入《唐宋传奇集》上册，上海：北新书局，1927 年 12 月。收入鲁迅：《唐宋传奇集》，北京：人民文学出版社，1956 年。

② 参见苏茵：《鲁迅整理祖国文化遗产初探(上)》，《鲁迅研究文丛》第 3 辑，第 438 页，长沙：湖南人民出版社，1981 年。亦可参见：顾农著《〈古小说钩沉〉的成就与遗留问题》，沈阳：《社会科学辑刊》，1984 年第 3 期。林辰著《鲁迅计划中〈古小说钩沉〉的原貌》，北京：《光明日报》，1960 年 10 月 30 日。

③ 郑振铎：《鲁迅的辑佚工作——为鲁迅先生逝世二周年纪念而作》，原载重庆：《文艺阵地》，1938 年 10 月 16 日第 2 卷第 1 期。见《郑振铎文集》第 4 卷，第 442 页，北京：人民文学出版社，1985 年。

④ 许广平：《研究鲁迅文学遗产的几个问题》，原载重庆：《新华日报》，1945 年 10 月 19 日。见许广平：《欣慰的纪念》，第 3～4 页，北京：人民文学出版社，1981 年第 2 版。

折本无疑，惟有有钱的学校才合适”，所以他“没敢请”北新书局出版。① 稍后到厦门，打算将此书“整理一下”，由厦门大学印出来。② 其时厦大当局虽急于事功，急乎乎地问鲁迅有什么成绩发表，而当鲁迅对校长说，“我原已辑好了古小说十本，只须略加整理，学校既如此着急，月内就去付印就是了”③。结果却是，鲁迅“将稿子拿出去，放了大约至多十分钟罢，拿回来了，从此没有后文”④。鲁迅后来说：“那时我便将印《古小说钩沉》的意思也取消。”⑤1932 年 4 月鲁迅自编译著书目，在“所纂辑者”栏下列有“《古小说钩沉》三十六卷（辑周至隋散逸小说。未印。）”一项。⑥ 1935 年郑振铎主编《世界文库》曾提议印行此稿，鲁迅回信说：“至于《古小说钩沉》，我想可以不必排印，因为一则放弃已久，重行整理，又须费一番新工夫；二则此种书籍，大约未必有多少人看，不如暂且放下，待将来有闲工夫时再说。”⑦到 1936 年鲁迅考虑出版自己的三十年集时，拟将《古小说钩沉》编入，一次打算分为上、下两部，分别编入七、八两卷中，又一次打算编入第九卷，⑧但自知出版全集“经费浩大，大约不过空想而已”。直到

---

① 鲁迅：《华盖集续编·厦门通信（三）》（1926 年 12 月 31 日），《鲁迅全集》第 3 卷，第 394 页，北京：人民文学出版社，1981 年。

② 鲁迅：《两地书·第二集　厦门——广州·四二》（1926 年 9 月 20 日），《鲁迅全集》第 11 卷，第 119 页，北京：人民文学出版社，1981 年。

③ 鲁迅：《两地书·第二集　厦门——广州·七五》（1926 年 11 月 18 日），《鲁迅全集》第 11 卷，第 204 页，北京：人民文学出版社，1981 年。

④⑤ 鲁迅：《华盖集续编·厦门通信（三）》（1926 年 12 月 31 日），《鲁迅全集》第 3 卷，第 394 页，北京：人民文学出版社，1981 年。

⑥ 鲁迅：《三闲集·鲁迅译著书目》，《鲁迅全集》第 4 卷，第 180 页，北京：人民文学出版社，1981 年。

⑦ 鲁迅：《书信·350330　致郑振铎》，《鲁迅全集》第 13 卷，第 98 页，北京：人民文学出版社，1981 年。

⑧ 鲁迅手书《三十年集》著述目录。手迹影印件载天津：《天津师院学报》，1978 年第 4 期封三。

1938 年出版二十卷本《鲁迅全集》时，才将《古小说钩沉》收录，列入第八卷。①

关于《古小说钩沉》的特色，郑振铎认为它“细密有序”②，赵景深认为它具有“采辑审慎”、“搜罗宏富”、“比类取断”、“删汰伪作”等四大优点，虽有个别遗辑者、误收者或应删者，但“究竟是优点胜于缺点”。③ 林辰则认为此书“具有体例谨严、搜罗宏富、辑文完善、考订精审等等特色”④。

余嘉锡在《殷芸〈小说〉辑证》序言中说：“乃闻鲁迅先生所辑《古小说钩沉》已于沪上出书，求之此间书肆及图书馆不得，久之，始辗转假得其书，两相比较，此编多得二十余事。然《钩沉》采书十二种，其中《优古堂诗话》、《铁围山丛谈》、《困学纪闻》三种皆向未检及者。虽其事多据他书辑入，但《纪闻》中一事则失录，即蔡司徒在洛阳见陆机事。既据以补录，谨著其事于此，不敢掠人之美。”⑤

余氏为近代著名古典文献学家和历史学家，读书甚多，著述亦富，所辑仅《古小说钩沉》三十六种中的一种，辑录时间比鲁迅

---

① 这个本子缺一篇序言，后来戴望舒《〈古小说钩沉〉的校辑和逸序》一文中首先从绍兴《越社丛刊》1912 年 2 月第一集中抄存了《〈古小说钩沉〉序》。唐弢编：《鲁迅全集补遗》（上海：上海出版公司，1946 年）和 16 卷本《鲁迅全集》，都收录了《〈古小说钩沉〉序》。《〈古小说钩沉〉序》今见《鲁迅全集》第 10 卷，第 3 页，北京：人民文学出版社，2005 年。

② 郑振铎：《鲁迅的辑佚工作——为鲁迅先生逝世二周年纪念而作》，原载重庆：《文艺阵地》，1938 年 10 月 16 日第 2 卷第 1 期。见郑振铎：《郑振铎文集》第 4 卷，第 443 页，北京：人民文学出版社，1985 年。

③ 赵景深：《评介鲁迅的〈古小说钩沉〉》，广州：《宇宙风》，1938 年 10 月 16 日第 77 期。转引自袁良骏：《鲁迅研究史》（上卷），第 430 页，西安：陕西人民出版社，1986 年。

④ 林辰：《鲁迅辑录的〈古小说钩沉〉的成就及其特色》，北京：《文学评论》，1962 年第 6 期。

⑤ 余嘉锡：《余嘉锡论学杂著》，第 281 页，北京：中华书局，1977 年重印本。

约晚三十年，比鲁迅辑本一百三十五则只多得十九则，鲁迅所引书尚有三种为余氏“向未检及者”，从中可见鲁迅的辑佚功夫。

学界中对于《古小说钩沉》评价历来极高。

郑振铎说，“在鲁迅先生的辑佚工作里，《古小说钩沉》最为重要”①，“不仅前无古人，即后来有作，也断难越过他的范围和方法的”②。

孔嘉说，《古小说钩沉》“用功至勤，搜罗最富，魏晋六朝散佚的作品，可说尽于此矣”③。

赵景深说：“此书的读者虽不多，我相信对于中国小说史的研究上，必有很大的贡献。虽然我们已经有了邓嗣禹的《太平广记篇目及引书引得》，那是仍旧不足餍我们之望的；因为邓嗣禹的《引得》只以《太平广记》为本位而‘钩沉’，其他《说郛》等书均未涉及，而鲁迅却是以小说为本位而作横的辑集的。”④

林辰说，《古小说钩沉》“是一种垦荒的工作”⑤，“此书和《唐宋传奇集》，《校补嵇康集》等，同是重要的收获；而且是汉魏六朝小说的宝库，研究鲁迅治学精神和成绩或研究中国小说史者，都不可不读”⑥。

---

① 郑振铎：《鲁迅的辑佚工作——为鲁迅先生逝世二周年纪念而作》，原载重庆：《文艺阵地》，1938 年 10 月 16 日第 2 卷第 1 期。见《郑振铎文集》第 4 卷，第 442 页，北京：人民文学出版社，1985 年。

② 郑振铎：《中国小说史家的鲁迅》，北京：《人民文学》，1949 年创刊号。

③ 孔嘉：《鲁迅先生整理中国古文学之成绩》，重庆：《理论与现实》，1939 年 11 月 15 日第 1 卷第 3 期。见李宗英、张梦阳编：《六十年来鲁迅研究论文选》(上)，第 267 页，北京：中国社会科学出版社，1982 年。

④ 赵景深：《中国小说史家的鲁迅先生》，原载上海：《大晚报》，1936 年 10 月 22 日。见赵景深：《小说戏曲新考》，第 100 页，上海：世界书局，1943 年 10 月再版。

⑤ 林辰：《鲁迅〈古小说钩沉〉的辑录年代及所收各书作者》，北京：《光明日报·文学遗产》，1956 年 10 月 21 日。

⑥ 林辰：《关于〈古小说钩沉〉的辑录年代》，北京：《人民文学》，1950 年第 3 卷第 2 期。

周作人指出："豫才因为古小说逸文的搜集，后来能够有'小说史略'的著作……其后研究小说史的渐多，各有收获，有后来居上之概，但那些成绩似只在后半部，即明以来的章回小说部分，若是唐宋以前古逸小说的稽考恐怕还没有更详尽的著作，这与'古小说钩沉'的工作正是极有关系的。"①

(2)《唐宋传奇集》②

《唐宋传奇集》是鲁迅校录的传奇小说集，共八卷，收唐、宋两代传奇小说四十五篇，前有《序例》③，卷末有《稗边小缀》④。鲁迅校录《唐宋传奇集》的目的，在于匡正《古今说海》、《古今逸史》等明清丛刊的谬误，"彼虽小说，夙称卑卑不足厕九流之列者乎，而换头削足，仍亦骇心之厄也"，"虽短书俚说，一遭篡乱，固贻害于谈文，亦飞灾于考史也"。⑤ "他尽量采用明钞本或明刻本，如用清刻本，必校以明刻本。对每篇作品，先选定较佳本子

① 知堂：《关于鲁迅》(1936 年 10 月 24 日)，原载上海：《宇宙风》，1936 年第 29、30 期。今见于周启明：《鲁迅的青年时代》，第 123 页，北京：中国青年出版社，1957 年。

②《鲁迅全集》第 10 卷，第 187 页，北京：人民文学出版社，1973 年。该书于 1927 年 12 月、1928 年 2 月由上海北新书局分上、下册出版，1934 年 5 月合为一册，由上海联华书局再版，后收入 1938 年版《鲁迅全集》第 10 卷。

③《〈唐宋传奇集〉序例》作于 1927 年 9 月 10 日，最初发表于上海：《北新周刊》，1927 年 10 月 16 日第 51、52 期合刊，后印入鲁迅：《唐宋传奇集》上册，上海：北新书局，1927 年 12 月。收入鲁迅：《唐宋传奇集》，北京：人民文学出版社，1956 年。今见于鲁迅：《古籍序跋集》，《鲁迅全集》第 10 卷，第 87 页，北京：人民文学出版社，2005 年。

④《〈唐宋传奇集〉稗边小缀》作于 1927 年 8 月 22 日至 24 日，最初印入鲁迅：《唐宋传奇集》下册，上海：北新书局，1928 年 2 月。收入鲁迅：《唐宋传奇集》，北京：人民文学出版社，1956 年。今见于鲁迅：《古籍序跋集》，《鲁迅全集》第 10 卷，第 93 页，北京：人民文学出版社，2005 年。

⑤ 鲁迅：《〈唐宋传奇集〉序例》，见鲁迅：《古籍序跋集》，《鲁迅全集》第 10 卷，第 87 页，北京：人民文学出版社，2005 年。

为底本，并以他本互校，极力保持作品情节的完整性和细节的表现力。”①“鲁迅校录的《唐宋传奇集》附有《序例》和《稗边小缀》，概述唐宋传奇的兴衰和校录的缘由原则，引用丰富可靠的材料考订作者的生平和创作意图，探索题材的源流和本事的演变，鉴别校本的异同和明清丛刊的谬误，简论古人品评的得失和传奇对后代戏曲的影响。鲁迅以鲜明的观点，批判儒家思想对唐宋传奇发展所造成的危害，从史的角度，揭示作家与作品的成就与缺点，这些都体现他校录本的可贵特色。汪辟疆的《唐人小说》分别将有关材料附于各篇作品之后，也相当详实，但鲁迅校录本序跋那种高屋建瓴的气势，永远是学人学习的楷模。”②

赵景深评价《唐宋传奇集》“分辨伪作，考证源流，用力极勤。”指出《虬髯客传》、《枕中记》、《杨太真外传》、《梅妃传》、《开河记》、《迷楼记》、《海山记》等，或作者，或年代，过去均有讹误，“经鲁迅考订以后，方才拨云雾而见真相”③。

孔嘉指出，鲁迅在《唐宋传奇集》中对校辑体例“叙之甚详”，可见“先生校录态度之矜慎”，既弥补了清代学者轻视小说的不足，又匡正了书商乱加编纂刻印所造成的讹误混乱，“先生是集，则将一切纷误，廓面(按，疑为‘而’)清之”。又认为书末所附《稗边小缀》，“多精心之考证”，或“考证撰者之生平”，或“正撰人之误题”，或“正篇名之误题”，或考证“故事之渊源及后来之影响”。凡此种种，都纠正了不少前人的讹误。④

---

①② 俞元桂：《鲁迅辑录古籍的成就及其对创作的影响》，中国鲁迅研究学会《鲁迅研究》编辑部编：《鲁迅研究》(7)，第 362 页，第 363～364 页，北京：中国社会科学出版社，1983 年。

③ 赵景深：《中国小说史家的鲁迅先生》，原载上海：《大晚报》，1936 年 10 月 22 日。见赵景深：《小说戏曲新考》，第 100 页，上海：世界书局，1943 年再版。

④ 孔嘉：《鲁迅先生整理中国古文学之成绩》，重庆：《理论与现实》，1939 年 11 月 15 日第 1 卷第 3 期。见李宗英、张梦阳编：《六十年来鲁迅研究论文选》(上)，第 273～276 页，北京：中国社会科学出版社，1982 年。

(3)《小说旧闻钞》①

关于辑录《小说旧闻钞》的缘起，鲁迅于再版序言(1935 年 1 月 24 日)中说："《小说旧闻钞》者，实十余年前在北京大学讲《中国小说史》时，所集史料之一部。时方困瘁，无力买书，则假之中央图书馆、通俗图书馆、教育部图书室等，废寝辍食，锐意穷搜，时或得之，瞿然则喜。故凡所采掇，虽无异书，然以得之之难也，颇亦珍惜。迨《中国小说史略》印成，复应小友之请，取关于所谓俗文小说之旧闻，为昔之史家所不屑道者，稍加次第，付之排印，特以见闻虽隘，究非转贩，学子得此，或足省其复重寻检之劳焉而已。"②全书四十一篇，前三十七篇是关于宋代至清代四十一种小说的史料，后四篇分别是源流、评刻、禁黜、杂说，文中有鲁迅案语，"这些案语虽然没有《稗边小缀》那么详细，但对作者的字号里贯和创作意图，故事的来源和异说，事实的补充和考订，文字或评第的谬误等，都有所提示……后出的孔另境编的《中国小说史料》，则是根据《小说旧闻钞》加以补充的，而且缺少精辟的案语"③。书后附引用书目，计七十六种。书中辑录的小说史料"皆摭自本书，未尝转贩"④。

---

① 鲁迅：《鲁迅全集》第 10 卷，第 12 页，北京：人民文学出版社，1973 年。本书最初于 1926 年 8 月 12 日由上海北新书局出版，有序。1935 年 7 月经作者增补，由上海联华书局再版，有《再版序言》。后收入 1938 年版《鲁迅全集》第 10 卷。

② 鲁迅：《〈小说旧闻钞〉再版序言》，《鲁迅全集》第 10 卷，第 158 页，北京：人民文学出版社，2005 年。

③ 俞元桂：《鲁迅辑录古籍的成就及其对创作的影响》，中国鲁迅研究学会《鲁迅研究》编辑部编：《鲁迅研究》(7)，第 364 页，北京：中国社会科学出版社，1983 年。

④ 鲁迅：《〈小说旧闻钞〉序言》(1926 年 8 月 1 日)，见鲁迅：《古籍序跋集》，《鲁迅全集》第 10 卷，第 70 页，北京：人民文学出版社，2005 年。

赵景深以为,《小说旧闻钞》"比蒋瑞藻的《小说考证》要好得多。第一,蒋氏的书虽名为《小说考证》,实际上是连戏曲的考证也放在一起。并且随得随刊,检查不便……而《小说旧闻钞》却是只录小说考证,不取戏曲考证,并且合为一本,不是前后散见的。第二,蒋氏抄缀,常任意更改字句;有时原书易得,也去抄录第二道手的引文。鲁迅则均取原书校正字句,且多新的考证录出。如果原书易得,就不殚烦地再去翻检原书。"①

孔嘉指出,此书"虽名为《小说旧闻钞》,实有总结旧闻,考证旧闻之意,使人读其书知其渊源及其演变,非寻常抄掇之书可比",书中涉及考证部分,"尤多精到之见"。②

郑振铎指出:"还有一部《小说旧闻钞》,也是鲁迅相当费力气的书。这部《旧闻钞》一出,所谓《小说考证》一类的书的支离破碎的杂辑,便都黯然无色。"③

上述三书"皆为《中国小说史略》之副册,其体系第(按,疑为'前')七篇可为一部分,时代自汉迄隋,此时期之作品多以(按,疑为'已')散佚,今悉见于《古小说钩沉》中;其第八篇至第十一篇可为一部分,此时期之单篇传奇文,今悉见于《唐宋传奇录(按,疑为'集')》中;其第十二至第二十八篇可为一部分,此时期除拟晋唐小说外,皆系白话小说,凡有关于考订之材料,今悉见

---

① 赵景深:《中国小说史家的鲁迅先生》,原载上海:《大晚报》,1936年10月22日。见赵景深:《小说戏曲新考》,第99页,上海:世界书局,1943年再版。

② 孔嘉:《鲁迅先生整理中国古文学之成绩》,重庆:《理论与现实》,1939年11月15日第1卷第3期。见李宗英、张梦阳编:《六十年来鲁迅研究论文选》(上),第279页,北京:中国社会科学出版社,1982年。

③ 郑振铎:《鲁迅的辑佚工作——为鲁迅先生逝世二周年纪念而作》,原载重庆:《文艺阵地》,1938年10月16日第2卷第1期。见《郑振铎文集》第4卷,第445页,北京:人民文学出版社,1985年。

于《小说旧闻钞》中”①。

增田涉说:“听说,他在写小说史以前,几乎二十年之间,个人勤苦地用功……他在小说史研究的准备阶段,把原作品作成自己的手抄本,并整齐地装订起来。因为旧刊本脱误很多,所以他自己把各种刊本比较校订,作成了可以信用的底本。当我询问时,他总是拿出自用的校订抄本来说明。他的《古小说钩沉》及《唐宋传奇集》,就是拿抄本付印的。还有关于小说的作品及作者的古来的记录,主要是从各家的笔记里摘录下来,这也经过校订而作为自用本,那就是《小说旧闻钞》及《唐宋传奇集》卷末所附《稗边小缀》。像这样的准备,这样的努力,真正是如实的‘埋头苦干’。”“而所完成的著作是非常卓越的,看看在他以后的,慢说超过它,连和它比肩的东西也没有出来,就可以知道,他的苦心努力,并不是寻常的。”②

赵景深指出:“单就辑校《古小说钩沉》来讲,鲁迅就从各种不同的类书中抄录了六千多张大小不同的纸条,现在还保存了一千多张,另五千张已佚。《唐宋传奇集》不仅辑录一下就算数,他还写了《稗边小缀》,对于各篇传奇文的作者,考证极精……至于《小说旧闻钞》,也远远胜过那芜杂的《小说考证》之流,并且还常附有鲁迅自己的考辨文字,而不仅仅只是抄缀……有人曾经估计:鲁迅单只为了评价并考证《水浒》,就看了一千万字以上的书籍和资料,那么全书二十八篇所要检阅的文字有多少,也就可以想见了。”③

---

① 孔嘉:《鲁迅先生整理中国古文学之成绩》,重庆:《理论与现实》,1939 年 11 月 15 日第 1 卷第 3 期。见李宗英、张梦阳编:《六十年来鲁迅研究论文选》(上),第 253 页,北京:中国社会科学出版社,1982 年。

② 〔日〕增田涉著、北京师范大学中文系现代文学组译:《鲁迅的印象》,第 61～62 页,北京:北京师范大学中文系,1976 年。

③ 赵景深:《〈中国小说史略〉的评价》,湖南人民出版社编:《鲁迅研究文丛》(1),第 25 页,长沙:湖南人民出版社,1980 年。

二、《汉文学史纲要》及其他文学史著述

1.《汉文学史纲要》

《汉文学史纲要》①原是鲁迅 1926 年在厦门大学讲授中国文学史课程时编写的讲义，题为《中国文学史略》；次年在广州中山大学讲授同一课程时，改题《古代汉文学史纲要》。作者生前未正式出版，1938 年编入《鲁迅全集》时改用此名。此系鲁迅计划编纂的中国文学史的一部分未完稿，上自先秦，下至西汉，以文言写成，共十篇，每篇末列有参考书。

该书的特色主要有以下两个：一是注意揭示文学自身的发展规律，主要对诸文学现象进行纵向的梳理和比较，如探讨老庄思想的联系与区别，诗、骚、赋之间的渊源关系等；二是点面结合，既注意突出代表作家，又不忽视时代全貌，如介绍老庄而兼及孔、孟、墨翟等，介绍汉武帝文术之盛后又着重介绍司马相如和司马迁。

李长之指出，“在《汉文学史纲要》中还缺少综合性的结论”②。金灿然《鲁迅与国故》以为“大概因为是提纲吧，各篇都极简单，且很少特出的见解”③。

时萌《〈汉文学史纲要〉札记》④对这部文学史分析得较为详尽。他认为“这本纲要……虽则繁证博引，但剪裁安排之中往往显示主见；评议文章人物，虽寥寥数语却言简意赅，以少胜多”，“以鲜明的观点统率资料，就是这本讲义的特色”。他指出，“文艺起源于劳动这一问题，当时鲁迅已开始从唯物史观的角度去

① 《鲁迅全集》第 9 卷，北京：人民文学出版社，1981 年。

② 李长之：《文学史家的鲁迅》，北京：《人民文学》，1956 年 11 月号。

③ 金灿然：《鲁迅与国故》，延安：《鲁迅研究丛刊》第一辑。转引自袁良骏《鲁迅研究史》(上卷)，第 434 页，西安：陕西人民出版社，1986 年。

④ 时萌：《〈汉文学史纲要〉札记》，北京：《文学遗产》，1983 年第 2 期。

认识”,“鲁迅以新见破旧说……鲜明地涉及了群众创造历史这一非凡重要的课题”,“借排列史料以显观点……治文学史而注意及阶级对立的反映,实为嚆矢”。“虽是胪陈史料,但也显出其眼光独到之处”,“在当时文学史研究领域中可说是彗星初现,冲开迷雾,廓清了陈腐的气息”。此外还谈到,“早前一些旧文学史著作,涉及先秦诸子,往往局限于谈论文体或考证训诂,很少作思想批判。鲁迅却一反迂腐的习见,注重以思想批判为主,尤其着重抨击老庄的消极避世思想,更如警钟木铎,赋有鲜明的现实的战斗意义”,“当然,鲁迅也并不忽视诸子散文的艺术特色”,“有批判,也有借鉴,鲁迅都掌握了恰当的分寸”,而“趋时,还是愤世,是鲁迅臧否人物的标尺”。

2.《魏晋风度及文章与药及酒之关系》与《嵇康集》

《魏晋风度及文章与药及酒之关系》①原是鲁迅于1927年7月23日、26日在广州夏期学术演讲会上的讲稿,后经整理改定发表。这是一篇关于魏晋文学的长篇专题论文,同样是鲁迅计划编纂的中国文学史的一部分。鲁迅在开篇指出:“我们想研究某一时代的文学,至少要知道作者的环境、经历和著作。”②此即“知人论世”的方法。论文选取魏晋文学发生重大变化的三个时期进行分析:即以三曹和“建安七子”为代表的汉末魏初、以“竹林七贤”为代表的魏末晋初和以陶渊明为代表的东晋至晋末,深刻论述了魏晋文学与时代风尚与政治环境的关系。其中,鲁迅对“竹林名士”反礼教的思想特点论断极为精警:“魏晋时代,崇

① 鲁迅:《而已集》,《鲁迅全集》第3卷,第501页,北京:人民文学出版社,1981年。本文记录稿最初发表于广州:《民国日报》副刊《现代青年》,1927年第173～178期,改定稿发表于《北新》半月刊,1927年第2卷第2号。

② 鲁迅:《魏晋风度及文章与药及酒之关系》,见《鲁迅全集》第3卷,第501页,北京:人民文学出版社,1981年。

奉礼教的看来似乎很不错，而实在是毁坏礼教，不信礼教的。表面上毁坏礼教者，实则倒是承认礼教，太相信礼教。因为魏晋时所谓崇奉礼教，是用以自利，那崇奉也不过偶然崇奉，如曹操杀孔融，司马懿杀嵇康，都是因为他们和不孝有关，但实在曹操司马懿何尝是著名的孝子，不过将这个名义，加罪于反对自己的人罢了。于是老实人以为如此利用，亵渎了礼教，不平之极，无计可施，激而变成不谈礼教，不信礼教，甚至于反对礼教。——但其实不过是态度，至于他们的本心，恐怕倒是相信礼教，当作宝贝，比曹操司马懿们要迂执得多。”①此外，鲁迅对于陶渊明的“平和”也有独到的见解，认为“他于世事也并没有遗忘和冷淡，不过他的态度比嵇康阮籍自然得多……而且汉魏晋相沿，时代不远，变迁极多，既经见惯，就没有大感触，陶潜之比孔融嵇康和平，是当然的。”“据我的意思，即使是从前的人，那诗文完全超于政治的所谓‘田园诗人’，‘山林诗人’，是没有的。完全超出于人间世的，也是没有的。既然是超出于世，则当然连诗文也没有。诗文也是人事，既有诗，就可以知道于世事未能忘情。”“陶潜总不能超于尘世，而且，于朝政还是留心，也不能忘掉‘死’，这是他诗文中时时提起的。用别一种看法研究起来，恐怕也会成一个和旧说不同的人物罢。”②

何幹之以为，《魏晋风度及文章与药及酒之关系》“从作者的环境、经历来评判他的作品”，“论魏晋文学的环境，社会的扰攘，野蛮民族的侵入，佛学的输入等，是主要的因素，鲁迅用了这观点去探求那时代的文学，尤其把酒、药、环境和文章的关系，说得非常生动，真是说出别人没有见到的话”，是一篇“有价值的著作”，“试把这篇演讲和胡适之的《白话文学史》中关于魏晋文学

①② 鲁迅：《魏晋风度及文章与药及酒之关系》，见《鲁迅全集》第 3 卷，第 513 页，第 516～517 页，北京：人民文学出版社，1981 年。

一章比一比罢，真是截然两样的著作。”认为此篇优于胡适对魏晋文学的论述。①

鲁迅校勘整理魏晋文学的成果，则以《嵇康集》为代表。该文集是鲁迅以明代吴宽丛书堂钞本为底本，1913 年至 1931 年间几经校录而成：1913 年 10 月 15～20 日，以明代吴宽丛书堂钞本《嵇康集》十卷为基础校本，对照《全三国文》进行校勘②；1915 年 7 月，用明代张溥编印的《汉魏六朝百三名家集》中的《嵇中散集》校丛书堂本③；1916 年 2 月，用明代程荣刻印的《嵇中散集》十卷本校丛书堂本；1921 年 1 月，以明代张燮编刻的《七十二名家集》中的《嵇中散集》六卷本校丛书堂本；1921 年 2 月 12 日“校《嵇康集》一过”，3 月 2～8 日，以明张燮六卷本《嵇中散集》校清代《四库全书》的文澜阁钞本（所钞为明代黄省曾刻本），3 月 20 日，“夜校《嵇康集》，用赵味沧校本”④；1922 年 2 月 16～17 日，“以南星精舍本《嵇康集》校任（案：疑为汪）刻本”。即用明嘉靖乙酉（即嘉靖四年）黄省曾仿宋刊本《嵇中散集》十卷校明万历年间汪士贤所刻《二十一名家集》（即《汉魏诸名家集》）中的《嵇中散集》十卷本，8 月，用张溥刻本校《嵇康集》⑤；1924 年 6 月 1～8 日，用黄省曾刻本校《嵇康集》，至此《嵇康集》基本

---

① 何幹之：《鲁迅思想研究》，第 209～210 页，北京：生活·读书·新知三联书店，1950 年。

② 鲁迅：《日记·癸丑日记》（1913 年 10 月 15、19、20 日），《鲁迅全集》第 14 卷，第 77～78 页，北京：人民文学出版社，1981 年。

③ 鲁迅：《日记·乙卯日记》（1915 年 7 月 15 日），《鲁迅全集》第 14 卷，第 172 页，北京：人民文学出版社，1981 年。

④ 鲁迅：《日记·日记第十》（1921 年 2 月 12 日，3 月 2、8、20 日），《鲁迅全集》第 14 卷，第 410～413 页，北京：人民文学出版社，1981 年。

⑤ 鲁迅：《日记·附录　一九二二年日记断片》（1922 年 2 月 16、17 日，8 月 7 日），《鲁迅全集》第 15 卷，第 326、327 页，北京：人民文学出版社，1981 年。

写定①;1931 年 11 月 13 日,又用涵芬楼影印宋本《六臣注文选》校《嵇康集》②。

自 1913 至 1931 年,鲁迅对《嵇康集》共校勘了十遍,抄写了三遍,其中第三遍鲁迅只抄写了前两卷,后八卷是许广平抄写。此外,鲁迅校勘所使用的抄本还有一遍为张宗祥所抄。③ 所以连同张宗祥的抄本在内,共有四部抄写本。《嵇康集》鲁迅生前未印行,逝世后收入 1938 年版《鲁迅全集》第 9 卷,附有《序》④、《跋》⑤、《〈嵇康集〉逸文考》⑥和《〈嵇康集〉著录考》⑦。

---

① 鲁迅:《日记·日记十三》(1924 年 6 月 1、3、6、7、8 日),《鲁迅全集》第 14 卷,第 499～500 页,北京:人民文学出版社,1981 年。

② 鲁迅:《日记·日记二十》(1931 年 11 月 13 日),《鲁迅全集》第 14 卷,第 901 页,北京:人民文学出版社,1981 年。亦可参阅鲁迅校勘《嵇康集》手稿。

③ 张抄本现存,详情另见张宗祥:《我所知道的鲁迅》(1961 年),鲁迅博物馆鲁迅研究室《鲁迅研究月刊》选编:《鲁迅回忆录:散篇》(上册),第 66 页,北京:北京出版社,1999 年。原载长沙:《图书馆》杂志,1961 年第 4 期。

④《〈嵇康集〉序》作于 1924 年 6 月 10 日。据鲁迅:《日记·日记十三》,《鲁迅全集》第 14 卷,第 500 页,北京人民文学出版社,1981 年。但篇末所署日期为"六月十一日"。今收入鲁迅:《古籍序跋集》,《鲁迅全集》第 10 卷,第 64 页,北京:人民文学出版社,2005 年。

⑤《〈嵇康集〉跋》作于 1913 年 10 月 20 日。据鲁迅:《日记·癸丑日记》,《鲁迅全集》第 14 卷,第 78 页,北京:人民文学出版社,1981 年。今收入鲁迅:《古籍序跋集》,《鲁迅全集》第 10 卷,第 21 页,北京:人民文学出版社,2005 年。

⑥《〈嵇康集〉逸文考》当写定于 1924 年 6 月之前,原题《〈嵇康集〉逸文》,无标点。后附入鲁迅校本《嵇康集》末。收入 1938 年版《鲁迅全集》第 9 卷时,据《〈嵇康集〉序》中所称改为今题。今见于鲁迅:《古籍序跋集》,《鲁迅全集》第 10 卷,第 51 页,北京:人民文学出版社,2005 年。

⑦《〈嵇康集〉著录考》当写定于 1924 年 6 月之前,后附入鲁迅校本《嵇康集》之末。今见于鲁迅:《古籍序跋集》,《鲁迅全集》第 10 卷,第 55 页,北京:人民文学出版社,2005 年。

此《嵇康集》为十卷本，由《序》中可知，原有目录“是校后续加”，“今据本文，别造一卷代之”。丛书堂钞本原有朱墨三校，鲁迅校录的原则是“排摈旧校，力存原文”。此外，《序》中谈到《嵇康集》的著录及刊刻情况，指出丛书堂本与黄省曾本的关系：“根源实同，而互有讹夺。惟此所阙失，得由彼书补正，兼具二长，乃成较胜”，又介绍了校勘的体例、用以比勘的刻本及参考资料、钞本较之原本的阙失及补足情况等。鲁迅又在《〈嵇康集〉逸文考》和《〈嵇康集〉著录考》的基础上完成了《〈嵇康集〉考》，全文以案语形式写成，共分三部分：一、考卷数及名称；二、考目录及阙失；三、考逸文然否，作者称写作原因是“尝写得明吴匏庵丛书堂本《嵇康集》，颇胜众本，深惧湮昧，因稍加校雠，并考其历来卷数名称之异同及逸文然否，以备省览云”①。

许寿裳回忆说：“自民二以后，我常常见鲁迅伏案校书，单是一部《嵇康集》，不知道校过多少遍，参照诸本，不厌精详，所以成为校勘最善之书。”并赞赏鲁迅校勘《嵇康集》“功夫的邃密”。②

郑振铎指出：“鲁迅所辑各书……其中用力最劬者自为《嵇康集》，前后校录不下五六次，至死还不肯问世。”③

鲁迅虽没能为我们留下一部完整的中国文学史，但却留下了极可宝贵的意见。他在《魏晋风度及文章与药及酒之关系》中说：“中国文学史，研究起来，可真不容易，研究古的，恨材料太少，研究今的，材料又太多，所以到现在，中国较完全的文学史尚

---

①《〈嵇康集〉考》作于 1926 年 11 月 14 日，今见于鲁迅：《古籍序跋集》，《鲁迅全集》第 10 卷，第 73 页，北京：人民文学出版社，2005 年。

② 许寿裳：《亡友鲁迅印象记》，第 42 页，上海：上海文化出版社，2006 年。

③ 郑振铎：《鲁迅的辑佚工作——为鲁迅先生逝世二周年纪念而作》，原载重庆：《文艺阵地》，1938 年 10 月 16 日第 2 卷第 1 期。见《郑振铎文集》第 4 卷，第 445 页，北京：人民文学出版社，1985 年。

未出现。"①刘大杰回忆1934年冬天的一个下午，自己与郁达夫在内山书店遇到鲁迅先生，谈到文学史问题时，鲁迅说："文学史很需要，但写得好并不容易。中国文学史时间太长，内容太多，一个人的力量有限，要大家动手。研究戏剧的写戏剧史，研究诗的写诗史，研究汉的写汉，研究唐的写唐；基础打好了，文学史才写得好。总之，要积累材料，要多看原书。你抄我的我抄你的，那就是取巧！"②

鲁迅的治学特色

鲁迅说："中国要作家，要'文豪'，但也要真正的学究。"③而他自己就不仅是"文豪"，而且是一位"真正的学究"。诚如黎烈文在《一个不倦的工作者》一文中所言："凡是读过鲁迅先生的著作的人，都可知道他不单是一位天才的作家，他其实还是一个刻苦的学者。他的旧学的渊博，无疑的，在后一代的文人中是没有一个能够赶得上的了，而他对于外国文学的修养，也实在广泛得可惊。"④

一、不求闻达，兴趣乃是内驱力

周作人指出，"他做事全不为名誉，只是由于自己的爱好。

① 鲁迅：《魏晋风度及文章与药及酒之关系》，鲁迅：《而已集》，《鲁迅全集》第3卷，第501页，北京：人民文学出版社，1981年。

② 刘大杰：《鲁迅谈古典文学》，原载《文艺报》，1956年第19号。见周建人、茅盾等著：《我心中的鲁迅》，第297页，长沙：湖南人民出版社，1979年。

③ 鲁迅：《准风月谈·我们怎样教育儿童的？》，《鲁迅全集》第5卷，第255页，北京：人民文学出版社，1981年。

④ 黎烈文：《一个不倦的工作者》，原载《中流》半月刊，1936年11月5日第1卷第5期。鲁迅博物馆鲁迅研究室《鲁迅研究月刊》选编：《鲁迅回忆录：散篇》（中册），第643页，北京：北京出版社，1999年。

这是求学问弄艺术的最高的态度”，鲁迅“不求闻达，但求自由的想或写，不要学者文人的名，自然更不为利，《新青年》是无报酬的，《晨报副刊》多不过千字五角钱罢了。以这种态度治学问或做创作，这才能够有独到之见，独创之才，有自己的成就，不问工作大小都有价值，与制艺异也”。① 周作人谈到，鲁迅所辑录的《古小说钩沉》“当初也想用我的名字刊行，可是没有刻板的资财，托书店出版也不成功，所以还是搁着”②。鲁迅在1935年4月30日致增田涉信中说：“《小说史略》有出版的机会，总算令人满意。对你的尽力，极为感谢。‘合译’没有意思，还是单用你的名字好。”③这同样反映了他不求闻达的治学态度。鲁迅曾自言：“一个人做他喜欢做的事情，不大会觉得吃力的。所以我的抄写或看书，也就是我的休息。”④

二、汲取旧学、超越旧学的学术眼光

关于鲁迅研治古典文学的方法，蔡元培以为，“鲁迅先生本受清代学者的濡染”，故校勘《嵇康集》“完全用清儒家法”，“惟彼又深研科学，酷爱美术，故不为清儒所囿，而又有他方面的发展……《中国小说史略》，《小说旧闻钞》，《唐宋传奇集》等，已打破清儒轻视小说之习惯”，“蹊径独辟，为后学开示无数法门，所以

---

① 知堂：《关于鲁迅》（1936年10月24日），原载上海：《宇宙风》，1936年第29、30期。今见周启明：《鲁迅的青年时代》，第122、124页，北京：中国青年出版社，1957年。

② 知堂：《关于鲁迅》（1936年10月24日），原载上海：《宇宙风》，1936年第29、30期。今见周启明：《鲁迅的青年时代》，第122页，北京：中国青年出版社，1957年。

③ 鲁迅：《书信・350430(日)致增田涉》，《鲁迅全集》第13卷，第630页，北京：人民文学出版社，1981年。

④ 周芾棠：《记绍兴一中的鲁迅故居》，北京：《人民日报》，1963年10月19日。薛绥之主编：《鲁迅生平史料汇编》第一辑，第204页，天津：天津人民出版社，1981年。

鄙人敢以新文学开山目之”。① 郑振铎也指出：“这是乾嘉诸大师用以辑录校周秦古籍的方法。而用来辑校古代小说的，却以鲁迅先生为开山祖。而其校辑的周密精详，至今还没有人能够追得上他。”②

鲁迅认为，“考证固不可荒唐，而亦不宜墨守”③，“弄古书，要没有道学气，以避免迂阔和拘泥；但也绝对不宜有才子气”④。他反对胡适“往往恃孤本秘笈，为惊人之具”的治学路数，指出：“我法稍不同，凡所泛览，皆通行之本，易得之书，故遂孑然于学林之外，《中国小说史略》而非断代，即尝见贬于人。但此书改定本，早于去年出版，虽曰改定，而所改实不多，盖近几年来，域外奇书，沙中残楮，虽时时介绍于中国，但尚无需因此大改《史略》，故多仍之。”⑤于中可见鲁迅治学方法的特出之处与卓越成就。

鲁迅曾师从章太炎，所以他的文学史著作显示出“在文字学上的根底”，“对魏晋的研究有功力，并有心得处”，与此同时，鲁迅又有“敏锐的眼光”，所以他的文学史著作像他的杂文一样，“对事物每有揭露底蕴、比常人深入一层的看法”。⑥ 郑振铎指出，“鲁迅生平最看重‘学问’”，但又与“为‘书’所奴役，无目的的

---

① 蔡元培：《鲁迅先生全集序》(1938 年 6 月 1 日)，原载鲁迅先生纪念委员会编辑：《鲁迅全集》，鲁迅全集出版社，1938 年。转引自张梦阳：《中国鲁迅学通史》(上卷)，第 327～328 页，广州：广东教育出版社，2002 年重印本。

② 郑振铎：《中国小说史家的鲁迅》，北京：《人民文学》，1949 年创刊号。

③ 鲁迅：《鲁迅全集》第 4 卷，第 218 页，北京：人民文学出版社，1981 年。

④ 唐弢：《纪念鲁迅先生》，原载《作家》月刊，1936 年 11 月 15 日第 2 卷第 2 期。鲁迅博物馆鲁迅研究室《鲁迅研究月刊》选编：《鲁迅回忆录：散篇》(中册)，第 658 页，北京：北京出版社，1999 年。

⑤ 鲁迅：《书信・320815　致台静农》，《鲁迅全集》第 12 卷，第 102 页，北京：人民文学出版社，1981 年。

⑥ 李长之：《文学史家的鲁迅》，北京：《人民文学》，1956 年 11 月号。

工作着”的“校勘家”、“目录家”不同，“鲁迅所做的校辑工作都是有目的有意义的工作”。① “他是最精密的考据家、校订家。他的校订的工夫是不下于顾千里、黄荛圃他们的；而较他们更进步的是，他不是考据，校订为止境。”②“他的治学精神，和他的最勇敢的战士的精神一样，黑白分别得很清楚。他嫉恶如仇，但却以最公正的态度出之。他有最公平的判断，但决不作依违两可之论。他以最深刻的研究，最尖锐的观察，来作这种判断的基础。他在学问上也是决不妥协的！”③

高寒（楚图南）在《鲁迅的学术上的新精神》一文中说：“在学术上，鲁迅可以说理解了一切旧学的精华，也能应用了一切旧学的方法，但仍能彻底地批评旧学，怀疑旧学，甚至于踢开旧学”，具有“彻底革命的或战士的态度”，“咬定了现实的认真的态度”，这是鲁迅整个精神也是他的治学精神的“最伟大之点”，它“矫正”了那种埋头书斋不问现实的坏风气。这种新精神，“使他在学术上的影响比民国以来，甚至于晚清以来任何学者都要来得伟大、普遍、悠久、深刻”。这种新精神，“指示了未来学术界的新的大道和新的方向。以鲁迅为界，划出了一个新的时代”。④

三、重写实、重创新的学术理念

鲁迅极其重视古典小说中的写实原则，并将这种客观写实

① 郑振铎：《鲁迅的辑佚工作——为鲁迅先生逝世二周年纪念而作》，原载重庆：《文艺阵地》，1938 年 10 月 16 日第 2 卷第 1 期。见《郑振铎文集》第 4 卷，第 445～446 页，北京：人民文学出版社，1985 年。

②③ 郑振铎：《鲁迅先生的治学精神——为鲁迅先生周年纪念作》，原载上海：《申报》，1937 年 10 月 19 日。见《郑振铎文集》第 4 卷，第 439 页，第 437～438 页，北京：人民文学出版社，1985 年。

④ 高寒：《鲁迅的学术上的新精神》，原载《新动向》，1939 年 10 月 15 日第 3 卷第 3 期。收入《刁斗集》，交通书局，1947 年。转引自袁良骏：《鲁迅研究史》（上卷），第 440～441 页，西安：陕西人民出版社，1986 年。

的态度贯彻在他的古典文学研究之中。杨义在《中国古典小说史论》中谈到：

> 一九二〇年底、一九二一年初，新文学界对《红楼梦》的理解进入新的阶段。鲁迅从一九二〇年起在北京大学等高等学校讲授中国小说史课程……鲁迅从本质上阐述了《红楼梦》的现实主义的特点，指出："至于说到《红楼梦》的价值，可是在中国小说中实在是不可多得的。其要点在敢于如实描写，并无讳饰，和从前的小说叙好人完全是好，坏人完全是坏的，大不相同，所以其中所叙的人物，都是真的人物。总之自有《红楼梦》出来以后，传统的思想和写法都打破了。"（按，出自《中国小说的历史的变迁》第六讲）这样鲁迅就为新文学的现实主义找到了一个古老的典范，确定了一套基本的原则。鲁迅小说的创作原则和他对《红楼梦》的这些论述在精神上是一致的……①

杨义又以为，"鲁迅高度赞扬《红楼梦》'叙述皆存本真，闻见悉所亲历，正因写实，转成新鲜'（按，出自《中国小说史略》第二十四篇）。鲁迅是坚持这条现实主义原则的"，"鲁迅说：'《红楼梦》中的小悲剧，是社会上常有的事。'（按，出自《坟·论睁了眼看》）何以《红楼梦》能够写出这种真正的社会悲剧呢？鲁迅认为：'其要点在敢于如实描写，并无讳饰。'这就和鲁迅反对'瞒和骗'的文学，要求作家取下假面，真诚地、深入地、大胆地看取人生并且写出它的血和肉来相一致了……"②

在谈到鲁迅对《儒林外史》结构的评价时，杨义则说：

> 但是对于它（按，指《儒林外史》）的结构，人们到底不能没有遗憾。鲁迅的话还是客观的现象描述："惟全书无主

①② 杨义：《杨义文存》第六卷《中国古典小说史论》，第511页，第514、516页，北京：人民出版社，1998年。

干，仅驱使各种人物，行列而来，事与其来俱起，亦与其去俱讫，虽云长篇，颇同短制；但如集诸碎锦，合为帖子，虽非巨幅，而时见珍异，因亦娱心，使人刮目矣。"（按，出自《中国小说史略》第二十三篇《清之讽刺小说》）在"惟"、"亦"、"虽"、"而"一类虚词之间，推崇处也流露一点遗憾。①

于中可见鲁迅艺术经验之辩证与客观。

杨义在同书中又指出："鲁迅对《红楼梦》的创新精神极为重视，他纵观中国古典小说的历史发展，做出了这样具有高度历史感和科学性的结论：'自有《红楼梦》出来以后，传统的思想和写法都打破了。'五四时代是一个革旧鼎新的大时代，创新精神是五四时代的基本精神之一。鲁迅的这种结论不仅具有历史感，也具有时代感，他在一篇宣言性的文艺论文中说：'没有冲破一切传统思想和手法的闯将，中国是不会有真的新文艺的'，'早就应该有一片崭新的文场，早就应该有几个凶猛的闯将！'（按，出自《坟·论睁了眼看》）联系该文对《红楼梦》原作者和续作者的轩轾，可以说鲁迅在呼唤出现几个现代的曹雪芹。鲁迅是真正的创新论者……从艺术创新上说，鲁迅确实是把曹雪芹的事业，在新的时代要求下大大推进一步了。"②

正是基于这种重写实、重创新的学术理念，鲁迅成为"中国小说史研究的开拓者"。对此，齐裕焜在《鲁迅是中国小说史研究的开拓者——读〈中国小说史略〉》一文中有详尽的论述："《中国小说史略》最重要的功绩是建立了中国小说史的比较科学的体系"。"在前人从未写过小说专史的情况下，最难办的莫过是建立体系的问题。鲁迅对中国古代小说的发展作了艰巨的整理工作，勾勒出我国古典小说发展的基本轮廓，建立了比较科学的

①② 杨义：《杨义文存》第六卷《中国古典小说史论》，第447页，第517～518页，北京：人民出版社，1998年。

体系，为小说史作为一门独立的学科奠定了基础。”“首先是划分小说史研究的范围”；“其次，对中国古代小说进行了较为科学的分类”；“第三，划分小说史发展的阶段，考察小说发展的社会原因”。此外“又非常重视考察小说内部发展的情况，探求其变化的规律”。“《中国小说史略》对作品作了精辟的分析和恰当的评价，对文艺创作的基本规律提出了很多宝贵的见解，这是《中国小说史略》的另一个重要功绩”。“对作家作品的深入研究，却是写好一部小说史的基础。鲁迅在《中国小说史略》和《中国小说的历史的变迁》中，对作品和小说发展的潮流作了言简意赅、鞭辟入里的分析和精采准确的评价，为后来的研究工作起了示范作用。例如，鲁迅对清代最重要的三部作品《聊斋志异》、《儒林外史》、《红楼梦》所作的评价就是很好的例子。”“鲁迅对小说史上出现的文学潮流，带有倾向性的文学现象，也作了切中要害的评论。”“鲁迅在对文学潮流和具体作品作深入分析、研究时，又接触到文艺创作的一些基本规律”：“第一，强调文艺的真实性”；“第二，强调文艺作品的概括性和典型性”；“第三，强调文学用形象反映生活的特点”；“第四，全面地评价作品，正确处理政治标准与艺术标准的关系”，“对思想内容比较落后，甚至反动而艺术上有成就的作品，也不一概否定。既批判其落后或反动的思想，又肯定其艺术上的某些成就。如对《阅微草堂笔记》，鲁迅指出纪昀要与蒲松龄唱对台戏，着力宣扬封建思想，力求有益于‘风教’的意图……又充分肯定《阅微草堂笔记》的艺术成就：‘隽思妙语，时足解颐；间杂考辨，亦有灼见。叙述复雍容淡雅，天趣盎然，故后来无人能夺其席’”。对《荡寇志》，“指出它与《水浒传》的‘立意正相反’，‘思想实在未免煞风景’”，又指出“俞万春‘他的文章，是漂亮的，描写也不坏’。‘采录景象，亦颇有施罗所未试者，在纠缠旧作之同类小说中，盖差为佼佼者矣’”。“还有一个重要方面，就是材料工作的贡献。《中国小说史略》在当时条件下是收集了最丰富充实的小说资料，并且对材料进行了严谨的辨析和系统的整理……使《中国小说史略》在材料上既充实又可靠。因此,《中国小说史略》在材料上也做了'开荒'的工作,为后继者提供了良好的基础。"

当然文中也指出:"鲁迅的《中国小说史略》、《中国小说的历史的变迁》以及《古小说钩沉》、《唐宋传奇集》、《小说旧闻钞》等著作,都完成于1927年前……当时他的思想仍然是以他所理解的进化论为基础的",因而"也难免存在一些局限"。①

四、勤苦谨严的治学精神

鲁迅治学又以勤苦谨严著称。鲁迅曾将中日两国的人民做了一番比较,认为"中国四万万的民众,害着一种毛病。病源就是那个马马虎虎","就是那随它怎么都行的不认真的态度",而"日本人的长处,是不拘何事,对付一件事,真是照字面直解的'拚命'来干的那一种认真的态度","中国把日本全部排斥都行,可是只有那认真却断乎排斥不得。无论有什么事,那一点是非学习不可的"。② 在他看来:"中国没有肯下功夫的人,无论什么事,如果继续收集材料,积之十年,总可成一学者。"③

周作人指出,"鲁迅向来勤苦作事,为他人所不能及"④。

---

① 齐裕焜:《鲁迅是中国小说史研究的开拓者——读〈中国小说史略〉》,原载兰州:《兰州大学学报》,1981年第3期。见齐裕焜:《独创与通观——中国古代小说论集》,第1～13页,上海:上海三联书店,2009年。

② 〔日〕内山完造著、雨田译:《鲁迅先生》,鲁迅博物馆鲁迅研究室《鲁迅研究月刊》选编:《鲁迅回忆录:散篇》(下册),第1493页,北京:北京出版社,1999年。原载上海:《译文》月刊,1936年11月16日新第2卷第3期。

③ 许广平:《札记》(1936年),鲁迅博物馆鲁迅研究室《鲁迅研究月刊》选编:《鲁迅回忆录:散篇》(中册),第524～525页,北京:北京出版社,1999年。原载《新文学史料》,1993年第1期。

④ 知堂:《关于鲁迅》(1936年10月24日),原载上海:《宇宙风》,1936年第29、30期。今见周启明:《鲁迅的青年时代》,第121页,北京:中国青年出版社,1957年。

许寿裳指出:“鲁迅无论求学,做事,待人,交友,都是用真诚和挚爱的态度,始终如一……他的勤苦耐劳,孜孜不倦,真可以忘食,忘寒暑,忘昼夜。在广州住白云楼的时候,天气炎热,他的住室,阳光侵入到大半间,别人手上摇着扇子,尚且流汗,可是他能在两窗之间的壁下,伏案写稿,手不停挥:修订和重钞《小约翰》的译稿;编订《朝花夕拾》,作后记,绘插图;又编录《唐宋传奇集》等等。”①

鲁迅逝世时,蔡元培赠送的挽联是:“著述最谨严,非徒中国小说史;遗言太沉痛,莫作空头文学家。”②

钱玄同指出:“他治学最为谨严,无论校勘古书或翻译外籍,都以求真为职志,他辑《会稽郡古书杂集》与《古小说钩沉》,他校订《嵇康集》与《唐宋传奇集》,他著《中国小说史略》,他翻译外国小说,都同样认真,这种精神,极可钦佩,青年们是应该效法他的。”③

郑振铎指出:“不麻胡,不苟且,从根本上做工夫,这便是他治学的精神。”④他又指出:“鲁迅先生的辑佚工作,和他的创作及翻译是‘三绝’……鲁迅先生在‘辑佚’这一方面的成功,也便是他博览和细心校辑的结果。在这里,他所费去的时间并不在

---

① 许寿裳:《鲁迅的思想与生活·鲁迅的生活》(1936年12月17日),见《亡友鲁迅印象记》,第150页,上海:上海文化出版社,2006年。

② 转引自袁良骏:《鲁迅研究史》(上卷),第426页,西安:陕西人民出版社,1986年。

③ 钱玄同:《我对周豫才(即鲁迅)君之追忆与略评》(1936年10月24日),原载北平:《世界日报》,1936年10月26、27日。鲁迅博物馆鲁迅研究室《鲁迅研究月刊》选编:《鲁迅回忆录:散篇》(上册),第96页,北京:北京出版社,1999年。

④ 郑振铎:《鲁迅先生的治学精神——为鲁迅先生周年纪念作》,原载上海:《申报》,1937年10月19日。见《郑振铎文集》第4卷,第440页,北京:人民文学出版社,1985年。

少数。我们看他自己'糟'钞的几个辑本，都可看出他在校辑时是不啻三易稿而后写定的。"①

丽尼《要学习的精神》也指出："工作，不断地工作，而且，不只是工作，还应当忠实地，精细地，谨慎地，负责地工作——先生所留给我们的伟大的成绩是我们应当学习的，而那种精神，那种不苟且的精神，更可应为我们每一个青年人底榜样。"②

（黑龙江大学　赵琳）

① 郑振铎：《鲁迅的辑佚工作——为鲁迅先生逝世二周年纪念而作》，原载重庆：《文艺阵地》，1938 年 10 月 16 日第 2 卷第 1 期。见《郑振铎文集》第 4 卷，第 441 页，北京：人民文学出版社，1985 年。

② 丽尼：《要学习的精神》（1936 年 10 月 19 日），原载《光明》，1936 年 11 月 25 日第 1 卷第 10 号。收入鲁迅博物馆鲁迅研究室《鲁迅研究月刊》选编：《鲁迅回忆录：散篇》（中册），第 527 页，北京：北京出版社，1999 年。

文学研究会与古典文学研究

文学研究会的成立与性质

1921年1月4日，文学研究会在北京中央公园“来今雨轩”成立，与会者推举蒋百里为主席，郑振铎为书记干事，耿济之为会计干事，摄影留念。当时到会21人，召集发起者12人，他们是：郑振铎、沈雁冰、叶绍钧、许地山、王统照、耿济之、郭绍虞、周作人、孙伏园、朱希祖、瞿世英、蒋百里。此后数年，文学研究会的成员人数不断增加。

1921年1月10日，文学研究会在《小说月报》第12卷第1号上刊载了周作人起草的《文学研究会宣言》，全文如下。

文学研究会宣言

我们发起这个会，有三种意思，要请大家注意。

一是联络感情。本来各种会章里，大抵都有这一项；但在现今文学界里，更有特别注重的必要。中国向来有“文人相轻”的风气；因此现在不但新旧两派不能协和，便是治新文学的人里面，也恐因了国别派别的主张，难免将来不生界限。所以我们发起本会，希望大家时常聚会，交换意见，可以互相理解，结成一个文学中心的团体。

二是增进知识。研究一种学问，本不是一个人关了门可以成功的；至于中国的文学研究，在此刻正是开端，更非互相补助，不容易发达。整理旧文学的人也须应用新的方法，研究新文学的更是专靠外国的资料；但是一个人的见闻及经济力总是有限，而且此刻在中国要搜集外国的书籍，更不是容易的事。所以我们发起本会，希望渐渐造成一个公共的图书馆研究室及出版部，助成个人及国民文学的进步。

三是建立著作工会的基础。将文艺当作高兴时的游戏或失意时的消遣的时候，现在已经过去了。我们相信文学是一种工作，而且又是于人生很切要的一种工作；治文学的人也当以这事为他终身的事业，正同劳农一样。所以我们发起本会，希望不但成为普通的一个文学会，还是著作同业的联合的基本，谋文学工作的发达与巩固：这虽然是将来的事，但也是我们的一个重要的希望。

因以上的三个理由，我们所以发起本会，希望同志的人们赞成我们的意见，加入本会，赐以教诲，共策进行。幸甚。

这篇宣言同时在1921年1月的《新青年》第8卷第5号上发表，北京的其他一些报纸杂志也予以转载。

正如《宣言》第二条所言，文学研究会是一个学术研究气息很浓的社团，倡导文学创作与文学研究并举。《文学研究会简章》第二条即规定："本会以研究介绍世界文学整理中国旧文学创造新文学为宗旨。"①这一宗旨贯穿在文学研究会以后的文学创作与文学研究活动中。文学研究会在1921年2月10日第一次会务报告中就阐述其初衷是"以灌输文学常识，介绍世界文学，整理中国旧文学并发表个人的创作。"②1921年2月10日，文学研究会发表《文学研究读书会简章》③，并于同年6月10日公布读书会的分组情况，即"小说组"、"诗歌组"、"戏剧组"、"批评文学组"、"杂文组"，其"杂文组"就包括学术论文。④ 在1922

①② 上海：《小说月报》第12卷第2号。

③ 上海：《小说月报》第12卷第1号。

④ 上海：《小说月报》第12卷第6号。

年《文学旬刊》第43期载"文学研究会记事"，其所讨论的一般性议题之一就是"中国文学之整理——范围与方法"。从这些记载都可以看出，文学研究是文学研究会的一项重要活动。

同时，《文学研究会宣言》第二条也明确提出："整理旧文学的人也应用新的方法。"这表明文学研究会对整理中国旧文学的重视，及整理中国旧文学的态度——运用新的方法整理中国旧文学。所谓旧文学即中国古典文学。

文学研究会研究古典文学的态度、目的与方法

1921年6月，郑振铎在《文学旬刊》第4号上发表杂谈《新旧文学的调和》，在文中他提出"现在自命为国粹派的，却是连国粹也不明白的"。1922年《小说月报》第13卷第7号上刊载沈雁冰给万良濬的回信，在信中沈雁冰也指出："今年提倡国粹的声浪从南京发出，颇颇震动了死寂的空气；我拜读过好几篇，觉得他们的整理国故有些和孙诒让等前辈同一鼻孔出气——是表彰国故，说西洋现今的政法和思想都是我国固有的。这期间，难免牵强附会……我觉得现在该不是'民族自夸'的时代，'民族自夸'的思想也该不要再装进青年人的头脑里去罢？我对于这种样的'整理国故'真不胜其怀疑了。"这表明文学研究会在整理国故方面审慎和理性的态度。

文学研究会认为，中国旧文学杂芜漶漫，其中可称之为文学的部分少之又少，故应该整理出眉目来，去粗取精。

郑振铎在《整理中国文学的提议》中说：

> 原来中国人所崇的"文"，并不是"文学"的"文"，乃是所谓"六经之道"，为帝王保守地位的"文"……至于近代，因西洋小说介绍进来的缘故，大家才稍稍承认了小说在文艺上的地位。

所以我们要明白中国文学的真价，要把中国人的传说的旧文学观改正过，非大大的下一番整理的功夫，把金玉从沙石中分析出来不可。

总之，我们研究中国文学，非赤手空拳，从平地做起不可。以前的一切评论，一切文学上的旧观念都应一律打破。无论研究一种作品，或是研究一时代的文学，都应另打基础。就是有许多很好的议论，我们对他极表同情的，也是要费一番洗刷的功夫，把他从沙石堆中取出，而加以新的证明，新的基础。①

余祥森也认为：

嬴秦以前的国故的确有完全文学的价值。嬴秦以后的国故虽然有些文学的价值，但大部分都是无谓的工作……如其没有文学价值，我们不只应当拒绝他还有扑灭他；因为他在文学中已铸了不少的大错，如今再让他存在，不啻间接阻碍文学发达。如其有文学的价值，我们须加以深切的研究，方才能够发挥他底光辉。②

同时，人们认为从前的研究存在一些缺陷，如郑振铎在《整理中国文学的提议》中就说：

我们中国的文学研究者，则不惟没有世界的观念，便连一国或一时代的统一研究，也还不曾着意。他们惟知道片段的研究一个或几个作家。用这种文学的统一观，为代替他们的片断的个人研究，实是很必要的。

但是说起来可怜，中国人便连这片断的个人研究也不曾研究得好呢！他们所谓研究，便是做"年谱"与"注释"。能够对于一个作家的性格与作品，有一种明了的切实的批

① 北京:《文学旬刊》第51期。

②《整理国故与新文学运动》，上海:《小说月报》第14卷第1号。

评的实在是万不得一。①

郑振铎进而又在《研究中国文学的新途径》中说：

> 在这样的一个文学之国，有这样长的文学历史，具着这末繁富的文学作品的之中，我们却诧异的看出她的文学之研究之绝不发达；文学之研究，在中国乃像一株盖在天幕下生长的花树，萎黄而无生气。所谓"文史"类的著作，发达得原不算不早；陆机的《文赋》，开研究之端，刘勰的《文心雕龙》与钟嵘的《诗品》继之而大畅其流。然而这不过是昙花一现，过此，则此类著作又无影无踪了……将近百余种的诗话，大都不过是随笔漫谈的鉴赏话而已，说不上是研究。
>
> 统而言之，自《文赋》起，到了最近止，中国文学的研究，简直没有上过研究的正轨。②

针对此前产生的一些文学史著作，馥泉在《整理中国古代诗歌的意见及其他》中指出：

> (此前的一些文学史著作)对于一个时代的文学思潮都以为没有关系似的委弃的，——至多，只讲些佛教底影响，以诗取士的影响等等，从没有把一时代的文学思潮，"全个"地提供给读者的。③

因此，顾颉刚认为整理国故就是要客观地认识国故。他说：

> 我们也有一个态度，就是："看出它们原有的地位，还给它们原有的价值。"④

同时顾颉刚认为整理中国旧文学的目的，是为了更好地建设新文学，他说：

> 生在现在的人，要说现在的话，所以要有新文学运动。

---

① 北京：《文学旬刊》第 51 期。

② 上海：《小说月报》第 17 卷号外。

③ 北京：《文学旬刊》第 53 期。

④《我们对于国故应取的态度》，上海：《小说月报》第 14 卷第 1 号。

生在现在的人，要知道过去的生活状况，与现在各种境界的由来，所以要有整理国故的要求……国故里的文学一部分整理了出来，可以使得研究文学的人明了从前人的文学价值的程度更增进，知道现在人所以应做新文学的缘故更清楚；此外没有别的效用。①

王伯祥也认为整理国故与新文学运动的关系密不可分，他说：

现在研究文学的人，往往把"整理国故"和"新文学运动"看做两件绝不相涉的事情，并且甚至于看做不能并立的仇敌。其实这是绝大的冤屈！因为他们俩在实际上还是各有各的位置，各有各的真价，尽有相互取证，相互助益的地方。我们无论研究哪一类的学问，本来只有一个公开的态度，我认为相类的，固应采取，即我认为反对的，也应一究他们的真相。这样做去，研究便有了对象，然后可以寻出为什么必需采取，为什么应当反对的道理来，一切问题才有了解决。

我以为"整理国故"是历史的观念，"新文学运动"是现代的精神，这两件事在今日，都是不可偏废的。我们既是现代的人，自然要过现代的生活，决不应"高希皇古"，"游心太初"；但无论什么事物，必有他历史上的过程，我们在历史上寻究他的来源，观察他的流变，当然也是分所应为的事……而且可以明了现代精神所由来，确定他在今日的价值。②

余祥森也认为：

国故二字实含有善恶两种。现在只就狭义上说他，当然只指有研究价值的那一种国故。这种国故，老实话说，就

①《我们对于国故应取的态度》，上海：《小说月报》第14卷第1号。
②《国故的地位》，上海：《小说月报》第14卷第1号。

是我们中国的旧文学，但凡旧文学底实质，和新文学底实际是一样的；因为他们同是文学，同是普遍的真理表现；所以凡是真正的文学作品，都有永久的价值。

整理国故，就是新文化运动当中一种任务。他的地位正和介绍外国文学相等。……我们的最后目的就是：实现新文学。①

而严既澄则认为整理国故的目的是要使后人更便于认识和学习它。他说：

所谓整理，就是从浩如烟海，漫无端绪的载籍中，理出一条道路来，使诵习的和学作的人得一条便利的可以遵循的正路。于此可知从整理所得的效果，第一是与人便利，俾收事半功倍之效，第二是导人于正轨，俾不致一往直前，陷于歧路；必兼具这两种功效，才算得是完成了整理的功夫。由是，凡讨论怎么样去整理国故的人，首先要讨论怎么样能与学者以便利，怎么样能导学者于正轨。②

从上述表述可以看出，无论表述有何不同，其着眼点都在于古为今用。而他们整理国故的方法，虽也不尽相同，但其共同点不外两个：一是搜集资料，二是研究资料，研究资料包括甄别、考证、分析。

郑振铎在《研究中国文学的新途径》中指出新途径之一，即“归纳的考察”。这里所说的“归纳的考察”，就是搜集材料，对材料进行分析、取证，然后得出适当的结论，包括了搜集资料与研究资料两项内容。郑振铎指出：

自归纳的考察方法创立后，“无证不信”便成了一个信条。他们怀疑，他们虚心的去考察，直等到有了种种的证

① 《整理国故与新文学运动》，上海：《小说月报》第 14 卷第 1 号。

② 《韵文及诗歌之整理》，上海：《小说月报》第 14 卷第 1 号。

据，充分的足以证明某一个东西的真相是如此时，他们才肯宣言道：某件东西的真相是如此如此。

有了这样的研究方法与观念，便不再能称臆的漫谈，不能使性的评论了，凡要下一个定论，凡要研究到一个结果，在其前，必要在心中千回百折的自喊道："拿证据来！"

等到证据搜罗得完备了，等到把这些证据或材料归纳得有一个结果了，于是他的定论才可告成立，他的研究才可告终结。所以他们不轻信，他们信的便是真实的证据；他们不轻下结论，他们下的定论便是集合了许多证据的归纳的结果。

在这一点上，郑振铎十分赞赏胡适的《红楼梦考证》。他说：

他们（笔者按：索隐派）把路走错了，走入荆棘中了，所以他们的研究成了猜谜似的戏举。到了胡适的《红楼梦考证》出来，用的却是新的方法，是归纳的研究方法，他先把著者是谁的问题解决了。既知曹雪芹是他的作者，于是又进而研究曹雪芹的家世及生平。既知他是曹寅的孙子，家业很繁盛，到了他的后半生很穷苦；于是与《红楼梦》中所记的事迹细细的对照一下，便可知道他备记的"风月繁华之盛"，乃是他所身历的，回首当年，作者真不禁要"洒一把辛酸泪"。

郑振铎进一步说：

这个归纳的观念真是一个重要的基本观念，发见于文学的研究上。有许多未决的文学问题都可以用了这个方法去解决：用了这个方法去解决的事件，其所得到的结果，至少是"虽不中不远矣"，决不会有以前"红学家"那末样的附会的结语与研究的。①

① 上海：《小说月报》第17卷号外《中国文学研究》上册。

此外，郑振铎在《研究中国文学的新途径》中所开辟的第二个研究新途径，就是新材料的发现，如佛曲、弹词、鼓词等等，这主要是针对历来文学研究的领域狭小而言的。他说："我们向来不仅研究的方法未备，即研究的对象也很狭小；其初我们仅知以诗、古文词为研究的标的，所谓文学史者，不过是一部诗歌及古文的发展史而已……中国文学乃是一个深渊，乃是一个大密林，在其中未被发见的巨著还多着呢，还多着呢。"①

郑振铎所开辟的第三个研究新途径，就是整理中国文学的类目，厘清中国文学的面貌。对此，他早在1922年《整理中国文学的提议》②中就提出把中国旧文学分为九类："诗歌"、"杂剧、传奇"、"长篇小说"、"短篇小说"、"笔记小说"、"史书、传记"、"论文"（诸子等有思想价值又有文学地位的著作）、"文学批评"、"杂著"（包含奏议、诏令等）。1927年郑振铎在《研究中国文学的新途径》中进一步把中国文学分为九个大类，即"总集及选集"、"诗歌"、"戏曲"、"小说"、"佛曲弹词及鼓词"、"散文集"、"批评文学"、"个人文学"、"杂著"。其中"批评文学"即文学批评著作，"个人文学"即关于作家个人的著作，如日记、尺牍、自传等。"杂著"则是指不能归于上述八类的著作的总称。郑振铎又在这九大类下细分出40小类，如"小说类"分为"短篇小说"、"长篇小说"、"童话及民间故事集"，而在"短篇小说"下又分出"传奇派"、"平话派"、"近代短篇小说"。再如"批评文学"分为"一般批评"（如《文心雕龙》等）、"诗话"、"词话"、"曲话"、"文话"、"其他"（如关于作家研究的学术著作、关于作品研究的学术著作、关于一时代之研究的学术著作，等等）。

余祥森对于国故的整理，同样侧重于材料的搜集与甄别，他

① 上海：《小说月报》第17卷号外《中国文学研究》上册。

② 北京：《文学旬刊》第51期。

所拟定的方法为:A. 搜集;B. 选择;C. 汇别。其所谓"选择"即给作品分出优劣,"汇别"即如他所说"是材料的种类问题。原来文学作品是代表文学家自身,所以作品的事实,虽然截然不同,但他们的精神却有密切的关系。又文学家底品性,思想,行为等等都是受时代和环境所影响的。但一时代有一时代的特性,所以同时代同地方的文学作品,总有一个共通的要点。须把时代和地方做纲领,将文学家分类纳入这纲领之中,再把他底作品按他底年龄顺序列下。使将来研究的人省却许多麻烦的手续。"并认为"这就是整理的最后手续"。①

对于材料的搜集与考证,馥泉认为:

> 近代的文学(姑且假定汉以前为古代;汉以后,即自三国起,至现在为近代),固然因为卷帙浩繁,难于整理;但古代的文学,因为作品底真伪难辨(辨真伪,是整理古代文学的大工作),而且作家底传记难于真确的整段的记载,所以觉得真是要详详细细地整理古代文学底一部分已足够消遣我们底一生了,——至少,已足够消遣我们底大半生了。②

不同的是,馥泉把对当时文学思潮的考察放在了前面,因此馥泉所拟定的方法有六个方面:(一)当时的文学思潮及其他,(二)搜集材料,(三)考证材料——辨真伪,考窜加等,(四)审定材料——是否诗歌,(五)作者传记,(六)考证作者传记。③

而当材料的搜集、甄别完成后,就面临如何处置材料的问题。顾颉刚接下来要做的是"批评"、"比较"。他在《我们对国故应取的态度》中说:

> 至于整理的方法,大约可以分做四段:第一是收集,第二是分类,第三是批评,第四是比较。收集时,无论什么东

①《整理国故与新文学运动》,上海:《小说月报》第14卷第1号。
②③《整理中国古代诗歌的意见及其他》,北京:《文学旬刊》第53期。

> 西都要，只消是过去的社会中所产生的。分类是把收集来的材料归纳起来，尽了分类的能事去处置它们（一件材料尽可互见几十类），使得他们的性质可以完全表显出来。材料有了，性质也知道了，就可加上批评，说明它们承前的原因是什么，当时的位置是怎样，传到后来的影响又是怎样。各种的关系都明白了，才可拿来与古今中外同类的思想学术相比较，看出它们彼此的价值。整理的事情完了，各种的国故在科学中都有它的立足点了。①

郑振铎则注重运用进化的观念分析材料。对于进化的观念，他在《整理中国文学的提议》中解释说：

> “进化”二字，并不是作“后者必胜于前”的解释。不过说明某事物，一时期，一时期的有机的演进或蜕变而已。所以说英国文学的进化，由莎士比亚，而史格德，而丁尼生。并不是说丁尼生比莎士比亚一定好。这种观念是极重要的。中国人都以为文学是不会变动的。凡是古的，都是好的。古人必可以作为后起之人的模范。所谓“学杜”，“学韩”，都是受这种思想的支配。如果有了进化的观念，文学上便不会再有这种固定的偶像出现，后起的文学，也决不会再受古代的传袭的文学观的支配了。②

郑振铎在《研究中国文学的新途径》中进一步廓清了“进化”的观念，他说：

> 进化论更可帮助我们廓清了许多传统的谬误见解。这些谬误见解之最大的一个，便是说：古是最好的，凡近代的东西总是不如古代的。明清之诗文不如唐宋，唐宋之著作，不如汉魏，这是他们所执持着的议论。进化的观念，不是完

---

① 上海：《小说月报》第14卷第1号。

② 北京：《文学旬刊》第51期。

全反对他们，乃是告诉他们以更真确的真理。原来，文学的东西，本不能以时代的古今，而比较其优劣，说古代的东西，一定不如近代的，正与说近代的东西，一定不如古代的一样的错误。所谓“进化”者，本不完全是多进化而益上的意思。他乃是把事物的真相显示出来，使人有了时代的正确观念，使人明白每件东西都是时时随了环境之变异而在变动，有时是“进化”，有时也许是“退化”。文学与别的东西也是一样，自有他的进化的曲线，有时而高，有时而低，不过在大体上看来，总是向高处趋走。①

文学研究会主要刊物对古典文学研究的推动

文学研究会的宗旨之一即是整理中国旧文学，但实际上在其成立最初的一年多时间里，文学研究会并没有深入进行整理中国旧文学的工作。正如万良濬所说：“章程上所定宗旨，谓创作新文学，介绍西洋文学，整理中国固有文学；两年来贵会对于宗旨之实行如前两项，可谓尽创造与介绍之能事，此可于《小说月报》中觇之，至于整理中国固有文学一项，迄今未见有何表现。”②1923 年 1 月 10 日《小说月报》第 14 卷第 1 号上出现了“整理国故与新文学运动”的讨论专栏，刊载了五篇文章，即郑振铎《新文学之建设与国故之新研究》、顾颉刚《我们对于国故应取的态度》、王伯祥《国故的地位》、余祥森《整理国故与新文学运动》、严既澄《韵文及诗歌之整理》、玄珠《心理上的障碍》，这是文学研究会注重古典文学研究的良好开端。

此后在《小说月报》、《文学周刊》、《晨报·副刊》等刊物上不

① 上海：《小说月报》第 17 卷号外《中国文学研究》上册。

② 上海：《小说月报》第 13 卷 1922 年 7 月 10 日第 7 号。

断发表有关古典文学研究的论文、札记。这些文章涉及范围很广，从先秦文学到元明戏曲和清代小说，如陆侃如《屈原生年考证》（《文学旬刊》第 68 期）和郑振铎《关汉卿绯衣梦的发见》（《小说月报》第 20 卷第 1 号）、《三国志演义的演化》（《小说月报》第 20 卷第 10 号）；从庙堂文学到民俗文学，如顾颉刚《诗经的厄运与幸运》（《小说月报》第 14 卷第 3 号）、王伯祥《读乐府诗集》（《文学》第 83 期）和钟敬文《宋代民歌一斑——读京本通俗小说》（《文学周刊·新年特别号》第 297 期）；从诗词歌赋到佛曲变文，如段庵旋《关于中国韵文通论》（《文学周报》第 361 期）和西谛（郑振铎）《佛曲与俗文变文》（《小说月报》第 20 卷第 3 号）。

而对于篇幅较长的论文，则采取连载的形式，如杨鸿烈的《中国诗学大纲》（《文学旬刊》第 48～73 号），贺昌群《元明杂剧传奇与京戏本事的比较》（《文学周报》第 258～259 号），宾芬《元曲叙录》（《小说月报》第 21 卷第 1 号～第 22 卷第 10 号），郑振铎《文学大纲》（《小说月报》第 15 卷第 1 号～第 18 卷第 1 号），郭绍虞《诗话丛话》（《小说月报》第 20 卷第 1 号～第 4 号）。

最引人注目，也是集中展现古典文学研究成果的是《小说月报》第 17 卷号外发表了“中国文学研究”专号，共 69 篇文章，其内容涉及相当广泛。具体类目如下：

总体研究——郑振铎《研究中国文学的新途径》，郭绍虞《中国文学演进之趋势》，郑振铎《中国文学年表》，沈雁冰《中国文学内的性欲描写》，滕固《中世人的苦闷与游仙的文学》。

诗歌研究——唐钺《诗与诗体》，潜力山《从学理上论中国诗》，朱湘《三百篇中的私情诗》，梁启超《释四诗名义》，俞平伯《读诗札记》，陈延傑《魏晋诗研究》，施章《王昌龄的诗》，刘大白《中国旧诗篇中的声调问题》，刘大白《说中国诗篇中的次第律》，陈延傑《宋诗之派别》，西谛《明代之短篇平诗》，朱湘《五绝中的女子》，朱湘《王维》。

赋体研究——郭绍虞《赋在中国文学史上的位置》，刘大白《宋玉赋辨伪》。

作家研究——陆侃如《宋玉评传》，谢康《萧统评传》，伍叔傥《谢朓年谱》，徐嘉瑞《颓废源之文人李白》，徐嘉瑞《岑参》，朱湘《蒋士铨》。

故事演变研究——西谛《中山狼故事之变异》，西谛《螺壳中之女郎》。

戏曲研究——朱湘《李笠翁十种曲》，许地山《梵剧体例及其在汉剧上底点点滴滴》，吴瞿安《元剧略说》，朱湘《救风尘》，张友鸾《西厢的批评与考证》，朱湘《吟风阁》，谢康《西厢记的考证问题》，汪馥泉译《目莲术父母行孝戏文研究》，郑振铎《中国戏曲的选本》，欧阳予倩《谈二黄戏》。

断代研究——西谛《宋人词诗》，许文正《金源的文囿》。

俗文学研究——朱湘《古代的民歌》，刘经庵《中国民众文艺之一斑——歌谣》，汪馥泉《民歌研究的片面》，郑振铎《佛曲叙录》，徐傅霖《中国民众文选一斑——灘簧》，钟敬文《中国疍民文学——㖡》，西谛《西谛所藏弹词目录》。

词学研究——台静农《宋初词人》，张友仁《论北宋慢词》，滕固《纳兰容若》。

儿歌研究——褚东郊《中国儿歌的研究》。

小说研究——郑振铎《中国小说概论》，汜者《今古奇观之来源》，谢无量《明清小说论》，潘力山《水浒传之研究》，汪仲贤《宣和遗事考证》，西谛《武松与其妻贾氏》，西谛《鲁智深的家庭》，西谛《日本最近发见之中国小说》。

散文研究——陈衍《散体文正名》，丁文江《徐霞客遊记》。

文学批评研究——胡梦华《文学批评家李笠翁》，梁绳祎《文学批评家刘彦和评传》。

域外汉学研究——陈垣《十四世纪南俄人之汉文学》。

学术史研究——吴文祺《文学革命家的先驱者——王静庵先生》。

骈文研究——严既澄《韵文与骈体文》。

文化传播研究——卫礼贤《歌德与中国文化》。

此后《文学周刊》第343、344期成功组织了纪念宋代诗人林逋的"纪念林处士九百年专号",成为大规模刊载古典文学研究论文的又一盛举。

文学研究会成员的古典文学研究及成就举例

一、郑振铎(1898—1958)

原籍福建省长乐县,生在浙江省永嘉县(今温州市)。著名作家、学者、文学史家、翻译家,也是著名的收藏家、训诂学家。历任北京燕京大学、清华大学、上海暨南大学教授。1949年后历任中央文化部文物局局长、民间文学研究室副主任、中国科学院考古研究所所长、文化部副部长。郑振铎是文学研究会的主要发起者和领导者。叶圣陶回忆说:"郑振铎是最初的发起人,各方面联络接洽,他费力最多,成立会上,他当选为书记干事,以后一直由他经管会务。"①郑振铎任《小说月报》主编达8年之久,有力地宣传了文学研究会的主张与思想。

郑振铎主张用新的方法整理中国旧文学,并规划出古典文学研究的路线。他说:"中国文学的整理,现在刚在开始之时,立刻便要作全部的整理功夫,似乎野心太大了些。最好是先有局部的研究然后再进而为全体的研究,才能精密而准确。局部的研究可分为:(一)一部作品的研究,(二)一个作家的研究,

① 叶圣陶:《略叙文学研究会》,北京:《文学评论》,1959年第2期。

(三)一个时代的研究,(四)一个派别的研究,(五)一种体裁的研究。"①

他在《研究中国文学新途径》②中进一步认为:中国应该有不少部关于作品研究的东西,如关于《水浒传》,至少要有一部《水浒传及其作者》,一部《水浒传之形成》,一部《水浒传及其续书》,一部《水浒传之思想与其影响》;中国应该有不少部关于作家研究的著作,如关于曹植,至少要有一部《曹植的生平与著作》,一部《曹植的诗》,一部《曹植及其时代》,一部《曹植的艺术及其影响》,或更应有一部《曹植与洛神之传说》等等;中国还应该有不少部关于一个时代之研究的著作,如《建安时代及其作者》、《五代文学的鸟瞰》等等;也应该有不少部关于每一种文体之研究的著作,如《诗歌史》、《中国诗歌的音韵问题》、《民歌之研究》、《散套与小令》等;也应该有不少部综叙全部中国文学史之发展的文学史,和不少部关于中国文学的辞书、类书、百科全书、参考书目、研究指导等等。

1923年1月,郑振铎接手主编《小说月报》。在第14卷第1号,郑振铎开辟"整理国故与新文化运动"的讨论专栏。在这个专栏中,郑振铎发表《新文学之建设与国故之新研究》③一文,他说整理国故就是要破除旧文学中种种错误的信条,他提出:"指出旧的文学的真面目与弊病之所在,把它们所崇信的传统的教条,都一个个的打翻。""我们现在的整理国故,也是这种意思。""'擒贼先擒王',我们把他们的中心论点打破了,他们的旧观念自然会冰消瓦解了。"同时提出新文学运动的意义也不是破坏和否认一切旧的文学作品,而是"一方面在建设我们的新文学观,

---

①《整理中国文学的提议》,北京:《文学旬刊》第51期。

② 上海:《小说月报》号外第17卷号外。

③ 上海:《小说月报》第14卷第1号。

创作新的作品，一方面却要重新估定或发现中国文学的价值，把金石从瓦砾堆中搜找出来，把传统的灰尘，从光润的镜子上拂拭下去。”

1923年10月，郑振铎又在《文学旬刊》第94期发表《小说月报第十七卷号外中国文学研究号征文启事》。经过郑振铎三年多的筹划、编选，这期“号外”于1927年6月份出版，这是当时古典文学研究成果的一次集中展示。

郑振铎不但在倡导、组织古典文学研究方面功不可没，他本人在古典文学研究上也取得了巨大的成绩。其《插图本中国文学史》研究视角新颖，大量增加了俗文学的比例，并配有大量精美插图，当时即引起学界的巨大反响。1932年8月，浦江清在为此书出版所做的一则书讯里说：

> 郑君从事于文学史之编著数年，收罗材料不少……观于其“中世卷”一册，材料之丰，实超过前述数人（笔者按：黄人、谢无量、刘师培、曾毅、胡适等）之上。其能运用敦煌材料，不失为赶上时代之学者……观其预约样本所及，则郑君于近代文学之戏曲小说两部分，得多见天壤秘籍，材料所归，必成佳作无疑。①

这部文学史堪称30年代同类著作的代表，至今仍为人们称道。郑振铎古典文学研究的巨大贡献之一即是对俗文学材料的发现与研究。郑振铎在另一部重要著作《中国俗文学史》中将所叙述的对象分为五大类：诗歌（民歌、民谣、初期的词曲）、小说、戏曲（传奇、杂剧、地方戏）、讲唱文学（变文、诸宫调、宝卷、弹词、鼓词）、游戏文章，将《插图本中国文学史》中没能充分展开的宝卷、弹词、鼓词与子弟书、明代的民歌等都在此书中做了专章论述。

---

① 浦江清：《浦江清文史杂文集》，第128页，北京：清华大学出版社，1993年。

他在《中国俗文学史》中大大提升了俗文学的地位。他说：

许多的正统文学的文体原都是由"俗文学"升格而来的。像《诗经》，其中的大部分原来就是民歌。像五言诗原来就是从民间发生的。像汉代的乐府，六朝的新乐府，唐五代的词，元、明的曲，宋、金的诸宫调，哪一种新文体不是从民间发生出来的。

当民间发生了一种新的文体时，学士大夫们其初是完全忽视的，是鄙夷不屑一读的。但渐渐的，有勇气的文人学士们采取这种新鲜的新文体作为自己的创作的型式了，渐渐的这种新文体升格而成为王家贵族的东西了。

所以，在许多今日被目为正统文学的作品或文体里，其初有许多原是民间的东西，被升格了的，故我们说，中国文学史的中心是"俗文学"，这话是并不过分的。①

《中国俗文学史》可算是中国俗文学发展史的开山巨著，是直到今日仍绕不过的学术经典。

二、顾颉刚(1893—1980)

原名诵坤，字铭坚，江苏苏州人。1920 年毕业于北京大学哲学系，任教于北京大学、厦门大学、中山大学、燕京大学、中央大学、复旦大学、兰州大学等，并任中山大学语言历史学研究所主任、北平研究院史学研究会历史组主任等职。解放后，任中国科学院历史研究所研究员、中国民间文艺研究会副主席等职。

顾颉刚是现代《诗经》学研究的大家，他大胆疑古，去伪存真，是现代《诗经》学研究的重要奠基人。其《〈诗经〉在春秋战国间的地位》②力辨春秋"赋诗言志"乃用诗之时，到战国孟子讲求

---

① 郑振铎：《中国俗文学史》，第 2 页，北京：商务印书馆，2005 年。

② 顾颉刚：《古史辨》第三册，第 309～366 页，上海：上海古籍出版社，1982 年。

“以意逆志”为释诗之时，分析透辟。以歌谣解《诗经》，是顾颉刚《诗经》研究的重要手段。如对于“兴”，朱熹在《诗集传》中说“兴”乃“先言他物以引其所咏之词也”，但朱熹所谓“兴”的句子与他所谓“赋”、“比”并无明显区别。顾颉刚通过《吴歌甲集》中的作品，则悟出“兴”乃是一种“无意义”的联合，是开头“起势”的需要，并无实在意义，并由此引出韵脚。这一论点至今仍为人们所认同。

同时，顾颉刚也是现代新红学的奠基人，曾为《红楼梦学刊》的编委会委员、中国红楼梦学会顾问。他倡导用新的方法研究红学，他说：

> 红学研究了近一百年，没有什么成绩；适之先生做了《红楼梦考证》之后，不过一年，就有这一部系统完备的著作：这并不是从前人特别糊涂，我们特别聪颖，只是研究的方法改过来了。从前人的研究方法，不注重于实际的材料而注重于猜度力的敏锐，所以他们专欢喜用冥想去求解释。猜度力的敏锐固然是好事体，但没有实际的材料供它的运用，也徒然成了神经过敏的病症；病症一大深似一大，眼睛里只看见憧憧往来的幻象，反自以为实际的事物，这不是自欺欺人吗！这种研究的不能算做研究，正如海市蜃楼的不能算做建筑一样。所以红学的成立虽然有了很久的历史，究竟支持不起理性上的攻击。
>
> 我希望大家看着这旧红学的打倒，新红学的成立，从此悟得一个研究学问的方法，知道从前人做学问，所谓方法实不成为方法，所以根基不坚，为之百年而不足者，毁之一旦而有余。现在既有正确的科学方法可以应用了，比了古人真不知便宜了多少；我们正应当善保这一点便宜，赶紧把旧方法丢了，用新方法去驾驭实际的材料，使得嘘气结成的仙

山楼阁换做了砖石砌成的奇伟建筑。①

顾颉刚虽无红学巨著，但他与胡适、俞平伯的讨论、通信，他所为胡、俞二人所提供的材料，为新红学的建立起到了重要的作用。《红楼梦学刊》编辑委员会在为顾颉刚逝世所写的悼词中说："早在本世纪二十年代初，他就为胡适考证曹雪芹的家世搜集材料，并与俞平伯先生频繁通信，讨论我国杰出的古典小说《红楼梦》，对《红楼梦》中的许多问题，发表过不少意见，对当时红学的发展，起过重要的作用。"②

俞平伯在《红楼梦辨》引论中说："这书有一半材料，大半是从那些信稿（笔者按：俞平伯曾与顾颉刚反复通信以讨论有关《红楼梦》的问题）中采来的。换句话说，这不是我一人做的，是我和颉刚两人合做的。"③胡适《红楼梦考证》的改订稿则采用了顾颉刚所搜集的有力的证据。1961 年 5 月 5 日，胡适回忆说："当年我做《红楼梦考证》，有顾颉刚、俞平伯两人在着一同做，是很有趣的。"④可见三人相交之深。

三、郭绍虞(1893—1984)

名希汾，字绍虞，江苏苏州人，古典文学理论家、语言学家、中国文学批评史学科的重要开拓者之一。解放前任教于中山大学、燕京大学、复旦大学、之江大学、光华大学、同济大学等。解放后任同济大学文法学院院长、复旦大学中文系教授兼系主任、《辞海》副主编、中国语言学会顾问、复旦大学图书馆馆长等。郭绍虞是文学研究会的创始人之一，曾在《小说月报》上发表《中国文学

① 俞平伯：《红楼梦辨》，第 6～7 页，北京：人民文学出版社，1973 年。

②《红楼梦学刊》编辑委员会：《深切悼念顾颉刚先生》，北京：《红楼梦学刊》，1981 年第 2 辑。

③ 俞平伯：《红楼梦辨》，第 2 页，北京：人民文学出版社，1973 年。

④ 宋广波编：《胡适红学研究资料全编》，第 437 页，北京：北京图书馆出版社，2005 年。

演进之趋势》(第 17 卷号外)、《中国文学批评史上之"神"、"气"说》(第 19 卷第 1 号)、《文气的辨析》(第 20 卷第 1 号)等文章。

郭绍虞最重要的学术著作是《中国文学批评史》,出版于 1934 年。30 年代是中国文学批评史研究刚刚起步的时期,基础薄弱,资料零散,前人成果奇缺,正如朱自清先生在《中国文学批评史》的序中所说的,当时中国文学批评史有两大困难:"第一,这完全是件新工作,差不多要白手成家,得自己向那浩如烟海的书籍里披沙拣金去。第二,得让大家相信文学批评是一门独立的学问,并非无根的游谈。换句话说,得建立起一个新的系统来。这比第一件实在还要困难。"①郭绍虞就是依靠从典籍中搜集的大量资料构建起了中国文学批评的完整体系与架构。蒋凡在评价郭绍虞的贡献时说:"作为一代宗师,郭先生首先是当之无愧的中国古代文论研究学科的拓荒者和奠基人之一。"②并认为郭绍虞的古文论研究"具有无法替代的历史地位和启示来者的现代意义"③。

蒋凡将郭绍虞的文论研究概括为三点,即"在古文论研究中,牢固树立了文学与语言相结合以推动文学演变的理论观念";"非常重视古文论研究中的形式批评";"极其重视文学观念的演变,并对古文论中的诸多只有民族性的概念和范畴,从资料搜集,到归纳演绎,最后在历史的动态发展中,来概括其规律和本质、价值和意义"。④

这第一点突出地表现在分析语言与文字的离合对文学发展

---

① 朱自清:《评郭绍虞〈中国文学批评史〉上卷》,见《朱自清古典文学论文集》,第 539 页,上海:上海古籍出版社,1981 年。

② 蒋凡编:《郭绍虞说文论·导言》,第 1 页,上海:上海古籍出版社,2000 年。

③④ 蒋凡编:《郭绍虞说文论》,第 1 页,第 7~9 页,上海:上海古籍出版社,2000 年。

的影响。郭绍虞在《中国语言与文字之分歧在文学史上演变现象》①中将中国文学的发展分为语言与文字合一的时代，即春秋以前的诗乐时代；语言与文字逐渐分离的时代，即战国至两汉的辞赋时代；单纯发挥文字特点的时代，即魏晋南北朝的骈文时代；对骈文的反动，回复春秋以前语言的时代，即隋唐至北宋的古文时代；充分发挥语言特点的时代，即南宋至近代的语体时代。从这种分期可以看出，当文字与语言合一的时期，也就是春秋以前的诗乐时代，文学也是雅俗合一的，无所谓雅与俗；而当语言与文字逐渐分离，当文字的特点在文学上占有优势的时候，文学就表现出"雅"的特征，而当语言的特点在文学上占优势的时候，文学就表现为"俗"的特征；而南宋至近代的文学就是语言在文学上占有优势，俗文学发达的时期。因此俗与雅是语言、文字特点在文学上表现，没有优劣之分。郭绍虞这样分期的目的也就在于避免关于所谓"雅"文学与"俗"文学的争执，弥合五四时期所谓"西化"与"国故"的分歧，白话与文言的冲突，让人们客观地认识到每种语体各有其价值，我们应该相互借鉴。应该说，郭绍虞的这种学术意识与眼光在过去、现在及将来的每个时代都具有巨大的实际意义。

第二点即郭绍虞注意对文体样式进行辨析，如他的论文《骈文文法初探》、《论吴体》、《从永明体到律体》等。②

第三点即分析中国文学批评中特有的学术名词，如"文学"、"文章"、"文辞"、"道"、"气"、"神"等。以"文学"、"文章"、"文辞"的辨析为例，他在《文学观念与其含义之变迁》③中指出，文学之

① 蒋凡编：《郭绍虞说文论》，第 219～227 页，上海：上海古籍出版社，2000 年。

② 蒋凡编：《郭绍虞说文论》，上海：上海古籍出版社，2000 年。

③ 郭绍虞：《照隅室古典文学论集》上册，第 88～103 页，上海：上海古籍出版社，1983 年。

名，如见《论语》，那是“最广义的文学观念；一切书籍、一切学问，都包括在内”。到两汉时期，文学开始与学术分离，《史记》、《汉书》中所说的“文学”多指学术而言，至于“不指学术而带有词章之意味者，则称之为‘文章’或‘文辞’”。然后郭绍虞又从《史记》、《汉书》、《后汉书》中的用语分析出“文”、“学”二字在单用时意义上也存在区别，即“文”贴近文学，“学”贴近学问。最后郭绍虞说：“所以吾谓两汉所用的术语，用单字则称‘文’与‘学’，用连语则称‘文章’或‘文辞’，而称学为‘文学’。”

郭绍虞对于中国文学批评史另一重要贡献在于史料学方面的建设。谈到搜集材料，朱自清为《中国文学批评史》上卷所写的书评中说：“郭君这部书，虽然只是上卷，我们却知道他已费了七八年工夫，所得自然不同。他的书虽不是同类中的第一部，可还得算是开创之作：因为他的材料与方法都是自己的。”①他又在《诗文评的发展》中说：“第一个大规模搜集材料来写中国文学批评史的，得推郭绍虞先生。”②

在搜集材料上，郭绍虞最重要的贡献就是对于历代诗话的搜集与考订。朱自清对此曾感叹道：“他（笔者按：郭绍虞）搜集的诗话，我曾见过目录，那丰富恐怕还很少有人赶得上的。”③而对郭绍虞诗话研究的成就，董乃斌先生有精辟的论述，他说：

> 郭绍虞对宋诗话的搜集整理表现出全而精的特点。全者，指搜罗之齐备，力争无一遗漏。这只要看他在旧版《批评史》上册北宋诗话一节所举出的诗话种类之多，即可知晓。其《宋诗话考》剔除一应诗格诗例句图以及象征诗评之属，而仅将“论诗及事”和“论诗及辞”的诗话作品收入，已得

① 朱自清：《评郭绍虞〈中国文学批评史〉上卷》，见《朱自清古典文学论文集》，第540页，上海：上海古籍出版社，1981年。

②③ 朱自清：《朱自清古典文学论文集》，第545页，上海：上海古籍出版社，1981年。

139种……所谓精者，指对于各种诗话考察之细密深入。《宋诗话考》各篇大致包含以下几项内容：（一）著录书名、作者、卷数、存佚残情况；（二）考述作者生平简历；（三）考写作时间、成书情况及书名之别称、异名；（四）考版本之源流分合演变；（五）提明该书宗旨及作者论诗主张；（六）介绍历来对该书之评论并辨明其是非；（七）表明自己对该书的评价；（八）开列古、近代重要的参考书（文）之目。①

郭绍虞这方面的研究所产生的两部重要学术著作《宋诗话考》、《宋诗话辑佚》，至今仍是诗话研究的必修书目。

四、游国恩(1899—1978)

字承泽，江西临川人。著名楚辞研究专家，文学史家。1926年游国恩以优异成绩从北京大学毕业，回到故乡，任教于江西省立第四中学、临川中学、江西省立第一女子中学、江西省立第一中学。1929年受闻一多的聘请来到武汉大学任讲师，后先后任教于山东大学、华中大学、西南联大，1946年随校迁回北京，此后一直任教于北京大学。

楚辞研究是20世纪的一门显学，游国恩在青年时期就开始了楚辞研究，他以扎实的旧学功底和五四以来开阔的学术视野取得了卓越的成就。1925年，他出版了享誉学界的《楚辞概论》，这部书被沈玉成、高路明誉为“楚辞研究史上传统观点和现代方法之间的分水岭式的著作”②。

在《楚辞概论·总论·楚辞与北方文学》一章中突显出游国恩开阔的学术视野和深邃的学术眼光。他在论述中着重分析了楚辞从《诗经》转化而来的演变轨迹。春秋时期，断章取义的《诗经》章句成为诸侯国之间的一种外交辞令，《左传》中就记载了很

①② 王瑶主编：《中国文学研究现代化进程》，第321页，第432页，北京：北京大学出版社，1996年。

多楚国以《诗经》章句进行外交的例子，这说明当时的楚国虽地处南方，但对《诗经》非常熟悉。再从楚辞颇具特色的“兮”字来看，它在《诗经》中已经大量出现，这说明楚辞与《诗经》在语言形式上的继承关系，而从《天问》的四言到《离骚》的杂言又表明楚辞句式的演变状况。从这几方面来考察，楚辞的出现与《诗经》有密切的联系。游国恩又在《楚辞概论·总论·楚辞在文学史上的位置》中论述了楚辞与辞赋、骈文的关系，提出楚辞乃二者之祖的提法，这一点至今得到学界的认同。

在《楚辞概论》中，游国恩时常表现出卓越的创见。如对“离骚”的解释，班固认为：“离，犹遭也。骚，忧也。明己遭忧作辞也。”(《离骚赞序》)人们大都接受这一说法。而游国恩认为：“离骚”应是楚国一种歌曲的名称，意谓“牢骚”，《楚辞·大招》有谓“伏羲《驾辩》，楚《劳商》只”，王逸注为“《驾辩》、《劳商》，皆曲名也”，而“离骚”即“劳商”，二者是旁纽通转的双声字；而汉代扬雄在蜀时期曾拟《离骚》写过一篇《畔牢愁》，“牢”、“愁”为叠韵字，韦昭注为“牢骚”，“牢愁”、“牢骚”、“离骚”三者可相互通转，因此“离骚”二字不宜拆开来讲解。再如对《九歌》的解释，王逸认为楚国有祭祀作歌以乐诸神的风俗，而游国恩通过民俗学考察则认为，既知《九歌》是表现楚国风俗的产品，其中或言祀，或言情，处处都离不开巫觋，大概巫觋的职务与后来舞台上的优伶差不多，人们把他所歌舞演唱的情形记录下来，便成了十一篇诗歌。因此他认为《九歌》是对当时祭祀情况的一种记录，它的十一篇的形式对后世词曲的十一出或十一阕的样式产生了深远的影响。

游国恩在研究中尽可能地从楚辞文本和其他书籍中收集材料，然后对材料进行比对、辨析，找出内证与外证，得出新的结论。如他在《论屈原之放死及楚辞地理》中采用史实与楚辞互证的方法，将屈原流放江南之年定为顷襄王十三四年前后。其理由是屈原《九章·哀郢》有“曾不知夏之为丘，孰两东门之可芜”的句子，说明此时屈原已闻白起破郢的噩耗，而史载白起破郢在顷襄王二十一年，又《九章·哀郢》中有“忽若去不信兮，至今九年而不复”，那么从二十一年倒推九年，则屈原流放江南应为顷襄王十三年。同时，屈原本传谓令尹子兰使上官大夫在顷襄王面前谗毁屈原，顷襄王怒而迁之江南。而游国恩认为屈原再放江南应与齐楚连横之事密切相关。自怀王被秦国扣留，以至客死他乡，楚人始终怀恨在心，因此在顷襄王六年之前，楚国始终采取交好齐国、疏离秦国的外交政策，因此屈原得以重新起用。而顷襄王六年白起破韩，斩首二十四万，直逼楚国，顷襄王开始向秦国屈服。七年，楚国迎妇于秦，秦楚复交。十四年，与秦昭王会，结和亲，自此与秦国交好。屈原的连横之策宜在此时遭到废弃，因此屈原流放江南亦在此时为宜。

再如游国恩在《论九歌山川之神》中认为湘君、湘夫人乃配偶之神，湘君即舜，湘夫人即舜之二妃。《史记·秦始皇本纪》载，始皇渡淮水，之衡山、南郡、浮江，至湘山祠。逢大风，几不得渡。始皇问博士曰:“湘君何神?”博士对曰:“闻之，尧女舜之妻，而葬此。”而《山海经·中山经》就记载:洞庭之山，帝之二女居之。显然，民间早就有所谓湘君之说，而舜的故事恰发生于此，因此民间就将舜及二妃比附于神灵之体，游国恩认为“此则民俗相传，附之以虞舜之事也”①。考之楚辞本文，《湘君》则曰:“君不行兮夷犹，蹇谁留兮中洲? 美要眇兮宜修。”《湘夫人》则云:“帝子降兮北渚，目眇眇兮愁予! 登白薠兮骋望，与佳期兮夕张。”《湘君》又云:“望夫君兮未来，吹参差兮谁思。”而《湘夫人》则曰:“沅有茝兮澧有兰，思公子兮未敢言。”《湘君》又云:“横流涕兮潺湲，隐思君兮陫侧。”而《湘夫人》则云:“闻佳人兮召余，将

---

① 游国恩:《游国恩学术论文集》，第96页，北京:中华书局，1999年。

腾驾兮偕逝。”游国恩认为两篇针锋相对，皆为男女慕恋之辞，而湘君之称“君”，湘夫人称为“帝子”，则是因为舜得天下，而二妃乃尧之女的缘故。游国恩进一步提出设问：《湘君》、《湘夫人》为何都是思慕不得之词呢？他认为“以传说谓重华既死，二妃从之，不及而溺之故也”①。最后游国恩说：

> 夫二女得留湘君于中洲，非以湘君配夫人而何？非以湘君为舜，夫人为二女而何？夫古以湘水有配偶之神而祀之，楚人实以舜事而歌之，此其传会亦诚巧合矣。故先秦两汉之儒者著书立说相沿而不废。后之人既不知湘君、湘夫人为配偶之神，又不知先秦以来之附之舜事也，实并以其夫妇分属之，不得单指舜妻。于是纷纷臆测，异说滋多，至专以二妃分属之湘君与湘夫人，如韩退之正妃次妃之说者，此则不达民俗根于传闻之过也。②

对于楚辞研究，游国恩有一个宏大的设想——编纂《楚辞注疏长编》，即为《离骚》、《天问》、《九歌》、《九章》、《招魂》编纂汇注本。早在30年代，游国恩即已着手进行《离骚》、《天问》的旧注汇集工作，逐条加以按语。解放后，游国恩在繁忙的工作之余仍不断做补辑工作。在业已完成的《离骚纂义》中，游国恩大体以两句为一节，按照时代顺序，先后排列诸家注释，然后以按语的形式阐明己见。如在“举贤而授能兮，循绳墨而不颇”句下列王逸、吕向、洪兴祖、朱熹、王夫之、朱冀六家之说，最后加以按语曰：“颇，偏颇，朱熹说是。不颇与莫差义相近。此二句亦概三王而言，五臣以为专指文王，非是。”③此书所收注家几达170家，读者可从中考见诸家之说，也可见编纂者的判断与取向。可以

①② 游国恩：《游国恩学术论文集》，第97页，第97页，北京：中华书局，1999年。

③ 游国恩：《离骚纂义》，第230页，北京：中华书局，1980年。

说,《离骚纂义》是对历代《离骚》研究的一个总结,仅一部《离骚纂义》就达34万余字,是《离骚》研究的集大成之作。可惜的是,在《离骚纂义》即将完成之际,1978年游国恩突然去世,不得终其所愿。其后由金开诚、董洪利、高路明对《离骚纂义》继续加以参校,于1980年由中华书局出版。此后,金、董、高三人继续补辑《天问纂义》,于1982年亦由中华书局出版。可以说,《楚辞注疏长编》是游国恩毕生研治楚辞的一个总结,同时也是对楚辞研究的一个总结。

除上述人物,俞平伯(1900—1990)的红楼梦研究为20世纪红学发展开辟了新的局面。其《红楼梦辨》从文学意义上探求了高鹗所续的后四十回及其优劣,同时也探讨了《红楼梦》的风格、人物及版本等问题。同胡适仅考证《红楼梦》的作者和年代相比,俞平伯的《红楼梦辨》更着重于对《红楼梦》进行文学考察,属于真正意义上的文学研究。刘扬忠这样评价俞平伯的《红楼梦辨》:

> 事实上,胡适将考证运用于小说,虽然是在文学观念革新的基础上所做的方法上的革新,但他的《红楼梦考证》着重解决的是一部古典小说的作者和年代等问题。这一做法当然为小说(大而言之,文学)研究所必须,但基本上仍属于历史考证的范畴,更多地具有历史学的意义。小说研究作为现代意义上的文学研究的一个新开辟的重要部门,他的题内应有之义必须是将小说作为文学来对待、来研究;他在运用考证方法时,应该是把重点放在作品的文本上。要紧扣作品本身来进行将考证与批评鉴赏结合起来的文学性考证。在这个建设新学科的急迫问题上,客观形势在呼唤着新的人和新的成果迅速出台,正是在这种情况下,俞平伯,这位与胡适谊兼师友的"五四"先进人物,这位既有深厚的旧学根底、又有敏锐准确的文学感受和鉴赏力的年轻学者,

紧接胡适之后于1923年出版了他那本在古典小说学术研究史上具有划时代意义的专著《红楼梦辨》。①

现在看来，说《红楼梦辨》在古典文学研究的现代化进程上具有开创意义，这个评估丝毫不过头。俞平伯具有诗人和文学史家的双重身份，他充分了解和熟悉文学创作的规律。和旧时的评点派和猜谜派不同，他把古典小说当作文学作品看待，把古典小说研究当作学术对待。《红楼梦辨》这一空谷足音似的早期成果，使刚刚接受了新学洗礼的"五四"时代的读者们清楚地认识到：古典小说是古典文学中重要的分支，应享有与"正宗"文学同等的地位。从此，小说研究在学术工作中的地位日渐提高，后来者研究古典小说所取得的成绩越来越多。可以说，以胡适的《红楼梦考证》和俞平伯的《红楼梦辨》的相次问世为标志，我国古典文学研究的观念解放了，方法更新了，领域拓宽了，门类齐全了，向现代科学迈进的步子加大了。②

陆侃如（1903—1978）和朱自清（1898—1948）也是文学研究会的重要成员。陆侃如的《中国诗史》在唯物史观和进化观念的基础上，保持传统朴学作风，注重材料的辨伪，对中国古代诗歌的流变、诗体的发生和变化及诗歌的艺术技巧等方面都进行了探讨。而朱自清的《诗言志辨》以"诗言志"、"比兴"、"诗教"、"正变"四部分为纲目，分别从众多的材料中梳理其历史演进，廓清其时代内涵。这两部著作同样成为20世纪古代文学研究的学术经典。

（黑龙江大学　宋皓琨　伊永文）

①② 王瑶主编：《中国文学研究现代化进程》，第484～485页，第486～487页，北京：北京大学出版社，1998年。

清华研究院在古典文学学科史上的地位

研究院始末

“清华研究院”，或“清华国学研究院”，正式的名称应是“清华学校研究院国学门”。兹事于 1924 年初即开始酝酿，清华学校校长曹云祥于 2 月 22 日曾致函胡适，拟请“先生担任筹备大学顾问”及“研究院院长”。① 1924 年 10 月 22 日，曹云祥校长主持校务会议，正式讨论清华由留美预备学校向正规大学改制事，决定成立大学部，次年招收本科学生，同时仿照国外著名大学筹办研究院。1925 年 2 月 9 日，吴宓(1894—1978)应曹云祥校长之聘由东北大学调来清华，着即任研究院筹备主任。研究院导师人选，初由胡适提议请王国维(1877—1927)、梁启超(1873—1929)、章太炎三人，以章不愿应聘，乃于王、梁外，由吴宓推荐增聘陈寅恪(1890—1969)。16 日，曹云祥电聘陈寅恪。21 日，吴宓谒王国维，其后吴多次往访王国维，商研究院章程、缘起、出招生考试题等事。② 22 日，曹云祥、吴宓赴天津，面聘梁启超为导师。同年 6 月又聘赵元任(1892—1982)为导师。3 月 6 日，校务会议议定清华研究院章程。其《缘起》曰：

---

① 耿云志：《胡适遗稿及秘藏书信》，北京：《中华读书报》，2003 年 1 月 17 日。

② 吴宓：《吴宓日记》第 3 卷，第 5～16 页，北京：三联书店，1998 年。

学问者一无穷之事业也。其在人类则与人类相终始；在国民，则与一国相终始；在个人，则与其一身相终始。今之施高等教育专门教育者，不过与以必要之预备，示以未来之途径，使之他日得以深造而已。故东西各国大学，于本科之上更设大学院，以为毕业生研究之地。近岁北京大学亦设研究所。本校成立十有余年，今即新设大学部，复以地处京师西郊，有交通之便，而无嚣尘之烦，故拟同时设立研究院。良以中国经籍，自汉迄今，注释略具，然因材料之未备与方法之未密，不能不有待于后人之补正。又近世所出古代史料，至为夥颐，亦尚待会通细密之研究。……至于欧洲学术，新自西来，凡哲理文史诸学，非有精深比较之考究，不足以挹其精华而定其取舍。……本校有鉴于此，因念大学院之成立尚须四五年，乃设立研究院，先开办国学一门，延名师，拓精舍，招海内成学之士，凡国内外大学毕业者，与现任教育事业，或闭户自修，而有相当之学力者，入院肄业，分门研究，冀于世界文化有所贡献。①

关于培养目标，《章程》第三条“科目”曰：

本院拟按照经费及需要情形，逐渐添设各种科目。开办之第一年（民国十四年至十五年）先设国学一科，其内容约为中国语言、历史、文学、哲学等，其目的专在养成下列两项人才：

（一）以著述为毕生事业者；

（二）各种学校之国学教师。②

关于学期的规定，《章程》第五条“学员”有曰：

---

① 此为事后修订稿，发表于清华学校周刊社：北京：《清华周刊》第 360 期，第 6 页，1925 年。

② 清华学校周刊社：北京：《清华周刊》第 360 期，第 7 页，1925 年。

学员研究期限，以一年为率。但遇有研究题目较难，范围较广，而成绩较优者，经教授许可，得续行研究一年或二年。①

在诸导师中，王国维于4月18日最先到校，“研究院一切规划均请示先生而后定”(赵万里《王静安先生年谱》)，其后有梁启超、李济(1896—1979)等到校。初期研究院教职员，有如下诸人任职②：

姓　名	字　号	职　位
王国维	静安	教授
梁启超	任公	教授
赵元任	宣重	教授
陈寅恪	寅恪	教授
李济	济之	讲师
陆维钊	维钊	助教
梁廷灿		助教
章明煌	芾亭	助教
吴宓	雨僧	主任
卫士生	澳青	事务员
周光午	卯生	助理员

在诸教授中，梁启超(生于1873年)时年53岁，王国维(生于1877年)49岁，陈寅恪(生于1890年)36岁，赵元任(生于1892年)34岁，主任吴宓(生于1894年)32岁。梁启超推王国维为首席导师。③ 稍后又聘马衡、梁漱溟、林宰平等为教员。8

① 清华学校周刊社：北京：《清华周刊》第360期，第7页，1925年。

② 清华学校周刊社：北京：《清华周刊》第350期，第24页，1925年。

③ 据吴其昌《王国维先生生平及其学说》，载成都：《风土什志》1943年8月号。

月，又补赵万里为助教。次年8月，助教章明煌辞职；增聘浦江清、杨逢时、蒋善国为助教。

4月下旬，《清华周刊》第347期发表研究院“选考科目表”，共设25学科，其中有“中国文化史”“中国文学史”等学科。“中国文学史”科的考试课目共6门：经学甲，小学甲，中国史甲，中国史乙，中国文学甲，中国文学乙。“中国文化史”科的考试课目有6门：经学甲，小学甲，中国史甲，中国史乙，中国哲学甲，世界史。

1925年7月6日至8日，第一届招生考试。27日，发表录取新生名单，“正取”30名，“备取”2名：刘盼遂、吴其昌（子馨）、程憬（仰之）、徐中舒、余永梁（华栍）、杨鸿烈（宪武）、王庸（以中）、关文瑛、刘纪泽、周传儒（书昤）、杨筠如（德昭）、孔德（肖云）、方壮猷（欣庵）、蒋传官（柱筠）、王镜第（芙生）、高亨（晋生）、裴学海（会川）、李绳熙（念祖）、杜刚百、闻惕（惕生）、史椿龄（静池）、赵邦彦（良翰）、陈拔（晓岭）、王竞（啸苏）、冯德清（永轩）、李鸿樾（玉林）、姚名达（达人）、黄淬伯（涧松）、谢星朗（名霄）、余戴海（寰宇）、何士骥（乐夫）、汪吟龙（衣云）。

9月14日，研究院“普通演讲”开始，由王国维教授开讲第一课：“古史新证”。9月26日，由梁启超教授开讲“中国历史”。

11月19日，研究院召开教务会议，议决本院设古物史料陈列室，同时计划赴各地作考古考察。

1926年3月，清华校长曹云祥发表文章《清华学校之过去现在及将来》，文中说及研究院，谓：“与大小本科同时开设之研究院，此际有应特别注意者。近年教育既日趋欧化，旧有之文化艺术，遂日见沦丧。夫国家精神，寄于一国之宗教哲学文词艺术，此而消亡，国何以立？谓宜以西洋治学之方法，整理之，发扬光大之，则国学研究，不容缓也。本校延名师，设专院，招海内成学之士，讲贯肄习焉者，竟在是也。”①

---

① 清华学校周刊社：北京：《清华周刊》，清华十五周年纪念增刊，第3页，1926年。

1926年6月23日，公布第一届毕业生名单及成绩表，分甲乙丙3等，其中甲等9名，乙等15名，丙等5名。甲等依次为：杨筠如、余永梁、程憬、吴其昌、刘盼遂、周传儒、王庸、徐中舒、方壮猷。

1926年7月8日，陈寅恪教授到校任职，为四教授中来校最晚者。①

1926年8月11日，录取第二届新生24名：谢国桢（刚主）、刘节（子植）、陆侃如（衎庐）、毕相辉、郑宗棨、陈守寔（漱石）、高镜芹（远公）、侯堮（芸圻）、朱芳圃（耘僧）、谢念灰、王耘庄、陈邦炜（彤伯）、宋玉嘉、戴家祥、吴金鼎（禹铭）、司秋沄（庸帆）、王力（了一）、全哲（雪帆）、朱广福（右白）、颜虚心、龚澹明、马国瑞（仲翔）、卫聚贤、管效先。不久又增加录取4名：徐继荣、黄绶（元贲）、姜寅清（亮夫）、陶国贤（元麟）。

9月8日，研究院发布修订后的“教授及教学大纲”：

> 本院现时专任教授为王国维（静安）、梁启超（任公）、赵元任、陈寅恪先生，讲师李济（济之）先生。
>
> 本院制度，略仿昔日书院及英国大学制，注重个人自修，教授专任指导。故课程方面，分为普通演讲，及专题研究二项。普通演讲，为本院学生之所必修，每人至少选修四门。由教授择定题目，规定时间，每星期演讲一次，或两次。范围较广，注重于国学上之基本知识。专题研究，则于各教授所指定之学科范围内，就一己志向、兴趣、学力之习近，选定题目，以为本年内之专题研究。学生于报考时，即须认定学科范围（如中国文化史等）报考。录取入校后，即于所报考学科内，与教授商定专修题目，即时至教授处请业。题目

① 见《吴宓日记》第三册，第188页，北京：三联书店，1998年。

不得随意更换，以免有旷时杂骛之弊。①

同月，讲师李济等与美国学者毕士博合作，赴山西考古发掘，得文物76箱，于次年初运抵清华。

1927年6月2日，王国维教授投昆明湖自尽，享年51岁。

1927年6月7日，第二届学生毕业，共30人，不分等。其中包括首届学生延期一年研究者5名：刘盼遂、吴其昌、姚名达、赵邦彦、黄淬伯。其余25名为：谢国桢、刘节、陆侃如、王力、杨鸿烈、卫聚贤等。

1927年8月8日，录取第三届新生11名：王省、吴宝凌（云阁）、叶去非、罗根泽（漱冰）、蒋天枢（秉南）、葛天民、储皖锋（逸盦）、张昌圻（弘伯）、门启明、蓝文征（孟博）、马庆斋。9月20日，梁启超教授率研究院新旧学生，往王国维墓地致悼，其悼词曰："若说起王先生在学问上的贡献，那是不仅仅为中国人所有，而是全世界的。其最显著的实在是发明甲骨文。和他同时因甲骨文而著名的虽有人，但其中许多重要著作都是他一个人做的。以后研究甲骨文的自然有，而能矫正他的绝少。这是他的绝学。"②同日，聘首届毕业生余永梁任研究院助教。

10月以后，梁启超因病不再来清华上课；次年6月19日，辞去清华职务。

1928年6月14日，研究院举行第三届学生毕业典礼。

1928年7月，研究院教务会议同意颜虚心、罗根泽、蒋天枢等10名学生，继续留院研究一年。

同月，录取新生三名：裴占荣、徐景贤、王静如。

1928年8月，南京国民政府教育部决定，清华学校改为国

① 清华学校研究院：《国学论丛》第1卷第1号，第23页，1926年。

② 清华学校学术社：《国学月报》第2卷（第8、9、10号合刊"王静安先生专号"），第4页，1927年。

立清华大学,任命罗家伦为校长。清华大学校务会议决定停办研究院,但已入学学生继续学业,直至毕业。

1929 年 1 月 19 日,梁启超病逝于北平协和医院。各界悼念活动不多,吴宓谓:“梁先生为中国近代政治文化史上影响最大之人物。其逝也,反若寂然无闻,未能比于王静安先生受人哀悼。吁! 可怪哉!”①

1929 年 6 月 7 日,清华大学举行欢送毕业同学大会,《清华周刊》载文:“清华大学部成立四年来,今年系第一班毕业。旧制之最后一班,与国学研究院之最终一班,亦均于今年毕业。故本届毕业之情景,有空前绝后之意味存乎其中。”6 月底,清华留美预备部与研究院,同时宣告结束,研究院教授、讲师等,下学期转入大学部各系任职。清华研究院自 1925 年夏正式创立始,至此历时四年整。关于研究院停办原因,有一种说法认为,一因教学上研究院与旧制、大学部两大部分“脱节”,二因失去王国维、梁启超两大导师,三因学生人数至第三、四学年锐减,四因它成立之初即是清华当局为“争夺”第二批“庚款”的一种“权宜之计”,故办学决心不坚。②

研究院开办期间,除讲授课程、个别指导外,又有师生茶话会及参观考察等活动。第一次茶话会 1925 年 9 月 9 日举行,上午开学典礼,下午即开茶话会。除陈寅恪外,王、梁、赵三教授和各教师及学生皆到会,吴宓宣布开会宗旨,为联络师生情谊。然后梁、王、赵三教授及李济讲师相继讲话,关心修业,勉励学习。又由吴宓宣布学生须知诸事项,最后由梁启超讲《旧日书院之情形》。③ 其后,每月举行一次茶话会,坚持将三年。

---

① 吴宓著,吴学昭整理:《吴宓诗话·空轩诗话》,第 207 页,北京:商务印书馆,2005 年。

② 见《清华大学校史稿》,北京:中华书局 1981 年版。

③ 相关报道见北京:《清华周刊》第 351 期。

又，研究院虽属初创，而亦有国际学术交流。如 1926 年 1 月 11 日，荷兰雷登大学（欧洲汉学重镇）东方学家戴闻达教授来清华访问研究院，王国维、梁启超、赵元任等出面接谈交流。

研究院开办期间，师生著述不少，论文主要发表于以下诸刊物：

（一）《清华周刊》。此为清华学校校方认可之学生主办刊物，每星期五出版。主要刊载校内各部门情况通报及纪事，同时也登载全校教职员学生言论及所撰评论文章，间有较短研究论文、文艺创作发表。梁启超于各种场合如"开学典礼"、"毕业典礼"、"国庆纪念会"等，讲话甚多，记录常发表于此周刊。王国维讲课记录，亦有发表于此周刊者，如《王静安先生古金文字讲授记》（周传儒记录）。

（二）《清华学报》。此为全校综合性学报，创刊于 1924 年 6 月，每年出版二期。研究院成立后，师生成为学报重要作者。如《清华学报》第二卷第二期（1925 年 12 月出版）共刊载 10 篇文章，其中有研究院师生所撰 4 篇：梁启超《中国奴隶制度》，李济《幽兰》，赵万里《旧刻元明杂剧二十七种序录》，刘盼遂《唐写本〈世说新书〉跋尾》后二篇皆与古典文学研究相关。

（三）《国学论丛》。研究院主办的正式学术刊物，创刊于 1926 年 9 月。"《国学论丛》为本院定期出版品之一，内容除各教授著作外，凡本院毕业生成绩之佳者，均予刊载。由梁任公先生主撰。"①第一卷共印四期，第二卷共印二期。

（四）《国学月报》。此由"学述社"所编，该社成立于 1924 年 5 月，成员有陆侃如、杨鸿烈、徐嘉瑞、卫聚贤、储皖峰、游国恩、刘节等，同时发行该刊。刊物受胡适等人"整理国故"影响较深，《发刊引言》中谓："我们是极恨这种'顽固的信古态度'及'浅

① 北京：《国学论丛》第一卷第一号。

薄的媚古态度’的。我们宁可冒着‘离经叛道’的罪名，却不敢随随便便的信古；宁可拆下‘学贯中西’的招牌，却不愿意随随便便的媚古。”主要登载成员研究成果。该社成员后来多数入清华研究院学习，而刊物继续出版，至国学研究院结束。

（五）《实学》月刊。创刊于 1926 年 4 月。此刊由研究院学生刘盼遂、杜刚百、余戴海、汪吟龙、高亨、闻惕、吴其昌等组成之“实学社”编，以发表研究成果为目的，以“实事求是，整理国故”为宗旨。创刊号发表曹云祥校长题词，王国维《黑鞑事略跋》等。其后每月出版一期（除假期）。《国学月报》与《实学》在治学方针上强调重点不同，前者有“疑古”派的影响，后者则重在“实事求是”。在人员组成上彼此基本上也无重合，“实学社”成员主要由研究院第一届学生组成，而“学述社”成员多是第二、三届学生，无形中存在一条界线，并形成竞争关系。《实学》月刊共出七期，至 1926 年 11 月，其后随着首届学生大部分毕业离校，遂停刊。

以上为校内刊物。研究院师生在校外刊物发表文章不少，而以《学衡》杂志最为引人注目。

（六）《学衡》。此是东南大学（南京）主办学术刊物，创办者有刘伯明、梅光迪、吴宓等。《学衡》宗旨为“论究学术，阐求真理，昌明国粹，融化新知。以中正之眼光，行批评之职事。无偏无党，不激不随”①，提倡人文主义，与胡适等“新文化运动”派相对抗，为当时著名“文化保守主义”派别。吴宓后虽入清华，仍兼任《学衡》总编辑，以故清华研究院教授王国维、梁启超等，皆在该刊发表文章，而以王国维发表尤多，来清华任教授后，自第四十期（1925 年 4 月出版）起，几乎每期皆有王国维文章。如著名文章《高宗肜日说》（第四十期）、《肃霜涤场说》（第四十一期）、《最近二三十年中中国新发见之学问》（第四十五期）、《蒙文元朝

---

①《学衡杂志简章》，载南京：《学衡》1922 年第 1 期。

秘史跋》(第四十九期)、《辽金时代蒙古考》(第五十三期)、《中国历代之尺度》(第五十八期)等,皆刊载于《学衡》杂志。

研究院导师著作,出版有:

王国维《古行记四种校录》(1925年)

王国维《古史新证》(1925年)

王国维《蒙古史料四种校注》(1926年),此书为"清华国学研究院丛书"第一种

梁启超《古书真伪及其年代》(1927年)

陈寅恪《大宝积经论》(1927年北京图书馆刊行)

李济《西阴村史前的遗存》(1927年)

赵元任《现代吴语的研究》(1928年)

至于历届学生在学期间所发表论文数量甚多,兹不烦赘举。要之,师生在短短数年内努力学业,兼事著述,"无论如何,比北大国学研究所之成绩要漂亮得多了"①。

有关古典文学的研究科目和内容

清华研究院所开课程,皆在"国学"范围之内,然各教授学识广博,故专业颇多。研究院成立之初,《清华周刊》第351期公布"各教授指导之学科范围"如下:

王国维先生:

经学:(一)书,(二)诗,(三)礼;

小学:(一)训诂,(二)古文字学,(三)古韵;

上古史;

中国文学。

---

① 苏云峰:《从清华学堂到清华大学》,第366页,台北:"中研院近代史所",1996年。

梁启超先生：

诸子；

中国佛学史；

宋元明学术史；

清代学术史；

中国文学。

赵元任先生：

现代方言学；

中国音韵学；

普通语言学。

陈寅恪先生：

年历学（古代闰朔日月蚀之类）；

古代碑志与外族有关系者之研究（如研究唐蕃会盟碑之藏文、阙特勒碑之突厥文部分，与中文比较之类）；

摩尼教经典回纥译文之研究；

佛教经典各种文字译本之比较研究（梵文、巴利文、藏文、回纥文及中央亚西细诸文字译本，与中文译本比较研究）；

蒙古、满洲书籍及碑志于历史有关系者之研究。

李济先生：

中国人种考。①

从各导师所开设课程看，专业分布面相当广，而以史学为多。文学方面的"学科范围"，则有王国维、梁启超皆开的"中国文学"课，又王国维"经学"课下设"《诗经》"专业（如果佛经翻译

① 清华学校周刊社：《清华周刊》第 351 期，第 18、19 页，北京：1925 年。

也算文学范围内容的话，那么陈寅恪也有部分课程涉及文学），不过古代文学与古代史的关系密不可分，所以大部分课程应当说与古代文学有关，至少距离不远。以上是教授所开设的课程，至于学生所研究的方向，可以论文选题为例作说明。1926 年第一届 29 名毕业生所完成的论文题目，属于纯粹文学性质的只有 2 篇：方壮猷《中国文学史论》，赵邦彦《说苑疏证》，其他皆是经学、史学、哲学、经济学、文化学、教育学、古文字学、目录学、社会学、民族学、古地理学等论题。如有关古文字学研究的，就有 7 篇之多（《说文古文疏证》、《说文汉语疏》、《说文会意篇》、《说文会意字》、《会意斠解》、《殷墟文字考》、《尔雅释例匡谬》），有关哲学研究的更有 8 篇（《二程的哲学》、《先秦哲学史的唯物观》、《记魏晋间的哲学》、《程明道年谱》、《陆象山学考》、《儒家的人性论》、《邵念鲁年谱》、《朱子著述考》）。然而古代文学乃是"国学"中的基本部分，一些非文学课题实际上也与文学有着相当关联，畛域并不那样分明，如上述《朱子著述考》中就包括朱熹《诗集传》、《楚辞集注》等。而一些经学方面论题，一般也必然要涉及《诗经》。一些社会学论题，也不免要涉及文学作品，如蒋传官《春秋时代男女之风纪》，谢星朗《春秋时代婚姻的种类》、《春秋时代的恋爱问题》等，其中大量引述了《国风》中的民歌。1927 年第二届 30 名毕业生的论文题目，正面研究古代文学的也只有 3 篇：陆侃如《古代诗史》，全哲《楚辞研究》，姜寅清《诗骚连绵字》。

在正式的研究课目之外，研究院师生们于前后四年中，发表的论文不少，这是了解和估量研究院学术业绩的重要方面。教授及助教发表的文学研究论文有：

王国维：《肃霜涤场说》（《学衡》第四十一期）

《最近二三十年中中国新发见之学问》（《学衡》第四十五期）

《〈长春真人西游记注〉序》(《实学》第三期)

梁启超:《〈汉书·艺文志〉诸子略考释序》(《清华十五周年纪念增刊》)

《古诗十九首之研究》(《实学》第二期)

《跋四卷本〈稼轩词〉》(《国学论丛》第二卷第一号)

赵万里:《唐写本〈文心雕龙〉残卷校记》(《清华学报》第三卷第一期)

教师发表的文章,仅仅是他们同时期成果中的一小部分,因为在此数年中,无论王国维或梁启超,主要精力都在史学方面。而陈寅恪则刚刚进入他的研究高潮,大量成果都是在此后不久面世的。而且他也以史学为主攻方向。

学生发表的文学研究论文有:

刘盼遂:《唐写本〈世说新语〉跋尾》(《清华学报》第二卷第二期)

《〈天问〉校笺》(《国学论丛》第二卷第一号)

方壮猷:《中国文艺的起源》(《清华十五周年纪念增刊》)

闻惕:《毛诗郑笺汉制考证》(《实学》第二期、第三期)

汪龙吟:《西汉赋注》(《实学》第二期、第四期)

《〈旧唐书〉王勃传记中子事正误》(《实学》第三期)

陆侃如:《乐府的影响》(《国学月报》第二卷第二号)

《二南之研究》(《国学论丛》第一卷第一号)

《楚辞的旁支》(《国学论丛》第一卷第二号)

《中国文学史序目》(《国学月报》第二卷第十二号)

《三颂研究》(《国学月报》汇刊第一卷诗经号)

《什么是九歌》(《国学月报》汇刊第一卷楚辞号)

《陶公的千五百周忌》(《国学月报》汇刊第一卷陶渊明号)

《陶公生年考》(《国学月报》汇刊第一卷陶渊明号)

《孔雀东南飞之讨论》(《国学月报》汇刊第一卷陶渊明号)

刘节:《刘勰评传》(《国学月报》第二卷第三号)

储皖峰:《词坛趣韵跋》(《国学月报》第二卷第四号)

《〈文镜秘府论〉校勘记》(《国学月报》第二卷第十一号)

《关于清代女词人顾太清》(《国学月报》第二卷第十二号)

《陶渊明与储光羲》(《国学月报》汇刊第一卷陶渊明号)

杨鸿烈:《陶渊明的人生观》(《国学月报》汇刊第一卷陶渊明号)

应当说明,以上学生发表论文的多寡,未必能准确反映他们之间当时用功程度或学习成绩的差异,因各学生所学课程内容性质不同,有重点在史学或其他学科方面,文学方面论文的写作必然较少,甚至没有,然而并不等于他们成绩差,或无成果。如杨筠如、余永梁、吴其昌、高亨、谢国桢、徐中舒、王力等,当日皆是优秀学生,日后也各自成长为著名学者。又第一届学生毕业时,按照成绩排列了等第,共分甲乙丙三等,甲等第一名杨筠如,第二名余永梁,第三名程憬,皆无文学方面文章发表。

当然,所发表的这部分成果,也在一定程度上反映出研究院学生的学习和研究状况。从研究类型看,则比较多样,有宏观的文学史课题,也有作家作品分析评论,更有具体文学史料研究。从课题分布的时代看,覆盖面相当广,自先秦到汉魏六朝,到唐宋,到明清。从方法上看,有比较传统的文献实证研究,如版本文字校勘,作家史事及创作的考证,作品笺注等,也有相对"新颖"的近代式研究,如对于"人生观"的研究,作家"评传"的撰写,关于文艺起源问题的讨论等。这些都体现出研究院不拘一格比较自由开放的风气。

在古典文学学科史上的地位

清华国学研究院在20世纪古典文学学科史上，具有重要的地位。由于各导师风格不一，严格说来，研究院不是自成一统的“学派”。但研究院仍有其鲜明的治学特色。在古典文学学科方面，其特色主要由王国维、梁启超二位导师体现，原因是王、梁二教授所授课程中含“中国文学”课，而陈寅恪、赵元任二教授未开中国文学方面课程；陈寅恪虽中国文学修养深湛，但本人当时研究方向主要在中亚细亚古代民族文化宗教，故其文学学科特色尚未充分显露。其中王国维影响尤大，原因一是其学术成就突出，学生对他非常敬仰；二是他常住清华校内，学生日常请益交往甚繁；而梁启超家居天津，不常住校，当时他尚在北京政府外交部等处兼职，故每周赴京视事，同时到清华授课，基本上每周来清华授课一或二次，授课期间，最多住校二、三日，即返津。梁启超本人也极为推重王国维，肯定其在研究院的影响“至深且厚”，其曰：

> 顾我同学受先生（按：指王国维）之教，少者一年，多者两年，旦夕捧手，饫闻负剑辟咡之诏，其蒙先生治学精神之濡染者，至深且厚，薪尽火传，述先生之志事，赓续其业而光大之，非我同学之责而谁责也！①

而学生对王国维的崇仰，亦出自肺腑。自称“心丧弟子”的刘盼遂写道：

> 大抵服其树义恢郭甄微，而能阙疑阙殆，以不知为不

① 梁启超：《国学月报“王静安先生纪念号”序》，北京：《国学月报“王静安先生纪念号”》，第1页，1927年。

知，力剔向壁回穴之习，此则马、郑、江、段之未谕，洵称鸿宝。……然此区区数十叶中，固已精光赩耀，一字一珠，宁可以其少而忽之欤！……凡我同门，盍共勖诸！①

关于王国维的学术贡献，《国学月报》的编者们说：

他在学术上有什么莫大的贡献呢？论哲学，是最早介绍康德、叔本华和尼采学说的人；论文学，首先认识宋元戏曲的价值，开辟平民文学的风气；论文字学，发明殷商甲骨文字，建设中国文字新系统。论史学的功绩，尤其数不胜数——殷周史迹及制度，西北佚事及地理，前人所不知或未解的问题，他能够说个清楚；古器物，前人只知著录或拓搨，他能够作系统的研究，又拿来考证史事；古书篇，前人已经误解或伪造，他能够作精确的笺考，又藉以辨别史书。②

这是说其毕生成就。而其取得成就之原因，则梁启超认为：

学者徒歆其成绩之优异，而不知其所以能致此者，固别有大本大原也。先生之学，从弘大处立脚，而从精微处著力；具有科学的天才，而以极严正之学者的道德贯注而运用之。③

王国维在清华研究院执教的二年间，在他数十年学术生涯中具有特殊意义。这不仅是他一生仅有的二年正规教学经历，在认真教书同时勤事研究，而且在此二年中，他也作出了新的学术成绩。首先是他在元蒙历史、西北古代地理这块当时尚未开发的荒地上进行拓殖，有许多创获。用他自己的话说，即是“发见之学问”。关于此点，王氏自己解释道：

古来新学问起，大都由于新发见。有孔子壁中书出，而

①② 北京：《国学月报“王静安先生纪念号”》，第 162 页，第 166 页，1927 年。

③ 梁启超：《国学月报“王静安先生纪念号”序》，北京：《国学月报“王静安先生纪念号”》，第 1 页，1927 年。

后有汉以来古文家之学;有赵宋古器出,而后有宋以来古器物古文字之学。晋时汲冢竹简出土后,同时杜元凯之注《左传》,稍后郭璞之注《山海经》,已用其说。然则中国纸上之学问,有赖于地下之学问者,固不自今日始矣。一自汉以来,中国学问上之最大发见者有三:一为孔子壁中书,二为汲冢书,三则今日之发见也。——故今日之时代,可谓发见时代,自来未有能比也者!①

所谓"发见之学问",主要指19世纪末以来所发现的殷商甲骨文字、敦煌文献、各地发掘出的竹简文献,以及故宫内阁大库之书籍档案,中国境内的古外族遗文等,都是包括了"纸上材料"和"地下材料"。其次是,他在研究院期间,总结了自己开拓"发见之学问"的丰富经验,提出了著名的"二重证据法":

吾辈生于今日,幸于纸上材料之外,更得地下之材料,由此种种材料,我辈因得据以补正纸上之材料,亦得证明古书之某部分为实录,既百家不雅驯之言,亦不无表示一面之事实。此'二重证据法',唯在今得为之。②

"古史新证"是王国维在研究院期间讲授的主要课程,所讲授具体内容相当丰富,但其基本思路,皆围绕此"二重证据法"展开,可以说是他传道授业的核心部分。所以王氏在清华任职期间,正是他总结出"二重证据法"的理论并正式发表之时。1927年4月末,亦即他自沉昆明湖之前一月余,研究院曾编印《清华学校研究院讲义》一部,收王氏两年来全部讲课内容,③由此可以窥知他讲授课程的重心所在。讲义中包括:《古史新证》、《中

---

① 王国维:《最近二三十年中中国发见之学问》,南京:《学衡》第45期,第3页,1926年。

② 王国维:《古史新证·总论》,第3页,北京:清华大学出版社,1994年。

③《清华文丛》之五:《古史新证——王国维最后的讲义》,北京:清华大学出版社,1994年。

国历代之尺度》、《莽量释文》、《散氏盘考释》、《盂鼎铭考释》、《克鼎铭考释》、《毛公鼎铭考释》、《蜀石经残拓本跋》、《释乐次》、《小盂鼎释文》、《兮甲盘释文》、《虢季子白盘释文》、《不嬰敦释文》、《师寰敦释文》、《宗周钟释文》、《噩侯驭方鼎释文》、《白犀父卣释文》、《录卣释文》、《齐镈释文》、《王孙遣诸钟释文》、《沇儿钟释文》、《邾公牼钟释文》、《邾公釛钟释文》、《虢叔旅钟释文》、《克钟释文》、《说文今叙篆文合以古籀说》、《史籀篇疏证序》、《战国时秦用籀文六国用古文说》、《西吴徐氏印谱序》。这是王国维来清华任职将近两年的讲课记录。此类课程的性质,大部分是“纸上材料”与“地下材料”相互印证发明的研究,它清楚显示出王国维当时在课堂上,大力提倡并亲自演绎“二重证据法”。

学生吴其昌(海宁籍,与王国维同乡)在校时问学甚勤,而事后追记说:

> 先师于学问上最大之贡献,乃在将物质与经籍,证成一片。……此点之重要,不但为先师一生命脉之所在,亦即现代学问之主要命脉之所在。①

这段话可以理解为学生课堂受教后的体会。它对“二重证据法”及其产生成果,给予了最高的评价,认为是“现代学问之主要命脉之所在”。除课堂传授和公开发表文章外,在平时师生交流中,王国维也经常以此“二重证据法”教导学生。学生徐中舒在回忆文章中写道:

> 先生研究室中所置皆经学、小学及考古学书籍。此类书籍,其值甚昂,多余在沪时所不能见者。余以研究考古学故,与先生接谈问难之时尤多。②

---

① 吴其昌:《王观堂先生学述》,北京:《国学月报“王静安先生纪念号”》,第145页,1927年。

② 徐中舒:《追忆王静安先生》,上海:《文学周报》第27卷(6、7期合刊),第49页,1927年。

所谓“考古学”，多指“地下材料”之研究。又据学生姚名达记述，1926 年 12 月 7 日，曾有师生聚会场合：

又 7 日，先生招同人茶会于后工字厅，出历代石经拓本相示，同人啧啧嗟赏，竞提问题，先生辨答如流，欣悦异昔，始知先生冷静之中固有热烈也。①

可知王国维在讲课及课余指导中，甚至在师生茶话会场合，亦皆不忘倡导“纸上材料”与“地下材料”结合的“二重证据法”。王氏此方法论，还影响了研究院的办学方向，表现为对于考古发掘的重视。1926 年 6 月 24 日，研究院与历史系联合举行教务会议，由校教务长兼研究院主任梅贻琦主持，王国维等教授出席，讨论成立考古学陈列室问题。会后有报道说：

欲研究吾国古代之文明，人类进化之程序，典籍之外，尤必资藉于实物及遗迹之考察也。②

这未始不是在王国维“二重证据法”的影响下采取的举措。“二重证据法”，当然主要就史学而言，是史学方法。但对于古代文学研究，同样具有重大意义。在王国维以“二重证据法”展开的研究课题中，有相当一部分涉及《诗经》及敦煌文学，如《观堂集林》中关于文学方面的研究，即有《说周颂》、《说商颂》、《周大舞乐章考》、《与友人论诗书中成语》、《肃霜涤场说》等多篇。而这些文章所运用的方法，也鲜明体现着“二重证据法”的特征。

不过，如果将王国维的治学成就和特点，仅限于“二重证据法”，那是不够全面的。对此，陈寅恪的总结最是准确。陈寅恪说：

先生之学博矣，精矣，几若无涯岸之可望，辙迹之可寻。然详绎遗书，其学术内容及治学方法，殆可举三目以概括之

① 北京：《国学月报“王静安先生纪念号”》，第 173 页，1927 年 10 月。
② 清华学校研究院：《国学论丛》第 1 卷第 1 号，第 37 页，1926 年。

> 者。一曰：取地下之实物与纸上之遗文，互相释证，凡属于考古学及上古史之作，如《殷卜辞中所见先公先王考》及《鬼方昆夷猃狁考》等是也。二曰取异族之故书与吾国之旧籍互相补正，凡属于辽、金、元史事及边疆地理之作，如《萌古考》及《元朝秘史之主因、亦而坚考》等是也。三曰取外来之观念与固有之材料互相参证，凡属于文艺批评及小说戏曲之作，如《红楼梦评论》及《宋元戏曲考》、《唐宋大曲考》等是也。此三类之著作，其学术性质固有异同，所用方法亦不尽符会，皆足以转移一时之风气，而示来者以轨则。吾国他日文史考据之学，范围纵广，途径纵多，恐亦无以远出三类之外，此先生之遗书所以为吾国近代学术界最重要之产物也。①

此"三目"之说，对王国维成就及所持基本方法，概括最称全面。除了"二重证据法"之外，王氏在另外二"目"上，也作出了重大学术贡献，以及方法上的新开拓。在清华研究院期间，虽然王氏的研究方向主要不在文学方面，但从陈寅恪的这段话中可知，他早期所作出的文学研究业绩如《红楼梦评论》等，影响十分深远，清华研究院的同事以及学生，无不感受至深，固不受研究院开办期限所制约也。

至于梁启超，在研究院讲授课程以史学为主，亦含其他政治经济社会等内容，如"政治家之修养"、"国产之保护及奖励"等，体现他治学面的广阔。其中"中国历史"课程历时最长，自 1925 年 9 月始，直到 1926 年；嗣后又讲授"儒家哲学"、"历史研究法"等课。梁氏颇重视治学的方法，他在开学之初，即发表与学生的谈话，阐述他对方法问题的见解，谓："设研究院之本意，非欲诸君在此一年中即研究出莫大成果也；目的乃专欲欲诸君在此得

① 《王静安先生遗书·序》第 1 册，第 1 页，上海：上海书店，1983 年。

若干治学方法耳!”“研究似以先有客观材料,而以无成见地判断出之为佳。”①在受聘清华之前,他曾在南开大学讲授“中国历史研究法”,到清华后,再申前义。他在一次谈话中教导学生要“如果用科学的方法来研究,并且要得精深结论,必须由相当的时间,并受种种磨炼,使其治学方法与治学兴趣都经种种的训练陶冶,才可以使学问有所成就。”②不久他又开讲“读书法”,主要强调二点,一为求智,二为致用。1926 年 9 月新学期,梁氏又开“历史研究法”课,记录发表于《清华周刊》第 384~394 期。这些“治学方法”与“读书法”,对于古典文学研究来说,当然也是适用的,不限于史学范围。学生姜寅清(亮夫)后来说:

> 最受益的是梁任公先生的课,其中任公先生讲的“古书的真伪和辨真伪方法”等内容至今都没忘。“古书真伪及其年代”这样的课题,我在成都读书时,也听林山腴先生、龚向农先生讲过,这方面知识有点基础,但没系统,而梁任公先生从多方面多角度对先秦古籍来一个全面系统总结。讲课中他从校勘、考证、训诂以及学术系统来分析书的真伪及其年代,而又随时总结某一问题,总结时,经常拿几种书来比较,因此我对古书全貌大体了解了,问题也知道,整理古书方法也知道,不仅使我细致得到读古书方法,同时打开了读古书眼界。③

不过梁启超关于方法问题的谈论虽多,对于所强调的“科学的方法”的说明,无非是“先有客观材料”“无成见”等,无多新的发明,未能超出胡适于稍前数年倡导的“科学方法”。但在具体

---

① 北京:《清华周刊》第 350 期。

②《指导之方针及选择研究题目之商榷》,载北京:《清华周刊》第 353、354 期。

③ 姜寅清:《忆清华国学研究院》,《学术集林》第 1 卷,第 105 页,上海远东出版社,1994 年。

阐述中往往能结合他本人多年治学的丰富素材，理论更能与实践相结合，所以对学生启发效果更好。又梁氏毕竟为著名学者，他的论著数量也最多，加之身为清末戊戌维新健将，民国后政坛活跃人物，其社会名声远出王国维之上，又资质聪颖，性格活跃，擅长口谈，年辈虽长，而对新鲜事物接受甚速，故于青年面前，颇具个人魅力，所以亦是学生敬仰追随对象。

陈寅恪年事小于王、梁十余岁，年齿实为后辈，而以学问与之同列教授，其所受重视可见一斑。陈寅恪学识极广博，被吴宓推为“合中西新旧各种学问而统论之，吾必以寅恪为全中国最博学之人”①；而通晓十余种语言，对古代中亚民族语言亦有研究，此点最为难得（在此点上超过王国维）。学生蓝文徵事后写道：

> 陈先生演讲，同学显得程度很不够。他所会业已死了的文字，拉丁文不必讲，如梵文、巴利文、满文、藏文、西夏文、及波斯文非常多，至于英法俄日希腊诸国更不用说，甚至于连匈牙利的（马）札儿文也懂。上课时，我们常常听不懂，他一写，哦！才知道那是德文，那是俄文，那是梵文，但要问其音，扣其义方始完全了解。②

要之陈、王知识结构颇有相似之处，加之王国维与陈三立交好，故与寅恪堪为忘年之交。王氏性格内向，在清华推心置腹相交者，唯陈寅恪、吴宓二人耳。而陈氏对王国维，亦甚敬重，以师友相尚。二人相处时间虽不长（因陈氏到校晚，相交仅一年），相知相投，友情深笃。王国维自沉前一日（6 月 1 日），于第二届学生毕业典礼之后，曾“随陈寅恪教授至南院陈宅，二人畅谈至傍晚”③；又据吴宓记述：“盖旬日前，王先生曾与寅恪在宓室中商

---

①《吴宓诗集·空轩诗话》第十二则，中华书局 1935 年。

② 蓝文徵：《谈陈寅恪》，第 83 页，台北：台北传记文学出版社，1978 年。

③ 赵万里《王静安先生年谱》，北京：《国学论丛》第 1 卷第 3 号，1928 年 4 月。

避难事。宓劝其暑假中独游日本。寅恪劝其移家入京居住,己身亦不必出京。王先生言'我不能走'。"①王国维写给家人的遗嘱中又说到"书籍可托陈吴二先生处理","陈"即陈寅恪,"吴"即吴宓,可见极受信任。陈寅恪治学,作风与王国维有相近之处,所说"三目",实亦陈氏本人所擅长,只是具体研究方向不同,当时在研究经验与成果方面,尚不及王氏,而天才卓识,身怀绝学,则一也。后来提出"以诗证史"、"以一种同情之理解"对待古代作家作品等方法论,亦古代史、古代文学学科史上重要事件。陈寅恪对学生的影响,亦甚巨大。王、梁二导师逝世后,陈实为支撑研究院主要台柱。

王、梁、陈等教授外,讲师李济,1918 年由清华学堂赴美留学,在哈佛大学学习人类学,1923 年获哲学博士,回国后先任南开大学教授,旋归清华,于研究院任讲师,主持山西夏县西阴村发掘工作,此为中国学者第一次自主考古发掘。后任中央研究院历史语言研究所考古组主任,又主持安阳殷墟等地发掘项目。1938 年为英国皇家人类学会名誉会员,1948 年为中研院第一届院士。1949 年后历任台湾大学教授,台湾中研院史语所所长。有《李济考古学论文集》等著作。李济治学,虽以人类学、考古学为重点,属于西方引入的新学科,而其治学精神实际上也与陈寅恪总结的王国维的治学"三目"相通。

研究院学生得此名师指导教诲,在学时间虽不长,而受益实无穷。诸多学生日后学问精进,成为优秀专家,王、梁、陈等导师之功也。兹约举其在文学研究方面作出成绩者如下:

王力(1900—1986),1927 年毕业生。后历任清华大学、燕京大学、西南联大、北京大学等校教授,1956 年为中国科学院学部委员。上古汉语音韵及诗律专家,有《中国音韵学》(1936)、

① 《吴宓日记》1927 年 6 月 2 日,北京:三联书店,1999 年。

《汉语诗律学》(1958)等著作。

刘盼遂(1896—1966),1926年毕业生。1949年后为北京大学教授,古代历史、文字音韵学专家,有《清王石渠先生念孙年谱》《文字音韵学论丛》《论衡集解》等著作。

罗根泽(1900—1960),1927年毕业生。曾任教于河南大学、河北大学、安徽大学等,1952年后为南京大学教授。古代文论专家,有《乐府文学史》《中国文学批评史》《中国古典文学论丛》《诸子考索》等著作。

王静如(1903—1990),1928年毕业生。后赴法、英、德等国学习语言学、中亚史语学、印欧语比较语言学等,历任中法大学教授,1952年后任中国科学院考古所、民族所研究员。对于古代西夏及契丹、女真、回鹘等民族文字,有重大发明。有《西夏文汉藏译音释略》《西夏研究》《新见西夏文石刻和敦煌安西洞窟夏汉文题记考释》(1984)等著作,被吸收入法国巴黎语言学会会员。

姜寅清(亮夫)(1902—1995),1927年毕业生。1952年后为杭州大学教授,先秦文学及敦煌文学专家。有《屈原赋校注》《楚辞通故》《中国声韵学》《敦煌学论文集》等著作。

高亨(1900—1986),1926年毕业生。曾任东北大学、河南大学、武汉大学、齐鲁大学教授,1952年后为山东大学教授。古代哲学、文学史专家。有《老子正诂》《周易古经今注》《诸子新笺》《诗经选注》《诗经今注》等著作。

陆侃如(1903—1978),1927年毕业生。曾任燕京大学、中山大学、东北大学教授,1952年后任山东大学教授。中国文学史专家,有《乐府古辞考》、《中古文学系年》、《中国文学史简编》(合著)、《中国诗史》(合著)等著作。

谢国桢(1901—1982),1927年毕业生。曾任北京图书馆研究员、南开大学教授,1952年后为中国科学院历史研究所研究员,明清史、文学专家。有《明清笔记丛谈》《明末清初的学风》《明清之际党社运动考》《清初流人开发东北史》等著作。

徐中舒(1898—1991),1926年毕业生。曾任中央研究院历史语言研究所研究员,1949年后任四川大学教授。古文字、文学专家,有《殷周文化蠡测》《殷周金文集录》《论巴蜀文化》等著作。

刘节(1901—1977),1927年毕业生。曾任河南大学教授,1952年后任中山大学教授,古文字、古代文学专家。有《历史论》《孔子的唯仁论》《易象和春秋》等著作。

卫聚贤(1899—1989),1927年毕业生。曾任上海暨南大学等校教授,1949年后于香港大学东方文化研究院、台湾辅仁大学任教授。古代文学、人类学专家,有《中国考古学史》《中国社会史》《薛仁贵征东考》《楚辞研究》《古史研究》(三卷)等著作。

蒋天枢(1903—1988),1928年毕业生。1952年后为复旦大学教授,先秦文学专家,有《楚辞论文集》《楚辞新注》《楚辞校释》《陈寅恪先生编年事辑》等著作。

要之,清华研究院国学门的开设,虽曾被某些人讥为"畸形之发展"①,在国内大学中也不算首创(北京大学国学研究所成立早于清华研究院3年),但在20世纪古代史、古代文学学科史上却无疑是一大盛事。研究院聘请了当时中国第一流学者为导师,培养了七十余名优秀学生,他们日后大多成长为古代史、古代文学的著名专家。研究院在治学方法和治学风气上,在当时中国学界独树一帜,具有标志性意义。40年代的清华大学文学院院长冯友兰曾评论说:

> 五四运动,引起了许多对于中国旧文化的批评,同时也引起了中国文化的自觉。国学研究所(按:原文如此)的设立就是这种自觉所促成的。②

---

①《校史》,载《国立清华大学二十周年纪念刊》,1931年5月。

②《清华的回顾与前瞻》,原载清华学生自治会1948年编印:《介绍清华——给未来的伙伴们》;此转载于庄丽君主编:《世纪清华》(之二),第7页,北京:光明日报出版社,2001年。

研究院学生周传儒日后回顾说：

住清华研究院的好处：第一，知道中国典章、文物、思想、学术之由来及其范围。第二，掌握历史资料，纸上的及地下的所在及其内容。第三，对于中国文化、中国历史，登堂入室，探其宝库。第四，学习治学的方法和途径。第五，继承了乾、嘉以来三百年学术的成就，而从事发扬光大的伟业。第六，接收所谓新学说、新方法，在经史子集之外，另辟蹊径。这六点，是值得推荐的。①

研究院存在时间虽不长，前后总共仅四年，但在以近代方式开展古代史、古代文学的教学和研究方面，却作出了意义重大的探索性实践，其精神和经验值得长久记取。当时的一批学生，深受王、梁、陈等导师影响，成为一个虽不很紧密，却颇有影响的学术群体，为世纪古典文学学科的发展作出了贡献。

季羡林 30 年代曾就读于清华大学外文系，他日后总结说：

在中国现代教育史上，清华国学研究院是一个十分独特的现象，在全国都按照西方模式办学的情况下，国学研究院却带有浓厚的中国旧式书院色彩。学生与导师直接打交道，真正做到了因材施教。其结果是，培养出来的学生后来几乎都成了大学教授，而且还都是学有成就的学者，而不是一般的教授。这一个研究院只办了几年，戛然而止，有如一颗光焰万丈的彗星，使人永远怀念。教授阵营之强，前无古人，后无来者。②

（中国社会科学院文学研究所　徐公持）

---

①《周传儒自述》，载《世纪学人自述》第 1 卷，第 205 页，北京：十月文艺出版社，2000 年。

② 季羡林：《赵元任全集·总序》，《赵元任全集》第 1 卷，第 1 页，北京：商务印书馆，2004 年。

一二十年代的文学史写作(上)

自从林传甲和黄人于1904、1905年分别为京师大学堂和东南大学编撰《中国文学史》(窦警凡也著有1906年序刊本《历朝文学史》)以来,文学史作为大学乃至中学的教材就不断受到作者和读者的钟爱,20世纪一二十年代出现了一系列文学史。本文拟对这批文学史的出版概况、叙述对象和叙述方式进行清理,试图彰显"文学"、"文学史"演进的历史属性。

文学史的出版概况

20世纪一二十年代是《中国文学史》写作迅猛发展的时期,其数量由世纪初的两三种发展到10年代的7种,再激增到20年代的30种,20年间诞生了37种。

为了给读者一个完整的印象,现将这批文学史初版时的情况(包括编著者、出版地点、出版社、页码和出版时间)胪列如下:

1. 中国文学史　王梦曾　上海　商务印书馆　97页　民国3年

2. 中国文学史　曾毅　上海　泰东图书馆　336页　民国4年

3. 中国文学史　张之纯　上海　商务印书馆　230页　民国4年

4. 中国文学史要略　朱希祖　北平北京大学出版部　152

页　民国5年

5. 中国文学史(自唐迄清)　吴梅　北平　北京大学出版部　民国6年

6. 中国大文学史　谢无量　上海　中华书局　640页　民国7年

7. 文学密史　褚传诰　著者自印　512页　民国8年

8. 中国文学史　葛遵礼　上海　会文堂书局　152页　民国10年

9. 中国文学变迁史　刘贞晦等　上海　新文化书社　114页　民国10年

10. 中国文学史　徐信符　广州　广东高等师范学校　民国11年

11. 中国文学史　胡云翼　上海　北新书局　民国11年

12. 新著国语文学史　凌独见　上海　商务印书馆　360页　民国12年

13. 中国文学通评　胡怀琛　上海　大东书局　136页　民国12年

14. 中国文学史　刘毓盘　上海　古今图书店　62页　民国13年

15. 中国文学沿革概论　李振镛　上海　大东书局　42页　民国13年

16. 中国文学源流　胡毓寰　上海　商务印书馆　344页　民国13年

17. 中国文学史大纲　谭正璧　上海　光明书局　176页　民国14年

18. 中国文学史略　胡怀琛　上海　大新书局　200页　民国14年

19. 中国文学史　谢次陶　广东　国民大学　民国14年

20. 本国文学史　林传甲原著　汪剑馀改编　上海　新文化书局　248 页　民国 14 年

21. 中国文学史大纲　顾实　上海　商务印书馆　331 页　民国 15 年

22. 中国文学史大纲　杨荫深　上海　商务印书馆，初版不详，民国 16 年再版

23. 国语文学史　胡适　北平　文化学社　340 页　民国 16 年

24. 白话文学史（上卷）　胡适　上海　新月书店　407 页　民国 17 年

25. 白话文学史大纲　周群玉　上海　群学社　175 页　民国 17 年

26. 中国文学小史　赵景深　上海　光华书局　212 页　民国 17 年

27. 中国文学沿革一瞥　赵祖抃　上海　光华书局　128 页　民国 17 年

28. 中国文学史讲稿上编　胡小石　民国 17 年春初版；上海人文社股份有限公司，民国 19 年

29. 中国古代文学史讲义　傅斯年　广州　中山大学　民国 17 年

30. 中国文学史纲　蒋鉴璋　上海　亚细亚书店　106 页　民国 18 年

31. 中国文学进化史　谭正璧　上海　光明书局　402 页　民国 18 年

32. 中国文学史　钱振东　民国 18 年自序　出版社不详

33. 中国文学史纲　童行白　上海　大东书局　308 页　民国 19 年

34. 中国文学史（上）　穆济波　上海　乐群书店　214 页

民国 19 年

35. 中国文学史纲　欧阳溥存　上海　商务印书馆　236 页　民国 19 年

36. 中国文学流变史(上)(中)(下)　郑宾于　上海　北新书局　1296 页　民国 19、20、22 年

37.《中国文学史概要》　陈介白　北平　国立北京大学文学院　国一讲义　时间不详

以上目录中的好几部文学史都没有公开出版,有好几部文学史在有关的文献索引中并没有反映出来,是笔者在图书馆搜寻有关资料时偶然发现的。实际上,如果算上许多并未出版的讲义和笔者可能未检索到的公开出版的文学史,这个数目可能还要增加。如果加上断代文学史①和专题文学史②,数量就更加可观了。从出版地点来看,主要集中在上海和北平,这说明这两个地方是文学史研究和出版的中心。从篇幅来看,大部分文学史的字数都在五六万字到十几万字之间;谢无量《中国大文学史》字数达三十多万字,可谓名副其实;郑宾于《中国文学流变史(上)(中)(下)》篇幅达 1296 页,堪称煌煌巨著。

这批文学史出版后都有着广阔的市场空间,这可从当时再版情况中反映出来。笔者调查了部分文学史的再版情况,现胪列如下:王梦曾《中国文学史》,民国 15 年 20 版;曾毅《中国文学史》,民国 13 年 6 版;张之纯《中国文学史》,民国 7 年 3 版;谢无量《中国大文学史》,民国 13 年 6 版,到民国 21 年,则重印了 17 次;胡毓寰《中国文学源流》,民国 19 年 1 版,民国 22 年 2 版,民

---

① 如刘师培:《中国中古文学史讲义》,北京:北京大学出版部,共 138 页,民国 9 年。

② 如谢无量:《妇女文学史》,上海:中华书局,共 346 页,民国 5 年(1916);朱谦之:《音乐的文学小史》,上海:泰东图书局,共 127 页,民国 14 年(1925)。

国24年3版；胡怀琛《中国文学史略》，民国16年5版；顾实《中国文学史大纲》，民国18年4版；胡适《白话文学史》（上卷），民国22年6版；欧阳溥存《中国文学史纲》，民国27年5版。比较一下这些文学史初版和再版的年月，我们就会发现它们再版的频率是很高的。这些文学史在后期的文学史著作中频频被提及也表明了它们在市场上的分量。如胡怀琛《中国文学史略序》指出："编文学史者，始于闽侯林传甲氏；其后续作者，有谢无量之《中国大文学史》、王梦曾之《中国文学史》、张之纯之《中国文学史》、刘师培之《中古文学史》；再有数家，不及备述，总之得八九种。"①刘毓盘《中国文学史》也指出："今之为中国文学史者，亦夥矣，其最著者，若谢无量、曾毅、林传甲、张之纯、王梦曾诸人之《中国文学史》、刘师培之《中国中古文学史》，其偏于一隅者，则若王国维之《宋元戏曲史》、谢无量之《中国妇女文学史》，最近则有徐嘉陵之《中国中古文学概论》、胡怀琛之《中国文学史略》。"②

这种巨大的市场需求刺激了出版商出版文学史的激情。为了获取利润，出版商积极争取稿源，采用种种手段抢占市场。比如，胡适的《白话文学史》讲义出来后，许多人都把它当成了讲义，胡适就曾指出："我的朋友黎邵西先生在北京师范等处讲'国语文学史'时，曾把我的改订本增补一次，印作临时的讲义。我的学生在别处作教员的，也有翻印这部讲义作教本的。"③黎邵西的学生张陈卿、李时、张希贤等开办文化学社，在没有征得胡

① 胡怀琛：《中国文学史略》，第1页，上海：大新书局，民国14年(1925)。

② 查猛济：《刘毓盘〈中国文学史〉序》，刘毓盘《中国文学史》，上海：古今图书店，1924年。

③ 胡适：《白话文学史·自序》，第5页，合肥：安徽教育出版社，1999年。

适授权的情况下竟然翻印《国语文学史》作为同学的参考讲义；黎邵西在该书的序中也谈到该书的市场需求："学校里要教《国语文学史》的，想得到胡先生原来的讲义的还很多。"①面对这样一种市场需求，胡适决定修改《白话文学史》予以出版。他在该书的序言中描述了自己被赶市场的出版社催促的窘境："在客中写二十万字的书，随写随付排印，那是很苦的事。往往一章书刚排好时，我又发现新证据，或新材料了。有些地方，我已在每章之后，加个后记，如第六章、第九章、第十一章，都有后记一节。"②刘毓盘的《中国文学史》也是在出版商的要求下才出版的，其学生查猛济在序中曾有说明："今先生方任北京国立大学暨高等师范教授，常视此稿为不经意之作，屡思改订。然以余所见《中国文学史》，不下数十种，未有若是其精而博、约而备者。爰特应上海古今书店经理钱君西樵之请，重付手民，以广流行。"③

出版商还把目光瞄准了已经出版的文学史，这造成了许多文学史往往在多家出版社出版。如，胡云翼《中国文学史》民国11年由北新书局初版，民国25年7版时改题为《新著中国文学史》，民国20年又由上海教育书店出版，题《中国文学史》。赵景深《中国文学小史》最初由光华书局出版于民国17年，6版后改由大光书局出版。胡怀琛《中国文学史略》在上海梁溪图书馆发行5版的情况下，又于民国20年由上海慧记书斋出版。在胡适《白话文学史》已经由新月书店发行15000册的情况下，民国23

① 黎邵西：《胡适〈国语文学史〉代序》，胡适：《国语文学史》，合肥：安徽教育出版社，1999年。

② 胡适：《白话文学史·自序》，第11页，合肥：安徽教育出版社，1999年。

③ 查猛济：《刘毓盘〈中国文学史〉序》，刘毓盘：《中国文学史》，上海：古今图书店，1924年。

年商务印书馆还决定再版，到民国27年时也已4版。

出版商对文学史的推销更是不遗余力，关于这一点我们可以从当时的书籍广告中窥一斑而见全豹。如顾实《中国文学史大纲》书后就附录有东南大学丛书广告："中国文学定义不明，作品复极繁穠。是书用科学方法将文学境界划清，内兼历史法、传记法，而参以公平合理之批评，将中国古今文学之变迁，及其关于文学之背景与社会时势个人特性、将来应当如何革新以合世界人类艺术之美化等，罔不提纲挈领。叙述研习国学者，得此一书，庶不致有望洋兴叹之感矣。"①谢无量《中国大文学史》1924年第6版书后有谢无量著《诗学指南》、《词学指南》、《骈文指南》的广告词："自文学革命以来，诗词骈文遂鲜有人涉猎焉。不知一国固有之文艺，治文学者，要不可不窥其崖略。梓潼谢无量先生，古学深邃，所辑《指南》三种，揭其体要，穷其源流，易知易能，有志于斯者，可无望洋兴叹之憾矣。"②曾毅《修正中等中国文学史》的出版广告辞就更见气魄："本世界之眼光、立正确之评判。"③

这种巨大的市场需求还鼓励作者根据市场变化进行必要的修订。比如，曾毅民国19年出版了《订正中国文学史》，民国22年出了第5版。赵景深《中国文学小史》民国20年10版自序谈到了自己更正错误、添加材料的工作，即补入了初版所没有的作家生卒年，删除初稿参考书目中的报章和难得的杂志论文，并对书稿进行了必要的分段；民国25年订正19版时又加入了讨论《诗经》和南北朝乐府的篇章；至民国26年又出了订正20版。一些文学史甚至是由他人代为校订出版的。王梦曾的《中国文

① 顾实：《中国文学史大纲》，上海：商务印书馆，民国18年(1929)。

② 谢无量：《中国大文学史》，上海：中华书局，1924年第6版。

③ 曾毅：《修正中等中国文学史》，上海：泰东书局，1930年。

学史》经过蒋维乔校订后，改题《中国文学史附中国文学参考书》，由上海商务印书馆出版，到民国10年时居然出了14版。林传甲《中国文学史》作为京师大学堂讲义，1904年内部印行，宣统二年(1910)校正再版，宣统三年至六年6版。汪剑馀对该书进行改编，以林传甲原著汪剑馀改编的名义由新文化书局于民国14年出版，书名改题《本国文学史》，该书民国18年改由历史研究社出版时著作权居然变成汪剑馀一个人的了。谭正璧《中国文学史大纲》改订8版第一、九、十、十一章(占全书五份之二)，几乎完全重作，最让他自豪的是"在本书里，有一处优越于《中国文学进化史》的地方，就是关于弹词的叙述。"其自序颇能反映当时文学史的市场需求和作为文学史撰写者的心情了："这本书的初稿，作于民国十三年，而出版于明年的秋天。不料不到二年，即由再版而三版。在我的本意，再版之后，就须改作。后来因为没有空闲的时间，只写了一篇《三版附记》，将书中的谬误叙明，即付刷印……到了去年，《中国文学进化史》编成，本书正六版出书。在这时候，我决定卖完了即停版，已征得发行者的同意。但在今年秋季各校开学的时候，又有许多学校向发行所大批购买，作为教科书之用。一天我正在上海，看见这种情形，于是又不得不硬硬头皮，付之七版，而一面就决定再改正发行。""本来《中国文学进化史》的内容比这书要多出四五倍，只合于大学而不适于中学教材之用，而且定价较贵，也不适于内地中学生的购买力。本书内容简单，定价低廉，已销行万余册，可见他在中学校内需要的程度了。"①

这批文学史出版后不仅有着巨大的市场效益，而且社会上好评如潮。当时的报刊对这些文学史都及时作了评价。如顾

① 谭正璧：《中国文学史大纲(改订本)》，改订8版自序，上海：光明书局，1933年。

实、赵景深和胡适的文学史出版后，相关的报刊就作了大量的报道。① 赵景深在《中国文学小史》10版自序中曾不无自豪地谈到了读者对该书的评价："这本小书因为读者的爱护，竟有重版至十次的荣幸，真是我所意想不到的。闻一多先生来信把我这本书比作 Macy 的《世界文学的故事》。唐圭璋先生在《学灯》上说：'赵先生应用他美丽的句调，把每个大文学家的生平，有详有略的分述出来，确实值得称赞。'杨藻章先生在《开明月刊》上说：'我读赵景深先生所著的《中国文学小史》，觉得很有趣味，像一首长诗一般，于是这书遂成为我所爱读的好书之一。'这三位不曾见过面的朋友这样的谬奖，真使我感到惭愧。"②王梦曾和葛遵礼的《中国文学史》出版后还传到日本，颇得汉学家青木正儿的好评，谓前者"虽为小册，但得其简要，脉络贯通，著者识见亦深，诗文是其所长"；后者"充实，编次亦得要领"。③

文学史的撰写和出版之所以在一二十年代如此受欢迎，其

---

① 泽陵：《评顾实〈中国文学史大纲〉》，《大公报·文学副刊》第83期，民国18年(1929)8月12日；佚名：《评顾实〈中国文学史大纲〉》，《津逮季刊》第1期，民国20年(1931)6月。蠡舟：《评赵景深〈中国文学小史〉》，《大公报·文学副刊》第35期，民国17年(1928)9月3日；品如：《评赵景深〈中国文学小史〉》，《津逮季刊》第2期，民国21年(1932)6月。杨次道：《读胡适之〈白话文学史〉》，《一般》第6卷第3期，民国17年(1928)11月；素痴：《评胡适〈白话文学史〉》，《大公报·文学副刊》第48期，民国17年(1928)12月3日；佚名：《胡适〈白话文学史〉之批评》，《大公报·文学副刊》，民国18年(1929)5月27日；张大东：《评胡适之〈白话文学史〉》，《国闻周报》第6卷22期，民国18年(1929)6月；郑学稼：《胡适的〈白话文学史〉读后记》，《时代精神》第7卷第1期，民国31年(1942)10月。

② 赵景深：《中国文学小史》，"十版自序"，第1页，上海：光华书局，民国23年(1934)14版。

③〔日〕青木正儿：《支那文学概说》，第293页，《青木正儿全集》第一卷，东京：春秋社，1983；转引自戴燕：《文学史的权力》，北京：北京大学出版社，2002年。

中一个重要原因是中国文学作为国学的一个构成部分成为弘扬民族精神的武器。面对气势汹汹的西学大潮和备受外来侵略的现实,有志之士纷纷把"国学"、"国粹"的保存和弘扬当成了保障民族、国家生存和发展的基本要素。章太炎曾痛心疾首地指出:"俄罗斯灭波兰而易其言语,突厥灭东罗马而变其风俗,满洲灭支那而毁其历史。"①正因为如此,他四处讲学,弘扬包括文学在内的国学,并首开风气第一次为文学下了定义,第一次对文学进行了分类。刘毓盘《中国文学史》钱序认为国学(文学)乃立国之本:"欧美各国,莫不宝其国学,以为立国之本。学既成,然后取各国之所长,以补其所不足。先后之序,固釐然其不可紊。反是者,惑已。"②顾实《中国文学史大纲》书后附录东南大学丛书广告也向读者表白:"叙述研习国学者,得此一书(即《中国文学史大纲》),庶不致有望洋兴叹之感矣。"③在文学史家看来,文学史在"我国可谓万世一系",可以"动人爱国保种之感情",而"保存文学,实无异保存一切国粹"。④ 正因为如此,文学史的有无与好坏就不仅是一个知识结构的有无问题,而是一个爱国与否的问题,是一个关系到民族存亡和国家存亡的问题。面对难以把握的浩瀚无边的文学史料和错综复杂的文学史实,当时的学者们常常感叹:"我国为文明最古之国而所以代表其文明者佥曰文学,盖其发源至远也,分类至夥也,应用又至繁也。浏览全史文苑、儒林,代有其人,燕书郢说,人有其著,而文字之孳乳、体格之

---

① 章太炎:《訄书》,《章太炎全集》第 3 册,第 324 页,上海:上海人民出版社,1982 年。

② 钱恂:《刘毓盘〈中国文学史〉序》,见刘毓盘《中国文学史》,上海:古今图书店,1924 年。

③ 顾实:《中国文学史大纲》,书后附录"东南大学丛书广告",上海:商务印书馆,民国 18 年(1929)。

④ 黄人:《中国文学史》第一册,第 3 页、第 5 页,南京:东南大学讲义,1905 年。

区别、宗派之流行，虽散见各家著述中，而独无一系统之书，为之析其源流，明其体月，揭其分合沿革之前因后果。后生小子望洋兴叹，蹙额而无自问津，此文学之所以陆沉、忧世者骎骎乎有用夷变夏之闷焉。"①"我爱国之士，亦日以国学为言，而衰落也，日益盛。乌乎！是亦有难言者乎。此亦不知其难与心知其难而故示不屑者之失也。"②在这两位学者看来，谢无量和刘毓盘的文学史著述无疑成了一项爱国主义的行动。刘毓盘《中国文学史》查序不满当时文学史不符合学校课本要求时曾痛心疾首地指出："以东方文化发达最古之中国，而竟无适当之文学史以表扬其文化之精神，则不特中国民族之羞也"。③ 胡小石也颇为感慨地指出："将历代文学的源流变迁，明白地公正地叙述出来，而能具有文学史价值一类的书，中国人自己所出的，反在日本人及西洋人之后。"④在这种理念下，掌握一国的文学史就成为了一国国民的基本素养。"我中国文学为国民教育之根本"⑤、"足以供学人之研究，而亦一般国民应有之知识"⑥一类的表述就成了文学史中的习惯性表达。在这个意义上，戴燕的如下表述是特别到位的："文学史的重要基础是民族—国家观念。"⑦

文学史的撰写和出版之所以在一二十年代如此受欢迎，另

---

① 王文濡：《谢无量〈中国大文学史〉序》，见谢无量《中国大文学史》，郑州：中州古籍出版社，1992 年影印本。

② 钱恂：《刘毓盘〈中国文学史〉序》，见刘毓盘《中国文学史》，上海：古今图书店，1924 年。

③ 查猛济：《刘毓盘〈中国文学史〉序》，见刘毓盘《中国文学史》，上海：古今图书店，1924 年。

④ 胡小石：《胡小石论文集续编》，第 3 页，上海：上海古籍出版社，1991 年。

⑤ 林传甲：《中国文学史(校正再版)》，第 24 页，宣统二年(1910)。

⑥ 张之纯：《中国文学史》，第 2 页，上海：商务印书馆，民国 4 年(1915)。

⑦ 戴燕：《文学史的权力》，"前言"标题，北京：北京大学出版社，2002 年。

一个更为重要的原因是文学史教育成为当时学校教育的基本课程。光绪二十八年七月十二日(1902 年 8 月 15 日),张百熙主持颁布《钦定京师大学堂章程》,主张大学堂设政治、文学、格致、农业、工艺、商务、医术七科;光绪二十九年十一月二十六日(1904 年 1 月 14 日),《奏定大学堂章程(附同儒院章程)》规定“中国文学史研究法”,用以指导文学课的讲授;1913 年 1 月 12 日,教育部大学章程规定大学文科分哲学、文学、史学、地理学四门,文学门中的国文学设置“文学研究法”、“中国文学史”等课程。① 朱希祖和吴梅的文学史就是当时北京大学遵照教育部要求开设文学史的产物。根据 1917 年 11 月 29 日《北京大学日刊》之《文科本科现行课程》可知北京大学中国文学系一年级中国文学门开设了“中国古代文学史(上古迄建安)”、二年级开设了“中国古代文学史(魏晋迄唐)”,三年级开设了“中国文学史(唐宋迄今)”,每周三学时;英国文学系则开设了“中国文学史略”。② 朱希祖 1913 年受聘于北京大学,先后担任预科教授、文科教授、国文研究所主任、中国文学系主任、史学系主任,直到 1932 年才离开北京大学。他 1916 年开始开“中国文学史要略”,直到 1924—1925 年度,他还在讲授“文学史概要”。吴梅 1917—1922 年出任北京大学教授,他的文学史就是为三年级学生所讲文学史第三部分的讲义。其他文学史的面世也是如此。如,张之纯《中国文学史》也是参照部定课程为本科师范三、四年级学生编撰,胡小石的文学史在初版时干脆名之曰《中国文学史讲稿上编》,顾实的《中国文学史大纲》则是作为东南大学丛书面世的。

---

① 参见琚鑫圭:《中国近代教育史资料汇编·学制演变》,第 697 页,上海:上海教育出版社,1991 年。

② 王学珍等编:《北京大学史料》第 2 卷,第 1081～1087 页,北京:北京大学出版社,2000 年。

教育部的教育章程除了规定大学需要开设"中国文学史"外，还规定中学和师范学校必须开设"中国文学史"。比如，王梦曾《中国文学史》为教育部审定中学教材，以"共和国教科书"名义编写，该书《编辑大意》明确指出："教育部规定中学第四学年上《中国文学史》。"①欧阳溥存《中国文学史纲》标明"中等学校讲习用教材"，赵景深《中国文学小史》系民国 11 年于绍兴第五中学任教时所编，曾毅的文学史修正后干脆定名为《修正中等中国文学史》。胡怀琛的《中国文学史略》"尝一试教于沪江大学，再试教于江苏省立第二师范学校四年级"，封面明确标明为"中学师范用书"。②

还有一批文学史是一些学者为当时的政府和民间团体组织的各种讲习所、讲座所写的讲稿。胡适民国 10 年为教育部所办第三届国语讲习所写了 8 万字的讲义，讲到南宋的白话文，因讲习所毕业而停讲；第二年 3 月在天津南开学校讲演，又将讲义改为三讲；同年暑假在南开大学讲过一次，用的是 3 月的删改本，12 月，在第四届国语讲习所讲过一次，其油印本成为北京翻印《国语文学史》的底本；后来，胡适对讲义加以修改，名曰《白话文学史》。《新著国语文学史》的作者凌独见是胡适民国 10 年教育部第三届国语讲习所讲习《国语文学史》的学生，该书是民国 11 年为浙江省教育会所办国语传习所编写的教材。

正因为这些文学史都是面向学生而写，所以几乎所有的作者在撰写文学史时都有着很强的对象意识。胡怀琛列举当时流行的文学史后指出这些文学史"犹有不适于学校教科书者"，其中的一个原因便是："林著为前清京师大学课本；谢著曰大文学

① 王梦曾：《中国文学史》之"编辑大意"，上海：商务印书馆，民国 3 年(1914)8 月。

② 胡怀琛：《中国文学史略》，上海：大新书局，民国 14 年(1925)。

史，可见其取材宏博；张著名为师范学校用，王著名为中学用，然皆觉过高，不能使学者彻底了了。与其不能彻底了了，何如浅显适用之为愈乎”①。刘毓盘著《中国文学史》查序也指出当时的文学史“类皆繁简失当，瑕瑜互见，求其可为学校课本、自修演习者，竟不可得”②。赵景深《中国文学小史》10版自序特意指出：“为了这本小书是写给初学者看的，所以有许多次要的作家和书都不曾列入。就是近年来新开辟的田地，小说和戏剧的翻刻和流布，也讲得极少。”③该书绪论也表达了作者对以往文学史的不满，其中一个主要问题就是“不合普遍阅读”：“许多现今出版的文学史，只可供作文学专家的参考，不能当作普遍的读物。一则分量太多，二则列举太多，三则嫌其干燥。我以为文学史，尤其是给初学读的文学史，应该兼含有一个阅读导引的作用，分量不可太多。只列举些重要的文人而有集子可读者，并附举易得的价廉的书目，以便自学。文学史本来是干燥的东西，但在可能的限度内，总该用较美丽的叙述，使人读起来略感一点兴趣。”④在谭正璧看来，理想的文学史有两种：“用婉美的句调，作成一本简略和此（指《中国文学史大纲（改订本）》）差不多字数的艺术式的《中国文学史》，则较易引起人们对于文学的鉴赏趣味；一种是完密的将每个文家分述而带点考据性质的大文学史，字数至少在百万以上。”⑤前者无疑是给学生写的，后者则是给专家写的。

---

① 胡怀琛：《中国文学史略·序》，上海：大新书局，民国14年(1925)。

② 查猛济：《刘毓盘〈中国文学史〉序》，刘毓盘：《中国文学史》，上海：古今图书店，1924年。

③ 赵景深：《中国文学小史》，“十版自序”第2页，上海：光华书局，民国23年(1934)14版。

④ 赵景深：《中国文学小史》，“绪言”，第1～2页，上海：大光书局，民国23年(1934)14版。

⑤ 谭正璧：《中国文学史大纲（改订本）》，第177页，上海：光明书局，1933年。

文学史的疆域

一二十年代的文学史是在“文学观念”、“文学史观念”急剧变化的时代氛围中产生的，后起的文学史往往对此前的文学史进行了颠覆，这就使得“中国文学史”的疆域发生了一系列的变迁，并呈逐渐缩小之趋势。

一、“文学”义界的探讨

在一二十年代，探讨“文学史”的疆域首先得探讨“文学”的疆域，因此，几乎所有的文学史都列专章专节讨论“文学”的义界。“我们现在要研究文学史，当然应该先要明白什么是‘文学’和什么是‘文学史’。”①文学之分类“原属于文学研究者之职分，非文学史所宜深论”；但“古今文学变迁之形，至为繁颐，不略举之，转无以见文学史之范围”②。这种表述代表了当时文学史家的基本想法。

其实，早在世纪初，章太炎就第一次对文学的义界和种类进行了探讨，此后西方“文学”定义走进中国，一二十年代的文学史家就是在这种新、旧知识语境中展开“文学”义界的探讨的。下列定义就是当时的学者从不同角度提出来的。

章太炎指出：“文学者，以有文字著于竹帛，故谓之文。论其法式，谓之文学。”③

---

① 谭正璧：《中国文学史大纲(改订本)》，第 1 页，上海：光明书局，1933 年。

② 曾毅：《修正中等中国文学史》，“绪言”，第 16 页，上海：泰东书局，1930 年。

③ 章太炎：《文学总略》，《国故论衡》，第 38 页，上海：上海古籍出版社，2006 年。

黄人在其文学史著作中指出，文学为言语思想自由之代表。后来又在自己编的《普通百科新大辞典》“文科大学”条中对欧美各国文学界说进行了归纳：“以广义言，则能以言语表出思想感情者，皆为文学。然注重在动读者之感情，必当使寻常皆可会解，是名纯文学。”①

胡适在讨论什么是文学时阐述了文学的三个条件：“语言文字都是人类表意达情的工具，传意达的好，表情表的妙，便是文学。但是怎样才是好与妙呢……文学有三个要件，第一要明白清楚，第二要有力能动人，第三要美。”②

凌独见批评章太炎文学定义在现代站不住脚，认为“文学就是人们情感、想象、思想、人格的表现”③。

胡怀琛在《中国文学史略》中指出：“自广义言之：一切文字，皆谓之文学。自狭义言之：则普通文字，谓之文字；而（一）由咨嗟咏叹而出之者，（二）或有艺术之妆点者，谓之文学。由咨嗟咏叹而出之者，诗歌为一大部分；有艺术之妆点者，即声音词彩，着意修饰是也。”④

谭正璧则是在援引评价前人的基础上提出自己的观点的：“张之纯在他所著的《中国文学史》里论文学的性质说：文学者，宣布我感情抒发我理想达标我言语、使文字互相连续而成篇章、于此觇国家之进化者也。这个定义，包括文学的内容、形式及作

① 黄人编：《普通百科新大辞典》“文科大学”条，载钟少华编：《词语的知惠：清末百科辞书条目选》，第59页，贵阳：贵州教育出版社，2000年。

② 胡适：《什么是文学》，《胡适文集》第2册，第149页，北京：北京大学出版社，1998年。

③ 凌独见：《新著国语文学史》，第1页，上海：商务印书馆，民国12年(1923)2月。

④ 胡怀琛：《中国文学史略》，第一章“绪论”，上海：大新书局，民国14年(1925)。

用，要比章氏圆满得多。不过他以‘觇国家之变迁’一语，表明文学的作用，骨架和进化的范围太狭，不如说‘于以觇社会之变迁’，便极为妥当了。”他还表示，自己最为赞赏的是胡适的文学定义。他还对章太炎的观点进行了批驳：“在最近，始有人专门替文学下定义。著名的国学家章太炎，在他演讲的《国学概论》里说：‘有文字著于竹帛，叫做“文”；论彼底法式，叫做“文学”。’这个定义自然也不确的。因为我们知道，‘论彼底法式’是文法学和修辞学上的事，并不就是‘文学’；文学家虽然也要讲文法和修辞，只是决不是讲究文法和修辞就可算是‘文学’，因为‘文学’所重的还是他的内容。”①

胡小石结合立普斯移情说、厨川白村《苦闷的象征》中的理论，认为：“文学是由于生活之环境上受了刺激而起情感的反应，藉艺术化的语言而为具体的表现。”②另外他还从食色这两大生存目的推究文学的动机，指出文学是为了“移情”，和宗教存在着某种同一性，不过：“宗教家靠幻想以安慰将来，所希望的幸福，却在身后。而文学则造幻想以安慰现在，正欲求得眼前之陶醉或解脱。”③

在所有关于“文学”的义界的学说中，最富有学理色彩的是傅斯年的界说。他的《中国古代文学史讲义》“拟目”中的“泛论”十二篇，是对文学、文学史的理论界说，但是只完成了其中最为关键的几篇论文。他反对把文学界说为“思想之著于竹帛者”，并从“思想与语言”的关系中提出自己的文学界说：“总而言之，文学是根据语言的，不是根据思想的，至多涉及于思想的”；“我

---

① 谭正璧：《中国文学史大纲（改订本）》，第 3 页，上海：光明书局，1933 年。

②③ 胡小石：《中国文学史》，《胡小石论文集续编》，第 14 页，第 12 页，上海：上海古籍出版社，1991 年。

们现在界说文学之业为语言的艺术，而文学是艺术的语言”。“说理之文叙事之书，因其艺术之多寡定其与文学关系之深浅”；“八股文不能成为文学，因为大文学之品质在这一体中无所附丽”；“连珠箴铭不能成大文体，因为这些体裁里只有微末的小技可以施展”。①

从以上定义可以知道，除了世纪初的章太炎，几乎所有的文学史家在讨论文学义界时都认为文学分为广义和狭义，广义说基本遵循章太炎的理路，狭义说遵循的是西方的观念。不过，学者们对广义说和狭义说的认同却大为不同。持广义说者基本是把狭义说作为一种知识在文学史中加以介绍而已，持狭义说者却对广义说进行了批评，章太炎往往成为狭义说者攻击的目标。这种对于“文学”的界说方式在30年代的文学史著作中依然没有改变。如刘麟生就在自己的《中国文学史》中指出：“文学是什么东西？要回答这句话，不得不分文学为广义的或狭义的两种。广义的文学，是指一切文字上的著述而言；狭义的文学，是指美感的重情绪的纯文学。”②

在探讨“文学”的义界时，当时的学者还从纵横两个方面来凸显“文学”的定义。横的方面主要体现为现代学科分类视野中的“文学”界说，即从不同学科所具有的性质来界说文学。这种界说首先从学科体制的变迁上反映出来。光绪二十八年七月十二日(1902年8月15日)，张百熙主持颁布《钦定京师大学堂章程》规定，文学包括经学、史学、理学、诸子学、掌故学、词章学、外国语言文字；光绪二十九年十一月二十六日(1904年1月14

---

① 傅斯年：《思想与语言——一个文学界说》，载《诗经讲义稿》附《中国古代文学史讲义》，第112～113页，北京：中国人民大学出版社，2004年。

② 刘麟生：《中国文学史》，第1页，上海：世界书局，民国21年(1932)初版，民国24年(1935)4版。

日),《奏定大学堂章程(附同儒院章程)》把经学、理学从文学门中独立出来,规定中国文学门一年级课程为《四库集部提要》、《汉书·艺文志》补正、《隋书·经籍志》考证;1913 年 1 月 12 日,教育部大学章程规定,大学文科分哲学、文学、史学、地理学四门,文学和史学哲学分立。① 文学在学科体制中逐渐从哲学和史学中独立出来为学者从不同学科的性质角度界说文学提供了现实基础,但这种意识的萌生却是比较晚的:"吾国之论文学者,往往以文字为准,骈散有争,文辞有争,皆不离乎此域。而文学之所以与他学科并立,具有独立之资格,极深之基础,与其巨大之作用,美妙之精神,则置而不论。故文学之观念,往往浑而不析,偏而不全。"②谭正璧认为文学史的写作没能突破与其他学科的牵连,直到胡怀琛《中国文学史略》才"将此关打破"③。在《中国文学史略》中,胡怀琛倡导纯文学观念,并单列一节探讨"文学与他学科之关系",认为:"鄙意以一切学术,当以智、情、意,三字分类:智者,事也,即史也;情者,感情也,文学属于情;意者,理者,即哲学也:如此则经学之已无存在之余地。""谓经为一切学术之总源,可也;以经与子、集、史并立,不可也;以经与哲学、文学,对举而缺史学,亦不可也。编文学史者,不能不打破此见。""文学有形,有质。后世作品,有形是文学,而质非文学者。""文学有形焉,有质焉,为之质者有三,智、情、意",而"古者诗歌音乐舞蹈之不可分","从所谓实质和形式上进行分类,普通文字分为智的文(记事)、情的文(表情)和意的文(说理);无句读

① 琚鑫圭:《中国近代教育史资料汇编·学制演变》,第 697 页,上海:上海教育出版社,1991 年。

② 朱希祖:《文学论》,北京:《北京大学月刊》第 1 卷第 1 号,1919 年 1 月。

③ 谭正璧:《中国文学史大纲》,第 176 页,上海:光明书局,1933 年 11 版。

文(如图表)、有句读文(如散文)和能唱的文(如珠算歌诀一类)”。“文学分为智的文(记事)、情的文(表情)和意的文(说理),无句读文(无)、有句读文(如散文)和能唱的文(如诗歌)。”但是,在历史早期,“哲学史学文学之常相混也”,常发生哲学家或史学家之借重文学、文学家之借重哲学或史事的现象。① 顾实也在《中国文学史大纲》中强调:“又今世通谈,以文学与科学相对立,表示心之活动力二大派,文学为情志之活动,科学为智识之活动。”②

更多的文学史家乐意于从纵的方面即时间维度中梳理“文学”轨迹,更多地注意到了文学概念的历史属性。当他们从历史的角度梳理西方的“文学”义界时,他们发现,西方的“文学”义界其实经历了从广义到狭义的演变。谢无量分析了柏拉图、亚里士多德、黑格尔对于“艺”的解释,认为欧美皆以文学属于艺Art,文学的语源 Litera/Literatura 最初包含文法、文字、学问三义,近世而后,文学成为美艺之一种。在引述 Stopfors Brooke、Thomas Arnold、De quincy、Pancoast 等关于文学的定义后,指出后者最为详审:“文学有二义焉。(甲)兼包字义,统文书之属,出于拉丁语 Initera。首自字母,发为记载,凡可写录,号称书籍,皆此类也,是谓广义。但有成书,靡不为文学矣。(乙)专为述作之殊名,惟宗主情感,以娱志为归者,乃足以当之。文学虽不规规于必传,而不可不希传,故其表示技巧,同工他艺,知绘画、音乐、雕刻之为艺,则知文学矣。文学描写情感,不专主事实之智识,世之文书,名曰科学者,非其伦也。虽恒用历史科学之事实,然必足以导情陶性者而后采之。斥厥专知,撷其同味,有以挺不

① 胡怀琛:《中国文学史略》,第 3～4 页,上海:大新书局,民国 14 年(1925)。

② 顾实:《中国文学史大纲》,第 5 页,上海:商务印书馆,民国 18 年(1929)。

朽之盛美焉。此于文学，谓之狭义，如诗歌、历史、传记、小说、评论等是也。”①顾实根据英文百科全书指出“英语曰 literature，兼具数义，(一) 学问学识，(二) 书籍文库，(三) 文学诗文”。最后指出：“盖最初，止有韵散记载，纷纭错出，继而科学艺术，专著勃兴，终而文化大开，群籍鳞萃，不得不分门别类，于是以古来能特别感动人之作品，自成一区域，此近世纯文学之所由名，而实经数千年之演进，始克臻此境者也。”②

当中国学者从中国的历史语境中探讨“文学”的概念时，他们几乎无例外地注意到了中国历史上长期以来的文笔之争。谢无量对“文”的含义的演变论述得最为充分，展示了“文”由广义变为狭义又变为广义的历史进程：“综彦和之论，则文之广义，实苞天地万物之象。及庖牺始肇字形，仲尼独彰美制，而后人文大成，文言多用偶语，为齐梁声律所宗。齐梁文士，并主美形，切响浮声，著为定则，文之为义愈狭而入乎艺矣。唐世声病之弊益甚，学者渐陋狭境，更趣乎广义。论文必本于道，而以词为末，至宋以下，其风弥盛。周元公曰：文所以载道也。又曰：文辞，艺也，道德，实也。不知务道德而第以文辞为能者，艺焉而已。且又以治化为文。王荆公曰：礼乐刑政，先王之所谓文也，书之策，引而被之天下之民，一也。于是文学复反于广义，超乎艺之上矣。”③此后的学者基本上是朝着这个路向展开探讨的。顾实指出了我国所谓文学一词具有的学问、诗书、学者、官吏四义，认为：“大抵谓文学者，兼指其人而言，而谓文章者，则专指文学作

---

① 谢无量：《中国大文学史》第 1 卷，第 4 页，郑州：中州古籍出版社，1992 年影印本。

② 顾实：《中国文学史大纲》，第 1 页、第 5 页，上海：商务印书馆，民国 18 年(1929)。

③ 谢无量：《中国大文学史》第 1 卷，第 2～3 页，郑州：中州古籍出版社，1992 年影印本。

品而言也，然原始文章云者，兼赅口说韵语及散文，后世乃专指骈散文而言，又不可不辨也。”①谭正璧先列举了古书中“文”的意义，接着指出：“类于现代所谓‘文学’的意义的，在《论语》上有所谓‘辞达而已矣’、‘修辞立其诚’的‘辞’字、‘夫子之文章，可得而闻也’的‘文章’二字；在晋代又有‘文’与‘笔’的分别：‘文’指纯文学，‘笔’指杂文学，一即狭义的文学，一即广义的文学。梁昭明太子编《文选》，始排经、子、史于文学之外，而以‘事出沉思义归翰藻’的为文。他的兄弟梁元帝也说：‘吟咏风谣，流连哀思者谓之文’。这时才将文学从包罗万象的学术中独立了出来。到了唐代，韩愈倡‘文以载道’之说，视文只为哲学家发表他思想的工具，意义既偏狭，而又显然忽视了‘文’本身的特长，于是真正的文学作品，如唐之传奇、宋之词令、元明戏曲、明清小说，均为纯正学者所歧视，而都不能在当时有所立足。韩愈真是中国文学史上的大罪人啊！”②将文学的界说和文笔之分联系得最为紧密并始终贯彻于文学史叙事中的是胡小石。他指出“文”包含文字、口语、文物、礼乐制度、典籍五义，《论语》文学的意义是泛指一切学术而言，“今人所说的文学的意义，正与古人所举的诗的定义很合”。“六朝所下文的定义，即前人对诗的定义。惟当时文笔之分甚严。而所称为文者，除内涵之情感以外，还注重形式方面，必求其合乎藻绘声律的各种条件。”“自魏晋直到盛唐，一般人对于文学的界限，都看得明晰，分得清楚，至于六朝人更长于文笔之分，故界限亦颇中肯。”“韩愈以笔为文，改变了这种风气，宋代文笔界限混淆不清，把文学的本体弄得不清不白。”“清代对于文学有三派主张：桐城派，主单语，重散文，即古之所

---

① 顾实：《中国文学史大纲》，第 1 页、第 3 页，上海：商务印书馆，民国 18 年。

② 谭正璧：《中国文学史大纲（改订本）》，第 2 页，上海：光明书局，1933 年。

谓笔，此派以方苞为首。扬州派，主偶语，重骈文，即古之所谓文，以阮元为首。常州派，调和文笔之说，如张惠言等，均骈散兼备工。以上三派，论信徒之多，必推桐城派。若论立论之精准，即数扬州派。”①在文学史的具体章节中，胡小石对以上观点展开了详尽的论述。比如，论述刘宋文学时，胡小石指出：“宋承魏晋之后，对于文学观念更加清楚。文与笔之分起于晋代，到了宋代而界限益严。范晔的《后汉书》始立‘文苑传’，以别于前代史书中之‘儒林传’，可见前乎此，每以学士而兼文士，后来则文人与学士分途，益足见宋人已承认纯文学的地位了。”图书分类“由七分而进为四分，是无异于说经、子、史三部之范围缩小，而集部之范围扩大。从前只占全书地位七分之一的集部，现在居然涨到四分之一，亦足见文学独立价值之一斑。”“再看当时学制如何：宋文帝分设儒、玄、文、史四馆，至明帝又分说儒、道、文、史、阴阳五科，可见文学已同别种学术等量齐观了。”又如，论述元和之诗文时，胡小石指出：“总之，从元和以后，文之最大趋势，即为以笔代文以集代子。”论述长庆之诗文时，他又指出：“可说韩愈是将子部与集部合而为诗，白居易则混同经师与文人的观念而为诗。”因此，“那文学的界限弄到浑然无存，于是文学的独立性因之而失掉”。②

由于脑际总是萦绕着西方的纯文学观念，一二十年代的学者在清理中国“文学”的历史传统时，又提出了所谓的杂文学与纯文学、软文学与硬文学乃至轻文学与重文学的概念。谢无量的文学史中最早出现杂文学的概念。杂文学概念首先体现在具体的章节中：“夏之杂文学”、“春秋时杂文体”，作者列举了赋、诵、祷辞、盟书、诔、子弟戒、书记、檄移、谐、童谣、新曲、译诗等文

①② 胡小石：《胡小石论文集续编》，第 7～11 页，第 83、84、145、148、144 页，上海：上海古籍出版社，1991 年。

体。其次出现在相关的论述中。如在“宋文学总论”中指出:“唐文学之特质,仅在诗歌,宋文学之特质,则在经学文章之发达,经术至宋一变,学者益究心纯理,故文体往往平正可观。”此外,统治者优礼文士,自是取士,必以经义;加之讲学盛行、印刷术发达等因素;“于是杂文学并兴,体制日盛,颇异前代”。① 从行文可知,谢无量所谓的杂文学、杂文体大致相当于古代文笔之争中的“笔”。由此可知,尽管《中国大文学史》不久被文学史家讥讽为学术史,但谢氏的杂文学概念确实是在狭义文学观的语境中提出来的。童行白在《中国文学史纲》中对杂文学与纯文学进行了明确的定义:“文学有纯杂之分,纯文学即美术文学,杂文学即实用文学也。”②顾实在《中国文学史大纲》中还提出了所谓的软文学与硬文学之说。他把两汉文学分为硬文学和软文学,前者以汉代诸子、策论家、史家为代表,后者以赋、诗、小说为代表。在第九章“唐代文学”第一节“总说”又指出:“唐者,中国文学之极盛时代也,然犹承六朝余风,依旧硬文学不如软文学之盛,而其诗乃古今无与伦比也。文章至此际,虽已见复古之气运,然实止诗之附属品,除二三人外,固无特可置论者。”③从上下文可知,这里的软硬之分实际上是文笔之分、纯杂之分。在第十一章“元代文学”第二节“元代文学总说”中,顾实又提出所谓的轻文学之说:“使元之文学见重者,杂剧、传奇、小说等之轻文学,确为中国文学开一新生面者也。顾探究其理因,则与金之诗正同,故其他要无足数者,当时中国于此等事,既有几分进步之兆候,良以朔漠

---

① 谢无量:《中国大文学史》第 8 卷,第 1 页,郑州:中州古籍出版社,1992 年影印本。

② 童行白:《中国文学史纲》,第 1 页,上海:大东书局,民国 19 年(1930)。

③ 顾实:《中国文学史大纲》,第 185 页,上海:商务印书馆,民国 18 年(1929)。

荒野，风霜严酷，帐幕生活之蛮民，俄焉入此比较山温水软之中国，震眩乎从来之文化，其性情志气既来一大变化，昔日勤俭苦楚之反动，移向于骄奢淫轶之风，至以耳目之快乐为主，是其最大原因欤。凡此类轻文学，于严格之儒教主义，大有所批难。然元帝室固以儒教为不甚可贵者，帝室之威力，解除因袭思想之系缚，殊大有力也。加之轻文学之作家，立于旧来思想之外，换言之，既前朝之遗臣，或社会下层之人才也。要之，中国之纯文学，幸得千载一遇之好机会，随人性自然之趋向，而忽焉发达者也。"①虽然顾实没有对相关概念作出界定，但从行文中我们可以知道，硬文学是纯文学所排斥的，轻文学则是纯文学的精华所在。

二、纯文学史

文学史家放弃乃至批判广义的文学义界转而认同、追捧狭义的文学义界意味着文学史的疆域在一步步地缩小，最后变成了纯文学史。到了 1935 年，刘经庵甚至把他的文学史命名为《中国纯文学史》。"文学史是研究什么文学呢？当然是研究纯文学。"在 30 年代的刘麟生看来，这应该是天经地义的事情。②

这个转变是以剧变的形式出现的，是在短短的几年间完成的，这让当年以广义文学义界作文学史的学者颇生沧海桑田之感。曾毅 1929 年订正自己的《中国文学史》时愤愤不平却无可奈何："但至今日，欧美文学之稗贩甚盛，颇掇拾其说，以为我文学之准的，谓诗歌曲剧小说为纯文学，此又古今形势之迥异者也。"③最具悲剧色彩的是朱希祖。他 1920 年出版自己 1916 年

① 顾实：《中国文学史大纲》，第 250 页，上海：商务印书馆，民国 18 年(1929)。

② 刘麟生：《中国文学史》，第 7 页，上海：世界书局，民国 21 年(1932)初版，民国 24 年(1935)4 版。

③ 曾毅：《修正中等中国文学史》，第 20 页，上海：泰东书局，1930 年。

写的讲义，并以学生为对象写了一篇叙："《中国文学史要略》，乃余于民国五年(1916)为北京大学校所编讲义，与余今日之主张，已大不相同。盖此编所讲，乃广义之文学，今则主张狭义之文学矣。以为文学必须独立，与哲学史学及其他科学，可以并立，所谓纯文学也。……其他不同之点尚多，颇难杂陈。且其中疏误漏略，则此书直可以废矣。惟新编中国文学史尚未蒇事，姑印此为学生之参考书。讲演时，当别授新义也。"①可是颇富戏剧性的是，尽管朱希祖声称自己是纯文学的拥护者，尽管朱希祖发表文章呼吁学者探讨文学相区别于其他学科的属性，但由于新的讲义迟迟没有写出来，满脑子纯文学观念的学生还是不买他的账，甚至发生了驱逐他的学潮。

持狭义文学义界的学者当然是用纯文学观念写作自己的文学史，但往往会在序言和导论中对旧的文学史加以抨击，其言词之激烈，真可谓快意恩仇，毫不留情。

"编文学史者，始于闽侯林传甲氏……再有数家，不及备述，总之得八九种。……然窃以为犹有不适于学校教科书者。一者举凡文字、哲学、史学等，无不纳之文学史中，名曰文学史，实不啻中国学术史也。取材富而分界不清，在前辈以文学概括中国一切学术，盖其观念如是，无怪其然。今人治学，多用科学方法，方法不同，观念自异；对于前人之作，辄觉其划界分类不精当。此不便于教科书者一也。"②

"中国文学史，在国内虽然已出版十多种，然无一种能令人满意。都因作者对于文学的本身是什么不很明了，所以将一切学术文都叙述了。既叙学术文，就不得不将学术思想兼述，于是

---

① 朱希祖：《〈中国文学史要略〉叙》，见陈平原辑《早期北大文学史讲义三种》，北京：北京大学出版社，2005年。

② 胡怀琛：《中国文学史略》，"序"，上海：大新书局，民国14年(1925)。

成了一种学术史而非文学史。"①

"从来编中国文学史的,有几点我不大满意:(一)范围不甚严紧,每每将经史子也当作文学。因此文学史中,每见有四书五经、《史》、《汉》、《荀》、《墨》的论列。又,民间文学本是另一系统,他的价值与创造文学是绝对不同的,也列入文学史之中。我以为文学史中不应论及经、史、子和民间文学。像胡适那样,著《白话文学史》,劈头从汉说起,那才是具有卓见的编法。"②

胡云翼《新著中国文学史》(1932年出版)民国20年4月8日序开列了20部文学史后指出:"大体说起来,实有多数不能令我们充分的满意。在最初的几个文学史家,他们不幸都缺乏明确的文学观念,都误认文学的范畴可以概括一切学术,故他们竟把经学、文字学、诸子哲学、史学、理学等,都罗致在文学里面,如谢无量、曾毅、顾实、葛遵礼、王梦曾、张之纯、汪剑如、蒋鉴璋、欧阳溥存诸人所编著的都是学术史,而不是纯文学史。"③

从一二十年代的文学史所叙述的内容来看,由广义文学史向狭义文学史的演变经历了一个复杂的过程。即由早期论述四部文体的"学术史"变而为论述四部文体和纯文学文体相混合的"大文学史"最后演变为"纯文学史"。

10年代的文学史一如世纪初林传甲的文学史那样在讲述文字、音韵的变迁后重点论述四部文体的演变。朱希祖的《中国文学史要略》就是最为显著的代表。在该书中,他把文学史分成六个时期:第一期上古至夏商,主要论述语言、文字、典籍的形

① 谭正璧:《中国文学史大纲(改订本)》,第176页,上海:光明书局,1933年。

② 赵景深:《中国文学小史》,"绪言",第1页,上海:光华书局,民国17年(1928)。

③ 胡云翼著,刘永翔、李露蕾编:《胡云翼集·胡云翼重写文学史》,第4页,上海:华东师范大学出版社,2004年。

成;第二期周至三国、第三期晋至陈,主要描述经、史、子、集的形成和最终分立;第四期隋唐五代、第五期宋至明、第六期清代,则分别叙述经学流变、史学流变、子学流变和文学流变。这完全是按照四部分类法展开的学术史。当然,在狭义文学义界的影响下,当时的许多文学史家在叙述四部流变时还是比较侧重于跟纯文学有关的集部的。王梦曾的《中国文学史》"以文为主体,史学、小说、诗词、歌曲为附庸。""凡文章诗词歌曲之源流,悉博考精稽著之于册,其有一时异制,如唐末皮陆等之诗,宋世白话之诗词,元世白话之文告,亦刺取其精华,列入以明歧趋,并以博读者之趣。"①曾毅的文学史"以诗文为主,经学史学词曲小说为从,并述与文学有密切关系之文典文评之类。"②

相当一部分文学史家(不管是持广义的文学义界,还是持狭义的文学义界)在新旧文学观念的夹击下采取了骑墙的策略,在有所侧重的情况下兼容四部文体和纯文学文体。吴梅的《中国文学史》分三个时期论述了从唐至明的文体、文学现象,唐代文学论述了文、诗、词、史、小说、缁徒文学,宋元文学论述了文、诗、词、曲、史、语录、小说(三国演义、水浒传)、时文,明代文学论述了文、诗、词曲、道学、制艺、小说。总体上是以纯文学为主,但也夹杂了史学、哲学和非纯文学。刘毓盘《中国文学史》被推许为论断眼光"尤合于现代批评文学之旨"③,但在分论文、诗、词、曲的文体变迁时却夹杂了广义文学史的内容。如在"元人之文学"、"小说之日众"、"文学之中衰"三节后,作者又列"文学之兴盛"一节,分别论述此一时期的经学家、小学、史学、考订辑佚、著述家。这种策略延续的时间很长,民国19年出版的欧阳溥存

---

① 王梦曾:《中国文学史》之"编辑大意",上海:商务印书馆,民国3年(1914)。

② 曾毅:《修正中等中国文学史》,"凡例",上海:泰东书局,1930年版。

③ 查猛济:《刘毓盘〈中国文学史〉序》,上海:古今图书店,1924年。

《中国文学史纲》①依然以四部文体为叙述主体。全书分19章，75节，上至诸子百家，下至小说词曲。其两晋文学分总论、经术及玄学、史志及小说、《抱朴子》、陆潘张左、陶潜、苏蕙等；唐文学部分论及：诗文体格之变迁及各种学术之发达、注疏之文、史籍类书小说、诗家、佛教文；清文学涉及清代文学昌盛之由、古文家、诗家、骈文家、词曲小说、考证及翻译。从上述目录可知，学者们讥讽该书是学术史，一点也没有冤枉它；不过，该书还是给了纯文学的词曲小说以一定的篇幅。

这方面的代表就是以"大文学史"相号召的谢无量。如前所述，谢氏在文学史中清理了中西"文学"观念的历史变迁，对于纯文学的义界有着准确的把握；对于文学的分类，他也从中西文学的历史进程中作了辨析："文学分类，说者多异。吾国晋宋以降，则立文笔之别，或以有韵为文，无韵为笔，然无韵者有时亦谓之文。至于体制之殊，梁任彦升《文章缘起》，仅有八十三题，历世踵增，其流日广。自欧学东来，言文学者，或分知之文情之文二种，或用创作文学与评论文学对立，或以实用文学与美文学并举。顾文学之工，亦有主知而情深利用而致美者，其区别至微，难以强定。"由此可见，谢氏的西学和国学都是很扎实的，但他在文学史写作中并没有遵循狭义的文学义界和文学分类，而是认同章太炎有句读文、无句读文的分类方法"就吾国古今文章体制"②。他指出，无句读文包括图书、表谱、簿录、算草，有句读文分有韵文、无韵文，前者包括赋颂、哀诔、箴铭、占繇、古今诗体、词曲；无韵文包括学说、历史、公牍、典章、杂文和小说六类，每类下又分若干小类，小说则文言俗语诸体均属之。他还运用现代

① 欧阳溥存：《中国文学史纲》，上海：商务印书馆，民国19年(1930)8月。

② 谢无量：《中国大文学史》第1卷，第9页，郑州：中州古籍出版社，1992年影印本。

文学观念对这些文体作了定性分析:"大抵无句读文,及有句读文中之无韵文,多主于知与实用;而有句读文中之有韵文,及无韵文中之小说等,多主于情与美,此其辨也。"①这表明作者对文学义界的广狭及其分类系统有着清晰的认识,作者把学术史和四部说排斥的俗语小说、戏剧统统包含进文学史并刻意标明"大文学史"是一种有意识的学术思考。在文学史的具体论述中,这个意念得到了彻底的贯彻。比如,他论述康熙年间文学的成就时就指出:"康熙六十一年间,文学最盛。是时屡耀兵塞外,平台湾,定西藏,国内晏然。乃集儒臣,编撰群书,自《全唐诗》、《佩文韵府》、《字典》、《渊鉴类函》以及天文、历算、律吕、刑政、儒释之书,多所考定;而当时之显学,经学考证则阎若璩、毛奇龄,理学则汤斌、陆陇其、李光地,古文则汪婉、姜宸英、邵长蘅、方苞,诗词则宋琬、施润章、陈维崧、彭孙遹、尤侗、王士祯、朱彝尊、赵执信、查慎行;而小说戏曲之最流行于世者,如《红楼梦》、《桃花扇》、《长生殿》等,皆纷纷并世而俱出。要以王士祯之诗与方苞之文,在当时能卓然自成一家,尤为后人所宗矣。"②

20 年代尤其是 20 年代后期的一些文学史不仅剔除了经学、史学和子学的内容,而且还把一些集部的属于"笔"的文体也一概予以剔除。如赵景深《中国文学小史》就用纯文学观念来筛选文体,全书论述了《诗经》、屈原和宋玉、贾谊、司马相如与扬雄至于清代的诗文、最近的中国文学,涵盖了诗、词、曲、小说、戏剧和散文等文体。明代部分设置了诗文的复古、永乐大典和八股文、词家与散曲家、《西游记》、《金瓶梅》及《封神》、《诚斋乐府》与《四声猿》、《安邦定国志》与《凤凰山》、《临川四梦》、通俗短篇五

---

① 谢无量:《中国大文学史》第 9 卷,第 8 页,郑州:中州古籍出版社,1992 年影印本。

② 谢无量:《中国大文学史》第 1 卷,第 10 页,郑州:中州古籍出版社,1992 年影印本。

大宝库等章节，清代部分设置了桐城派与阳湖派及其前后、女作家之努力于弹词、诗坛鸟瞰、《四库全书》与金圣叹、《长生殿》和《桃花扇》与《九种曲》和《十种曲》、通俗小说四大派、昆腔与京剧、所谓词学复兴、《聊斋志异》、《子不语》与《阅微草堂笔记》、章实斋的文学论与文学史之创作等章节。

但是所谓的纯文学也不是一夜间从天上掉下来的，它有着从四部传统中逐渐萌芽、成长和分离的轨迹，纯文学史家正视历史进程必须叙述到四部书时总是不忘提醒读者自己所论述的对象不是纯文学作品，或者强调自己所论述的对象虽然不是纯文学作品但具备纯文学的某些特性。比如，顾实在论述三代文学的发展时就特意区分了纯文学与非纯文学：三代文学无形而上学，有想象力而缺乏美之要素，有迷信而宗教不发达，“要之，皆可见其精神产物之不明确，而其中之缺美一端，尤于文学为不适当也”。《易》、《书》、《诗》三经属性分别为知、意、情，乃三分科，《诗经》“可视为纯然文学作品”。“至屈宋之时，乃有专以文学为生之文人出，而大增高文学之势力与价值于现实世界，此有真正意味之文学及文学者之滥觞也。”①又如，胡怀琛在《中国文学史略》中论述到一些非纯文学作品时就一再提醒读者注意：“此时代（周秦）之文学家，除屈原师弟而外，非专以文学名也，不过其兼能文学而已。如周公、孔子，断不可仅以文学家目之。惟以其擅文学，而于文学有莫大之关系，故亦并列于此。以后各时代，皆仿此。”“以上为（两汉）文学变迁之大略。此外如伏生、董仲舒、毛亨等之传经，淮南王刘安之著《淮南子》，刘向之著《新序》、《说苑》，许慎之著《说文解字》，虽非纯然文学，而与文学颇有关系也。”“此外，蜀诸葛亮之《出师表》，政治家之文也。晋陈寿之

① 顾实：《中国文学史大纲》，第21页、第37页、48页，上海：商务印书馆，民国18年（1929）。

《三国志》，史家之文也。《出师表》文情并至，《三国志》与《史》、《汉》并称；虽非纯然文学，要亦一时特色。”“孙炎《切音》、李登《声类》，音韵之初祖，影响于文学甚大；《佛国记》在中国文学史、哲学史、交通史上均占有重要之位置；《南方草木状》、《竹谱》、《刀剑录》轻质重文，已趋向审美一方面。”“此时代文学（北朝及隋），可谓为完全艺术的文学，殊无足取；唯范晔之《后汉书》，后人取与《史记》、《前汉书》、《三国志》，并称四史；郦道元之《水经注》，文笔刚健，不为当时习气所染。是二书虽非纯然文学，亦有足称也。”①

三、进化的文学史

20世纪初，进化论思潮席卷中国学术界，王国维第一次用进化论的观点来研究中国文学史。到了1918年，胡适就公开批评早期的文学史家“张之纯们没有历史观念”，大力鼓吹进化文学史。② 到了40年代，浦江清评论陆、冯《中国诗史》时不无感慨地指出：王国维《人间词话》“一代有一代之所胜”的观念本于焦循，“焦、王发现了中国文学演化的规律，替中国文学史立了一个革命的见地。在提倡白话文学、民间文学的今日，很容易被现代学者所接受，而认为惟一正确的中国文学史观了”③。

如果说，纯文学史不仅使得文学史从学术史中独立出来而且使得文学史从文、笔并举中分离出来从而大大缩小了文学史疆域的话，那么进化文学史便在文学的内部减少了文学史的叙述对象从而又一次缩小了文学史的疆域。

---

① 胡怀琛：《中国文学史略》，第20页、第30页、第43页、第59页，上海：大新书局，民国14年（1925）。

② 胡适：《文学进化观念与戏剧改良》（1918），《胡适文集》第2册，第116页，北京：北京大学，1998年。

③ 浦江清：《论大学文学院的文学系》，《浦江清文史杂文集》，第103～104页，北京：清华大学出版社，1993年。

强调文学与时代的关系是进化文学史的核心精神，文学史应该表彰最能代表时代精神的文学现象和文学体裁是进化文学史的基本操作规则。胡适撰文呼吁："把三百篇还给西周东周之间的无名诗人，把古乐府还给汉魏六朝的无名诗人，把唐诗还给唐，把词还给五代两宋，把小曲杂剧还给元朝，把明清的小说还给明清。"①而这几乎成了文学史家遵循的基本准则。如杨荫深认为："一代有一代特别发达的文学，文学史应该表彰它们，其他模拟前人的文体，可以忽略不计。"②郑宾于也认为："文学史虽然不重在专录，然而我对于各时代文学的兴替和沿革，却是绝对的采取这种精神的；对于各时代文学的创造，都要特别表彰的。"以此为基点，他还对此前的文学史提出了尖锐的批评："据我的眼光看起来，似这般'杂货铺'式的东西，简直没有一部配得上称之为《中国文学史》的作品。""一般人知道西洋'简洁体'、'蔓衍体'、'刚健'、'优柔'等分别文学体例，却还抱定《文章缘起》、《古文辞类纂》的分类体系不放"，"不管分多分少，都是毫无价值的无用功"，"这也配得上叫《中国文学史》！"③到了 30 年代，刘麟生甚至设置相关的体例来表达进化文学史的观念："本书以时代为经，以文学的种类为纬。对于每一时代之重要作品，比较的为积极之研究。其他文学，便叙述从简了。"④

为了凸显每一个时代的文学，进化文学史特别强调文学的进化历程。比如，在《国语文学史》中，胡适强调白话对文体演变的推动时曾指出："白话韵文的进化到了长短句的小词，方才可

① 胡适：《国学季刊发刊宣言》，北京：《国学季刊》第 1 卷，第 1 号，1923 年。

② 杨荫深：《中国文学史大纲》，"例言"，上海：商务印书馆，1927 年。

③ 郑宾于：《中国文学流变史（上）》，"前论"，第 7 页、第 13 页，上海：北新书局，民国 19 年；郑州：中州古籍出版社，1991 年据 1936 年版影印。

④ 刘麟生：《中国文学史》，"叙言"，上海：世界书局，民国 21 年（1932）。

说是寻着了他的正路。后来宋的词、元曲，一直到现在的白话诗，都只是这一个趋势。”“后来词一变为小曲，小曲再变为弦索套数，套数加上说白，三变而为戏剧。”胡适经常不厌其烦地在文学史中勾勒白话文学演进的线索。他在论述汉唐文学走向时指出：“韵文是贵族与小百姓公用的，故韵文的进化又分作两支线。贵族的文人——从司马相如直到王勃、杨炯——尽管做他们的贵族诗赋；一个做《拟古》，第二个做《拟拟古》，第三个又做《拟拟拟古》，这是支路甲，就是我的朋友钱玄同说的‘选学妖孽’走的路。但是民间的无名诗人却在这一千年中开辟出一条韵文的大路，这就是我们前说的汉魏六朝的平民文学，这就是支路乙。”“支路乙最终战胜了支路甲。”①

在进化论者看来，进化文学史实际上就是纯文学的历史。胡云翼辨析广义和狭义文学概念时明确提出进化文学史就是纯文学的演化史：“广义的文学即如章炳麟所说的‘著于竹帛谓之文，论其法式谓之文学’，即是说一切著作皆文学。这样广泛的无际的文学界说，乃是古人对学术文化分类不清时的说法，已不能适用于现代。至狭义的文学乃是专指诉之于情绪而能引起美感的作品，这才是现代的进化的正确的文学观念。”“本此文学观念为准则，则我们不但说经学、史学、诸子哲学、理学等，压根儿不是文学；即《左传》、《史记》、《资治通鉴》中的文章，都不能说是文学；甚至于韩、柳、欧、苏、方、姚一派的所谓‘载道’的古文，也不是纯粹的文学（在本书里之所以有讲到古文的地方，乃是藉此说明各时代文学的思潮及主张）。我们认定只有诗歌、辞赋、词曲、小说及一部美的散文和游记，才是纯粹的文学。”②

---

① 胡适：《国语文学史》，第 74 页、第 160 页、第 55 页、第 56 页，合肥：安徽教育出版社，1999 年。

② 胡云翼：《新著中国文学史 · 序》，《胡云翼集 · 胡云翼重写文学史》，第 5 页、第 6 页，上海：华东师范大学出版社，2004 年。

进化文学史还意味着对文学史实进行考订并进而探讨其演变轨迹和演变规律，因此，进化文学史意味着文学史是一种信史，要遵循一般史学的规则。早期的几部文学史往往从上古传说时代讲起，罗列了一大堆传说中的或者后期的材料。而进化文学史家则指出："讲到我国远古的文学，不患材料的不多，只怕材料的不真。我们首先若不建立一个信史开始的时代，随便轻信一切传统，遂不免以讹传讹。大讲其三皇五帝的文学，或甚至盘古时代的文学，若不是捕风捉影，便是自欺欺人。"①傅斯年举例论证了中国信史当从殷代开始，但殷代的甲骨文字不能称之为文学，《盘庚》不能称之为纯粹的文学，《商颂》虽然是纯粹文学，但从地理、语言、文辞辨析其时代可以断定商颂绝非商人文学，因此中国文学史的信史时代当自周始。对于具体的文学现象和文学作品，进化文学史家强调所有的结论必须建立在翔实的考证的基础上。正是基于这样的理念，胡适才花费巨大的篇幅来讨论《孔雀东南飞》的时代问题。他先后反驳梁启超和陆侃如的观点，最后用事实证明："《孔雀东南飞》的创作大概去那个故事本身的年代不远，大概在建安以后不远，约当三世纪的中叶，但我深信这篇故事诗流传在民间，经过三百多年之久(230—550)方才收在《玉台新咏》里，方才有最后的写定，其间自然经过了无数民众的减增修削，添上了不少的'本地风光'(如'青庐'、'龙子幡'之类)，吸收了不少的无名诗人的天才与风格，终于变成一篇不朽的杰作。"②基于同样的理由，胡适总是根据材料的发现修改自己的观点。胡适的《白话文学史》讲义写于 1920 年，1921 年作了一次修改，修改的原因是禅宗白话文的发现和宋《京本小说》的发现；1928 年作了重大修改，原因是"这六年之中，国内国外添了不少的文学史料"。"这些新材料大都是我六

① 傅斯年：《诗经讲义稿(含〈中国古代文学史讲义〉)》，第 18 页，北京：中国人民大学出版社，2004 年。

② 胡适：《白话文学史》，第 80 页，合肥：安徽教育出版社，1999 年。

年前不知道的。有了这些新史料作根据，我的文学史自然不能不彻底修改一遍了。新出的证据不但使我格外明白唐代以及唐代以后的文学的变迁大势，并且逼我重新思考唐以前的文学逐渐演变的线索。六年前的许多假设，有些现在已得着新证据了，有些现在须大大地改动了。”“这么一来，我索性把我的原稿全部推翻了。”①

进化文学史的理论基础是达尔文的进化论，但中国学者探讨进化文学史时则往往喜欢结合清代文论家焦循的理论加以阐发。从学理上作出阐释的应该是胡适和胡小石，而尤其以胡小石的探讨最为完美。他在文学史的《通论》中引述进化论后指出：“我们在这里要举清代大儒焦里堂的论文名著为代表。这篇也可以说是中国人最先所著的一部具体而微的文学史。”胡小石提升出焦文的四种文学史观念：“（一）阐明文学与时代之关系。他最能认清在什么时代就产生什么文学，‘一代有一代之胜’……汉则专取其赋，魏晋六朝至隋则专录其五言诗，唐则专录其律诗，宋则专录其词，元专录其曲，明专录其八股，一代还其一代之所胜。”“（二）认清纯文学之范围。中国人自来哲学与文学相混，文学与史学不分，以致现在一般编辑文学史的，几乎与中国学术史不分界限。头绪纷繁，了无足取。焦君此篇所举的历朝代表文学作品，如楚骚、汉赋、唐诗、宋词、元曲等，均属于纯文学方面。”“（三）建立文学的信史时代：以能够证明是真的作品为断，从商代讲起。”“（四）注重文体之盛衰流变：每种文体，都是最初时候很兴盛，以后渐渐衰败，终于另外出一种新文体来代替旧的。”②胡小石的这种阐释实际上建构了进化文学史的理论体系。他之所以能够做到这一点，与他的求学经历和知识结

---

① 胡适：《白话文学史》，第 6 页、第 7 页、第 8 页，合肥：安徽教育出版社，1999 年。

② 胡小石：《胡小石论文集续编》，第 3～5 页，上海：上海古籍出版社，1991 年。

构密不可分："盖师在清末，肄业两江师范农博科，专攻生物学；民初在上海，从史学家沈曾植先生受业三年，是以能融合清儒考据与西方科学方法于一炉焉。"①门人吴征铸《后记》中的这段话可为注脚。

四、白话文学史

为了给教育部国语讲习所授课，更为了给白话文运动提供历史的依据，胡适撰写了《国语文学史》讲义，开启了从语言学维度界定文学史疆域的运动。白话文学史提升了白话文学尤其是章回小说的历史地位，却使文学史的疆域缩小了一半。倡导最力者为胡适，他曾指出："小说的发达史便是国语的成立史，小说的传播史便是国语的传播史。这六百年的白话小说便是国语文学的大本营，便是无数的'无师自通的国语实习所。"②

文与言、死文学与活文学，这是白话文学史的四个关键词。文即文言，言即白话。在白话文学史家看来，用文言写的文学是死的文学，用白话写的文学才是活的文学。

胡适是从文与言分离的历史来断定文学的死与活的。他在《白话文学史》的《引子》中回忆自己回答学生为什么中国没有代表其时代的文学时指出："你自己读错了文学史，所以你觉得中国文学不代表时代了。其实你看的文学史，只是古文传统史。""古文传统史乃是模仿的文学史，乃是死文学的历史；我们讲的白话文学史乃是创造的文学史，乃是活的文学史。"该书第一章的标目就是"古文是何时死的？"。他指出：战国时代文体与语体已经分开，公孙弘的奏章证明汉代的古文已经成了一种死文字了，但通过科举制度的存卷机制把古文保存了下来。而白话文

---

① 胡小石：《胡小石论文集续编》，第 205 页，上海：上海古籍出版社，1991 年。

② 胡适：《国语文学史》，第 175 页，合肥：安徽教育出版社，1999 年。

学则是活的文学，“政府的权力、科第的引诱、文人的毁誉，都压不住这一点国语文学的冲动。”《白话文学史》第二章的标目便是“白话文学的背景”，他认为汉代刘邦及其妻妾的歌吟和民间文学都是白话文学和平民文学，“从此以后，中国文学便分出了两条路子：一条是那模仿的，沿袭的，没有生气的古文文学；一条是那自然的，活泼泼的，表现人生的白话文学”①。此后的所有论述，都是按照这个逻辑朝前发展的。

傅斯年则从语言学的角度对活文学和死文学进行了阐述。他指出，文学是根据语言的，不是根据思想的，是语言的艺术；中国文学和中国文字的关系甚少，而和中国语言竟可以说是一事；“自昭宣后，王子渊、刘子政、谷子云的文章，无论所美在笔札所创作在颂箴，都是以用典为风采，引书为富赡，依陈言以开新辟，遵典型而成己体，从此话言和文辞断然的分为两途，言自言，文自文。从这时期以下的著作我们标做‘古文’，古文没有活的生命。”在论述楚辞余音时，作者也指出：“楚辞的起源当然上和四言下和五言七言词乃至散文的平话一个道理，最初只是民间流传的一体，人民自造又自享用的。后来文人借了来，作为自己创作的体裁，遂渐渐的变大规模，成大体制，也渐渐的失去民间艺文的自然，失去下层的凭藉，可以不知不觉着由歌词变为就格的诗，由内情变为外论，由精灵的动荡变为节奏的敷陈，由语文变为文言。”②

胡适还根据文言、白话的使用者来确定文学史的高下，把文言文学界定为庙堂文学、贵族文学而予以否定、抨击，而把白话文学等同于平民文学、民间文学加以肯定。“文学成了少数清客

① 胡适：《白话文学史》，第2～3、14、19页，合肥：安徽教育出版社，1999年。

② 傅斯年：《诗经讲义稿(含〈中国古代文学史讲义〉)》，第126页、178页，北京：中国人民大学出版社，2004年。

阶层的专门玩意儿,目的只图被皇帝'第其高下,以差赐帛';所以离开平民生活越远,所以越渐渐僵化了,变死了。这种僵化,先起于歌颂辞赋,后来才侵入应用的散文里。""一切新文学的来源都是民间。民间的小儿女、村夫农妇、痴男怨女、歌童舞妓、弹唱的、说书的,都是文学上的新形式和新风格的创造者。这是文学史的通例,古今中外都逃不出这条通例。"①

傅斯年则从"成文的文学"和"不成文的文学"对民间的白话口头文学加以肯定。"文字发明以后,反而给大力量的文学一种打击,使得它离去人们对于文学最自然的要求,而给文学若干的桎梏,使它作畸形发展。"文字发明前后的不成文文学各有各的好处:"至于民间故事童话,尚有很多可搜集者。搜集固是大业,若能就故题目作新创作,也是佳事。现在……有能付给那些固有的神话故事题目一个新生命,付给那些尚在民间的童话俗语一个新运动者吗?我醒着睡着都找它。"②

在五四新文化运动中,"平民"和"民间"是两个受学术界热捧的时髦词汇。胡适把白话文学史和平民文学史、民间文学史等同起来是符合当时的文学史写作大潮的。比如,坚持"大文学史"写作的谢无量和提倡纯文学史写作的顾实都在自己的文学史著述中频频提及平民文学,并给予很高的评价。前者曾从精神层面就古今文学大势分为四期:"一、创造文学:创造者,前无所因,体必己出,自有文字以来,至于周秦之末世,皆为创造时代。""二、模拟文学:周秦以后,文章率出于模拟,然上者模拟其精神,次乃模拟其形貌。""三、国家文学:夫模拟文章,能得其精神而不专取其形式,则犹可以致一时之盛。故模拟之弊,极而不

① 胡适:《白话文学史》,第38、20页,合肥:安徽教育出版社,1999年。

② 傅斯年:《诗经讲义稿(含〈中国古代文学史讲义〉)》,第129页,北京:中国人民大学出版社,2004年。

可挽者，实在国家以文章取士之后。”“四、平民文学：综而言之，国家文学，近于模拟；平民文学，近于创造。创造与模拟合，庶臻文学之极轨矣。”①后者指出汉赋“自武帝之时而大流行，盖贵族文学之标榜，而当时社会人心淫佚放纵之反映也。”汉赋代表作家“司马相如者，其人物不足取（无行纵欲慢性淋病），碌碌无崭新奇拔之思想，惟长于修辞之技工，洵中国赋家之冠冕也”。“汉之诗，对于当时贵族文学之赋而言，则平民文学也，且新体诗也。四言之诗既亡，汉中叶而五言兴，遂成定式，七言亦间现焉。”②

白话文学史还力图证明白话文学不仅历史悠久而且是文学史的中心。胡适在《白话文学史》中自问自答：“我为什么要作白话文学史呢？”“第一，我要大家知道白话文学不是这三四年来几个人凭空捏造出来的；我要大家知道白话文学是有历史的，是有很长又很光荣的历史的。”“第二，我要大家知道白话文学在中国文学史上占一个什么地位。老实说吧，我要大家都知道白话文学史就是中国文学史的中心部分，中国文学史若去掉了白话文学的进化史，就不成中国文学史了，只可叫做‘古文传统史’罢了。”③为了证明白话文学史历史悠久是文学史的中心，胡适不仅抬高了一些艺术成就并不高的白话文学的地位，而且还“把‘白话文学’的范围放的很大，故包括旧文学中那些明白清楚近于说话的作品”④。因此，他舍弃一些著名诗人的杰出之作，而专论这些诗人用接近白话写作的打油诗、滑稽诗；因此，语言朴实的陶渊明也成了白话诗人，并被胡适慷慨赠与“平民诗人”的

① 谢无量：《中国大文学史》第1卷，第35～38页，郑州：中州古籍出版社，1992年影印本。

② 顾实：《中国文学史大纲》，第139页、第141页，上海：商务印书馆，民国18年。

③④ 胡适：《白话文学史》，第1～2页，第9页，合肥：安徽教育出版社，1999年。

桂冠："他的环境是产生平民文学的环境，而他的学问思想却又能提高他的作品的意境。故他的意境是哲学家的意境，而他的言语却是民间的言语。他的哲学又是他实地经验过来的，平生实行的自然主义，并不像孙绰、支遁一班人只供挥麈清谈的口头玄理。所以他尽管做田家语，而处处有高远的意境；尽管做哲理诗，而不失为平民的诗人。"①

在热火朝天的白话文运动和新文学运动中，白话文学史得到了热烈的追捧自是题中之义。"要晓得旧思想不破坏，新事业断断不能发生的；两种相反对的主义，一时断不能并行。""若打破古例，输入外来的新语，则文学的思想界，正如辟了救国的新疆土，又添了救国文学的新朋友，岂不有趣?"②但是，热捧归热捧，对胡适以白话文定文学疆域用、白话文定文学水准的做法进行抨击的浪潮也连绵不断。梅光迪指出："诚如彼等所云，则古文之后，当无骈体，白话之后，当无古文，而何以唐宋以来，文学正宗，与专门名家，皆为作古文或骈体之人。此吾国文学史上之事实。"③朱光潜批评道："我们不惊讶他拿一章来讲王梵志和寒山子，而惊讶他没有提及许多重要的诗人，如陈子昂、李东川、李长吉之类；我们不惊讶他以全书五分之一对付《佛教的翻译文学》，而惊讶他讲韵文把汉魏六朝的赋一概抹煞，连《北山移文》、《荡妇秋思赋》、《闲情赋》、《归去来辞》一类的作品，都被列于僵

---

① 胡适：《白话文学史》，第105～106页，合肥：安徽教育出版社，1999年。

② 朱希祖：《非"折中派"的文学》，北京：《新青年》第5卷第4号；郑振铎编选：《中国新文学大系·文学论争集(1917—1927)》，第86～96页，上海：良友图书公司，1935年。

③ 梅光迪：《评提倡新文化者》，南京：《学衡》，第1期，1921年；郑振铎编选：《中国新文学大系·文学论争集(1917—1927)》，第108页，上海：良友图书公司，1935年。

死的文学；我们不惊讶他用二十页来考证《孔雀东南飞》，而惊讶他只以几句话了结《古诗十九首》，而没有一句话提及中国诗歌之源是《诗经》。”①一些文学史家还以宣扬文言作抗议。曾毅抗议道：“欲明文学史，必须晓读古书，若于文言以为难，可无庸再讲文学史也。”②童行白则用浅明文言文书写自己的《中国文学史纲》，目的是为了“使读者循此而养成文言文阅读上的习惯，而获得鉴赏中国古代文学名著的能力”③。温和一点的文学史家则主张：“凡白话文言之种种文体，无一可以偏废也。”④胡适《白话文学史》的这种缺失，让最为服膺他的文学史家也不得不表示惋惜。如在二十多部文学史中，胡云翼认为满意较多的实只有胡小石的《中国文学史》及胡适的《白话文学史》，但胡云翼却说：“只可惜过于为白话所囿，大有‘凡用白话写的作品都是杰作’之概，这未免过偏了。如王梵志的诗究竟有什么了不得之处，竟劳胡先生在珍贵的篇幅上大书特书而加以过分的赞美呢？这真令我百读百思都不得其解。”⑤

五、性灵的文学史

纯文学史、进化文学史、白话文学史观念不仅使得文学史的叙述对象发生了变迁，而且使得文学史的关注焦点也发生了变化，即由考竟学术源流、探询文学发展大势、分析文体演变而为

---

① 朱光潜：《替诗的音律辩护——读胡适的〈白话文学史〉后的意见》，《诗论》，第229页，北京：三联书店，1984年。

② 曾毅：《订正中国文学史》，第1页，上海：泰东书局，1932年。

③ 童行白：《中国文学史纲》，“凡例”，上海：大东书局，民国19年(1930)。

④ 顾实：《中国文学史》，第331页，上海：商务印书馆，民国18年(1929)。

⑤ 胡云翼：《胡云翼集·胡云翼重写文学史》，第4～5页，上海：华东师范大学出版社，2004年。

关注文学作品的内容和形式。朱希祖曾敏锐地指出了这种变化:“此编(《中国文学史要略》)所讲,徂述广义文学之沿革兴废,今则以为文学史必须述文学中之思想及艺术之变迁。”①顾实在《中国文学史大纲》中指出:“大凡所谓艺术,以形式内容两方面之调谐,为最上乘。故中国文学之研究,亦于此两者,不设轻重之别,一也;一切艺术之作品,因于时代共通之思潮,与个人独特之癖性,结合而形成焉者,故于文学之内容,又恒不能不截然区别此两者,二也。今也依据如上之根本二大原则,以为研究,加之,记述务极简易明了,故以公平之鉴赏(appreciation)、精确之批判(critism),而下合于论理之断定,始终一贯成之,此本书之所自任也。”②在当时的文化背景下,关注“思想艺术之变迁”的文学史在一定程度上成了关注性灵的文学史。

把文学史写成“学术史”和“大文学史”的文学史家的关注焦点是“考学术之渊源,详文章之流派”。③ 朱希祖与谢无量是其中的典型代表。朱希祖在文学史中详细叙述四部的萌生和演变,特意关注文章流派尤其是集部流派的形成和发展。如在《中国文学史要略》第三期“晋至陈”一章中,作者详述此一时期的学术流变以及四部的分立:“自魏正始中何晏王弼祖述老庄,晋王衍乐广慕之,崇虚玄之学,开谈讲之习,流风余韵,迄于江左,学术文章,颇能综于名理,称为华妙。迨梁天监,始崇儒术,而玄风将泯,文弊渐滋。后世史臣,莫不崇儒道,斥玄学,弘讲经之业,贱清谈之士,五胡分裂之祸,莫不丛罪于宣宗。斯盖非弘通平恕

① 朱希祖:《〈中国文学史要略〉叙》,见陈平原辑《早期北大文学史讲义三种》,北京:北京大学出版社,2005 年。

② 顾实:《中国文学史大纲》,第 6 页,上海:商务印书馆,民国 18 年(1929)。

③ 朱希祖语,见陈平原辑:《早期北大文学史讲义三种》,第 259 页,北京:北京大学出版社,2005 年。

之论乎。自晋以来，学者所趋，略分四科，所谓儒玄史文是也。宋元嘉时，立国子学，遂四业并见，豫章雷次宗、会稽朱膺之、颍川庾蔚之，并以儒学，总监诸生；丹阳尹何尚之立玄学，太子率更何承天立史学，司徒参军谢元立文学，虽劝课未博，建制亦暂，而图籍文字，亦自此遂分为四部矣。”在第二期“周至三国”一章中，作者提出了“考学术之渊源，详文章之流派”的主张，认为子学“虽分流为十，而大别有三，曰小说，虽名为子，而与史最为近者也。一曰名，由名家(指道、儒、墨、法、杂、阴阳、农)出者，为诸子正宗，此虽由史出，而可与史抗衡者也。一曰纵横，由纵横出者，其流为辞人文士，虽亦为史家之流裔，而实为集部之远宗者也。”“纵横家善于辞令，长于讽诵，能移人之能，夺人之意，其源本出于诗”，并举例详细说明其演变而为诗赋的历程。①

一批“大文学史”和“进化文学史”史家的关注焦点则在于“论文学之大势，详文体之演变”。胡怀琛、刘毓盘可为代表。胡怀琛《中国文学史略》每章分“此时代文学变迁之大势”、“此时代文学之特点”、“此时代文学家小传”论述文学的发展。刘毓盘《中国文学史》全书分“文略”、“诗略”、“词略”、“曲略”四编，分述文学的发展，大体是按照文体演变的轨迹设置章节，如其“诗略”章节为：古音之初起、歌谣之初起、诗体之初起、诗教之初起、诗乐之异同、文章之趋势、七言之初起、乐府之初起、联句之初起、五言之初起、文网之感言、长篇之首出、四言之就衰、继响之迭作、回文之初兴、排句之发见、律诗之先声、诗体之日下、雅语之复用、诗学之极盛(四唐)、韵学之昌明、变体之迭出、宋派之互争、唐宋之大别、诗史之微词、元音之复兴、风雅之式微、诗选之论定、余事之所为、集句之工者、诗话之必传、各体之备考。胡小

① 陈平原辑：《早期北大文学史讲义三种》，第268、259、264页，北京：北京大学出版社，2005年。

石在阐述、发挥焦循的文学史观点时就提出进化文学史应该“注重文体之盛衰流变”：因为“每种文体，都是最初时候很兴盛，以后渐渐衰败，终于另外出一种新文体来代替旧的”①。

在当时的思想解放大潮流下，一些进化文学史家关注的焦点变为作家的精神世界，思想、性情、心灵、个性、性灵与佳趣等词汇成了胡适、谭正璧、赵景深、顾实们写作文学史最喜欢使用的词汇。胡适倡导白话文，提倡做诗如说话为文如说话，高喊文学直抒胸臆，表现性灵，自是题中之义。他批评韩愈的不真率时指出：“做白话诗并不是什么了不得的事，却也要个敢于率真的人格做骨子。”②所谓的率真与否便成了他衡量文学史作品的标准。谭正璧称许胡怀琛的《中国文学史略》第一次将历来文学史文史哲不分的局面打破，却认为：“他着重时代的大势，而对于个人的思想和性情不很注意，而且平铺直叙，没有一些引人注意之力。我有感于此，编成这非中非西式的《中国文学史大纲》，目的是以提纲挈要的方法，将许多有名作家特别的叙出，以引起读者的注意。此外如作者身世性情之叙述，亦详略不匀，大抵作者身世性情，与其作品中思想有重大关系者，则稍详述（如杜甫和李白），否则虽为大文学家（如韩愈）亦惟略述，或甚至略去。”③赵景深的《中国文学小史》关注作家性情，甚至以是否直抒性灵来褒贬作品。如他是这样论述屈原的：“有他这样的身世，自然便有他悲哀的文学，来唱出他的痛苦。法郎士说：‘好文学作品都是自传。’”“屈原的作品之所以为人钦佩传诵，也在这一点上呢。他不是弱者（虽然他也不是强者），因此他对于顷襄王有恶毒的

① 胡小石：《胡小石论文集续编》，第 5 页，上海：上海古籍出版社，1991 年。

② 胡适：《白话文学史》，第 335 页，合肥：安徽教育出版社，1999 年。

③ 谭正璧：《中国文学史大纲（改订本）》，第 176 页，上海：光明书局，1933 年。

讥讽，对于陷害他的人也各有痛快的攻击。他甚至于说子兰、靳尚之辈，‘邑犬所吠兮，吠所怪也。’(《怀沙》篇)这便是他文学的特点。”在论述曹氏父子与建安七子时，作者指出：“曹丕的诗好的很少，但他却有一番功绩，便在他提携建安七子这一点上。他曾做了一篇《典论·论文》论到这七个文学家的作品，并且时常宴会，请他们即席作赋或是吟诗。”“《汉魏六朝百三名家集》中建安七子，除著《中论》的徐幹外，如孔融、陈琳、王粲、阮瑀、应瑒、刘桢的作品都收罗在内。其中一个最明显的特点：便是他们所作的赋题大都相同。他们的赋，是应丕、植召而作的，没有一点性灵，简直不能算作文学，与唐代的奉和圣制并无二样。”“从上表看来，陈琳、王粲应召的赋最多，而刘桢的最少，再咏物的赋占一大半：从这两点看起来，可知刘桢的性格最高傲，不愿作那种没有‘烟士披里纯’的赋。又可知当时每逢属国或属地献宝物入贡，必命文学士作赋。像这样的赋，都是勉强作出来的；虽艺术的描写偶有可读处，终不是我们所叹赏的，就是他们自己，也终竟不能因这些赋出名，他们仍是有代表自己个性的作品。”在论述宋词时作者又指出：“论词者每称宋词，其实宋词中只有北宋好，南宋仅辛幼安一人而已，其余如吴文英等卖弄典实，杂凑成章，都是没有性灵的东西。”①顾实在《中国文学史大纲》中则提出了一个美学概念——佳趣，而这一概念成了他讲述文学史的口头禅。“明之小说，最有佳趣者，《西游记》也。”《金瓶梅》“文词亦无甚佳趣”，“《桃花扇》之脚色既如此，甚有佳趣”。② 佳趣的内涵，我们可以从他评价阮籍、嵇康的一段话中感悟出来：“阮嵇二人，为之境界线。其上，则汉魏之诗，专主造意；其下，则晋代

---

① 赵景深：《中国文学小史》，第 5 页、第 19～21 页、第 105 页，上海：大光书局，民国 17 年(1928)初版。

② 顾实：《中国文学史大纲》，第 285 页、第 287 页、第 322 页，上海：商务印书馆，民国 18 年(1929)。

之诗，唯止造词而已。由今言之，则前者重内容，反是而后者专注意外形而已。恰与汉之中叶，楚赋腐败而后，同一情形，至晋而五言之诗，又渐显腐败之征兆，其原因亦全相似也。大凡文学，原为对我作品，成于患难流离之余者，必有佳趣；若一转而为对他作品，徒供恬安娱乐之用，则蔑有不如此者。古来之市价，一定而不可易也。其故无他，成于患难流离之余者，自必直抒写胸臆，无暇复问文字之如何，纯然肺腑中语，故能感人深微；若供恬安娱乐之用者，专练文字，研声律，锤肝琢肺，务欲力以精巧胜人，故纤密而无气骨，秀整而乏精神已。风气之变迁，驯致诗格之升降，无论何等大作手，殆不能免时势之感化也。西晋既显如是之倾向，后至齐梁而愈甚，自唐以前，终无挽回之机会，任其江河日下而已”。①

性灵文学史不仅从论述焦点上进一步缩小了文学史的疆域，而且开启了以主观的价值标准评价文学史的先河，这种态势的发展最后导致了 50 年代以后所编文学史的千篇一律和意识形态化。不过在一二十年代，依然有一批文学史家坚守文学史作为历史学科的史学原则，拒绝主观的价值评判。这方面的代表人物是傅斯年和胡小石。胡小石认为“研究文学史，应注重事实的变迁，而不应注重价值之估定。所应具的态度，与研究任何史的态度，应该是一样的。”研究文学史应该具备“冷静的态度：不染任何宗派色彩，不拥护何派，亦不诋毁何派”。② 傅斯年认为：“文学史是史，他和史之别的部分之分别，乃因材料不同类而分开题目去作工：要求只是一般史学的要求，方法只是一般史料的方法。考定一书的时代，一书的作者，一个事件之实在，一种

① 顾实：《中国文学史大纲》，第 158 页，上海：商务印书馆，民国 18 年(1929)。

② 胡小石：《胡小石论文集续编》，第 17 页，上海：上海古籍出版社，1991 年。

议论的根据，虽是文学史中的问题，也正是通史中的事业。”①在强调史学就是史料学的他看来，“欣赏之盛，尽随主观，鸠摩罗什有言，嚼饭与人，乃令呕吐。故讲习《诗经》最宜致力者，为文字语言之事。……若论文辞一节，应人之请强为主观之事作解说，恐取讲章无几，删之亦可也”②。

（黑龙江大学　吴光正）

① 傅斯年：《诗经讲义稿（含〈中国古代文学史讲义〉）》，第 108 页，北京：中国人民大学出版社，2004 年。

② 傅斯年：《诗经讲义稿（含〈中国古代文学史讲义〉）》，“叙语”，北京：中国人民大学出版社，2004 年。

一二十年代的文学史写作(下)

《一二十年代的文学史写作》(上)对一二十年代“文学史”的出版概况、“文学史”的疆域进行了清理,旨在说明西方学制、西方文学观念如何影响了中国的文学史的教学和写作,本题将继续关注一二十年代的文学史家在中西方知识体系的巨大张力下如何架构中国文学史如何认识中国文学史。

文学史的操作

如何运用“文学史”这一来自西方的文化模式来处理复杂的中国文学现象和悠久的文学进程,这对于20世纪头30年的中国学者来说无疑是一件开天辟地的事情。面对这一挑战,中国学者充分利用了日本汉学的成绩和中国史学的传统来进行文学史的操作,并在实践中逐步走向独立。

文学史是什么?这是每一个文学史家进行文学史操作必须首先面对的问题。这在相关的学科制度、文学史家的论著乃至文学史著作的序跋和广告中都有反映。北京大学文科国文门对自己所设“文学史”及“文学”两科的课程设置曾作出详细的规定,指出“其目的本截然不同,故教授方法不能不有所区别。兹分述其不同与当注意之点如下:习文学史在使学者知各代文学之变迁及其流派;习文学则使学者研寻作文之妙用,有以窥见作者之用心,俾增进其文学之技术。”“教授文学史所注重者,在述明文章各体之起源及各家之流别，至其变迁。递演因于时地才性政教风俗诸端者，尤当推迹周尽使源委明了。”“教授文学所注重者，则在各体技术之研究，只须就各代文学家著作中取其技能最好足以代表一时或虽不足以代表一时而有一二特长者，选择研究之。”①这等于从制度上说明了文学史的面貌及其操作规则。文学史家也基本上是按照这个规则进行操作的。如，刘毓盘认为：“丁部之学，必本于宗经，彦和所言复乎尚矣。世风递嬗，流派日繁，骈散之分，判若经济，诗词歌曲，各自成家。黄河九流，发源则一。舍本言末，掇其大凡。挂漏之讥，所不免已。”②谭正璧在自己的文学史著作中给“文学史”下了一个定义，即：“叙述文学进化的历程，和摸索其沿革变迁的前因后果，使后来的文学家知道今后的文学的趋势，以定建设的方针。”根据这个定义，他认为文学史使命有二：“一是叙述过去文学进化的因果，所以退化的文学应当排除于文学史之外的；一是指示未来文学进化的趋势，当然在希望现在文学家走上进化的正轨。”③胡小石也认为文学史应该“将历代文学的源流变迁，明白地公正地叙述出来”④。一些序跋和广告不仅强调文学史著作对文学发展源流演变的清理，还指出中国文学历史进程的复杂多样而以“提纲挈领”评价相关文学史著作并以此吸引读者的注意力。“我国为文明最古之国而所以代表其文明者佥曰文学，盖其发源至远也，分类至夥也，应用又至繁也。浏览全史文苑、儒

---

① 王学珍：《北京大学史料》第2卷，第1709页，北京：北京大学出版社，2000年。

② 刘毓盘：《中国文学史》，“识语”，上海：古今图书店，1924年。

③ 谭正璧：《中国文学史大纲（改订本）》，第7～8页，上海：光明书局，1933年。

④ 胡小石：《胡小石论文集续编》，第3页，上海：上海古籍出版社，1991年。

林，代有其人，燕书郢说，人有其著，而文字之孳乳、体格之区别、宗派之流行，虽散见各家著述中，而独无一系统之书，为之析其源流，明其体用，揭其分合沿革之前因后果……安寿谢先生无量……以世界之眼光大同之理想奋笔为之提纲挈领、举要治繁、品酌事例之条、明白头讫之序，核名实而树标准，薄补苴而重完全百家，于是退听六艺，因而大明如日月之经天如江湖之行地，而后有志于此者，不至有扣盘扪烛之讹、得一漏万之虑焉。"①"我国学之难，则以历年之多，其变革也复不一，不推之于本，则其流或泛滥而无所归。故善于持论者，夷考其人，及其所处之时，以观其得失，然后列古人之成论，以折其中。博而综焉会而通焉，上下古今，一以贯焉可也。"②"中国文学定义不明作品复极繁穰，是书用科学方法将文学境界划清，内兼历史法、传记法，而参以公平合理之批评，将中国古今文学之变迁及其关于文学之背景与社会时势个人特性、将来应当如何革新以合世界人类艺术之美化等，罔不提纲挈领。"③应该说，提纲挈领云云，是切中要害的，因为当时的文学史家在操作时最感到头痛的便是："文学史材料，不患不多，而多之弊，则在剪裁难工，串穿不易。"④

如何撰写中国文学史？中国学者首先想到的是搬运日本汉学家的中国文学史写作成果。19 世纪末 20 世纪初，日本学者写了大量的《中国文学史》。根据川合康三的统计，除了末松谦

---

① 王文濡：《谢无量〈中国大文学史〉序》，谢无量：《中国大文学史》，郑州：中州古籍出版社，1992 年影印本。

② 钱恂：《刘毓盘〈中国文学史〉序》，刘毓盘：《中国文学史》，上海：古今图书店，1924 年。

③ 顾实：《中国文学史大纲》，书后附录"东南大学丛书广告"，上海：商务印书馆，民国 18 年(1929)。

④ 曾毅：《修正中等中国文学史》，"凡例"，第 2 页，上海：泰东书局，1930 年版。

澄的《支那古文学略史》(文学社,1882 年)将古文学史写成先秦学术史外,尚有 15 部著作:

1. 儿岛献吉郎:《支那文学史》,《支那文学》杂志,第 1 号～第 9 号,1891—1892 年。

2. 藤田丰八:《文学小史》,《支那学》杂志,第 1 号、2 号、9 号,1894(?)年。

3. 藤田丰八:《支那文学史稿》,东京专门学校,1895(?)—1897(?)年。

4. 古城贞吉:《支那文学史》,东华堂,1897 年。

5. 笹川种郎、白河鲤洋、大町桂月、藤田剑峰、田冈岭云:《支那文学大纲》,大日本图书,1897—1904 年。

6. 笹川种郎:《支那小说戏曲小史》,东华堂,1897 年。

7. 笹川种郎:《支那文学史》,博文馆,1898 年。

8. 高濑武次郎:《支那文学史》,哲学馆汉学专修科讲义录,1899—1905 年。

9. 久保天随:《支那文学史》,人文社,1903 年。

10. 久保天随:《支那文学史》,早稻田大学,1904 年。

11. 松平康国:《支那文学史谈》,早稻田大学出版部,出版时间不详。

12. 宫岛繁吉:《支那近世文学史》,早稻田大学出版部,出版时间不详。

13. 儿岛献吉郎:《支那大文学史古代篇》,富山房,1909 年。

14. 儿岛献吉郎:《支那大文学史大纲》,富山房,1912 年。

15. 儿岛献吉郎:《支那大文学史》,早稻田大学出版部,出版时间不详(可能在 1921 以后)。①

---

① 川合康三著,朱秋而译:《中国文学史的诞生:二十世纪日本的中国文学研究之一面》,载叶国良、陈明姿编:《日本汉学研究续探:文学篇》,第 165～166 页,上海:华东师范大学出版社,2008 年。

早期的一批文学史基本上是参照日本学者写的中国文学史。仅就中国文学史的历史分期一项，就有曾毅、谢无量、欧阳溥存、葛遵礼、童行白等人搬用，按照上古、中古、近古、近世的历史分期来编写文学史。这些学者也直言不讳。童行白在自己的文学史自序中坦言："此教材以 1903 年笹川种郎《支那历朝文学史》为粉本。"①曾毅在《修正中等中国文学史·弁言》中声称自己的文学史是自己"亡命日本，方研求政治经济之学，未暇深讨，漫从友人怂恿而为此书。"在承认自己"颇掇拾东邦学者之所记"的同时，还为自己的作为进行肯定："果东邻文献，有足供吾人之采获者，夫亦何嫌而不为。"自己的著作"不避因袭"、"意搜众长，不矜己出"，但也"每抒独见，不肯苟同"。②

当时的文学史家参考日本学者写的中国文学史著作有两个途径，一个途径是直接运用日文著作，另一个途径是运用翻译成果。民国时期，大量的日本著述被介绍、翻译到国内，成了中国文学史建构的一大特色。仅一二十年代的研究专著就有如下一些：

1. 中国五千年文学史　古城贞吉著　王璨译　私人出版

中国文学概论　盐谷温著　陈彬龢译　北京　朴社　104 页　民国 15 年

中国文学概论　儿岛献吉郎著　黄玉齐译　厦门　国际学术书社　民国 17 年

中国文学概论(讲话)　盐谷温著　孙俍工译　上海　开明书店　572 页　民国 18 年

中国文学研究译丛　盐谷温著　汪馥泉译　上海　北新书

---

① 童行白:《中国文学史纲》,"自序",上海:大东书局,民国 19 年(1930)。

② 曾毅:《修正中等中国文学史》,第 1 页,上海:泰东书局,1930 年。

局　279页　民国19年

中国文学论集　铃木虎雄著　汪馥泉译　上海　神州国光社　182页　民国19年

中国文学概论　儿岛献吉郎著　胡行之译　上海　北新书局　329页　民国19年

中国文学概论　儿岛献吉郎著　张慈铭译　上海　商务印书馆　240页　民国20年

这些著作出版后，反响不小，当时的书评就是明证。如，赵真《〈中国文学概论(讲话)〉之介绍》，《中国新书月报》第2卷1期，民国21年；默之《中国文学论集》，《当代文艺》第1卷3期，民国20年；一岳《日人代庖的〈中国文学论集〉》，《中国新书月报》第1卷第6期、第7期，民国20年。其中盐谷温著《中国文学概论》、儿岛献吉郎著《中国文学概论》还在短短的时间内第二次重译并由另外一家出版社出版，可见其在当时文学史研究界的重要。

尽管中国学者在起步中照搬了日本的中国文学史研究成果，但在采用何种体例时，中国学者首先想到了中国丰富的史学传统。首开风气者为世纪初的林传甲、黄人。林传甲在《中国文学史》中曾自叙体例："每篇自具首尾，用纪事本末之体也；每章必列题目，用通鉴纲目之体也。"①黄人也注意到了传统的文学史体例："所以考文学之源流种类正变沿革者，惟有文学家列传如文苑传而稍讲考据性理者尚入别传，及目录如艺文志类，选本如以时地流派选合者，批评如《文心雕龙》、《诗品》之类而已。"②

把史学传统作为一种方法指示治学迷津的则是刘师培："文学史者，所以考历代文学之变迁也，古代之书，其备于晋之挚虞，

① 林传甲：《中国文学史》，第24页，宣统二年(1910年)校正再版。

② 黄人：《中国文学史》第1册，第2页，南京：东南大学讲义，1905年。

虞之所作，一曰《文章志》，一曰《文章流别》。志者，以人为纲者也；流别者，以文体为纲者也。今挚氏之书久亡，而文学史又无善本，似宜仿挚氏之例，编纂《文章志》、《文章流别》二书，以为全国文学史课本，兼为通史文学传之资。"①

全方位地总结史学传统并提炼成新文学史体例贯彻到文学史写作中去的是谢无量。谢无量在《中国大文学史》第一编"绪论"第五章"古来关于文学史之著述及本编之区分"中对史学传统进行了总结，指出古来关于文学史之著述的体例共有七种，即流别（如《文章流别》、《文章缘起》、《文体明辨》、《诗体明辨》、《文心雕龙》、《史通》、《文史通义》），宗派（如《诗品》、《诗人主客图》、《江西诗派图》、《词品》、《曲品》），法律（如《诗式》、《风骚旨格》、《声调谱》），纪事（如《本事诗》、《唐诗纪事》、《宋诗纪事》），杂评（如《典论》、《诗话》），叙传（如《文章叙录》、《文士传》、《唐才子传》、文苑传），总集（如《文章志》、《文选》、《玉台新咏》），并在此基础上提出了自己的文学史体例："今世文学史，其评论精切，或不能逮于古，然实奄有以上诸体以为书，且远溯文章所起，暨于近世，述其源流，明其盛衰，其事诚尤繁博而难齐也。以属于历史之一部，故分为上古、中古、近古、近世四期。由五帝至秦，为上古，由汉至隋为中古，由唐至明为近古，清一代为近世。每期各分章节，先述其时势，次及文人出处，制作优劣，附载名篇，以资取法焉。"②

应该说，谢无量的体例是一二十年代的文学史的范本，其他文学史在体例上无出其右者，即基本上参合史学传统的几种要素而成。如谭正璧称自己的《中国文学进化史》分章有类于从前

---

① 刘师培：《搜集文章志材料方法》，载《刘申叔遗书》下册，第 1655 页，南京：江苏古籍出版社，1997 年。

② 谢无量：《中国大文学史》第 1 卷，第 42～43 页，郑州：中州古籍出版社，1992 年影印。

的纪事本末体；顾实《中国文学史大纲》依据时代先后分为十三章，每章第一节为总说，其余小节分论各种文体或作家；胡怀琛《中国文学史略》论述每一时期的文学史时总是包含此时代文学变迁之大势、此时代之特点、此时代文学家小传三部分；吴梅辑《中国文学史（自唐迄清）》论述作家时先生平、次创作优劣、次作品选录；钱振东《中国文学史》论述作家时总是按照略传、性格、著作、文学、在文学史上的地位这一顺序展开；胡毓寰《中国文学源流》是史论和文选的混合体，收文百篇，诗词二百篇。

如何描述、评价中国文学及其历史？中国学者首先想到了中国古代史家的评价。早期文学史家无一例外地大段大段引述传统史家对文学史的梳理和评价，有的文学史甚至成了用现代框架包容起来的文学批评资料库。还是让我们来看看当时的实际操作吧。曾毅引史书的序论写文学史，朱希祖引述《文心雕龙·时序篇》、《文心雕龙·明诗篇》、《宋书·谢灵运传论》、《南齐书·文苑传论》、《隋书·文苑传序》、《周书·王褒庾信传论》、《北齐书·文苑传序》、《陈书·徐陵传》、《周书·王褒庾信传论》的相关资料来说明自己对晋至陈的文学流变的总体认识。谢无量《中国大文学史》是率先出现的第一部体制庞大内容广博的文学史，具有开创意义。该书的成功完全得益于作者对史学传统资料的综合利用。其论古今文学变迁之大势，则辑录陈师良、虞集、吴澄、何景明、唐寅、王世贞、何孟春、姜南、王夫之的论述；关于行文之气格，则罗列魏文帝、张茂先、陆士衡、范晔、沈约、韩愈、柳宗元、李德裕、殷璠、柳冕、姜夔、姚鼐的观点加以说明；其论述时势与作者，则引述《文心雕龙·时序》、《谢灵运传论》、《隋书·文苑传序》、《唐书·文艺传序》、《宋史·文苑传序》、《丹铅录》的论断，只有明清的论述是作者自己概述的；其论曹氏父子之文学及建安七子这样的作家，则在指出“建安文学者，总两汉之菁英，导六朝之先路。盖献帝末年，曹操柄国，子桓兄弟，并有文采，群彦蔚集，一时称盛”①后，引《典论》说明七子文学之成就，引《三国志》说明七子之经历，引《诗品》、《文心雕龙》说明建安文学的形成和三曹的文学贡献。正因为有了谢无量对传统史料的铺陈排比，中国文学史的整体面貌才第一次全面、清晰地展现在读者面前。这对此后的文学史写作产生了重大影响。陈钟凡甚至指出：自己写作《中国文学批评史》受到谢无量《中国大文学史》的影响。

经过短期的探索后，中国学者马上对依赖日本和依赖传统的文学史写作产生了厌倦。如凌独见就不无讥讽地指出：“从来编文学史的人，都是叙述某时代有某某几个大作家？某大作家，某字某地人？做过什么官，有什么作品？作品怎么好坏。大概从《廿四史》的列传当中，去查他们的名、字、爵、里，从《艺文志》上，去查他们作有哪几种作品，从评文——《文心雕龙》、《典论》……评诗——各种诗话以及序文当中，去引他们作品的评语。”②胡云翼则批评这批文学史家“都缺乏现代文学批评的态度，只知摭拾古人的陈言以为定论，不仅无自获的见解，而且因袭人云亦云的谬误殊多。就中以曾毅的《中国文学史》为较佳，然系完全抄自日人儿岛献吉郎之原作，又未能更正儿岛献吉郎氏错误处，故亦不足取”③。

中国学者要求用现代文学批评的眼光来写中国的文学史，这首先表现为文学史家必须拥有对待文学史的科学态度。如胡小石认为：“研究文学史，应注重事实的变迁，而不应注重价值之

① 谢无量：《中国大文学史》第 4 卷，第 33 页，郑州：中州古籍出版社，1992 年影印本。

② 凌独见：《新著国语文学史》，“自序”，上海：商务印书馆，民国 12 年(1923)。

③ 胡云翼著，刘永翔、李露蕾编：《胡云翼集·胡云翼重写文学史》，第 4 页，上海：华东师范大学出版社，2004 年。

估定。所应具的态度，与研究任何史的态度，应该是一样的。”应具备：“（一）冷静的态度：不染任何宗派色彩，不拥护何派，亦不诋毁何派。”“（二）求信的态度：只问作品之真不真，不问作品之美与不美。”“（三）求因果的关系之注意：每种文学之产生，非突然的，必有其来因。既发生以后，必有其相当的影响与其后来的效果。”①又如傅斯年认为：文学史不应该成为“点鬼簿”和文学评论大排列，“我们现在的要求是以讲说引人作学问，不是修书。一时想到，作文学史应该注意下列三项工作”：“第一，因为文学史是史，他和史之别的部分之分别，乃因材料不同类而分开题目去作工：要求只是一般史学的要求，方法只是一般史料的方法。考定一书的时代，一书的作者，一个事件之实在，一种议论的根据，虽是文学中的问题，也正是通史中的事业。”“第二，我们看，若干文体的生命仿佛像是有机体。所谓有机体的生命，由生而少，而壮，而老，而死。”“‘把发生学引进文学史来！’是我们工作中的口号。”第三，“文学不是一件独立的东西，而是时代中的政治、思想、艺术、生活等等一切物事之印迹。”“文情流变，与时代推移，是我们了解文学和欣赏文学中之要事。”②

其次表现为文学史家必须根据自己对历史事实的考订作出自己独立的判断。傅斯年指出：“诸君研习文学，第一要避免的，是太着重了后来人的述说、批评、整理的著作，以及叙录的通书，而不着重原书。”③“所以文学史之用，断不是以此代替读专书，恰恰反面，乃是刺激人们去分读专业书的。”④ 他强调考订材料

---

① 胡小石：《胡小石论文集续编》，第16～17页，上海：上海古籍出版社，1991年。

②④ 傅斯年：《诗经讲义稿（含〈中国古代文学史讲义〉）》，第107～110页，第108页，北京：中国人民大学出版社，2004年。

③ 傅斯年：《诗经讲义稿（含〈中国古代文学史讲义〉）》，“叙语”，北京：中国人民大学出版社，2004年。

的真伪，钩稽历史的真相，从而提出自己的观点。比如，他运用历史考据指出，五言诗不起于枚乘、不起于李陵、不起于一人。又如，关于文学史的分期，他就抛弃了日本学者的四分说和依据朝代定分期的做法，提出了自己的观点："文学时代之转移每不在改易朝代之时，所以我们必求分别文学时代于文学之内，不能出于其外，而转到政治之中。以这层意思为标准，则我们断代的宗旨如下所说。第一，以殷周至西汉末为古代文学之正身，以八代为古代文学之殿军者，正因周汉八代是一线，虽新文学历代多有萌芽，而成正统大风气之新文学，至唐代方见到滋长。"所谓新文学，即作者所说的七言诗、新乐府、绝句、词、曲、杂剧、传奇等韵文和文言小说、俚言小说、平话、长篇小说等散文以及流行的各种唱本弹词乃至尚未著文的传说歌曲等民间文学。"至于以古代文学之盛，断自哀平王莽，乃因周秦西汉是古代文学的创作期，八代之正统文学则不然。""八代的东西若不是有自民间而上的五言诗及乐府，和佛教的影响，恐怕竟没有什么可以说是这时候自己创造的东西"。"至于周秦西汉之中，又分'著作前'、'著作大成'两时期者，乃因春秋及战国前半之文书，官籍而外，记言而已，方技而已"；而"著作出来，文人出来，自然必是开新世纪的事"。①

作为独立思考的体现，现代文学史家在抛弃历史传统的同时还注意到参考现代人的研究成果来撰写文学史。比如，赵景深《中国文学小史》楚辞部分的撰写就列出了一系列参考书目：《屈原》，陆侃如编，亚东图书馆出版；《楚辞新论》，谢无量，国学小丛书之一，商务印书馆出版；《中国六大文豪》，谢无量编，可看《屈原》篇，中华书局；《楚辞集注》，朱熹集注，扫叶山房石印本，注略而少附会；《楚辞王逸注》，石印本，注详而多附会；《宋玉》，

① 傅斯年：《诗经讲义稿（含〈中国古代文学史讲义〉）》，第105～106页，北京：中国人民大学出版社，2004年。

陆侃如编，亚东图书馆出版；《文选》，可选读宋玉作品、《九辩》、《招魂》，卷 33《招魂》，《文选》误为屈原作；《诗经与楚辞》，郑振铎，可看后半篇，载《文学大纲》中，于宋玉亦有趣味浓郁的论列；《屈原列传》，《史记》，商务影印殿版《四史》本。

文学史的民族特性

当一二十年代的中国学者用"文学"和"文学史"这两个西学概念来观照自己的历史时，他们首先感受到的是中西的巨大差异。对于这一现象，浦江清在 40 年代曾有过精彩的评论："在我们这一辈，把中西分别得清楚，但是，在中西合流的新文化里所培养出来的青年，他们对于原来的所谓'中'、'西'已不复能区别，在意识里只感到古今新旧的区分，以及纯文学与非文学的区别。"①笔者阅读了一系列的文学史后，深切地感受到学者们在这种差异感中提炼出来的文学史现象和规律恰好反映了文学史的民族特性，而后来的文学史也许就在对西方理论的"麻木"过程中成了"渐行渐远"的历史。

中国的文学史具有什么样的特性？中国学者在撰写文学史时总有个西方的文学史视野，具有比较文学的韵味。比如，对于韵文、散文的起源先后问题，相当多的文学史家都援引世界文学的发展规律来加以说明："韵散文之发生问题：是仍符于世界诸国文学之发生，先韵文而后散文也。"②"晚近言文学者莫不谓：

---

① 浦江清：《论大学文学院的文学系》，《周论》，第 1 卷第 14 期，1948 年 4 月 16 日；又载《浦江清文史杂文集》，第 239 页，北京：清华大学出版社，1993 年。

② 顾实：《中国文学史大纲》，第 17 页，上海商务印书馆，民国 18 年(1929)。

世界文学之演进，率由讴谣进为诗歌，由诗歌而为散文。今征诸夏文学演进之趋势，其历程亦有可得言者。”①在评价具体的文学史作品时，文学史家也喜欢把中国作品和西方作品进行比较。如谢无量评价元之小说《三国演义》和《西游记》时指出：“近日硁德林(Candlin)氏之中国小说论，以贯中文体明白显易，拟之英伦文家马考来(Macanlay)，又以其结构类于希腊诗人荷马(Homer)之《伊利亚》(Iliad)，惟一为史诗，一为文体耳。”《西游记》“为神怪小说之宗。欧美论者，以其事视希腊神话及格黍(Gcothe)之《伏师特》(Faust)剧尤奇。硁德林小说论，则以其能合斯宾舍(Spenser)之《神后曲》(Fairy Queen)与彭阳(Pungun)之《天路历程》(Piligrim' Sprogress)，为一手云。”②顾实论述《西游记》时指出，学术界“故以比之波扬之《天路历程》者，一般之通说也。”“西游记之材料，出自中国特有之神仙谭及佛经，巧融合之，而佳趣存焉。其中亦有缺点，前后矛盾之处也，白璧微瑕，不遑深责。文章亦极平明而完好，质言之，则东洋唯一寓意之神仙谭，世界殆不见其比之伟大譬喻谈也。或评论其奇巧谲怪之趣，谓北欧之神话，犹稍不及云。”③

但是，当文学史家用西方的文学概念和西方的文学史规律来整理自己的历史时却往往陷入困惑之中。他们对文学的定义及其源流感到困惑：“由流溯源，略名考实，则虽谓中国文学皆范围于孔门诗礼之中而无过无不可也，惟是天演公例，万事万物必不能永单纯而不生变化”，“故欲定一文学之界说，则象纬无其纷

① 陈中凡：《中国文学演进之趋势》，《文哲学报》，第 1 期，1922 年；转引自陈中凡：《陈中凡论文集》，第 252 页，上海：上海古籍出版社，1993 年。

② 谢无量：《中国大文学史》第 9 卷，第 25～26 页，郑州：中州古籍出版社，1992 年影印本。

③ 顾实：《中国文学史大纲》，第 286 页，上海：商务印书馆，民国 18 年(1929)。

繁,蛛网逊其纠杂。""是以稽其成迹,虽由一本而来,而测其前途,终无大同之望。"①他们对中国文学的分类感到困惑:"由形貌上言之,得别为韵文、无韵文,而无韵文中,又可分散文(一曰古文)、骈文。就实质上言之,得别为记事文、论理文、抒情文。记事论理,概属无韵,抒情之类,有韵为多。""类之中国文学史,犹相错综,难可犁别。"②"中国文学,体裁之多,名称之杂,为他国文学所未有。""今欲一一划其界而正其名,岂非绝艰难之事。"③他们对于中国文学文体的功能也感到困惑:"文者,所以表情也;而后人多认为载道之用。"④他们对判定作品的学科属性更感到困惑:"然其间所遇困难,正不一其端,就分类言:则史学、哲学与文学,真不易区分。故《史记》、《左传》,将谓之为文学乎?为史学乎?《孟子》、《庄子》,为哲学乎?为文学乎?此界限不为划清,则以后文学,均无分界之标准。况经学之名目,犹自有人横亘胸中,而不能打消,太炎贤者,亦所不免。"⑤

学者们的困惑来源于他们对中西文学的巨大差异的深刻体认。方孝岳指出:"(一)中国文学主知见,欧洲文学主情感。曾国藩分文学为三门,曰著述,曰告语,曰记载,著述固纯以学为主,而告语记载,亦皆为知见之表示,其所以谓美者,以西洋文学眼光观之,不过文法家、修辞家所精能耳。小说戏曲,固主感情,然在中国文学史中不据主要位置。(二)中国文学界广,欧洲文学界狭,自昭明搜集文艺,别类至繁,下及曾国藩、吴汝伦,遂以经史百家列入文学。近人章炳麟于有字之外,且加以无字之文。是文体不一,各集其类,乃我国所特具者。欧洲文学史皆小说戏

① 黄人:《中国文学史》第3册,第1页,南京:东南大学讲义,1905年。

② 曾毅:《修正中等中国文学史》,第17页,上海:泰东书局,1930年。

③④ 胡怀琛:《中国文学史略》,上海:大新书局,民国14年(1925)。

⑤ 胡怀琛:《中国文学史略》,第3页,上海:大新书局,民国14年(1925)。

曲之史，其他论著书疏一切应用之作，皆不闲入。（三）中国文学为仕宦文学，欧洲文学为国民文学。”①蒋鉴璋认为：“夫西洋文学，小说诗歌戏剧三者，乃其最大主干，故其成就者为独多。我国则诗歌成就，亦足以自豪。而小说戏剧，诚有难言。近数年来，以受西洋思潮，始认小说戏剧为文学，前此而直视为猥丛之斜道耳，亦何有于文学之正宗乎？今虽此等谬见，渐即捐除。然而中国文学，范围较广。历史之沿革如此，社会之倾向如此，若必以为如西洋所指之纯文学，方足称为文学，外此则尽摒弃之，是又不可。”他还进一步指出，小说戏剧一向地位不高，文学史不可太偏重它们；文学史著作应该尊重历史事实，关注小说戏剧诗歌以外的其他种类的文学，包括旧称经史子等。②“近人以习于西方纯文学之名，欲自中国书籍中觅所谓纯文学，如时下流行之文学史是也。其不足以概中国文学之全，实为有识者所共知。”③以上三人，不管他们对纯文学史取何种态度，都从不同角度切中了中西文学观念和中西文学史的巨大差异。

这种困惑和感悟必定会影响到文学史的具体操作，并自觉不自觉地体现在他们对文学史事实的选择和体认中。在外来文学观念、外来文学史规律这一参照系面前，谙熟传统文化和传统典籍的中国学者往往能够指出中国文学史的民族特性。归纳、总结这些学者所体认出来的民族特性，有助于我们反思现行的文学史叙事。

① 方孝岳：《我之改良文学观》，北京：《新青年》，第 3 卷第 3 号，1917 年 4 月；郑振铎选编：《中国新文学大系·文学论争集》，第 10 页，上海：良友图书公司，1935 年。

② 蒋鉴璋：《文学范围略论》，载胡适、郁达夫等著《文学论集》，第 60～61 页，上海：中国文化服务社，1936 年。

③ 唐君毅：《中国哲学与中国文学之关系》，载北京大学比较文学研究所编《中国比较文学研究资料》，第 406 页，北京：北京大学出版社，1989 年。

在中西文化交流的历史语境下，一二十年代的文学史家特别关注文学、文体生成的复杂性及其民族特性。有的学者注意钩稽中国文学从四部流变中衍生的复杂特性。如朱希祖就指出："纵横家善于辞令，长于讽谕，能移人之能，夺人之意，其源本出于诗。""由纵横出者，其流为辞人文士，虽亦为史家之流裔，而实为集部之远宗者也。""夫诗赋之制，本为一物，发抒情志，摇荡性灵，自属专长。若夫诏策章表檄移书记之流，亦有扬厉以驰旨，炜晔以腾说，飏辞植义，颇近乎诗，与夫奏疏议驳之属，综核事情协于名理者，殊科异撰矣。盖奏疏议驳近论，颇取于形名，诏策表檄近诗，颇取于诗。"叙述完汉代经学出现伪古文尚书等伪托之风后，作者指出："自是之后，文笔皆依此体，斯则六朝浮华之体所由革，隋唐复古之文所由兴焉。""其时作史文体，若孙盛、习凿齿辈，规模左氏，为司马《通鉴》之宗。姚察《梁书》，序事立论，颇多散体，洗齐梁骈俪之习，开昌黎古文之风。郦道元《水经注》、杨炫之《洛阳伽蓝记》，善言景物，启游记之体柳州之作，化整为零，其渊源盖本乎此。"①

有的学者强调文体的民族性特征，对中国独有的文体大加颂扬。"中国文章形式之最美者，莫如骈文、律诗，此诸夏所独有者也。""夫骈文律诗，既准音署字，修短相侔，两句之中，又复声分阴阳，义取比对，可谓美之极致，然亦字必单音，乃能所施尽协。异邦之人，书违颉诵，即有闳文丽藻，而音调参差，隶事亦匪精切，非其至矣。故吾国文章所长虽非一端，骈文律诗，则尤独有之美文也。"②谢无量《中国大文学史》1924 年第 6 版书后有谢无量著《诗学指南》、《词学指南》、《骈文指南》三书的广告，其

① 陈平原辑：《早期北大文学史讲义三种》，第 264 页、第 266 页、第 270 页、第 273 页，北京：北京大学出版社，2005 年。

② 谢无量：《中国大文学史》第 1 卷，第 40～41 页，郑州：中州古籍出版社，1992 年影印本。

广告词就是针对西方纯文学观念而写的："自文学革命以来，诗词骈文遂鲜有人涉猎焉。不知一国固有之文艺，治文学者，要不可不窥其崖略。梓潼谢无量先生，古学深邃，所辑指南三种，揭其体要，穷其源流，易知易能，有志于斯者，可无望洋兴叹之憾矣。"就是提倡纯文学史观的文学史家，也对中国自身独有的文体有着深切的体认："东汉以后，文章之衰，全系乎四六之盛行。换言之，则诗赋侵犯文章，而使之腐败也。……自修辞上而观之，颇见佳趣，偶一为之，大类溶溶春水，上浮四片落红，自有难言之风情。……更进一步言之，四六本不恶，实中国所独有雅整秀美之诗体也，无韵之律语也。且四六文，自有适合之美文题目，若叙记论策而亦谓非此体不可，则断然谬见也。"①

有的文学史家强调中西文体的差异性。比如，对于中西都有的文体"小说"，文学史家们总是不厌其烦地指出："中国小说，发端最早，但极难断定始于何时。……按此则古人之立稗官以说小说，与立采诗官之采诗也，其用意无别；惟诗则本体是文学，小说则不过称道杂事，其本体与今日之新闻无异；是盖完全野史，与今日小说不同，可断言也。"②"汉代文学之副产物者，小说也，故非今日之所谓小说。""中国谓琐谈零闻之类曰小说，而立于此与真正小说即 novel 之中间者，盖美文之一体，中亦有可观者，明代作者愈多也。其特有名者，瞿宗吉之《剪灯新话》。""又如记述琐闻零事之所谓小说，最善者蒲松龄之《聊斋志异》也。此书作者采访搜讨，萃力积功者二十年而成，目录编次，尚经数次删改焉。"③"小说并不始于唐，但到了唐朝方始有意为小说。唐以前的小说是当作信仰而记载的，态度很严肃，故文亦无情

①③ 顾实：《中国文学史大纲》，第 165～166 页，第 146、287、327 页，上海：商务印书馆，民国 18 年(1929)。

② 胡怀琛：《中国文学史略》，第 42～43 页，上海：大新书局，民国 14 年(1925)。

致；唐人小说则每逞才华，与汉魏六朝大异，且每以文人的幻想构成，态度自然也是文艺的而不是历史的了。”①最有趣的是吴梅，他用西方的小说观念指称白话说部，又用中国小说观念指称文言说部，所以不得不一再强调中西、古今的差异：“唐人小说，多成于下第之士，及失职侘傺者，以仙侠神怪闺襜姚冶，寄其无聊不平之感，盖属写情派，而非如前代小说之仅事叙述者可比……惟其间有一大别者：唐以前之小说，为《虞初周说》之遗，《艺文》所录，实资考证者也；唐以后之小说，则变为俗语，而以子虚乌无之词，以肆其抑塞不偶之旨，如金元诸作是也。”“故通俗文学发达，极盛，虽词语粗牵而社会风俗之变迁，人情之淳漓，舆论之向背，反多见于此，且寓言十九，可以自由抒写，而内容宏富，动辄百万余言，庄谐互引，细大不捐，非可以采纳刍荛，抑足以改易习尚，虽或托神怪或流猥亵而以意逆志更足为人事之犀鉴。盖与前代之小说划然为二。”②

正是在正视中国文体的民族特性的前提下，文学作品传播的历史语境才得到彰显。胡小石告诉我们，在中国古代特殊的文学和文化语境中，相关作品相关文体的解读路向、历史地位和纯文学史观下的结论迥然不同。比如，关于《诗经》之古代批评：“孔子论诗，大概可分为两种标准：一则应用于语言之辅导，一则以为伦理之依归……此后，《诗经》变为伦理的教训，被人尊之为经，而文学的位置，反见低落，导源乃本于此。”“《史记》在当时的命运，则远不及《汉书》。一般文人大半是用复笔发表意见。他们是受了汉武帝爱好楚词，并提倡赋的影响，一直到六朝，《汉书》几成家弦户诵，且有人专门研究《汉书》，成为一种专门学问，

① 赵景深：《中国文学小史》，第103～104页，上海：光华书局，民国17年(1928)初版。

② 陈平原辑：《早期北大文学史讲义三种》，第446页、第513～514页，北京：北京大学出版社，2005年。

名曰'汉学'。正如唐朝人之研究《文选》成为选学一样，隋代刘臻专精于《汉书》，被人称为'汉圣'。"①傅斯年则一再强调还原文学的历史语境，在论述《诗经》时特意指出："我们在论'诗三百'之美文以前，应当破除两个主观。这两个主观者，第一，以词人之诗评析'三百篇'，而忘了'诗三百'是自山谣野歌以至朝廷会享的乐章集，本是些为歌而作为乐而设的，本不是做来'改罢自长吟的。""第二个主观是把后人诗中艺术之细密，去遮没了'诗三百'中挚情之直叙。"②

在中西文化交流的历史语境中，一二十年代的文学史家还喜欢从政治体制、文化体制来探讨文学的民族特性。

有的学者从中国的政治体制来探讨文人的职业进而分析文学的特性。傅斯年认为中国的文学开头是官的，后来才发生了演变。"在中国，古往今来文人的职业大略有四种：一、史掾，二、清客，三、退隐，四、江湖客。""因文人的职业不同，故文人的作品有的为人，有的为己，有的为多，有的为少，职业是在客位者为人，在主位者为己，在上层社会为少，在下层社会为多。""文学因时代不同，每每即是文人的地位因时代的不同，在了解很多文学史题上，这个观点很重要。"按照这个思路，他还举例说明唐宋诗和南北宋词不同的原因在于客与主的不同："以前读书人和统治者并非一事，现在差不多是一类了。以前的诗人寄居在别人的社会中，现在可以过自己的生活了。以前诗人说话要投别人的兴趣，现在可以直说自己的话了。总而言之，以前的诗多是文饰其外，现在可以发挥其中了。""北宋的诗人作词还多是替歌

---

① 胡小石：《胡小石论文集续编》，第 37 页、第 68～69 页，上海：上海古籍出版社，1991 年。

② 傅斯年：《诗经讲义稿（含〈中国古代文学史讲义〉）》，第 82 页，北京：中国人民大学出版社，2004 年。

妓做的，南宋的词人渐渐替自己做了。”①

文学与科举制度乃至帝王的关系是此一时期文学史家最热衷讨论的话题。他们总是将文学的兴衰和科举制度挂钩。关于唐代文学的繁荣原因，文学史家们众口一词地指出：“何故诗至唐而极乎如彼其隆盛也，固由代代天子好之，而更有一大原因在者，则以诗为一种取士法也。”②“唐承隋制，设科目取士，又试以声律排偶之文，才士竞名，矜尚藻饰，遂破前代成格，别立法度，造作新制，而诗文乃有今古体之分，法愈密而辞愈繁，旨愈近而格愈下，唐文之盛在此，其衰亦在此也。”“唐诗为一代文学之盛，主因有二：唐代君主喜好诗歌，多应制之作；科目重辞赋。”③与上述论断形成鲜明对照的是，大部分文学史家将明清文学的衰败归咎于经义取士：“又自开国（明）来，便用经义取士，成化以后，八股文体方盛，承学之士，惟伺主司之好尚，以干尺寸之禄，而文章滋弊焉。”“综而论之，则清之文学不逮于明，明文不逮宋元，殆皆经义八股之弊，深著人心，有以汩其聪明材智，使莫能自进于高明广大之域。此盖明以来有识之士所为深讥而屡叹也。”④“终明之世，其文学之精神无唐之雄伟精壮，思想无宋之清新泼辣者，亦未始太祖、成祖诒谋之未善也。”其中原因除了文字狱政治高压外，便是八股取士，“其卒也骪骳不振，传注以外无思想，抄袭以外无文章，惟伺有司鼻息以邀一时之宠荣，故真正

① 傅斯年：《诗经讲义稿（含〈中国古代文学史讲义〉）》，第132～137页，北京：中国人民大学出版社，2004年。

② 顾实：《中国文学史大纲》，第九章“唐代文学”第一节“总说”，上海：商务印书馆，民国18年（1929）。

③ 陈平原辑：《早期北大文学史讲义三种》，第318页，北京：北京大学出版社，2005年。

④ 谢无量：《中国大文学史》，第9卷，第26页；第10卷，第41页，郑州：中州古籍出版社，1992年影印本。

之儒学不兴雄大之文学不显，三百年文化局促于小规模之中而未能与汉唐宋争雄者以此故也。”①“明代文学者，概而言之，有如铸型，直唐诗宋文元曲之残山剩水，中国文学史中最无佳趣之时代也……是以明之于文教也，唯务形式，终陷于无可发达之运命而已。”“加之，太祖奖励文教，太半欲用以笼盖学者，科举取士，课以八股文，经义为先。此尤羁束天下才俊之手段，特令其耽于苛难无用之学问，无复有叱咤风云之气概，故明之文学，全为八股文所腐化而已矣。”②

胡适倡导白话文学史，视科举制度为白话文学的大敌。在他看来，“散文的一条路，因为教育上的需要，因为科举的势力，因为政治的需要，就被贵族的文人牢牢的霸住”③，所以白话散文一直得不到发展。元代废除科举，胡适欢欣鼓舞地指出：“在这个旧文学权威扫地的时候，北方民间的文学渐渐伸出头来，渐渐的扬眉吐气了，渐渐的长大成人了。小说、小曲、戏剧，都是这个时代北方的出产品。”④

不过此一时期的文学史还能够正视八股文的存在，许多文学史都列专章专节加以讨论。非议制艺的吴梅还能够备述制艺的源流演变评述其代表作家，不仅有同情之理解，而且还有肯定性评价：“制艺之兴，始自半山，半山之文，有二体，其谨严峭劲，坿题诠释，则时文之祖也。其震荡排养独抒己见，则古文之遗也。”“世之论八股者，以为徒袭浮词，全无实学。顾自来制科之文，如唐之诗赋宋之策论，究是实际，亦是浮词，乌可独责时文

① 陈平原辑：《早期北大文学史讲义三种》，第522、524页，北京：北京大学出版社，2005年。

② 顾实：《中国文学史大纲》，第271页，上海：商务印书馆，民国18年(1929)。

③ 胡适：《国语文学史》，第56页，合肥：安徽教育出版社，1999年。

④ 胡适：《国语文学史》，第172页，合肥：安徽教育出版社，1999年。

哉。惟至清季，墨卷盛行，策书不读，士风弇陋，斯则时文之害也。”“明代应举生之苦况实有不堪形容者。”“风檐之下，欲得佳构，不亦难哉！”①

从文化与文学的角度来探讨中国文学的民族特性也是一二十年代的文学史家最为喜欢的一种文学史叙述。

文学与儒学的关系是此一时期文学史家喜欢探讨的一大话题。无论是大文学史家还是纯文学史家，他们都在关注这个问题，不过，由于价值取向不同，评价也各异。谢无量论宋代文学的特质时就充分注意到了宋代经学的影响，持论平实、客观：“唐文学之特质，仅在诗歌，宋文学之特质，则在经学文章之发达，经术至宋一变，学者益究心纯理，故文体往往平正可观。”统治者优礼文士，自是取士，必以经义；加之讲学盛行、印刷术发达，“于是杂文学并兴，体制日盛，颇异前代”。② 为了说明这个问题，他还列专章论述道学派与功利派之文体：“《宋史》于‘儒林’之外，别立‘道学’传，记周元公以下。盖道学至宋始盛，其影响于文学尤甚大也。自唐以来言古文者，虽渐去华就朴，为文必衷经术，然仅有时因文见道而已，盖以文为主，以道为客，往往杂以诙谐靡曼之辞，文体未能一出于正。及道学派出，然后极力于求道体之所在，而不屑于文，以为徒雕琢其辞，亦末乎云尔。或者以文体至是始弊，其流为语录讲章，亦不足以云文也。惟周张程朱诸人为之，其说理精粹，又有从容闲暇之象，又岂文士之所能逮哉！如太极图说、通书、正蒙、西铭、四箴之类，二程所为墓志，颇有能美盛德之形容者，其文固自工矣。邵尧夫《击壤集》，最为诗体之变，后世乃有推为诗人以来所无者。盖择义既精，出言虽杂雅

① 陈平原辑：《早期北大文学史讲义三种》，第589、599、606页，北京：北京大学出版社，2005年。

② 谢无量：《中国大文学史》第8卷，第1页，郑州：中州古籍出版社，1992年影印本。

俗,亦非所计。朱子慕南丰为文,诗尤有古音,道学派文体,至朱子而纯也。”①顾实则是从否定的角度探讨儒学对文学的影响。其论两汉文学,则曰:“武帝时儒家思想成为国教,训诂学发达,故汉代学者辈出,研究家若注释家虽有不朽之价值,而可记于哲学史文学史中之人物极少也。纵偶有之,亦在第二流以下,为战国诸子执鞭,极矣。”其论宋代文学则曰:“以上所述,皆北宋之末也,未几有南渡之变,而后国家多乱之秋,而雄健俊爽之气,几于馁尽矣;加之冷静之理学盛行,大害文学之发达,殆无可观者。”②

文学与佛学的关系也是此一时期文学史家喜欢讨论的话题。大部分文学史家都列专章或专节论述佛教对中国文学的影响、佛教文学的成就。如,吴梅认为:“佛教东渐后,于中国文学上以革新之象。魏晋以来,上至君主下及文人学士,皆诵习西来之文,诗家眼底常窥见法相之精华,才彦笔端亦喜颂三宝之功德,而一时草野之间,又习声闻缘觉之说及因果报应之理,影响所及而思想之变迁与词藻之应用,遂自然相为和合焉。唐有天下,即大兴释教……缁徒之势力日强而其人又多博雅典赡,往往与文士襟抱相同,虽力排佛老如韩愈犹与文畅大颠之徒往来酬酢,况其他乎。如皎然、无可、灵一、寒山之伦,皆以能诗名,清刚拔俗,非世人能及。其诗虽畅言宗风,含有佛性,而诗情诗境具有水流花放之致,与宋时道学家,固有天壤之别也。至于教宗之流传,亦大成于唐代……且其时翻译经典与赞铭偈颂论疏之文,亦蔚然称为盛。”③胡怀琛指出:“译佛经之文,意丰词约,别成一

---

① 谢无量:《中国大文学史》,第 47 页,郑州:中州古籍出版社,1992 年影印本。

② 顾实:《中国文学史大纲》,第 237 页,上海:商务印书馆,民国 18 年(1929)。

③ 陈平原辑:《早期北大文学史讲义三种》,第 449～451 页,北京:北京大学出版社,2005 年。

体；又多译音字，渗入其间；在今日言之，可谓为印度化的汉文也。则佛学之影响文学，除思想而外，尚有两点，为吾人所当注意：一、翻译之文，别成一体；二、以梵文译音杂入汉文者，如塔字、僧字，皆为译音，为唐以后诗人所常用者。"①顾实指出："出自印度语学之四声者，革新中国律语之体制法则，一切根本动力也。"②谭正璧指出："宋儒语录的文体，大都为当时白话，实在系仿自禅宗诸师的语录而非特创……佛教入中国，至此而与中国之思想文学发生一度结合，此后遂牢固不可分了。""禅学与宋代文学家之关系，几如雌雄之有配偶，著名之文学家，莫不和佛教徒有交情。欧阳修和契嵩、林逋和智圆、苏洵和祖印、苏轼和了元，其交友密切，尤为显著。"③从以上引述可知，一二十年代的文学史家曾就佛教与文人的关系、佛教与文体的关系、佛教与文学语言的关系、佛教思想与文学的内容等展开全面的思考。

至于推崇白话文的胡适，更是不遗余力地讴歌佛教的东传给白话文学带来了新的曙光。阅读胡适如下一段论述，我们依然可以感觉到胡适当年那激动无比的心情：

> 综计译经文学在中国文学史上的影响，至少有三项：(1)在中国文学最浮靡又最不自然的时期，在中国散文与韵文都走到骈偶滥套的路上的时期，佛教的译经起来，惟祇难、竺法护、鸠摩罗什诸位大师用朴实平易的白话文体来翻译佛经，但求易晓，不加藻饰，遂造成一种文学新体……(2)佛教的文学最富于想象力，虽然不免不近情理的幻想

① 胡怀琛：《中国文学史略》，第60页，上海：大新书局，民国14年(1925)。

② 顾实：《中国文学史大纲》，第241页，上海：商务印书馆，民国18年(1929)。

③ 谭正璧：《中国文学史大纲(改订本)》，第92页，上海：光明书局，1933年。

与'瞎嚼蛆'的滥调,然而对于那最缺乏想象力的中国古文学却有很大的解放作用。我们差不多可以说,中国的浪漫主义的文学是印度的文学影响的产儿……(3)印度的文学往往注重形式上的布局与结构。《普曜经》、《佛所行赞》、《佛本行经》都是伟大的长篇故事,不用说了。其余经典也往往带着小说或戏曲的形式。《须赖经》一类,便是小说体的作品。《维摩诘经》、《思益梵天所问经》……都是半小说体半戏剧体的作品。这种悬空结构的文学体裁,都是古中国没有的;它们的输入,与后代弹词、平话、小说、戏剧的发达都有直接或间接的关系。佛经的散文一偈体夹杂并用,这也与后来的文学体裁有关系……但五世纪以下,佛教徒倡行了三种宣扬教旨的方法:(1)是经典文的转读,(2)是梵呗的歌唱,(3)是唱导的制度。据我的意思,这三种宣传法门便是把佛教文学传到民间去的路子,也便是民间佛教文学的来源……综合两部《僧传》所记,我们可以明白当时佛教的宣传决不是单靠译经。支昙籥等输入唱呗之法,分化成'转读'与'梵呗'两项。转读之法使经文可读,使经文可向大众宣读。这是一大进步。宣读教人不能懂得,于是有俗文、变文之作,把经文敷演成通俗的唱本,使多数人容易了解。这便是更进一步了。后来唐五代的《维摩变文》等,便是这样起来的。梵呗之法用声音感人,先传的是梵音,后变为中国各地的呗赞,遂开佛教俗歌的风气。后来唐五代所传的《净土赞》、《太子赞》、《五更转》、《十二时》等,都属于这一类。佛教中白话诗人的起来(梵志、寒山、拾得等)也许与此有关系罢。唱导之法借设斋拜忏做说法布道的事。唱导分化出来,一方面是规矩的忏文与导文,大概脱不了文人骈偶的风气,况且有名家导文作范本,陈套相传,没有什么文学上的大影响。一方面是由那临机应变的唱导产

> 生'莲花落'式的导文,和那通俗唱经的同走上鼓词弹词的路子了。另一方面是原来说法布道的本意,六朝以下,律师宣律,禅师谈禅,都倾向白话的讲说;到禅宗的大师的白话语录出来,散文的文学上遂开一生面了。①

对于一些文学现象,此一时期的文学史家还同时从政治和文化相结合的角度加以探讨。文学史家们总是喜欢把散文的发展、衰败和国家政治的剧变和学术流派的繁荣与否联系起来。"盖汉初,因社会改革之急务,爰有贾、晁二人之论策家兴焉,其后既无甚发生大变动之机会,故论客亦遂极落寞欤。"②"于是可见散文发展之途径,约分为二端:一为国与国相争,二为学派与学派相争。""宋代文学方面,是以散文为中心,而显出四通八达的变化。""宋代也是一个争辩的时代,它可以追踪战国,其发达的原因,可如下述:外患、学术、政治改进、党祸、科举制度","综而言之,观察宋人文学,应以散文为中心。"③也正因此,胡小石从纯文学的角度指出散文不是文学的正宗,即等于说散文不是纯文学。实际上,一代文学特质的形成总是受多方面的因素影响的。例如,吴梅在分析宋元文学的特点时从文化、制度、政治三个层面指出了影响其特色的三大原因:"赵宋以还文风,与前代大变,一时学子,多以纯朴说理为主,不尚雕琢,文字日即平易,其原因有数端焉。一则由于运会推迁也。骈偶之文,至齐梁而极,唐初四杰燕许,虽心摹手追,终不能及。且其时设科取士,又科以俳偶整齐之文,故学者不重散文,而尽力于骈体,宋则考

---

① 胡适:《白话文学史》,第159~168页,合肥:安徽教育出版社,1999年。

② 顾实:《中国文学史大纲》,第132页,上海:商务印书馆,民国18年(1929)。

③ 胡小石:《胡小石论文集续编》,第42、175、177页,上海:上海古籍出版社,1991年。

试以策论，承学之士，谋进取之地，自然倾向于理想一方面而鞶帨靡丽之作，不禁自少矣。一则由于理学之崇高也。（性理之学）……诸家语录，即佛家之法也。具此两端，更值金元入主中华，不谙我邦文字，白话文体忽然而生，而小说杂剧传奇，遂应时而出。”①

一二十年代的文学史家还喜欢谈论中国文学的空间问题。这首先在章节的设置上体现出来。谭正璧《中国文学史大纲（改订本）》在谈论中国文学变迁大势时专设“南北二派之消长”、“儿童文学与地方文学”来谈论文学的空间问题；顾实《中国文学史大纲》曾从空间上来论周末文学之大体：第三章“周末文学（其一北方文学）”、第四章“周末文学（其二南方文学）”、第五章“周末文学（其三中部思潮）”、第五章第四节“西方文学”。胡小石的文学史设置“周代之南北文学”一章，下设“第一期周代北派文学之代表作品——《诗经》”、第二期“周代南派之代表作品——楚辞”两节。其次表现为热衷探讨南北文学的差异。论南北文学之不同，以刘师培的说法为较详尽，日本人谈中国文学的，每喜加以引用。胡小石也指出：“无论何种文化，没有不受地理上的影响的。文学亦因地域不同，而分出种种的区别。尤以我国周代的南北文学为最显著。”②在具体论述过程中，文学史家们喜欢探讨南北文学的个性及其起因。“南方民族的文学的特别色彩是恋爱，是缠绵宛转的恋爱”；“北方的平民文学的特别色彩是英雄，是慷慨洒落的英雄”。③ 顾实认为人种和有精神生活之余裕

---

① 陈平原辑：《早期北大文学史讲义三种》，第 453～454 页，北京：北京大学出版社，2005 年。

② 胡小石：《胡小石论文集续编》，第 29 页，上海：上海古籍出版社，1991 年。

③ 胡适：《白话文学史》，第 86～87 页，合肥：安徽教育出版社，1999 年。

的境遇造就南方文学迥然不同的特性:"故彼等有理想之倾向,意志不强固,而富于感情,长于想象,不能不谓南方文学之胜于北方文学者,主起因于此也。要其特质,流动多致,富于变化,决不出于固定,或流于单调。"①

(黑龙江大学　吴光正)

① 顾实:《中国文学史大纲》,第 68 页,上海:商务印书馆,民国 18 年(1929)。

20 年代的古典文学专业书籍和专业刊物的出版

20 年代的古典文学专业出版

20 年代中国古典文学专业出版的主体,一是专业出版社,二是古典文学专业作家。当时在专业出版社中,以弘扬我国优秀传统文化为己任的出版机构,最主要的是商务印书馆和中华书局,此外,还有大东书局、东方出版社、世界书局、北平文学社、北新出版社、实业印书馆、亚东图书馆等。

商务印书馆对传统学术的重视,从张元济于世纪初进入商务印书馆不久就开始了。最初,是因为在编辑过程中缺乏检阅书稿的书籍,所以力求在印书馆内开设一个图书室储备图书,以备编书,此后逐渐扩展为一个影印整理古籍的庞大计划。张元济认为:“一国艺事之进退,与其政治之隆污、民心之仁暴,有息息相通之理;况在书籍为国民智识之所寄托,为古人千百年之所留贻,抱残守缺,责在吾辈。”①他在给傅增湘的信中说:“吾辈生当斯世,他事无可为,惟保存吾国数千年之文明,不致因时势而失坠,此为应尽之责。能使古书多流传一部,即于保存上多一份

① 张元济:《涉园序跋集录》,《张元济诗文》,第 280 页,北京:商务印书馆,1986 年。

致力。”①在张元济及商务印书馆同人的努力下，到 1932 年，商务印书馆涵芬楼东方图书馆已入藏 51 万余册图书，其中有宋版 129 部、元版 179 部、明版 1419 部书，包括很多孤本、善本书，为商务印书馆影印古籍做了充分储备。从 1916 年到 20 年代末，先后影印了《涵芬楼秘笈》10 集 51 种以及《四部丛刊》初编 323 部 2100 册。1934 年以后，又陆续出版了《四部丛刊》续编 75 种 500 册、三编 70 种 500 册。

据茅盾回忆，策划影印《四部丛刊》伊始，馆内“当权者的一派主张《四部丛刊》应该尽量采用宋、元、明的刊本而精工影印。这一派可称为‘善本派’……另一派主张注重实用，例如《庄子》，便应该采用郭庆藩的《庄子集释》或王先谦的《庄子集解》；《墨子》就采用孙诒让的《墨子间诂》等等。这是‘实用派’。据说两派争论了五六个月，最后还是‘善本派’得胜”②。为刊印《四部丛刊》，商务印书馆遍访海内外公私藏书家，以求尽善尽美。在其初编本中，所用底本多为当时可以见到的著名善本。到了 1926 年重印初编本时，又抽换了其中的 21 种版本，全部采用了摄影复印技术，以保存原貌，并在《刊成记》中声明“此非喜为更张也，书囊无底，善本难穷，随时搜访，不敢自足”。

在商务印书馆影印《四部丛刊》之后，自商务出走的另一位著名出版家陆费逵也开始计划出版在当时中国出版界同样有名的《四部备要》。据陆费逵之女陆费铭秀介绍：“商务印书馆为了抢占市场，出版《四部丛刊》时在广告中说是照古本影印，不像一般排印的‘鲁鱼亥豕’，错误百出，以此来招徕顾客。而父亲则在筹出的《四部备要》的广告中针锋相对地说：《四部备要》是根据

---

①《张元济傅增湘论书尺牍》，第 156 页，北京：商务印书馆，1983 年。

② 茅盾：《革新〈小说月报〉的前后》，《我走过的路》上，第 150 页，北京：人民文学出版社，1981 年。

善本并经过多次校对，还订正了古书上原来的错误，不像影印古文，有的以讹传讹，把‘大’字印成了‘犬’字等等，贻误读者。”①中华书局没有涵芬楼藏书馆的储备，善本已被商务网罗殆尽，只能另辟蹊径。他们看出《丛刊》只重版本不切实用的弱点，凭借自己一套聚珍仿宋版铅字，于是，在1924年就开始出版《四部备要》。《四部备要》自1924到1931年共出五集，收书336种，线装分订2500册。

《四部备要》用仿宋体铅字按线装书格式排印，极为精美。所收各书，以常见常用加注为主。阅读古籍，如果不讲究版本，《四部备要》就比较实用。如经部有三套书，十三经古注是一套，唐宋注疏又是一套，清代注疏又是一套。史部除配套的纪传体正史和编年史等外，表、谱、考证也有不少。集部则多用清代注释，《李长吉歌诗》附《外集》用王琦注，比《四部丛刊》用的无注也无外集的《李贺歌诗编》要切合实用。另外，《四部备要》也很注意词曲，所收比《四部丛刊》多，且有系统。《花间》、《草堂》、《绝妙好词》、《词选》、《续词选》、正续四种《词综》、《宋六十名家词》、《十五家词》、《白香词谱笺》、《词源》、《词律》、《词林韵释》，足以应付一般读词的需求。

从1920年任商务印书馆编译所主任的王云五，也对20年代的文学古籍的出版做出很大贡献。在他的主持下，商务印书馆不但影印古籍，还采用丛书的形式，排印了《学生国学丛书》等一系列古籍。1925年，商务印书馆开始刊印《学生国学丛书》。该丛书读者对象为未涉国学藩篱的中学或中学以上程度学生。《丛书》分为总类4种，哲学14种，社会科学5种，文学54种，史地17种，至1940年共陆续刊行93种。所选皆为国学要籍。每

① 陆费铭秀：《陆费逵：缔造中华书局》，北京：《新京报》，2004年7月5日。

一书选择精要内容，分段标点，详加注释，并在书前导言中纂写作者的生平、内容提要，便利读者阅读、利用。著名学者陈彬龢、周予同、叶绍钧、沈德鸿、傅东华、胡怀琛、吕思勉等参与其事。在《学生国学丛书编例》中则说明了编辑缘起、选书范围、收录标准、整理方法。

采用标点符号标点古籍，在正文前撰写导读或研究性文章，当然不是以《学生国学丛书》为首创。1920 年 8 月，亚东图书馆就曾第一次用新式标点排印出版《水浒》，书前刊有胡适的长文《水浒传考证》，大获成功。新文化运动后白话文和新式标点符号应用日广，新法标点古书渐渐流行。各书局所出的古书，竞相以“新式标点”、“白话详解”为招牌招徕顾客。但是各家点校排印的古书，以小说等文学类书籍为主，不能使国学入门者略窥传统典籍的面貌。用丛书的形式，编选要籍，包括经史子集四部，指引学生国学研究的门径，《学生国学丛书》应属新式方法排印古籍的第一次。王云五通过《学生国学丛书》的编纂，确立了用新方法来整理排印古籍的出版途径，使文学历史古籍更为普及化。①

王云五采用新式方法整理古籍，续《学生国学丛书》之后，续编《万有文库》和《丛书集成》。20 年代中期，适应国内图书馆运动，为解决图书馆经费紧张、图书难求的问题，王云五在新出的《百科小丛书》的基础上，整理扩充，乃有《万有文库》的编纂。《万有文库》共二集。第一集 1010 种，于 1929 年开始分批推出，1931 年 10 月出齐。出版《万有文库》的目的是“一以购书者精力与金钱之经济为主要条件”，“想把整个的大规模东方图书馆化身为千万个小图书馆，使散在于全国各地方、各学校、各机关，

① 以上参据《王云五与商务印书馆的古籍出版》一文，见武汉：《出版科学》，2004 年第 2 期。

而且可能还散在许多的家庭”。①

20 年代出版的主要文学古籍

具体分析 20 年代的古典文学专业出版物，不论是文学古籍还是各种研究著作，其较为著名者，大致是以下几个方面：

在古代诗歌方面，到了 20 世纪，新文化运动开始以后，传统诗学与当代文学的距离拉大，读者对于古典诗歌的需求，转为认识和欣赏，诗学出版领域也转向古典诗歌的研究和整理，以及推广普及方面。

传统诗学研究不外是两条线索，“一条是经学的，沿毛《诗》、郑《笺》、孔颖达《正义》而下，不止限于《诗经》研究，同时包括以经学的路数、眼光、标准去规范对其他时代的诗歌研究；一条则是属于诗学文学研究。从王逸的《楚辞》研究，到钟嵘《诗品》、萧统《昭明文选》，到历代诗话和诗人诗作的整理研究，大体上属于后一条线。”②五四新文化运动时期，以胡适为代表的新文化运动领导人，奋力向《诗经》的经学化发起冲击，还其文学本来的身份。他通过一系列诗篇的考释，说明《诗经》中许多作品原来是写男女情爱之作。胡适的研究著作主要有三种，《中国哲学史大纲》之第二篇《中国哲学发生的时代》、《诗三百篇言字解》、《谈谈诗经》，收入《中国哲学史大纲》，此书出版于 1919 年，东方出版社出版。他对《诗经》各篇的内容加以归纳，认为《诗经》反映了公元前 8 世纪到前 6 世纪时期战祸连年，阶级渐渐消灭，贫富不

---

① 王云五：《印行〈万有文库〉缘起》，见《万有文库预约样本》，上海：商务印书馆，1929 年。

② 余恕诚主编：《中国诗学研究》，第 10～11 页，福州：福建人民出版社，2006 年。

均，政治黑暗，百姓愁怨的社会现实。又把时代思潮分为忧时、厌世、乐天安命、纵欲自恣、愤世等派别。他完全抛弃了旧的经注，对《诗经》作出了全新的解释。

鲁迅1926年在厦门大学讲授文学史时编著的《汉文学史纲要》一书，也对《诗经》的内容、时代、创作体制等问题作了论证，批评了儒家温柔敦厚的诗教说。鲁迅的这些观点还渗透在他当时出版的许多杂文集著作中。郭沫若把《国风》中的四十首男女相恋的情歌翻译成新诗，题为《卷耳集》，于1923年出版，就是还《诗经》以本来的文学身份。郭沫若还是中国最早运用马克思主义理论和方法研究《诗经》的第一人。1928、1929两年，他在《东方杂志》上连续发表了《〈周易〉时代的社会生活》和《〈诗〉〈书〉时代的社会变革与其思想上之反映》两篇长达十万字的论文，是中国最早运用唯物史观的科学理论，对旧有的文献资料重新进行考察，从而研究中国古代社会的重要著作。这两篇论文后来都被收入《中国古代社会研究》一书中。他引述《诗经》中几篇反映农事的诗歌，如《七月》、《楚茨》、《信南山》等，论述诗歌所反映的是奴隶制的生产关系。通过论证，他对当时社会制度的变革时间进行了推考。梁启超1923年出版《陶渊明》(商务印书馆)，认为陶渊明所以有“如此高尚的品格和文艺”，是“爱自然的结果”，爱自然，“当然爱自由。渊明一生都是为精神生活的自由而奋斗”。这些论述都与这时的新认识有关。

20年代出版的有关《诗经》的研究著作，属于用传统方法对《诗经》篇章进行研究的，有吴闿生的《诗义会通》，于1927年由北平文学社木版印行，中华书局1962年有排印本。谢无量著有《诗歌研究》，于1923年由商务印书馆出版；丁以此著有《毛诗正韵》，由丁维汾于1924年自刊；杨恭恒著有《毛诗古音谐读》，京华书局于1928年刊行；金公亮著有《诗经学ABC》，由世界书局1929年刊行；张寿林著有《论诗六稿》，北平文学社于1929年出版。

梁启超1923年出版了《陶渊明》一书，包括陶渊明的文艺及品格、陶渊明年谱、陶渊明考证三部分，由商务印书馆出版。接着，古直和傅东华也出版了《陶靖节年谱》和《陶渊明年谱》，对陶渊明事迹进行考索。① 陈衍于1929年由商务印书馆出版了《石遗室诗话》，对宋诗进行阐释。苏雪林于1928年由北新书局出版了《李义山恋爱事迹考》，对李商隐爱情事迹及爱情诗作出阐释。李维作《诗史》，以通史性质研究诗歌，出版于1928年的北平石棱精舍。陈衍1921年由商务印书馆出版了《元诗纪事》，由笔记小说中钩辑有本事的元诗，成为了解元诗的重要参考文献。杨鸿烈1927年由商务印书馆出版了《袁枚评传》，从多角度审视袁枚的文学思想。胡怀琛1925年由商务印书馆出版了《中国八大诗人》一书，把清代诗人王士祯与屈原、陶潜、李白、杜甫、白居易、苏轼、陆游并列。

词学研究方面，20年代最著名的词学研究家为梁启超、王国维及胡适。他们的著作则分别以《辛稼轩先生年谱》、《人间词话》和《词选》为代表。

梁启超研究辛弃疾词，综合运用各种词学研究方法，从前期的词话、评点开始，充分表达了他对辛弃疾其人其词的见解，偏重社会教化和陶冶功能，又从艺术审美的角度对辛词的情感表达作了较为系统的分析。② 1928年秋，他从文献学入手对辛弃疾进行全面研究，考较版本，考证佚词，考实了辛弃疾平生仕历的大略，然后编写《辛稼轩先生年谱》，虽有一部分未及完成而作者即逝，却已将辛弃疾一生的主要事迹、交游家世、作品编年考辨清楚。其弟启勋继其兄之遗愿，另作《稼轩词疏证》，序例中说："每首之下先录饮冰室校勘，次录饮冰考证，又次为启勋按

① 两书分别由中华书局1926年、商务印书馆1927年出版。

② 曹辛华、张幼良：《中国词学研究》，第67页，福州：福建人民出版社，2006年。

语。”可知为兄弟二人的共同著作。梁启超在其著作中认为，“稼轩先生之人格与事业，未免为雄杰之词所掩，使世人仅以词人目先生，则失之远矣”①，同时又把文献学的考据同文学批评密切结合起来，形成有特色的个案研究，这是梁启超的重要贡献。

王国维这一时期的词学研究著作颇丰。他的《人间词话》则是其中最重要的一种，先后刊出在1908年至1909年的《国粹学报》上。1929年，罗振玉又将《人间词话》的原本及未刊稿二卷汇总，收入《王忠悫公遗书》中。王国维在《人间词话》中倡导“境界说”。所谓境界，是专以感受经验为主，境界的存在全在个人感受之所及。即词人的感受，使读之者也可得到同样鲜明真切的感受者。② 显然，王国维的理论是以西方理论为参照，加上个人新见，重新审视词文学取得的成果，体现了王国维对词体创新的见解，也取得了对词学艺术表现力的突破。

胡适的词学研究，是适应了他鼓吹“文学革命”的观念，认为词乃诗之进化，乃宋代之时代文学。1927年，胡适在商务印书馆出版了他的《词选》一书。他在此书序中申明：“词起于民间，流传于倡女歌伶之口，后来才渐渐被文人采用，体裁渐渐加多，内容渐渐丰富。但这样一来，词的文学就渐渐和平民远离了。”他将词史分为三个时期，从晚唐到元初，从元到明清，从清初到今日，认为词到宋末，早已死亡，连文人都已看不懂了，更不必说后两个时期。胡适采用新的文学理论，重估词体的文学价值，更新词史观念，提出新的批评和鉴赏标准，促进20世纪词学研究的转型。③

---

① 梁启勋：《稼轩词疏证》，《国学珍籍汇编》之一五，台北：广文书局，1977年。

② 叶嘉莹：《王国维及其文学批评》第三章，石家庄：河北教育出版社，1997年。

③ 曹辛华、张幼良：《中国词学研究》，第96页，福州：福建人民出版社，2006年。

中国古代小说的介绍和出版，是从 19 世纪末开始的。主要有梁启超、夏曾佑、王钟麒等人。“梁启超是其中最杰出的代表，影响也最大。”“他们感觉到亡国惨祸迫在眉睫，因而怀着极大的热情参与了这一场对小说理论的研究、讨论，把小说看作是救国的一种有力工具。他们从不同侧面丰富、充实了梁启超的小说理论，有些人也在比较新的层面上纠正梁启超小说理论的某些片面性，使这一时期的小说研究更趋全面，也更为深入。”“总之，在 20 世纪的初期，小说批评当是一块最丰茂的学术土地，人人自谓怀隋侯之珠，有扁鹊医国之手，不拘一格，相互驳难，腾蛟起凤，百家争鸣。”①王国维的《红楼梦评论》则撰作于 1904 年，以严谨的方法和西方哲人的理论引入小说批评，因而在小说研究方面占据了重要位置。蔡元培的《石头记索隐》，王梦阮、沈瓶庵的《红楼梦索隐》等索隐派研究者也都是 20 年代小说研究的先驱。②

胡适从 1920 年到 1933 年间，共发表了有关 14 部古代及近代小说的研究论著，后来编成《中国章回小说考证》，于 1942 年由实业印书馆出版。其中《红楼梦考证》通过对《红楼梦》版本的认真考证和对曹雪芹家世的深入了解，胡适得出了一个观点，即《红楼梦》这部小说是“曹雪芹的自叙传”。这一观点后来虽屡受批判，但全面分析胡适的论著，可知胡适“《红楼梦》明明是一部‘将真事隐去的自叙的书’，若作者是曹雪芹，那么，曹雪芹即是《红楼梦》开端时那个深自忏悔的‘我’”③的观点，并没有贬低

---

① 齐裕焜、王子宽：《中国古代小说研究》，第 50～56 页，福州：福建人民出版社，2006 年。

②《石头记索隐》出版于 1917 年，后多次再版。王、沈的著作则出版于 1916 年。见齐裕焜、王子宽：《中国古代小说研究》，第 66 页，福州：福建人民出版社，2006 年。

③《红楼梦考证》，见胡适《中国章回小说考证》，上海：上海出店 1980 年复印本。

《红楼梦》的价值。另外，胡适把传统小说分为“创造的小说”，如《红楼梦》、《金瓶梅》、《儒林外史》等为一类，而把《三国演义》、《水浒传》、《西游记》等称之为世代积累型小说，对于探讨小说研究模式也是具有重要意义的。与胡适的小说研究齐名的是俞平伯的小说论文集《红楼梦辨》，它出版于 1923 年，由上海亚东图书馆出版。这部著作，在思路上受到胡适的启发，但在政治倾向上却与胡适有明显的区别，它以纯文艺研究为宗旨，主要集中在对《红楼梦》后四十回本的讨论上，考证后四十回不仅不是曹雪芹所作，甚至连回目也非其手订。对于此书的主题思想，俞平伯则认为是阐述作者的身世，为情场忏悔而作，为金陵十二钗而作，与胡适的自传说有相同之处又有所不同。

小说资料的搜集也取得了显著的成绩。蒋瑞藻于世纪初从事小说资料搜集，1916 年于商务印书馆出版《小说丛考》，成为拓荒之著。

这一时期，鲁迅在介绍古小说和唐宋传奇方面也颇具成果。他在 1926 年出版了《小说旧闻钞》，全书辑录了《大宋宣和遗事》等 41 种小说，并将有关此小说的资料附列于后；1927 年整理出版了《唐宋传奇集》，并在全书最后附有所写的《稗边小缀》，对所选 46 篇唐宋传奇小说作了全面考证，包括作者、版本、故事源流及影响等方面，成为后来唐宋传奇研究的一个样版，影响颇大。鲁迅对小说研究的另一贡献是他在 1924 年出版的《中国小说史略》一书。这部著作，从总体上勾画了中国古代小说史的框架，成为中国小说史上具有里程碑式的贡献。其重要成果，其一是对中国古代小说在分类方面的研究，其二是深刻阐述了小说的变迁与社会环境的关系，其三是对小说的思想内容和艺术特色都有精到的见解。

除了一批古典小说名著在这一时期大量出版印行外，一批珍贵的小说资料也得到发现和出版，如《京本通俗小说》残七卷、

《新编五代史平话》残八卷、明代拟话本《醉醒石》以及《古佚小说丛刊》初集及《清平山堂话本十五种》等也都在这一时期印行，为学者的研究提供了便利。①

古代散文研究成果的出版，在上世纪20年代稍显薄弱。梁启超《先秦政治思想史》，上海中华书局1924年出版；谭正璧《中国文学进化史》，上海大东书局1924年出版；胡适《国语文学史》，北平文化学社1927年出版。以上诸书虽论及先秦诸子的散文，重在阐发诸子之哲学，但也不可避免地谈及诸子的文学思想及文风、写作特点。②

这一时期，专门论及先秦诸子散文的著作，还有姚永朴的《诸子考略》，北平资研编译社1928年出版；罗根泽的《诸子丛考》，北平朴社1930年出版。两书同属于考据之学，即校勘、训诂、注释，从名物典章、文字校勘、音韵训诂至版本源流及疏解、评注等方面入手，所涉及的内容为儒学学说并及各家学说，既继承清代朴学传统，同时又展示了时代进步，形成了以实证为主要特征的新的考据学。然而，除了先秦散文研究外，其他各时期如汉代辞赋、史传及魏晋以下各代散文研究，在这一时期的成果却显得十分缺乏。据记载，20年代稍有影响的散文研究著作，也仅有王懋的《韩昌黎文评注读本》，出版于1924年的上海大东书局，而散文研究成果的涌现则大都在30年代以后。

20年代，学术界对于古代文学批评的认识，首先是从大学课程的设定和教授开始的。1920年，北洋政府教育部下令全国中小学语文课本改用白话，废止文言，黄侃与姚永朴到北大讲授《文心雕龙》，应当是20世纪中国古代文学批评启动的标志。周

① 齐裕焜、王子宽：《中国古代小说研究》，福州：福建人民出版社，2006年。

② 陈飞：《中国古代散文研究》，福州：福建人民出版社，2006年。

勋初在《黄季刚先生〈文心雕龙札记〉的学术渊源》一文中写道："民国二年，北京大学礼聘章太炎到校讲授音韵、文字之学，章氏不往，改荐弟子黄季刚（侃）前去任教。这就在桐城派占优势的地盘上楔入了新的成分，引起了散文与骈文之争。姚永朴在北京大学讲授桐城派的理论，著《文学研究法》凡二十五篇，颇得时誉。季刚先生继起讲授《文心雕龙》……亦颇得时誉。"①据毛子水《傅孟真先生传略》所说，"当时北京大学文史科学生读书的风气，受章太炎先生学说的影响很大"②。

黄侃是从1914年起在北大讲授《文心雕龙》的。他在讲说《文心雕龙》一书时，对原书章节有选择地进行讲疏，而且是"自愧迂谨，不敢肆为论文之言，用是依傍旧文，聊资启发，虽无卓尔之美，庶几以弗畔为贤"③。在阐发《文心雕龙》的文学思想的同时，针对古文、骈文相持不下的争论，以及新文学新文化对传统学术和古代文学的挑战，于复古中求通变，做出自己的回应。不久，范文澜亦在南开大学讲授《文心雕龙》，1925年，天津新懋印书馆即印行了范文澜注释的《文心雕龙讲疏》，较黄侃于1927年在北平文化学社印行《文心雕龙札记》还早，且被称为"注释史上划时代的作品"④。范著以注为论，仿裴松之注《三国志》的体例，将刘勰所论及的作品，悉为抄入，实际上等于编选了一部与《文心雕龙》相配套的古代文论选，特别是范著除了考据和引录翔实的特点之外，还体现了明显的系统性的思考。

作为开中国20世纪古代文学批评研究风气之先的名著还

---

① 黄侃：《〈文心雕龙〉导读本》，第2页，上海：上海古籍出版社，2000年。

② 转引自陈平原：《失落在异邦的"国故"》，北京：《读书》，2002年第2期。

③《文心雕龙札记》的题词及略例，见黄侃：《〈文心雕龙〉导读本》，上海：上海古籍出版社，2000年。

④〔日〕户田浩晓：《文心雕龙小史》，见《日本研究〈文心雕龙〉论文集》，济南：齐鲁书社，1983年。

有王国维的《人间词话》，前文已经引述。从文学批评角度看，《人间词话》虽具有鲜明的旧学特征，比如仍采用了词话这种旧的文学批评形式，但王国维引进科学理念，同当时崇尚科学之新学思潮的倾向显然是一致的，因此，他所倡导的“境界”说，已经确立了能够容纳西方美学精神的中国诗学理想。①

五四运动之后，戏曲界提倡改良的呼声虽然渐渐平息，但戏曲本身的研究却有了长足进展，清末民初的王国维的戏曲研究及《宋元戏曲史》的出版，使之成为确立戏曲为一种专门之学的开山祖师。王国维研究戏剧史，始于世纪初的十年，其《宋元戏曲史》则出版于1915年，这是王国维戏曲研究带总结性质的著作。郭沫若在《鲁迅与王国维》一文评价说：“王国维的《宋元戏曲史》和鲁迅的《中国小说史略》，毫无疑问，是中国文艺史研究上的双璧。不仅是拓荒的工作，前无古人，而且是权威的成就，一直领导着百万的后学。”②

20年代，文学史家在其文学史著作中对戏剧史作了深入的研究。如胡毓寰1926年在商务印书馆出版的《中国文学源流》，顾实1927年在商务印书馆出版的《中国文学大纲》以及郑振铎1928年在上海光华书局出版的《文学大纲》中都有专门论及戏剧史的章节。其他如谭正璧《中国文学进化史》有二章论述北方的戏曲和南方的戏曲③，潘梓年《文学概论》亦有元曲及戏曲史论的内容④。专门谈及戏曲的著作，有佟赋敏的《新旧戏曲之研究》，在论述旧戏和新戏时都一一论及剧场、舞台、表演、化妆等内容，并附有辞曲范本。⑤ 吴梅的《中国戏曲概论》，总结了金元

① 韩经太：《中国文学批评史研究》，福州：福建人民出版社，2006年。

② 载于上海：《文艺复兴》，第2卷第3期，1946年10月。

③ 谭正璧：《中国文学进化史》，上海：光华书局，1929年。

④ 潘梓年：《文学概论》，上海：北新书局，1926年。

⑤ 佟赋敏：《新旧戏曲之研究》，北京：商务印书馆，1926年。

至清代戏曲发展的历程和特点，追溯源头，考辨流变，涉及各自的是非成败及盛衰，是一部真正意义上的中国戏曲史。① 在微观研究方面，胡梦华、吴淑贞的《表演的鉴赏》重点介绍了清代戏剧评论家李笠翁对中国戏曲理论的贡献。② 商务印书馆 1928 年出版王季烈的《螾庐曲谈》是音乐研究的专著，对度曲、作曲、谱曲进行了详细的介绍和论述，涉及音乐领域的许多专门之学。《元人曲论》由上海大中书局 1925 年出版，是曹聚仁对元代周德清《中原音韵》中的《作词十法》的校读，除对原著逐条注释外，还论及作词的专业知识。此外，还有童伯章的《中乐寻源》，薛月楼《顾曲金针》，郑剑西《二黄寻声谱》，许志豪、沈憬然《京戏锣鼓秘诀》等不少著作，也都是研究戏曲的专著。③

20 年代的古典文学专业刊物

严格说来，20 世纪 20 年代，我国并无单一从事研究古典文学的专业刊物。因为当时国内尚无古典文学研究的专业机构，因此，大学古典文学学科的师生和社会上从事古典文学研究的学者的论著，大都发表在由官办的报纸的副刊、大学的学术刊物或由社会各阶层主办的学术刊物上。

中国最早出现的期刊即杂志，是 1862 年英国传教士在上海创办的《中外杂志》。20 世纪以后，中国境内的杂志多以“某报”为名，与报纸相混，此后，虽装订成册的刊物亦有以“月报”为名

① 吴梅：《中国戏曲概论》，上海：大东书局，1926 年。

② 胡梦华、吴淑贞：《表演的鉴赏》，上海：现代书局，1928 年。

③《中乐寻源》、《顾曲金针》、《二黄寻声谱》、《京戏锣鼓秘诀》，分别为上海：商务印书馆；天津：新天津报社；上海：大东书局；上海：大华书局于 20 年代出版。

的，学报之为杂志，更是当时乃至后来普遍现象。

20 世纪 20 年代的十年，正处在五四新文化运动之后，北洋军阀统治时期和第一次国内革命战争时期的复杂历史阶段。这一时期可供学者发表论著的学术刊物并不多见，包括在学术界产生深远影响的一批论著，都发表在并不是专门的研究学术的刊物上。以下就 2006 年出版的《二十世纪中国人文学科学术研究史丛书》①中文学专辑所提及的这一时期曾发表有关古典文学研究论著的刊物择要作一介绍。

胡适的《南宋的白话诗》，发表于《晨报》副刊，1922 年。

程俊美的《诗之修辞》，发表于《学衡》1922 年第十二期。

严既澄的《韵文及诗歌的整理》，发表于《小说月报》第十四卷第一号，1923 年。

龙榆生的《研究词学之商榷》，发表于《词学季刊》第一卷第四号，1923 年。

顾颉刚的《论诗经所录全为民歌》、《毛诗序之背景与旨趣》，分别发表于北大研究所《国学季刊》和《国立中山大学语言历史学研究所周刊》第十集第一二〇期。

徐绍烈的《阮籍的思想及其作品》，发表于《学灯》1923 年 10 月号。

赵祥瑗的《论秦柳之异点》，发表于《文哲学报》1923 年第三期。

顾实的《诸子文学论说》，发表于《国学丛刊》第一卷第一期，1923 年。

李开先的《论曹子建诗》，发表于《觉悟》1923 年 7 月号。

任非百的《诗界革命家李白作品的批评》，发表于《晨光》第

① 这套丛书文学类六种，傅璇琮主编，由福州：福建人民出版社 2006 年出版。

一卷第五期，1923 年。

吴景超的《中国式文人曹子建》，发表于《清华周刊》第三一七期，1924 年。

胡适的《词的起源》，发表于《清华学报》第一卷第二期，1925 年。

胡云翼的《李清照评传》、《词人辛弃疾》，发表于《晨报副镌》，1925 年。

唐圭璋的《温韦词之比较》，发表于《东南论衡》第一卷第二十六期，1926 年。

范烟桥的《宋江与方腊》，发表于《小说世界》第十三卷第十一期，1926 年。

胡怀琛的《韩柳欧苏文》，发表于《国学》第一卷第十六期，1926 年。

宣雨苍的《词澜》，发表于《国闻周报》第三卷第八、十期，1926 年。

张鹤群的《论苏辛之异同》，发表于《国学专刊》第一卷第二期，1926 年。

毕寿颐的《于湖词校录》，发表于《国学年刊》第一卷第一期，1926 年。

刘大白的《白屋说诗》，发表于《复旦周刊》，1926 年。

朱偰的《五言诗起源问题》，发表于《东方杂志》第二十四卷第十八期，1926 年。

闻一多的《庄子》，发表于《新月》第二卷第九期，1927 年。

陆侃如的《乐府的影响》，发表于《国学月报》第二卷第二号，1927 年。

胡肇椿的《评晏叔原》，发表于《燕大月刊》第一卷第三期，1927 年。

雪林的《王荆公的诗》，发表于《北新月刊》第四十五至四十六合期，1927 年。

王国维的《唐宋大曲考》，发表于《国学论丛》第一卷第三期，1928 年。

方欣庵的《白话小说起源考》，发表于《国立中山大学语言历史学研究所周刊》第五卷第五十二期，1928 年。

张我军的《山水诗与谢灵运》，发表于《新中华周刊》第二一七、二二一、二二九期，1928 年。

何寿慈的《韦庄评传》，发表于《中国文学季刊》创刊号，1929 年。

植亭的《阮籍研究》，发表于《厦大集美国专学生会集刊》第一期，1929 年。

梁启超的《吴梦窗年齿与姜石帚》，发表于《图书馆季刊》第三卷第二期，1929 年。

王敦化的《宋词体制略考》，发表于《齐大国学丛刊》第一期，1929 年。

以上的目录，可以说基本上代表了 20 年代发表中国古典文学研究成果的重要刊物，其中有报纸副刊和学术、社会科学及其他刊物共 32 种，集中反映了 20 年代中国古典文学专业刊物的状况。但在 20 年代，古代文学其实和以历史为主的所谓国学是紧密相连而不可分割的。王国维曾在《国学季刊发刊词》中说："学之义广矣。古人所谓学，兼知行言之。今专以知言，则学有三大类：曰科学也，史学也，文学也。凡记述事物，而求其原因，定其理法者，谓之科学；求事物变迁之迹，而明其因果者，谓之史学；至出入二者间，而兼有玩物适情之效者，谓之文学。然各科学有各科学之沿革，而史学又有史学之科学，如刘知几《史通》之类。若夫文学，则有文学之学，如《文心雕龙》之类焉，有文学之史，如各史《文苑传》焉。而科学、史学之杰作，亦即文学之杰作。故三者非斠然有疆界，而学术之蕃变，书籍之浩瀚，得以此三者括之焉。”因此，论20年代的古典文学专业刊物，还须将大量的国学研究刊物包括在内。

齐思和曾论及“民国以来的学术论文与期刊杂志的兴起”。他说：“民国以来的史学大师如王国维、陈寅恪、顾颉刚、郭沫若等先生，他们的研绩俱是以专题论的方式发表出来的，除了他们的作品之外，无数的专题论文，在学术杂志中发表，成了我们现代史学的基础。这种风气经几位大师的提倡，和西洋前例的引导，到了民国十年以后，专门的学术杂志便纷纷的出现了。”①

但仅就上述列举目录的刊物中，属于大学所办的校刊，主要是北京大学的《国学季刊》，清华大学的《清华周刊》、《清华学报》，燕京大学的《燕大月刊》，中山大学的《中山大学语言历史学研究所周刊》，东南大学的《国学丛刊》，复旦大学的《复旦周刊》等。上述刊物主要担负了学术成果的传播的重任，发表了一批有质量的学术成果。当时较有名的还有《北大社会科学季刊》、《辅仁学志》等刊物。现分别作一简要介绍：

《国学季刊》，1923年1月在北京创刊。北京大学研究所国学门编辑，由胡适、沈兼士、钱玄同等主撰。辟有论文、附录等栏目，在《发刊词》中提出国学研究的方向是：用历史的眼光来扩大国学研究的范围；用系统的整理来部勒国学研究的材料；用比较的研究来帮助国学的材料的整理与解释。主要发表国内外学者在中国学方面的研究成果，同时还包括东方古语言学、比较语言学、哲学等方面的内容。1923年第一期署编委会主任是胡适，所发表的论文目录是：

石鼓为秦刻石考　马衡

火祆教入中国考　陈垣

① 齐思和：《近百年来中国史学的发展》，《燕京社会科学》第2卷，北京：燕京大学法学院，1949年。

音译梵书与中国古音　钢和泰

国语问题之历史的研究　沈兼士

萧梁旧史考　朱希祖

郑樵著述考　顾颉刚

五代监本考　王国维

近日东方古言语学及史学上之发明与其结论　伯希和

新发现的石器时代的文化　袁复礼

《国学季刊》，于 1925 年出版第 2 卷第 1 期后一度休刊，旋复刊。1937 年第 6 卷第 3 期后又停刊，1946 年复刊，1952 年 12 月出至第 7 卷第 3 期终刊。

《国学论丛》，1927 年 6 月创刊于北京，清华学校国学研究院主办，季刊，主要刊载有关古汉语专业方面的研究论文。梁启超、陈寅恪、戴家祥等人发表文章较多。1930 年 12 月停刊。

《清华学报》，清华大学师生的学术刊物。1915 年 11 月创刊于北京。最初由师生合编，教员杨仲达、孟宪承、梅贻琦、王文显，学生唐崇慈、赵学海等曾先后主持编务。后改由教师组成的学报编委会编辑。有论衡、著述、学术、科学、文艺、杂纂等栏目，内容皆为清华师生"于课余之暇，译述欧西有用之书报，传播学术，或以心之所得，发为文词，或以平时所闻，著为余录"，包括社会科学、自然科学各方面的近世新思想、新学说、新知识、新技术。

《燕大月刊》，1923 年在北京创刊，北京燕京大学学生自治会出版委员会编印发行。主要发表燕京大学教师及学生的学术成果，介绍国内外学术理论，报道本校各项教育、行政校务。1927 年出至第 121 期后停刊，30 年代以后又复刊。又有《燕京学报》，1927 年 6 月创刊于北平，半年刊，北平燕京大学哈佛燕京学社编，容庚、赵紫宸、许地山、冯友兰、黄子通、谢婉莹主编，主要发表有关古代文字、诗歌、戏曲和哲学方面的研究论文。

《中山大学语言历史学研究所周刊》，广州中山大学语言历史学研究所编辑，1927年1月创刊。顾颉刚在《发刊词》中说："现在国立第一中山大学设立语言历史学研究所，给予我们以研究工作，我们对于这个机关抱有很大的希望。我们要打破以前学术界上的一切偶像，屏除以前学术界上的一切成见！我们要实地搜罗材料，到民众中寻方言，到古文化的遗址中去发掘，到各种人间社会采风问俗，建设许多的新学问！我们要使中国的语言学者和历史学者的造诣达到现代学术界上的水平线上，和全世界的学者通力合作！这一种刊物是达到我们希望的先导，我们祝颂他的生命的逐渐发展，他们的成就逐渐增高！"

《学衡》，1922年1月在南京创刊，吴宓、胡先骕、梅光迪等主编，靠自筹经费办刊，是一个长期发行而影响又较大的文学理论刊物。上海学衡杂志社经办，中华书局发行。在《发刊词》中昌明"论究学术，阐求真理，昌明国粹，融化新知。以中正之眼光，行批评之职事，无偏无党，不激不随。……以切实之功夫，为精确之研究，然后整理而条析之，明其源流，著其旨要，以见吾国文化有可与日月争光之价值。……博极群书，深窥底奥，然后明白辨析，审慎取择，庶使吾国学子，潜心研究，兼收并览，不致道听途说，呼号标榜，陷于一偏而昧于大体也。"《学衡》在整理国学和中西文化研究上有所成就。初为月刊，1928年起改为双月刊，1933年7月停刊，共出79期。其作者除三位主编外，还有梁启超、王国维、陈寅恪、刘伯明，吴芳吉、刘朴、易峻、曹慕管、赵万里、汤用彤、柳诒徵、刘永济等。①

《辅仁学志》，1928年2月创刊于北平，辅仁大学主办，半年刊。旨在研究中国学术，发表有关历史、语言、文学、宗教、哲学等方面的论文和译著。

---

① 李汝伦：《似淡却浓〈学衡〉云烟》，北京：《书屋》，2004年第11期。

《中央研究院历史语言研究所集刊》，不定期刊物，1928 年创刊于广州。后由北平中央研究院历史语言研究所集刊编辑部编辑，设有文籍考订、史料征集、考古、语言、民物等专栏，陈寅恪、董作宾、胡适等人都在此刊上发表论文。

《国立北平图书馆馆刊》，1928 年创刊，原名《北平图书馆月刊》，刊登文史论著、目录校勘、书目题跋、图书评介和书林史话等，罗振玉、王国维、梁启超、胡适等人均为其作者。至 1937 年停办，共出 11 卷 61 期。

发表古典文学研究成果的报刊中，有几种是报纸的副刊。如创办于 1916 年上海法租界的，由陈其美、叶祖伦创办的《民国日报》的副刊《觉悟》，创办于 1918 年的《晨报》的副刊《晨报副镌》、《时事新报》的副刊《学灯》等等，也发表了不少学者的研究成果。

由专业出版界创办的各类刊物，如上海书店的《词学季刊》，上海大东书局的《国学》，商务印书馆于 1907 年创办的《小说月报》等。其中《小说月报》发表了很多当时著名学者的古典文学研究成果。

在社会各阶层创办的报刊中，《小说月报》最为有名。它 1910 年 8 月创刊于上海，至 1931 年 12 月出至第 22 卷第 12 月号终刊，共编辑 132 期。自 1921 年 1 月改由文学研究会成员沈雁冰主编进行了全面改革后，成为新文学运动的第一个大型文学刊物，其中所发表的古典文学研究论文，在当时产生较大的影响。

《现代评论》，1924 年 12 月创办于北京，其主要撰稿者如胡适、李四光、闻一多、沈从文等，是由各方面文化人士汇合而成的一个松散联盟，政治立场不尽一致，也发表过学术研究论著，后于 1928 年底停刊。

《新月》，由新月社主办的综合性期刊，偶发学术研究内容的文章，自 1928 年到 1931 年只出刊了 4 卷。

除上举主要发表古典文学研究论著的刊物之外，当时还有北京大学的《社会科学季刊》、国闻社的《国闻周报》(1924 年创刊，是 20 年代较大的通讯社，在当时文化界颇有影响)以及《民铎杂志》等。

(黑龙江大学　辛更儒)

30年代以前的文学古籍整理

世纪初文学古籍整理的概况

进入20世纪以来，特别是从1911年辛亥革命爆发，到1949年中华人民共和国成立，我国的古籍整理事业出现了一个前所未有的高潮。此期间，文学古籍的整理尤为引人注目。

对于中国上世纪初叶出版界古籍整理的情况，可以从下面的大事记中做一初步了解。

1902年，俞复、廉泉在上海创办文明书局。

1911年，辛亥革命后成立的中华民国南京临时政府颁布《临时约法》，规定人民有著作、刊行的自由。

1912年，陆费逵、戴克敦、陈协恭、沈知方等人在上海创办中华书局。

1919年，中华书局以聚珍仿宋活字排印古籍。

1924年，中华书局辑印《四部备要》，6年后全书发行。

1929年，商务印书馆编印《万有文库》第一辑，收书1010种。

对于20世纪初的古籍整理，《中国大百科全书·新闻出版卷》作了这样的评价：

> 1919年五四运动以后，中国出版了大量经过整理的古籍，如亚东图书馆的标点本古典小说(《红楼梦》、《水浒》等)，商务印书馆的《国学基本丛书》、中华书局的《四部备

要》，上海杂志公司的《中国文学珍本丛书》等。商务印书馆在影印古籍方面作出了巨大的贡献，它出版的《四部丛刊》、百衲本《二十四史》、《四库珍本丛书》等，使许多珍本、善本得以公之于世，至今尚为学术界所使用。索引工作方面，则有哈佛燕京学社的“引得”和中法学会的“通检”，也是古籍研究者不可缺少的工具书。①

尽管这其中所提及的书籍，有一些是编成或出版于30年代以后，但是，20世纪头30年的古籍整理确实取得了很大成绩，为30年代以后和中华人民共和国成立以后古籍整理工作的大发展奠定了坚实的基础。

进入20世纪，在一些进步学者的带动下，国学研究受到东渐的西学影响，正在开创我国近代学术研究的新局面。当时倡导国学的言论，与近代向世界看的眼光交相作用。1907年发表的许守微《论国粹无阻于欧化》一文指出：“是故国有学则虽亡而复兴，国无学则一亡而永亡。何者？盖国有学则国亡而学不亡，学不亡则国犹可再造；国无学则国亡而学亡，学亡则国之亡遂终古矣。此吾国所以屡亡于外族而数次光复，印度、埃及一亡于英而永以不振者，一则仅亡其国，一则并其学而亡之也。”②除以兴亡意识作为倡兴国学的重要因素之外，学者们还力图以兴国学对抗西学欧化。欧洲的汉学研究经过几个世纪的积累，从19世纪起，进入新的发展阶段。法、英、荷等国相继设立专门的汉学讲座，德国于柏林大学设立了东方语言研究所。而自19世纪90年代起世界性的考古活动逐渐将重心转移向中国的西北，30年间，俄、英、德、法、瑞典、美国等考古学家相继来华进行考古探

①《中国大百科全书·新闻出版》所载《出版事业大事年表》，北京：中国大百科全书出版社，1999年。

② 许守微：《论国粹无阻于欧化》，北京：《国粹学报》，第1年第7期，1905年。

险发掘，包括敦煌文书、西域简牍在内的一大批文献文物的发现，震动了国内知识界。①

一是从中国的学术传统来看世纪前期的“古籍整理”。其实“古籍整理”工作，在中国存在了几千年，20 世纪初期的“整理”工作，是学统的一种延续。当然本时期不同于以前，因为社会和学术大背景都已变化，传统学问在新时代中，不能不有所变化，其性质和形态都发生许多变异。首先古籍整理的目的和立场，发生了分歧。“旧派”学者“整理”的目的仍然是为了坚持中华文教传统，以振兴“中学”来与“东渐”的“西学”相对抗；新派学者的立场则是以新的观念来重新阐明中国文明文化发展历史（“整理国故”）。前者使用方法基本上是乾嘉诸老的嫡传，音韵学、文字学、训诂学、目录学等，成为他们“整理”的主要手段；后者则在继承这些传统方法的同时，也添加进了近代“科学的”方法（胡适、顾颉刚等主张）。两种立场，也是两种“动力”，促使此时期“古籍整理”有了相当的发展。

二是从当时的社会情况来看，这一时期的古籍整理具备了许多有利条件。教育和文化事业的发展形成了社会需求，文化产业化趋势带来了出版条件的改善，印刷出版技术进步带来了出版便利。鸦片战争以后，随着西方印刷设备的传入，19 世纪末，外国创办的出版机构迁入中国，一批近代资本主义出版企业兴办起来，1882 年成立的同文书局，和 1868 年成立的江南制造局翻译馆，特别是 1897 年成立的商务印书馆，更是对 20 世纪中国古籍整理出版工作具有极其重大的意义。此后，包括文明书局、中华书局、亚东图书馆、泰东图书局在 20 世纪头一个 10 年先后成立，并大量编印书籍，文学古籍的整理出版开始出现前所未有的新局面。

① 桑兵：《晚清民国的国学研究》，第 5 页，上海：上海古籍出版社，2001 年。

三是从人才状况看，这一时期已废除了科举，一大批旧式文士断绝了"功名"之途，无所事事，而"旧学"是他们最熟悉的看家学问。新学虽然已经兴起，但所谓新派学者中，一般旧学根底都很深厚。五四新文化运动和马克思主义传入中国以后，虽然现代中国在思想领域所发生的变化是翻天覆地的，要求变革社会，改造中国的呼声日益高涨，但是，这并没有影响到传统国学的研究和整理工作。相反，在当时新思潮的影响和社会变革的推动下，正确对待我国的传统文化，弘扬国故中的积极因素，成为当时学术界的一个重要使命。特别是30年代以前，相对稳定的客观环境更有利于文学古籍的整理出版，因此，一批优秀成果出现在这一时期也就不足为怪了。

20世纪20至30年代前半叶，是国学研究的鼎盛时期。由于在新文化运动中获得巨大声望的胡适等人提倡整理国故，使得国学研究成为时尚。国学教育和研究机构相继成立。青年学子纷纷报考国学研究学科，也引起社会的广泛关注。专门杂志和出版社纷纷创刊建立，报刊也设立了国学专栏。出版界出版的有关专著日渐丰富，使古籍整理出版日呈兴盛之势。①

丛书的编纂整理出版

30年代以前的中国，最早印行大型丛书的主要是几家私人出版社如商务印书馆和中华书局。

1903年，海盐人张元济②抱着"昌明教育生平愿，故向书林努力来"的愿望，受聘出任商务印书馆编译所所长。他在任期

① 桑兵：《晚清民国的国学研究》，第10页，上海：上海古籍出版社，2001年。

② 张元济，字菊生，光绪进士，曾任刑部主事。戊戌政变革职，赴沪主持商务印书馆。

间，除从事教科书和辞书的编纂活动外，还用很大气力影印了大批成套古籍，如《涵芬楼秘笈》(1916 年)10 集、《续古逸丛书》(1922 年至 1928 年，印行 34 种)、《四部丛刊》等。其中以《四部丛刊》的初、续、三编 468 种古籍和《百衲本二十四史》(1930 年)用力最多。张元济千方百计查访，多方协商，从国内外著名藏书机构、藏书楼和藏书家手中借得宋元以来善本古籍，用影印的方式出版发行。其数量之大，影响之巨，在中国现代编辑出版史上是空前的。①

《涵芬楼秘笈》，集中了张元济进入商务印馆以来，"求之坊肆，丐之藏家，近走两京，远驰域外"②所搜罗的各类古籍中之旧抄本、旧刻中的零散本汇编而成。其中影印宋、元、明、清抄本稿本极具特色。前后历时 10 年，出版了 10 集 51 种。

《续古逸丛书》是清光绪中黎庶昌编刻的《古逸丛书》的续书，先后出版了 46 种，所收悉为稀世秘籍，纸墨精良，赏心悦目，几乎与原书同样珍贵。

《四部丛刊》是 20 年代到 30 年代刊行的古典文献大型丛书。《四部丛刊》是商务印书馆于 1920 年开始印售的。四部，指旧目录学中四部分类法的"经、史、子、集"四部。辑印《四部丛刊》的目的在于收集沦亡的旧籍。《印行〈四部丛刊〉启》中说："自咸、同以来，神州几经内故，旧籍日就沦亡。盖求书之难，国学之微末，未有甚于此时者也。上海涵芬楼留意收藏，多蓄善本，同人怂恿景印，以资津逮后学。有未备，复各出公私所储，恣其搜鉴，得于风流阒寂之会，成此四部丛刊之刻。"《印行〈四部丛刊〉启》，谈了这部书的"七善"。一是印的都是四部中常见常用

① 黄镇伟：《中国编辑出版史》，第 322 页，苏州：苏州大学出版社，2003 年。

② 张元济：《百衲本二十四史前序》，《影印善本书序跋集录》，北京：中华书局，1995 年。

的。二是保存古书原本，不加剪裁。三是用善本作底本。四是善本聚在一起。五是用石印法影印，缩小开本，册虽小而字体却不算太小，既便于庋藏又保存中国古书字大悦目的优点。六是版型纸色划一，便于插架。七是，价廉，分期出，分期交款，有预约。其中六点，一是有关内容的问题，二是用石印法缩小尺寸影印一大批善本古书的问题。可见，印《丛刊》的指导思想有二：印四部常见常用书，影印善本。这部丛书，从涵芬楼和国内收藏家收集底本，其中有宋本 45 种，金本 2 种，元本 19 种，影宋本 13 种，影元本 25 种，以及其他一些善本，缩印成整齐划一的本子，并把原尺寸记于首页，以存旧貌。因此，《四部丛刊》成为我国古典文献中的珍本。

《四部丛刊》在编辑中十分重视版本。如经部的《孟子》赵岐注，用原藏清内府的宋刊大字本；史部的《资治通鉴》，用涵芬楼藏宋刊本；子部的《列子》张湛注，用的是南宋初年杭州刻宋元递修本，黄氏士礼居旧藏，《百宋一廛书目》著录，当时在铁琴铜剑楼，号称北宋刊本，虽然不确，却极为名贵；集部如群碧楼所藏宋书棚本《李群玉诗集》、《碧雪集》、《披沙集》，是群碧楼镇库之宝，群碧楼即由前两书取名。这些第一流的版本，《丛刊》中屡见。可以说，它的影印，对保存和整理我国古代文化遗产有很大的贡献。

《四部丛刊》初编本于 1922 年出版，共 323 种。后来重印时更换了其中的 21 种版本。其中属于文学古籍的占大部分。如集部唐以前的文学古籍就有如下种类：

楚辞　蔡中郎集　曹子建集　嵇中散集　陆士衡集　陆士隆集　笺注陶渊明集　鲍氏集　谢宣城集　梁昭明太子文集　梁江文通文集　徐孝穆文集　庾子山集　寒山子集　王子安集　幽忧子集　骆宾王集　陈伯玉集　张说之集　唐丞相曲江张先生文集　分类析注李太白诗　分门集注杜工部诗　须溪先生

校本唐王右丞集　高常侍集　孟浩然集　唐元次山文集　颜鲁公文集　岑嘉州集　皎然集　刘随州集　韦江州集　钱考功集　权戴之集　增广注释音辩唐柳州集　刘梦得集　唐吕和叔集　唐张司业集　皇甫持正集　李文公集　欧阳行周文集　孟东野诗集　唐贾浪仙长江集　李贺歌诗集　沈下贤小集　李文饶文集　元氏长庆集　白氏长庆集　樊川文集　姚少监诗集　李义山集　温庭筠诗集　丁卯集　唐刘蜕集　李群玉集　碧雪集　唐李推官披沙集　皮子文薮　唐甫里先生文集　玉川子诗集　司空表圣诗集　玉山樵人集　唐黄御史公集

以上唐以前文集共62种，几乎集中了唐代之前中国文学的精髓，及国内最完善的版本，主要是宋元刻本以及明清的精刻本，照原版复印出版，为学者提供了前所未有的研究条件。1926年，商务重印《初编》，至1929年完成。这次再版，进一步贯彻了重视善本的原则，抽换了21种版本，给许多书加了校勘记。还是323部，可是增加到8573卷，2112册。底本计收宋本45种，金本2种，影宋写本13种，影写元本4种，明写本、活字本、校本39种，其余也都为明清精刻。①

对于《四部丛刊》等古籍的整理出版，当时学者都给予了很高评价。鲁迅曾在《病后杂谈之余》②一文中，对清人删改古书十分不满，他以《容斋随笔》和《嵩山文集》为例，指出《容斋随笔》有三条就为清代刻本所没有。清人俞正燮在他的《癸巳类稿》里称金朝皇帝是宽假奴隶的仁厚君主，而鲁迅说："新近陆续出版的《四部丛刊续编》，自然应该说是一部新的古董书，但其中却保存着满清暗杀中国著作的案卷"，"清朝不惟自掩其凶残，还替金

---

① 以上见《商务印书馆图书目录(1897—1949)》，北京：商务印书馆，1981年。

② 鲁迅：《且介亭杂文·病后杂谈之余》，《鲁迅全集》第6卷，北京：人民文学出版社。此文发表于1934年8月21日《新语林》半月刊第4期。

人掩饰他们的凶残”。鲁迅据《四库全书》删改《嵩山文集》的事实，指出这些书“大抵非删则改，语意全非，仿佛宋晁说之，已在对人战栗，嗫嚅不吐，深怕得罪似的了。”又揭露说：“即此数条，已见‘贼’、‘虏’、‘犬羊’是讳的；说金人的淫掠是讳的；‘夷狄’当然要讳，但也不许见‘中国’两个字，因为这是和‘夷狄’对立的字眼，很容易引起种族思想来的。但是，这《嵩山文集》的抄者不自改，读者不自改，尚存旧文，使我们至今能看得见晁氏的真面目，在现在说起来，也可算是令人大舒愤懑的了。”表现了他对《四部丛刊》保存古籍原面目的赞许。另一位学者朱自清也评价《四部丛刊》，说：“《四部丛刊》底本差不多都是善本，影印更不至于有错字，也不缺少古色古香。……后来《四部丛刊》又是缩印本，古气虽然较少，便利却加多，还有排印的古书，如《四部备要》（这部丛书出自中华书局）、《万有书库》等，也是方便公道。又有《国学基本丛书》，照有些石印本办法，书中点了句，方便更大。”①

另外一位在商务印书馆任编译所所长的王云五在古籍整理方面的贡献也颇大。在20年代末，王云五主持出版的《万有文库》第一集开始编辑出版。当时正值全国各学校图书馆广泛设置，国民政府要求各学校每年从经费中提取5%作为购书经费。《万有文库》的编辑出版适当此时，为配合图书馆运动发挥了重要作用。②

中华书局是20世纪中国重要的民营出版机构，1912年成立于上海。30年代以前，中华书局以编辑出版社会科学书籍和教科书为主，涉足古籍整理出版在20年代以后。其所编辑的大型丛书为《四部备要》，自1924—1931年共出五集，收书336种，

① 朱自清：《文物·旧书·毛笔》，《朱自清文选》第4卷，第525页，南京：江苏教育出版社，1990年。

② 黄镇伟：《中国编辑出版史》，第322页，苏州：苏州大学出版社，2003年。

11305 卷，线装分订 2500 册。1935 年，又印行洋装十六开点句本。1936 年再版并出缩印本，内容与初版相同。《四部备要》全部用精美的仿宋体铅字按旧线装书格式排印。在当时的活字铅印书中，是非常精美的。所收各书，以常见常用带注为主。阅读古典文献的人，如果不讲究版本，《四部备要》就比《四部丛刊》实用，在学界也产生了巨大影响，是世纪初使用现代印刷术完成的最大古籍整理工程。1930 年又出版了聚珍仿宋版的《二十四史》，至 30 年代以后，形成与商务印书馆相互竞争的局面。

30 年代以前，编辑出版各类丛书的出版机构，还有北京广业书社、时中书局、国学社、新中国图书排印局、清华学校研究院、苏州文学山房、湖南丛书处、豫章丛书编刻局等地，出版业集中的上海则成为古籍丛书的主要出版地。其中如上海中国书店、聚珍仿宋书局、扫叶山房、北新书局、大成书局、大东书局、进步书局、国光书局、锦文堂书局、文明书局、古今图书书局等，都出版了不少古籍丛书。其中文学类古籍占很大比例。据《中国丛书综录》第一册总目所载，从上世纪初至 20 年代末，全国各地出版社共出版古籍丛书约 5000 种，包括杂纂类、辑佚类、郡邑类、氏族类、独撰类和经史子集各部书。以杂纂类为例，就有邓实辑的《风雨楼丛书》(1910，清人著作)、董康辑的《诵芬室丛刊》(1916，历代别集和明代杂剧、小说)、罗振玉等辑的《敦煌石室遗书》(1909)、何藻辑的《古今文艺丛书》(1913，明清以来笔记杂文)、刘承干辑的《嘉业堂丛书》(1918，收经史子集各书)最为有名。

这一时期出版的文学古籍丛书，以集部为主。其中文学总集就有以下多种：《汉魏六朝百三家集选》(1917，都门书局)、《汉魏六朝名家集初刻》(1911，无锡丁氏)、《宋诗钞补》(1915，上海商务印书馆)、《汲古景钞南宋六十家小集》(1921，上海古书流通处)等。而这一时期所出版的词曲总集尤多，词如《彊村丛书》(1922，归安朱氏)、《景刊宋金元明本词四十种》(1917，武进陶氏涉园续刊),曲如《元明杂剧》(1929,南京国学图书馆)、《元曲选》(1918,上海商务印书馆)。

30年代以前刊印的丛书又以作家独撰类为多。如王闿运的《湘绮楼全书》(1911年)、况周颐的《蕙风丛书》(1925,上海中国书店)、叶德辉的《观古堂所著书》(1913)、王国维的《海宁王忠悫公遗书》(1927,海宁王氏石印本)、罗振玉的《永丰乡人杂著》(1922,上虞贻安堂)三种、章炳麟的《章氏丛书》(1917,浙江图书馆)、胡思敬的《退庐全书》(1924,南昌)等。

30年间整理出版的主要文学古籍

文学批评史学,在我国发端于20世纪20年代,至30年代奠定了基础。具有象征意义的黄侃的《文心雕龙札记》,1919年在《新中国》、《华国月刊》上发表,整理成书则在1927年。此书一出,震动文坛。台湾地区学者李曰刚认为:"民国鼎革以前,清华学士大夫多以读经之法读《文心》,大则不外校勘、评解二途,于彦和之文论思想甚少阐发。黄氏《札记》适完稿于人文荟萃之北大,复于中西文化剧烈交绥之时,因此《札记》初出,即震惊文坛,从而令学术思想界对《文心雕龙》之实用价值、研究角度,均作革命性之调整,故季刚不仅是彦和之功臣,尤为我国近代文学批评之前驱。"①黄氏之后,著作纷出,其中有《文心雕龙》标点本,清黄叔琳注释,沈子英标点,上海梁溪图书馆1924年印行,附有两篇研究论文。同书又有陈益标点本,为上海扫叶山房1925年印行。《文心雕龙讲疏》,范文澜著,天津新懋书局1925年印行,有梁启超序;此书于1929年在北平文化书社出版修订本。

① 韩经太:《经典的确认与学科的自觉》,北京:《中国文化研究》,2004年冬字号。

文学研究方面，主要有以下几个方面的成绩。

一、《诗经》的研究整理

20世纪初的30年，整理研究《诗经》的著作主要有刘师培的《毛诗札记》和《毛诗举要》两书①，从文献学角度研究《诗经》。吴闿生的《诗义会通》和林光义的《诗经通解》②，用传统方法对《诗经》篇章进行解释。而《卷耳集》为郭沫若著，上海泰东书局1923年印行，收翻译成新诗的《诗·国风》40首，并附原诗及注释。《诗经音释》，林之棠著，北大爱智学会国学月报社1926年印行，所收诗有韵读及纂诂，作者有自序、例言。

二、《楚辞》的研究整理

马其昶的《屈赋微》③，对屈原的作品从内涵到艺术结构进行了阐发，同时在文字诠释上做了很有成就的工作。该书以《说文》谐声为基础，间采清人诸家之说，为屈赋韵字作了注音，并遍采汉至清代的50家注文及诸文集、笔记中的点滴注释，对屈赋文字进行精要得当的解释。刘师培的《楚辞考异》，以洪兴祖《楚辞补注》为底本，广泛征引众多古籍，胪列异文，订正误字，诠解词义，提供了一本更少错讹的《楚辞》文本。此外，还有《楚辞》的沈雁冰选注本，商务印书馆1928年印行，收《离骚》等8篇，有序言及注释，收入《学生国学丛书》。

三、汉乐府的研究整理

本时期运用传统方法笺释考证汉代诗歌的仅有黄节《汉魏乐府笺》，北京大学出版社1925年出版，专门注释相和歌辞、杂

---

① 两书与《楚辞考异》并见《刘申叔遗书》，北京：1935年刻本。

②《诗义会通》，北京：北京文学社，1927年。《诗经通解》，1930年著，北京：北京大学，1936年。

③《屈赋微》，见马其昶《集虚草堂丛书》，合肥：清光绪三十年李氏刊本。

曲歌辞，反映了五四以后学人对民歌的重视。此书在研究汉魏乐府相和、杂曲歌辞的训诂、音韵方面材料颇为丰富。此外，此时期出版的选本有《国风乐选》，刘永济编，泰东图书局 1926 年印行，收国风、乐府 154 首。

四、陶渊明诗的研究整理

陶诗研究在二三十年代相当活跃，但陶集整理尚未形成成果。此时期仅有选本《陶渊明诗》，傅东华选注，上海商务印书馆 1927 年印行，收 100 余首陶诗，并作注释，前有序言，后有《陶潜年谱》，收入《学生国学丛书》。

应当一提的是，这一时期在编辑、选录古诗方面，出现了丁福保的《全汉三国晋南北朝诗》(1916 年)，拉开了辑录和编选古代诗歌的序幕。此书继明人冯惟讷的《诗纪》而作，作者力纠后者芜杂、真伪混淆之失，但匡谬未尽，又失收先秦的歌谣及佚诗。

五、唐诗的研究整理

对唐诗及唐代诗人的文献整理研究，从诗人生平考证、年谱、传记的著述到诗集的校注，在这一时期相当薄弱，基本上沉寂无闻。大量唐代诗人的作品整理都是后半世纪的事。本时期仅有若干选注本出现。如《白居易诗》，傅东华选注，商务印书馆 1928 年印行，选诗 549 首，有注释及注者导言，收入《学生国学丛书》；《香奁集》，刘复校点，上海北新书局 1926 年印行，收韩偓诗 100 余首，有注释，前后有序跋；《李白诗》，傅东华选注，商务印书馆 1929 年印行，选诗 150 余首，有注释及注者所著《李白评传》，收入《万有文库》第一辑及《学生国学丛书》；《王维诗》，傅东华选注，商务印书馆 1928 年印行，收诗 160 余首，有注释及导言，收入《万有文库》第二辑。

六、宋诗的研究整理

20 世纪之初，有北京龙文阁印行《宋代五十六家诗集》，成为选印宋诗之始。到 1926 年，又有李之鼎完成《宋人集》甲乙丙丁四编，所据底本多为善本，并提供了一部分别集的作者生平、创作、版本方面的资料。① 但总的来说，对宋诗的研究整理相对比较薄弱。

七、词集的研究整理

词学研究于20年代达到第一次高潮。众多研究者和众多成果的涌现，使词集研究整理在这一时期成果最大。如刘继增作《南唐二主词笺》，有1918年增刻本；胡鸣盛作《韦庄词注》，有莲丰草堂1923年石印本；章衣萍《樵歌》点校本，1926年北新书局排印；李文祷辑《漱玉词》，1927年冷雪庵出版；又有《东山乐府》，1928年商务印书馆出版；林大椿校《稼轩词》，1928年商务印书馆出版。

八、散文及别集的整理

30年间，古代散文的研究整理，随着学人对散文界定的认识不断加深，除文学散文乃是古代散文研究的主要对象外，凡以汉语书写的除韵文之外的各体文也都包括在研究对象之内，而历代别集的整理也很自然地被包括其中。前30年，先秦诸子散文及经典著作的翻印出版，虽数量巨大，但大都缺少现代人的重新整理成果，故此处不予记载。比较突出的整理成果仅以下一种：《韩昌黎文集校注》，马其昶著。此书历时13年，采集明清两代名家的评说，在文字训诂及史实疏证方面，对旧注做了很多订正和补充，校勘也比较仔细，书中还汇集了各家评语，资料异常丰富。

九、小说的研究整理

"小说"一词，虽然中国出现很早，《庄子·外物》中就有"饰小说以干县令，其于大达亦远矣"之语，但与我们今日所讲的并

① 郑永晓：《本世纪宋代诗文别集的整理的成就与不足》，北京：《文学遗产》，1994年第3期。

不是一个概念。现代意义上的小说,也与西方有所不同,依然带有明显的中国传统学术文化的特点。中国古代小说,从秦汉的寓言、魏晋的志怪、唐宋的传奇到元明清的说话和通俗小说,到了清代中叶,各种类型的小说形式均已出现。而进入20世纪以后,影响小说整理出版的最主要因素是小说研究者开始建立现代的小说目录学、考证学,推动小说类文学古籍的整理出版进入了一个新时代。

晚清以来,小说的创作出版已达极盛时期。据欧阳健《晚清小说史》统计,从道光二十年(1840)至光绪二十六年(1900),60年间共出版小说133部,从光绪二十七年至宣统三年(1911),又出版了通俗白话小说529部。[①] 进入民国之后,这种创作出版的强劲势头不减,仅1907年到1909年的三年间,就出版小说104部。

在小说的资料搜集出版方面,最早从事这方面工作的人是蒋瑞藻和钱静方、颠公。蒋瑞藻著有《小说考证》,钱静方著《小说丛考》1916年于商务印馆出版,颠公则有《小说丛谭》。

鲁迅则是最早对古小说资料进行系统搜集整理的人。鲁迅1909年从日本回国后,比较集中地搜集整理小说资料。1912年他在《古小说钩沉序》中谈到他搜集古小说逸文、集中整理的经过。《古小说钩沉》从大量古代典籍中辑出了《青史子》、《语林》、《郭子》、《笑林》、《俗说》、《集异录》、《祥异录》等36种古小说的佚文。

1926年,鲁迅出版了另一部主要载录通俗小说的《小说旧闻钞》,这是一本中国通俗小说史料的汇集,全书辑录了《大宋宣和遗事》以下共41种小说资料。1935年,他在《小说旧闻钞》再版序言中写道:

---

①《晚清小说史·引言》,杭州:浙江古籍出版社,1997年。

《小说旧闻钞》者，实十余年前在北京大学讲《中国小说史》时，所集史料之一部。时方困瘁，无力买书，则假之中央图书馆、通俗图书馆、教育部图书室等，废寝辍食，锐意穷搜，时或得之，瞿然则喜。故凡所采掇，虽无异书，然以得之之难也，颇亦珍惜。迨《中国小说史料》印成，复应小友之请，取关于所谓俗文小说之旧闻，为昔之史家所不屑道者，稍加次第，付之排印。

同样热心于钩辑宋元话本工作的还有著名学者罗振玉和王国维。他们在1915年从日本三浦将军处借得《新椠大唐三藏法师取经记》，在国内影印出版，对于《西游记》的渊源研究是一份珍贵的史料。同时又有缪荃孙辑印《京本通俗小说》残七卷，董康刊印《新编五代史平话》残八卷和明拟话本集《醉醒石》。陈乃乾于1928年刊印了《古佚小说丛刊》初集。各出版机构印行的《全相平话四种》、《清平山堂话本十五种》等都对古小说钩辑做出了重要贡献。《申报》也在同时印行了大量章回小说，使一些难得一见的小说从此面世，除了为广大小说爱好者提供了新鲜的读物，还为研究者创造了便利的条件。以下是部分古小说的整理出版物：

《稽神录》，上海藜光社1911年印行；

《齐东野语》，陈和祥标点，上海扫叶山房1927年印行，前有序及著者自序；

《情史》，上海会文堂书局1925年印行，选录历代笔记小说中有关爱情故事800余篇，有编者的评及批语；

《阅微草堂笔记摘要》，孙锵编，上海国光书局1927年印行，摘录书中惩恶扬善类故事200余篇，编者有序；

《聊斋志异》，许家恩、高剑华译，上海时还书局1921年印行，原书译为白话文，并重新分类为狐异、鬼异、神异、人异、物异五部分，篇后附原文；

《浮生六记》，俞平伯标点，北京霜枫社1924年印行，有标点者序，书后附浮生六记年表；

《谐铎》，罗宝珩详注，上海会文堂书局1925年印行，共收短篇小说122篇；

《历代名臣风流判案大观后编》，上海东南书局1920年印行，此为清人万廉芳续宋人《历代名臣风流判案大观》所作，记宋至清断案事30余则。

这一时期文学古籍整理工作的得失

综观20世纪前期，从20至30年代前半期，是国学研究和古籍整理出版的鼎盛期。只因胡适等人在新文化运动中成为南北皆知的人物，由他出头提倡整理国故，使得国学研究及古籍整理出版成为当时的风尚。这一时期，随着国学教育及研究部门的先后设置，加上青年学子的踊跃报考，社会各界的重视，一批专门的杂志也纷纷发表文章，或开辟国学专栏加以倡导，出版机构相应扩充队伍，新的论著不断涌现，除了大量学术论文和专著得到发表的空间外，文学古籍的整理出版也得到了空前的加强。在从事这方面的工作中，既有国学的倡导者，也有新生力量充实进来，使得文学古籍的整理事业初步形成规模。其从业人员也从北京、上海扩展到西北、东北、闽粤和香港等地。

这一时期，古籍整理工作者继清代研究整理古籍之后，又有新的进展。以当时最著名的古籍整理成果为例，例如，完成于光绪十九年(1893)的《墨子间诂》，作者孙诒让，字仲容，号籀庼，浙江瑞安人，经学家、校勘训诂学家、古文字学家。他从1873年始治墨学，以"墨子强本节用，劳心苦志，该综道艺，应变持危，其学足以裨今日之时局"，经过"订补讹文，纠正错简"，在被称为"阙文错简，无可校正"的现状上，孙诒让殚思十年，汇集众说，以《尔雅》、《说文解字》正其训故，据古文、篆、隶校其文字，审文理脉络以移其错简，使之文从字顺，便于诵习。他所使用的校勘方法与乾嘉学派有所不同，不是谨守汉学家法，有拘泥或穿凿附会之弊，而是实事求是，吸引诸家之长，因此，《墨子间诂》一书在校勘方面创见颇多，前无古人，后无来者。他还融会贯通，对墨学作了全面的分析，写成《墨子传略》、《年表》、《传授考》、《绪闻》、《通论》、《诸子钩沉》等篇附于书末，融会贯通，为后来研究墨学者开辟了治学途径，终使这一沉埋于数百年的古籍得以重光。俞樾作序指出："凡诸家之说，是者从之，非者正之，阙略者补之。至《经说》及《备城门》以下诸篇，尤不易读。整纷剔蠹，脉摘无遗。旁行之文，尽还旧观。讹夺之处，咸秩无紊。盖自有墨子以来，未有此书也。"①使《墨子》这部书"人人可读，现代墨学复活，全由此书导之。古今注《墨子》者固莫能过此书，而仲容一生著亦此书为第一也。"②

再如，近人丁福保(1874—1952)虽是以医为业，然而热衷于整理古籍。这一时期，他编辑了《全汉三国晋南北朝诗》、《历代诗话续编》、《清诗话》等书。《全汉三国晋南北朝诗》，1916 年在上海医学书局出版，他所辑的隋唐以前的诗，收作者七百余人，共编为 11 集，总计 54 卷。类似总集，明人冯惟讷曾编《诗纪》，但失之芜杂，又复真伪不辨。丁氏此书，则力补冯编的阙失，但在匡谬方面，仍然未能彻底。且又漏收先秦的歌谣和佚诗。因此近人逯钦立又以同书名重新编辑了一次，成为收诗最全的隋唐以前的诗歌总集。对此书在当时的价值，鲁迅曾称赞"对于我们的研究有很大的帮助"③。《历代诗话续编》是丁福保在何文焕辑印《历代诗话》之后的继起之作，搜罗了几种罕见的明代刻

① 俞樾：《墨子间诂·序》，《诸子集成》本，上海：上海书店，1986 年。

② 梁启超：《饮冰室合集·文集》第八册《墨经校释自序》，北京：中华书局，1936 年。

③ 鲁迅：《魏晋风度及文章与药及酒之关系》，收入《已而集》，上海：北新书局，1929 年。

本刻成此书。时人李详认为此书"已可与何氏为双鸾二离，颉颃上下，后之达者再有搜辑，殆不可以鼎足为谕"①。《清诗话》一书，是丁氏在完成《历代诗话续编》之后，专门为汇集清人诗话著作而编辑的。共搜集43种清人诗话，编为51卷。其中包括王夫之的《薑斋诗话》、叶燮的《原诗》、沈德潜的《说诗晬语》等。不足之处是搜罗不全，又颇取舍不当，如袁枚的《随园诗话》、赵翼的《瓯北诗话》等均未收入，给后人的整理工作留下足够的空间。

再如梁代钟嵘《诗品》，是我国最早的一部论诗专著。1927年开明书店出版的陈延杰所著《诗品注》，是较早的一部《诗品》全注本。它以明刻《津逮秘书》本为底本，有正文注释和附录诗作两部分，仿裴松之注《三国志》、刘孝标注《世说新语》的方法，泛征博引，以补原作。附录部分，则著录《诗品》所评诗家代表诗作。台湾学者王叔岷教授《钟嵘诗品笺证稿》的"小序"以为陈氏附录诗作的编排方法"其意甚善"，并在《笺证稿》的"附录"里加以仿效。但是，这部书又是一部"错误甚多"之作。因此，书刊出未久，即受到同行学者的严厉批评。古直在《钟记室诗品笺》的"发凡"(作于1928年)之末以双行小字言："此笺成后，编入隅楼丛书，迁延未刻。近游沪渎，得江宁陈延杰《诗品注》，意有善言，可以相益。及取读之，乃大失望。"其下所列，多为具体实证，谓陈氏以平原兄弟为陆机、陆云之误，即为确证。许文雨撰《评陈延杰诗品注》②，指出陈氏此书的错误有十端：如不明文法，不解句读，不符原文，不了原旨，不知著例，不求旁证，误存为佚，苟取塞责，徒事敷衍，动辄阙疑等。但许氏对陈《注》体例也多非议，却属苛责。注释体例，不可以一格拘，只要其撰写过程严遵体

① 李详：《历代诗话续编序》，北京：中华书局，1983年。序作于1915年。

② 许文雨：《钟嵘诗品讲疏》，"附录"，成都：成都古籍书店，1983年影印本。

例，编写内容准确无误，便是佳作，不可厚非，更不可是此非彼，妄断高下。①

当然，20 年代的古籍整理，还处于初起阶段，相对于 30 年代以后的古籍整理还存在着不少缺欠。比如，大型丛书的编辑出版正在开始，尚未达到鼎盛时期。一些新的大型古籍丛书的编辑出版正在策划时期；由近人编辑选录的各类诗文词曲及小说的集子所涉及的范围还比较狭窄，各断代总集的编纂正在准备阶段；古代作家的诗文集重新点校笺注尚未提到日程上来，一批新发现的文史资料的整理也尚未形成风气等等。但是，这一时期的文学古籍整理出版，毕竟取得了很大的成绩，在 20 世纪的古典文学研究中占据了重要位置，为此后的大发展奠定了基础。

（黑龙江大学　辛更儒）

① 王发国、陈晓超：《钟嵘〈诗品〉应当重新作注（上）——兼论陈延杰〈诗品注〉》，许昌：《许昌师专学报》，2001 年第 1 期。

唯物史观进入古典文学学科的滥觞

马克思主义唯物史观和文艺理论在中国的早期传播

唯物史观是马克思主义哲学的重要组成部分，马克思主义哲学在中国的传播是从唯物史观开始的。进入20世纪第二个十年，在当时的报刊上，较为全面系统地介绍马克思主义唯物史观的文章逐渐多了起来。1919年5月，《晨报》副刊《觉悟》连载了渊泉翻译的日本学者河上肇的《马克思的唯物史观》，第一次比较全面地介绍了唯物史观的主要内容。此后，该副刊还发表了《马氏唯物史观概要》、《马氏唯物史观批评》等译自日本刊物上的文章。李大钊于1919年9月在《新青年》第6卷第5号上发表了《我的马克思主义观》，系统介绍了唯物史观关于生产力与生产关系、经济基础与上层建筑的原理，指出唯物史观与政治经济学、科学社会主义三部分“都有不可分的关系”。随后，他又发表了《唯物史观在现代史学上的价值》、《唯物史观在现代社会学上的价值》等文章，并在北京大学和北京女子高等学校开设有关唯物史观的课程。1921年1月《新青年》第8卷第5号上发表了李达的《马克思还原》，把唯物史观关于生产力与生产关系、经济基础与上层建筑做了概括说明：“一切生产关系财产关系，是社会制度的基础；一切社会宗教、哲学、法律、政治等组织，均依这经济的基础而定。”“社会的物质的生产力，发展至一定程度时，就与现社会中活动而来的生产关系财产关系发生冲突。”同年8月，陈独秀在《新青年》第9卷第4号上发表了《答蔡和森〈马克思学说与中国无产阶级〉》一文，文中说："我以为唯物史观底要义是告诉我们：历史上一切制度的变化是随着经济制度的变化而变化的。我们因为这个要义底指示，在创造将来的历史上，得到了三个教训：（一）一种经济制度要崩坏时，其他制度也必然要跟着崩坏，是不能用人力来保守的；（二）我们对于改造社会底主张，不可蔑视现社会经济的事实；（三）我们改造社会，应当首先从改造经济制度入手。"

20年代，介绍唯物史观的译著和著作纷纷面世。其中较重要的是荷兰郭泰著、李达译的《唯物史观解说》，1921年5月由中华书局出版；刘宜之著《唯物史观浅释》，由上海书店、广州国光书店出版并多次再版；中国青年社编辑的《唯物史观》，1925年2月上海书店初版，此后1925年7月、1925年9月、1926年1月多次再版；胡汉民《唯物史观与伦理之研究》，上海民智书局1925年出版；德国考茨基著、董亦湘译《伦理与唯物史观》，上海新文化书社1926年1月出版；吴黎平编译《辩证唯物论与唯物史观》，上海心弦书社1930年出版；李圣悦著《现代社会学理论大纲：唯心史观的社会学的基础理论》，上海光华书局1930年3月出版；日本河上肇著、巴克译《唯物史观的基础》，上海明日书店1930年3月出版；苏联布哈林著、陶伯译《唯物史观》，上海泰东图书局1930年4月出版等。

伴随着马克思主义日益深入人心，一批马克思主义理论工作者如蒋光赤、钱杏邨、成仿吾、瞿秋白等人都开始热烈地宣传和介绍马克思主义文艺理论。瞿秋白在1920年著《俄罗斯名家短篇小说集序》①一文中说：

---

① 瞿秋白：《俄罗斯名家短篇小说》第1集，北京：新中国杂志社，1920年。

俄罗斯文学的研究在中国之所以极一时之盛，就因为俄国布尔什维克的赤色革命在政治上、经济上、社会上生出极大的变动，使全世界的思想都受它的影响。大家要追溯它的原因，考察它的文化，所以不知不觉全世界的视线都集于俄国，都集于俄国的文学……文学只是社会的反映，文学家只是社会的喉舌。只有因社会的变动，而后影响于思想，因思想的变化，而后影响于文学……文学家的笔就是人类的情感所寄之处。俄国因为政治上、经济上的变动影响于社会人生，思想就随之而变。萦回推荡，一直到现在，而有它的特殊的文学。

从以上这段话中我们可以看出，如果说在五四早期胡适等人倡导文学革命，主要是从西方国家接受了进化论理论的话，那么瞿秋白等从俄国"十月革命"所接受的则是一种更为先进的世界观和方法论，用这种思想理论看文学，所得出的结论也大不相同。马克思主义者认为"文学是社会的反映"，应从社会经济和阶级方面寻找文学发生发展的原因。正是有了这一理论基础，才使得五四时期的中国马克思主义者能够正确看待俄国文学和欧美文学，正确看待中国现代文学和古典文学，从而引导中国学人逐步朝着建立一个中国化的马克思主义文艺理论体系而迈进。

1922 年以后，随着革命文学运动的兴起，马克思主义的理论成为许多青年文学家手中的锐器。郭沫若、冯乃超、邓中夏、恽代英等人在他们的文章中，号召文学青年走向社会，深入民众，投身革命运动，写出表现社会生活和体现民族伟大精神的作品。尽管 20 年代中国革命文学运动尚处于比较幼稚的阶段，但一批马克思主义理论工作者已经开始将 19 世纪俄国著名的文学理论家如别林斯基、车尔尼雪夫斯基、杜波罗留勃夫和早期马克思主义者如普列汉诺夫等人的文艺理论论著译介到中国。如

20年代初，《晨报》副刊和《新青年》翻译介绍普列汉诺夫的著述；任国桢翻译了瓦勒夫松的《普力汉诺夫与艺术问题》，收入他的《苏俄的文艺论战》书中出版；林伯翻译了普列汉诺夫的美学著作《艺术论》，其中包括《论艺术》、《论原始民族的艺术》和《再论原始民族的艺术》等三封信，于1929年出版。不久，鲁迅根据日文译本重新翻译了《艺术论》，包括普列汉诺夫的4篇文章，于1930年由上海光华书局出版；冯雪峰也于1929年翻译并发表了普列汉诺夫的文艺理论名著《艺术与社会生活》、《从社会观点论十八世纪法国戏剧文学与法国绘画》。

在我国古代历史和古典文学研究领域，马克思主义及其唯物史观的传播是从进化论的引进开始的。19世纪末，戊戌变法的主将康有为的思想已有了进化论的因素。稍后，梁启超、王国维、陈垣、陈寅、胡适、傅斯年等历史学家都具有进化史观。梁启超的观点最为系统，他在《新史学·中国之旧史》中提出"史界革命不起，则吾国遂不可救。悠悠万事，惟此为大"的主张。顾颉刚则提出了疑古辨伪"累层地造成古史"的主张，否定古文献中的上古史料和传说，试图还原历史真实面目。①

20世纪20年代初马克思主义唯物史观传入中国后，因其接受并消化了进化论的合理内核，而且把它上升到更高的层次上，作为指导历史研究的重要思想武器，受到研究古代中国和古代文学的先进学者的重视，给新的研究增添了新的内容。这其间，李大钊于1919年至1920年先后发表了《我的马克思主义观》、《由经济上解释中国近代思想变动的原因》等文章，接着又于1924年出版了《史学要论》一书，运用唯物史观研究中国历史。继之而起，研究成绩最大的当推郭沫若。他的《中国古代社

① 戴逸：《二十世纪中国史学名著·总序》，石家庄：河北教育出版社，2000年。

会研究》一书，不论后来看有什么缺点，却是用科学方法研究中国历史的开山之作。而运用唯物史观对中国古典文学进行重新评价和认识，郭沫若也堪称第一人。

郭沫若的《中国古代社会研究》

郭沫若在大革命失败后，东渡日本，在那里从事中国古代史和甲骨文、金文的研究。1928 年和 1929 年，他在《东方杂志》上连续发表了《〈周易〉时代的社会生活》和《〈诗〉〈书〉时代的社会变革与其思想上之反映》两篇长达十万字的论文，是中国最早运用唯物史观的科学理论对旧有的文献资料重新进行考察，从而研究中国古代社会的重要著作。这两篇论文后来都收入《中国古代社会研究》一书中。

郭沫若在 20 年代中期接受了马克思主义，1923 年在《泰戈尔来华之我见》一文中明确表示“唯物史观的见解，我相信是解决世局的唯一的出路”。1924 年他又翻译了日本学者河上肇阐释唯物史观的著作《社会组织与社会革命》，为运用唯物史观研究中国古代社会打下了基础。虽然郭沫若考察旧有的文献资料的目的是研究中国古代社会，揭示中国先秦时代的社会发展规律，但是他在研究过程中，最先进行的工作就是对中国古代经典著作《易》、《尚书》、《诗》的清理和批判。其中《尚书》和《诗》分别是中国古代散文和诗歌的总集。

郭沫若在《中国古代社会研究》的序言中指出：

> 对于未来社会的期望逼迫着我们不能不生出清算过往社会的要求。古人说：“前事不忘，后事之师。”认清楚过往的来程也正好决定我们未来的去向……
>
> 中国的社会固定在封建制度之下已经二千多年，所有中国的社会史料，特别是关于封建制度以前的古代，大抵为

> 历来御用学者所湮没，改造，曲解。在封建思想之下训练扌坴坑了二千多年的我们，我们的眼睛每人都成了近视……
>
> 外国学者已经替我们把路径开辟了，我们接手过来，正好是事半功倍。本书的性质可以说就是恩格斯的《家庭、私有制和国家的起源》的续篇。研究的方法便是以他为向导，而于他所知道了的美洲的印第安人，欧洲的古代希腊、罗马之外，提供出来了他未曾提及一字的中国的古代。

要批判御用学者对中国古代社会的曲解，要清算中国古代社会，最有效的世界观和方法论就是唯物史观。

郭沫若对《尚书》和《诗》作为历史资料的可靠性进行了分析。他认为"《诗经》是我国文献中一部可靠的古书"，而"可怀疑的是《书经》"。他对《古文尚书》中今文二十八篇以外的篇章一律斥为伪作，又把《今文尚书》中的《虞书》、《夏书》四篇断定为后世儒家的伪托，并提出了七条证据，论证其为"托古改制"的伪作。

郭沫若通过《诗》、《书》来研究古代社会，重点是要论证这样一个历史事实：中国的历史，也遵循着马克思主义经典作家所指出的人类社会发展的客观规律，和世界历史的进程是完全一致而并不例外的，特别是中国也经历了奴隶制社会这一历史阶段。正如黄烈在给《中国古代社会研究》新一版所写的前言中所说：

> 在作为《中国古代社会研究》导论的《中国社会之历史的发展阶段》一文中，郭沫若提出了中国社会历史发展的四个阶段：
>
> 西周前为原始公社制；西周时代为奴隶制；春秋以后为封建制；最近百年为资本制。与此相应中国有三次社会革命。……此为全书纲领，其他几篇则为具体论证。虽然该书作为古代社会只论及前三个历史阶段，但他在其他著作中是谈到了后二阶段的，所以他相信五种社会经济形态的

发展是人类社会的普遍规律,中国也并没有例外。①

为了论证中国古代有过一个奴隶制时期,郭沫若从《诗》、《书》中找出了大量证据,并从原始社会向奴隶制推移及由奴隶制向封建制推移的殷周时代是一个社会制度变革时代、阶级分化和斗争加剧了这种变革、生产力和农业的发展推动了这种变革这三方面加以论述。

郭沫若认为,唐虞时代尚处于母系社会,实行的是血族群婚,姐妹共夫,兄弟同妻。《孟子·万章》记载舜弟象的话,有"二嫂使治朕栖"语,而《楚辞·天问》有"眩弟并淫,危害厥兄"语,可知尧二女娥皇、女英共夫舜,而舜弟象也共妻娥皇、女英。至于禅让传说,更是氏族评议制度的反映。殷代尚处在由氏族社会向奴隶制转换时期。《商书》中如《盘庚》"古我先后既劳乃祖乃父,汝共作我畜民",《微子》"商其沦丧,我罔为臣仆"中的"民"和"仆"都是奴隶。又从武王伐纣的《牧誓》中找到氏族社会遗存的证据,如"今商王受惟妇言是用","昏弃厥遗王父母弟不迪"等亚血族群婚存在的证据。至于周在古公亶父时仍然是母系社会,则从《大雅·绵》的"古公亶父,陶复陶穴,未有家室。古公亶父,来朝走马,率西水浒,至于岐下,爰及姜女,聿来胥宇"中得到证据,认为这反映的是古公游牧岐山,找到姜姓女酋长,作了她的丈夫。

在这本书中,郭沫若把奴隶制的完成定于殷代末年(他后来对此做了修正,把殷商社会也定为奴隶制),认为这一时期牧畜业虽发达,但农业已经出现,《盘庚》中就有"若农服田力穑,乃亦有秋"、"不服南亩,越其罔有黍稷"的语句。

至于周的先民,似乎一向以农耕为主。《大雅·生民》把周

① 郭沫若:《中国古代社会研究》"前言",石家庄:河北教育出版社,2000年。

的先祖后稷奉为农业始祖，虽然只是传说，但反映了周代农业的渊源。《绵》叙述古公成为姜姓丈夫后，在岐山"乃慰乃止，乃左乃右，乃疆乃理，乃宣乃亩。自西徂东，周爰执事"。

周代在农业生产中，很可能用上了铁制的农具。《七月》、《大田》、《载芟》等篇都提到了"耜"，《臣工》和《良耜》中还提到了"镈"、"钱"、"铚"。郭沫若推断铁在当时作为"恶金"，是用来制造农具用的。农业在周代得到发展，在《周书》中得到了更多的反映，《金滕》中有"土爰稼穑……百谷其成"，《大诰》中有"若穑夫，予曷敢不终朕亩"，《多方》中有"尚永力尔田"语，几乎所有《周书》各篇都说到了农业。而农业的发达，是奴隶制完成的一种体现。郭沫若在书中用大量篇幅论证了周代《诗》、《书》中所记载的"农夫"，实际上就是奴隶的事实。《七月》是一首写农夫生活的诗，它描写当时的农夫一年四季无日不在田中劳作，没有休息的时间。"男的呢种田筑圃，女的呢养蚕织布。栽种出来的成果呢献给公家，而自己吃的只是一些瓠瓜苦菜。养织出来的成果呢是替'公子'做衣裳，而自己多是'无衣无褐'。农闲的时候打点猎，得了狐狸便要送去给公子做衣裳，得了野猪只好偷偷地把猪儿畜了起来，大猪要贡给公家的。……冬天到了还要去凿凌冰，藏好了，到夏天来献上去，以使公家的人凉快。女子好像还有别的一种公事，就在春日艳阳的时候，公子们的春情发动了，那就不免要遭一番蹂躏了。"郭沫若生动地描绘了一年四季农夫们的生活，他反问道："这是不是奴隶呢？"而《楚茨》、《信南山》、《甫田》等篇则是"当时的'公子'把农夫的收成榨取来供祭祀享乐"的诗歌。《甫田》开头的四句"把那阶级的对立道得异常的明白"："倬彼甫田，岁取十千；我取其陈，食我农人。""你看农人是属他的，他不耕而获的一年取十千，把些剩余陈腐的米谷赏给农人吃，这不如像在养猪狗一样吗？"郭沫若的结论是："总之，当时的农夫就是奴隶。这些奴隶在平时不仅做农夫，还要做工事，供徭役。”

而在《书》中，这样的例子也很多。如《多士》：“告尔殷多士：今予惟不尔杀，予惟时命有申，今朕作大邑于兹洛，予惟四方罔攸宾，亦惟尔多士攸服奔走，臣我多逊。”如《费誓》：“公曰：‘嗟，人无哗，听命！……鲁人三郊三遂，峙乃桢干。甲戌我惟筑，无敢不供。汝则有无余刑，非杀！’”从中可知，所谓“庶民”，所谓“庶殷”，就是被征服的民族。这些殷人本以为被俘后“商其沦丧，我罔为臣仆”，但周公却一律把他们用作奴隶，即所谓庶民，要他们从事奔走筑役的劳动。庶民的另一个来源，就是有罪者，包括周的宗室，都要化作奴隶。如“降霍叔于庶人，三年不齿”（《蔡仲之命》）。郭沫若认为，当时阶级划分，从王、邦君、大家（百姓）到庶民，共四级，前三级是贵族，庶民是奴隶。

《中国古代社会研究》认为，奴隶主对奴隶的统治是十分横暴的。周公的几篇书辞，如《多方》所言：

> 尔乃迪屡不静，……我惟时其教告之，我惟时其战要囚之，至于再，至于三，乃有不用我降尔命，我乃其大罚殛之！非我有周秉德不康宁，乃惟尔自速辜！

这是对奴隶的训诫：不听我就要屠杀你们，一次不够来二次，二次不够来三次，直至夷灭你们的种族，这是你们自作自受。

在《康诰》中，周公还授与康公统治殷人的办法，是使用严刑峻法，如果故犯，虽很小的罪也要杀，杀人越货要杀，不孝不友要杀，煽惑群心要杀。历来都以周公为大圣人，但在郭沫若的解释之下，周公是一个凶悍的奴隶主，哪有“圣人”的影子！

周室东迁以后，中国的社会由奴隶制变为封建制，这是郭沫若在分析了这一时期的文献所反映的当时阶级意识的觉醒、旧家贵族的破产、新有产者的勃兴三个特点之后得出的结论。

例如《小雅·北山》，郭沫若认为这是一首鼓吹阶级斗争的诗歌。诗中所说的“溥天之下，莫非王土；率土之滨，莫非王臣。

大夫不均，我从事独贤。……或燕燕居息，或尽瘁事国。或息偃在床，或不已于行。或不知叫号，或惨惨劬劳”，反映的是“这些‘燕燕居息’、‘出入风议’的坐食阶级，他们所乘的车舆是我们‘惨惨劬劳’、‘靡事不为’的奴隶做的……我们真是高兴的吗？”还有《魏风·葛屦》、《魏风·伐檀》、《魏风·硕鼠》等篇，都反映了阶级的不平等，矛盾的尖锐。《小雅·黄鸟》的“黄鸟黄鸟，无集于栩，无啄我黍。此邦之人，不可与处。言旋言归，复我诸父”诸句，郭沫若解释说，黄鸟是“坐食阶级”，“痛恨本国的硕鼠逃走了出来，逃到外国来又遇着有一样的黄鸟。天地间那里有乐土呢？”

社会关系的动摇，促使阶级分化，旧贵族破产，这可从《诗》中一些篇章看出来。《邶风·北门》写一个作官的人大叹其“窭且贫”，应当是一位破产的贵族。《陈风·衡门》也是为饥饿的破落贵族而作：“衡门之下，可以栖迟。泌之洋洋，可以乐饥。岂其食鱼，必河之鲂？岂其取妻，必齐之姜？”《桧风·匪风》的“匪风发兮，匪车偈兮。顾瞻周道，中心怛兮。……谁能亨鱼？溉之釜鬵。谁将西归？怀之好音。”是说好久没坐车上路了，见大路不免伤心。好久没吃鱼了，哪个烹鱼，我就去给他洗锅灶！旧贵族破产，必然有新的有产者出现。《小雅·十月之交》用天灾地变来暗射当时的社会关系变革：

> 烨烨震电，不宁不令。百川沸腾，山冢崒崩。高岸为谷，深谷为陵。哀今之人，胡憯莫惩？

社会的变革，其主要原因是产业的发展，即社会生产力发展到一个更高的阶段，才带来社会阶级关系和思想上的重大变革。郭沫若主要从《诗》和《书》中找到了社会生产发展的四个方面的特点：刑罚的买卖，爵禄的买卖，工商业的发达，农业的发达。

奴隶主用来制服奴隶的重要工具是严酷的刑罚。这在《书》中例证举不胜举。如“用命赏于祖，弗用命戮于社，予则孥戮汝”

(《甘誓》);“尔不从誓言,予则孥戮汝,罔有攸赦”(《汤誓》);“惟辟作福,惟辟作威,惟辟玉食。臣无有作福作威玉食。臣之有作福作威玉食,其害于尔家,凶于尔国,人用侧颇僻,民用僭忒”(《洪范》)。而在《吕刑》中,刑罚公然可以买卖:“墨辟疑赦,其罚百锾,阅实其罪。劓辟疑赦,其罚惟倍,阅实其罪。”锾在当时为货币单位。《吕刑》列出了五种刑罚的赎买价格,可以认为,这是被支配阶级已经到了有钱可以赎买刑戮的地步,这实际是奴隶解放的表现。至于爵禄也可以买卖,如《诗·小雅·十月之交》所写,“皇父孔圣,作都于向,择三有事,亶侯多藏?不憖遗一老,俾守我王。择有车马,以居徂向。”就是说世家不留一个,而举有钱的做官。

既然刑罚爵禄可以买卖,则商业一定相当发达。《大雅·瞻卬》写当官的经商:“如贾三倍,君子是识。妇无公事,休其蚕织。”蚕织本是妇人应尽的公事,现在也不做了,于是打扮起来,到东门去游乐:“出其东门,有女如云。虽则如云,匪我思存。缟衣綦巾,聊乐我员。”(《郑风·出其东门》)

农业的发达,当时多靠战争即征服扩张来实现。《大雅》有《崧高》、《江汉》等篇,都是周宣王时向四方征伐的诗。所谓开疆扩土,就是推广农业,如《韩奕》说:“溥彼韩城,燕师所完,以先祖受命,因时百蛮。王锡韩侯,其追其貊,奄受北国,因以其伯。实墉实壑,实亩实籍,献其貔皮,赤豹黄罴。”《江汉》是一首征伐淮夷的诗:“江汉之浒,王命召虎。式辟四方,彻我疆土。匪疚匪棘,王国来极。于疆于理,至于南海。”淮夷在宣王时还没有大规模的耕种,召虎征服了江汉,使这一地区得到了开辟。

郭沫若利用《诗》、《书》的旧有文献资料,考证了中国殷周时期奴隶制社会的发展及其被封建制逐步取代的过程。他认为:“以上只是一般社会产业的发展。所以农民便得到自然解放的机会,手工业渐趋独立化。商人阶级也急剧的抬头,更加以各方异民族的参杂混处,于是而纯粹的奴隶制,便不能不跟着周室的东迁而逐渐溃败了。”

当然，郭沫若这时的研究只是历史而不是文学的研究，但他是用唯物史观研究《诗》、《书》的第一人，在先进的世界观和方法论指导下，他发掘出不少前人认识不到的含义，这是《诗》研究历史上的一大突破，也是中国古典文学研究的一大突破。郭沫若用马克思主义的唯物史观和社会学观点来分析古代文化和文学史料，才取得了比前人更大的成就。

唯物史观对古代历史文学研究的影响不断扩大

郭沫若以唯物史观为指导，研究《诗》、《书》等古代经典著作，在我国 20 世纪的史学和古典文学研究中成绩卓著。《中国古代社会研究》出版后，在学术界和思想界产生了很大影响。方诗铭在 1984 年追述和总结郭沫若论述中国古代奴隶制研究的重要意义时指出：

> 中国奴隶制度的是否存在，是一个重大的原则问题。早在三十年代初，除一般讨论外，某些别有用心的人（如当时的托派分子），就否认中国奴隶制度的存在，从而否定马克思所发明的人类历史发展规律。当时的陈独秀就说过：“谓古之中国民族社会后继之以奴隶社会若古希腊、罗马然者，中国、印度、日本，则皆由亚细亚生产制而入封建制者也。”（《实庵字说》）郭沫若同志的最大贡献，就在于以坚实的文献资料和考古资料，驳斥了中国无奴隶制社会的谬论，论证了马克思主义关于人类社会发展的规律，是放之四海而皆准的普遍真理：中国将遵循这个规律，通过自己的道路，最后实现共产主义。①

① 方诗铭：《〈中国奴隶制度的探讨〉跋》，《郭沫若研究》，北京：文化艺术出版社，1984 年。

1992年，田昌五在研究中国古代社会的著作中，也对20世纪中国的古史研究作了全面的总结，他认为：

> 中国的马克思主义历史学的基础是在三十年代由郭沫若奠定的。老一代马克思主义史学家侯外庐、吕振羽、范文澜、翦伯赞等，都作出过自己的贡献。本书中探讨的不少问题，就是由他们首先提出来的。①

在史学研究方面，30年代以来，一大批马克思主义史学家纷纷运用唯物史观研究中国古代历史，取得丰硕成果。郭沫若被誉为奠定了中国马克思主义历史学的基础，而侯外庐、吕振羽、范文澜、翦伯赞等人是其强有力的同盟军。《中国古代社会史》、《中国社会史诸问题》、《中国通史简编》、《先秦史》等是他们的代表作。

唯物史观对中国历史研究所发挥的巨大影响，戴逸曾有较为中肯的评价。他说：

> 唯物史观给史学增加了什么新内容呢？一是唯物史观在承认历史是进步的、具有因果关系的同时，明确提出客观世界是被规律所制约的，历史发展具有规律性。当然，在承认这一点的时候，我们要牢牢记住，社会历史和自然界不一样。社会有人参与，有主观参与，内容更加复杂。历史规律不像自然界规律那样单纯，而是掺进了人的活动，通过偶然来实现必然。所以对历史的研究更加复杂……
>
> 二是承认历史是前进的，历史前进的决定性因素是生产力的发展、生产方式的发展，是经济原因。历史发展是许多因素交互作用的结果，并不仅仅是经济在其中起作用……
>
> 三是唯物史观把阶级斗争看做阶级社会前进的动力。马克思主义反复强调，阶级存在于社会统一体内，各阶级之

① 田昌五：《中国古代社会发展史论》，济南：齐鲁书社，1992年。

间既有矛盾对立，又相互统一，不能把社会看成仅仅是阶级之间的斗争……在20世纪，唯物史观对中国史学发展所起的作用是很大的……这是事实。同时也要承认，唯物史观与传统史学及进化论史观虽然不同，但并非与之绝对对立，而是吸收了传统史学的精华，认同于进化史观而更加科学化了。①

戴逸认为，20世纪30年代以后，马克思主义在中国历史学界取得了越来越重要的地位。这一代历史学家的最大贡献就在于用唯物史观作为历史研究的理论和方法，继承前人成果，对中国历史以及近代社会性质作了全新的解释，真正把历史学作为揭示客观历史规律的科学。不管他们对这个规律研究得是否清楚，但他们承认历史发展规律，并且朝这个方向作了努力。

郭沫若的《诗经》研究对古典文学研究的重要意义，近年出版的《中国诗学研究》中指出：

郭沫若是最早运用马克思主义理论和方法研究《诗经》的，他是现代《诗经》研究历史学取向的集大成者。在本期，他的《中国古代社会研究》、《十批判书》与《奴隶制时代》(新文艺出版社，1952)等专著都引用了《诗经》和其他先秦典籍考证了古代社会性质、生产状况和意识形态特点。在郭沫若之前，虽也有些专家学者如胡适采取历史学的取向研究《诗经》，但都不是很系统的。只是到了郭沫若，他才以全新的眼光看《诗经》本身，用马克思主义理论与方法去分析《诗经》中所体现的历史学命题，并广泛吸收金文和古史研究的新成果，从而取得许多重大突破，并产生了深远的影响。②

---

① 戴逸：《二十世纪中国史学名著·总序》，石家庄：河北教育出版社，2000年。

② 余恕诚主编：《中国诗学研究》，第51页，福州：福建人民出版社，2006年。

在中国古典文学研究方面，自唯物史观作为科学的世界观和方法论运用于历史文学研究之后，越来越多的文学研究者也拿起这个武器，对古代文学进行重新估价，他们用历史分析和阶级分析法重新打量古代文学，看到了前人没有发现的问题。

郑振铎在30年代发表了一系列运用马克思主义文艺理论研究中国古典文学的论文。1933年他在《中国文学研究者向哪里去》①一文中就明确号召文艺批评者不仅要研究作品，还要研究作品产生的时代背景、创作过程以及作家的生活与思想等社会因素：

> 惟有一点必须注意，就是一个伟大的作品的产生，不单只该赞颂那产生这作品的作家的天才，还该注意到这作品产生的时代与环境，换言之，必须更注意到其所产生的社会的因素。元剧鼎盛的原因，不只是关汉卿、马致远的那些天才作家们的努力的结果。他们之所以努力于作剧，自有其重大的经济的因素与时代的背景的。

在他主编的《文学》月刊第2卷第6期“中国文学研究专号”上，他发表了《元明之际文坛概观》、《元代“公案剧”产生的原因及其特质》、《净与丑》等三篇论述元代戏剧的文章。《元明之际文坛概观》认为元代社会是“由静定的农业社会变作商与农的社会”，在这个大背景下，具体从民族矛盾、阶级压迫和经济能力的充裕来分析戏曲兴盛的原因，从而揭示它们的社会意义，并具体把统治阶级分为官和吏两个阶层，分析他们的角色和作用，指出吏“往往其凶暴的程度更甚于本官的。官如梳，吏则如篦。其剥削百姓们的手段，是因了他熟悉当地的情形而更为高明的”。《净与丑》揭露无恶不作的流氓土霸的草头王净和助纣为虐的狗头

① 郑振铎：《中国文学研究者向哪里去》，上海：《文学》“中国文学研究专号”，1933年第2卷第6期。

军师丑，对下层人民的剥削和压迫。文中充满激愤地大声呼吁：“当净与丑这两个角色被扫荡出舞台之外的时候，舞台上才会有正经戏可演唱。”郑振铎在《论元代所写商人、士子、妓女间的三角恋爱剧》①中，也专门探讨了元代经济状况对杂剧创作的影响，认为“元代士子的社会地位的堕落”和“元代商业的繁荣与商人地位的提高”是导致妓女恋爱中士子和商人产生冲突的原因。另外在《论武侠小说》②一文中，他也从社会政治变革的角度指出侠义小说之所以盛行于唐代和清代，是因为唐代藩镇跋扈，清代西洋武力侵入中国，人们幻想能出现超人的侠客为民除害，侠义小说宽慰了普通老百姓那饱受苦难的心理。

在《谈〈金瓶梅词话〉》③一文中，郑振铎从反映社会现象和人物塑造两个方面剖析，认为《金瓶梅》“是一部很伟大的写实小说，赤裸裸的毫无忌惮的表现着中国社会的病态，表现着‘世纪末’的最荒唐的一个堕落的社会的景象”。通过对西门庆一生的考察，认为“西门庆一生发迹的历程，代表了中国社会——古与今的——里一般流氓，或土豪阶级的发迹的历程”。正因为如此，郑振铎对这部“淫书”给予极高的评价，并对其成因进行了历史的分析：

> 除了秽亵的描写之外，《金瓶梅》实是一部了不起的好书，我们可以说，她是那样淋漓尽致的把那个“世纪末”的社会，整个的表现出来。她所表现的社会是那末根深蒂固的生活着。这几乎是每一县都可以见得到一个普遍的社会的缩影。但仅仅为了其中夹杂着好些秽亵的描写之故，这部

① 郑振铎：《论元代所写商人、士子、妓女间的三角恋爱剧》，北京：《文学季刊》第1卷第4期，1934年12月。

② 郑振铎：《论武侠小说》，《海燕》，上海：新中国书店，1932年7月版。

③ 郑振铎：《谈〈金瓶梅词话〉》，上海：《文学》第1卷第1期，1933年7月。

> 该受盛大的欢迎，与精密的研究的伟大的名著，三百五十年来却反而受到种种的歧视和冷遇，——甚至毁弃、责骂。我们该责备那位《金瓶梅》作者的不自重与放荡罢？

郑振铎还说："人是逃不出环境的支配的；已腐败了的放纵的社会里很难保持得了一个'独善其身'的人物。"

阿英的《小说闲谈》和《晚清小说史》①也在这方面取得了突出的成绩。《晚清小说史》首先从作品的题材、内容把晚清小说分为十二类：晚清社会概观、庚子事变的反映、反华工禁约运动、工商业战争与反买办阶级、立宪运动两面观、种族革命运动、妇女解放运动、反迷信运动、官僚生活的暴露、讲史与公案、晚清小说之末流、翻译小说等，并结合当时的社会政治经济形势来分析这些作品的内容特征。

闻一多对屈原的研究中也渗透了马克思主义的研究方法。如他在 1942 年完成的《屈原问题》②就运用唯物史观对屈原身份进行了分析。他认为屈原是"文化奴隶式弄臣"，在科举尚未施行的战国时代，文学家没有独立的社会地位和生存条件，他们只有依附于当时的国君与贵族才能生存，即成为"文学弄臣"。他更进一步认为，屈原隶属于宫廷中帮闲的奴隶集团，这个集团中所包括的人物，"便有最狎暱的姬妾幸臣，最卑贱的宫娥太监，较高等的乐工舞女和各色技艺人才，以及扈从游宴的'文学侍从之臣'等等。论出身，他们有的本是贵族。……若就男性的讲，因为本是贵族子弟，所以往往眉清目秀，举止娴雅，而知识水准也相当高。从此我们可以明白，像这样的家内奴隶，身份虽低，本质却不坏；职事虽为公卿大夫们所不齿，才智却不必在他们之

---

① 阿英：《小说闲谈》，上海：上海良友出版公司，1936 年；阿英：《晚清小说史》，上海：商务印书馆，1937 年。

② 闻一多：《屈原问题》，载于《神话与诗》，天津：天津古籍出版社，2008 年。

下”。这是对屈原身世的全新定位。《人民的诗人——屈原》①一文同样运用阶级分析法，认为“屈原是中国历史上唯一有充分条件称为人民诗人的人”，并说屈原“虽没有写人民的生活，诉人民的痛苦，然而，实质的等于领导了一次人民革命，替人民报了一次仇”。论文从四个方面论述屈原何以是一个人民的诗人。一是在身份上，屈原属于广大人民群众；二是屈原的作品是人民的艺术形式；三是屈原的作品是对统治阶级罪行的暴露和批判；四是屈原的行为是对统治阶级的反抗。这是闻一多站在人民的立场上，以人民性为标准对作家及其作品的思想内容和艺术形式进行马克思主义评判的一种尝试。

郭沫若在三四十年代所写的《屈原研究》、《屈原考》、《屈原的艺术和思想》等论著②在具体评价屈原时，也不是用传统的忠君爱国理论，而是以马克思主义的历史社会学方法，结合屈原时代的历史背景的特点，对屈原的爱国精神、屈原和人民的关系以及屈原作品的意义等，进行了深刻的论述。

此外，萨孟武《水浒传》研究，也是运用马克思主义历史社会学方法研究中国小说的尝试。萨孟武的《水浒传与中国社会》③一书收入了《梁山泊的社会构造》、《“替天行道”的意义》、《十万贯生辰纲之社会学的考察》等 17 篇论文，是通过分析《水浒传》中的人物故事，研究当时的中国社会问题。正如以明的一篇评论文章所说：“当我们正在研究中国社会史的时候，当我们正叫着‘批判地接受过去文学遗产’的时候，萨孟武先生底《水浒传与中国社会》之出现，当然是有很大意义的。因为《水浒》这部小

① 闻一多：《闻一多全集选刊》之一《神话与诗》，北京：古籍出版社，1956 年。

② 郭沫若：《郭沫若全集 · 历史编》第 4 册，北京：人民出版社，1982 年。

③ 萨孟武：《水浒传与中国社会》，南京：正中书局，1934 年。

说，不仅在文学上有很大价值，而且是研究中国社会史的可靠材料之一。"①

值得注意的是，唯物史观文学史研究的兴起。随着运用唯物史观研究古典文学之风气不断振兴，研究者们已经不满足于用它来解释具体的文学现象，而是要从文学史的高度把握中国文学发生发展的规律，给予中国古代文学一个完整的解说。

第一部运用马克思主义唯物史观编著的中国文学史是贺凯著的《中国文学史纲》，北平文化学社 1931 年出版。另一部具有唯物史观的文学史著作是 1933 年由北新书局出版的谭丕模的《中国文学史纲》。30 年代，试图运用唯物史观研究文学史的著作还有张希之的《中国文学流变史》②，孙俍工的《唐代的劳动文艺》③，郭伯恭的《魏晋诗歌概论》④等，也都较熟练地运用唯物史观，从社会经济、作家思想、文学自身规律等多方面解释文学现象。

马克思主义从传入中国以来就以强劲的势头逐步占领了思想文化阵地，在越来越多的研究者接受马克思主义立场之后，唯物史观逐渐成为三四十年代中国古典文学研究的指导思想。

（黑龙江大学　辛更儒　北京燕山出版社　陈金霞）

---

① 以明：《读了萨著〈水浒传与中国社会〉之后》，上海：《现代》，1935 年第 6 卷第 2 期。

② 张希之：《中国文学流变史》，北京：文化书社，1935 年。

③ 孙俍工：《唐代的劳动文艺》，上海：亚东图书馆，1932 年。

④ 郭伯恭：《魏晋诗歌概论》，上海：商务印书馆，1936 年。

30 年代的“新”中国文学史

中国文学史“新”与“旧”的界限，大致以文学观念作为区分。“旧”中国文学史以叙述经、史、子、集为主要内容，持雅文学观念，贬抑小说、戏曲等俗文学，[①]这以 1904 年林传甲撰写的《中国文学史》为代表。“新”中国文学史则以“集”部为文学史的主要内容，以西方诗歌、散文、小说、戏剧四种体裁来界定文学，同时重视俗文学的地位。“新”文学史观念及“新”中国文学史并非萌芽于 30 年代，1928 年胡适《白话文学史》的出版可视为“新”中国文学史的有益尝试，30 年代的“新”中国文学史都不同程度地受到它的影响，并将这种写作倾向推向高潮，奠定了后来文学史写作的基本发展态势。

写作情况[②]

30 年代兴起“文学史热”。据陈玉堂《中国文学史旧版书目提要》著录，以初版为准，就国人自著文学通史而言，30 年代之

---

① 郑振铎认为“俗文学”即“通俗的文学，就是民间的文学，也就是大众的文学。换一句话，所谓俗文学就是不登大雅之堂，不为学士大夫所重视，而流行于民间，成为大众所嗜好，所喜悦的东西。”（郑振铎：《中国俗文学史》，第 1 页，上海：商务印书馆，2005 年。）

② 本节内容参考了陈玉堂《中国文学史旧版书目提要》，特此鸣谢。

前约37部,30年代约53部,40年代约13部。就断代文学史而言,30年代之前约9部,30年代约20部,40年代约6部。就分体及其他类别文学史(去除与通史、断代史重合的部分,如陈安仁的《宋代的抗战文学》)而言,30年代之前约17部,30年代约47部,40年代约12部。因此可以说,文学史的写作在30年代达到了一个高峰。这其中绝大多数就属于"新"文学史的范畴。

"新"、"旧"文学史观念的差异是30年代的文学史家所明确认识到的。胡云翼在《新著中国文学史》(北新书局印行,1932年)自序中说:"在最初的几个文学史家,他们不幸都缺乏明确的文学观念,都误认为文学的范畴可以概括一切学术,故他们竟把经学、文字学、诸子哲学、史学、理学等,都罗致在文学史里面,……所编著的都是学术史,而不是纯文学史。"①刘经庵在《中国纯文学史纲》(北平著者书店出版,1935年)例言中也说:"近今一般《中国文学史》的内容不是失于驳杂,便是失于简略。驳杂者将文学的范畴扩大,侵入了哲学、经学和史学等的领域……本编所注重的是中国的纯文学,除诗歌、词、曲及小说外,其他概付阙如。"②

一、文学通史

据陈玉堂《中国文学史旧版书目提要》,这一时期有本可据,可确定具体出版年份的"新"中国文学通史著作共47部。其中较有特色的是郑振铎《插图本中国文学史》。

郑振铎《插图本中国文学史》,北平朴社出版和发行,1932年12月出版。全书分古代、中世、近代三卷,每卷依朝代顺序叙述,共六十章,以文学样式、作家、文学思潮为纲目。如第四章

① 胡云翼:《胡云翼重写文学史》,第5页,上海,华东师范大学出版社,2004年。

② 刘经庵:《中国纯文学史纲》,第1页,北京:东方出版社,1996年。

"诗经与楚辞"、第十一章"魏与西晋的诗人"、第十三章"中世文学鸟瞰"、第十六章"新乐府辞"、第二十章"六朝的辞赋"、第二十八章"古文运动"等等。郑著论及大量他书所未及的材料，如变文、戏文、诸宫调、散曲、民歌、宝卷、弹词、鼓子词等，约占全书篇幅的三分之一强，同时附有大量精美的插图，很多是采自善本、孤本，堪称精品。郑著出版后，为世人所重视，多次重印。

二、断代文学史

据陈玉堂《中国文学史旧版书目提要》，这一时期有本可据，可确定具体出版年份的"新"断代文学史著作共二十部。其中钱基博《现代中国文学史长编》问世后，受到各界关注。

钱基博《现代中国文学史长编》，1932 年无锡国专学生会出版，非卖品。1933 年由世界书局正式出版，书名改为《现代中国文学史》，1936 年又出增订本。全书以晚清以来文学为叙述对象，将晚清以来文学家分为上、下两编。上编为古文学，以文、诗、词、曲为序分为四类，大类如"文"类又分为魏晋文、骈文、散文三小类，"诗"类又分为中晚唐诗、宋诗两小类。每类以人物为纲。下编为新文学，以新民体、逻辑文、白话文为序分为三类，每类以人物为纲。如上编一"文"的目次为：魏晋文，王闿运、章炳麟；骈文，刘师培、李祥附王式通、孙德谦附孙雄、黄孝纾；散文，姚永概附兄永朴、林纾、马其昶。

三、分体文学史

据陈玉堂《中国文学史旧版书目提要》，这一时期有本可据，可确定具体出版年份的分体文学史著作共 37 部(去掉与通史、断代史重合的部分)。其中陆侃如、冯沅君合著《中国诗史》(大江书铺，1931 年)颇受关注。

陆侃如、冯沅君合著《中国诗史》，1931 年大江书铺印行。其书不取后人假托《诗经》以前的所谓"古逸"的材料，而多取为一般文学史所忽视作品，凡属于韵文一系的作品，均酌而取之。

全书上中下三卷，卷内分篇，共三卷十二篇，以时间为序，以每个时代的代表诗人名篇，讲述每个时代的诗坛状况。卷一古代诗史，篇一萌芽时代、篇二诗经时代、篇三楚辞时代、篇四乐府时代；卷二中代诗史，篇一曹植时代、篇二陶潜时代、篇三李白时代、篇四杜甫时代；卷三近代诗史，篇一李煜时代、篇二苏轼时代、篇三姜夔时代、篇四散曲时代。此书出版后，备受当时关注。

四、唯物史观文学史

这一时期值得注意的是谭丕模的《中国文学史纲》(北新书局，1933 年)。30 年代唯物史观已经逐渐渗透到文学及文学史著作中，谭著就是这方面的代表。

谭著《中国文学史纲》打破了以朝代分期的惯例，而是以社会性质为序对文学史进行叙述。它共十六章，第一章总论中国文学史，后面十五章分别是：原始封建制度时代的文学，原始封建制度崩溃时代的文学(一、二)，封建制度复兴时代的文学，封建制度稳定时代的文学，封建制度危急时代的文学，封建制度表层时代的文学，畜牧民族侵略下的文学，畜牧民族统治下的文学，新封建时代的文学，封建制度回光返照时代的文学，民族资产阶级意识萌芽时期的文学，封建残余与民族资产阶级混合统治时代的文学，劳苦大众觉醒时期的文学。在文学作品的论述上，依据阶级性质加以区分，如第二章“原始封建制度时代的文学”分为三节，即“封建制度的确立”、“贵族生活的反映”、“农民生活的反映”；再如第十三章“封建制度回光返照时代的文学”也分三节，即“社会现象”、“表示吟风弄月和拥护封建社会的意识”、“显示封建社会的矛盾”。谭著是 30 年代非常有特色的一部文学史，今人邓绍基称此书为“中国最早旗帜鲜明地应用历史唯物论来编写的文学史著作”①。

---

① 邓绍基：《五四以来继承文学遗产问题的回顾和探讨》，《古代文学研究集》，第 17 页，北京：中国文联出版公司，1985 年。

30年代的唯物史观文学史，还有张希之的《中国文学流变史论》等。

五、其他

这一时期还出现了多种视角和写作方法的文学史。

张世禄《中国文艺变迁论》(商务印书馆印行，1933年)，以论带史，将全书分为三十五章，以时间为序，对每一时期重要的文学现象以专题的形式加以论述。

刘厚滋《中国文学史钞》(无出版者，据陈玉堂《中国文学史旧版书目提要》，此书估计在1937年辑成)，是一部辑成之作，全书分上下两册，仅出上册，下册因战争爆发未及印成。上册共四讲，为引论、文字与文学、古代文学、中古文学。除第一讲至第三讲及后面部分文字为刘厚滋本人所撰外，其余部分多由陆侃如、容肇祖、胡适、郑振铎等人的文学史著作中辑出，组成各章节。据上册所载，下册共两讲，为中世文学、近世文学，编排方法亦如是。

张雪蕾《中国文学史表解》(商务印书馆印行，1938年)，全书以时间为序，共五篇，即总论、上古文学、中古文学、近古文学、近世文学，篇内分章，共七十七章。全书的主要特色就是表解，共一百四十余表。

杨荫深《中国文学家列传》(中华书局印行，1939年)，全书以时代分期，对上至周代，下迄民国的文学家五百余人作传，书末附有著作表和索引。

除此之外，还有各种特殊视角的文学史。僧侣文学史，如张长弓《中国僧伽之诗生活》(北平著者书店发行，1933年)，全书共六章，以时代为序，叙自南朝起至清代的僧侣诗人约一百六十人。妇女文学史，如谭正璧《中国女性的文学生活》(上海光明书局印行，1930年)，全书七章，以时代为序，自汉晋至明清止，对历代女性文学家进行叙述。抗战文学史，如陈安仁的《宋代的抗战文学史》(长沙商务印书馆印行,1939 年),共五章,对宋代有关战争的文学进行叙述。音乐文学史,如朱谦之《中国音乐文学史》(商务印书馆印行,1935 年),全书共八章,前两章总述音乐与文学的关系,后六章以时间为序,由诗经论及宋代的歌词。

另外,此期有一部翻译著作,即王鹤仪编译、(日本)泽田总清著《中国韵文史》(商务印书馆印行,约 1936 年至 1938 年间出版)。

写作基础

一、西方现代文学观念的输入

20 世纪早期,西方现代文学观念不断传入中国,对当时的文学观念产生了深刻的影响,为 30 年代"新"中国文学史的写作奠定了理论基础。

1. 纯文学观念

西方现代文学观念以诗歌、散文、小说、戏剧来对文学进行分类,强调情感、美学特质,这在当时国人的文学史著作中有明显的反映。

黄人在《中国文学史》中说:

> 故从文学之狭义观之,不过与图画、雕刻、音乐等;自广义观之,则实为代表文明之要具,达审美之目的,而并以求诚明善之目的者也。①

> 文学之职分,以感动人情为主,属于情之范围者,美也,故文学属于美学之范围,所谓富于娱乐者也,即超美之快感也。对于文学之快感,与对于绘画、雕刻之性质同。②

①② 黄人:《黄人集》,第 323 页,第 355 页,上海:上海文化出版社,2001 年。

1929年，曾毅在修订他十几年前出版的《中国文学史》时说：

但至今日，欧美文学之稗贩甚盛，颇掇拾其说，以为我文学之准的，谓诗歌曲剧小说为纯文学，此又今古形势之迥异者也。①

到了30年代，纯文学观念则被人们普遍接受。胡云翼在《新著中国文学史》自序中说：

文学向有广狭二义，广义的文学即如章炳麟所说"著于竹帛之谓文，论其法式谓文学"，即是说一切著作皆文学。这样广泛无际的文学界说，乃是古人对学术文化分类不清时的说法，已不能适用于现代。至狭义的文学乃是专指诉之于情绪而能引起美感的作品，这才是现代的进化的文学观念。……我们认定只有诗歌、辞赋、词曲、小说及一部美的散文和游记等，才是纯粹的文学。②

1932年，郑振铎在《插图本中国文学史》绪论中说：

最早的几部中国文学史简直不能说是"文学史"，只是经、史、子、集的概论而已；而同时，他们又根据了传统的观念——这个观念最显著的表现在《四库全书总目提要》里——将纯文学的范围缩小到只剩下"诗"与"散文"两大类，而于"诗"之中，还撇开了"曲"——他们称之为"词余"，甚至撇开了"词"不谈，以为这是小道；有时，甚至于散文中还撇开了非"正统"的骈文等等东西不谈；于是文学史所讲述的纯文学，便往往只剩下五七言诗，古乐府，以及"古文"。③

① 曾毅：《中国文学史》，第20页，上海：泰东图书馆，1929年。

② 胡云翼：《胡云翼重写文学史》，第5页，上海：华东师范大学出版社，2004年。

③ 郑振铎：《插图本中国文学史·绪论》，第2页，上海：上海世纪出版集团，2005年。

我们第一件事，便要先廓清了许多非文学的著作，而使之离开文学史的范围之内，回到“经学史”、“哲学史”或学术思想史的他们自己的领土中去。同时更重要的却是要把文学史中所应述的纯文学的范围放大，于诗歌中不仅包罗五七言古律诗，更要包罗着中世纪文学的精华——词与散曲；于散文中，不仅包罗着古文与骈文等等，也还要包罗着被骂为野狐禅等等的政论文学，策士文学，与新闻文学之类；更重要的是，于诗歌、散文二大文体之外更要包罗着文学中最崇高的三大成就——戏剧、小说与“变文”(即后来之弹词、宝卷)。这几种文体，在中国文坛的遭际，最为不幸。他们被压伏在正统派的作品之下，久不为人所重视；甚至为人所忘记，所蔑视。直到了最近数十年来方才有人在谈着。我们现在是要给他们以历来所未有的重视与详细的讲述了！①

1938 年，郑振铎在出版的《中国俗文学史》中也说：

哪一国的文学史不是以小说、戏曲和诗歌为中心的呢？而过去的中国文学史的讲述却大部分为散文作家们的生平和其作品所占据。现在对于文学的观念变更了，对于不登大雅之堂的戏曲、小说、变文、弹词等等也有了相当的认识了。②

这种现代文学观念的确立，改变了中国传统学术中的泛文学观念，将文学从经学、史学、子学的包围中独立出来，从而确立了文学史的纯文学定位。

① 郑振铎：《插图本中国文学史·绪论》，第 6 页，上海：上海世纪出版集团，2005 年。

② 郑振铎：《中国俗文学史》，第 1 页，北京：商务印书馆，2005 年。

2. 文学进化论

清末严复翻译赫胥黎《天演论》，将进化论思想传入中国。它与焦循"夫一代有一代之所胜"（《易余龠录》卷十五）的文学思想相融合，启迪人们在动态的历史中寻觅文学发展的脉络。

黄人在《中国文学史》中用这种理论对文学的发展进行了描述，他说：

> 文治之进化非直线形，而为不规则之螺旋形。盖一线之进行，遇有阻力，或退而下移，或折而旁出，或仍循原轨。故历史之所演，有似前往者，有似后却者，又中止者，又循环者，及细审之，其范围必扩大一层，其为进化一也。①

1917 年，胡适在《文学改良刍议》中说：

> 文学者，随时代而变迁者也。一时代有一时代之文学……此非吾一人之私言，乃文明进化之公理也。②
>
> 文学因时进化，不能自止。唐人不当作商周之诗，宋人不当作相如子云之赋，即令作之，亦必不工。逆天背时，违进化之迹，故不能工也。③

1927 年，郑振铎在《研究中国文学的新途径》一文中就提出"进化的观念"，认为这样就如同"执持了一把镰刀，一柄犁把，有了它们，便可以下手去垦种了"④。

1929 年，谭正璧撰写的《中国文学进化史》直接以"进化史"命名，他说：

> 我们现在要研究文学进化史，当然应该先问：什么是文学，什么是文学史，和"进化"二字在文学上及文学史上的意

---

① 黄人：《黄人集》，第 340 页，上海：上海文化出版社，2001 年。

②③ 胡适：《胡适学术文集·新文学运动卷》，第 21 页，第 21 页，北京：中华书局，1993 年。

④ 郑振铎：《中国文学研究》，第 12 页，上海：商务印书馆，1927 年。

义怎样?①

到了30年代,文学的流变观念则成为了文学史写作的主流思想。1932年,胡云翼就在《新著中国文学史》中运用进化史观分析了文体的兴衰与时代的关系,他说:

> 每一个比较长期的时代,其文学都形成一条与政治相呼应的"初、盛、变、衰"的起伏线。又每一个时代的初期的文学,都不免因袭前代的旧风(至秦、隋、五代等短促的时代,则完全浸没在前代的作风里);每一个时代的中期,都能确立一种新的文学作风;每一个时代的末期,则都不免形成文派分歧的变格,或向后开倒车。各种文学盛衰变迁的关系,都可以从政治的时代背景去解释。处处都可以看出文学受各不同的政治时代的推移而进化的痕迹。②

3. 丹纳、勃兰兑斯的文学思想

法国丹纳及丹麦勃兰兑斯从种族、时代、环境等外部因素来考察文学的方法,对中国文学史家的治学方法产生了深刻影响,它指示着人们从大环境、大背景下去考察文学的存在状态。

1918年,周作人在《人的文学》中说:"我们立论,应抱定'时代'这一个观念,又将批评与主张,分作两事。批评古人的著作,便认定他们的时代,给他们一个正直的评价,相应的位置。"③

到了30年代,郑振铎写作《插图本中国文学史》更是直接接受了丹纳和勃兰兑斯的学说,他说:

> 最早的"文学史"都是注意于"文学作家"个人的活动

---

① 谭正璧:《中国文学进化史》,第1页,上海:光明书局,1929年。

② 胡云翼:《胡云翼重写文学史》,第6页,上海:华东师范大学出版社,2004年。

③ 赵家璧:《中国新文学大系·建设理论集》(1917—1927),第199页,上海:良友图书印刷公司,1935年。

的，换一句话，便是专门记载诗人、小说家、戏剧家等等的生平与其作品的。这显然的可知所谓"文学史"者，不过乃是对于作家与作品的鉴赏的或批判的"文学批判"之联合，而以"时代"的天然次序"整齐划一"之而已。像写作《英国文学史》（公元1864年出版）的法人太痕（笔者按：丹纳）（Taine，1828—1893），用时代、环境、民族的三个要素，以研究英国文学史的发展的，已很少见。北欧的大批评家，勃兰兑斯（G. Brandes）也更注意于一支"文学主潮"的生与灭，一个文学运动的长与消。他们都不仅仅的赞叹或批判每个作家的作品了；他们不仅仅为每个作家作传记，下评语。他们乃是开始记载整个文学的史的发展的。①

文学史的主要目的，便在于将这个人类最崇高的创造物文学在某一个环境、时代、人种之下的一切变异与进展表示出来；并表示出：人类的最崇高的精神与情绪的表现，原是无古今中外的隔膜的。②

今人戴燕在《文学史的权力》中评价郑振铎所接受的丹纳及勃兰兑斯的思想时指出：

他（郑振铎）还准备了要将一套新的叙述语言引入到文学史中来。所谓新的文学史叙述语言，是指倡导文学的科学研究的泰勒和勾勒出19世纪欧洲文学主要潮流的勃兰兑斯在各自的文学史里使用的语言，那是一种将文学的花朵置放在种族、地理、时代和人的心理构成的温室中观赏的语言，是用情感、心理、精神的导管沟通各个时代无数作家、作品，将他们编织成一张整"网"以便观察的语言。③

①② 郑振铎：《插图本中国文学史·绪论》，第2页，第4页，上海：上海世纪出版集团，2005年。

③ 戴燕：《文学史的权力》，第62页，北京：北京大学出版社，2004年。

从《插图本中国文学史》的六十章标题上，就能够看到郑振铎做出的这番改变：与大多数中国文学史以文学家个人活动（身世和作品）为中心的叙事习惯不同，他的话题基本上都是从某一文学家群体，或是从某一文体下的集体创作活动中引申出来的，很少有文学家个人和个别名著的孤立讲述，这些标题，大部分如《魏与西晋的诗人》、《南宋散文与语录》、《明初的戏曲家们》和《昆腔的起来》，其中即便有《诗经与楚辞》、《杜甫》和《沈璟与汤显祖》，所讲的其实也是《诗经》创作的时代和"屈原及其跟踪者"，天宝末至大历初前后大约十六年的所谓"杜甫时代"，差不多囊括了万历前后所有的戏曲家及其创作。在这样的写作方式下，再伟大的作家，也不过是一批主流、非主流或不入流作品中的一部，文学不再是个体形式的有限存在，作为文学存在的，首先是一整个时代和这一时代里的民众。①

这种以种族、时代、环境因素来研究文学的方法，改变了在早期文学史中作家小传加作品赏析的文学史书写模式，从而能够从广阔的视野研究文学现象的发生、发展以及演化，也因此更突出了文学史家的史识卓见。

二、各类文学文献的搜集与研究

20 世纪前 30 年有大量的俗文学文献被发掘出来，这其中包括敦煌石室唐五代俗文学写本、日本的唐人小说、《全相平话》、《京本通俗小说》等，这些文献资料有力地迎合了五四新文化运动以来白话文学、俗文学思潮的迅猛来势，为加重俗文学在"新"中国文学史著作中的比例，从而改变文学史的布局提供了难得的契机。

胡适在《白话文学史》中深有感触，他说：

① 戴燕：《文学史的权力》，第 63 页，北京：北京大学出版社，2004 年。

> 六年前的许多假设，有些现在已得着新证据了，有些现在须大大地改动了。如六年前我说寒山的诗应该是晚唐的产品，但敦煌出现的新材料使我不得不怀疑了。怀疑便引我去寻新证据，寒山的时代竟因此得着重新考定了。又如我在《国语文学史》初稿里断定唐朝一代的诗史，由初唐到晚唐，乃是一段逐渐白话化的历史。敦煌的新史料给我添了无数佐证，同时却又使我知道白话化的趋势比我六年前所悬想的还要早几百年！我在六年前不敢把寒山放在初唐，却不料隋唐之际已有了白话诗人王梵志了！我在六年前刚见着南宋的《京本通俗小说》，还很诧异，却不料唐朝已有不少的通俗小说了！①

因此他在《白话文学史》中敢于大胆地宣称：

> 我要让大家都知道白话文学是有历史的，是有很长又很光荣的历史的。我要人人都知道国语文学乃是一千几百年历史进化的产儿。国语文学若没有这一千几百年的历史，若不是历史进化的结果，这几年的运动决不会有那么容易，决不会在那么短的时期内变成一种全国的运动，决不能在三五年内引起那么多的人的响应与赞助。②

郑振铎对敦煌文献也早有所注意。今人陈福康在论述这一点时说：

> 在《文学大纲》中，有关敦煌文学只是极简单地提到了一句；虽然这是文学史著作上较早的记载，但毕竟过于简略了。（这当然是与当时很多材料被劫到国外后尚未整理与公开有关的。）而本书（《中国文学史》中世卷第三篇上，1930年5月初版）中却有近三万字的论述……书中指出，敦煌写

① 胡适：《白话文学史·自序》，第6页，上海古籍出版社，1999年。

② 胡适：《白话文学史·引子》，第1页，上海古籍出版社，1999年。

本中“在文学上最可注意者则为俚曲、小说及俗文、变文、古代文学的钞本等等”。并认为,“就宗教而论,就历史而论,就考古学而论,就古书的校勘而论,这个古代写本的宝库自各有它的重要的贡献,而就文学而论,则其价值似乎更大”。因为,第一,发现了许多已佚的杰作,如韦庄的《秦妇吟》、王梵志的诗集等;第二,发现了大量的俗文学作品,使人们知道了小说、弹词、宝卷及很多民间小曲的来源。“这是中国文学史上的一个绝大的消息,可以因这个发现而推翻了古来无数的传统见解”。而推翻传统旧说正是靠像郑振铎这样的研究者用敏锐的史识对这批材料进行研究后取得的。①

对于郑振铎的《插图本中国文学史》来说,新材料的发现同时也改变了历来文学史中前详后略的叙述方式。在《插图本中国文学史》的后半段,加强了对小说、弹词、宝卷、民间小曲等俗文学的讲述,对“变文”、“鼓子词”、“诸宫调”、“话本”、“戏文”、“昆腔”等历来为人们所忽略的俗文学样式都加以专章论述。他在《例言》中说:

> 本书所包罗的材料,大约总有三之一以上是他书所未及述的;像唐、五代的变文,宋、元的戏文与诸宫调,元、明的讲史与散曲,明、清的短剧与民歌,以及宝卷、弹词、鼓词等等皆是。我们该感谢这几年来殷勤搜辑那些伟大的未为世人所注意的著作的收藏家们。没有他们的努力与帮助,有许多中国文学史上的重要的作品是不会为我们所发见的。②

---

① 陈福康:《郑振铎论》,第560页,北京:商务印书馆,1991年。

② 郑振铎:《插图本中国文学史·例言》,第2页,上海:上海世纪出版集团,2005年。

这"三之一"前人未用过的材料,促成了这部文学史后半部突出俗文学的变化。如中世部分,讲述宋至明初的文学共二十二章,其中叙述俗文学的有十章,"鼓子词与诸宫调"、"话本的产生"、"戏文的起来"、"南宋散文与语录"、"杂剧的鼎盛"、"戏文的进展"、"讲史与英雄传奇"、"散曲作家们"、"明初的戏曲作家们"、"散曲的进展"。而在近代文学部分共五章,除"近代文学鸟瞰"一章,其余都是叙述俗文学的,如"昆腔的起来"、"沈璟与汤显祖"、"南杂剧的出现"、"长篇小说的进展"。这种比例上的变化在以前的文学通史中是不曾见到的。

郑振铎在《例言》中说:

> 许多中国文学史,取材的范围往往未能包罗中国文学的全部。其仅以评述诗古文辞为事者无论了,即有从诗古文辞扩充到词与曲的,扩充到近代的小说的,却也未能使我们满意。近十几年来,已失的文体与已失的伟大作品的发见,使我们的文学史几乎要全易旧观。决不是抱残守缺所能了事的。若论述元剧而仅著力于《元曲选》,研究明曲而仅以《六十种曲》为研究的对象,探讨宋元话本而仅以《京本通俗小说》为探讨的极则者,今殆已非其时。本书作者对于这种新的发见,曾加以特殊的注意。故本书所论述者,在今日而论,可算是比较得完备的。①

除敦煌文献外,郑振铎还注重对其他文学文献的搜集。他在《插图本中国文学史》中写道:

> 得书之难,于今为甚。恶劣的书版,遍于坊间,其误人不仅鲁鱼亥豕而已。较精的版本,则其为价之昂,每百十倍之。更有孤本珍籍,往往可遇而不可求。在现在而言读书,

---

① 郑振铎:《插图本中国文学史·例言》,第1页,上海:上海世纪出版集团,2005年。

已不是从前那样抱残守缺，或仅仅利用私家收藏所可满意的了。一到了要研究一个比较专门的问题，便非博访各个公私图书馆不可。本书于此颇为注意。

写作特点

一、纯文学成为文学史的主角

如前所述，纯文学观念对30年代多数文学史家来说已经成为普遍的共识，这表现在文学史中就是纯文学占据了主导地位，这在各文学史的目次中就可以清楚地看出来。

陆侃如、冯沅君合著《中国文学史简编》，1932年10月大江书铺出版。全书分上下两编，每编共十讲，以时代为序，以文体为纲目。目次如下：上编，中国文学的起源、古民族的文学（上、中、下）、乐府古辞、三国六朝的诗、唐代的诗、散文的进展（上、下）、戏曲小说的雏形；下编，中国文学的新局面（上、下）、宋代的词、元明散曲、元明杂剧、明清传奇、明清平话、明清章回小说、近代的散文、文学与革命。

刘经庵《中国纯文学史纲》，北平著者书店出版，1935年1月出版。全书共分四编，以诗歌、词、戏曲、小说四种文体分编，在每一编中以时代为序叙述各体文学的发展。

陈中凡《汉魏六朝文学》，商务印书馆，1931年出版。全书共六章，第一章为绪论，后五章以时代为序，叙述各代文学。目次如下：第二章，绪论，汉魏六朝文学在中国文学史上的地位、汉以前的文学界；第三章，两汉文学，汉代文学的背景、辞赋、诗歌、结论；第四章，建安文学，建安文学复兴的原因、建安文学的特色；第五章，魏晋文学，魏晋文学变迁之原因、魏晋诗的派别、魏晋赋及骈文、魏晋小说及杂文；第六章，南朝文学，南朝文学的勃兴、嬗变、派别、结论；北朝文学，北朝诗赋、复古运动、写景文、总论。

游国恩《先秦文学》，商务印书馆 1934 年出版。全书共十八章，前二章为文学概说，即文学之范围及文学史、文学导源之两大因素。后十六章以时代先后为序，目次如下：未有文学时之初民文学、种族战胜与文学之开幕、唐虞时代之文学、夏禹之功烈及夏代文学、商之文明渐进及其文学、周初文治之宏谋及其文学、诗之来源及南风雅颂、诗之时代背景及其文学、春秋战国时之杂歌诗、周之历史文学及晚周诸子、楚辞之起源、屈原、宋玉及其他作者、糅合南北之赋家荀卿、先秦之小说、秦之变古及其文学。

可以看出，各文学史中已经剔除了经、史、子等非文学的要素。

二、俗文学地位的提升

30 年代"新"文学史的显著变化就在于新材料的发现所导致的俗文学地位的上升。

郑振铎在《中国俗文学史》第一章"何谓'俗文学'"中，首先明确了俗文学范围之广，他说：

> 因为正统的文学的范围太狭小了，于是"俗文学"的地盘便愈显其大。差不多除诗与散文之外，凡重要的文体，像小说、戏曲、变文、弹词之类，都要归到"俗文学"的范围里去。①

然后他论述了俗文学乃是文学史的中心，他说：

> 因为正统文学的发展和"俗文学"的发展是息息相关的。许多的正统文学的文体原都是由"俗文学"升格而来的。像《诗经》，其中的大部分原来就是民歌。像五言诗原

① 郑振铎：《中国俗文学史》，第 1 页，北京：商务印书馆，2005 年。

来就是从民间发生的。像汉代的乐府，六朝的新乐府，唐五代的词，元、明的曲，宋、金的诸宫调，哪一种新文体不是从民间发生出来的。①

当民间发生了一种新的文体时，学士大夫们其初是完全忽视的，是鄙夷不屑一读的。但渐渐的，有勇气的文人学士们采取这种新鲜的新文体作为自己的创作的型式了，渐渐的这种新文体升格而成为王家贵族的东西了。②

所以，在许多今日被目为正统文学的作品或文体里，其初有许多原是民间的东西，被升格了的，故我们说，中国文学史的中心是"俗文学"，这话是并不过分的。③

最后通过与诗、文的对比，赞扬了俗文学的淳朴、真实与抗争精神，他说：

我们读了一部不相干的诗集或文集，往往一无印象，一无所得，在那里什么都没有，只是白纸印着黑字而已。但许多俗文学的作品，却总可以给我们那些东西。他们产生于大众之中，为大众而写作，表现着中国过去最大多数的人民的痛苦和呼吁，欢愉和烦闷，恋爱的享受和别离的愁叹，生活压迫的反响，以及对于政治黑暗的抗争；他们表现着另一个社会，另一种人生，另一方面的中国，和正统文学，贵族文学，为帝王所养活着的许多文人学士们所写的东西里所表现的不同。只有在这里，才能看出真正的中国人民的发展、生活和情绪。中国妇女们的心情，也只有在这里才能大胆的、称心的、不伪饰的倾吐着。

在《插图本中国文学史》中，郑振铎希望改变此前文学史俗文学所占分量较小，重视不够的缺陷，从而完成一部真正意义上的"完整"的中国文学史。他在《自序》中说：

---

①②③ 郑振铎：《中国俗文学史》，第2页，北京：商务印书馆，2005年。

中国文学自来无史，有之当自最近二三十年始。然这二三十年间所刊布的不下数十部的中国文学史，几乎没有几部不是肢体残废，或患着贫血症的。易言之，即除了一二部外，所叙述的几乎都有些缺憾。本来，文学史只是叙述些代表的作家与作品，不能必责其“求全求备”。但假如一部英国文学史而遗落了莎士比亚与狄更司，一部意大利文学史而遗落了但丁与鲍卡契奥，那是可以原谅的小事么？许多中国文学史却正都是患着这个不可原谅的绝大缺憾。唐、五代的许多变文，金、元的几部“诸宫调”，宋元的无数的短篇平话，明、清的许多重要的宝卷、弹词，有哪一部“中国文学史”曾经涉笔记载过？不必说是那些新发见的与未被人注意着的文体了，即为元、明文学的主干的戏曲与小说，以及散曲的令套，他们又何尝曾注意及之呢？即偶然叙及之的，也只是以一二章节的篇页，草草了之。每每都是大张旗鼓的去讲河汾诸老，前后七子，以及什么桐城、阳湖。难道中国文学史的园地，便永远被一般喊着“主上盛明，臣罪当诛”的奴性的士大夫们占领着了么？难道几篇无灵魂的随意写作的诗与散文，不妨涂抹了文学史上的好几十页的白纸，而那些曾经打动了无数平民的内心，使之歌，使之泣，使之称心的笑乐的真实的名著，反不得与之争数十百行的篇页么？这是我发愿要写一部比较的足以表现中国文学整个真实的面目与进展的历史的重要原因。①

郑振铎在《中国俗文学史》中将所叙述的对象分为五大类：诗歌（民歌、民谣、初期的词曲）、小说、戏曲（传奇、杂剧、地方戏）、讲唱文学（变文、诸宫调、宝卷、弹词、鼓词）、游戏文章，将

① 郑振铎：《插图本中国文学史·自序》，第1页，上海：上海世纪出版集团，2005年。

《插图本中国文学史》中没能充分展开的宝卷、弹词、鼓词与子弟书、明代的民歌都在此书中做了专章论述。

与这个时代俗文学备受重视的风气相应，除专门叙述俗文学的俗文学史，如洪亮《中国俗文学史略》(上海群众图书公司发行，1934 年)、陈汝衡《说书小史》(中华书局印行，1936 年)，在其他文学史家的著作中也同样加强了对俗文学的叙述。如上所述，陆侃如、冯沅君合著的《中国文学史简编》，刘经庵的《中国纯文学史纲》，陈中凡的《汉魏六朝文学》，游国恩的《先秦文学》中都辟有对俗文学的叙述。

最可注意的是赵景深的两部文学史，一部是 1928 年 1 月出版的《中国文学小史》(上海光华书局出版)，一部是 1936 年 1 月出版的《中国文学史新编》(北新书局出版)。在这两部文学史中，可以看出赵景深的文学史布局在 20 年代和 30 年代发生的变化。

《中国文学小史》正文部分共三十三章，其中只有六章述及俗文学部分：第二十唐人小说，第二十六元曲五大家，第二十七明代的章回小说，第二十八明传奇，第三十清代的章回小说，第三十一清传奇。

而《中国文学史新编》则共三编，每编十六章，每章三千字。其中第一编古代编，述及汉魏六朝小说、唐代小说与散文二章。第二编宋元编，述及宋代诗文小说、戏剧的起源、诸宫调、元杂剧(两章)、元散曲、宋元戏文、元代小说八章。第三编明清编，述及明代杂剧、明代传奇(三章)、明代散曲、明代小说、清代杂剧、清代传奇、清代散曲、清代小说、清代花部戏十一章。在总四十八章中共述及俗文学二十一章，俗文学所占比例明显增加。

从《中国文学小史》三十三章中的六章，到《中国文学史新编》四十八章中的二十一章，可见俗文学在二三十年代间文学史中地位的演变轨迹。正如郑振铎在《中国俗文学史》中所说：

现在对于文学的观念变更了，对于不登大雅之堂的戏曲、小说、变文、弹词等等也有了相当的认识了，故这一部分原为“俗文学”的作品，便不能不引起文学史家的特殊注意了。①

三、史识与考据并重的写作方法

早期文学史书写历代文学状况，多是由作家生平加作品鉴赏组成，缺少对文学发展脉络的考察，缺少“史”的观念。而30年代的“新”文学史家则力矫此弊，更加强调文学史家史识的意义。陈介白在给刘经庵《中国纯文学史纲》作的序中指出：

只罗列经史子集不能算作文学史，只备载文学家的传记不能算作文学史，只以爱情为去取而选录文学作品，也不能算作文学史，任取欧西浪漫、古典、自然等新名词以批评文学作品，尤不能用于编著中国文学史，惟有说明历代文学的变迁，使人得到历代文学变迁的清楚概念，方可值得称为文学史。②

胡云翼在《新编中国文学史》中也说：

他们（早期文学史家）都缺乏现代文学批判的态度，只知摭拾古人的陈言以为定论，不仅无自获的见解，而且因袭人云亦云的谬误殊多。就中以曾毅的《中国文学史》较佳，然系完全抄自日人儿岛献吉郎之原作，有未能更正儿岛献吉郎氏的错误处，故亦不足取。只有最近几年的文学史作者，其对于文学观念之明瞭，自较前大有进步；编著文学史的方法亦较能现代化。③

---

① 郑振铎：《中国俗文学史》，第1页，北京：商务印书馆，2005年。

② 刘经庵：《中国纯文学史纲》，第1页，北京：东方出版社，1996年。

③ 胡云翼：《胡云翼重写文学史·新著中国文学史》，第4页，上海：华东师范大学出版社，2004年。

> 过去的文学史多偏重于死板板的静物叙述，只知记述作家的身世，批判其作品。至于各个时代的文学思潮的起伏，各种文体的渊源流变，及关于各种文学的背景及原因的分析，皆非其所熟知。……我要把各时代散漫的材料设法统率起来；在可能的范围内，要把各种文体，各种流派，作家及作品，寻出它们相互间的联络的线索出来，作为叙述的间架；同时，我注意各个时代文学思潮的形态及其优点与缺点，注意各种文体的发展及各种文派的流变。总之，我尽力的使我的文学史能够成为一部活的脉络一致的文学史，虽然这也许是我一个力不胜任的妄想。①

然而，30年代的"新"文学史家并没有抛弃传统的朴学方法。游国恩在谈到治文学史的方法时说：

> 治文学史者，贵得其要，其要维何？如说明文学之变迁及其盛衰之状况也；推求文学变迁与盛衰之因果也；考证篇章之真伪及其时代之先后也；评断文学之价值也。凡此四端，皆文学史家之所有事也。②

胡怀琛在进行文学界定时也说：

> 我们应该先明白整个的文学中间包含一些甚么，而后能够知道文学史在整个文学中的位置是怎样。……文学史（一）这首诗是何人作的？作者生于甚么时候？（二）这样的诗体产生于甚么时候？甚么时候又有变化？（三）各书所载的这首诗，文字有没有异同？作者的姓名有没有错误？③

郑振铎在《插图本中国文学史》中也说：

---

① 胡云翼：《胡云翼重写文学史·新著中国文学史》，第6页，上海：华东师范大学出版社，2004年。

② 游国恩：《先秦文学》，第8页，上海：商务印书馆，1934年。

③ 胡怀琛：《中国文学史概要》，第6页，上海：商务印书馆，1935年。

中国文学史的历程，实在是太长了，即就那最可靠的最早的史料而论，也有了三千年以上的来历。对于远古的在《诗经》与《楚辞》以前的诗歌，其靠不住的性质，是有常识的人所都知道的。所传黄帝时代的《弹歌》，以及皇娥、白帝子之歌一类，当然是不可信的；即《尧典》中所载的君臣赓和之作也都是后人的记载。大约在冯惟讷《古诗纪》的古逸一部，诗歌中可信的实在不多。但不仅远古的著作如此，即较为近代的东西也还是有许多的争论……有许多的谬误的观念，便往往因此而构成。且举一个有趣的例。有一部明人的选本，载了一篇向未被发现过的建安七子时代的王粲《月赋》；居然有许多人相信其为一篇真实的佚文的发见，将其补入汉、魏辞赋之林。但经了细心的批评家的研究，原来这一篇赋便是谢庄的著名的《月赋》！……选者目未睹《文选》，便径定为仲宣之作。类此可笑的作伪，尚未为我们所觉察者，当更为不少。史料的谨慎的搜辑，在中国文学史的编纂中，因此便成了重要的一个问题。①

郑振铎还曾经打算为《插图本中国文学史》编定一部年表和一部索引，虽未能最终完成，但其用心可知。他说：

本书的论述着重于每一个文学运动，或每一种文体的兴衰，故于史实发生的详确的年月，或未为读者所甚留意，特于全书之末，另列"年表"一部，以综其要。②

陆侃如后来在回忆这一时期文史研究风气时说：

五四运动时代提倡以科学方法整理国故，并且认为清代朴学方法含有科学精神，故二十年来文史研究都注重史料的考订，渐渐成为风气。③

①② 郑振铎：《插图本中国文学史》，第 7 页，上海：上海世纪出版集团，2005 年。

③ 陆侃如：《傅庚生〈中国文学欣赏举隅〉序》，《陆侃如古典文学论文集》，第 112 页，上海：上海古籍出版社，1987 年。

评　价

随着时代的变迁，对 30 年代“新”中国文学史的评价也在不断地发生着变化。这大致可以分为三个时期，即 1949 年之前，50 年代至“文革”结束前，“文革”结束后至今。

一、1949 年之前

郑振铎的《插图本中国文学史》是 30 年代最具特色且影响广泛的文学史，它的最大贡献就在于材料的搜集和对俗文学重视。这一时期人们对它可谓赞誉颇丰。

1932 年 8 月，浦江清在为郑振铎《插图本中国文学史》的出版所做的一则书讯里说：

> 郑君从事于文学史之编著数年，收罗材料不少……观于其“中世卷”一册，材料之丰，实超过前述数人(笔者按：黄人、谢无量、刘师培、曾毅、胡适等)之上。其能运用敦煌材料，不失为赶上时代之学者……观其预约样本所及，则郑君于近代文学之戏曲小说两部分，得多见天壤秘籍，材料所归，必成佳作无疑。①

1932 年 10 月，北平图书馆《读书月刊》对它加以肯定，说：“这不能不说是中国文化界和史学界上很大的贡献”，认为这部文学史既是历史的，又是批评的，读此书不但中国文学的源流变迁可以知道得比较详细，而且对于各家的文艺的研究也可得相当的门径。同时也认为这部文学史最适合教学和普通阅读。②

1934 年，赵景深在《我要做一个勤恳的园丁》中说：

---

① 浦江清：《浦江清文史杂文集》，第 128 页，北京：清华大学出版社，1993 年。

② 陈福康：《郑振铎论》，第 587 页，北京：商务印书馆，1991 年。

（《插图本中国文学史》）长处在于材料的新颖与广博，叙述的美丽与流畅，尤其是，他有小说和戏曲两方面最丰富的藏书，能够论到别人所从来不曾见过的作品。他如难得的插图，史传的卷次，都是别本所无的。①

1935年，在《人间世》杂志上，叶圣陶、夏丏尊、赵景深、陆侃如、冯沅君、章锡琛、王伯祥、徐调孚、周一鸿等人热情推荐郑振铎的这部《插图本中国文学史》为"五十年来百部佳作"之一。周一鸿说：

以前的文学史只注意正统的文字。这书于变文、戏剧和宝卷，叙述最详，是最大的特点。附了许多插图，在中国文学史中还是创举。量的方面，也推第一。②

同时，人们对这部文学史也有所批评。

1932年，鲁迅在《致台静农》中认为郑振铎的《插图本中国文学史》缺乏史识，说：

郑君所作《中国文学史》顷已在上海豫约出版，我曾于《小说月报》上见其关于小说者数章，诚哉滔滔不已，然此乃文学史资料长编，非"史"也。但倘有具史识者，资以为史，亦可用耳。③

1934年，当时还是燕京大学学生的吴世昌在长文《评郑振铎著〈插图本中国文学史〉第一、三、四各册》④中对郑著给予极大的否定。吴氏的批评主要集中在六个方面："正确性"、"史料的取舍"、"不传及非名作人史"、"意义不明"、"考证太简略"、"其他"。

---

① 郑振铎等编：《我与文学》，第99页，上海：上海书店，1981年。

② 陈福康：《郑振铎论》，第587页，北京：商务印书馆，1991年。

③ 鲁迅：《鲁迅全集》第12卷，第102页，北京：人民文学出版社，1981年。

④ 吴世昌：《评郑振铎著〈插图本中国文学史〉第一、三、四各册》，南京：《图书评论》，1934年第7期。

如“正确性”方面，他举出四条例证：（一）《旅獒》为清阎若璩证明为梅赜伪造，而郑著仍加以引用；（二）引《诗经》原文，有许多疏略；（三）所举北宋词人的作品出处有误；（四）诸葛亮非《梁父吟》作者。同时指出郑著存在表达“意义不明”等问题。

再如在“史料的取舍”方面，吴氏认为：“一部著作既名为‘史’，作者便应根据史实，对于史料的取舍，不应该阿其所好。节制自己所要说的话，和说自己所不爱说或不熟悉的话，本来是很不容易的事。一般著作家对于这点，大都缺少训练；而本书的作者，似乎也未能免俗。”他举出四条例证：（一）郑振铎过于贬低他所鄙弃的“赋”体；（二）郑振铎同样摒弃了“骈文”，且没有给后汉及三国的表章书启丝毫地位；（三）对四六文叙述过于简略；（四）对北朝文学叙述嫌简略；（五）郑振铎反复申述了自己所喜欢的但并不必要的作品，如《西厢记》。

另外，需要说明的是，吴氏在这篇文章中用辞是非常严厉的，如他在批评郑著引用《诗经》原文有误时说：“像这样杂引伪史，误改题文，在郑先生著书既多，注重在提纲挈领，或许不拘小节，以为是无关宏旨，其实是贻误初学。”

二、50年代至“文革”结束前

50年代，人们广泛开展对胡适思想的批判，这也波及了对受胡适思想深刻影响的30年代文学史的评价。余冠英在《胡适对中国文学史“公例”的歪曲捏造及其影响》一文中指出：“‘五四’以来的中国文学史著作中不但有许多接受了胡适的观点和方法，扩大了胡适的影响，甚至有一部分发展了胡适的论点。”①文中指出的这些受胡适影响的著作，其中就有郑振铎的《中国俗文学史》，陆侃如、冯沅君合著的《中国诗史》、《中国文学史简

① 余冠英：《胡适对中国文学史“公例”的歪曲捏造及其影响》，北京：《文艺报》，1955年第17期。

编》，郑宾于的《中国文学流变史》，容肇祖的《中国文学史大纲》，张世禄的《中国文学变迁论》。

这一时期，"人民性"与"阶级观点"在各个领域得到强调。在这样的背景下，一些文学史家也不断对自己的文学史写作进行反思。陆侃如、冯沅君在修订《中国文学史简编》时说：

> 解放前，我们常常肯定太多。有些现在看来有毒素的作品，我们却因为本身的思想和作者相近，便阿其所好欣赏起来。在刚刚解放的时候，我们常常否定的太多。只在作品中找不到'人民'两字，便粗暴地一笔抹煞；我们不耐烦砂里淘金，更不懂得璞中有玉。有时我们不免用简单化的和机械的论断，来代替对于文学的正确的分析。这些偏向，近年来逐渐获得纠正，但还没有彻底纠正。①

1958年，郑振铎在《中国文学史的分期问题》中则对《插图本中国文学史》中的分期问题进行了检讨。他说：

> 我写的《插图本中国文学史》虽包罗得比较全面些，但也是深受这个时代的影响，……虽然已经注意到"时代"的影响，却过分强调每一种文体的兴衰，不曾更好地把文学的发展和历史的发展结合起来。这乃是卷没于资产阶级的进化论的波涛里而不能自拔的。又论述印度文学对于中国文学的影响时，也有过分夸大之病。②

这一时期对郑振铎《插图本中国文学史》的评价也带上了阶级论的色彩。1958年《文学研究》第三期上的一篇文章《评郑振铎先生的〈插图本中国文学史〉》，由曹道衡、徐凌云等人集体撰写。文章批评这部文学史说：

---

① 陆侃如、冯沅君：《中国文学史简编·导言》（修订本），第3页，北京：作家出版社，1957年。

② 郑振铎：《郑振铎文集》第7卷，第70页，北京：人民文学出版社，1988年。

《插图本文学史》在当时也就有它的局限性和错误。根本问题在于著者是以资产阶级唯心主义的文学观点来撰写文学史，以“俗文学”的观点、即实质上是资产阶级社会学在文学观点上的反映来提倡和肯定民间文学。

总的说来，《插图本中国文学史》一书的观点是资产阶级唯心主义的。这种观点贯串于全书之中。在本文所提到的问题，实质上都是这种观点的具体表现。正因为这样，这部著作作为文学史来说是很不能令人满意的。尽管在本书中收集了相当丰富的材料，有些甚至是很宝贵的材料，然而，由于郑振铎以资产阶级唯心主义的文艺观去处理这些材料，就不能真正说明文学发展的规律，也不能说明文学史上进步与反动的潮流之间的斗争。从这部著作中看到的，只是一大堆材料的堆积。这样的著作，显然是不可能符合今天读者的要求的。我们诚恳地希望郑先生在学术思想上来一个自我革命，彻底改变自己的文艺观点、学术观点，努力学习马克思列宁主义，写出一部真正合乎人民需要的文学史来。

三、“文革”结束后至今

“文革”结束后，随着学术、思想环境的变化，人们对 30 年代“新”中国文学史的认识更加深入。20 年代“新”、“旧”文学史观念处于交替的阶段，40 年代的中国文学史写作则走上成熟和模式化的道路，30 年代文学史的写作则在二者之间起到承上启下的关键作用。这一时期人们对这一点有着深刻的认识。董乃斌、陈伯海、刘扬忠的《中国文学史学史》就对从 30 年代冯沅君、陆侃如到 40 年代刘大杰、林庚的文学史写作以及在这个过程中现代文学史范型逐步建立的过程进行了描述，其中 30 年代文学史写作的一致趋向无疑是这个范型建立过程的起点，《中国文学史学史》对这一点作了明晰的阐述：

二十世纪三十年代，中国文学史的出版在数量上达到了一个高峰。由于一般的文学史家都接受了从因果联系的角度观察历史的逻辑，也能够共享到文学史史料发掘和考证的成果，因此这时出版的绝大部分中国文学史似乎达成了一个共识：它们会在同一个地方开头、结束，会有同样曲折的情节；它们列举的时代“代表”总是相同的，还有所谓的“代表”作品也总不出那些篇目；无论那文学史是厚还是薄，分配给一个时代、一个人或一篇诗文的篇幅比例，却都是一个尺码下来的。

中国文学史的叙述就在这个共识下面变得口吻一致起来，而后渐渐凝固成一个“模式”。1932年出版的陆侃如、冯沅君的《中国文学史简编》就已经具备了这一叙事模式的基本形态，尽管作者一再谦称“书中未能依新的方法来写，材料方面也多缺陷”，但这部文学史实际上却在中国公学、安徽大学、北京大学等多处地方讲过的，尤其出版后大获好评，更足以证明它是在一个具有共识的圈子里的。①

30年代文学史写作逐渐倾向一致，这无疑为40年代现代文学史写作范型的建立奠定了牢固的基础。

同时，《中国文学史学史》对20年代中叶到40年代末“新”中国文学史的成长、成熟期中的不足也有比较清醒的认识，这其中自然也包含了对30年代“新”中国文学史的认识：

不过话说回来，这个阶段的文学史研究也并非没有弱点。不光是选题还不够宽，钻研还不够深，史料掌握不够全面，相互之间缺少有机配合，致使一部分著述流于浮浅、粗率乃至雷同因袭，更其严重的，是它用“纯文学”和“进化论”

---

① 董乃斌、陈伯海、刘扬忠：《中国文学史学史》第2卷，第71页，石家庄：河北人民出版社，2003年。

的模子来整合我们的文学传统时所暴露出来的形而上学的线性思维和庸俗社会学的倾向。这在片面地用“纯文学”来取代非“纯文学”，用“白话文学”来排斥“文言文学”，用“民间文学”、“平民文学”来贬抑“士夫文学”、“贵族文学”，用“写实文学”、“社会文学”来批评“唯美文学”、“山林文学”，以及过分抬高外来文化的作用，夸大民族文化的保守性，认进步为绝对的进步，衰退为完全的衰退等方面，皆有充分的流露。这个缺失还直接传留到下一阶段的文学史研究中，对20世纪中国文学史学的基本走向有着重要的影响，不可不加注意。①

在这一时期，郑振铎的《插图本中国文学史》多次被重印，它的价值得到了人们的重新认可。陈福康在《郑振铎论》中以《〈插图本中国文学史〉——建国前最好的一部中国文学史》为题分析了《插图本中国文学史》五点突出的学术价值：(一) 初步的唯物史观；(二) 完整的脉络体系；(三) 全面的史料挖掘；(四) 精当的分析论述；(五) 广博的中西比较。他最后说：

> 郑振铎此书出版以后，在三四十年代又出现了很多中国文学史。比较著名的就有陈子展《中国文学史讲话》、谭丕模《中国文学史纲》、林之棠《新著中国文学史》、张振镛《中国文学史分论》、刘大杰《中国文学发展史》、刘永济《十四朝文学要略》、林庚《中国文学史》等，以及郭绍虞、罗根泽、朱东润各人的中国文学批评史、钱基博的中国近代文学史、阿英的晚清小说史等等。这些著作各有特色，在一些具体的方面有新的进展；但从整体上看，能够超过郑振铎此书的很少见。从规模和字数上看，则还没有一本超过此书。

① 董乃斌、陈伯海、刘扬忠：《中国文学史学史》第2卷，第23页，石家庄：河北人民出版社，2003年。

因此，李健吾盛誉此书是“划时代的造诣”（《忆西谛》）。在相当长的一个时期内，此书作为中国文学史最优秀的著作，乃是无可争议的。①

而这一时期对郑振铎《插图本中国文学史》的认识也无疑比此前的论者更加深刻。如戴燕在《文学史的权力》中体察到《插图本中国文学史》对历来文学史布局的改变，说：

> 作为五四新文化环境中成长起来的文学史家，郑振铎对变文、诸宫调这类民间俗文学资料异常看重，比为英国文学史上的莎士比亚、意大利文学史上的但丁，并非奇事，但是叙述中间自觉不自觉的语气上的强调，以及给它们的超出一般的篇幅，却使《插图本中国文学史》在叙事结构上产生了一个前所未有的变化：过去的文学史的重头一般都在先秦，唐以前也总比唐以后讲得细致，但经过郑振铎的调整，现在大部分的篇幅留在了唐代以后……从而把它们变成了中国文学史尤其是隋唐以后文学史的叙事中心。②

同时对《插图本中国文学史》所显示出的学术规范也进行了积极的评价，说：

> 所谓考证，在《插图本中国文学史》里又不但是《绪论》里的一段主张，不但是像“疑古”的人们那样，考证哪些记载不过是古人造出来的神话，它还具体化作一套写作的规则，这套规则大致规定了：在叙述当中，尽可能指出所据资料的原始出处，例如讲到作家的生世，引用他的作品，均要（当页）注明作家传记的来源以及作品的版本依据。对于有关文学史的事实、结论，凡是经过前人研究的，无论赞同与否，均要交待出前人的意见，例如楚辞的作者、五言诗的起源和

① 陈福康：《郑振铎论》，第594页，北京：商务印书馆，1991年。

② 戴燕：《文学史的权力》，第61页，北京：北京大学出版社，2004年。

古诗十九首年代等问题，都是历来看法分歧的，要说明这些分歧的看法也正是今日考证及研究的前提。在每一章文学史的叙述正文之后，要附一份详细的参考书目，列出有关本章内容的自古而今的重要著作（包括提示版本），以为作者叙述的根据和读者进一步查阅的线索。加上这套形式规范，做文学史就有点像是自然科学在试验室中的试验了，处处体现出实事求是的精神，它既是向着“科学”靠拢，也是为真实再现历史做出的形式上的保证。①

（黑龙江大学　宋皓琨）

① 戴燕：《文学史的权力》，第61～62页，北京：北京大学出版社，2004年。

30年代的“旧”中国文学史

30年代文学史写作概述

胡适1928年出版的《白话文学史》“开一代风气”，30年代的文学史写作受胡适的影响很大，主要是文学观念的演变。这时期的大多数文学史著作不同程度地受到进化论的影响，“也可以说进化论的文学史观是这一时期文学史观的主流”①。“在文学史研究领域，人们将中国传统的通变文学观与进化论思想相结合，演绎出一种新的文学进化史观，这种进化史观与传统的复古倒退的文学史观相反，认为文学的进化是一代胜于一代，即代有进步，进化的方向是向上向前进行的。当时的一些文学史著作标有‘进化史’、‘发展史’、‘发达史’等题目的都是进化论留下的痕迹”②，“他们在批评着前人，总结着经验，也在努力地创新，在文学史中尽量表现出自己的特色和个性，有时甚至不惜去标新立异，所以当时有些文学史还特意表明‘新著’、‘新编’的字样以醒人眼目。在这样的相互批评和不断创新的情景下，很自然地造成了当日文学史写作领域内百家争鸣的动人景观，作者们自由地发表着自己对文学史的见解，不受别人的束缚，充分地表现自己的写作个性，不愿意去模仿别人，这是文学史写作史上最

①② 魏崇新、王同坤：《观念的演进：20世纪中国文学史观》，第74页，北京：西苑出版社，2000年。

为个性化的时期。”①胡云翼《新著中国文学史》②、张长弓《中国文学史新编》③等就是这种创作个性化的反映。正如魏崇新、王同坤在《观念的演进:20世纪中国文学史观》中所说的那样:

> 在文学史观念上,当时存在着白话文学与文言文学、平民文学与贵族文学、纯文学与传统文学之争。④

胡适《白话文学史》“将白话文学视为中国文学的正宗,对一直将文言文学作为中国文学正宗的传统观念进行颠覆”,“鉴于以往的中国文学史往往以贵族士大夫文学为主体,而轻视下层平民的文学创作,于是有人提倡平民文学或劳动文学”。⑤

> 中国传统文学强调“文以载道”,以古文为文学的正宗,二三十年代的一些文学史著作则反其道而行之,以“纯文学”的旗号,反对“文以载道”的传统文学,尤其是古文。刘经庵的《中国纯文学史纲》只论诗歌、词、曲及小说,“其他概付阙如”。他认为“辞赋,除了汉朝及六朝的几篇,有文学价值者很少;至于散文——所谓的古文——有传统的载道思想,多失去文学的真面目,故均略而不论”(编者例言)。谭正璧在《中国文学进化史》的“序言”中首先声明:“本书有一个和别人所编的中国文学史不同之点,也是我自以为本书的特点,就是不以历史为文学,不叙‘载道’的古文。”无论是提倡白话文学,还是倡导平民文学和纯文学,这些文学史观念都受到西方思想和“五四”新文学运动的影响,具有明显的反传统色彩。⑥

由于文学史观念的变化,带来了不同于以前的文学史写作。30年代运用新的文学史观念所写的文学史,被称为“新”文学

---

①④⑤⑥ 魏崇新、王同坤:《观念的演进:20世纪中国文学史观》,第71页,第71页,第72页,第72～73页,北京:西苑出版社,2000年。

② 胡云翼:《新著中国文学史》,上海:北新书局,1932年。

③ 张长弓:《中国文学史新编》,上海:开明书店,1935年。

史。这时期的文学史著作主要有：郑宾于《中国文学流变史》①，胡怀琛《中国文学史概要》②，刘麟生《中国文学史》③，胡云翼《新著中国文学史》④，陆侃如、冯沅君《中国文学史简编》⑤，郑振铎《插图本中国文学史》⑥，刘大白《中国文学史》⑦，童行白《中国文学史纲》⑧，康璧成《中国文学史大纲》⑨，刘经庵《中国纯文学史纲》⑩，张长弓《中国文学史新编》⑪，张希之《中国文学流变史论》⑫，容肇祖《中国文学史大纲》⑬等。这些"新"文学史作者在文学史的写作上达成了某些共识：

第一，中国文学史所描述的必须是诗的、文的、小说和戏曲的文学史。

第二，中国文学史不能再延续旧的"体辨源流"的思路，不能继续按汉魏六朝以来分得越来越细的文体分类叙述，而必须代之以文学的整体，这个整体文学的构成，应该包括诗歌、散文、小说和戏曲。

第三，关于中国文学史的叙述次序，必须以时代先后决定，这是为了体现文学在各时代的变迁，达到明变求因的目

---

① 郑宾于：《中国文学流变史》，上海：北新书局，1930～1933 年。
② 胡怀琛：《中国文学史概要》，上海：商务印书馆，1931 年。
③ 刘麟生：《中国文学史》，上海：世界书局，1932 年。
④ 胡云翼：《新著中国文学史》上海：北新书局，1932 年。
⑤ 陆侃如、冯沅君：《中国文学史简编》，上海：大江书铺，1932 年。
⑥ 郑振铎：《插图本中国文学史》，北京：朴社，1932 年。
⑦ 刘大白：《中国文学史》，上海：开明书店，1933 年。
⑧ 童行白：《中国文学史纲》，上海：大东书局，1933 年。
⑨ 康璧成：《中国文学史大纲》，上海：广益书局，1933 年。
⑩ 刘经庵：《中国纯文学史纲》，北京：著者书店，1935 年版。
⑪ 张长弓：《中国文学史新编》，上海：开明书店，1935 年。
⑫ 张希之：《中国文学流变史论》，北京：文化学社，1935 年版。
⑬ 容肇祖：《中国文学史大纲》，北京：朴社，1935 年。

的……一时代有一时代特别发达的文体，文学史应当表彰它们，对其他模拟前人的文体，则可以忽略不计，而在这一点上，几乎所有人都持赞同意见。①

钱基博《中国文学史》的“旧”文学史特征

在30年代，“新”文学史蜂拥而起之时，钱基博的《中国文学史》显得那么与众不同，它被称为“旧”文学史。钱基博并不是一个拒绝新思想、新观念的守旧派，他对文学史性质的认识与当时的“新”文学史作者一样，把文学史作为一门科学对待。在其《中国文学史》第二章中说：“文学史者，科学也……文学史之异于文学者，文学史乃记述之事，论证之事，而非描写创作之事；以文学为记载之对象，如动物学家之记载动物，植物学家之记载植物，理、化学家之记载理、化自然现象诉诸智力而为客观之科学，科学之范畴也。”“以科学的态度对待文学史，尊重文学史的历史客观性，就可以避免随意地以个人的偏见去歪曲文学史，写出符合历史真实面貌的文学史。”但他又是一个传统的学者，有着深厚的旧学功底，他对中国文学史有着自己的看法。他曾经批评胡适说：“胡适《五十年来之中国文学》不纯为文学史。何也？盖褒弹古今，好为议论，大致主于扬白话而贬文言，成见太深而记载欠翔实也。”②钱基博的“旧”文学史特征主要表现在以下几方面。

一、传统的文学概念

钱基博在其《中国文学史》第一编第一章中这样写道：“今之

---

① 戴燕：《文学史的权力》，第36～37页，北京：北京大学出版社，2002年。

② 见钱基博：《中国文学史》第二章，北京：中华书局，1993年。

所谓文学者，既不同于述作之总称，亦异于以韵文为文。所谓文学者，用以会通众心，互纳群想，而兼发智情；其中有重于发智者，如论辩、序跋、传记等是也，而智中含情；有重于抒情者，如诗歌、戏曲、小说等是也。大抵智在启悟，情主感兴。"①由此看出，钱基博并不排斥戏曲和小说，但其文学史著作中戏曲和小说谈得很少，还是以诗文为主。对此，周振甫在其为钱基博《中国文学史》所写的"后记"中是这样解释的：

> 钱师按照传统文学概念来著作的这部《中国文学史》，即以诗文为主，包括赋和词的文学史。
>
> 钱师这部《中国文学史》，把重点放在诗词文上，对小说、戏曲和元人散曲都不谈，对明代的散曲和戏剧只点一下……
>
> 钱师的《中国文学史》里对小说并非完全不谈，如在晋代文学里谈到干宝的《搜神记》，在唐代文学里论到张说的《虬髯客传》，谈到段成式《酉阳杂俎》中的小说。在明代文学里更谈到南曲，谈到高则成的《琵琶记》、徐渭的《四声猿》，那么小说、散曲、戏剧都谈到了。可是钱师在明代文学里更谈到曲时说，"吾友吴瞿安先生梅有专书备论之，兹不具述。"因为吴梅有《顾曲麈谈》等书是专论曲的，所以钱师在元代文学里就不谈元曲了，在明代文学里对散曲和戏剧只是简单地提一下。②

钱基博自己说因为吴梅有《顾曲麈谈》等书是专论曲的，所以对于戏曲就不细谈。周振甫认为这正是老师"详人之所略，异人之所同，重人之所轻，而忽人之所谨"的体现。

这样解释虽也可以理解，但作为一部文学史著作，仅仅因为

① 钱基博：《中国文学史》，第3页，北京：中华书局，1993年。

② 周振甫为钱基博《中国文学史》所写后记。

有别人的论述就略而不谈，还是有点说不通。无论如何，钱基博的这部文学史还是用传统的文学概念进行结撰的，与当时流行的新文学观念，即重视戏曲、小说等俗文学的文学观念不同。

二、文学史的历史分期

钱基博将文学史分为四个时期：

> 第一期自唐虞以迄于战国，名曰上古；骈散未分，而文章孕育以渐成长之时期也。第二期自两京以迄于南北朝，名曰中古；衡较上古，文质殊尚。上古之文，理胜于词。中古之文，渐趋词胜而辞赋昌，以次变排偶，驯至俪体独盛之一时期也。第三期至唐以迄于元，谓之近古；中古之世，文伤于华；而近古矫枉，则过其正，又失之野。律绝之盛而辞曲兴，骈文之弊而古文兴，于是俪体衰而诗文日趋于疏纵之又一时期也。第四期明清两朝以迄于清，谓之近代；唐之韩愈，文起八代之衰，宋之言文章者宗之，于是"唐宋八大家"之名以起。而始以唐宋为不足学者，则明之何景明、李梦阳也。而后治文章者，或宗秦汉，或持唐宋，门户各张；迄于清季，辞融今古，理通欧亚，集旧文学之大成而要其归，蜕新文学之化机而开其先。①

钱基博将文学史分为上古、中古、近古、近代四个时期，也是受史学分期的影响，虽然也谈到不同时期文学的变化，但还是以历史分期来代替文学分期。此前的文学史分期也受到历史分期的影响。

> 曾毅和谢无量受当时史学风气的影响，都以上古（唐虞、三代至秦）、中古（两汉至隋）、近古（唐至明）、近世（清）划分中国文学的时段……②

---

① 钱基博：《中国文学史》，第 9 页，北京：中华书局，1993 年。

② 戴燕：《文学史的权力》，第 32 页，北京：北京大学出版社，2002 年。

钱基博文学史的分期与曾毅和谢无量的文学史分期基本一致。

三、受史传影响的编写体例

钱基博的《中国文学史》在编写体例上按照朝代列举作家，以作家来统领文学史的纲目。如唐代部分的章节是这样的：

第一章　发凡

第二章　唐

第一节　发凡

第二节　唐太宗附虞世南　魏征附马周　王绩

第三节　王勃　杨炯　卢照邻　骆宾王

第四节　沈佺期　宋之问附李峤苏味道崔融杜审言等

第五节　陈子昂附富嘉谟吴少微卢藏用

第六节　刘知几

第七节　苏颋　张说附薛稷阎朝隐韩休等

第八节　李白　杜甫　王维　孟浩然附储光羲　崔颢　王昌龄附王之涣　李颀　高适　岑参　常建　钱起附郎士元　刘长卿

第九节　萧颖士　李华　元结　独孤及

第十节　陆贽

第十一节　韩愈附李翱皇甫湜孙樵孟郊贾岛姚合　李贺　柳宗元附刘禹锡

第十二节　白居易　元稹

第十三节　杜牧　李商隐　温庭筠附唐彦谦韩偓　吴融　皮日休　陆龟蒙　段成式

第十四节　司空图　方干附杜荀鹤罗隐徐铉

第十五节　蜀韦庄　冯延巳　南唐二主

通过这个目录可以看出，钱基博的《中国文学史》受史传的影响，这也是早期文学史写作经常采用的撰写方法。

中国古代历史的撰写方法主要有两种：一是纪传体；一是纪事本末体。前者重在人物，后者重在事件。20至40年代的文学史在建构自己的“史”的叙述框架时，常以中国历史的撰述体列为参照，将纪传体与纪事本末体合而为一，形成一种特殊的文学史叙述方法。①

中国文学史写作的早期，为了勾勒出历史上的文学像来，人们都按老习惯，向史书中去寻找，甚至在写法上，也不知不觉地模仿史书的体裁，其中文学史作者常常提起的《文苑传》、辛文房的《唐才子传》等其他传记，都对文学史的写作影响至深：它们是日后越来越细致逼真的《中国文学史》取之不尽的细节资源，也或多或少是人们为撰写文学史书，设计体例时取法的对象。②

四、文学史中仍有学术史的成分

由于传统史学的影响，早期的中国文学史，虽然名义上都在谈文学、谈作家作品，却又一时难以归纳出单纯的文学史系统，给人以停留在传统学术史庞杂宽大阴影下的印象。③

大凡对中国文学了解较深的中国学者都认为，小说、戏曲这一支，是后来被人发掘提拔的，五经、诸子、史传却长期居于正宗，这才是中国文学的事实，是中国文学的出身，讲中国文学史的时候，如果简单套用欧洲人的逻辑，便怎么也讲不通这一点，想要由此讲通去，恐怕就得牺牲掉中国文学的一些特色。这些学者因为不大愿意丢掉自己的特色，觉

① 魏崇新、王同坤：《观念的演进：20世纪中国文学史观》，第77～78页，北京：西苑出版社，2000年。

② 董乃斌、陈伯海、刘扬忠：《中国文学史学史》，第31页，石家庄：河北人民出版社，2003年。

③ 戴燕：《文学史的权力》，第32页，北京：北京大学出版社，2002年。

> 得过去的中国文学既与西洋不同，就不宜也不能把“文学史”当成一个绝对的量器，不管事实如何，装进去一刀切齐，而当他们提笔写作中国文学史时，也就不想以西洋笔法裁判中国文学，宁肯杂糅新旧，小说戏曲、经子史传混作一团。像曾毅编《中国文学史》，就“以诗文为主，经学史学词曲小说为从，并述与文学有密切关系之文典文评之类”，尽力维持一个中西合璧、不偏不倚的局面。在当时作为教材发行也颇有影响的王梦曾、张之纯、谢无量、顾实、葛尊礼等人的《中国文学史》书中，多多少少也都有些兼容并蓄，以摆平西方文学史模式和中国传统学术之冲突的意图。①

钱基博的文学史虽然以诗文为主，但其中仍涉及许多属于学术史范围内的东西。

> 作者于书中对我国数千年来传统的文艺批评所产生的大量文谈、诗词曲赋话、书论、画说以及各历史时期的民风、土俗、工艺等，也多所介绍与评述，涉及的面较广，对于今天的文艺学和文学史家提供了有益的资料和启示。②

五、使用的语言是文言

在白话已经取得了官方认可的情形下，大多数文学史是使用白话写作，而钱基博的《中国文学史》使用的却是文言。对于胡适的《白话文学史》，钱基博也有所批评。“也许是出于对胡适的反驳，钱基博在其《中国文学史》中偏重于论述古文和诗歌，对胡适推崇的白话文学如小说反而不论。”③

---

① 戴燕：《文学史的权力》，第31～32页，北京：北京大学出版社，2002年。

② 吴忠匡为钱基博《中国文学史》所写后记。

③ 魏崇新、王同坤：《观念的演进：20世纪中国文学史观》，第72页，北京：西苑出版社，2000年。

钱基博《中国文学史》的特点

一、受传统目录学和史学影响较大

早期的文学史写作，受目录学影响很大，钱基博的《中国文学史》也同样受到目录学的较大影响。《中国文学史学史》中谈到目录学对文学史写作的影响是这样说的：

> 《四库全书总目提要》等传统目录对于文学史的影响，大约可以分出两个方面来讲：一方面是它的类例之分，影响到文学史的边界划分和文学史史料的选择辨认，另一方面，是贯穿在它的编辑体例中的对于学术源流的考辨，既影响到文学史的整体学术判断，也影响到它的一些局部结论。①

钱基博文学史受目录学影响主要体现在：

1. 将文学史写作的范围主要限定在诗文是受传统目录学的影响

> 传统目录惯将书籍分为经史子集四部，早期的文学史作者大都知道，四部之中，最接近文学性质的，是集部的书籍。从《汉书·艺文志》开始，与六艺、诸子、兵书、数术、方技相并列的就有诗赋一类，包括屈原赋、陆贾赋、荀卿赋、杂赋和歌诗。隋唐以后，书籍大体以经史子集四部相分，《隋书·经籍志》的集部除楚辞、别集、总集三类以外，还包括汉代以后出现的新式体裁，如《古乐府》、《文心雕龙》。到了清人编写《四库全书总目》，在集部依然列楚辞、别集、总集，又增加诗文评和词曲共五目。以上目录提供的，正是以后的《中国文学史》将要涉及的基本史料。它们显然是以诗文为

---

① 董乃斌、陈伯海、刘扬忠：《中国文学史学史》，第 30 页，石家庄：河北人民出版社，2003 年。

中心的，依《四库全书总目提要·集部·词曲类序》说，就是“三百篇变而为古诗，古诗变而近体，近体变而词，词变而曲”，其中诗三百篇、汉魏古诗、唐代近体，加上汉赋、唐宋古文，差不多就是文学史的全部“正宗”，而受传统目录的指引，早期文学史写作者所关心的范围、题目，一般也都限制在这个圈子内，难于越雷池半步。这一点郑振铎后来已经指出过，说他们：“将纯文学的范围缩小到只剩下‘诗’与‘散文’两大类，而于‘诗’之中，还撇开了曲——他们称之为‘词余’，甚至还撇开了‘词’不谈；于是文学史中所讲述的纯文学，便往往只剩下五七言诗、古乐府以及‘古文’”。①

2. 叙述文学的渊源流变，受目录学的“辨章学术，考镜源流”的影响

传统目录学之于文学史的影响，主要是它们在提供了文学史需要的基本资料的同时，又提供了现代人了解历史上“文学”的渊源所自及繁衍变化的路径。②

钱基博文学史受史学的影响主要体现在：

1. 从史学中获取文学史写作的材料

钱基博写《中国文学史》，就把文史、文苑传等视为“供文学史编纂之材料”。③

2. 文学史的分期受历史分期的影响，编写体例受史传的影响

3. 钱基博的《中国文学史》能够“通古今之变，成一家之言”，也是受传统史学精神的影响

二、列举大量作品篇目

钱基博在他每讲到一位作家作品时，都要列出大量的作品

---

①②③ 董乃斌、陈伯海、刘扬忠：《中国文学史学史》，第31页，第34页，第28页，石家庄：河北人民出版社，2003年。

篇目，希望读者去阅读，以便更好地理解自己对该作家的评价。兹举一例，可见一斑。

在论到杜牧诗“华而有风，抑扬爽朗”时，钱基博随后列举了很多作品篇目。

> 其他五言古如《感怀诗》、《杜秋娘诗》、《郡斋独酌》、《张好好诗》、《冬至日寄小侄阿宜诗》、《洛中送冀处士东游》、《送沈处士赴苏州李丞招以诗赠行》、《雪中书怀》，五言律如《长安夜月》，五言长律如《昔事文皇帝三十二韵》、《春末题池州弄水亭》，七言古如《池州送孟迟先辈》、《大雨行》，七言律如《河湟》、《闻庆州赵纵使君与党项战中箭身死长句》、《润州》第一首、《湖南正初招李郢秀才》，七言绝如《齐安郡后池》、《寄扬州韩绰判官》、《赠别》二首、《遣怀》、《秋夕有感》诸作……①

对此，周振甫在《后记》中也谈到：

> 钱师认为他对作家的评价，是通读作家的全集得来的。因此要理解他对作家的评价，光读他在本书中所引的作品是不够的。所以钱师对重要的作家，除引用他的作品外，还列举了不少作品的篇目。希望读者进一步去读他所列举篇目的作品，才能更好地理解钱师对作者的评价。②

三、注意作品的思想性，尤其是反民族压迫的思想

钱基博在文学史的写作过程中，将自己的反民族压迫思想贯穿于对作品的评价之中。

> 钱师的评价作品，也注意作品的思想性，突出地表现在论宋王沂孙的词，既称引他的《绮罗香·秋思》《扫花游·秋声》为亡国后“羁北而思南之作”，又引《齐天乐》“冷烟残水”

---

① 钱基博：《中国文学史》，第423页，北京：中华书局，1993年。

② 见周振甫为钱基博《中国文学史》所写后记。

为"寄怀遗民贞士之隐遁不仕元"之作，又引《水龙吟·白莲》"以喻贞臣遗老"，引《无闷·雪意》"喻宋遗民之洁己以遁"，引《一萼红·石屋探梅》"喻谢枋得之孤芳独抱，屡荐不起，而继之以死也"。引《疏影·咏梅影》"以梅为两喻，如谢枋得其人也"。引《一萼红》"玉婵娟""为谢枋得作"，引《一萼红·红梅》讽"宋遗民而仕元"。引《水龙吟·牡丹》讽留梦炎"以宋状元宰相"，而"如垂风杨柳，依违取容"。因称"自有沂孙而词乃尊，以风花雪月之词，而有家国沧桑之感，意内言外，真得《离骚》之意"。钱师反复称引王沂孙词，极力推重他的思想性。跟这相反的，钱师对元代汉族文人，对蒙古铁骑的残毁南宋名城数十百，屠戮汉族军民几百万，"而誉凶人以为元勋，侈屠僇以张德威"，"斯诚民族之奇耻，斯文之败类已"。反映钱师反民族压迫的强烈精神。①

四、在明代文学中列入"八股文"一节

随着科举制的废除，八股文因其只讲形式、内容空洞而受到诟病，甚至有人认为明朝亡国，就是因八股取士造成的。钱基博却看到了八股文中反映了强烈的反民族压迫精神，看到了明代八股文的价值，因而将八股文在明代文学中专列一节。

钱师在明代文学中列入"八股文"一节。八股文一般认为代圣贤立言，没有作者自己的思想感情，只有一种形式。钱师却从中看出作者化朽腐为神奇，在代圣贤立言中，反映了强烈的反民族压迫精神。引丘义于明亡后被迫应试，作《之其所哀矜而辟焉》的八股文，称："更取匹耦而秽乱之，夫鳏而妻不寡，取髦倪而仆隶之，父独而子不孤。""即屠门覆祀，不敢仇也。""又哀夫恣胸行臆，挤人于可哀可矜，而自为愉快者；又哀夫助虐相淫，陷万家于可哀可矜，而仅奉一人

① 见周振甫为钱基博《中国文学史》所写后记。

欢笑者。盖至此而荼毒攒心，无可告诉，徒饮痛衔恤而已。岂非'之其所哀矜而辟乎'！"钱师称："怨悯愤盈，溢于纸墨。提学道闵度阅而判曰：'文心如此，何必应试！'除名免责。榜揭而诸生哗然，取原卷争相传写，一时纸贵。亦可见人心不死，情到真处，无不感孚也。"①

钱基博《中国文学史》的价值

在30年代"新"文学史蜂拥而起之时，前后又有胡适《白话文学史》、郑振铎《插图本中国文学史》和刘大杰《中国文学发展史》这样的典范之作，作为一部"旧"文学史，钱基博的《中国文学史》价值何在？

钱基博在其《中国文学史》第一编第二章中指出当时文学史写作弊端有二："一曰执古。一曰骛外。""文学之作，根于民性；欧亚别俗，宁可强同。李戴张冠，世俗知笑；国文准欧，视此何异。必以欧衡，比诸削足，履则适矣，足削为病；兹之为蔽，谥曰骛外。然而茹古深者又乖今宜；崇归、方以不祧，鄙剧曲为下里，徒示不广，无当大雅；兹之为蔽，谥曰执古。知能藏往，神未知来；终于食古不化，博学无成而已。"并阐明自己对文学史写作的看法："余耽嗜文学，行年六十，诵记所及，辄有撰论；不苟同于时贤，亦无矜其立异；树义必衷诸古，取材务考其信；约为是编，观其会通。治国闻者，倘有取焉。"②

钱基博的弟子周振甫认为钱基博的《中国文学史》是一部具有"别识心裁"的文学史，能够"通古今之变，成一家之言"。对此，周振甫在为钱基博《中国文学史》1993年版所写后记中详细

① 见周振甫为钱基博《中国文学史》所写后记。

② 钱基博：《中国文学史》，第10页，北京：中华书局，1993年。

论列了钱基博《中国文学史》的这一价值：

钱师论诗，如论李白杜甫，称：

“李白得明远（鲍照）之俶诡，含元亮（陶潜）之旷真，风调高浑，格力遒古。杜甫则协子建（曹植）之风力，擅开府（庾信）之靡漫，骨气奇高，辞采华茂。而后来韩愈、黄庭坚得其拗怒，白居易、苏轼得其疏宕，杜牧、李商隐得其赡丽，皆衍甫之一体者也。盛唐诗宗，骈称李杜；而继往开来，厥推杜甫。一传而为元和，得韩愈、白居易焉，皆学杜甫者也。特韩更欲高，白更欲卑；韩得其峻，白得其平。自白衍而益为绮，则为温庭筠、李商隐，为宋之西昆。自韩流而入于拗，则为孟郊、贾岛，为宋之西江焉。”

又称：“白富于想像，运以逸气；而甫工为叙述，尤擅议论。”“汉魏以前，诗格简古，世间一切琐事猥语，皆著不得；即李白诗酒轶落，怀奇负气，亦不屑意世故。独杜甫抒所欲言，意到笔随，以尽天下之情事，逢源而泛应。”“诗以言志，汉魏六朝人诗，多写景抒情，而罕议论记事。杜甫天挺雄豪，境界独辟；叙事则气势排荡，而出以沉郁顿挫，如太史公书；议论则跌宕昭彰，而抒以流泪太息，似贾太傅疏。大力控抟，奇趣洋溢。”

钱师论李白、杜甫诗，既讲了他们有所继承，又讲了他们各自所具有的特色；更其对杜甫诗，讲了他对后世的影响，这不正是“通古今之变”吗？杜甫《春日忆李白》：“清新庾开府，俊逸鲍参军。”这是说李白诗的风格有如庾信的清新，鲍照的俊逸。可是钱师却指出李白诗“得明远之俶诡，含元亮之旷真”，有了新的提法。一般讲李白是浪漫主义，杜甫是现实主义。钱师除指出李白“富于想像”外，又加上“运以逸气”。称杜甫“工为叙述”外，又加上“尤擅议论”。并指出杜甫反映现实生活的特色，即不同于“世间一切琐事猥语，皆著不得”，而能“尽天下之情事”。又指出杜甫诗叙事如太史公书，议论似贾太傅疏。一般认为杜甫叙事诗的“即事名篇，无复依傍”，影响元稹白居易的新乐府诗，杜甫反映现实生活的诗篇，影响李商隐的《行次西郊一百韵》，杜甫沉郁的风格，影响李商隐、黄庭坚的一些诗。钱师指出“韩愈、黄庭坚得其拗怒，白居易、苏轼得其疏宕，杜牧、李商隐得其赡丽。”“韩得其峻，白得其平。”钱师论李杜诗，确有别识心裁，这不正是“成一家之言”吗？

再看钱师的论词，如论高观国词：

“陈慥序其词曰：‘高竹屋（观国）与史梅溪（达祖），皆出周（邦彦）秦（观）之词，所作要是不经人道语。其妙处，少游（秦观）、美成（周邦彦）亦未及也。’人谓推崇过当，我嫌流别欠明。秦观自为史达祖与观国之所宗，而观国特润泽以周邦彦之华藻，达祖则与邦彦异趣。而论词者好揭举清真（邦彦）以绳墨诸家，不知清真词剪裁古语，熔铸己出，而神情未尽傅合，特如诗家之有黄庭坚耳。‘惟古于词必己出，降而不能乃剽贼’，山谷（黄庭坚）之诗，清真之词，皆所谓‘降而不能’者也。陈师道学山谷而不至，遂成硬砌。吴文英学清真而不至，亦为堆垛。陈师道生吞活剥，而病未嚼碎；吴文英碎珠零玑，而苦无片段；所蔽不同，而失之饾饤，一也。若论思路之隽，能出新意，化堆垛为烟云，梅溪、竹屋之视清真，自较后来居上耳。”

“南宋词家，如张孝祥，如辛弃疾，则学苏轼；如刘过，如刘克庄，又学辛弃疾；由俊迈而粗豪，由感慨而叫嚣，变本加厉。物极攸反，至姜夔、周密、史达祖、高观国之伦，则以叫嚣非敦厚，粗豪非温柔，踪迹秦七（观），上攀晏（殊）欧（阳修）；未能敦厚，且先温柔；蕴藉而不为柳永、秦观之亵诨，朗丽而亦异周邦彦、吴文英之饾饤；风流婉约，自然隽致，以易张脉偾兴之叫嚣；一张一弛，势之自然也。乃论者动以清真相誉，求形似于字句，而昧于大体。如陈廷焯《白雨斋词话》，至谓‘白石（姜夔）、梅溪，皆祖清真’。又云：‘周公谨（密）词，刻意学清真。’不知名家后出，多识前言，一字一句，偶相形似；而神色气味，或别有会。苟非好学深思，心知其意，固难为浅见寡闻道也。”

在这里，钱师从批评陈慥序高观国词的流别欠明，谈到高观国、史达祖词和周邦彦词的异趣。由此引出南北宋词的演变，即由苏轼、辛弃疾词的俊迈感慨，变到刘过、刘克庄词的粗豪叫嚣，自然造成姜夔、周密、史达祖、高观国的趋向蕴藉朗丽，风流婉约，从而批评陈廷焯的词论，归结到姜夔、史达祖等词与周邦彦词异趣。这样讲南北宋词的流变，不正是“通古今之变”吗？钱师的别出心裁，不同于陈慥、陈廷焯，不正是“成一家之言”吗？

再看钱师论散文，如论苏轼文：

“为文章不拘一格，大体可得而论者有二：其一调适而鬯逆，抒其胸次之高旷……博览物态，清旷自怡。而短札小记，涉笔成趣，著墨不多，自然韵流。……萧然物外，逸趣横生，栩栩焉神愉而体轻，令人欲弃百事而从之游焉。其一深切以往复，发其议论之宏辩。……指陈利害，议论出入古今，事核理当，而笔力雄伟，抒词高朗，极纵荡变化之能，不可羁靮，而落韵甚轻，若行所无事。……其长处在援引史实，属辞比事，尤善譬喻，巧于构想。他人所百思不到者，既读之，而适为人人意中所有。轩爽洞达，如与晓事人语，表里粲然，中边俱彻。苏洵以申韩之峭刻，变苏张之纵横，其气放，其笔拗；轼则以庄生之骀宕，化孟子之激切，其辞达，其势旷。苏洵瘦硬通神，轼则潇洒自得。……若韩愈喜称扬雄，为文力著心追；而轼则以艰深文浅易讥之，不以奇字奥句为尚，此宋文之所以异于唐，而轼之别出于韩以自名家者也。然轼之文，工于策论，疏于碑传。策论则横放侧出，实能以条鬯雄恣，焯有波澜。碑传则平铺直叙，未能以振提出精神，实伤冗絮。”

钱师论苏轼散文，跟韩愈的散文比，指出唐宋散文的差异。又跟苏洵散文比，指出两家风格的不同，一以庄周之骀荡化孟子之激切，一以申韩之峭刻变苏张之纵横。这当属于“通古今之变”。钱师又指出苏轼散文的两种，一种富有情韵之美，跟胸次高旷结合。一种议论宏辨，善譬喻，巧构思，指出苏轼散文的特点。这样的别识心裁，正属于“成一家之言”。

钱师论骈文，如讲庾信，称：

“然其才华富有，绮丽之作，本自青年渐染南朝数百年之靡。及其流转入周，重以漂泊之感，调以北方清健之音，故中年以后之作，能湔洒宫体之绮艳，而特见苍凉。随事著色，善于敷扬，流连篇章，感慨兴废，景自衰飒，语必清华；发愀怆之词，擅雕虫之功。尤善用事，据古况今，属辞比事，而出之以沉郁顿挫，所以堆砌化为烟云。才藻宏富，自然健举，植骨不高而气则雄。举止轩昂，动多振绝，所以丽典新声，络绎奔会，而不伤于襞积。余尝谓韩愈之古文，于浑灏中见矜重；而信之骈文，于整丽中出疏荡。韩愈雄而不快，而信密而能疏，组织出以流美，健笔寓于绮错。盖上摩汉魏辞赋之垒，下启唐宋四六之途，实以信管其枢也。”

钱师论庾信骈文，既指出他“渐染南朝数百年之靡”，“调以北方清健之音”，又推究他“上摩汉魏辞赋之垒，下启唐宋四六之途”。又认为庾信骈文的特点，景的衰飒与语的清华结合，“于整丽中出疏荡”，也是“通古今之变，成一家之言”，显示出别识心裁之论。

钱师在讲《中国文学史》中又多讲历代文论，如论《诗品》，称：

“而嵘出风入雅以评诗，撰成《诗品》三卷……至于品藻众家，则以骨气为主，以辞采为辅。……与其文胜，毋宁气过。气过，则厥旨渊放，忘其鄙近。文胜，则务为妍冶，流入淫靡。此其较也。匡时砭俗，颇曰知言，所以谓篇章之绳墨，文采之权量。然魏武（曹操）悲壮，范晔华赡，屈居下第；元亮（陶渊明）清远，鲍照道丽，不列上品，铨次未允，颇有遗议。又所推原出于谁何，加以抑扬，第出以臆，而不必衷于情实。”

钱师在论建安七子时，称《诗品》评诗不必衷于情实道：

“而（曹）植则异气禀之魏武，茂彩过于难兄（曹丕），兼擅父兄之美，独出冠时，足以上继古诗枚（乘）李（陵），下开盛唐李（白）杜（甫）。然古诗枚李，不假思索，而植则起调轶荡，喷薄以出。古诗枚李，不假烹铸，而植则使字尖颖，时时琢炼。古诗枚李，不调平仄，而植则宫羽克谐，渐露唐律。此汉魏之所以判也，然结体行气，尚不失西汉之旧。

七子诗以陈琳徐幹为最，而琳则骨劲而辞少雕润，幹则辞婉而气不遒爽。……而钟嵘《诗品》，乃以植而下，刘桢独步，谓‘仗气爱奇，动多振绝，真骨凌霜，高风跨俗，但气过其文，雕润恨少’。今观桢所作，乃知誉过其实。如桢《公宴诗》、《赠五官中郎将》四首，语颇腴而意不深，何尝‘雕润恨少’。《赠徐幹》一首，气较爽而语多率，岂遽‘气过其文’。《赠从弟》稍劲健而气则促，亦不见所谓‘仗气爱奇，动多振绝，真骨凌霜，高风跨俗’也。乃云‘自陈思以下，桢称独步’，其然岂其然乎？以桢之视陈思，何啻跛鳖之与骐骥。

王粲《咏史》、《七哀》诸诗，直道所见，更不著一绮靡语，苍劲有骨力，不为文秀，特征气劲。……而《诗品》谓其‘文秀质羸’，想见胸中全无泾渭。应玚《侍五官中郎将建章台集》诗，不为颂谀，别起一波，脱去公宴恒径，而以旅雁为比兴，音调悲切而浏亮。《别诗》两首，亦悽悲遒激。其源出于李陵，于七子中与王粲为近，惟粲泽以文秀，而玚得其古直。应璩，应玚之弟，所为《百一诗》、《杂诗》，得讽谕之旨，不如乃兄之鲜明紧健，亦异魏文之洋洋清绮，特为殷勤婉笃。而《诗品》谓其祖袭魏文，亦所不解也。"

钱师对《诗品》的评论，既指出它"以骨气为主，以辞采为辅"的优点，又指出它的推原与抑扬的不衷于情实。就推原说，钱师认为《诗品》说曹植诗"其源出于《国风》"，又说"情兼雅怨"，即认为源于风雅是不够的。光说曹植的五言诗源于四言诗风雅，不谈它跟五言诗的关系，所以不够；还该指出他的诗跟父兄比有什么特色，谈它对后世的影响，这正是"通古今之变"的看法。钱师又指出《诗品》对刘桢、徐幹、王粲、应玚诗的评价都不符合实际。又指出《诗品》对建安七子中的应玚无一字道及的不公，作了补充。这里见出钱师的评论《诗品》，是结合他所论作家的作品来的，具有实事求是的精神。从这里也看出钱师的别识心裁，是"成一家之言"的。

钱基博的另一个学生吴忠匡也指出这部《中国文学史》的价值：

溯源别派，殊多创获。虽是解放前的一部旧著，今天仍然有它的参考价值，能加深学者对历代文学作品的理解能力和鉴赏程度。

本著继承、发展的观点，博学周览，涵咏辞章，作通汉、唐、宋上下、前后、平行和纵直的比合研讨，于同中求异，于异中见同，来寻求文学演变的轨迹，使文学史研究达到了较高的深度和广度，这对编著文学史，应该说是极为重要的方法。①

① 见吴忠匡为钱基博《中国文学史》所写后记。

1993 年版钱基博《中国文学史》的成书过程

钱基博的《中国文学史》是他在湖南蓝田国立师范学院任教时编的教材，1939 年出版。钱锺霞在《中国文学史》1993 年版的后记中说"自一九三九年春至一九四二年秋，成《先秦两汉魏晋南北朝文学史》、《唐代文学史》、《宋金文学史》、《元代文学史》"。"日本帝国侵略军一九四四年经长沙市大举南侵，偏师抄寇至湘乡县境内，去蓝田才百许里。前国立师范学院徙于溆浦。余侍先父暂寓安化桥头河。嗣亦到溆浦。播迁之际，板屋苫葺，一切苟简。《中国文学史》之著，不得不辍。抗日战争胜利，一九四六年秋，先父到武昌，先后任前私立华中大学、华中师范学院教授。续撰《清代文学史》，录于论学日记内，未及成书。"此前 1933 年钱基博《明代文学》出版，作为其文学史的明代部分。则钱基博《中国文学史》1939 年版未有清代部分。其所撰《清代文学史》并未发表。1959 年，钱基博因食道癌病逝，将其手稿及 1937 年后的论学日记交付其女锺霞，1966 年毁于动乱，录于日记中的《清代文学史》遂无一字遗留。

"文革"后，钱基博弟子欲重新出版其师的学术著作，但已难求一善本。钱锺霞后记中有详细记载：

> 先父弟子马厚文、周振甫、吴忠匡、彭祖年诸君求先父著述于焚燎之余，拟先印上述诸文学史，咸谓此书有独至之处。夫婿石声淮出其在蓝田之铅印教材，中有先父增损改易、命余缮写者。但阙《元代文学史》，宋金部分亦纸破多处。祖年君驰书大江南北诸同门蒐寻别本，不可得。最后于中南民族学院副院长严学窘教授处，得其夫人张志远同志在"文化大革命"中转移保存之珍本，与声淮校订补苴之。续以先父一九三三年版《明代文学》商务印书馆印，收入《万

有文库》第一集中。《明代文学》体例略异，今合为一书，亦称《明代文学史》，盖一九四二年，先父用为前国立师范学院教材，以接《元代文学史》也。马厚文诸君于此书刊行，关注甚切；而祖年君多方访求，俾成完璧，均为可感。又先父门人王绍曾君方于杂志上搜辑先父《清人文集叙录》，拟汇编付印，则先父之《清代文学史》著录于论学日记中者虽不可见，于《叙录》中可略窥大体矣。①

周振甫在后记中也提到钱基博1993年版文学史的成书。

这部《中国文学史》是钱师晚年在国立师范学院讲授时编著的，撰成从先秦到元代的文学史。钱师先已撰成《明代文学》，前有《自序》，今作为明代文学史列入。钱师的清代文学史，写在他的论学日记里，不及录出修订，在“文化大革命”中论学日记全部被毁。钱师在《现代中国文学史·编首》里叙述近代文学，其中有叙述清代文学部分，今用为清代文学纲要，附于后。钱师有《读清人集别录》，主要对清代桐城派作家作了较详的论述，属于清代文学史资料，附于后。也可见钱师对清代文学论述的一斑。②

附录一　钱基博小传

钱基博，字子泉，又字哑泉，别号潜庐，江苏无锡人。1887年阴历二月初二与弟基厚孪生。5岁从长兄子兰受书，11岁读完《四书》、《五经》和《古文翼》，皆能背诵；13岁时由伯父仲眉公教为策论，课以熟读《史记》、储氏唐宋八家文选。自十五六岁时，读司马光《资治通鉴》和毕沅《续通鉴》，又精研顾祖禹《读史方舆纪要》，16岁撰《中国舆地大势论》，发表于梁启超主编的《新民丛报》。“下笔缅缅，议论证据今古。”又仿陆机《文赋》，撰

① 见钱锺霞为钱基博《中国文学史》1993年版所写后记。
② 见周振甫为钱基博《中国文学史》1993年版所写后记。

《说文》一篇，发表在刘光汉主编的《国粹学报》上。

光绪三十一年（公元1905年），钱基博受当时"中学为体，西学为用"的思想影响，一心向往学习西学，与同邑吴锦如、沈西苑等80多人组织理科研究会，延请华实甫、顾绍衣等教师讲授物理、化学、博物、生理卫生和日语等课程。两年后又独办一所理科学堂，自任讲师。

光绪三十二年，应无锡商界巨子薛南溟之聘，任家庭教师，为其子讲授算学。宣统元年（公元1909年），江西提法使陶大均惊叹其文章，托廉泉介绍，以高薪招之入幕，任记室。不到一年，陶大均得疾暴卒，钱基博离职回乡。辛亥革命兴起，无锡光复，钱基博出任无锡军政分府秘书，并撰《光复志》。后应苏浙联军总参谋、邑人顾忠琛之聘，去安徽任援淮部队总司令部军佐、少校参谋。不久，南北议和成功后，援淮部队改编为第16师，钱基博任中校参谋，随部队驻镇江。

民国二年（1913年），第二次革命失败，钱基博出任无锡县立第一高等小学文史地教员。之后谢绝了直隶都督赵秉钧的聘任，彻底投身教育。此后历任吴江丽则女子中学国文教员、江苏省立第三师范学校国文与经学教员及教务长、圣约翰大学国文教授、国立清华大学国文教授、第四中山大学中国语文学系主任、私立无锡国学专修学校校务主任等职。

民国十四年（1925年），钱基博在上海圣约翰大学任教时发生五卅惨案，校长美国人卜舫济阻止学生在校内降半旗为死难者致哀，激起全校师生的义愤。为了抗议卜舫济对我国国旗的侮辱，圣约翰大学华籍教师19人，学生500多人一同离开圣约翰大学。在上海各界人士的支持下，另行创办光华大学，钱基博也是光华大学的创建人之一，担任光华大学中国文学系主任及文学院院长。钱基博在光华大学任教时间最久，著作亦多。《现代中国文学史》、《韩愈志》、《〈周易〉解题及其读法》、《〈古文辞类纂〉解题及其读法》、《〈文史通义〉解题及其读法》、《模范文选》、《古籍举要》等都是在此期间著成。

民国十六年(1927 年)9 月,因北伐军兴,无锡和上海之间交通受阻,无锡国学专修学校校长唐文治特聘钱基博为教授兼校务主任。锡沪交通恢复后,便兼任两校课务,虽道途仆仆,殊以为苦,但好在教学相长,尚有兴味。

民国二十六年(1937 年),钱基博赴浙江大学国文系任教。抗日战争开始后,随浙江大学迁江西泰和,与浙大同仁创办《国命旬刊》,并亲自撰写《发刊辞》,宣传抗战;又与浙江大学顾谷宜教授合作,从英文版翻译了《德国兵家克劳山维兹兵法精义》。后由江西出版合作社于 1942 年 11 月出版。

民国二十七年(1938 年),钱基博到湖南安化县蓝田镇,任国立师范学院国文系主任。在此任教期间,编写《中国文学史》讲义,1939 年出版。民国二十八年(1939 年),应国民党南岳抗日干部训练班教育长李默庵之请,赴南岳为抗日将士讲说《孙子兵法》。民国三十三年(1944 年),由于日寇长驱深入我腹地,风警频传,师范学院由安化西迁溆浦。钱基博以一介书生,自请留守,欲以身殉。其后,湘西雪峰山之役大捷,寇退危解,钱基博才前往溆浦任教。

抗日战争胜利后,1946 年,钱基博出任武昌私立华中大学国文系教授。中华人民共和国成立后,他将 5 万余册藏书全部赠给华中大学(后改为华中师范学院)。1952 年,他又把历年收藏的甲骨、铜玉、陶瓷、历代货币、书画等文物 200 余件,捐赠给华中师范学院历史系,现收藏在华中师范大学历史文物陈列室。此外,尚有碑帖字画 1000 余件、方志 100 余种,悉数赠与苏南文物管理委员会和江苏泰伯文献馆。

1957 年 11 月 30 日,钱基博因患食道癌病逝于华中师范学院,享年 71 岁。主要著作有《经学通志》、《现代中国文学史》、

《韩愈志》、《韩愈文读》、《古籍举要》、《国学必读》、《读〈庄子·天下篇〉疏记》、《〈名家五种〉校读记》、《〈文心雕龙〉校读记》、《版本通义》、《骈文通义》、《明代文学》、《〈四书〉解题及其读法》、《〈文史通义〉解题及其读法》、《〈周易〉解题及其读法》、《〈老子〉解题及其读法》、《〈孙子〉章句训义》等。

钱基博"以硕学高文孚海内众望，其文章笔势雄健，意气凌云，典雅古劲，事理通明，其学熔裁经史，旁涉百家，堪为天下通儒"。(陈平原语)

附录二 钱基博学术著作目录

《中国文法说例》(又名《中国文字圈识则例》)，油印本，1915年出版。

《孟子约纂》，无锡辅仁中学，1919年出版。

《春秋约纂》，江苏省立第三师范学校，1919年出版。

《礼记约纂》，铅印本，1919年出版。

《语体文范》，无锡县公署三科，1920年出版。

《国学必读》(新中学教科书)，中华书局，1924年出版。

《国文》，中华书局，1924年出版。

《〈文史通义〉解题及其读法》，中山书局，1929年出版。

《读〈庄子·天下篇〉疏记》，商务印书馆，1930年出版。

《国学文选类纂》，商务印书馆，1931年出版。

《〈名家五种〉校读记》，无锡国学专修学校，1931年出版。

《〈文心雕龙〉校读记》，无锡国学专修学校，1931年出版。

《古籍举要》(又名《后东塾读书记》)，上海世界书局，1931年出版。

《现代中国文学史长编》，无锡国专学生会铅印，1932年出版。

《明代文学》，商务印书馆，1933年出版。

《现代中国文学史》，上海世界书局，1933年出版。

《版本通义》，商务印书馆，1933年出版。

《〈周易〉解题及其读法》，商务印书馆，1933年出版。

《〈古文辞类纂〉解题及其读法》，中山书局，1933年出版。

《骈文通义》，大华书局，1933年出版。

《〈四书〉解题及其读法》，商务印书馆，1934年1月出版。

《〈老子〉解题及其读法》，大华书局，1934年出版。

《韩愈文读》，商务印书馆，1934年出版。

《韩愈志》，商务印书馆，1935年出版。

《模范文选》，商务印书馆，1935年出版。

《经学通志》，中华书局，1936年出版。

《孙子章句训义》，精忠柏石室丛书，1939年出版，1947年由商务印书馆出版增订本。

《中国文学史》(上古至隋唐之部)，湖南蓝田袖珍书店，1939年出版。

《中国文学史》(宋辽金之部)，湖南蓝田公益书局，1942年出版。

《中国文学史》(元之部)，湖南蓝田新中国书局，1943年出版。

《近百年来湖南学风》，湖南蓝田袖珍书店，1944年出版。

《〈金刚经〉〈心经〉章句信解》，铅印线装本，1948年出版。

《清鉴》，台北启明书局，1959年出版。

《韩愈文谈》(二册)，商务印书馆出版，出版时间不详。(今藏复旦大学图书馆)

《明鉴》，台北启明书局出版，出版时间不详(约初版于50年代中期)。①

(复旦大学博士后流动站　宋立英)

① 傅宏星：《钱基博年谱》，第256页，武汉：华中师范大学出版社，2007年。

30年代"唯物史观文学史"的兴起

五四新文化运动时期，陈独秀和胡适等人运用进化论反对封建旧文化，受此影响，当时的古典文学研究多着眼于"流变"、"进化"、"演变"等，文学史著作缺乏有力的理论指导。30年代，马克思主义的唯物史观逐渐进入古典文学研究领域，越来越多的古典文学研究者接受了马克思主义文艺理论，并试图运用它解释中国古典文学发生发展的一些现象，在30年代出现了一批运用马克思主义唯物史观为理论指导的中国文学史。

贺凯《中国文学史纲要》

第一部运用马克思主义唯物史观编著的中国文学史是北平文化学社1931年出版的贺凯著《中国文学史纲要》。该书分"导言"、"封建社会的文学推演"、"帝国主义入侵后的文学转变"三编，其中第二编叙述自《诗经》起至乾嘉时代止的中国文学的发展，第三编叙述自戊戌变法至"左联"时期的文学史。

在"导言"部分，贺凯提出自己的文学观。贺凯认为中国此前的各种文学史"都不过是叙述了各时代的花样翻新的文学演变的遗迹，并没有找到文学变化的社会背景和产生的经济条件"。"现在我们所要求的新时代底文学史，是从社会进化的阶段中寻求文学的推演与转变，由物质生活所反映的意识形态中，而求出文学的产生存在的价值。所以本编重在社会经济基础的变迁，因为文学是社会基础最上层的建筑。”《中国文学史纲要》要立足于马克思主义经济基础和上层建筑相互关系以及社会阶级划分的原理，阐发文学的发生和演进，“使读者彻底了解每一时代所产生的作品和作者的社会背景是什么，然后估定其价值”。因此，他对中国古代的社会按照阶级分析法进行了分析，认为清朝鸦片战争以前是“循环式的封建社会文学推演”，这一漫长历史时期的文学，“不论是贵族的，或是平民化的，如表现贵族生活的纵酒，女乐，或是英雄，美人的咏赞，或是表现平民生活的痛苦呻吟，无非反映了封建社会的意识形态”。

在第二编“封建社会的文学推演”中，他叙述了自《诗经》至清乾嘉时期的中国文学发展。具体来说，他认为《诗经》中《周南·关雎》、《小雅·鹿鸣》等篇表现了剥削阶级的生活，《魏风·伐檀》、《豳风·七月》等篇都是表现被剥削阶级的苦况。屈原是贵族诗赋家，他的《离骚》、《九章》唱的是封建贵族没落的挽歌。汉赋刻画了贵族掠夺农民庄园的图景，汉乐府虽然是皇帝的祭祀乐曲，却多采用秦以前的民间的歌谣，表现了被剥削下的农民的病态生活。晋以后，北方被少数民族征服，地主阶级集中于南方，保持着农业社会的旧文化，继承了贵族文学的传统。而大诗人陶渊明代表了农村小地主阶级的生活。唐代是商业发达的时代，农村经济逐渐商品化了，城市文化逐渐发达了，这些在唐诗和传奇上都有相应的表现。五代北宋的词是随商业发展而产生的抒情小曲，是城市文化繁荣后的产物，是剥削阶级有闲阶级的享乐主义。随着蒙古民族的侵略而产生的元曲，是适应新民族的新文学，形式上虽然用方言俗语来描写，但内容上依然是才子佳人故事和历史故事，表现封建剥削者的享乐趣味。至于明清文学乏善可陈，只有几部民间传诵的通俗小说和文人学者所鉴赏的南曲，而它们反映了商品时代的封建意识。

从贺凯对中国古代文学的描述中，我们可以看出，他基本是用剥削阶级和被剥削阶级的对立划分来区别文学内容的。其中虽然有几次因为外族入侵而带来的文学上的发展变化，但总体上表现内容还是两大阶级间的此消彼长。虽然他的一些具体论断不一定十分准确，但他把马克思主义唯物史观应用于中国古代文学研究的勇气和取得的成就都是不可抹杀的。

贺凯还写有《中国文学概论》一书。如果说《中国文学史纲要》一书是按照文学史发展的纵的顺序写作，那么该书就是横的研究。该书以文体分类，如诗赋、乐府、词、戏曲、小说等，从旧形式的构造与内容的表现上，分析文学的阶级性与社会经济关系怎样反映各时代的生产关系。

神州国光社《物观文学史》丛书与“社会学观中国文学史专号”

神州国光社在30年代以出版马克思主义著作、宣传辩证唯物主义而著名，主办者王礼锡对马克思主义很感兴趣。30年代神州国光社发行了一套《物观文学史》丛书。这套丛书以唯物史观为理论指导，力图用这种全新的理论阐释中国文学史。在丛书序言中，王礼锡呼吁用唯物史观的方法来研究中国文学史。

> 用唯物史观的方法来整理中国的文学史，这是一个大胆的冒昧的尝试……中国的出版界一直到现在还没有一种标准的中国文学史出现……现在先将研究所得，一册一册的先后印行，内容包括一个时代的通论，和代表作家的评传，统名为物观文学史丛稿。发行这个丛稿的意思：第一，督促我自己继续不断的写；第二，希望得到严格的批评，而得以逐渐改善；第三，希望抛砖可以引玉，很快的有一部更好的物观文学史出现。

丛书的代表作是王礼锡《李长吉评传》及其夫人陆晶清所著

《唐代女诗人》。王礼锡的《李长吉评传》初版于1930年，1931年再版。该书曾在《读书杂志》上做广告，宣称此书“用唯物史观的眼光来分析中国的文学史，这是一个大胆的尝试，在这书中为研究文学史的人开辟一条正确的新路”。这个尝试首先体现在第一部分“从物观的立场追寻长吉诗的来路”中。作者按照唯物史观分析了唐代和唐前的社会形态，认为“北朝作品是农业社会色彩中带着很浓厚的游牧社会气氛”；“南朝作品在贵族的高华气息中披着商业资本的金迷纸醉的外衣”；“隋时北方武力征服南方的武力，南方的经济势力伸张到北方”；而唐代文学是南北文学的调和时期。正是这样的时代孕育了李贺和他的诗。该书从历史根源、阶级立场、客观需要几个方面论述李贺冷艳奇险风格形成的原因：

> 长吉的诗，其历史的根源，是南北诗体调和得最纯熟之后，渐渐的陷入于板滞的格律的反动；其阶级立场，是由贵族蜕化的小资产阶级性的士大夫阶级，所以他的诗的内容多是个人主义的感伤与娱乐，其客观的需要，是乱后的强烈的刺激的要求，和朝野乐曲混合后，“法曲”式的宫词，里巷的旧调，皆已厌倦，而需要多量的新的歌曲的供给。

作者又指出李贺用阴暗的音调和艳丽的色彩表现感伤的情绪，指出李贺诗中鬼气逼人正是感伤的深刻表现，指出李贺爱用“哭、泣、愁、啼、泪、寒、冷、老、血、死、月”等字来修饰、烘托感伤的色彩，爱用极度夸张、物类的人格化、奇特的词语搭配来创构怪丽的意象。

陆晶清的《唐代女诗人》出版于1931年，内容分为“引言”、“唐代女诗人与时代背景”、“唐代女诗人的代表作家”、“女诗人及其作品略考”等四部分，从时代与社会背景出发研究唐代具有代表性的女诗人。王礼锡和陆晶清的研究说明用唯物史观研究个别作家也是适用的。

1933 年神州国光社出版的《读书杂志》3 卷 6 期刊登了“社会学观中国文学史专号”。据胡秋原在《发刊言》中说，这是“以集团研究的方式，以历史的一元论来解释中国文学的发展”。同期发表了李华卿《中国文学史轮廓引论》、丁迪豪《中国古代文学史论》、胡秋原《秦汉六朝思想文艺发展草书》、张玉林《魏晋南北朝的文学》四篇运用普列汉诺夫的社会学史观研究中国文学史的文章。虽然这四篇长文都属单篇论文，但在编者的有意编选下，实际上已经构成一部从原始文学到南北朝文学的文学史著作。

在四篇文章中，李华卿《中国文学史轮廓引论》属于总论性质。文章首先辨析时下流行的关于文学的定义“文学是社会的反映或表现”，认为它的内容是极其空泛的，并联系泰纳和普列汉诺夫的理论进行分析，指出要想了解文学，“就必得毫无疑虑的先了解社会的经济构造之各种过程，以及由这种过程而产生的相适应的阶级关系。质言之，文学是社会的阶级的生活之反映……”然后依据唯物史观的理论，列举出从生产力的状态到反映社会心理的性质的各种精神文化五种社会构造的层次。以此为理论依据，概括阐述了对文学史各时期作品及文学现象的认识。值得注意的是，李文在断言唯物史观这一研究古典文学的新方法论的正确性和方针性的同时，也指出“唯物史观并不是马上把人类之精神史的一切问题都给他解决的魔术的法式”，而且中国文学史“有着无限的变迁与错综，无限的相互影响的刺激与反映”，注意到文学史现象的多样性和复杂性，没有把唯物史观视为解决一切问题的法宝，从而避免了机械化地应用这一理论。

丁迪豪《中国古代文学史论》主要阐述原始社会、氏族社会和封建社会(至战国末期)这三个社会发展阶段的文学情况。他运用恩格斯“劳动创造了人类的本身”这一伟大理论批判了当时的原始文学抹杀论，指出“原始的集团活动，启发了情绪思想等原始意识的形态”，劳动创造了人类的文化，也创造了包含于其中的文学。丁文用较大篇幅论述了《诗经》中包含阶级性的内容。如认为《魏风·伐檀》、《豳风·七月》、《小雅·正月》等都是表现被压迫阶级心理的民歌，发出反剥削、反压迫的呼声。文中认为“性的生活，最易表现阶级的对立”，封建君主们一方面是荒淫纵乐的生活，一方面又是虚伪的，而“农民是直接的自然的要求作性的解决，不是虚伪的作道德的拥护”。《国风》中很多诗篇直接反映了男女性的生活，比如《齐风·鸡鸣》、《召南·野有死麋》等。文章还认为美也是具有阶级性的，《卫风·硕人》中“手如柔荑，肤如凝脂”表现的是支配阶级的审美观，而劳苦的农民的美人是“粗手大脚的采采卷耳的女性，是身体健康的女性”。丁迪豪《中国古代文学史论》中的论述引起了一定的争鸣。陈君宪《中国古代文学史论的商榷》评价说：

> 时代关系及阶级关系(阶级及阶级心理)诚然是可以决定文艺内容，但文艺内容的存在是基础于文艺形式，没有文艺形式，便不能证明是文艺，又何能再称文艺的内容呢……丁君的错误是由于丁君只知有社会史，而不知有文艺史，所以结果，丁君的大著是非但不算是文艺史的研究，且尚不能称为史的研究哩。①

胡秋原《秦汉六朝思想文艺发展草书》并非专论秦汉六朝文学的文章，本是胡秋原专著《中国社会文化发展草书》中的一部分，“因本辑无论秦汉时代文学之文，乃临时改载于此聊填空白”(胡文前说明)。文章以泛论一般文化为主，但其中第三节“秦汉六朝”专论文学，立足唯物史观，也有很多精辟的阐释。胡秋原本人是唯物史观的信仰者，在 1932 年上海神州国光社出版的一

① 陈君宪：《中国古代文学史论的商榷》，上海：《矛盾》，1933 年第 2 卷第 3 号。

套“唯物史观艺术理论丛书”中，胡秋原还撰写了长达六十二万字的论著《唯物史观艺术论——朴列汉诺夫及其艺术理论之研究》。

张玉林《魏晋南北朝的文学》是一部断代文学史。文章以唯物史观为理论指导，全文的体例是：“按着时代的顺序依次写下去。或是先分析某一篇文学作品的社会背景，而后再来给这篇文学作品估价。或是先讨论这一篇文学作品的价值，而后再分析产生这篇文学作品的社会。”并指出被提出讨论的文学作品的标准是“以它的内容与当时社会之关系的深浅来决定”。单看这个标准，似乎有忽视文学作品的文学性的嫌疑，事实上，作者在强调政治标准的同时，并没有忽视艺术标准。他征引普列汉诺夫语：“艺术是始于人在他自己的内部唤起在围绕着他的现实的影响之下，他所经验了的感情与思想而赋予他们以一定的形象的表现的时候的——艺术是社会现象。”主张超现实（主张艺术至上主义的）的作品也有它产生的社会背景，因而也不能忽视。文章在分析具体的文学现象时能够结合哲学思潮、社会思潮、文学思潮等多方面因素，因此立论较为深刻。借鉴西方关于古典主义和浪漫主义的文艺理论，文章认为正始文学是结束了两汉以来的古典主义，转而趋向浪漫主义，而转型的契机是魏晋玄学的兴起。在这个大思潮下，嵇康和阮籍是极端浪漫主义的代表，稍后的三张二陆两潘一左“都因社会环境的关系，直接或间接地继承了曹魏以来的浪漫主义思潮”，虽然这时的浪漫思潮已经不完全同于曹魏时代，而张华代表了古典主义。在讨论陶潜的创作时，著者联系陶潜的人生观——自然，认为他的作品没有颓废、消极表现是因为他具有回归自然的人生观，而不像其他文人那样失去自我，在焦灼彷徨中悲观颓废。

《读书杂志》本拟把自隋唐到最近的部分刊入年终的第12期，并且已经预订好各篇文章：汪辟疆《唐代文学之轮廓》、胡秋原《北朝隋唐两宋社会文化史丛书》、陈子展《元代文学概论》、丁迪豪《明清文学概说》、余慕陶《七十年来之中国文学》、希之《五四以来中国文学之发展》、集从《五四以来中国文学史提要》。但限于时局，举步维艰，杂志于当年9月份关门停刊，这后半部文学史也就不了了之。

谭丕模《中国文学史纲》

1933年北新书店出版了谭丕模的《中国文学史纲》。这本书是早期唯物史观文学史的代表作。作者在第一章"绪论"中开宗明义给文学和文学史所下的定义就与别家文学史不同："文学是社会经济生活所反映出来的意识形态之一；那末，文学史就是关于这类意识形态的历史叙述。"这个界定完全来自马克思主义对文学艺术的观点。作者在"绪论"中立足于马克思主义文艺观，对作为意识形态的文学和经济基础的关系做出明确论述：

> 文学是社会意识形态之一；其存在根据与其发展历程，绝对不是偶然的，超时间的，却是社会经济基础上之必然的产物，而被社会经济基础所决定。社会经济基础一有变动，则文学内容亦随之而变动；因此，社会经济进展至某一阶段，则文学亦随之进展至某一阶段；社会经济停滞在某一阶段，则文学亦停滞在某一阶段。所以经济的变迁，是文学进展的动力，我们要把握着中国文学的史的演变的真面目，只有采用这一个唯物论的辩证法。

很显然，作者对文学与经济基础的关系认识还不够全面。文学具有自身发展的特殊规律，它的发展具有相对独立性，并非总是与社会经济保持同一步调。但是在当时，谭丕模能够率先使用先进的世界观和文艺观指导古典文学研究，其学术勇气和取得的巨大成就都是值得肯定和赞扬的。而且，在具体分析文学现象中，作者能够兼顾各种文学题材和体裁的特性，做出符合历史实际的论述。

在申明自己理论立场的同时，谭丕模还指出历来文学史研究者的四个错误：断代的错误，过于相信作家的错误，强分语文的错误，超越文学范围的错误。并且认为，这几个错误的出现多是研究者们没有掌握唯物史观的结果。“我们来研究文学史，应当纠正上述的错误；用新兴科学的方法——唯物论的辩证法去研究。”如他指出断代的错误：“以朝代为单位，把每个时代，都找出几个文学家或几篇文学作品来记述一下，就算是文学史唯一的任务。”“殊不知中国社会自西周以来，物质的生产力固定在封建制度之下，已经三千年了。”“一个朝代，因为封建经济的稳定与动摇的关系，也就形成两种不同的文学倾向。”“要断代，也应当以经济的变动为标准，而不应以一个朝代的起没为标准。”再如他指出过于相信作家的错误：“有些文学史家相信作家和他们的作品，是文学史的唯一创造者；一切文学运动，除了个人的偶然的关系外，别无原因。”“殊不知一个文学运动，自有他的经济背景有以促成，绝不是一个文学家无中生有。”

依据唯物史观，作者认为要研究中国古代文学，必须先了解中国社会的分期。他认为，中国历史从西周到鸦片战争，都是停留在封建的生产关系上，是封建社会；自从鸦片战争西洋资本主义势力伸张到中国后，封建社会开始崩溃，直到他著书之时，仍旧在崩溃的过程中。这本书的章节完全依据他对中国社会的形态划分来设置，从第二章起，分为“原始封建制度时代的文学”、“原始封建制度崩溃时代的文学(一)、(二)”(作者后认为“原始封建制度”一词不够准确，故在“序言”中改为“初期封建制度”)、“封建制度复兴时代的文学”、“封建社会破坏时代的文学”、“封建制度稳定时代的文学”、“封建制度危急时代的文学”、“封建制度表层稳定时代的文学”、“畜牧民族侵略下的文学”、“新封建化时代的文学”、“封建制度回光返照时代的文学”、“民族资产阶级意识萌芽时期的文学”、“封建残余与民族资产阶级混合统治时代的文学”、“劳苦大众觉醒时期的文学”等十五章。每章细目也是如此。如“封建制度稳定时代的文学”一章下设“封建制度稳定时代的社会背景”、“封建制度稳定时代的文学倾向”、“封建制度稳定时代的文学家”三节。其他章大体类此。这样的划分未免显得有些机械化、公式化。如果对作者的历史观不够了解，只看到这样的章目，确实让人有点不知所云。

虽然章目的名称更像一本历史书，但作者具体的论述还是不乏生动和深刻的。他把从西周起到周厉王出奔的前夜（约公元前 1200 年—公元前 850 年）划分为原始封建社会，认为此阶段的文学在表现着封建贵族的享乐意识和美化被压迫的农民生活的麻醉意识。接下来至秦始皇统一以前（约公元前 850 年—公元前 250 年），是原始封建社会崩溃时期，文学表现了感受生活压迫的没落的封建贵族和被压迫的农民群众的厌世思想。再比如他认为唐天宝大乱后到宋太祖统一（约 720 年—970 年），是封建经济危急的时期，这一时期的文学有四种不同的倾向：一是表示个人主义的感伤，一是表示不问穷通得失的旷达意识，一是显示社会的散乱和人民的痛苦，一是表示贵族内心的苦闷和生活的暇裕。明代（约 1370 年—1600 年）是封建政权复兴时期，文学有两个对立的倾向：一是拥护封建政权的表白，一是封建社会的遗壳的暴露。就具体作品而言，作者的分析也是很深刻的。例如《九歌》，一般的学者都看作是经过屈原加工的民歌，而作者特别指出这里反映了屈原的情绪。如在“捐余袂兮江中，遗余佩兮沣浦”之下，作者说：“这里所谓‘捐余袂’，‘遗余佩’的话，何等牢骚！何等悒郁！其意志何等坚决！”

谭丕模的治学态度严谨，他先后八易其稿，出了四个版本。1947 年，《中国文学史纲》（第一分册）的第二版由桂林文化供应社出版。在这一版序言中，谭丕模反思了第一版的不足："第二次的稿，企图用科学方法写的，由古写到今，将近20万字，1933年已由北平北新书局发行过，其中有很多不科学的意见。"

谭著运用辩证唯物主义和历史唯物主义的观点，从浩如烟海的文学史料中看到其中存在大量民主性的精华，探讨特定历史时代的特定政治经济文化对文学发展的影响，探讨了中国文学史的发展规律，为马克思主义中国文学史的研究开辟了一条蹊径。李何林同年在上海《文艺春秋》杂志第4卷第6期发表《读中国文学史纲》一文，称赞谭著文学史是"用科学唯物论的方法和观点，从事中国文学史写作的第一部"。认为该书是"用进步的科学方法写作，不忽视文学本身的源流和发展，并兼顾与其他上层文化关联的文学史"。李何林认为该书有三个鲜明的特点，其中第一个就是"利用中国社会史研究的成果，根据中国历史发展的特点，来解释各时期的文学现象；但不失之于机械的唯物论，或笼统简单的以经济基础解释文学现象"。邓绍基在《五四以来继承文学遗产问题的回顾和探讨》一文中对这本书给予了历史的评价。他称该书"是中国最早旗帜鲜明地应用历史唯物论来编写的文学史著作"①，并指出该书的不足，说："我国早期的左翼文学研究工作者在学习运用马克思主义方面表现出来的不成熟是前进中的现象，当然不应加以苛刻的责备。"② 郭预衡在《中国文学史纲》的新版序言中说："在30年代初期，运用新的科学方法来写中国文学史，这在中国文学史的撰述史上，是开辟了新的途程的。"

①② 邓绍基:《古代文学研究集》，第17页，第18页，北京:中国文联出版公司，1985年。

其他著作与特点

在30年代试图运用唯物史观研究文学史的著作还有一些，有的在书中直接阐明唯物史观观点，如张希之《文学概论》阐明："在本书中，编者曾努力地把'唯物史观'应用于文学的领域，从经济的、社会的诸条件，解释一切问题"，"这种努力或许是'心劳力拙'，但编者深信，'唯物史观'是唯一的科学的研究方法"。①同时，作者在该书中也提到了文学的阶级性问题，认为"到了阶级的社会形成以后，人类既不能脱掉他所属的阶级，当然他的感情也染有'阶级'的色彩，这是不能否认的真实"②。正是在这种文学理论指导下，作者写了一部文学史《中国文学流变史论》，书中分为文学史方法论、文学史范围论、中国文学史的观察、史前社会及文学、诗经、楚辞、汉代文学的发生及发展等七章，主要根据中国经济发展的阶段来论述中国文学演变的历程。

还有一些著作虽然没有公开声称是以"唯物史观"为指导，但在具体论述中能结合历史环境、社会状态、阶级对立等方面解释文学现象，如阿英《晚清小说史》，以作品的题材、内容把晚清小说分为12类：晚清社会概观、庚子事变的反映、反华工禁约运动、工商业战争与反买办阶级、立宪运动两面观、种族革命运动、妇女解放问题、反迷信运动、官僚生活的暴露、讲史与公案、晚清小说之末流、翻译小说等。书中对于艺术技巧很少着墨，而主要依据作品所反映当时社会的广度和深度来品评，如他推崇《文明小史》，就是因为这本书更广泛、更清晰地反映了时代特征。再如孙俍工《唐代的劳动文艺》，该书原为作者在劳动大学执教时的讲义，分初唐盛唐、中唐、晚唐五代三个时期论述唐代与劳动

①② 张希之：《文学概论》，第2页，第14页，北京：文化学社，1933年。

有关的文学作品及其作者，其中着重论述唐诗中对劳动人民生活的描写。另外还有郭伯恭《魏晋诗歌概论》，在具体论述中也都具有唯物史观的理论倾向。如该书认为“文学是社会上一切意识形态中的一种，其变化与任务，全以社会的转移为转移，文章不能离开时代，时代的转变便是造成文学的基本条件”，再如在论述建安时代社会背景时认为“封建社会走进商业资本发达的阶段，农民受了地主和商人的两重剥削而陷于极贫困的境地之后，必然地会引起他们极激的反抗而形成广大的阶级斗争”等。

虽然这些著作的水平还良莠不齐，存在一些问题，但在文学史的创写只有二十多年和唯物史观传入中国只有十多年的情况下，能够涌现出这样一批运用唯物史观解释文学史的著作，已经相当难能可贵。罗根泽在 1934 年为郑宾于著《中国文学流变史》所写的序言中曾提到文学史写作受社会意义影响的进程：

> 中国之有文学史的编著，还是最近二十年来的事，过去是没有的。在这短短的二十年间，治文学史者之态度与观点，一向是随着社会的急变而急变……故就大体而言，“五四”以前的社会意识是传统的封建意识，“五四”以后的是那由希望而至于失望的资本主义意识，最后发生的是社会主义意识。传统的封建意识，当然尊崇万世不灭的礼教道德。把它打倒的资本主义意识，则在有希望时是提倡其所谓自由平等，以及人权保障之说，无希望时就不免要从浪漫而流于颓废。至于社会主义意识，则把所有的心思，完全放在阶级斗争上面。由是而影响于文学史者，“五四”以前泰半是用观念论的退化史观与载道的文学观来从事著述，例如谢无量的《中国大文学史》和曾毅的《中国文学史》；“五四”以后则泰半是用观念论的进化史观与缘情的文学观来从事著述，例如陆侃如和冯沅君合编的《中国诗史》，郑振铎的《插

图本中国文学史》,以及本书。最近大出风头的是辩证的唯物史观与普罗文学观,本此以写成的有贺凯的《中国文学史纲要》和谭洪的《中国文学史纲》。①

可见,唯物史观文学史是在批判资本主义历史观文学史的基础上产生的。在救亡图存的大历史背景下,马克思主义被越来越多的知识分子接受。唯物史观也因为其科学性而被越来越多的古典文学研究者接受。然而,它毕竟是新生事物,人们对它的理解和把握都比较粗浅,在具体运用中难免表面化和机械化的倾向。如到40年代,还有文章说:"从社会经济基础上来解释上层文化现象,无论是对历史、社会、文化、政治或文学艺术各部门,在中国都还是很幼稚的学问。"认为从五四以来的几十种中国文学史,都存在各种问题,呼吁出现一部"用进步的科学方法写作,不忽略文学本身的源流或发展,并兼顾与其他上层文化关联的文学史"。② 当然试图用科学方法写作的文学史是存在的,但因为理论运用的片面和机械化,所以不能完全达到预想的效果。对于这种现象,钱锺书《中国文学小史序论》中曾提到它们的不足:

> 每见文学史作者,固执社会造因之说,以普遍之社会状况解释特殊之文学风格,以某种文学之产生胥由于某时某地。盖时地而外,必有无量数影响势力,为一人所独具,而非流辈之所共披焉。故不欲言因果而已,若欲言之,则必详搜博讨,而岂可以时地二字草草了之哉!③

① 罗根泽:《郑宾于著〈中国文学流变史〉》,南京:《图书评论》,1934年第2卷第10期。

② 李何林:《中西市民社会的文学共同点》,重庆:《中原》,1945年第2卷第1期。

③ 钱锺书:《中国文学小史序论》,南京:《国风》,1933年第3卷第8期。

诚然如此。马克思主义唯物史观是一套完整的理论体系，有些研究者只抓到些皮毛，泛泛地用时代、社会、阶级的概念去套用历史，把历史简单化的同时，也把文学现象简单化了，对作家和作品的研究更是恨不得贴上一个阶级的标签。这是在刚刚接受一种新理论的时候，很容易出现的失误。我们没有必要去苛责前人，反而更应该佩服他们披荆斩棘、筚路蓝缕的勇气。正是通过他们的努力，使唯物史观初步成为指导文学史研究的重要理论，同时，他们的具体实践，也给后人留下可资借鉴的宝贵经验和教训。因此，40 年代才会出现像刘大杰《中国文学发展史》这样较为成熟的马克思主义唯物史观文学史。

（北京燕山出版社　陈金霞）

分体文学史在三四十年代的发达

30年代前的分体文学史编写概说

20世纪分体文学史的写作开始于一二十年代。此前，综合性中国文学通史的撰写已经开始，相继出现林传甲、黄人、窦警凡、谢无量等人著的多种中国文学史。朱自清曾在《什么是中国文学史的主潮》一文中指出，当时还是文学史研究的童年，上述文学史甚至缺乏明确的文学概念，存在明显的不足：

> 早期的中国文学史大概不免直接间接的以日本人的著述为样本，后来是自行编纂了，可还是不免早期的影响。这些文学史大概包罗经、史、子、集直到小说戏曲八股文，像具体而微的百科全书，缺少的是"见"，是"识"，是史观。

分体文学史的出现略晚于文学通史，与文学通史编写情况不同的是，分体文学史甫一出现，就取得较高的成就，具有一定的"见"、"识"。分体文学史最早出现于正统文学所不重视的戏曲、小说等通俗文学领域。

20世纪最早的分体史著是王国维《宋元戏曲史》。① 该书写成于1912年，原名《宋元戏曲考》，1915年商务印书馆出版

① 魏崇新、王同坤：《观念的演进——二十世纪的文学史观》，第4页："第一部关于中国戏曲史的著作，开了分体文学史写作的先河，对后世中国文学史的研究产生了相当大的影响。"北京：西苑出版社，2000年。

时，改名《宋元戏曲史》。陈寅恪称此书“取外来之观念与固有材料互相参证”①。所谓“取外来之观念”，指的是王氏吸收西方戏剧思想，以及进化论的文学思想，为历来不受重视的戏曲立传立史；而“固有材料相互参证”则又说明，王氏此书沿用传统学术的考证方法，运用切实可靠的材料来探求中国戏曲发展的历史，“究其渊源，明其变化之迹”。

此书名为宋元戏曲史，实际是一部自戏曲发源直到元代的中国戏曲史。王国维秉承一代有一代文学的文学进化观念，认为元曲为中国古代戏曲成就的高峰，以后再无发展，对明清戏曲持否定态度，所以他的戏剧史研究只到宋元时期便戛然而止，有欠完整。②

鲁迅则完成了20世纪分体文学史的另一部巨著——《中国小说史略》。与王国维一样，鲁迅也关注“正统”文学之外的文学。他的目光集中在小说上。《中国小说史略》，北京新潮社发行，1923年12月出版上卷，1924年6月出版下卷，是中国古典小说研究的第一部重要著作。此书原是鲁迅于1920年秋在北京大学和北京高等师范讲授“中国小说史”一课时的讲义，本为油印本，原名《小说史大略》，后扩增篇幅，改名为《中国小说史大略》，后又修改排印，出版为《中国小说史略》。《中国小说史略》采用全新的体例。鲁迅先生在材料搜集上用功极深，讲究实证主义的胡适对此也极为称赞。胡适在《白话文学史·序》中写道：

> 在小说的史料方面，我自己也颇有一点点贡献。但最大的成绩自然是鲁迅先生的《中国小说史略》；这是一部开

① 陈寅恪：《王静安先生遗书序》，《金明馆丛稿二编》，第219页，上海：上海古籍出版社，1980年。

② 参见郭英德：《戏剧史家周贻白》，选自陈平原编《中国文学现代化进程二编》，第184页，北京：北京大学出版社，2002年。

山的创作，搜集甚勤，取材甚精，断制也甚谨严，可以替我们研究文学史的人节省无数精力。

在进化论思想的影响下，《中国小说史略》顺着历史发展的时间顺序，清晰地勾勒出中国小说演变的轨迹。

王国维、鲁迅是中国分体文学史写作的开创者，也是两座高峰。对他们在分体文学史研究上的卓越地位，郭沫若的评价颇有代表性和总括力：

> 王国维的《宋元戏曲史》和鲁迅的《中国小说史略》毫无疑问，是中国文艺史研究上的双璧。不仅是拓荒的工作，而且是权威性的成就，一直领导着百万的后学。①

此外，此期的小说史著作尚有：王钟麒的《中国小说史》。王氏自称在1907年编过此书。② 该书也许是目前所知中国人编著的最早的《中国小说史》，然而，今天已经见不到该书原书。张静庐的《中国小说史大纲》，泰东图书局发行，1920年6月出版；郭希汾（绍虞）的《中国小说史略》，上海中国书局，1921年5月出版；范烟桥的《中国小说史》，苏州秋叶社，1927年12月出版。张静庐（1898—1969）的《中国小说史大纲》在出版时间上先于鲁迅《中国小说史略》，但是，此书只有2万字，是张原计划要写作的小说史的一个总括性大纲。王无为曾为张著作序："静庐兹书，分五编，本编特其总论。"张氏预计写五编，其他四编并未完成，只是以总论编成一书。郭希汾的《中国小说史略》，出版时间也早于鲁迅《中国小说史略》，此书只是日本人盐谷温《支那文学概论讲话》里关于小说一节的翻译。范烟桥的《中国小说史》，出

① 郭沫若：《鲁迅和王国维》，载《郭沫若全集》第20卷，第301页，北京：人民文学出版社，1992年。

② 王钟麒：《中国历代小说史论》，原文载1907年《月月小说》第1卷第11期，转引自郭绍虞主编《中国历代文论选》第4册，第259页，上海：上海古籍出版社，1980年。

版时间晚于鲁迅小说史，基本沿袭鲁迅《中国小说史略》，以时代为纲，论及作品和作家。另有庐隐著《中国小说史略》，分别于1923年6月至9月间刊发在《晨报》副刊的《文学旬刊》上。此书承袭鲁迅与日人盐谷温较多，稍有新见，但体例并无创新。

王国维之后的戏曲史著作尚有：吴梅的《中国戏曲概论》，此书1926年10月由上海大东书局出版；贺昌群的《元曲概论》，此书1930年4月由商务印书馆印行。

吴梅也是20世纪中国戏剧史研究的先驱者之一。王国维写成《宋元戏曲史》一书，开戏剧史研究之先路。与王国维不同，吴梅更偏重于曲。他对当时“歌者不知律，文人不知音，作家不知谱”①的现状非常不满，所以，他主要从事曲学研究，他的曲学也主要是昆曲之学。他的《中国戏曲概论》一书，在王国维之外另立旗帜，推重场上之曲，即戏中之曲，将中国戏剧史研究一直扩展到明清时期。他深受传统曲学影响，偏爱昆曲，轻视花部地方戏曲，看不起当时最受民众欢迎的皮黄，甚至狭隘地断定：乾隆以上，有戏无曲；嘉道之际，有曲无戏；咸同以后，实无戏无曲。所以，《中国戏曲概论》并不是一部周全完备的戏剧史书。

20年代的分体文学史研究还涉及小说、戏曲之外一些不为正统文人所重视的领域。如民歌，有胡怀琛《中国民歌研究》，商务印书馆印行，1925年9月出版；神话，有玄珠（沈雁冰）《中国神话研究ABC》，世界书局印行，1929年1月出版；寓言，有胡怀琛《中国寓言研究》，商务印书馆印行，1930年11月出版；民间文学，有杨荫深《中国民间文学概述》，上海华通书局发行，1930年1月出版；音乐文学，有朱谦之《音乐的文学小史》，上海泰东

① 原话出自吴梅《曲学通论·自序》，上海：上海商务印书馆，1935年。原话还有：“亟欲荟萃众说，别写一书，因据王骥德《曲律》为本，旁采齐丹邱《词隐》，但明诸谱，及陶九成、王元美、臧晋叔、李笠翁、毛稚黄、朱竹垞、焦里堂各家之言，录成此书。”

书局印行，1925年8月出版。当时的文学史还涉及一些专题文学。如谜语，有钱南扬《谜史》，民俗学会出版，1928年7月；妇女文学，有梁乙真《清代妇女文学史》，中华书局印行，1927年2月出版，等等。

此时对传统观念“正统文学”中诗文史的研究，倒并不太发达。20年代，出现一些诗歌研究的专题著述，如胡云翼《唐代的战争文学》，商务印书馆印行，1927年9月出版；《宋词研究》，中华书局印行，1926年3月出版；《唐诗研究》，商务印书馆印行，1930年12月出版；《宋诗研究》，商务印书馆印行，1930年12月出版。

当时诗歌等韵文体裁，只出现了两部分体史著，一是陈钟凡《中国韵文通论》，中华书局印行，1927年2月出版，一是李维《诗史》，北平石棱精舍发行，1928年10月出版。

陈钟凡《中国韵文通论》，所论述对象包括诗、词、曲、赋各类“韵文”，共九章，自《诗经》一直讲到金元以来南北各种曲。

李维的《诗史》则是近代中国第一部诗歌分体史著。此书是在词史专家刘毓盘建议下写作的。李维仅仅用了三个月的时间就写成此书。全书共约十一万字，分三卷，上卷十五章，自诗的缘起一直写到隋诗。中卷分十三章，从初唐写到五代。下卷十七章，从两宋一直写到明清。他认为汉魏六朝唐代，是古典诗歌的兴盛时期。盛唐时期，诗歌达到了鼎盛高峰，诗体至此也得到“大成”。诗歌进入宋代，“诗势”已经走向衰落，明诗则“再降”，清诗则“极衰”，而旧体诗也因此终结。李维从诗歌本身的特点考察其演进历史，因此，他对诗歌发展的阶段，以及在各个不同阶段的特点的分析与论述，与诗歌发展的真实情况比较一致，也比较准确、科学，后代对古典诗歌发展历史的研究基本上没有脱出他所划出的这条宏观的线索。在划分诗歌演进历史轨迹的同时，李维也对诗歌发展做出了一些论断，如认为两汉文学当以乐府为代表，建安曹氏父子有“侧平民文学于正统之间”的功劳，初唐宋之问、沈佺期等完成了近体诗绝句准篇的任务等，都颇为精准。

20 世纪初到 20 年代末，是分体文学史发展的初步阶段。这期间，随着外来思想的输入，加上文学革命的推动，传统主流文学体裁的研究反而不太受关注，而近代以前受轻视的通俗文学研究，则得到长足的发展。所以，分体文学史从戏曲、小说等“俗文学”领域开始，不是偶然的。对这个过程及其意义，朱自清先生在《诗言志辨·序》中论述甚详：

> 西方文化的输入改变了我们的“史”的意念，也改变了我们的“文学”的意念。我们有了文学史，并且将小说、词曲都放进文学史里，也就是放进“文”或“文学”里；而曲的主要部分，剧曲，也作为戏剧讨论，差不多得到与诗文平等的地位。我们有了王国维先生的《宋元戏曲史》，这是我们的第一部文学专史或类别的文学史。新文学运动加强了新的文学意念的发展。小说的地位增高，我们有了鲁迅先生的《中国小说史略》……小说、词曲、诗文评，在我们的传统里，地位都在诗歌之下，俗文学除一部分古歌谣归入诗歌里以外，可以说没有地位。西方文化输入了新的文学意念，加上新文学的创作，小说、词曲、诗文评，才得升了格，跟诗歌和散文平等，都成了正统文学。

各种分体文学史的编写实践取得成就的同时，对于文学如何研究，以及如何作“分体”研究的理论思考和讨论，也逐渐展开。郑振铎、罗根泽都曾主张先作分类文学研究。郑在 1922 年《文学旬刊》第 51 期发表的《整理中国文学的建议》一文中，不仅将中国文学从体裁上分为诗歌、杂剧、长篇小说、短篇小说、笔记小说、史书传记、论文、文学批评、杂著等九类；还指出中国文学的整理，只是刚刚开始，不应该“做全部的整理功夫”，“最好是先有局部的研究，然后再进而为全体的研究，才能精密而详确”。

他还详细地列出局部研究的分派，即：一部作品的研究、一个作家的研究、一个时代的研究、一个派别的研究、一种体裁的研究。罗的计划则更详细、有序。他主张先编分体文学史，再编文学通史。他在1935年发表于《文史丛刊》的《研究中国文学史的计划》中写道：

我对于编写中国文学史，也怀过较长时期的野心，迭经考虑之后，曾拟定分类编著的计划。原先分为歌谣、乐府、词、戏曲、诗、小说、骈文、散文八类……后来感觉到歌谣是诗词乐府的生母，而本身的变化则极少。又以文学批评虽不一定也算创作，但确是创作的导师，在文学史上的地位极高。由是将歌谣散入诗词及乐府，而添入批评，仍是八类……分类文学史并不妨碍分期文学史，而且给分期文学史更以许多帮助，犹之有了各期专史，同时仍需要通史。

以故我拟先写各类文学史，俟各类文学史写讫之后，再合起来写一部整个的文学史。

这些意见，都是对分体文学史研究的理性思考，有助于分体文学史编写的进一步展开和提高。进入30年代后，分体文学史的编写全面地铺开了。分体文学史的数量空前增多，分体文学史的种类更多了。小说、戏剧，以及此前未被充分重视的分体文学领域，如诗歌、散文、词曲，以及文学批评等都出现了重要的研究史著，包括韵文史、散文史、诗史、词史、曲史等，还有与韵文、散文互有重叠的骈文史，以及小说史、戏剧史、批评史等。以下分述三四十年代各体文学史的编撰概况。

诗歌史的编写

陆侃如、冯沅君《中国诗史》是当时出版的影响最大的一部诗歌史。

陆侃如(1903—1978),江苏海门人,著名学者、文学史家、古典诗论家。冯沅君(1900—1974),河南唐河人,笔名淦女士,著名作家、学者。20 年代中期,二人结识于上海,倾心相恋,结为夫妻。陆本有写作《中国文学史》的计划,考虑到中国文学史的材料异常丰富,自己只是一个“年轻学浅的人,自然不能一蹴而就”,所以,他选择了先写《诗史》,意待《诗史》做成后“再扩充做全部文学史”。① 遇到冯的时候,陆已完成《古代诗史》上册的著述,冯沅君对于诗词元曲也早有研究,尤其精于元曲研究,于是,陆、冯二人全力合作,由陆完成古代诗史与中代诗史,由冯完成近代诗史,三部分相合即一部《中国诗史》。《中国诗史》是冯陆二人初次合作的成果。此书由大江书铺印行,1931 年出版。陆侃如 1930 年写的《诗史·序例》,说明《诗史》写作情况:“此书是我和沅君合写的。起初我打算一个人写,在北平读书时便写成‘导论’及‘古代诗史’。后来在上海教书,即以此作讲义,并续写‘中代诗史’。时沅君在上海讲词曲,故以‘近代诗史’托付她。我自己又写一篇附论,全书就此完成了。”

全书分三卷,卷一古代诗史(前 1100—200 年)分四篇,分别为萌芽时代、诗经的时代、楚辞的时代、乐府的时代;卷二中代诗史(200 年—900 年)也分四篇,分别为曹植时代、陶渊明时代、李白时代、杜甫时代;近代诗史(900—1900)四篇,分别为李煜时代、苏轼时代、姜夔时代、散曲时代。卷一所论诗的特点是自由,因而这一阶段的诗为“自由诗”;卷二所论的时代,诗歌越来越格律化,这一阶段被称为“诗的束缚史”;最后一卷所论时代,则被称为“诗的变化史”。陆、冯论诗歌,取的是广义的诗歌,包括传统意义上的诗、乐府、词、散曲等不同体裁形式,而全书对诗的论

① 陆侃如:《〈古代诗史〉自序》,北京:《国学月报》,1927 年第 2 卷第 1 期。

述只及于唐，唐以后则只论词曲。至于词，则只论及五代两宋，元代则论其散曲。元以后，包括明清，诗词曲，则一概略而不论。

《中国诗史》是继王国维《宋元戏曲史》、鲁迅《中国小说史略》之后又一部具有开拓性的分体文学史力作。它以史为序，着重论述诗体的流变、兴替，并对重要诗人的风格进行评论，勾画了中国诗歌发展的大概线索。1956 年，经陆、冯两位先生修改校阅，由作家出版社出版了《中国诗史》修订本。此书被评论界称为第一部有系统的诗歌史，直至现在，仍然被学术界所看重。1983 年人民文学出版社重版《中国诗史》，1996 年山东大学出版社印制精装本，1999 年百花文艺出版社将之作为 20 世纪经典学术史之一出版。

对于《中国诗史》的写作，陆在自序中陈言，主要是因为"国人的不了解本国文学，不亚于不了解外国文学。无论哪一个伟大作家，很少有人能做详细传记的。无论哪一种伟大作品，很少有人能说他在文学史上的位置的。甚至有许多很荒谬的传说，行之千百世，而迄今无人加以改正的"。另外，当时的情况是，"个个人都诅咒中国无好文学史，个个人都希望中国有好文学史，然而没有一个人肯自己动手做一部文学史"。因此，陆侃如决定自己"尝试一尝试"。这一"尝试"就尝试出了这部深有影响的《中国诗史》。

在著作思想上，此书注重结合传统的朴学方法和西方现代方法。此书在史料方面作了许多辨伪工作，保持了乾嘉学派的朴学传统。与李维《诗史》相比，"此书在材料考证和作家作品研究上就要扎实、深刻得多了"①。同时，此书在理论上倾向于西学的观点，在 1956 年新版序言中，陆侃如指出，当年曾受整理国

① 蒋寅:《中国诗学的百年历程》,《中国诗学》第 6 辑，第 5 页，南京：南京大学出版社，1999 年。

故运动的影响，在古代诗史部分，还采用了一些汉学家如高本汉（瑞典）、康拉第（德国）、马伯乐（法国）的观点。同时承认，此书也受到马克思主义的影响。

《中国诗史》深受胡适、王国维思想的影响，①尤其是胡、王二人"一代有一代之文学"的文学进化论思想的影响，特别强调进化论。② 全书采用进化论和人类文化学的研究方法，将研究对象置于历史进化的环境中，力图揭示中国诗歌特定的演变规律。著者指出，"文学是渐渐演化而成的，不是一二天才所能凭空创造的"③，并宣称"此诗史从诗经、楚辞叙起，一直到近代的散曲（按指元散曲），而词盛行以后的诗，及散曲盛行以后的词，则概在劣作之列则删去"④。其近代诗史部分则将当时尚不登大雅之堂的元明散曲及清代俗曲，当作中国诗歌的主流。将以前不为学者重视的散曲、俗曲编入到诗史中来，起到了拓宽文学史研究视野的作用。

在这种进化论诗学的影响下，《中国诗史》对中国诗歌演变的大势，对多种诗体的产生和流变，以及一些诗歌的艺术技巧，大都能从动态的视角作以精到的论述。

对进化论的迷信也给此书留下缺憾。陆、冯《中国诗史》出版不久，浦江清先生就著有《评陆侃如、冯沅君的〈中国诗史〉》（1932 年）一文进行评述。浦对陆冯《中国诗史》呆板继承王国

---

① 参见该书 1956 年改版自序："胡适在《白话文学史》里的谬论，我们不止一次地移植了过来"。另，骆玉明《〈白话文学史〉导读》也指出，陆、冯《中国诗史》深受胡适《白话文学史》影响。

② 参见罗根泽《郑宾于著〈中国文学流变史〉》，原话为："'五四'以后则泰半是用观念论的进化史观来从事著述，例如陆侃如和冯沅君合编的《中国诗史》"；选自《罗根泽古典文学论文集》，第 54 页，上海：上海古籍出版社，1985 年。

③ 陆侃如、冯沅君：《中国诗史》，"自序"，北京：作家出版社，1956 年。

④ 陆侃如、冯沅君：《中国诗史》，"导论"，北京：作家出版社，1956 年。

维、焦循等“一代有一代之所胜”的文学进化论观念的做法非常不满，称该书：

虽然把苏轼标榜成一个时代的代表文人，但只是说他的词，没有说他的诗。在无论那个读者，就是作者自己，也总会想到足以代表苏轼者是诗不是词吧。黄庭坚、陈师道、范成大、陆游的诗，一齐在“劣作”之列，元好问以下的诗家名不见于《诗史》了！吴伟业不幸处在“散曲时代”，所以如《圆圆曲》、《鸳湖曲》那样琅琅可诵的诗，竟湮没无声。金和的《兰陵女儿行》不能不说是近代一首奇诗、长诗，亦竟不得在《诗史》里讨论。最可惜的是韦庄，因为他迟几年，身世入于五代，所以他的《秦妇吟》也变成“劣作”，不得与“如今忆却江南乐”等并论了。

以此，他认为陆冯二人只是写了“一部中国乐府史”、“一部中国抒情史”，而不是诗史。郑振铎曾在 1958 年第 1 期《文学评论》上的《中国文学史的分期问题》一文中发表类似评价：

陆侃如的《中国诗史》，抱着每个时代各有其特殊的文体的见解（唐诗，宋词，元曲），在宋就不言“诗”只言“词”，在元就不言“诗”“词”只言“散曲”，尽管宋、元二代有着不少的写作诗词的伟大诗人们存在着。论宋诗能够忽略了梅尧臣、陆游、杨万里们么？述元诗的，可以把元好问、虞集、范梈、杨载、揭傒斯和杨维桢他们的名字删去么？像他那样的《中国诗史》，究竟是一部怎样的半身不遂或肢体残缺的“诗史”呢？在那里，怎能看得出中国诗歌发展的全貌呢？

总体看来，《中国诗史》标志着 30 年代时期，诗史撰述的模式和结构“已然成熟了”①。

---

① 董乃斌等:《中国文学史学史》第 3 卷，第 36 页，石家庄:河北人民出版社，2001 年。

几乎与《中国诗史》同时，诗歌系统中更细类的分体文学史也出现了。数量最多的是乐府文学史。五四之后，乐府文学的研究在胡适等人的提倡下已经得到重视，黄节早先就出版过《汉魏乐府风笺》，梁启超也有《中国之美文及其历史》，二书都深入论述了乐府诗歌。稍后胡怀琛的《中国民歌研究》(1925)，胡适的《白话文学史》(1928)，周群玉的《白话文学史大纲》(1928)，陆侃如、冯沅君的《中国诗史》(1930)，郑宾于的《中国文学流变史》(1930)，陈钟凡的《汉魏六朝文学》(1931)等书，都有关于汉乐府的深入论述。除此之外，还有一些比较重要的文章，如孔德的《汉短箫铙歌十八曲考释》(《东方杂志》23 卷 29 期)，朱希祖的《汉三大乐歌声调辨》(《清华学报》4 卷 2 期)，黄节、朱自清的《乐府清商三调讨论》(《清华周刊》39 卷 8 期)等，都从不同角度为汉乐府诗的研究做出了实绩。另外，关于《孔雀东南飞》一诗的讨论和考证，在这一时期也取得了重要进展。①

而冠以史名的乐府研究撰著，则有罗根泽的《乐府文学史》、许之衡的《中国乐府小史》、王易的《乐府通论》，以及 40 年代出版的萧涤非的《汉魏六朝乐府文学史》。众多乐府文学史中，出现最早的是罗根泽的《乐府文学史》，该书由北平文化学社于 1931 年出版。

罗根泽，字雨亭，1900 年生，河北深县人，就学于清华大学研究院国学门和燕京大学国学研究所，师从梁启超、陈寅恪、冯友兰等名师，毕业后，曾任教多所大学。曾主编《古史辨》第四、六册，著有《中国文学批评史》、《乐府文学史》和《中国古典文学论集》。

当时，罗根泽认为截至 30 年代，中国社会史的问题还没有解决，同样，文学史的问题也没有解决。中国文学史的历史很

① 赵敏俐：《20 世纪汉代诗歌研究综述》，北京：《文学遗产》，2002 年第 1 期。

长，而文学史的研究、撰著历史则极短。因为文学史的历史很长，所以文学的材料很多，文学史上的问题也极为繁杂；因为文学史的历史极短，所以对极多的材料与极繁杂的问题大都未能充分地研究与解决。所以，那时写作一部合理的中国文学史的条件还不具备。因此，文学史的编写工作就不能仓促上阵。在他看来，当时的文学史，尽管各有各的见解，各有各的长处，似乎都遵循着刻板的时代叙述样式，即从盘古写到今的方式。

对这些纯粹依据时序叙述，缺乏创建的文学史，郑振铎曾于1934年10月在《文学》发表《我的一个要求》一文加以批评。他历举谢无量、曾毅、朱希祖、日本古城、林传甲、王梦曾、张之纯、葛祖兰、刘师培九种文学史，称王、张及葛著是中学师范的用书，“浅陋的很”，林书“名目虽‘中国文学史’，内容却不知道是些什么东西！有人说他是钞《四库提要》上的话，其实，他是最奇怪——连文学是什么体裁，他也不曾懂得呢！”王书是翻译的，朱书“太简略”。只有谢、曾二书，“略为可观”，“然而二书俱不完备，也没有什么自己的主张与发见”。刘书则只是论一个朝代，也没有什么“新的见解”。

罗根泽跳出这种常见文学史的写法，转向外国文学史的编写借鉴，主张先将文学根据体裁分出类别，再依时代叙述。他还提出自己撰写各种分体文学史的理由：

> 你要看各种文学生于何时？盛于何时，分化于何时？衰灭于何时？因何产生？因何而盛？因何而分化？因何而衰灭？则纯依时代叙述的文学史恐怕不甚方便。文学史的责任是什么？不是死板的排比，是要考察各种文学的流变及其所以有此流变的原因，察往知来，以确定此后各种文学的正当途轨。——假使此言不错，那么，我要拥护我的分类叙述法。①

① 罗根泽：《乐府文学史·自序》，北京：北平文化学社，1931年。

他计划编写出一部《中国文学史类编》，全书细分为八类。这八类文体的发展史，他已先后完成几种，乐府部分就用《乐府文学史》的名义先行刊出。

罗著《乐府文学史》是中国第一部研究乐府这一文体发展历史的专著。乐府的地位的确非常之重要，在著者看来，“曲出于词，词出于乐府，乐府为词曲之祖，数曲忘祖”，是不可以的。①

此书约十一万字，共六章，依次为绪论、两汉乐府、魏晋乐府、南北朝乐府、隋唐乐府、结论。著者对材料作了初步的分析，并将各种杂乱的记叙条理化，每一阶段都进行小结。全书条理清楚，便于阅读。此书还对乐府诗史上的一些重要问题加以考订，如《胡笳十八拍作于刘商考》、《木兰诗作于韦元甫考》、《南朝乐府的故事与作者》等。

此书所用的材料，主要来自《乐府诗集》、《古诗纪》和史书《乐志》中的一些记载，对材料的把握不是很充分。著者后来曾在《我怎样研究中国文学史》一文中对此书的不足有所提及：

> 研究中国文学史的人，应当从大处着眼，但必须从小处着手。十几年前，我感觉到中国文学通史的体大而思不易精，由是拟编中国文学分类史，已写了几类，但除乐府一类已出版，无法撤销，其余都不欲遽然问世。现在我的着手处又缩到比分类史更小的单篇论文。②

许之衡(1877—1935)，字守白，曲学家。浙江仁和(今杭州市)人，曾入广雅书院修业，康有为入室弟子。精研曲学，撰《玉虎坠》、《锦瑟记》、《霓裳艳》等传奇。1920 年前后来北京，结识

① 罗根泽：《乐府文学史·结论》，北京：北平文化学社，1931 年。

② 以上关于罗根泽部分的论述参见周勋初：《罗根泽在三大学术领域中的开拓》，选自陈平原编《中国文学现代化进程二编》，北京：北京大学出版社，2002 年；罗根泽：《罗根泽古典文学论文集》中《研究中国文学史的计划》、《我怎样研究中国文学史》等文章，上海：上海古籍出版社，1985 年。

吴梅，共研曲律。后在北大讲授词曲学，在北大出版的讲义有《曲史》、《曲律通论》、《曲选》等。1933 年出版了《中国乐府小史》。

王易(1989—1956)，字晓湘，号简庵，南昌人，著名词曲家、诗人。著有诗集《南州二王词》(与弟王浩合集)、《修辞学》、《修辞学通诠》、《乐府通论》、《词曲史》等。其《乐府通论》，于 1933 年由神州国光社出版，1944 年又由中国联合出版公司再版。全书分“述原”、“明流”、“辨体”、“征辞”、“斠律”等五个部分进行论述，旨在揭示乐府演变的轨迹与规律。

许、王二著的成就、影响远远不及罗根泽《乐府文学史》。

30 到 40 年代另一部成就显著的乐府文学史作是萧涤非的《汉魏六朝乐府文学史》，1944 年由重庆中国文化服务社出版，1984 年由人民文学出版社新版。萧著虽在 40 年代出版，而实际成书却在 30 年代。该书底稿完成于 1933 年，系著者在清华研究院的毕业论文。其时，黄节是著者的导师。黄系汉魏乐府研究方面的大家，此前已著有《汉魏乐府风笺》。在导师的指导下，萧完成了这部著作。1934 年，萧任职山东大学，就曾以此作为讲义，转至四川后，1944 年，萧又将底稿修改为此书，出版发行。从写成到出版，整整间隔十年。这十年正是中国战争动乱极为剧烈的十年，萧涤非曾在《自题〈汉魏六朝乐府文学史〉》一诗中写道:“稿成十年前，稿定十年后。虽非作始功，青灯写如豆”，真实地反映了作者潜心钻研、写作的艰苦过程。

此书主要特点是阐发汉乐府民歌“皆感于哀乐，缘事而发”的现实主义精神，对“作品本事及背景，求之不厌其详”，使读者通过了解一时代乐府之得失而知其社会政治之状况。在写法上，“寓诵读于叙述之中”，凡所征引之作品，皆属全篇。这与以前一般概论的摘叙方法很不同。黄节先生曾写了两千多字的评语，对此书肯定备至，以为“宜置超等”。此书问世至今，深得学术界高度重视。如认为五言诗始出于西汉,乐府民歌不始自班固,颇有见地,而直论木兰诗为北朝作品,则以后成为定论。此书作者主张研究乐府应该"惟有舍声求义"的观点,也非常符合当代研究乐府文学的现实。此书不失为一部乐府文学的佳史。

词曲史的滥觞

完整词史的出现晚于诗史。一些学者认为词和散曲"史的发展论,范围跟影响都远不如五七言诗,所以还只能附在诗里"①。早期的诗史著作,如李维《诗史》、陆侃如冯沅君《中国诗史》等,都受这种西方文学观念的影响,突破正统诗歌分类观念,认为词和散曲属于诗类,都将词和曲包括进来。

30 年代出版的龙榆生《中国韵文史》,其下编即为词曲史,从"燕乐杂曲词之兴起"写到"清词之结局",简直就是一部关于词的简史。

1926 年 3 月出版的胡云翼《宋词研究》应该是 20 世纪第一部词史。此书由中华书局印行,名为"研究",实是一部系统的宋词断代史著。胡云翼写作此书是站在分体文学的研究角度,对宋词进行"条理的研究和系统的叙述",以达到将宋词"成功组织化、系统化"的目的。

第一部完整的词史是稍后出现的刘毓盘《词史》。刘毓盘,字子庚,别号椒禽,浙江江山人。生于 1867 年,卒于 1927 年。刘曾在北京大学任教,此书原是其讲课的底稿,先后刊印数次,随刊随有增订,成书则根据其晚年的定本。1927 年,刘去世后,由他的学生曹聚仁、查猛济等将此遗留定本于 1930 年交上海群

① 朱自清:《诗言志辨·序》,《朱自清古典文学论文集》(上),上海:上海古籍出版社,1981 年。

众图书公司出版刊印，即是此书。上海书店 1985 年曾再版。

该书共十一章。目录依次为：论词之初起由诗与乐府之分、论隋唐人词以温庭筠为宗、论五代词人以西蜀南唐为盛、论慢词兴于北宋、论南宋词人之多、论宋七大家词、论辽金人词以汉人为多、论元人词至张翥而衰、论明人词之不振、论清人词至嘉道而复盛、结论。前有刘本人自序、查猛济序，后有曹聚仁跋。

刘毓盘此书以为词源出于诗，"而以意为经，以言为饰，意内言外，交相为用"①。又指出，歌词上接乐府，谓唐五代人作词，多按乐府旧曲以立名；"后人作词之法，即古人言乐之法也"②。词虽具有与诗不同的形式特点，"进不与诗合，退不与曲合，其取径也狭，其陈义也高"。但自唐以来，词作大都"根底骚雅，各有可观，言词者必奉以为宗，不独其音节之可法也。盖风人之意，犹有存焉者尔"③。反对一味讲求音韵格律，以致忽略风雅兴寄。全书著作目的在于"综其得失，以识盛衰"④，重在探讨词这一体裁发展变化的轨迹与线索。与胡云翼不同的是，此书是用文言文写作的。

稍后王易《词曲史》(1931)也是用文言文写作的。此书原为王易任教心远大学时所撰教材，由神州国光社发行，出版日期不详，1932 年 5 月再版，约 22 万字。朱孝臧、叶恭绰分别为此书题签，1944 年 12 月由上海中国联合出版公司重印发行，1948 年 11 月由中国文化服务社印出沪版发行，1989 年由上海中国书店重印。

王著并不是一部词专史，词史只是其中一部分。此书词部分的分量重于曲部分。全书共十篇，体例与作者《乐府通论》类同。这十篇的内容依次为：《明义》篇论词、曲之意义及其分界。《溯源》篇论词的远源是诗三百，近源则是汉魏乐府、南北朝乐

---

①②③④ 刘毓盘：《词史 · 自序》，上海：上海书店，1985 年。

府、隋唐乐府。《具体》篇论述词体在唐代的形成。《衍流》篇主要考察词调的发生，并论述宋初乐曲的概况。《析派》篇研讨北宋词和南宋词及五代词的不同。《构律》篇从音乐、声韵、格律角度来考察词的发展规律。《启变》篇着重考察曲的渊源；论述北曲与南戏的兴衰流变，以及杂剧、南戏与散曲之区别。《入病》篇阐明明代词学及其作家、明代曲学、明曲本及其作家、词曲的弊病。《振衰》篇论述清代词曲的新兴。最后的《测运》篇，则论述当时词曲的情状。

王易认为前人研究词曲，大多重视词曲的派系家数，而不太明晰词曲体制演变的源流，加上词曲多为古乐演化而来，词曲的宫调律格尤其复杂，二者的分界比较含混，研究者往往难以窥其堂室。而王易此书则从词曲的起源与体制的变化进行研究与评述，指出词和曲的分界，并以大量例证力破词为诗之余、曲为词之余的说法，认为"文体流变，各辟疆宇，无所谓余"。还指出散曲与戏曲的区别。

《词曲史》是20世纪词曲史研究的重要著作，成书后，颇得各家好评。周岸登曾在序中评说此书："能以科学之成规，本史家之观察，具系统，明分数，整齐而剖解之，牢笼万有，兼师众长，为精密之研究，忠实之讨论，平正之判断，俾学者读此一编，靡不宣究，为谈艺家别开生面者。"钱仲联也在《近百年诗坛点将录》评说道："王易亦掌教南雍，所著《国学概论》《词曲史》等，嘉惠士林，为功匪尠。"陈玉堂《中国文学史旧版书目提要》在著录此书时，更特别说明："本书是在同类中较有参考价值的一部旧作。"

20年代撰写一些断代文学史的胡云翼，此时也将研究视野扩展到分体文学通史的写作中。1933年，他先后出版两本词史著作，即《中国词史略》（上海大陆书局）、《中国词史大纲》（北新书局印行）。

前者是一部词通史，从词的起源一直论述到清代词的发展。

全书共分六章:第一章论述词的起源。第二章论述唐五代词,笔墨重点在晚唐、西蜀、南唐等不同时地的词学状况。第三章按不同时期论述北宋词。第四章则不完全依据时间顺序,也根据词的不同分体进行论述,分别论述南渡词、南宋白话词、乐府词,及晚宋词。第五、第六章则分别论述金、元、明、清各代词。此书虽较刘毓盘《词史》为详,但仍很粗略,名为词史略,比较恰当。

后者共分两编,唐五代词为一编,北宋词为一编。第一编九章,自词的起源论至唐五代词人;第二编十四章。此书名为中国词史,下限仅至宋,宋以后的词人、词作不论。此书只集中论述唐宋间词,其论述较上书更为详细、具体,在着重论述重点作家、作品的同时,也兼顾到词史应该顾及的小词人及他们的作品。

上述词史撰述的繁荣也促进了30年代初词学研究的兴旺。当时以"词学"命名的著作就有梁启勋的《词学》(1933)、吴梅的《词学通论》(1933)和胡云翼的《词学概论》(1934)等。此时还出版了林大椿的《唐五代词》(1933)、唐圭璋的《全宋词》(1940)和《词话丛编》(1934)、赵尊岳的《明词汇刊》(1936)和陈乃乾的《清名家词》(1937)等五大总集与丛刊。

30年代词学研究史上还有一部比较重要的著作,即吴梅的《词学通论》,此书1933年12月由商务印书馆出版。此书共九章,依次为绪论、论平仄四声、论韵、论音律、作法、概论一(唐五代)、概论二(两宋)、概论三(金元)、概论四(明清)。这是一本将词学与词史联合研究的专著。书的前五章讨论词的平仄、押韵、音律与作法,后四章才是词史部分。这四章简略地论述了词的发展历史。1933年创刊的《词学季刊》第一卷第二号《词籍介绍》曾评此书"虽所征引,类多不标出处,令人无所据依;而上下千年间之重要作家,罔不备举;诚足津逮来学,而为有功词苑之著作云"。

词学大家龙榆生此时写有《词曲概论》,全书将词曲置于一起研究，上编论词曲源流，相当于一部简略的词史，下编论法式，主要探讨声韵对词曲的重要作用。此书是他的大学讲稿，当时并未出版，1979 年才由上海古籍出版社整理出版。此外，1931 年 5 月由商务印书馆出版的夏敬观《词调渊源》，主要从音律、格律等形式角度考究词的发展演变线索与历史。1937 年 7 月出版的薛砺若《宋词通论》(开明书店印行)则是一部颇有影响的断代词史，全书研究范围只限于宋代。

散曲的研究最不受重视，即使有研究者，也往往将之夹杂于诗词，或戏曲之中，如陆冯《中国诗史》、王易《词曲史》、龙榆生《词曲概论》等。

更早一些，吴梅撰有《顾曲麈谈》。此书于 1916 年由商务印书馆排印。全书分原曲、制曲、度曲、谈曲四章，主要论述南北曲的宫调、音韵、作法、唱法诸问题，并对元明清部分作家作品作了评介。在论述南北曲时，作者也兼及散曲，但是散曲所占比例不多，且全书重在从音乐的角度研讨戏曲的特点。

吴梅的两个弟子对散曲进行了比较系统的研究，他们是卢前和任中敏。卢前的《散曲史》是中国第一部冠以散曲之名的散曲通史。此书乃 30 年代印本，上有"国立成都大学印"的字样，篇末有著者跋，其所署日期为"民国十九年十二月二日"。卢前(1905—1951)，字冀野，江苏南京人，散曲作家、文学家、戏剧史论家、剧作家和古籍整理者。此书是卢 20 年代在金陵大学教授戏曲史时撰写的。全书共分五章，依次为散曲发端、元一代散曲盛况、明曲前后两时期、自清以来散曲家、补志。此书既论述了散曲的起源及其体例的形成、演变，也论述了历代散曲作家及其作品。全书对散曲作家、作品的论述，从元代开始，一直下延到民国时期，甚至论及著者本人。此书论述较为简略，但已比较清晰地勾勒出散曲发展的历史过程。

任中敏(1897—1992)，原名讷，曾用笔名二北、半塘，江苏扬州人，戏曲史家、敦煌学家。1920年毕业于北京大学，毕生从事戏曲史、戏曲理论和唐代文艺的研究。1931年，中华书局出版任中敏的《散曲丛刊》。此书录有任氏的一部重要作品——《散曲概论》。《散曲概论》共二卷，第一卷共六节，第二卷共四节。全书主要目的在于“求得（散曲）一概观”，所以名为概论。严格地说，这并不是一部散曲史作。著者客观上为研究散曲者提供了历代进行散曲创作的作家，及他们的作品。此书一个重要的史学贡献是将历代散曲作家划分为豪放、清丽、端谨三个主要流派，并认定元代散曲成就最高。这些论断对后世研究散曲有着重要的指导意义。

1934年，商务印书馆出版梁乙真的《元明散曲小史》。此书是一部断代散曲文学史著。著者只选取元明两代的散曲发展作为研究对象。此书共十章，卷首另有导论一篇。前四章论述元代散曲，后六章则论述明代散曲。书后附论散曲作家及研究散曲的重要参考书目。全书评论比较公允，对元明两代散曲发展线索把握得比较准确，但论述不够深入，名为“小史”，比较恰当。

韵文史与散文史的发轫

将诗歌、词、曲（甚至赋）等文体汇聚一起编写史的，有韵文史。韵文史主要出现于30年代，主要作品有龙沐勋（字榆生）《中国韵文史》，商务印书馆印行，1934年8月出版；吴烈《中国韵文演变史》，上海世界书局印行，1934年10月出版；梁启勋《中国韵文概论》，商务印书馆印行，约于1937至1938年间出版。另有与韵文相关的梁启超《中国之美文及其历史》，中华书局印行，1936年3月出版。由商务印书馆于1935年10月出版的朱谦之《中国音乐文学史》，则从音乐与文学之间关系出发，论述中国古典韵文的发展历史。

诸多韵文史中，龙榆生《中国韵文史》既是第一部以“史”直接命名的韵文史著，又是一部最有影响力的韵文史。龙沐勋，江西万载人，字榆生，以字行。他生于 1902 年，逝于 1966 年，是著名的音乐文学研究专家，也是 20 世纪中国词学研究大师。《中国韵文史》是其最早问世的专著。此书本为音乐学校编写，原为“国立音乐专科学校丛书”的一种。

龙著《中国韵文史》所言的韵文，指的是“以一种体制之初起与音乐发生密切关系者”，也就是说与音乐有着密切关系的一种文体。据此，此书所收韵文仅为诗、词、曲三类。此书编辑凡例明言，对“不歌而颂”的赋，以及后来的骈文，概不述及。对有唱、有白的杂剧、传奇，因为并非全是乐歌，所以也一从略之。全书共分上下两篇，上篇论诗歌，下篇论词曲。上篇共二十二章，下篇二十七章。

龙榆生是一代词学大师，对词非常重视，早在 1933 年，就在《词学季刊》创刊号上发表词学论文《词体之演进》，1934 年，又在该刊第二卷第一号发表《两宋词风转变论》，探讨总结词体文学的渊源流变和发展规律。他还在《研究词学之商榷》一文中指出，考究“词体之渊源流变，乃至各作者利病得失之所由”，应该是文学史家最重要的事情。他著《中国韵文史》，目的是对当时“行世《文学史》，颇寓‘补偏’之意”。这个“补偏”即全书“稍详于词曲，而略于诗歌”。从章节的分布可知，《中国韵文史》词曲部分重于诗歌部分，词的部分又重于曲的部分。有专家称此书下篇从“燕乐杂曲词之兴起”一直到“清词之结局”，“俨然一部简略的词通史”。①

在词的研究上，龙榆生持全面客观的态度。他曾在《唐宋名

---

① 刘扬忠：《新中国五十年的词史研究和编撰》，北京：《文学遗产》，2000 年第 6 期。

家词选·自序》中指出:“诗词之有选本,务须从全部作品,抉择其最高足以代表其人者。未宜辄以私意,妄为轩轾其间。即如唐宋人词,各因时代关系而异其风格。但求其精英呈露,何妨并蓄兼容。”《中国韵文史》对词的发展历史、词学上的一些重要问题,以及一些重要词人的分析、论述都非常公允、精辟。①

此书另一重要特点是“注重体裁之发展与流变”,对于“作家行谊,多从省略”。全书着重论述诗词曲三种韵文形式的发生、发展、演变的过程及原因。全书设置题目、章节往往并不严格遵循所谓朝代时序,而是依照文体自身进化的脉络,如论述词,设有燕乐杂曲词之兴起、令词在西蜀之发展、慢词之发展等篇目。这是此书“最大的优点和特点,它使得这部史著有别于同时期及五六十年代普遍流行的那些惯以作家作品论连缀成书的众多文学史,而独显一种新的文学史范型”②。

《中国韵文史》全书共约十万字,所勾画的中国诗、词、曲的演变史非常粗略,难以称得上“史”,这是此书的缺点与不足。

梁启超《中国之美文及其历史》分四章,始自上古,止于唐宋。该书序言称“本卷所叙录,以汉乐府为中坚”,内容仅及歌谣、乐府、诗词。此书实是一部不完整的韵文史。梁启勋是梁启超的弟弟,他的《中国韵文概论》将历代文体分为九类,分别是骚、赋、七、骈文、律赋、诗、乐府、词、曲。包括更广,划分更细,但是,此书字数更少,还不到九万,论述较为简略。吴烈《中国韵文演变史》出版于 1940 年,时代上晚于上述二书,论述上根据时代的顺序,依次列有诗经、楚辞、汉赋、乐府、唐诗、宋元词曲等体裁,全书共分三十九章,实际字数也不过十万,其简略可见一斑。

---

① 参见龙榆生著,钱鸿瑛导读:《中国韵文史》,上海:上海古籍出版社,2002 年。

② 董乃斌等主编:《中国文学史学史》第 3 卷,第 24～25 页,石家庄:河北人民出版社,2001 年。

另有丘琼荪《诗赋词曲概论》,1934 年 3 月中华书局出版。该书分诗赋词曲四大类论述,名目虽未有韵文字样,其实是一部韵文史著。

与“韵文史”相对的是“散文史”。散文史的出现要晚得多。30 年代初,各种韵文文体都已经有了相应的分体文学史著作。1934 年,刘经庵撰写了一部《中国纯文学史》。该书只收集、研究“纯文学如诗歌、词、曲、小说等”,竟然全不收任何文。原因是诗歌、词、曲、小说等文体“含有艺术的成分稍多,且较少传统的载道思想,正足保持其文学的真面目”①。

散文史的出现,是在 30 年代中期。1935 年 5 月商务印书馆出版第一部而且迄今都难以为继的专门研究八股文发展的分体文学史——卢前的《八股文小史》。在卢前《八股文小史》出现之前,四川刘咸炘已著《四书文论》,对八股文进行了系统的研究,并在其通论部分着重批驳当时轻贱八股文的风气,倡导文各有体,不应该分出高下。1932 年,卢前往暨南大学任教,教授“明清文学”课程。他认为,“传奇与八股文为明代文体上的两大创作”,“八股文有五百余年之历史,在文学史上自应有相当之地位;治文学史者,固不能以一时之好恶而竟抹杀之”。② 为了上课的缘故,卢前就撰写了此书。此书写成于 1933 年。全书共七章,依次为帖括经义之变体、八股文章之结构、正嘉以前之演进、隆万以后之作风、清初八股名家、八股文体之就衰、关于八股之文献,前有弁言。其中,第一、二章分别论述了八股文的起源与结构特点。第三、四、五、六章分别论述了明清时期八股文的发展历史。第七章则罗列了可供研究八股文的各种参考资料。当时,八股文已经退出历史舞台三四十年,存在文献不足的现象,

① 刘经庵:《中国纯文学史·序》,南京:江苏文艺出版社,2008 年。
② 卢前:《八股文小史·弁言》,上海:商务印书馆,1936 年。

所以，卢前此书只是“聊述大凡，不能详尽”。

骈文的研究，五四之前就已颇具规模，已有《四六丛话》、《四六金箴》、《骈体文钞》等著作，兹不赘述。五四之后，又有谢无量《骈文指南》，及刘麟生《骈文学》、瞿兑之《骈文概论》等专门研究骈文的著作。其中，刘、瞿二著更为突出。刘麟生（1894—1980），字宣阁，安徽无为人。曾任商务印书馆、中华书局编辑。刘著共分三编，依次为骈文之渊源与进展、方法论、作家与作品。著者除了论述骈文的历史发展及作家作品，也论及骈文的创作。另外，著者吸收西方一些材料与理论，将中国的骈文与西人文章对比，甚至以西文的“头韵”与骈文中的一些偶句比较，指出骈文乃中国文学的特产，强调骈文的重要地位，为骈文的研究开辟了新路。瞿兑之曾在与著者的书信中称此书“已是不错”①，对此书的成就比较称许。此书用文言写成，篇幅既短，论述也非常简略，作家作品部分仅仅罗列少量重要作家及其警句，这是此书的缺憾之处。

瞿兑之（1894—1973），又名蜕园、宣颖，湖南善化人，出身贵家，少年时曾师从清末骈文大家王闿运学习骈文写作。瞿刘二人过往较多，1936年，刘麟生编《中国文学八论》，即将瞿著《骈文概论》汇入其中，《八论》前有刘麟生所撰《中国文学八论编辑旨趣》一文。该书由世界书局出版。瞿著前又有刘序。刘对瞿氏的骈文功力及学术素养极为称许，曾邀请瞿氏撰写一部骈文方面的作品，瞿氏无意另行写作骈文学史，只是挑选几个重要作家，一些重要作品，介绍作家的特殊风格，并“约略的将他们的前因后果指点出来”②，此即后来的《骈文概论》。《骈文概论》由十六篇“可分可合”的论文构成，加上前面的总论，共十七章。十七章题目依次为：总论、从三百篇到楚辞、赋、魏晋文与陆机、骈文

①② 瞿兑之：《骈文概论·序》，海口：海南出版社，1994年。

之论、写景文与齐梁体、书札文与徐陵、《哀江南赋》、《滕王阁序》、《文心雕龙》与《史通》、唐代之骈文与古文、陆贽、李商隐、宋四六、清骈文、律赋与八股、八股与骈文。从题目上看，此书既有纵向的骈文史论，也有横向的骈文文体对比论述。

在此基础上，1936 年，商务印书馆又印行了近代第一部骈文史——刘麟生的《中国骈文史》。此书则由瞿兑之作序。此书抛开著者《骈文学》中关于骈文创作方面的论述，专一论史，共十二章。全书用文言文写成，继承了著者《骈文学》、《中国文学概论》所谓骈文、韵文、散文三大范畴，而韵文则介于骈文、散文之间的主要观点，将辞赋等也纳入论述的范围；还吸收瞿著《骈文概论》论述骈文历史的主要线索，从文学起源开始，一直论述到近代，提纲挈领，要言不烦，比较系统地为中国骈文的发展脉络勾勒出一个明确的轮廓。今天看来，此书内容仍不够详尽，观点算不上新颖，不过作为第一部中国骈文史，其开创之功不能抹杀。

以"散文史"为题的著作，稍晚也问世了。方孝岳的《中国散文概论》应该是散文史作较早的代表。此书被收在刘麟生所编的"中国文学八论"中，由世界书局 1936 年出版。方孝岳(1897—1973)，语言学家，安徽桐城人，曾任北京大学、中山大学等校教授，著有《中国文学批评》、《中国散文概论》等著作。《中国散文概论》约十万字，包含有文学史述的内容，严格地讲，算不上文学史著。该书分本体论、方法论两个部分。本体论主要解决散文概念、散文演进的问题。关于散文的演进，此书论述极为简略。相反，此书用大量的篇幅论述了各类不同散文的写作方法。

陈柱的《中国散文史》出现略晚于方著，也较方著更为详细、系统。该书被列入王云五、傅纬平主编的"中国文化史丛书"，1937 年由商务印书馆出版。陈著从文体的角度将中国散文历史分为六个时代，依次为：骈散未分之时代，自虞夏至秦汉；骈文渐成时代，即两汉时代；骈文渐盛时代，即汉魏之际；骈文极盛时代，即六朝至初唐；古文极盛时代，即唐韩柳、宋六家之时代；八股文极盛时代，即明清之世。又根据文学进化的历史，将中国散文发展划分为七个时代，依次为：为治化而文学之时代，即夏商至周初；由治化时代而渐变为学术时代，即春秋之世；为学术而文学时代，即战国时代；反文化时代，即秦代；由学术时代而渐变为文学时代，即两汉；为文学而文学时代，即汉魏以后时代；以八股为文学时代，即明清时代。以此，陈著共分五编，大体与其所分六个时代对应。编下设章节，其章目大体与所分七个时代相一致。以编统章，各编先设一总论，总论下再分开论述。

陈柱认为骈散文是相对的，“自无骈散之分以至于有骈散之分，以至于骈散互相角胜，以至于变而为四六，再变而为八股。散文虽欲纯乎散，而不能不受骈文之影响。骈文虽欲纯乎骈，而亦不能不受散文之影响”。而八股文虽然是骈散二体的融合体，举国全为八股，实则显示文学已经走向卑弱。① 陈柱还认为文学的本质就是学术，其书论述的范围极广，从夏代一直延续到清末民初的陈三立、严复、康有为、黄节、章太炎等人。全书遵循广义的散文概念，所选散文对象非常宽泛，自上古时代的钟鼎文、先秦诸子散文、两汉辞赋，到经传、训诂文章、朝廷对策、上疏、碑铭、游记等等，无不悉收在内。这也显示此书存在将文学和学术混淆的弊端。

这一时期，赋史也出现了。20 世纪赋的研究与撰写开始比较早。20 年代，已有曹聚仁《赋到底是什么？是诗还是散文》②、郭绍虞《赋在中国文学史上的地位》③等文章，对赋的性

---

① 陈柱：《中国散文史·序》，上海：商务印书馆，1937 年。

② 曹聚仁：《赋到底是什么？是诗还是散文》，《文学百题》，上海：生活书店，1935 年。

③ 郭绍虞：《赋在中国文学史上的地位》，上海：《小说月报》17 卷号外，1927 年。

质与地位进行讨论。1927 年，国光书局还出版了陈去病的《辞赋学纲要》。该书比较系统地研究了赋学，简要地勾勒了赋的发展史。进入 30 年代，学者对赋的研究主要集中在汉赋上，主要研究文章有贺凯《汉赋的新解》①、沛清《论汉代的辞赋》②、朱杰勤《汉赋研究》③、吴烈《汉赋在中国文学史上的地位》④等。当时还出现专门研究汉赋的著作《汉代词赋之发达》(金秬香)、《汉赋之史的研究》(陶秋英)。其中，陶秋英的《汉赋之史的研究》，1939 年由昆明中华书局出版，是 20 世纪最早冠以"史"的赋体研究专著，也是最早的断代赋史。此书一共三篇十章，三篇目录依次为总论、骚赋、汉赋。此书不仅论述了汉赋的发展特点，更是溯源而上，比较详细地论述了楚辞作家群创作的骚体赋，并研讨了赋体的起源。汉以后的赋，此书没有论及。其时，尚有日本学者铃木虎雄撰写了《赋史大要》。上述金、陶、铃木等人的著作，都采用以论述带编纂的撰写方法。这些著作的出现，也标志着现代赋学批评体系已渐趋形成。

小说史、戏剧史的编写

30 年代，小说史的撰著继承了 20 年代的余烈，继续保持着繁荣的态势。在 20 年代小说史研究的基础上，此期的小说史撰著向纵深方向开掘。表现之一是，出现了像胡怀琛《中国小说的起源及其演变》(正中书局印行，1934 年 8 月出版)等力求理论

① 贺凯:《汉赋的新解》，北京:《文学杂志》，第 1 卷第 3、4 期，1933 年。

② 沛清:《论汉代的辞赋》，上海:《国闻周报》，第 11 卷第 8 期，1934 年。

③ 朱杰勤:《汉赋研究》，广州:《文史学研究所周刊》，1934 年。

④ 吴烈:《汉赋在中国文学史上的地位》，上海:《国民文学》，第 1 卷第 6 期，1935 年。

力度更深的著作。之二是出现了断代小说史，如阿英的《晚清小说史》(商务印书馆印行，1937 年 5 月出版)。

胡怀琛(1886—1936)，早在 20 年代就有《中国小说研究》一书出版，该书从中国小说的形式分类、实质分类、时代分类等几个方面对中国小说发展历史进行了梳理，与此前各种小说史颇有不同。《中国小说的起源及其演变》约六万字，共六章，在前书的基础上更进一步，只讨论中国小说发展史上的起源与演变问题，余不涉及。著者承袭《中国小说研究》从形、质角度考察小说的方法，颇有新意。书尾附有《研究中国小说参考的书目》一章，应是近代中国小说研究史上的第一份关于小说研究的资料集。胡于同年 11 月还出版了《中国小说概论》一书。此书是刘麟生主编《中国文学丛书》的一种，凡八章。全书基本沿循丛书“以体类为经，以时间性为纬”的总要求写作，实即一部微型小说史。①

沈从文(1902—1988)也曾撰著《中国小说史》，此书是其在暨南大学作中国小说史讲座时的讲义，由暨南大学于 1930 年出版。该书前有绪论，一共两章，不足四万字。著者认为鲁迅《中国小说史略》略有不足，希望能够将中国小说史重新评价。(参见其《绪论》)此书无论从研究目的，研究方法，以及得出的结论等各个方面，都求不落俗套，也有一些新见，如对中国小说演变线索的分析、对《金瓶梅》等几部重要小说的评价等。但是，此书只是简单地开了头，并未终篇，创新自然有限。

阿英(1900—1977)，原名钱杏邨，安徽芜湖人。其《晚清小说史》共十四章，充分揭示了晚清小说繁荣的时代原因，指出晚清小说的内容与形式上独有的特点，准确地总结了晚清小说所取得的成就，并根据晚清小说的不同题材具体分析了晚清小说

---

① 参见刘麟生:《中国文学八论·中国文学八论编辑旨趣》，郑州:中州古籍出版社，1991 年。

创作的作家、作品。此书系近代第一部断代小说史著，它的出现，扩大了小说史撰写与研究的范围。但是，此书侧重思想性的分析，对晚清小说的艺术性，及其发展内在脉络的分析存在不足。

此期另两部小说史作，谭正璧的《中国小说发达史》(上海光明书局，1935 年 8 月出版)与郭箴一的《中国小说史》(商务印书馆，1939 年 5 月出版)则是在模拟前代小说史作的基础上完成的。二书的模拟又有不同。谭正璧(1901—1993)，上海嘉定人，主要从事中国文学史研究工作。谭曾在《中国小说发达史·自序》中明言，《中国小说发达史》乃参照鲁迅《中国小说史略》写成。谭著约二十万字，共七章，章目依次为古代神话、汉代神仙故事、六朝鬼神志怪书、唐代传奇、宋元话本、明清通俗小说(一)、明清通俗小说(二)。此书虽在小说史著的形式格局上，没有更大的创新，但是，此书著者比较注意每一时代某类小说形式所以发生或所以发达的历史原因与社会背景的介绍，对明代通俗小说繁盛原因的揭示也较同类著作详赡。全书论述时有创见。

郭箴一《中国小说史》，共八章，约三十四万字。此书出版不久，即被举有抄袭鲁迅《中国小说史略》之嫌，又有称此书抄袭赵景深《小说闲话》、谭正璧《中国小说发达史》等著作的。① 此书著者也自称该书未能“贡献中国小说史以特殊的创见”。

此外，尚有出于教学目的撰著的小说史著，即刘永济《小说概论讲义》和孙俍工《中国小说史十讲》。前者系刘在商务印书馆函授国文学校授课的讲义，约于 1930 年印行。此书共四章：绪论、两汉六朝杂记小说、唐朝短篇小说、宋元以来章回小说。

① 参见胡从经:《中国小说史学史长编》，第 439～442 页，香港:中华书局(香港)有限公司，1991 年。

刘永济(1887—1966),湖南新宁人,致力于古代文学研究,1925年4月曾于《学衡》第40期发表《说部流别》,《小说概论讲义》即是由《说部流别》修改扩充而成的。此书用文言写成,于小说发展源流、演进的分析尤为清晰明了。

孙俍工《十讲》与沈从文《中国小说史》一样,也是暨南大学“中国小说史讲义”之一,约在1930年印行。孙俍工(1894—1962),湖南人,曾赴日本留学,一生从事古典文学教学与研究。此书共十讲,从古代的神话小说、汉代的小说,一直讲到唐宋元明清代的小说。此书傍依前人,也时有真见。

30年代小说史的编写虽然非常发达,但是,都没有能够超越鲁迅《中国小说史略》达到的高度。这是当时小说史编写的不足。对此,郑振铎在《人民文学》创刊号上发表的《中国小说史家的鲁迅》一文中曾有明确概括:

> 近三十年来研究中国古小说的人很多,但像鲁迅先生那样气吞全牛,一举而奠定了研究的总方向,有了那末伟大而正确的指示的,还不曾有过第二人。

30年代左右,戏曲史的撰写也比较兴盛。戏曲史的撰写发轫较早,20年代,王国维、吴梅等已导其先路。进入30年代,戏曲断代史、通史的著写更是十分兴旺。断代史有卢前的《明清戏曲史》(商务印书馆印行,1935年)、贺昌群的《元曲概论》(商务印书馆,1935年)。通史有卢前的《中国戏曲概论》(世界书局印行,1934年)、周贻白的《中国戏剧史略》(商务印书馆印行,约于1936年出版)、徐慕云的《中国戏剧史》(世界书局印行,1938年)等。当时还有翻译日人的戏曲史著,如《元人杂剧概说》、《中国近代戏曲史》、《中国近世戏曲史》。此三书原本都是日人青木正儿所作。《元人杂剧概说》由隋树森译,1937年开明书店出版。《中国近代戏曲史》系郑震根据青木《中国近世戏曲史》编译的作品,1933年由北新书局出版。《中国近世戏曲史》则由王古鲁翻译,1936 年商务印书馆出版。

诸书中,又以卢前的《中国戏曲概论》与周贻白的《中国戏剧史略》最具代表性。卢著系刘麟生《中国文学八论》之一,本是一部戏曲简史。全书十二章,章目依次为:戏曲之起源、戏曲之萌芽、宋戏之繁盛、金代的院本、元代的杂剧、元代的传奇、明代的杂剧、明代的传奇、清代的杂剧、清代的传奇、乱弹之纷起、话剧之输入。此书可谓近代比较完整的一部中国戏曲通史,从戏曲起源开始,一直写到当时吴梅的剧作与初期话剧。其中元杂剧一章,论述了杂剧体制、杂剧家地理分布,以及杂剧四大家的剧作,语之甚详。此书还展示卢前对中国戏曲史发展脉络的一个比较新颖的推测与判断。卢前将中国戏曲比喻成一粒橄榄,两头尖中间圆。意即中国戏曲"系统"存在不均衡现象,两个尖头分别指的是唐宋以前与皮黄等出现之后的戏曲史。这两个时期的戏曲主要形式是"戏",而自元至皮黄出现之前一段则是"曲的历程"。与"戏"的时代相比,曲的历程发展得非常完善,显得非常"饱满"。这实在是一个很有意义的现象。

周贻白(1900—1977),戏曲史家、戏剧理论家,原名炳垣,湖南长沙人,1927 年参加田汉主办的南国剧社。他一生于戏剧史的著述甚丰,除《中国戏剧史略》外,尚有《中国剧场史》(1936 年,商务印书馆)、《中国戏剧小史》(1945 年,永祥书局)、《中国戏剧史》(1953 年,中华书局)、《中国戏剧史讲座》(1958 年,中国戏剧出版社)、《中国戏剧史长编》(1960 年,人民文学出版社)、《中国戏曲发展史纲要》(遗著,1979 年,上海古籍出版社)等书。《中国戏剧史略》是关于中国戏剧史的最早著作。此书由十六个部分组成。目次依序为:戏剧的发端、中国戏剧的初型、汉代的乐舞与百戏、六朝时代对于戏曲的表见、隋唐间戏剧的各方面、宋官本杂剧及大曲、南戏的出生及其进展、诸宫调与元杂剧、元杂剧的结构及其他、南戏的复兴与琵琶记、从海盐腔到昆山腔、沈璟与汤显祖、明清戏剧的趋势、花部和雅部的分野、花部诸腔的兴替、皮黄剧的来源及其现状。此书所谓"中国戏剧",实即中国戏曲。周贻白曾在《中国戏曲发展史纲要》第一章中写道:"中国戏剧,或名戏曲,这是中国戏剧应用曲子这一文件作为剧本文词之后的称谓。"

《中国戏剧史略》一书,所论仅限于中国戏曲,并不包括新时期的话剧。考虑到此书过于重视剧本,"所论几皆为曲而非剧",对戏剧的场上表演部分有所忽视,周贻白又撰写《中国剧场史》,主要论述戏剧表演部分,以求弥补前书的缺漏。随即,他又将二书主要内容综合一起,另撰《中国戏剧史》。40 年代出版的《中国戏剧小史》系上海永祥印书馆编辑范泉所编"青年知识文库"丛书之一,是一部适合青年阅读的普及性知识读物。《中国戏剧史长编》则是以《中国戏剧史》为底本,略加修订而完成的。周贻白的戏剧史研究与撰写,实际开始于《中国戏剧史略》的撰写与出版。

徐慕云的《中国戏剧史》分五卷,该书比较注重戏剧表演部分的研究与论述,专设"脸谱服装在剧中之特殊功用"一卷,并附有若干剧照与脸谱图片。

此期戏剧史撰写的繁荣持续时间较长,一直延续到 40 年代、50 年代。40 年代有董每勘《中国戏剧简史》(1949 年,商务印书馆),及隋树森译日人盐谷温的《元曲概说》(商务印书馆,1947 年)出版。阿英、胡忌,以及周贻白在 50 年代都有戏剧史作品刊行。①

① 阿英著《元人杂剧史》,刊在 1954《剧本》月刊上;胡忌著《宋金杂剧考》,1957 年由古典文学出版社出版;周贻白著见前述。

文学批评史的繁荣

继 20 年代陈钟凡的《中国文学批评史》之后，三四十年代，文学批评史的撰写也进入繁荣期。此期文学批评史的重要作品有郭绍虞的《中国文学批评史》(上)、罗根泽的《中国文学批评史》、方孝岳的《中国文学批评》，及朱东润的《中国文学批评史大纲》。

郭绍虞(1893—1984)，名希汾，江苏苏州人，语言学家、文艺理论家。1921 年参与发起成立“文学研究会”，后曾在多所高校任教。《中国文学批评史》是其学术要著。此书 1934 年 5 月由商务印书馆印行。郭绍虞之所以集中研究中国文学批评史，与其对当时中国古代文学研究的认识有关。他本想写一部中国文学史，但在收集材料的过程中，“发现有许多文艺理论的材料没有引起大家重视”，于是“就把注意力集中到这个方面而写起中国文学批评史来了”。① 郭著《中国文学批评史》还受到了陈钟凡书的影响。郭氏曾在《我怎样研究中国文学批评史》中承认其从事文学批评史的研究受到陈钟凡的启发，并认为陈在文学批评史方面具有开创之功。

郭著《中国文学批评史》上下卷并不是同时出版的。其上卷(先秦至北宋)，1934 年由商务印书馆出版。受战争的影响，其下卷(南宋至清中叶)分两册，直到 1947 年才出版。

郭著上卷出版，即已得到学界的赞誉。1934 年 10 月的第九卷第四期的《清华学报》曾载朱自清《评郭绍虞〈中国文学批评史〉上卷》一文。在该文中，朱氏盛赞郭著在材料收集上下的功夫。他说：“郭君这部书，虽然只是上卷，我们却知道他已费了七

① 郭绍虞：《建立具有中国民族特点的马克思主义文艺理论》，《照隅室古典文学论集》(下编)，第 530 页，上海：上海古籍出版社，1983 年。

八年工夫，所得自然不同”。并称郭著取材范围广大，“不限于诗文评，也不限于人所熟知的‘论文集要’一类书，而采用到史书文苑传或文学传序，笔记，论诗等；也不限于文学方面，……随时引证思想方面的事件”。朱自清还说，郭绍虞收集的诗话，他曾见过目录，“那丰富恐怕还很少有人赶得上的”，因此，他指出：“第一个人大规模收集材料来写中国文学批评史的，得推郭绍虞先生。”①

今人李平指出郭绍虞整理材料的一个特点：

> 在整理、考订材料时尽量贴近古人，做到根底无易其固；同时在分析、解释时又不失个人的见解，力求裁断必出于己。郭著《自序》有言：“我总想极力避免主观的成分，减少武断的论调。所以对于古人的文学理论，重在说明而不重在批评。……总之，我想在古人的理论中间，保存古人的面目。”但在具体的材料辨析过程中，他又总是本着由考订而史述、由史述而论断的原则，以小见大，从现象观本质。②

郭绍虞非常注重与文学理论相关的思想背景，他曾在《中国文学批评史》上卷中说：

> 文学批评又常与学术思想发生相互联带的关系，因此中国的文学批评，即在陈陈相因的老生常谈中也足以看出其社会思想的背景。

朱自清认为这已不是取材而兼是方法了，而郭正是以这个方法为基础，建立起全书的系统。③

---

① 朱自清：《诗文评的发展》，《朱自清古典文学论文集》（下），第545页，上海：上海古籍出版社，1981年。

② 李平：《二十世纪中国文学批评史研究综论》，北京：《文艺理论研究》，2001年第2期。

③ 朱自清：《评郭绍虞〈中国文学批评史〉上卷》，《朱自清古典文学论文集》（下），第540页，上海：上海古籍出版社，1981年。

郭著打破按王朝顺序分期的传统，系统地将文学批评史的发展状况分为不同的时期与阶段。郭绍虞将中国文学批评的发展分为三个主要时期。第一个时期为“文学观念演进期”，即上古期，此期自上古至南北朝，其间周秦为广义的文学时期，两汉为文学与学术开始分开的时期，魏晋南北朝时期文学的内涵已经接近现在的文学观念。第二个时期为“文学观念复古期”，此期自隋唐直至北宋。其间隋唐五代为一阶段，北宋为一阶段。第三个时期为“文学批评完成期”，即近古期，此期自南宋至清代。其间，南宋金元为一阶段，明代为一阶段，清代为一阶段。

全书在论述文学批评史时，抓住一些主要的问题如“文学”、“神”、“气”、“文笔”、“道”、“载道”等，仔细分辨，并依据文学批评本身的特点安排节目，同时兼顾一些重要的批评家，做到既重之以史，又以史系“人”，不忽略“人”。

郭著的成就得到广泛的公认，朱自清早在《评郭绍虞〈中国文学批评史〉上卷》一文中就指出郭著“虽不是同类中的第一部，可还得算是开创之作，因为他的材料与方法都是自己的”。此书出版后，一直是高校沿用的教材，或称其为百年来第一部完整的、影响最大的文学批评史。①

郭著最大的不足在于仅以传统的诗文理论为文学批评史研究的核心，而将明清时期已经发达兴盛的小说、戏剧理论置之不顾，这就使得此书实际上仅是中国古代诗文批评史，也使此书缺少了一个重要方面，更影响了它的论述广度，限制了它对中国古代文学理论与批评实质揭示的深度。②

---

① 陈昌恒：《古代文论的百年研究与世纪前瞻》(之一)，武汉：《华中师范大学学报》(人文社科版)，1999 年第 4 期。

② 参见董乃斌：《郭绍虞中国文学批评史研究的成就与贡献》，选自王瑶主编《中国文学研究现代化进程》，第 335～336 页，北京：北京大学出版社，1996 年。

罗根泽的《中国文学批评史》(周秦汉魏南北朝)与郭著上卷同年出版,时间上略晚于郭著。罗著1934年8月由北平人文书店印行,但是,其内容只限于周秦汉魏南北朝。罗根泽本拟先写作各个分册的文学批评史,然后再缩编一部简明文学批评通史。他曾在《中国文学批评史·重印序》中写道:

> 许多写书的同志大都计划着先由简略而后扩充到详赡,我最早却拟了一个相反的计划,打算"由博返约",先写逢说就录的资料较详的分册出版的中国文学批评史,然后再根据这些资料写一本简明的中国文学批评史纲要。

此后,他沿着此书继续写作。1943年,商务印书馆将其前著与后续撰写的文学批评史再行出版。此次出版共分四册,分别是《周秦两汉文学批评史》、《魏晋六朝文学批评史》、《隋唐文学批评史》和《晚唐五代文学批评史》。罗根泽研究的下限延伸到五代时期。1957年,这四册书又经著者修订、合编,以《中国文学批评史》的名称,分为两册由上海古典文学出版社出版,周秦、魏晋两本组成了第一册,隋唐、五代两本组成了第二册。1961年,罗根泽去世后,中华书局上海编辑所出版了罗著第三册,名之为《两宋文学批评史》。1984年,上海古籍出版社又将前所出版罗著分为三册,重新刊行。著者既已作古,此书就只写到宋代,还算不上一部完整的中国文学批评通史。

材料的搜求与勾探是罗著的优长。罗著所论时代远较郭著短,但内容却远较郭著详。罗著仅仅写到两宋时期,字数已接近六十万,如果算上明清部分,估计字数可能会超过八十万。朱自清曾对郭绍虞的材料收集功夫极为称赏,郭绍虞却对罗著材料的搜求甄别深表叹服。郭曾在罗著《中国文学批评史》(三)的序言中写道:

> 他(罗根泽)搜罗材料之勤,真是出人意外,诗词中的片言只语,笔记中的零楮碎札,无不仔细搜罗,甚至佛道二氏

之书也加浏览,即如本书中采及智圆的文论,就是我所没有注意到的。当文学批评史这门学问正在草创的时候,这部分工作是万万不可少的。而雨亭用力能这样勤,在荜路蓝缕之中,作披沙拣金之举,这功绩是不能抹煞的。……雨亭之书,以材料丰富著称。

罗著很好地将"文学"与"文学批评"进行了界别,总结出中国文学批评的特点,并将西洋的"文学批评"与中国文学批评的特点很好地结合了起来。对此,朱自清的评论比较详细:

> 写中国文学批评史,就难在将这两样(诗文批评和文学批评)比较得恰到好处,教我们能以靠了文学批评这把明镜,照清楚诗文评的面目。诗文评里有一部分与文学批评无干,得清算出去;这是将文学批评还给文学批评,是第一部。还得将中国还给中国,一时代还给一时代。按这方向走,才能将我们的材料跟那外来意念打成一片,才能处处抓住要领;抓住要领以后,才值得详细探索起去。罗先生的书除了《绪言》(第一册)似乎稍繁以外,只翻看目录,就教人耳目清新,就是因为他抓的住的原故。①

在体例上,罗著兼采纪事本末体、编年体、纪传体三体之长,创立了"综合体"。即先依编年体的方法,将全部中国文学批评史分为若干时期;再依纪事本末体的方法,对各期中的文学批评,根据文体的不同,以及问题的不同,再分为若干章;最后再依纪传体的方法,将各期中不同伟大批评家的批评,设专章叙述。遇有特殊情况,甚至并不拘泥体例。这样就避免了编年体带来的"割裂"、纪传体带来的"揉乱"、纪事本末体带来的"淆混"。

在批评的时候,罗著务求保持客观公正的态度。著者希望

---

① 朱自清:《诗文评的发展》,《朱自清古典文学论文集》(下),第545页,上海:上海古籍出版社,1981年。

做到章学诚所谓“尽其天而不益以人”的客观态度，力求写出一部客观真实的中国文学批评史。著者曾在《旧序》中言道：

> 故今兹所作，不敢以一家言自诡；蒐览务全，铨叙务公，祛阴阳偏私之见，存历史事实之真，庶不致厚蔑古人，贻误来者。

罗著虽然并未写完，但是，这并不影响它成为一部文学批评史佳作。朱自清在《诗文评的发展》中称此书“编制渐渐匀称”，“论断渐渐公平”，“是一部值得细心研读的《中国文学批评史》”。

与郭著、罗著同年出版的批评史著作还有方孝岳的《中国文学批评》。方著 1934 年由上海世界书局出版，属刘麟生主编的“中国文学八论”之一。这套丛书本来就是一套“史”性质的丛书，著者在《导言》中自称此书写作“大致是以史的线索为经，以横推各家的义蕴为纬”，实是一本中国文学批评史书。此书重点在探索各家批评理论，理论分析是此书之长，有新颖观点。

朱东润的《中国文学批评史大纲》出版时间晚于上述三书，1944 年由开明书店出版，然其原稿完成早于上述三书。著者曾在序里说到此书成书经过：

> 一九三一年，我在国立武汉大学授中国文学批评史，次年夏间，写成中国文学批评史讲义初稿。一九三二年秋间，重加订补，一九三三年完成第二稿。一九三六年再行删正，完成第三稿。

1937 年稿件刚开始排印，抗战爆发，稿件丢失，排印工作中止。直到 1943 年，才将第三稿的上半部与第二稿的第四部合并出版。此即朱著成书。其时，郭著下册还没有出版，罗著则是一部没有全部完成的书，方著又不以“史”为名，稍前的陈著只有七万余字，“史”的分量不够。而此书一直写到清代的陈廷焯。朱自清《诗文评的发展》称：“这还是第一部简要的中国文学批评全史。”

与其他批评史著作相比，朱著有许多独到之处。其一，“详近而略远”。著者在《自序》中说：“这本书的叙述，特别注重近代的批评家。”全书对清代文学批评的论述，占总数的三分之一。清末的曾国藩等都在论述之列。尤其是注意到明清以来小说戏曲理论在文学批评中应有的地位，如金圣叹和李渔在书中各占一章，而袁宏道一章也特别指出他推重小说戏曲的理论。这些都显示此书的超卓之处。其二，全书大部分以个别的批评为标目，“所看到的，常常是整个的批评家”，“章目里只见到无数的个人，没有指出这是怎样的一个时代，或者这是怎样的一个宗派”。这对以前的批评史著正好是一个矫正和补充。其三，朱著既拥有自己的史观史识，又客观地选择批评家和批评材料。著者明言：“既然是史，便有史观的问题。作史的人总有他自己的立场，他的立场所看到的，永远是事态的片面，而不是事态的全面。”又说：“一切史的叙述里，纵使我们尽力排除主观的判断，事实上还是不能排除净尽。”从具体的历史叙述来看，朱著仍然倾向于客观分析。关于这一点，朱自清在《诗文评的发展》一文中曾明确说过：

> 朱先生的史观，似乎也只是所谓“释古”，以文学批评还给文学批评，中国还给中国，一时代还给一时代。这似乎是现代的我们一般的立场，不见其特别是朱先生主观的地方。

上述郭、罗、方、朱诸著，带来了中国文学批评史的第一个撰写高潮，以致朱自清称“我们二十年里，文学批评史却差不多要追上了文学史”。三四十年代的文学批评史著作还有 1939 年朱维之的《中国文艺思潮史略》，1946 年傅庚生的《中国文学批评通论》等。

分体文学史的研究还波及到各种专题文学史、地方文学史等。如通俗文学领域，此一时期的文学史著就有陈汝衡的《说书小史》(上海中华书局，1936 年)、洪亮的《中国民俗文学史略》

(上海群众图书公司,1934 年)、郑振铎的《中国俗文学史》。其中,郑振铎《中国俗文学史》影响最大。郑著 1938 年 8 月由商务印书馆印行。该书详细解释何谓“俗文学”,并对俗文学进行了分类研究。这些著作提高了俗文学在文学中的地位。女性文学领域,如梁乙真的《中国妇女文学史纲》(开明书店,1932 年)、陶秋英的《中国妇女与文学》(北新书局,1933 年)等。僧侣文学史,如张长弓的《中国僧伽之诗生活》(北平著者书店,1933 年)。地方文学史,如蒋瑞珍的《吴江诗史》(约出版于 1937 年前后),陆树熳(曼炎)的《昆曲简史》(江苏研究社,1937 年)等。

综上所述,30 年代到 40 年代是分体文学史繁荣发达的时代,其中,又以 30 年代最为集中。1949 年前出版的分体文学史一百一十余种,其中 20 年代出版的所占比例不足五分之一,40 年代出版的则更少。30 年代,无论是各种分体文学史涉及的范围,还是出版的数量,或者所取得的成就,都达到了历史的高潮。此时,诗歌、乐府、词、曲、戏剧、文学批评等各个领域中的重要的分体史著,如《中国诗史》、《词史》、《词曲史》、《散曲史》、《中国散文史》、《中国骈文史》、《乐府文学史》、《中国批评文学史》、《中国戏剧史》等,都出现了。

进入 40 年代,这种繁荣就已呈消减的态势。重要的分体史著也不多,只有《汉魏晋南北朝乐府文学史》等不多见的几部。

(中国社会科学院方志办　程方勇)

吴梅及其弟子的词曲研究

学术研究的师承传统和学术渊源应予以重视。20 世纪最引人注目的是吴梅及其弟子的词曲研究。吴梅先生门下，除了紧承其专业的四大弟子：任中敏、唐圭璋、卢冀野和王季思之外，还有人数众多的像钱南扬、俞平伯、顾随、程千帆、万云俊、王玉章、沈祖棻等，他们或是其私淑弟子，或曾受教，或在学术发展中深受其点拨及影响。这些弟子又成功培养出了诸多弟子，成了 20 世纪词学和曲学的学术骨干。所以无论从词曲大师吴梅先生的本人贡献，到他的弟子，及弟子的弟子，从人数的庞大，到成果的卓著，及对整个词曲界的影响都堪称为学术史上一大可观之现象。有学者指出："如果能借用学案体的方式，即参用《宋元学案》的体例，考察 20 世纪词曲学研究者的学术渊源和师承传统，描述 20 世纪词学史曲学史的发展进程，也许会有另一番认识。"①考察词曲大师吴梅先生的传人和门派正适合于此类研究。

吴梅的词曲研究

吴梅(1884—1939)，字瞿安，一字灵鳷，号霜崖，人称"曲坛

① 王兆鹏：《用学案体研究学术史的思考》，2004 年 12 月在黑龙江大学与《文学评论》联合举办的"二十世纪古代文学学科通志"研讨会上的发言，后主要观点在《文学评论》2005 年第 1 期会议综述中有专门介绍。

大师"。江苏苏州人。乃近代戏曲理论家和教育家，诗词曲作家，是与王国维同时代的重要的戏曲学者和创作家。清光绪三十年(1904 年)到上海学日文，被当时的"六君子"狱所感动，作《血花飞》传奇。光绪三十三年，与柳亚子等结交，相互唱酬。两年后，参加由柳亚子发起组织的南社。民国 2 年(1913 年)，作《顾曲麈谈》及传奇《绿窗怨记》，并续《双泪碑》传奇。又分别于民国 4 年及 5 年在沪撰成《白团扇》杂剧和《东海记》传奇。民国 17 年，受聘于上海光华大学教授词曲，3 年后辞教，但仍居沪上。民国 20 年 6 月归居苏州。著作多种，有《奢摩他室曲话》、《中国戏曲概论》、《南北词学》、《曲学通论》、《元剧研究》、《南北词简谱》等。剧作尚有传奇《轩秋亭》、杂剧《风洞山》等。

吴梅的词曲研究贡献卓著，王玉章早在 40 年代即评之为"先生不仅为度曲家、不仅为演剧家、更不仅为藏曲家，洵为近代著、度、演、藏各色俱全之一位曲学大师"①。后王卫民又进一步总结为："吴梅先生是近代著名的曲学大师。他在戏曲创作、戏曲教育、曲律研究、曲史研究以及藏曲、校曲、谱曲、唱曲、演曲等方面，都做出了较大的贡献。从学术角度看，他对戏曲理论的研究成就最为突出。"②下面具体论之。

吴梅对昆剧曲律的学科式研究。30 年代钱基博即已对其多有嘉评。其中"严于核律如此!"③的评价就是针对吴梅对曲律的熟谙及潜心。他先后写有《顾曲麈谈》、《曲学通论》、《南北词简谱》等著作。相比于我国古代研究曲律之作，如燕南芝庵《唱论》、周德清《中原音韵》中的"作词十法"、魏良辅《曲律》、张琦《衡曲麈谈》、李渔《闲情偶寄》、沈宠绥《弦索辨讹》等，吴梅更

①② 王卫民:《吴梅和他的世界》，第 167 页，第 294 页，石家庄:河北教育出版社，2002 年。

③ 钱基博著，傅道彬点校:《现代中国文学史》，第 284 页，北京:中国人民大学出版社，2004 年。

在系统性和科学性方面下工夫，力避前人的杂记性随感性之弊，而是将曲律视为一门学科，突显其理论性、规律性和逻辑性。吴梅还编了《南北词简谱》，相比于前人的曲谱，更偏重研究曲牌格律，也更简明，适于创作时的参考。他曾在逝世前给学生卢前一封信，强调“此则必待付刻”，“为治曲者必需之书”。① 简谱既筛选了旧谱中的精华，又挑选了一些名曲，还从清代《长生殿》、《桃花扇》等剧作中选录了不少代表性曲词。其价值在于从研究和校点看，它是一部很好的工具书。因而卢前在跋语中说：“先生竭毕生之力，梳爬搜剔，独下论断，旧谱疑滞，悉为扫除，不独树歌场之规范，亦立示文苑以楷则，功远迈于万树《词律》。”②汪经昌《吴梅》一文也评曰：《南北词简谱》“积十年心血而成，北词分宫，从《正音谱》，南词分宫，从《九宫谱定》，而纬以《定律》。就每一曲牌，定其板式，判其用法，明其四声，正其体式，考订之精，阐发之微，殆突过前贤谱律，虽曰简谱，而实宫调齐全，体用俱备”③。只可惜，吴梅生前并未将此书付梓，后由其弟子们在抗战后草草出版，然而于曲中所记注的板式，一概删略，诚属一大损失。

吴梅的戏曲史研究。吴梅先后写出《中国戏曲概论》、《元剧研究》(即《元剧研究 ABC》)以及大量的戏曲序跋和散论等。继王国维《宋元戏曲考》之后，吴梅写出了我国第一部戏曲通史，区别于王国维只重宋元而忽略明清，吴梅既重视元曲的价值，也重

---

① 王卫民：《吴梅年谱》，见《吴梅评传》，第 317 页，石家庄：河北教育出版社，2002 年。

② 王卫民编校：《吴梅全集·南北词简谱卷》(下)，第 781～782 页，石家庄：河北教育出版社，2002 年。

③ 汪经昌：《吴梅》，原载《中国文学史论集》四，1958 年 4 月初版，转引自王卫民编《吴梅和他的世界》，第 196 页，石家庄：河北教育出版社，2002 年。

视明清戏曲的价值，并把二者放在同等重要的位置进行通盘研究。王卫民评《中国戏曲概论》与《宋元戏曲考》曰："前者重在评述，后者重在考证；前者重在曲律，后者重在文章。两书相辅相成，共同为中国戏曲史研究奠定了坚实的基础。"①吴梅一生写的序跋和读曲记共有数百篇，其中对作家作品的评价十分可观，为后人提供了丰富的参考资料。他评价作家实事求是，不以人废言；他评价作品能从案头和场上两个方面综合考查。相比于《宋元戏曲考》，吴梅又沿袭古代曲家重"家数"，亦即流派研究的路数，将明清错综复杂的作家归纳出吴江、临川、昆山三家。

戏曲地位的提升，吴梅功不可没。王国维专攻戏曲二三年后，兴趣转移。唯有吴梅先生则始终如一地坚守在戏曲这块阵地上，特别是在戏曲教学方面用力最深，把一直不能登大雅之堂的戏曲搬到大学讲堂，分别在北大、东南大学、中山大学、光华大学、金陵大学等先后任教，培养了大批戏曲教学和科研人才。

钱基博在《现代中国文学史》中评论说："曲学之兴，国维治之三年，未若吴梅之劬以毕生；国维限于元曲，未若吴梅之集其大成；国维详其历史，未若吴梅之发其条例；国维赏其文学，未若吴梅之析其声律，而论曲学者，并世要推吴梅为大师。"②

吴梅及其弟子

吴梅的戏曲研究与教学始于1913年，这一年在上海写成《顾曲麈谈》；1917年应蔡元培之聘，到北京大学任教；1922年，

① 王卫民：《继往开来　独树一帜》，《吴梅和他的世界》，第303页，石家庄：河北教育出版社，2002年。

② 钱基博：《现代中国文学史》，第282页，北京：中国人民大学出版社，2004年。

应东南大学国文系主任陈中凡之聘，重返南京。从此直到1937年抗战爆发为止，他在东南大学、中央大学、金陵大学主讲词曲，把昆曲引进了大学课堂。他开讲《曲选》和《曲律》。上课时，随身携带笛子，边吹边唱，做到了理论与实践相结合。具体教学履历如下：

1905年春至秋主持蠡墅小学。

1905年秋至1909年秋任东吴大学堂教习。

1910年春至1911年任苏州存古学堂检察官。

1912年春至年底在南京第四师范任教。

1913年春至1917年秋在上海民立中学任教。

1917年秋至1922年秋在北京大学任教。

1922年秋至1927年春在南京东南大学任教。

1927年底至1928年春赴广州中山大学任教。

1928年春至秋在上海光华大学任教。

1928年秋至1937年"七七事变"在南京中央大学任教并先后兼上海光华大学及金陵大学课。

他自己早年曾求教于曲家，对昆曲唱法颇具功夫，所以他在教学之余还指导戏曲艺人唱曲演剧，为振兴昆剧作了大量有益的工作。除他的在校弟子外，随他学唱功的既有名教授大作家又有梨园界的大师，如朱自清、田汉、郑振铎、齐燕铭，著名京剧表演艺术大师梅兰芳、俞振飞，20世纪80年代的日本东京大学校长也是吴梅的弟子。梅兰芳演《四声猿》中《雌木兰》剧时，吴梅曾指导之，并不客气地说："梅唱尾声，终不得法，于昆腔究属门外汉耳。"①目前台湾的昆曲名家，都是吴梅的再传弟子。对韩世昌、穆藕初、俞振飞等后学者给予躬身指导。在沪期间，应

① 饮虹(卢冀野)：《奢摩他室逸话》，重庆：《时事新报》，1939年4月16日。

聘为啸社(曲社)顾问,该社曾排演过由其创作的《湘真阁》传奇。其学生徐益藩回忆:1936年,东南大学爱好词曲的学生组成“潜社”,先生即率诸弟子为潜社酌酒弦词于淮之上,中绝者再,而先生兴不衰。先生曰:“斯社自始创迄今十年矣!持之以恒,绝而不绝,校中会社,殆无足以颃也。今与诸君约法三章耳:不标榜,必到,必作。”岁余凡八集,集各有词,先生拈调命题,辄先成为诸生倡。众生毕赋开宴,先生顾而乐之,往往以苍颜白发,颓乎其中。他为“曲社”《汇刊》作序曰:“卓荦群英,婆娑一老,吾几自忘迟莫矣!”盖纪实也。① 吴梅为人肝胆照人,学识精博,著作等身,诗、文、词、曲俱工。他爱生如子,循循善诱,学生如沐春风,无不感奋。每当春秋佳日,他带领学生游览南京名胜古迹,并强调学以致用,注重实践。师生触景生情,有感而发,即兴填词作曲,吴先生精批细改,学习效果颇佳。有时,同学们到大石桥吴师家中学唱昆曲,笛声悠扬,南音盈耳,师生同乐,其情融融。吴先生还倡导建立“潜社”,取“潜心学术”之意。唐圭璋与同学王季思、段熙仲、张世禄等都入社创作,刻印过《潜社词刊》和《潜社曲刊》。

吴梅对培养词曲研究人才更是功不可没。现在,在国内外教授和研究戏曲的教授、学者大都是吴氏第一代或第二代传人。吴梅在各大学任教,培养了众多的学生,其中在北京大学和东南大学的时间最长,因而所收的学生最多。1917年秋至1922年秋在北京大学任教,收有学生俞平伯、顾随、任中敏、钱南扬等;1922年秋至1927年春在南京东南大学任教,收有学生卢前、王玉章、张世禄、王季思、赵万里、唐圭璋等。吴梅先生培养出来的学生,对于老师的学业各有继承,出现过一大批一流学者。在

① 徐益藩:《师门杂忆——纪念吴瞿安先生》,上海:《大美报》晨刊,1939年5月15日。

20世纪后半叶尚能继续从事学术研究或教学工作的，就有王玉章、任讷、唐圭璋、王焕镳、钱绍箕、王起、汪经昌、赵万里、常任侠、游寿、潘承弼、陆维钊、胡士莹等；其中约一半没有再从事曲学研究，但都在各自的领域里取得了重大成就。

一、南卢北任

吴梅大弟子任讷即得之于北大，卢前则得之于东南大学。陈敬之在《曲学巨擘吴梅》一文中说："自吴梅的及门弟子而言，由于他生平任教南北各大学，多历年所，其春风桃李，遍布天下，固无待言；然其中于其卓绝一代的词曲之学，能够以心印心，其衣钵真传的则有两人：一为卢前，一为任讷，此即世人所称的'南卢北任'。由于他们两人同系以发扬吴氏之业为其一生职志，而又由于他们继吴氏之后，分别在南北各大学讲授词曲之学，亦各得其传人，故不仅于吴梅的年谱之编撰及其专集的辑印，皆得完成于两人的分工合作；且使吴氏之学，至此而益加发扬光大，放射异彩，为有志于斯未完者，在其学的体认和实践上，自此更获有明确的诱导与迅捷的进展。"①

吴梅曾有诗曰："寰中久已无新室，日下何劳补旧闻。不第卢生成绝艺，登坛鲍老忽空群。"诗中足见其看到学生有所成绩时的莫大欣喜。吴梅曾作《俞宗海传》，得知其学生饮虹也就是卢前曾撰《杨夫人别传》，则笑曰："人谓君得余之曲传，实则君之文诚似我耳。"②任中敏辑曲集，唐圭璋辑《全宋词》。先生曰："治学诚当如是。"③卢冀野辑《全元杂剧》，先生尝序曰："冀野汇

① 陈敬之：《曲学巨擘吴梅》，原载《首倡民族主义文艺的南社》，台北：成文出版社，1980年。转引自王卫民《吴梅和他的世界》，第225页，石家庄：河北教育出版社，2002年。

②③ 饮虹（卢冀野）：《奢摩他室逸话》，重庆：《时事新报》，1939年4月16日。

录各本得一百三十余种，此后海内或继续发现，而在今日，因以此书为最富且备也。忆余与冀野，共研此艺，历有岁年，余成《霜崖三剧》、《南北词谱》、《奢摩他室曲丛》。冀野亦有《饮虹辑曲刊》、《饮虹五种》之作，今复成此书。劳劳终岁，詹詹小言，我两人当相视而笑，莫逆于心矣。”①

卢前(1905—1951)，原名正绅，字冀野，自号饮虹、小疏。戏曲史家，江苏南京人。毕业于南京东南大学，曾先后受聘在金陵、河南、成都、暨南、光华、四川、中央等大学讲授文学、戏剧。抗日战争胜利后，任南京市文献委员会主任、南京通志馆馆长。卢前一生著作丰富，并搜集、整理、刊印了大量古籍。撰写、编译的剧作：《饮虹五种》、《楚风烈》传奇十六出。戏曲史论著作：《明清戏曲史》、《中国戏剧概论》、《读曲小识》、《论曲绝句》、《饮虹曲话》、《冶城话旧》。词学著作：《红冰词集》、《南唐二主词》、《温飞卿及其词》、《词学研究法》、《词曲研究》等。46 岁逝世，但其短暂的学术生涯也为后人留下了许多值得称道的著述。如果说卢前先生的同门任半塘、唐圭璋、钱南扬、王季思先生等皆以研究著述为主，卢前先生则同时为后人留下了极其丰富的诗文、词曲创作，在这一点上可以说与其师相似。他的词曲创作主要有《琵琶赚》、《茱萸会》、《无为州》、《仇宛娘》、《燕子僧》杂剧五种(以上五种合称《饮虹五种》)，《楚风烈》传奇一种以及散曲集《饮虹乐府》九卷。吴梅先生曾经说：“余及门中，唐生圭璋之词，卢生冀野之曲，王生驾吾之文，皆可传世行后，得此亦足自豪矣。”②其具体的研究也多属于“戏曲本身之研究”，偏重于音律、辞藻等，也与其师吴瞿安相近。

---

① 饮虹(卢冀野)：《奢摩他室逸话》，重庆：《时事新报》，1939 年 4 月 16 日。

② 王卫民编校：《吴梅全集·日记卷》，第 667 页，石家庄：河北教育出版社，2002 年。

关于戏曲史研究。卢前是继王国维之后较早进行戏曲史研究的专家。1927 年曾编《中国戏剧史大纲》，后又编写《明清戏曲史》，1934 年又出版《中国戏剧概论》，与吴梅的《中国戏曲概论》相比，所涉的话题更为丰富，对清代戏剧的乱弹与近代话剧都有讨论，所以是一部名副其实的戏剧史。还有《读曲小识》及《论曲绝句》四十首。他的戏曲史的研究，一是对近代"花部"的注意；另一点是除关注文人传奇剧本，对舞台演出本，特别是艺人手抄本也极为重视。

在戏曲文献整理和校勘方面。卢前整理、刊印过规模很大的元杂剧集《元人杂剧全集》。此书汇集了臧晋叔雕虫馆《元曲选》百种、陈与郊《古名家杂剧》、罗振玉旧藏《古今杂剧三十种》、丁氏八千楼所藏《元明杂剧》、涵芬楼所藏关汉卿《绯衣梦》杂剧等多书，共得当时发现的元杂剧一百三十多种。除《元人杂剧全集》，卢前还自行刊刻过《饮虹簃杂剧丛刊》，此书包括元人杂剧《围棋闯》、清严廷中的《秋声谱》及汤贻汾的《逍遥巾》等三种杂剧，这三种杂剧一般研究者也都不容易看到。此外，经他校订出版的戏曲文献又有清蒋士铨《红雪楼逸稿》(包括《采樵图》、《采石砚》、《卢山会》三种，中华书局，1936 年版)，李开先《词谑》、《明杂剧选》等。

卢前与任中敏并称 20 世纪中国散曲研究的开拓者。他们二人也多有合作，如《散曲集刊》、《曲选》、《元曲三百首》、《曲话丛编》(世界书局)等。卢前也有专门的散曲研究著作，曾出版过《中国散曲概论》(有大东书局、世界书局两版本)，在当时是国内出版的第一部散曲研究著作、第一部散曲简史，有草创之功。1926 年，他以《散曲之研究》长文在《东方杂志》上连续发表，宣告了古典式散曲学的结束，后又略事补订，改为《中国散曲概论》。该书共二卷十节，1931 年由中华书局铅印出版，后收入《散曲丛刊》。第一卷除"序言"外，还有"书录"、"名称"、"体段"、

“用韵”和“作家”等五节，这部分重在考据，资料翔实。卷二有“作法”、“内容”、“派别”、“余论”四节，重在议论，阐发详尽明晰。此外还有《南北小令谱》①、《词曲研究》②、《广中原音韵小令定格》③、《曲韵举隅》④等著作。同时卢前对散曲作品进行搜集整理工作。从20年代起即着手元明清三代散曲的搜集整理工作，先后整理、编选的散曲集有《元曲别裁集》⑤、《曲雅》⑥、《续曲雅》⑦、《北曲拾遗》⑧、《乐府群珠》⑨、《元明散曲选》⑩、《朝野新声太平乐府》⑪等多种。还自费刊刻《金陵卢氏饮虹簃丛书》、《饮虹簃校刻清人散曲二十种》等大型散曲总集，前者包括元明两代五十多位散曲名家的近六十种散曲集和一部韵书。这些散曲选集的整理和印行，使得过去藏书家们视为珍本秘籍的散曲作品成为一般读者和研究者的易得之物。⑫

二、钱南扬

著名戏曲史家、南戏专家钱南扬先生是吴梅早期收纳的弟子之一。吴梅对弟子能做到倾情指授。钱南扬在晚年撰写的《自传》中曾叙述到自己年轻时拜师学艺的一段旧事：

> 刘子庚先生见我有志于戏曲，特修书给吴瞿安先生，请

---

① 卢前：《南北小令谱》，开封：河南大学，1931年油印本。

② 卢前：《词曲研究》，上海：中华书局，1934年。

③ 卢前：《广中原音韵小令定格》，上海：中华书局，1937年。

④ 卢前：《曲韵举隅》，上海：中华书局，1937年。

⑤ 卢前：《元曲别裁集》，上海：开明书店，1927年。

⑥ 卢前、任中敏编：《曲雅》，成都：存古书局，1930年。

⑦ 卢前：《续曲雅》，上海：开明书店，1933年。

⑧ 卢前、任讷：《北曲拾遗》，上海：商务印书馆，1935年。

⑨ 卢前：《乐府群珠》，上海：商务印书馆，1935年。

⑩ 卢前：《元明散曲选》，上海：商务印书馆，1948年。

⑪ 卢前：《朝野新声太平乐府》，长沙：长沙商务印书馆，1939年。

⑫ 见朱禧《卢冀野评传》与蔡永明、解玉峰《二十世纪前期的曲学名家卢前》，南京：《艺术百家》，2003年第3期。

他把我列为诸门墙。自从我离开刘先生之后，久无消息。后来我转托友人请吴先生写一对联，寄来展望，见称我仁弟，方知蒙先生不弃，已经收我这个学生了。于是我专程赴苏州，在旅店中放下行李，便去拜谒吴先生。吴先生要我到他家里去住，见我不允，他又亲自来旅店，一定要我搬去。盛情难却，我只得从命了。此后每到苏州，即老实不客气地住在吴先生家。我的《宋元南戏百一录》就是在吴先生家看书收集的材料写成的。①

钱南扬1919年入北京大学国学门中文科。曾从许守白学戏曲，从钱玄同学声韵学，从刘子庚学词学，从吴梅学曲。著有《宋元南戏百一录》、《宋元戏文辑佚》、《戏文概论》、《元本琵琶记校注》、《永乐大典戏文三种校注》等，为我国南戏研究作出了重要贡献。宋元南戏来自民间，曾遭封建统治阶级的禁毁。明清以来，宋元南戏剧本散失殆尽。辛亥革命前后，王国维《宋元戏曲史》、姚华《菉漪室曲话》相继问世，开创研治宋元南戏之学。1934年，赵景深所著《宋元戏文本事》出版，同年，钱南扬在北平《燕京学报》发表《宋元南戏百一录》，辑录了54种宋元南戏的残曲，引起学术界的重视。中华人民共和国成立后，钱南扬总结过去的研究成果，为可考的宋元南戏整理了一篇总目，计得宋元南戏167本，其中有传本者15本，全佚者33本，有佚曲可以辑录者119本。并分别对作品本事及曲文加以考证，辑成《宋元戏文辑佚》。他的著作和校注的南戏作品还有：《汤显祖集·戏曲集》(1962)、戏曲论文集《汉上宧文存》(1980)以及《谜史》等。

三、程千帆

30年代程千帆在南京金陵大学就读时，正值中央大学和金陵大学的教授可以互相兼课，可谓大师云集。虽然他所学专业

---

① 钱南扬：《自传》，《钱南扬先生纪念集》，南戏学会，南京大学中文系，内部刊物，1989年。

为化学，但对文史的极大兴趣促使他向两校众多的名师请益。在金大的四年中，程千帆如饥似渴地吸取营养，学问大进。他在晚年还深情地回忆说："在大学四年中，我从黄季刚（侃）先生学过经学通论、《诗经》、《说文》、《文心雕龙》；从胡小石（光炜）先生学过文学史、文学批评史、甲骨文、《楚辞》；从刘衡如（国钧）先生学过目录学、《汉书·艺文志》；从刘确杲（继宣）先生学过古文；从胡翔冬（俊）先生学过诗；从吴瞿安（梅）先生学过词曲；从汪辟疆（国垣）先生学过唐人小说；从商锡永（承祚）先生学过古文字学。诸位老师各有专长，已使我耳濡目染，枵腹日充；而因求知心切，又曾向不在金大任教，或虽任教而不曾讲授某项课程的先生们请教。如曾向林公铎（损）先生请教过诸子学，向汪旭初（东）、王晓湘（易）两先生请教过诗词。"①于是，程千帆真正做到了转益多师、博采众长，在经学、史学、目录学、文学批评史诸方面积累了深厚的学养，而且学到了大师们的许多治学方法。

程千帆是一位以学术为第一生命的学者，他在校雠学、历史学、古代文学和古代文学批评等方面都取得了卓著成就。在1958年被迫中断学术研究二十年后，他又重新开始教学和研究工作，短短的十多年中，出版了十多部重要的学术著作，其中如《校雠广义》、《史通笺记》、《文论十笺》、《程氏汉语文学通史》、《两宋文学史》、《唐代进士行卷与文学》、《闲堂文薮》、《古诗考索》、《被开拓的诗世界》、《古诗精选》、《读宋诗随笔》等，都以精深的学术造诣受到国内外学术界的重视。程千帆也是一位杰出的诗人，存世作品有《闲堂诗文合钞》和《新诗少作》两种，其中尤以五七言诗的成果最为杰出，其平生的诗学造诣于此可睹一斑。

在词曲方面，存有程千帆校沈祖棻著《宋词赏析》，特别是主编《全清词·顺康卷》（中华书局 1992）。

在程千帆的精心指导下，南京大学中文系古典文学专业的

① 程千帆：《闲堂自述》，北京：《文献》，1991 年第 2 期。

研究生教育取得了丰硕的成果，不仅培养了新中国的第一位古典文学博士（莫砺锋）和“许多顶尖的人才”①，而且把南大造就成名副其实的古典文学研究基地。一批获得博士、硕士学位的年轻人成长为学术界的后起之秀，有的已经在学术上崭露头角。可以说，南京大学的古典文学专业，所以能成为该专业的两个全国重点学科之一，程千帆做出了重大贡献。他的学生们，今天都成为全国古典文学研究的中坚。因为程千帆学问广博，他的学生们也分别在诗、文、词、古典文献、古代文论方面多重吸纳，并分别在各自研究领域创下令人瞩目的成绩。

四、俞平伯

著名红学家。于1915年考入北大文科国文门，曾受教于吴梅，不仅向吴梅学习词曲文学理论与创作，还学唱昆曲。

俞平伯于1929年受聘于北大任教，同时也在清华讲授《清真词》、戏曲与小说。1935年春，俞平伯等人正式组织成立谷音社，聘请吴梅为导师，俞任社长。翌年，谷音社演唱吴梅新谱《桃花扇》的《哭主》。谷音社的社员时常在北大、清华或燕大清唱或演出。1946年10月，北大于抗日战争胜利后迁回北平，俞任文学院教授。1952年2月转入北大文学研究所，1956年任北京昆曲研习社主任。俞于昆曲研究造诣深厚，在谱曲、字音诸多方面有独到见解，发表了不少论文，如《论作曲》②等。他对昆曲的生存有相当清醒的认识，在1957年就曾说过：“昆曲若不经过改革便不会有前途，非但谈不到发展并且谈不到保存。”③

师承俞平伯的有艾治平与吴小如。吴小如于1945年成为

---

① 周勋初：《纪念程千帆先生》，南京：《江苏文史研究》，2000年第3期。

② 俞平伯：《湖楼小撷》，武昌：长江文艺出版社，2006年。

③ 刘广林：《北大与戏曲之缘》，北京：《北京大学校报》，2002年5月20日。

俞平伯的入门弟子，他对俞平伯的承袭主要在戏曲实践的指导。吴小如关于戏曲的述评极为广博、细致，从20世纪30年代就写戏评，至今约有60年，洋洋洒洒70余万字。其评述多涉及京剧，其次为昆曲，地方戏不多，但也谈到过地方戏的优秀演员，如“三陈”——川剧的陈书舫、汉剧的陈伯华、豫剧的陈素真，对她们评价甚高。从20世纪二三十年代到“文革”后的著名京剧演员以及80年代末的个别优秀青年演员，吴的评述几乎都有涉及。四大名旦、四大须生、四小名旦、南麒北马关外唐、三鼎甲、南欧北梅，旦行、生行、净行、丑行，吴小如都广泛涉猎。吴的广博还表现在其评述的剧目极多，对京剧艺术、演员等的述评多有独到见解，对诸多名家的演唱不足处亦多直言。吴小如著作颇丰。1955年即出版了《中国小说讲话及其它》，后来又出版《古典小说漫稿》以及与人合撰的《小说论稿合集》。对话本小说、武侠小说、讽刺小说、公案小说也写过一些专题论文。关于戏曲写过《台下人语》、《京剧老生流派综说》和《吴小如戏曲文录》(曾获北京大学优秀文化著作奖)。他对古典诗词的研究也成绩卓著，先后出版了《诗词札丛》、《古典诗歌习作与欣赏》、《古典诗文述略》等专著。艾治平主要研究词，著有:《古典诗词艺术探幽》、《清词论说》、《花间词艺术》、《婉约词派的流变》等，成绩卓著。

五、王玉章

1923年毕业于南京东南大学，就教于吴梅。先后在复旦大学、暨南大学、同济大学、云南大学、中央大学和中央戏剧学院任教授。1951年任南开大学中文系教授。曾发表过《南北曲研究》、《曲谱》、《北词校律》等十几种专著和学术论文。他追随吴梅二十余年，多次居奢摩他室读曲，每次一个月或十数天。先后为吴梅校《双鱼记》、《白蛇传》、《无价宝》等曲本。1928年前后，还帮助编《奢摩他室曲丛》等。他偏重研究曲律。吴梅自谓《南北词简谱》比较简略，建议作一详谱，并指出:如果南北曲谱一齐下手，短期内难以完成，可先成北谱。他按这一指点，呕心沥血，搜剔爬梳，历时八年而编成《北词校律》一书。该书把元剧中同一曲牌词句的异同一一比较，找出其原因；对于增句格式及煞曲之互异加以旁证梳剔；《南北词简谱》北词部分不太详细的地方也广征博引细加阐述，成为研究元词格律的一部力作。

六、顾随

1920 年毕业于北京大学，是吴梅的入室弟子，一生致力于词曲，终生执教并从事于学术研究。顾随是一位知名教授。他先后在河北女师学院、燕京大学、辅仁大学、中法大学、中国大学、北京师范大学、河北大学等校讲授中国古典文学，四十年来桃李满天下，很多弟子早已是享誉海内外的专家、学者，叶嘉莹、周汝昌、史树青、郭预衡、颜一烟等便是其中突出的代表。顾随是一位有独见卓识的学者、专家，自 30 年代起，有《稼轩词说》、《东坡词说》、《元明残剧八种》、《揣龠录》、《佛典翻译文学》等多种学术著作问世，并发表学术论文数十篇。惜其多种未刊稿在十年动乱中惨遭毁弃。80 年代后经多方收集，已出版了《顾随文集》①、《顾羡季先生诗词讲记》②、《顾随：诗文丛论》③、《顾随说禅》④。近年辑得顾随各类著作、文稿、书信、日记等，编订为《顾随全集》，由河北教育出版社出版。他又是迄今为止中国文学史上最后一位“杂剧”作家，三四十年代出版了《苦水作剧》、《游春记》等，1992 年台湾桂冠出版公司出版了叶嘉莹辑《苦水作剧》一书，收其杂剧六种。他又是一个词人，著有《无病》、《苦水》、《荒原》、《留春》、《积木》等词集。他可以说是较早进行元曲

---

① 顾随：《顾随文集》，上海：上海古籍出版社，1986 年。

② 顾随：《顾羡季先生诗词讲记》，台北：桂冠出版公司，1992 年。

③ 顾随：《顾随：诗文丛论》，天津：天津人民出版社，1995 年出版，1997 年又出了增订版。

④ 顾随：《顾随说禅》，上海：上海古籍出版社，1998 年。

研究的学者,其女曾追忆:

> 父亲的学术研究,始于他到燕京大学执教以后,选择的课题首先是元曲。他撰写有20余篇元曲研究的系列论文,其中,或探讨元曲辑逸,如《关于元人杂剧辑逸》;或考证元曲方言,如《元曲方言考》;或研究曲论、曲作,如《元代四折以上之杂剧》、《元王元鼎"商调西河后庭花套"校释》等等。特别是在元曲语言、词汇的研究上,他写有《元曲中声音形容词之两公式》、《元曲复音词演变之公式》等文,对元曲中常见的声形容词及复音词的形成、演化及其规律,作了科学的探索和总结,并以数学公式的形式加以演示,给学人以学习元曲语言的钥匙。这在元曲研究上,称得上是别有天地之作,自是前无古人,而迄今为止,似亦尚未见继其踪者。这些文章发表于1936—1937年之《益世报·读书周刊》等数种报刊。著名戏曲研究家吴晓铃先生1981年时在他的寓所曾亲口对我说:"顾先生是现代进行元曲研究较早的一位,他在30年代就发表了许多研究元曲的论文,立论坚实,见识高绝,他的研究为后来者开了路,奠了基。"吴晓铃先生当年把这些文章从报刊上剪下来,粘贴成册,细心保存。①

顾随的"词说"很独特,具有"顾随式"的学术特质。它是从作者的感发、创作与读者的领悟、体会两个方面,独抒一己之心见,广征博引又不离其宗,往往是拈举一个话头,生发开去。叶嘉莹教授在《顾随全集》的序言中概括为:"一般学术著作大多是知识性的、理论性的、纯客观的记叙,而先生的作品则大多是源于知识却超越于知识以上的一种心灵与智慧和修养的升华。""词说"写成之后即在弟子间传阅。1944年弟子周汝昌为老师抄录了全稿,并写了"抄校后记",称"词说"为"一新天下人耳

---

① 顾之京:《学者顾随——先父的学术研究与治学道路漫议》,泰安:《泰山学院学报》,2005年2期。

目”,“实乃《人间词话》后第一伟著”。

师承顾随先生的叶嘉莹。“在半个世纪以来的词学家中,叶嘉莹教授是很值得注意的一位,她不但具有独特的学术背景,且在改革开放以来,活跃于海内外和南北各大学,以特有的研究方法和视角,沟通中西和古今,为新时期的词学研究注入了新意,又以生动形象的讲课,影响了不止一代学人和青年学生,堪称厥功甚伟。”①她对中西诗学批评有明确的理解,力倡以西方严密逻辑分析来纠中国词学模糊不清之弊。“用新的方法开创一条前无古人的教授中国诗词的新路子,从此开始于叶嘉莹。”②著作有:《我的诗词道路》、《迦陵论词丛稿》、《古典诗词讲演集》、《唐宋词十七讲》、《唐宋词名家论稿》、《词学古今谈》、《灵谿词说》(合作)等。

师承顾随先生的还有周汝昌、张世禄。但周汝昌多致力于小说,关于词曲方面著作有:《诗词赏会》、《千秋一寸心》。张世禄成了著名语言学家,音韵方面著有《广韵研究》、《中国音韵学史》、《等韵学派系统的分析》等。

七、万云骏

吴梅的高足,华东师范大学教授。著有《诗词曲欣赏论稿》,论文《伤春伤别是唐宋词发展的主旋律》等。其学生邓乔彬与赵山林在词曲领域用力颇深。

八、赵万里

浙江海宁人,我国著名的目录版本学家、校勘学家。1921年就读东南大学。在史学、文学、金石、戏曲、目录版本等诸方

---

① 邓乔彬:《叶嘉莹词学研究的“兴发感动”说》,湘潭:《中国韵文学刊》,2005 年 1 期。

② 夏悲:《使中国古典文学走向世界和永生的人》,北京:《国际人才交流》,2000 年 2 期。

面，均奠定了坚实基础。对馆藏古籍善本进行整理编目，编出《北平图书馆善本目录》四卷，并多方搜集散落在海内外的《永乐大典》，编制《永乐大典》引用书卡片索引，还先后纂辑《校辑宋金元人词》、《元一统志》、《析津志》等。

九、常任侠

1928年考入南京国立中央大学文学院国文系，随吴梅习剧曲，对中国古典文学深有研究。著有《中国古典艺术》、《中印艺术因缘》、《东方艺术丛谈》、《常任侠艺术考古论文集》等。

十、孙为霆

号雨廷，与卢前（冀野）、唐圭璋等同为吴梅弟子，在中央大学讲授曲学，解放后在陕西师范大学任教，著有《巴山樵唱》、《壶春乐府》、《老树新花》等。其中《壶春乐府》分三卷，卷上、卷中为散曲，卷下收《太平爨》三杂剧，曾得卢前的盛赞。

吴梅的学生还有段熙仲、李冰若、吴白陶（南京大学）、汪经昌（台湾师范大学）、蔡莹、蔡桢（著有《柯亭长短句》、《柯亭词话》、《词源疏证》等），收丁宁、陈家庆、沈祖棻、翟贞元四个女弟子①，并收昆曲演员韩世昌、白云生等为弟子。

任中敏的词曲研究

任中敏（1897—1991），原名讷，笔名二北、半塘，江苏扬州人。1918年考取北京大学国文系，遇到吴梅，受吴梅影响而决定了一生的学术研究方向。任中敏毕业后，留居吴梅“奢摩他室”书斋，用两年时间尽读吴梅精心收藏的词曲典籍。此后在从

① 见吴梅《瞿安日记》，或毕华珠《怀念吴瞿安姨丈》，引自《吴梅和他的世界》，石家庄：河北教育出版社，2002年。

政和办学之余，仍不废研究，最后成为戏曲史家、敦煌学家。历任四川大学、扬州师范学院教授。任中敏早年，致力于北宋词学和金元散曲及音乐理论的研究，著有《作词十法疏证》、《散曲概论》、《曲谱》等，另辑录元、明、清历代散曲作家集三十余种，编纂戏曲理论丛书《新曲苑》，为汇集和研究古典戏曲史料及其理论著作作出了重要贡献。主要著述还有《唐戏弄》、《词学研究法》、《教坊记笺订》、《唐声诗》、《优语集》、《词曲通义》、《敦煌曲初探》、《敦煌曲校录》《敦煌歌辞总编》等。

任中敏的学生曾这样评价其工作："他全力以赴从事资料工作，于是使这种零度风格的工作充满热情，成为富于理论意义和人格力量的工作。""他的学术具有坚实而强健的品格：总是按'大禹治水'的方式设计学术工作，在他所研究的每一个课题范围内，细大不捐地梳理全部问题；总是用'竭泽而渔'的方式收集资料，'上穷碧落下黄泉'，不放过有关研究对象的蛛丝马迹。就像一个义无反顾的行路人，他不断追求对于极限的超越，追求对于自己的主观条件和客观条件的超越。"①

任中敏的学术研究呈现出多种意义：

"任半塘先生在《唐戏弄》等著作中的论述，使学术界重新面对了戏剧的本质，认识了戏剧形态的多样性，也反省了戏剧研究的资料品质。此后，中国戏剧研究发展的趋向应表现为：从以文学为中心转入以表演为中心；从一元的进化研究到多元的形态比较；在新的视野中开辟资料库藏，实现文献学、考古学、民族学方法的结合。中国戏剧研究的百年历程表现为思想解放的过程，先后完成了对等级制社会尊卑观念的超越、对文人狭隘经验与趣味的超越。现在，超越学科方法的局限，使戏剧研究成为现

① 王小盾、李昌集：《任中敏和他所建立的散曲学、唐代文艺学》，北京：《文学遗产》，1996 年第 6 期。

代科学体系的组成部分，是新一代戏剧研究者的使命。”①

具体来说，任中敏的学术贡献主要是创立了散曲学和唐代文艺学。前者之意义不仅在于把曾被视为“小道”的若干文学艺术体裁引入高等学府和20世纪的学术，而且在于提出了从形态史、传播史角度认识文学的思路，从而打破了文学研究中的等级观念，把以主观评论为中心的“研究”转变为以客观解释为中心的研究(1931年前出版的《新曲苑》、《散曲丛刊》、《词曲通义》等为代表)。他清理了“散曲”及“小令”、“套数”等一系列曲学概念，对散曲的渊源流变、体制形式、作家作品作了多层次考察，并奠定了散曲文献学的基础，由此建设了一个新的学科——散曲学学科。从这一角度看，他是中国戏剧研究第一阶段的骁将，他的学术贡献是同王国维相近的；但他同时也以深入的考据、细致的辨析，为第二阶段的分科研究开了先河。后者成就则涉及以下三个相关联的领域：(一) 敦煌文学研究(《敦煌曲校注》、《敦煌曲初探》、《敦煌歌辞总编》)。 (二) 唐代戏剧研究(代表作有《唐戏弄》、《优语集》)。 (三) 唐代燕乐歌辞研究(代表作有《教坊记笺订》、《唐声诗》)。1951年，在《敦煌曲初探》关于敦煌曲伎艺形式一节中，他从音乐、杂技、表演艺术角度列出了“大合乐”、“百戏”、“戏弄”等三个关于戏剧的节目。1952年，在《优语集》一书中，他展示了作为戏剧表演者的优人的言论和历史。1955年，他完成了《唐戏弄》这项关于唐代戏剧研究的系统工程。1958年，作家出版社出版了这部近90万字的大书。《唐戏弄》是专门就唐五代戏剧之发展和戏剧之起源问题进行探讨和研究的著作，代表了任中敏在戏剧史研究上的主要成就。全书8章65节，其中首章“总说”概述戏剧发展的历史，次章“辨体”

① 王小盾、王福利：《从任半塘先生看中国戏剧研究的意义和趋向》，扬州：《扬州大学学报》，2001年第7期。

分析唐代戏剧的体裁类型，第三章“剧录”逐一论述73种唐代戏剧和其他待考之戏。此后有“伎艺”、“脚色”、“演员”、“设备”等章节，对唐代戏剧的表演者及其物质手段作了条分缕析的说明。这些工作在中国戏剧史学、中国音乐文学等学科，留下了一批足以作为学科基础的史料学和分类学成果，首创了一种足以作为新史学方向的断代的历史形态研究法，并为文学艺术史提供了以当代原始资料治当代史的研究范例。

任中敏不盲从圣人和经典，敢于怀疑“正统”和权威。当学术界还沉湎于贵族倾向的文学研究时，任中敏却将他的目光投向平民文学，投向文学艺术完整的运动过程。因此，当学术界对“厥品颇卑”的散曲尚不屑一顾时，他却以最大的热情投入对散曲资料的整理和理论的阐述。当词学界因袭传统的正变尊卑观念而热衷于解说“诗变而为词”的时候，他却提出了词体发生史的源头应从音乐，尤其是民间音乐中寻觅，从而提出了“曲，词，曲”的文体演进线索，以严谨的科学态度指出“唐五代词”之类的概念乃是混淆历史真实的“唐头宋帽”，提醒学术界应当具有“歌辞总体观念”。当戏剧研究界还把戏剧的产生确定在宋代，并匆忙地阐述“中国戏剧为何产生较晚”的时候，任中敏却考证研究了饱含民间色彩的“唐戏弄”，提出中国戏剧具有自身的独特形态和演进路线，体现出一种真正的“学术品格”。

总之，相对于吴梅采用历史学方法研究中国历代戏剧，任中敏的工作，具有承前启后的意义。①

任中敏在词学方面似没有大型的专著，但在《教坊记笺订》、《敦煌曲初探》、《敦煌歌辞总编》、《唐声诗》等关于词的发生史的研究著作之中有一部分成果，另外也存于与夏承焘、唐圭璋的通

① 以上参考《纪念任中敏先生诞辰一百周年》，扬州：《扬州大学学报》，1997年第1期。

信讨论中。1956 年唐圭璋的《全宋词》付梓，任中敏作了批注，后唐圭璋又作了答注，这本特殊的学术记录，后传给任中敏的学生王小盾。

唐圭璋的词学研究

唐圭璋(1901—1990)，字季特，江苏南京人。1922 年夏，唐圭璋考入东南大学中文系。这时，近代曲学大师吴梅教授应邀从北京大学到东南大学执教，唐圭璋得以从吴梅学习词曲。1934 年，吴梅与诸先生以及唐圭璋、卢前两人组织如社，取“如切如磋”之意。每月集会一次，进行词的创作。那时，唐圭璋家住夫子庙大石坝街秦淮河畔利涉桥与文德桥之间，来往都很方便。此间，师生创作勤奋，佳作连珠，刻印过《如社词钞》。1939 年 3 月 17 日，吴梅教授病逝于云南大姚县。噩耗骤至，唐圭璋悲恸不已，泣曰：“天丧斯文，痛何可言。”遂作《吴先生哀词》痛悼先师。该词凡 700 多字，字字泪，声声咽，结尾写道：“计予从先生 16 载，勉予上进，慰予零丁，示予秘籍，诲予南音。书成乐为予序，词成乐为予评。柳暗波澄，曾记秦淮画舫；枫江秋老，难忘灵谷停车。呜呼，而今已矣。旧游不再，承教无期。千里江南，未知归旐何年；一尊蜀道，窃比心伤宋玉。”情真意切，凄婉怆然，尽诉衷肠，令人扼腕同悲！① 后唐圭璋成为著名的文史学家、教育家、词人。编著有《全宋词》、《全金元词》、《词话丛编》、《南唐二主词汇笺》、《宋词记事》、《辛弃疾》、《元人小令格律》、《唐宋词简释》、《词学论丛》、《梦桐词》、《宋词四考》、《宋词三百首笺注》等。奠定了 20 世纪词学研究的基础，深为海内外学者所敬仰。

---

① 单汝鹏：《人文界：曲学大师吴梅与唐圭璋的师生情》，北京：《人民日报(海外版)》，2005 年 2 月 4 日。

唐圭璋是著名的文献学家，在辑佚、校勘、考证、编著等方面作出了卓越的贡献，同时又非常注重词学理论的建设，真正做到了文献学与文艺学的高度结合。“在词学资料的完整性、系统性的建设方面，付出了辛勤的劳动，在二十世纪词学文献学领域堪称泰斗。他的《词话丛编》也为后人进行词学史的研究提供了莫大的助益。”①

20世纪词学研究在词作总集编辑方面贡献最大的也莫过于唐圭璋。他在赵万里的《校辑宋金元人词》和周咏先的《唐宋金元词钩沉》的基础上，辑成《全宋词》和《全金元词》，以一人之力，编成三代词作总集，历时半个世纪，搜集全面，考订精审，赢得了人们的普遍钦敬。此外在词集校勘方面有《云谣集》与《南唐二主词》的校本，词的选注本有《宋词三百首笺注》、《唐宋词选注》。在词学论著搜集和整理方面贡献最大的也要数唐圭璋，他编辑的《词话丛编》将词话搜罗殆尽，成一代巨编，是词学研究必备的资料。该书1934年出版，收词话61种；1986年中华书局新版排印，收词话85种。新版经过严格校点，且将每则词话取名，以利翻检。

词学目录方面。“历代目录学著作虽汗牛充栋，却无词学目录专书。将历代流传的宋人词集版本目录汇辑一起，实始于唐先生。”②唐圭璋于1940年所撰《宋词版本考》，“将历来书目所载及方今传世之词汇集一处”，目的是“俾承学之士，可以探源穷流，察其完缺，辨其优劣。若有未传之词，亦可以随时随地，接目寻访焉”。③“其中辑宋代词人别集197家，计收版本1714种；另附录有词集而久佚者106家。今传与散佚的宋代303种词别

① 黄霖、王水照在“唐圭璋先生诞辰一百周年纪念会”上发言，北京：《文学遗产》，2002年2期。

② 王兆鹏：《论唐圭璋师的词学研究》，《唐宋词史论·附录》，第351页，北京：人民文学出版社，2000年。

③ 唐圭璋：《词学论丛》，第121页，上海：上海古籍出版社，1986年。

集的版本目录，初备于斯。其开创之功，前无古人。”“三十年代所撰《〈全宋词〉跋尾》和《跋尾续编》，考叙99家宋词别集的版本源流，比较各本的优劣异同，卷数之分合、词数之多寡，序跋之有无，文字之有无，文字之正误，都一一说明，也是词籍版本目录方面前此少见的力作。”①

校勘方面。唐圭璋校勘《全宋词》，主要以正误、补阙、辑佚和祛伪等为体例。首先，他的“校勘校辑兼重，旨在求全求真求是，故注重择善本与足本，而且凡集外有可补之词，皆予补入”。其次，他的“校词，不独留意字句的正误补阙，同时也十分注意对词作真伪的考订。《全宋词》初版《互见表》考列互见词作517首，互见词主涉及唐五代宋金元明词家993人（次）。这是历代诗文词总集前所未有的创举”。“凡误入伪词，则删归存目”。同时，“除尽量搜罗利用历代词籍之各种版本外，更充分取校其他典籍，如史部、子部群书及诗文集”，“《全宋词》引录、取校的书集、版本有500多种。引书之富，取校之广，又远胜于朱氏”。②1936年潘承弼在《制言》杂志第八期说：

> 宋贤遗词，自汲古阁辑成六十家，至彊村始臻完备。彊村所据，多系善本，其校辑之功，远胜毛刻。然所收词籍一百一十二家，宋贤菁英，犹未尽也。外此如江氏灵鹣阁、王氏四印斋、吴氏双照楼，并有刊辑，惜皆一鳞半爪，未快人意。曩岁赵君斐云（万里），校辑前贤所遗，复得六十五家，余读其书而服其用力之勤。今唐君圭璋，复有《全宋词》之辑。综其所得，已逾千家，集诸家之大居，创亘古之伟业，毅力宏愿，钦佩何似。③

①② 王兆鹏：《论唐圭璋师的词学研究》，《唐宋词史论·附录》，第351页，第353～354页，北京：人民文学出版社，2000年。

③ 唐圭璋：《词学论丛·附录》，第805页，上海：上海古籍出版社，1986年。

辑佚方面。继刘毓盘《唐五代宋辽金元名家词集六十种辑》的词学辑佚的开创，以及此后王国维、林大椿、赵万里对唐五代词及宋金元人词的不同程度的辑佚，唐圭璋的辑佚之功亦属最大。“三十年代初，即从石刻中辑出宋以来选本未曾著录的词人 14 家，又从《永乐大典》内辑出 9 家，并补《四库全书》集部词 51 家。”《全宋词》，则集词作辑佚之大成。“据南京师范大学研制的《全宋词》计算机检索系统统计，《全宋词》(含《全宋词补辑》)收有姓氏可考的作者 1493 人，词作 21055 首。其中原有词集传世者 197 家、赵万里补辑 70 家、周泳先《唐宋金元词钩沉》增辑 27 家、王仲闻增订 174 家、孔凡礼新增 100 家，计 568 家；而唐先生自辑 925 家，超过了有集传世者和他人补辑的总和。《全金元词》收作者 282 人，7293 首，其中有集传世者(包括近人所辑) 108 家，唐先生辑佚者凡 102 家，亦超出原有词集者的一倍。”①

资料汇编方面唐圭璋有《宋词纪事》，鉴赏方面有他主编的《唐宋词鉴赏辞典》，等等。

唐圭璋同学王季思在《悼唐圭璋先生》文中说：“以一人一手之功，由博返约，钩沉探微，完成《全宋词》、《词话丛编》等十几部宏伟著作，环顾海内词林，并世能有几人？经历八年抗战，十年浩劫，国难家愁集于一身，而笔耕不辍，毅力惊人，并世又有几人？著作等身，声华日盛，而乐于称扬师德，奖励后生，自视常若不足，更是并世学者中所少见的。”②

唐圭璋在学生的培养和学术研究梯队的建设方面也作出了很大的贡献，他指导的一批学生杨海明、钟振振、王兆鹏等，已成为当今词学研究界的重要力量。

---

① 王兆鹏:《论唐圭璋师的词学研究》,《唐宋词史论·附录》,第 361 页,北京:人民文学出版社,2000 年。

② 王季思:《悼唐圭璋先生》,北京:《人民日报》,1991 年 3 月 9 日。

王季思的戏曲学研究

王季思(1906—1996),原名起,浙江温州人,是中国戏曲史家。1925年,王季思考入东南大学中文系,受业于吴梅。同时参加吴梅组织的"潜社",从事诗词和散曲的创作。吴梅曾对他写的两个杂剧进行评改和题署:"永嘉王起初稿,长洲吴梅点定。"①毕业后历任浙江大学、浙江文理学院、中山大学教授。著有《王季思诗词录》、《西厢记校注》、《玉轮轩曲论》、《玉轮轩古典文学论集》等,主编有《中国戏曲选》、《元明清散曲选》等。

王季思在学术上的主要贡献是:

1. 文学史与戏曲史方面。1962年,和游国恩等一起主编《中国文学史》。著有《西厢五剧注》(被权威人士认为是超过金圣叹批点本)、《从莺莺到西厢记》、《西厢记校注》、《玉轮轩曲论》、《王季思诗词录》、《玉轮轩戏曲新论》、《玉轮轩前集》、《玉轮轩后集》等。其中尤令人震撼的是王季思在81岁高龄时整理出版《全元戏曲》,被人民出版社称为"镇社之宝",继之出版《王季思自选集》,被评为全国社科研究成果一等奖。

关于《西厢记》研究,王季思是在吴梅的指导下,几十年来不断地对这部古典名剧做系统研究。1944年,浙江龙吟书屋出版了王季思的《西厢五剧注》。这部书一出版就受到广泛关注,直到现在仍在不断再版,是最通行、最权威的本子。日本学者作了《王季思校注〈西厢记〉索引》,把它作为工具书备查。《西厢五剧注》是王季思从事学术研究的成名作和代表作,奠定了他一生的学术地位。他的学生康保成的评价是"以注经的态度和方法注

① 康保成:《王季思先生的为人与为学(代序)》,《王季思文集》,广州:中山大学出版社,2004年。

戏曲”。首先，比勘版本全面而详善。以凌濛初《西厢五剧》为底本，参校王伯良、毛西河、汲古阁、雍熙乐府等版本，“反复比较、择善而从、纠错勘误、详加注解”。① 另外，《西厢五剧注》对剧本中提及的舞台术语和元时的方言俗语，借宋元文献，作了详注，方便了读者。对一直存有的关于《西厢记》的争议性问题提出了有力的论断。如《西厢记》作者问题，如《西厢记》五本二十一折是否是一个整体。先后发表《关于〈西厢记〉作者的问题》、《关于〈西厢记〉作者问题的进一步探讨》两篇论文，挖掘出“从王著出世到明代中叶的两百年间有关戏曲史的重要文献”，以此证明王实甫对《西厢记》的著作权，并分析了在当时出现“同一个作家笔下”有“不同风格、不同成就”的情况是十分自然的，故而《西厢记》五本二十一折为一个整体。在他三十多年坚持不懈的研究下，《西厢记》在戏曲史以及文学史乃至文化史上的重要价值被彰显出来。

2. 初步建立了我国自己的民族悲喜剧理论体系。“文革”后王季思受教育部委托，举办全国高校中青年教师古代戏曲研讨班，主编《中国十大古典悲剧集》、《中国十大古典喜剧集》，朝着探讨民族戏剧的审美特色的方向迈出了坚实的一步。他绝不照搬套用西方的悲喜剧理论，总结出了我国古典悲喜剧的特色。在《悲喜相乘——中国古典悲、喜剧的艺术特征和审美意蕴》一文中，从地理环境和文化传统两个方面，挖掘了中西悲、喜剧不同特征的产生根源，并且进一步指出：喜剧中有悲剧意蕴，悲剧中有喜剧情趣，不仅丰富了戏曲的表现手法而且也符合中国观众的欣赏习惯和审美要求，悲喜相乘、阴阳碰撞，可以产生更强烈的艺术效果。

---

① 康保成：《王季思先生的为人与为学（代序）》，《王季思文集》，第 4 页，第 5 页，广州：中山大学出版社，2004 年。

3. 主编《全元戏曲》。《全元戏曲》是王季思在世的最后十年组织编校的。全书十二卷六百万字，收录完整的杂剧二百一十种，南戏十九种，残折、散出和佚曲若干。

王季思还具有自我批评精神，在学术界产生了很好的影响。晚年时曾对当年受时代和历史潮流所左右下而产生的一些成果作了深刻的反省和“自我批判”。王冠亚指出：对自己半个多世纪的研究成果、权威性的论述来一个“自我批判”，“在古典文学领域”中王季思是“第一位”(1992 年 11 月 23 日给王季思的信)。宁宗一在收到王季思关于元杂剧《谢天香》的信，看到王季思的自我批判时，说：“我从老人家身上真切了解到一位前辈学者的心胸、眼光、为人、学识，觉得他的心总是和我们这些后学的心息息相通的。”①

4. 培养戏曲学者。王季思本着爱学术、爱人生、爱学生的基本准则，以他的认真、严谨、谦虚、豁达的为人为学态度，播下了古代文学尤其是古代戏曲研究的种子，培养出一个学术梯队，至今成为全国大学中硕果仅存的古代戏曲研究队伍。在纪念王季思从教七十周年时，在中山大学工作的王季思的及门弟子送给老师的匾额上写着这样八个字：“经师可得，人师难求。”王季思为阐扬中国戏曲，非常注重对新一代戏曲学者的培育。诸如赵瑞蕻、徐朔方、胡雪风、张桂生、徐顺平、陈纪业等常从他那里吸取教益。自 50 年代开始，王季思便和中青年学者合著《桃花扇校注》、《中国十大古典悲剧集》、《中国十大古典喜剧集》、《元散曲选》、《中国戏曲选》等，培养了一大批学者，继续元明戏曲的研究。兰州大学的宁希元校勘元刊杂剧，吴国钦的《关汉卿全集》校注，以及《全元戏曲》都从他的卡片中受惠。

他从 50 年代起就和学生辈合作。如 50 年代的《桃花扇》校

---

① 宁宗一：北京：《戏曲艺术》，1988 年第 2 期。

注、明代传奇的整理、车王府曲本的整理，80 年代《中国戏曲选》、《元杂剧选注》、《元明清散曲选》、《全元戏曲》、《十大悲喜剧集》的整理。另有一系列论文，如与萧德明合写的《从〈昭君怨〉到〈汉宫秋〉》，与萧善因、焦文彬等合写的《十大悲剧集前言》，与黄秉泽合写的《十大喜剧集前言》，与康保成合写的《〈永乐大典戏文三种校注〉补正》等文章。可以说，在古典文学研究界，王季思是同后辈合作时间最长、项目最多、收效最大的一位学者。在这些合作中，学生得到无穷受益，学会了做学问、搞研究。中山大学研究古代戏曲的学术梯队，就是在这种合作中培养起来的。王季思说："我为青年一代付出了心力，也从青年一代的美好心灵中吸取精神营养，感受到青春的气息。看到青年一代成长，我感到由衷的愉快。"①

如今，当年王季思生活和工作过的中山大学已崛起一批古典文学特别是古典戏曲方面的学术精英，如黄天骥等，中山大学已成为中国古典戏曲的研究重镇，全国各地的高校及研究单位也有许多王门弟子在秉承王季思的学术思想不断耕耘。

（黑龙江大学　胡元翎）

① 王季思：《王季思自传》，《王季思学术论著自选集》，第 706 页，北京：北京师范大学出版社，1991 年。

陈寅恪的古典文学研究

陈寅恪生平及其学术思想

陈寅恪(1890—1969),江西修水人,中国现代史学大师,学识渊博,于魏晋南北朝隋唐政治制度史、佛道关系史、中西交通史、唐代及清初文学、敦煌学、蒙藏学等诸多学术领域均有重大创获,多发前人未发之覆。"自昔大师巨子,其关系民族盛衰学术兴废者,不仅能在承续先哲将附之业,为其托命之人。而尤在能开拓学术之区宇,补前修所未逮,其著作可以转移一时之风气,而示来者以轨则也。"①——陈寅恪作于1934年的《王静安先生遗书序》中的这段话,其实也正是他本人学术成就的真实写照。

1902年,少年陈寅恪随兄衡恪东渡日本留学,其后又辗转欧美各国,先后就读于德国柏林大学、法国巴黎高等政治学校和美国哈佛大学,历时十余年,主要研习与"东方学"相关的东西古今多种语言文字及宗教、史地之学。关于陈寅恪早年学习期间的治学范围和取向,与之两代姻亲、七年同学的俞大维在《怀念陈寅恪先生》一文中有较为翔实的介绍:

> 他除研究一般欧洲文字以外,关于国学方面,他常说:"读书须先识字"。因是他幼年对于《说文》与高邮王氏父子

① 陈寅恪:《王静安先生遗书序》,《金明馆丛稿二编》,第219页,上海:上海古籍出版社,1980年。

训诂之学，曾用过一番苦功……他对十三经不但大部能背诵，而且对每字必求正解……寅恪先生在美国哈佛大学，随 Lanman 学习梵文与巴利文两年，在德国柏林大学随 Lueders 学习梵文及巴利文近五年……他研究中西一般的关系，尤其于文化的交流、佛学的传播及中亚史地，他深受西洋学者的影响……其他边疆及西域文字，寅恪先生在中国学人中是首屈一指的。除梵文外，他曾学过蒙文、藏文、满文、波斯文及土耳其文。①

陈寅恪 1923 年作于德国的《与妹书》亦可见其归国前治学宗旨之一斑：

我今学藏文甚有兴趣，因藏文与中文系同一系文字……如以西洋语言科学之法，为中藏文比较之学，则成效当较乾嘉诸老更上一层。然此非我所注意也，我所注意者有二：一历史……一佛教。②

陈寅恪留学德国期间的学习笔记本，经季羡林整理，分为藏文、蒙文、吐货罗文、西夏文、满文、摩尼教、天台梵本、《佛所行赞》等二十类，③他的学术积累准备工作的扎实程度和宏大规模是非常惊人的。

1925 年，陈寅恪受聘为清华研究院导师，回国任教。“1928 年清华改旧制为大学，陈先生应聘为中文、历史、哲学三系教授。”④“清华自易名后，先生任中文、历史、哲学系合聘教授，并

---

① 俞大维：《怀念陈寅恪先生》，转引自蒋天枢《陈寅恪先生编年事辑》（增订本），第 48～50 页，上海：上海古籍出版社，1997 年。

② 陈寅恪：《与妹书》，《金明馆丛稿二编》，第 311 页，上海：上海古籍出版社，1980 年。

③ 季羡林：《从学习笔记本看陈寅恪先生的治学范围和途径》，《纪念陈寅恪教授国际学术讨论会文集》，广州：中山大学出版社，1989 年。

④ 蒋天枢：《陈寅恪先生传》，《纪念陈寅恪先生诞辰百年学术论文集》，第 3 页，北京：北京大学出版社，1989 年。

为中文研究所、历史研究所开专题课，如'佛经文学'、'世说新语研究'、'唐诗校释'、'魏晋南北朝史专题研究'、'隋唐五代史专题研究'等。"①执教清华期间，陈寅恪还兼任中央研究院理事、历史语言研究所研究员及故宫博物院理事等职务，并当选为中央研究院院士。1937 年，抗日战争爆发，陈寅恪随清华迁往昆明，于西南联大授"魏晋南北朝史"、"隋唐史"、"白居易"等课程，其后，又先后任教于香港大学、广西大学、燕京大学，1939 年应英国牛津大学汉学教授之聘，并被选为英国皇家学会通讯院士，1942 年后为教育部聘任教授，抗战胜利后，1946 年回北平清华大学任教，1948 年南迁广州，任岭南大学教授。

30 年代以来，陈寅恪的治学重心逐渐由早期的"东方学"转移到了中古以降民族文化史方面的理论建构上面。劳干对此有清晰的评述：

> 寅恪先生治学的范围，据我所了解的，在欧洲时治学集中于欧洲诸国文字以及梵文及西域文字，回国以后，就集中在本国历史，尤其是魏晋南北朝至唐的制度方面……他站在中国学术发展的立场，权衡轻重，觉得由他领导南北朝唐代历史的研究更为急需，所以他放弃了独步天下的梵文知识，来在南北朝唐代历史集中精力，就他所发表的研究成果来说，他的确能见其大。②

关于陈寅恪中古史研究的视角和途径，胡守为概括为三条主线：

> (1) 统治阶级内部各集团势力的升降……关于唐代政治社会，先生提出了"关陇集团"的著名论点。在《唐代政治

① 周一良：《纪念陈寅恪先生》，《纪念陈寅恪教授国际讨论会文集》，第 21 页，广州：中山大学出版社，1989 年。

② 劳干：《忆陈寅恪先生》，台北：《传记文学》，第 17 卷第 3 期，1983 年。

史述论稿》一书中用宇文泰“关中本位政策”所鸠合的集团的兴衰和分化来解释唐代300年间统治阶级。

(2) 典章制度的承上启下。先生第一部史学专著《隋唐制度渊源略论稿》精细地考察了隋唐主要制度，如礼仪、职官、刑律、音乐、兵制、财政等制度的源流，纠正了人们认为隋唐朝制度渊源于西魏、北周的一般看法。

(3) 民族迁徙和文化融合。中古时期是民族大融合的过程，先生十分注意这一过程，在《唐代政治史述论稿》和《隋唐制度渊源略论稿》中，都反复强调种族和文化问题“是治吾国中古史最要关键”。①

傅璇琮进一步指出，文化史批评是陈寅恪学术体系一以贯之的核心：

> 陈寅恪难于超越之处，是他的通识，或用他的话来说，是学术上一种“理性”……陈寅恪有一种本领，他能够利用并不很多的常见材料，或者就用前人提供的线索，然后如禅宗那样地直指本性，一下子把具体材料提到历史发展普遍性的高度……作为一代史学大师，陈寅恪是有他的学术体系的，这个体系不妨称之为对历史演进所作的文化史的批评，无论是他的中国中古史的研究、宗教史的研究、语言学的研究，以及古典文学的研究，在根本观点上，无不与他的这种文化史批评相联系。②

尽管陈寅恪的论著在外观形式上与乾嘉朴学及以伯希和、沙畹为代表的西方汉学的考据一路颇为相仿，但其内在肌理却体现出了恢弘的文化诗学的气质。“盖古人著书立说，皆有所为而发。故其所处之环境、所受之背景非完全明了，则其学说不易

---

① 胡守为：《陈寅恪的史学成就与治史方法》，广州：《学术研究》，1987年第6期。

② 傅璇琮：《一种文化史的批评——兼谈陈寅恪的古典文学研究》，《唐诗论学丛稿》，第281～288页，哈尔滨：黑龙江人民出版社，1992年。

评论……吾人今日可依据之材料，仅为当时所遗存最小之一部，欲借此残余断片以窥测其全部结构，必须备艺术家欣赏古代绘画雕刻之眼光及精神，然后古人立说之用意与对象始可以真了解。所谓真了解者，必神游冥想，与立说之古人处于同一境界，而对于其持论所以不得不如是之苦心孤诣表一种之同情，始能批评其学说之是非得失而无隔阂肤廓之论。"①——陈寅恪在《冯友兰中国哲学史上册审查报告》中的这段铭心之语，虽为治古代哲学史者而发，实可贯通于全部古典文化研究，从中亦可以体味出他的学术思想的精髓所在。对此，傅璇琮进行了细致的解析：

这段话的要点，在于对古人的学说，或推而广之对古人的生活、思想、感情及其所处的环境，要有一种"了解之同情"。一般来说，了解属于科学认识的范围，同情则属于感情的范围。陈寅恪把这两者结合起来，把了解作为同情的前提，同情作为了解的趋向，因则达到一个新的观念……他是既把以往人类的创造作为自然的历史进程加以科学的认识，而又要求对这种进程应该具备超越于狭隘功利是非的博大的胸怀而加以了解，以最终达到人类对其自身创造的文明能有一种充满理性光辉的同情——这就是贯串在他大部分著作中的可以称为文化史批评的学术体系。②

蒋天枢较为全面地概括了陈寅恪学术思想的整体精髓：

综括先生学之特色约有四端。一曰以淑世为怀，笃信白氏"文章合为时而著，歌诗合为事而作"(《与元九书》)之旨。二曰探索自由之义谛，义见《王观堂先生纪念碑铭》及《论再生缘》。三曰珍惜传统历史文化，此意则文诗中随地

① 陈寅恪：《冯友兰中国哲学史上册审查报告》，《金明馆丛稿二稿》，第247页，上海：上海古籍出版社，1980年。

② 傅璇琮：《一种文化史的批评——兼谈陈寅恪的古典文学研究》，《唐诗论学丛稿》，第284页，哈尔滨：黑龙江人民出版社，1992年。

> 见之，而"迁叟当年感慨深，贞元醉汉托微吟"、"东皇若教柔枝起，老大犹能秉烛游"之句，尤为澹荡移情。四曰"续命河汾"之向往，此虽仅于赠叶遐庵诗、《赠蒋秉南序》中偶一发之，实往来心目中之要事。由此四者，具见先生之身实传统历史文化所托命。①

在以上这些方面中，陈寅恪本人最强调的是"独立之精神，自由之思想"的治学品格："士之读书治学，盖将以脱心志于俗谛之桎梏，真理因得以发扬。思想而不自由，毋宁死耳……惟此独立之精神，自由之思想，历千万祀，与天壤而共久，共三光而永光。"②李锦绣这样解释了此说的义谛：

> 独立之精神、自由之思想是先生对劫尽变穷的中国文化抽象理想最高之境，亦即中国文化定义的重新概括，是"超越时间地域之理性"，先生自身则为以独立精神自由思想为根本的中国文化所托命之人。细绎之，先生的独立自由精神观念本身正是"一方面吸收外来之学说，一方面不忘民族之地位"的产物……在斟酌损益，融会西方文化的基础上，先生择其独立自由观念，概括为独立之精神、自由之思想，并以之重新定义中国文化，奠定了中国文化虽经衰微、终必复振的根本。寅恪先生以"道教之真精神，新儒家之旧途径"重新定义中国文化，并以之安身立命，一生坚持学术文化独立自由，且为保护中华民族的独立自由呕心沥血，以生命抗争，足为楷模。③

表面看来，中国古典文学研究只是陈寅恪广泛涉猎的诸多

---

① 蒋天枢：《陈寅恪先生传》，《中国当代社会科学家传略》第11辑，第92页，北京：书目文献出版社，1990年。

② 陈寅恪：《清华大学王观堂先生纪念碑铭》，《金明馆丛稿二编》，第218页，上海：上海古籍出版社，1980年。

③ 李锦绣：《陈寅恪学案》，《百年学案》，第385～386页，沈阳：辽宁人民出版社，2003年。

学科领域中的一条支流而已，可实际上，陈寅恪治学的文史兼通还包含有更深一层的内涵，“他那一些现在归入史学领域的著作，也是充满着文学的意味”①，“他是历史上少有的既能潜心于学术研究而取得大成就又具有傅丽深邃的才情在文学创作上自树高格的一代大师。他在长期的史学研究中总是未能忘情于对文学的研究，特别是对诗的研究……在他的著作中，在它们的繁复征引和绵密演绎的深处，有着诗的才情的潜流，有着超越于史事证述的对人生、对社会的深刻思考”②。可以说，在陈寅恪宏伟的学术大厦中，中国古典文学研究实乃“传神阿堵”之所在。

陈寅恪的诗史互证法

以诗证史，以史证诗，是陈寅恪打通文史研究的常用方法。正如汪荣祖指出的那样：

> 陈寅恪早年在清华曾授“唐诗校释”一课，晚年复在广州中山大学讲授“唐代乐府”以及“唐诗证史”等课程，生平笺证诗篇之作亦复不少。但其笺诗、证诗所凭藉者，乃是历史的眼光与考据的方法；一方面以诗为史料，或纠旧史之误，或增补史实阙漏，或别备异说；另一方面以史证诗，不仅考其“古典”，还求其“今典”，循次披寻，探其脉络，以得通解。寅恪以诗为史料，固为史学致知辟一新途径，清人杨钟羲于《雪桥诗话》中，虽已言及以诗证史之事，然运用纯熟，发明之多，实以寅恪始。陈寅恪以史证诗，旨在通解诗的内

---

① 周勋初：《综合研究与触类旁通——读陈寅恪〈陶渊明思想与清谈之关系〉》，《当代学术思辨》，第 259 页，南京：南京大学出版社，1993 年。

② 傅璇琮：《一种文化史的批评——兼谈陈寅恪的古典文学研究》，《唐诗论学丛稿》，第 279～280 页，哈尔滨：黑龙江人民出版社，1992 年。

容，得其真相，而不在评论诗之美恶与夫声韵意境的高下，其旨趣自与正统诗评家有异。

陈寅恪以诗考史、释史之部分，发明尤多。他以为唐诗的史料价值最高，因其作者多至二千余人，具有广泛的代表性，能反映各层社会之生活与思想。例如旧史所载唐代官吏俸料制度，极不完备；寅恪取元、白诗中涉及俸料钱处，与史乘比观，发现凡关于中央政府官吏的俸料，史籍所载额数，与白居易诗文所言者无不相合；惟独地方官吏的俸料，两者记载大有出入，乃推定"唐代中晚以后，地方官吏除法定俸料之外，其他不载于法令，而可以认为正当之收入者，为数远在中央官吏之上"，实为深入研究中、晚唐地方吏治者，提供一重要线索。又如从杜诗证明所谓"杂种胡"即中亚昭武九姓胡，"唐人当日习称九姓胡为杂种胡，'杂种'之目非仅混杂之通义，实专指某一类种族而言也"。又如从李义山"万里风波一叶舟"诗旁证李德裕归葬之时间为大中六年(852)。以史解诗之例，如杜甫哀王孙诗中有云："朔方健儿好身手，昔何勇锐今何愚"，寅恪谓朔方实指原属朔方军之同罗部落，为安禄山袭取以为己用；后至长安，复又叛归其旧巢。是以，"同罗昔日本是朔方军劲旅，今则反覆变叛，自取败亡，诚可谓大愚者也"。据其历史知识，别立一新解。①

景蜀慧对陈寅恪这一治学方法的内涵有如下疏解：

他所倡立的"文史互证"研究方法，是其治学的最精华部分之一，也是他对传统史学的最杰出贡献之一……从内涵上分析，"文史互证"方法主要包含了侧重不同的两层意

---

① 汪荣祖：《史家陈寅恪传》，第128～129页，北京：北京大学出版社，2005年。

义：其一是从史学角度考证诗文，即用史家广博丰厚的历史文化知识，对古诗文中不易索解或易被浅解、误解之字、词、出典等，从历史的角度予以透辟的考订、辨误、解说，尤其要找出或注意诗中所含与当时历史事实有关的"今典"成分；其二即是以诗文为史料，用所谓"历史之眼光"，通过发现其中时间、地域、人物等史料成分，分析诗中之古典与今典，并与史籍所载相参证，从而更全面地把握历史真相，对古人之思想、情感及其所处之时代社会达到真正同情之了解。①

事实上，以史证诗自《毛诗序》以来即成为中国诗歌笺注的传统，而以诗证史在宋代的学术笔记中也已常见，陈寅恪诗史互证的特色体现在善于通过具体的文本解读揭示出特定历史背景下种族、文化的冲突和变迁，超越了单纯的史事考索而上升到文化史批评的层次。正如刘梦溪指出的那样：

> 以诗来证史，并不是寅恪先生的发明，他的独特之处是将此种治史方法系统化、完美化，直至形成一种新的学术文体，融史才、诗笔、议论于一炉，即以诗证史，又以史说诗，在诗、史互证中达到通解。②

对于陈寅恪从史学角度尤其是利用碑刻资料考证诗文的范例，陈尚君有着较为全面的概括：

> 作家先世研究，他据《白氏长庆集》中所存白居易父祖及外族碑志事状，证明白居易实为北齐白建之后，并指出其"先世本由淄青李氏胡化藩镇之部属归向中朝"，其家风"与当日现行之礼制及法典极相违戾"(《元白诗笺证稿》附论甲《白乐天之先祖及后嗣》)。又如对李白家世之质疑，亦充分

① 景蜀慧：《文史互证方法与魏晋南北朝史研究》，《陈寅恪与二十世纪中国学术》，第 167 页，杭州：浙江人民出版社，2000 年。

② 刘梦溪：《陈寅恪的学术创获和研究方法》，王瑶主编《中国文学研究现代化进程》，第 146 页，北京：北京大学出版社，1996 年。

> 利用了《李太白集》所附之碑志传序。唐小说之研究，如释《虬髯客传》中李靖事迹，引许敬宗撰《李靖碑》为证，指出太宗与李靖君臣遇合之真相及小说之虚构，又广引文献，证明剑客之虬髯实因太宗虬髯而窜易所致。再如《莺莺传》所涉本事，即引白居易为元稹母郑氏所作《唐河南元府君夫人荥阳郑氏墓志铭》，又引韩愈为元稹妻韦丛所撰《监察御史元君妻京兆韦氏夫人墓志铭》，证明元氏母、妻皆出士族，元稹极重姻族之显赫，进而揭出莺莺所出必非高门，元稹弃崔而取韦，实循世俗而重视门第之高下。①

胡守为将陈寅恪利用诗文中材料补充考证史实的学术意义归纳为“纠正历史上记载的错误”、“说明历史的真相”、“别备异说”、“互相证发”、“增补阙漏”五个方面，②他还在《略谈陈寅恪先生的诗文证史》中结合具体例证专门讨论了这一问题。

> 过去学者多重视唐诗的艺术价值，而较少注意其史料价值。陈先生认为唐诗叙事的成分多，从而提供了大量关于时、地、人的历史材料。唐诗的作者广泛，很能反映不同时期、不同社会阶层的思想状况和生活状况，因此，唐诗便可以起纠正史籍的错误、说明历史的真相、或别备异说、互相证发、增补阙漏等方面的作用……《连昌宫词》是元稹感时抚事之作还是依题悬拟之作，议论较多，此虽关系全诗的写作时间和诗句的诠释，但陈先生特别重视此诗的政治背景……元稹结交宦官固为升官的重要因素，而《连昌宫词》诗中主“销兵”说迎合穆宗的心意，乃是元稹升官的敲门砖无疑。然则《连昌宫词》不但可以佐证当时的政治倾向，亦

---

① 陈尚君：《陈寅恪先生唐史研究中对石刻文献的利用》，见《陈寅恪与二十世纪中国学术》，第 165 页，杭州：浙江人民出版社，2000 年版。

② 胡守为：《陈寅恪先生的考据方法及其在史学中的运用》，广州：《学术月刊》，1980 年第 4 期。

为元稹宦海沉浮关键性的作品……陈先生并不因古代小说有虚假成分而忽视其史料价值……他综观私家著述的小说和官修史书的长短处，采取科学的态度，去伪存真，把私家的小说与官修史书提到同等地位，应是我国史料学上的新创……如陈鸿祖的《东城老父传》借元和年间一九十八岁老人备述安史之乱前后理乱之道，其中有关宫中生活、周边形势以及科举制度等可供考证的甚多。陈先生特举"见白衫者不满百"和"今北胡与京师杂处……长安少年有胡心"两事，以证中唐以后穿皂衣的兵士增多。天宝后，西域胡人滞留长安不得归，遂殖产业长子孙、长安风俗服装渐染胡化两史事，也是小说证史的例子。至于引《续玄怪录》"辛公平上仙"的一段胡事，发唐朝中叶后宦官专权竟至谋害皇帝为官修史书所讳言的宫闱隐秘，尤具史学卓识，小说中的史料价值，于此可见一斑。①

陈寅恪的《元白诗中俸料钱问题》一文是关于唐代经济史上官俸问题的研究，他把元、白诗文中涉及俸料之处与史籍所载互相比证，发现二者有关中央政府官员官俸的说法基本吻合，而对于地方官员官俸的说法却相去甚远，究其原因在于"唐代中晚以后，地方官吏除定俸料之外，其他不载于法令而可以认为正当之收入者，为数远在中央官员之上"②。在《韦庄秦妇吟校笺》一文中，"陈寅恪通过对《秦妇吟》的诠释，证以《桂苑笔耕集》中的记载，说明了黄巢之乱时东南地区的军阀混战阻断了水陆要道，给人民的生活带来了说不尽的艰难困苦。这样的说诗，有益于考

① 胡守为：《略谈陈寅格先生的诗文证史》，《学林漫录》五集，第 72～75 页，北京：中华书局 1982 年。

② 陈寅恪：《元白诗中俸料钱问题》，《金明馆丛稿二编》，第 69 页，上海：上海古籍出版社，1980 年。

史，而考史的结果，又有益于说诗，这样的文史研究，如水乳之交融”。①

撰写于20世纪40年代中期、50年代初推出的《元白诗笺证稿》是陈寅恪诗史互证的经典之作。汪荣祖认为：

> 陈寅恪笺诗最佳之作自属《元白诗笺证稿》一书。早年清华中文系曾开一系列之“中国文学专家研究”课程，寅恪专授“元稹白居易”，可见其研究元白，历有年数。
>
> 《元白诗笺证稿》初稿完成于战时之成都，初版直至1950年始由岭南大学中国文化研究室刊行，列为《岭南学报丛书》第一种。
>
> 从题目看，《元白诗笺证稿》是研究唐朝二位诗人的作品：如从内容说，此书不仅是“文学的研究”，也是“历史的研究”。而全书的最精彩处，即在于既能“引史证诗”，又能“从诗看史”。
>
> 从“文学研究”的角度看，寅恪将元稹与白居易二人的诗，力求甚解，常有极精辟的注释，真可以说是“胜义络绎”。如白居易新乐府《城盐州》一首中有“君臣赭面有忧色”一句，赭面，何解？寅恪除引《新唐书》《吐蕃传》指出其出处外，更从敦煌写本法成译“如来像法灭尽之记中有‘赤面国’，乃藏文Khadmar之对译”，说明“赭面”指的是吐蕃，因吐蕃有“赭面”的风俗。这是他用藏文的知识来笺证。
>
> 又如《长恨歌》中有：“渔阳鼙鼓动地来，惊破霓裳羽衣曲。”最触目的是“破”字，寅恪认为：“破字不仅含有破散或破坏之意，且又为乐舞术语，用之更觉浑成耳。”白居易另有诗曰：“宛转柔声入破时”，也形容霓裳羽衣曲。这是他用音

① 周勋初：《以诗证史的范例——陈寅恪韦庄秦妇吟校笺》，《当代学术研究思辨》，南京：南京大学出版社，1993年。

乐的知识来笺证。

又如《长恨歌》:“行宫见月伤心色,夜雨闻铃肠断声”一联,寅恪考证唐明皇由四川返长安的行程,全在冬季,故“与制曲本事之气候情状不相符应”。这是他用地理学知识来笺证。而在《连昌宫词》一章中,寅恪更从元稹的行程路线以及节候与花事的关系,证明该词不可能是“作者经过行宫感时抚事之作”,而是“闭门伏案依题悬拟之作”。至于引用地方志确切地指出何是“五原”,何是“八水”等,不胜枚举。寅恪对唐代地理的熟悉,令人折服。

用历史事实来笺证的例子当然更多。寅恪曾说过:“今之读白(居易)诗而不读唐史者,其了解之程度,殊不能无疑。”因诗人既受时代的限制,不能不受到时代的影响。是以当时的思想结构与风俗习惯等,都是解诗之匙。不知唐人以温泉之浴作为治疗疾病、除寒祛风的风俗,则“春寒赐浴华清池,温泉水滑洗凝脂”一联,只能有消夏避暑和罗曼蒂克的情调,而体会不到“春寒”二字的真谛。如不知“唐代寝殿习称长生殿”,而华清宫之长生殿为祀神之斋宫,则不知白居易习于世俗,而有“七月七日长生殿,夜半无人私语时”一联,误以华清宫的长生殿是寝宫。又如不知唐代长安城市之建置,市在南而宫在北,则不知白诗所谓“回车叱牛牵向北”何所指。寅恪又引杜甫《哀江头》一诗末句:“欲往城南望城北”,说明老杜“虽欲归家而道回望宫阙”之意,使原诗含意顿显,并纠正自宋以来学者之误读……《元白诗笺证稿》于笺诗外,对唐代文学史及比较文学都有所探讨。陈寅恪于一书之中合论二人,已具比较的微意。比较研究原是寅恪夙所重视。早在欧美留学期间,即已立志作中藏文语文、历史的比较研究;后在清华所开有关佛经文学课程,每因比较原文与译文,对思想史问题常有独到见解。此书分析元白二公的作品，于同中求异，异中见同，而后衬托文学演化之迹，才学高下之准，不过是比较的方法用之于文学的题材而已……比较二人的作品，总有高下。陈寅恪以为白高元下是很明显的。不仅在风格题旨下，白公较元公为优胜，而且在人品上，元公亦大不如白公。寅恪对元氏投机取巧的处世态度，更是大加挞伐，似已超出就诗论诗的态度。但论白居易《长恨歌》时，寅格则不以宋人因言情而贬斥白氏为然。此固然是宋人与寅恪之间，道德观念已有不同，但"道德裁判"则一也。

但此非《元白诗笺证稿》的重点，因寅恪之目的不仅是孤立地比较两位唐朝诗人，他还要从比较元白之诗，讲而探究整个文体的演化及其渊源。第一，他对"新乐府"体裁有很明确的说明，认为是根据毛诗、乐府古诗及杜甫诗体，并改良当时民间流行的歌谣而成。寅恪用极多的篇幅来论述元、白二公"新乐府"之作，对白居易用"新乐府"陈述时事以寓讽谏的旨意，尤为推重，誉为"洵唐代诗中之巨制，吾国文学史上之盛业"。……其次，陈寅恪从元、白诗之论证，道出唐代"古文"与"小说"的关系。"古文"刺激唐代小说文学之兴，是由于"古文"较适合"小说"创作。风气渐成之后，许多士人常以"小说"求知于主司，小说文学亦因而发达。元、白二公更能进而将"小说"和"诗歌"融合为一，有"说"有"唱"。白居易的《长恨歌》是"诗歌"部分，陈鸿的《长恨歌传》便是小说部分。李绅的《莺莺传》是"小说"部分，元稹的《莺莺歌》是诗歌部分。这是贞元、元和时代的一种新文体。

寅恪从元白作品中看当时的政治、社会、文化等，尚不限于大关大节，还有小题目的考订。如从《琵琶行》结语"江州司马青衫湿"一句，论述唐代官品服色甚详，并考定江州为上州，司马五品服浅绯；而白居易服青色，是由于唐制服色不视职事而视官阶。就官阶说，白公是将仕郎，是最低级的文散官，照制服浅青色。这段考证不但解决了江州司马何以服青衫的疑问，而且对唐代官制有如烛照幽之效。

从诗看史的其他例子还很多。总之，经陈寅恪诠释之后，政治的动乱、官吏的贪虐、经济的变迁、社会的风尚、外族的影响等，都可在元白二公的作品中浮现。可说用历史方法研究诗的佳例。

通常一书能将一个题旨论述精当，已称佳作。而《元白诗笺证稿》内容之美富，犹如满天烟火，虽多而各有其规范，不见零乱，而且时相呼应。职是之故，这是一部研究唐代具有多方面贡献的书。文学家可欣赏其解诗之精，社会学家可由此得到意外的材料，而史学家更可领会到由诗证史、以史释诗的妙境。①

陈寅恪在笺释白居易《琵琶引》时，联系南宋洪迈《容斋五笔》中"乐天尝居禁密，且谪宦未久，必不肯乘夜人独处妇人船中"云云的议论，敏锐地洞察到了唐宋两代关于男女礼法等社会风习问题的巨大分野，并进而申说了《琵琶引》所映出的唐代风俗文化状貌。

惟其关于乐天此诗者有二事可以注意：一即此茶商之娶此长安故倡，特不过一寻常之外妇，其关系本在不离不合之间，以今日通行语言之，直"同居"而已。元微之于《莺莺传》极夸其自身始乱终弃之事，而不能为惭疚，其友朋亦视其为当然而不非议。此即唐代当时士大夫风习，极轻贱社会阶级低下之女子、视其去留合所关至小之证。是知乐天之于此故倡、茶商之于此外妇，皆当时社会舆论所视为无足

---

① 汪荣祖：《史家陈寅恪传》，第131～137页，北京：北京大学出版社，2005年。

轻重、不必顾忌者也……二即唐代自高宗武则天之后，由文词科进身之新兴阶级，大抵放荡而不拘守礼法，与山东旧日士族甚异……乐天亦此新兴阶级之一人，其所为如此，固不足怪也。①

可以看出，陈寅恪以诗证史的真正着眼点在于通过文学描写透视并还原当时鲜活的社会生活图景，从中寻觅出历史演进的内在规律。

毋庸讳言，陈寅恪在使用诗、史互证的研究方法时也存在着忽略文学特质、"于诗则概信为征献之实录"②的问题。萧公权指出，《元白诗笺证稿》着眼于考史者多而论文学技巧者少，"陈君于洋洋十万言之长篇中未尝一论技巧品质，而仅详考新乐府篇依据某某史实……断然欲令元白夺少陵之席。如此评论文学，吾人实不敢阿好苟同矣"③。陈寅恪的《元微之遣悲怀之原题及其次序》④一文坐实元诗中"今日俸钱过十万"的"十万"之数考证唐代官俸问题，《元白诗笺证稿》释白居易《上阳白发人》"玄宗末岁初选人，人时十六今六十"、"唯向深宫望明月，东西四五百回圆"诸句云：

假定上阳宫人选入之时为天宝十五载（西历七五六年），其年为十六。则至贞元十六年（西历八〇〇年）其年六十。自入宫至此凡历四十五年，须加十六闰月，共约五百五

---

① 陈寅恪：《元白诗笺证稿》，第 52 页，上海：上海古籍出版社，1982 年。

② 钱锺书：《谈艺录》（补订本），第 363 页，北京：中华书局，1990 年。

③ 萧公权：《陈寅恪元白诗笺证稿》，北京：《清华学报》新 1 卷 1 期，1956 年 6 月。

④ 原载《精华学报》十卷三期，蒋天枢云"此文遵师嘱未编入文集，师云文中有误处"。见《陈寅恪先生编年事辑》（增订本），第 196 页，上海：上海古籍出版社，1997 年。

十六望，除去阴雨暗夕，上阳宫人之获见月圆次数亦不过四百五回。①

又释《长恨歌》"七月七日长生殿，夜半无人私语时"句云：

唐代宫中长生殿虽为寝殿，独华清宫之长生殿为祀神之斋宫，神道清严，不可阑入儿女猥琐。乐天未入翰林，犹不谙国家典故，习于世俗，未及详察，遂致失言。②

钱锺书指出，"泥华词为质言，视运典为纪事，认虚成实"是史学家常犯的通病，"苟有人焉，据诗语以考订方舆、丈量幅面，益举汉广于河之证，则痴人耳，不可向之说梦者也"，"唐诗中示豪而撒漫挥金则曰'斗酒十千'，示贫而悉索倾囊则曰'斗酒三百'，说者聚辩"，"若夫辨河汉广狭、考李杜酒价，诸如此类，无关腹笥，以不可执为可稽，又不思之过焉"。③ 钱锺书虽未明言批评对象，但结合他在其他场合下的一些说法，④这里的议论其实亦为针对着陈寅恪诗史互证法中存在的一些问题而发。

陈寅恪的佛教与中国文学关系研究及中国古代文体论

早在 20 世纪 30 年代，胡适就把陈寅恪与汤用彤一起并称为研治佛学"最勤的，又最有成绩"的专家。⑤ 王邦维指出："纵观陈寅恪一生的学术生涯，在他从德国回到中国以后，尤其是他在清华任教的最初的十二年，即 1926 至 1937 年间，他研究的题

①② 陈寅恪：《元白诗笺证稿》，第 165 页，第 42 页，上海：上海古籍出版社，1982 年。

③ 钱锺书：《管锥编》第一册，第 95～97 页，北京：中华书局，1979 年。

④ 参见钱锺书于 1978 年撰写的《古典文学研究在现代中国》一文中对陈寅恪有关《长恨歌》研究的直接批评。见《钱锺书研究》第二辑，第 6 页，北京：文化艺术出版社，1990 年。

⑤ 胡适：《胡适的日记》下册，第 526 页，香港：中华书局，1985 年。

目和注意的问题,有很大一部分与佛教学术的研究有关。”①王邦维还将陈寅恪这一时期佛教研究的成果按年份排列出一个简表:

1927年,首次发表文章,共三篇,都与佛教有关,题目分别是《大乘稻芊经随听疏跋》、《有相夫人生天因缘曲跋》以及《童受喻鬘论梵文残本跋》。

1928年,发表文章三篇,其中两篇与佛教有关,题目分别是《忏悔灭罪金光明经冥报传跋》与《须达起精舍因缘曲跋》。

1929年,如果不算有名的《清华大学王观堂先生纪念碑铭》,发表的文章有两篇,其中一篇与佛教有关,题目是《敦煌本十诵比丘尼波罗提木叉跋》。

1930年,发表文章八篇,其中与佛教有关的五篇,题目分别是《大乘义章书后》、《敦煌本维摩诘经文殊师利问疾品演义跋》、《三国志曹冲华佗传与佛教故事》、《西游记玄奘弟子故事之演变》、《敦煌本唐梵对字音般若波罗密多心经跋》。另一篇《陈垣敦煌劫余录序》,实际上也与佛教有相当的关系。

1932年,发表文章七篇,其中五篇与佛教有关,题目分别是:《莲花色尼出家因缘跋》、《禅宗六祖传法偈之分析》、《西夏文佛母大孔雀明王经夏梵藏汉合璧校释序》、《斯坦因Khala-kholo所获西夏文大般若经考》、《南岳大师立誓愿文跋》。

1933年,发表文章四篇,与佛教有关的一篇,题目是

① 王邦维:《论陈寅恪在佛教研究方面的成就及其在学术史上的意义》,《陈寅恪与二十世纪中国学术》,第365～366页,杭州:浙江人民出版社,2000年。

《支愍度学说考》。

1934年，发表文章两篇，一篇是《王静安先生遗书序》，另一篇是《四声三问》。后者虽然主要讲的是古音韵学方面的问题，但实际上与佛教有极大的关系。①

陈寅恪致力于佛教研究，并不是对佛学义理有什么特别的兴趣，他真正关注的其实是佛教入华后与本土思想变化接触、交流的问题。在《冯友兰中国哲学史下册审查报告》中，陈寅恪明确地指出：

> 释迦之教义无父无君，与吾国传统之学说，存在之制度无一不相冲突。输入之后，若久不变易，则决难保持，是以佛教学说能于吾国思想史上发生重大久远之影响者，皆经国人吸收改造之过程。②

"这一论断不仅揭示了佛教与中国传统文化相融合的过程，也揭示了一般文化传播的规律。"③

1926年，陈寅恪归国受聘为清华国学研究院导师后，最初开设的课程中便有"佛经翻译文学"一门，佛教与中国文学关系一直是他研究有素、创获颇丰的课题。

音韵学中的"四声"问题与中国古典诗歌，尤其是近体诗发展的关系至为密切。陈寅恪于《四声三问》一文中提出的四声外来说理论，在语言学和古典文学研究界均引起了空前热烈的反响。陈寅恪认为，南齐永明"文士依据并摹拟当时佛徒转读之

---

① 王邦维：《论陈寅恪在佛教研究方面的成就及其在学术史上的意义》，《陈寅恪与二十世纪中国学术》，第365～366页，杭州：浙江人民出版社，2000年。

② 陈寅恪：《冯友兰中国哲学史下册审查报告》，《金明馆丛稿二编》，第251页，上海：上海古籍出版社，1980年。

③ 胡守为：《陈寅恪史学论文选集前言》，《陈寅恪史学论文选集》，第14页，上海：上海古籍出版社，1992年。

声，分别定为平、上、去三声，合入声计之，适成四声”，“宫、商、角、徵、羽五声者，中国传统之理论也，关于声之本体，即同光朝士所谓‘中学为体’是也，平、上、去、入四声者，西域输入之技术也，关于声之实用，即同光朝士所谓‘西学为用’是也”，“然则五声说与四声说乃一中一西、一古一今两种截然不同之系统，论理则指本体人立说，举五声而为言，属文则依实用以遣词，分四声而撰谱”。① 赞成其说者“认为陈寅恪先生找到‘四声’与经声之关系，发千年未发之覆，实为中国音韵学史研究的重大发现”②，反对其说者认为“以《围陀》诵法之三声比附中国之四声，颇多枘凿之处”③。学术界对于陈寅恪的这一论断一直存在着较大的争议。

陈寅恪对于佛经故事在中国的流传和影响进行了许多扎实的考证工作。在《三国志曹冲华陀传与佛教故事》一文中，陈寅恪发现《三国志》所载曹冲称象故事与佛经《杂宝藏经·弃老国缘》中的以船称象故事颇多雷同之处，显然有沿袭痕迹，而华陀故事也有印度神话杂糅其间，二者均属外来故事附益于本国史实的特殊情况。1930年发表的《西游记玄奘弟子故事之演变》是陈寅恪考证中国古典小说人物形象和故事情节的印度渊源的一篇名作。陈寅恪认为，孙悟空大闹天宫的故事实际上是由两个印度故事拼缀而成的，其一是印度大史诗《罗摩延传》中的工巧猿传奇，其二是《贤愚经·顶生王缘品》中顶生王与天帝争斗的故事，猪八戒高老庄招亲故事由《根本说一切有部毗奈耶杂

① 陈寅恪：《四声三问》，《金明馆丛稿初编》，第329～341页，上海：上海古籍出版社，1980年。

② 李庆新：《陈寅恪先生与佛学》，《陈寅恪与二十世纪中国学术》，第393页，杭州：浙江人民出版社，2000年。

③ 饶宗颐：《印度波你尼仙之围陀三声论略》，《梵学集》，第82页，上海：上海古籍出版社，1993年。

事》中牛卧苾刍惊犯宫女及天神化为大猪两事而牵合衍生,《大慈恩寺三藏法师传》所载玄奘过沙河诵经去恶鬼的传说则为沙和尚故事之来源。在《敦煌本维摩诘经文殊师利问疾品演义》一文中,陈寅恪一方面作出了吾国小说大抵为佛教化①的论断,另一方面又从民族气质和接受心理的角度解释了佛教哲理小说在中国流传不远的深层原因。陈寅恪"还撰有《莲花色尼出家因缘跋》一文,对北京图书馆藏敦煌写本《诸经杂缘喻因由记第一篇》所叙莲花尼生前预设之七种咒誓恶报只载其六,独少其屡嫁最后与所生之女共嫁所生之子、发觉后羞恶出家一种恶报,参照巴利文《涕利伽陀》的有关内容,考证出此种情形之发生不是传写之误或无心脱漏,而是莲花尼母女与子聚麀恶报与我国传说之伦理观念不容,故删汰之"②。"结论下得似乎平淡无奇,通篇也似乎是一篇考证文字,但今天的读者不难看出它的文化史研究的意义。两种不同文化的接触,并不是两水分流,必然有一种拒斥与吸收的过程。这篇文章通过一个实例,指出这种斥与收的过程是怎样交织在一起的,而决定的关键则是本民族的文化心理与传统的道德观念。这种将考证演绎与理论阐发糅合在一起,以一个小的实例阐发文化史发展的大道理,在陈寅恪用起来确是十分得心应手,这除了他具备多种语言素养外,重要的就是他在那时已逐步形成的文化史批评的学术体系。"③

陈寅恪在研究古代作家思想的时候,极其擅长阐发儒、释、道因素在作家心灵深处的碰撞与磨合,撰写于 1943 年的《陶渊明之思想与清谈之关系》正是这样一篇熔文学史和思想史研究

① 陈寅恪:《敦煌本维摩诘经文殊师利问疾品演义》,《金明馆丛稿二编》,第 185 页,上海:上海古籍出版社,1982 年。

② 刘梦溪:《陈寅恪的学术创获与研究方法》,王瑶主编《中国文学研究现代化进程》,第 157 页,北京:北京大学出版社,1996 年。

③ 傅璇琮:《陈寅恪文化心态与学术品位的考察》,张杰、杨燕丽选编《解析陈寅恪》,第 15～16 页,北京:社会科学文献出版社,1999 年。

为一炉的扛鼎之作。陈寅恪把中古天师道信徒与周孔名教及佛教的关系划分为三种类型并明确了陶渊明思想之所属：

两晋南北朝之士大夫，其家世夙奉天师道者，对于周孔世法本无冲突之处，故无赞成或反对之问题，惟对于佛教则可分为三派：一为保持家传之道法而排斥佛教……二为弃舍其家世相传之天师道而皈依佛法……三为持调停道佛二家之态度……鄙意陶渊明当属于第一派，盖其平生保持陶氏世传之天师道信仰，虽服膺儒术而不归命释迦也。①

在文章的结尾处，通过对陶诗《形影神》的阐释，陈寅恪进一步重申了自己的论断：

渊明之思想为承袭魏晋清谈演变之结果及依据其家世信仰道教之自然说而创改之新自然说……渊明之为人实外儒而内道、舍释迦而尊天师也。②

陈寅恪此文的论证模式与19世纪法国文艺批评家丹纳的"种族、时代、环境"论颇多契合，把陶渊明思想置于广阔的社会、文化背景下来考察，其曲径通幽般的论证推衍胜义迭出。不过，一个不容回避的事实是，陈寅恪对陶渊明思想略显怪异的新解几乎未被其后的任何文学史家所采纳，原因何在呢？朱光潜温和而中肯的批评意见道出了个中三昧：

把渊明看成有意地建立皈依一个系统井然，壁垒森然的哲学或宗教思想，像一个谨守绳墨的教徒……他不仅曲解了渊明的思想，而且也曲解了他的性格，渊明是一位绝顶聪明的人，却不是一个拘守系统的思想家或宗教信徒。③

"关于佛经对我国文学体裁的影响，陈寅恪先生提出了一些

---

①② 陈寅恪：《陶渊明之思想与清谈之关系》，《金明馆丛稿初编》，第195～196页，第204～205页，上海：上海古籍出版社，1980年。

③ 朱光潜：《朱光潜全集》第三卷，第254页，合肥：安徽教育出版社，1987年。

人所未言的见解。他认为佛经的体裁，本长行与偈颂即散文诗歌相间，演说经义也仿效这种体裁，故成为散文与诗歌互用的文体。后世衍变即久，其散文体中偶杂以诗歌者，遂成今日章回体小说，其保存原式，仍用散文诗歌合体者，则为今日之弹词。”①刘克敌较为全面地介绍了陈寅恪此类研究成果：

> 陈寅恪对中国文学中文体演变的关注与研究，最初是从佛教传入中国后对文学影响的角度开始的，这方面的论文最早可算是《有相夫人生天因缘曲跋》一篇，此文发表于1927年。虽仅三百余字，却提出了一个重要观点，即弹词这种文体当是从有关佛经故事中演绎而成……陈寅恪还注意到中国长篇小说之产生与佛经的关系。佛经中如《金光明经》，其原本与其他译本卷首都有感应冥报传记，敦煌写本也有……陈寅恪指出这种卷首传记，在体裁上当为中国长篇小说之先声，因为中国长篇小说“往往为数种感应冥报传记杂糅而成”，而冥报传记“本为佛教经典之附庸，渐成小说文学之大国”。以陈寅恪此论验证于中国古代之长篇小说，不能不认为此言的确为我们提供了极有价值的线索。②

刘梦溪认为，“陈寅恪先生比任何现代文艺学家都重视对文体的研究”③，“寅恪先生的中国文体论，散见于他的许多论著之中，虽多为片断论述，但在思想上却不乏系统性，而且不局限于文章学，更主要是从思想文化史的角度来看待文体嬗变，从而成为他文化史研究的重要组成部分”④。

---

① 胡守为：《陈寅恪先生对唐代文学研究的贡献》，张杰、杨燕丽选编《解析陈寅恪》，第231页，北京：社会科学文献出版社，1999年。

② 刘克敌：《陈寅恪与中国文化》，第154～160页，上海：上海人民出版社，1999年。

③④ 刘梦溪：《陈寅恪的学术创获与研究方法》，王瑶主编《中国文学研究现代化进程》，第192页，第202页，北京：北京大学出版社，1996年。

1936年，陈寅恪于《哈佛亚细亚学报》第一卷第一期发表英文论文《韩愈与唐代小说》，大旨以为“贞元、元和为古文之黄金时代，亦为小说之黄金时代。韩集中颇多类似小说之作”、“韩愈实与唐代小说之传播具有密切关系”。① 之后，在《元白诗笺证稿》中，陈寅恪更加系统而周详地阐发了他的中唐古文、小说关系论。

今日所谓唐代小说者，亦起于贞元、元和之世，与古文运动实同一时，而其时最佳小说之作者，实亦即古文运动中之中坚人物是也。此二者相互之关系，自来未有论及之者。②

唐代贞元、元和间之小说，乃一种新文体，不独流行当时，复更辗转为后来所则效，本与唐代古文同一源起及体制也……元稹、李绅撰《莺莺传》及《歌》于贞元时，白居易与陈鸿撰《长恨歌》及《传》于元和时……实为贞元、元和间新兴之文体。此种文体之兴起与古文运动有密切关系，其优点在便于创造，而其特征则尤在备具众体也。即明乎此，则知陈氏之《长恨歌传》与白氏之《长恨歌》非通常序文与本诗之关系，而为一不可分离之共同机构。③

这种中唐古文、小说的同源共体论在学术界引起了很大争议，赞同其说者有郑振铎、刘开荣等人，黄云眉、王运熙则持反对意见。④

---

① 陈寅恪：《韩愈与唐代小说》（程千帆译），《陈寅恪集·讲义与杂稿》，第443页，北京：三联书店，2002年。

②③ 陈寅恪：《元白诗笺证稿》，第2页，第4页，上海：上海古籍出版社，1982年。

④ 郑振铎：《插图本中国文学史》，第378～379页（北京：人民文学出版社，1957年）、刘开荣：《唐代小说研究》（上海：古典文学出版社，1955年）、黄云眉：《读陈寅恪先生论韩愈》（《韩愈柳宗元文学评价》，济南：山东人民出版社，1957年）、王运熙：《试论唐传奇与古文运动的关系》（北京：《光明日报》1957年11月10日《文学遗产》副刊第182期）等论著。

"由论述小说与古文之关系，陈寅恪又谈到科举制度对小说的影响。本来唐代科举士子风习，先有所谓行卷，继之温卷，即以自己作品经名人介绍送与主考官，使其对自己有好印象，以利于中试。"①"唐诗盛极一时，它于科举的关系，这是众所周知的，至于小说与科举的关系，过去较少论述。陈先生指出行卷对唐代文学作品的影响后，又举《莺莺传》、《连昌宫词》以及《长恨歌》及《传》为例，揭示当时文备众体诸形式，这就使科举对唐代文学所产生的影响的论述，才比较完备。至于如何从投献的行卷中分析作者的政治道德观念，陈先生的著述也提出了值得人们注意的方法。"②

陈寅恪对白居易新乐府的文体特点也进行了深入的研究：

> 乐天之作新乐府，乃用毛诗、乐府古诗及杜少陵诗之体制，改进当时民间流行之歌谣。实与贞元、元和时代古文运动巨子韩昌黎、元微之之流，以太史公书、左氏春秋之文体试作《毛颖传》、《石鼎联句诗序》、《莺莺传》等小说传奇者，其所持之旨意及所用之方法，适用符同。其差异之点，仅为一在文备众体小说这范围，一在纯粹诗歌之领域耳。由是言之，乐天之作新乐府，实扩充当时之古文运动，而推及之于诗歌，斯本为自然之发展。惟以唐代古诗，前有陈子昂、李太白之复古诗体，故白氏新乐府之创造性质，乃不为世人所注意。实则乐天之作，乃以改良当日民间口头流行之俗曲为职志，与陈、李辈之改革齐梁以来士大夫纸上摹写之诗句为标榜者大相悬殊。其价值及影响，或更较为高远也。③

---

① 刘克敌：《陈寅恪与中国文化》，第163页，上海：上海人民出版社，1999年。

② 胡守为：《陈寅恪先生对唐代文学研究的贡献》，张杰、杨燕丽选编《解析陈寅恪》，第228～229页，北京：社会科学文献出版社，1999年。

③ 陈寅恪：《元白诗笺证稿》，第120～121页，上海：上海古籍出版社，1982年。

陈寅恪这一研究的理论意义，正如刘梦溪指出的那样：

> 历代论元、白诗作者多矣，从未见像寅恪先生这样把白氏新乐府和韩愈的以古文试作小说联系起来，从文体流变的角度肯定其创造性质，并置于陈子昂、李白改革齐梁文风的努力之上，而看作是唐代古文运动在诗歌创作方面的自然发展。①

1949年以后的学术成果概览

1948年12月初，北平解放前夕，陈寅恪与胡适同机离开北平。他曾对邓广铭先生说："前许多天，陈雪屏曾专机来接我。他是国民党的官僚，坐的是国民党的飞机，我决不跟他走！现在跟胡适先生一起走，我心安理得。"但到了南京后陈寅恪并没再跟胡适走，而是去了广州岭南大学。② 在岭南大学初期，便发表了《从史实论切韵》③、《白香山琵琶行笺证》④、《元微之古题乐府笺证》⑤、《崔浩与寇谦之》⑥等论文。1950年完成了《元白诗笺证稿》（岭南大学中国文化研究室版），1959年由中华书局上海编辑所正式出版。

从1951年至1957年间，又陆续发表了《论唐高祖称臣于突

---

① 刘梦溪：《陈寅恪的学术创获与研究方法》，王瑶主编《中国文学研究现代化进程》，第197页，北京：北京大学出版社，1996年。

② 李传玺：《胡适与陈寅恪》，上海：《文汇读书周报》2010年4月9日，第16版。

③ 陈寅恪：《从史实论切韵》，广州：《岭南学报》，1949年第9卷第2期。

④ 陈寅恪：《白香山琵琶行笺证》，广州：《岭南学报》，1950年第10卷第2期；修订后收入《元白诗笺证稿》。

⑤ 陈寅恪：《元微之古题乐府笺证》，广州：《岭南学报》，1950年第10卷第2期；修订后收入《元自诗笺证稿》。

⑥ 陈寅恪：《崔浩与寇谦之》，广州：《岭南学报》，1950年第11卷第1期。

厥事》①、《论隋末唐初所谓山东豪杰》②、《记唐代之李武韦杨婚姻集团》③、《论韩愈》④、《论再生缘》⑤、《述东晋王导之功业》⑥、《书世说新语文学类钟会撰四本论始毕条后》⑦、《论唐代之蕃将与府兵》⑧等系列论文。

1963至1966年间，完成了影响深远的《金明馆丛稿初编》⑨、《金明馆丛稿二编》⑩、《柳如是别传》⑪、《寒柳堂集》⑫等传世之作。

陈寅恪治学善于归纳现象而建立系统。“经过他的引证和考析，各个看来零散的部分综合到一个新的整体中，达到一种完全崭新的整体的认识。”⑬但另一方面，对整饬化理论体系过分刻意追求也不可避免地会在有意无意间影响到对材料的处理削

---

① 陈寅恪：《论唐高祖称臣于突厥事》，广州：《岭南学报》1951年第11卷第2期。

② 陈寅恪：《论隋末唐初所谓山东豪杰》，广州：《岭南学报》，1952年第12卷第1期。

③ 陈寅恪：《记唐代之李武韦杨婚姻集团》，北京：《历史研究》，1954年第1期。

④ 陈寅恪：《论韩愈》，北京：《历史研究》，1954年第2期。

⑤ 陈寅恪：《论再生缘》，广州：中山大学1954年油印本。

⑥ 陈寅恪：《述东晋王导之功业》，广州：《中山大学学报》，1956年第1期。中山大学油印增补本。

⑦ 陈寅恪：《书世说新语文学类钟会撰四本论始毕条后》，广州：《中山大学学报》，1956年第3期。

⑧ 陈寅恪：《论唐代之蕃将与府兵》，广州：《中山大学学报》，1957年第1期。

⑨ 陈寅恪：《金明馆丛稿初编》，上海、上海古籍出版社，1980年。

⑩ 陈寅恪：《金明馆丛稿二编》，上海：上海古籍出版社，1980年。

⑪ 陈寅恪：《柳如是别传》，上海：上海古籍出版社，1980年。

⑫ 陈寅恪：《寒柳堂集》，上海：上海古籍出版社，1980年。

⑬ 傅璇琮：《一种文化史的批评——兼谈陈寅恪的古典文学研究》，《唐诗论学丛稿》，第281页，哈尔滨：黑龙江人民出版社，1992年。

足适履，从而导致论证上的疏漏乃至逻辑上的错乱。“他的文章对于那些恪守朴学规范的人来说，或许会觉得论点太怪，根据不足。因为他的一些结论，是由假设和理论构成的；有的结论，则有以偏概全的问题；这与那些运用形式逻辑方法从大量材料中概括结论的文章，情况当然不同。”①陈寅恪在中国古典文学研究方法与观念上的短长得失大旨如此。

（黑龙江大学　杜萌若）

① 周勋初：《综合研究与触类旁通——读陈寅恪〈陶渊明之思想与清谈之关系〉》，《当代学术研究思辨》，第 273～274 页，南京：南京大学出版社，1993 年。

闻一多的古典文学研究

闻一多(1899—1946),湖北省浠水县人,出身望族。民国十年毕业于清华外国文学系,即赴美国留学,在芝加哥艺术学院、科罗拉多大学、纽约艺术学院研究美术。返国后先后执教于多所大学,历任武汉大学文学院、青岛大学文学院院长、清华大学中国文学系主任等职。闻一多一边教书一边研究古典文学,不仅在多个领域作出了令人瞩目的成绩,而且以其独特的研究方法为古典文学的研究开创了一个新的局面。

内与外:闻一多的治学历程

朱自清先生曾将闻一多的一生概括为“诗人—学者—斗士”三个时期。“大概从民国十四年参加《北平晨报》的诗刊到十八年任教青岛大学,可以说是他的诗人时期;这以后直到三十三年参加昆明西南联合大学的五四历史晚会,可以说是他的学者时期;再以后这两年多,是他的斗士时期。学者的时期最长,斗士的时期最短,然而他始终不失为一个诗人;而在诗人和学者的时期,他也始终不失为一个斗士。”①作为学者,他的治学历程经历了由外向内转和由内向外转两个时期。

① 朱自清:《闻一多全集·序》,第13页,上海:开明书店,1948年。

一、由外向内转

闻一多将自己由诗人而学者的人生转折称之为“向内转”。这在 1933 年 9 月 29 日致饶孟侃的信中有明确的表达:“近来最怕写信,尤其怕给老朋友写信。一个人在可痛中最好让他独自闷着。……总括的讲,我近来最痛苦的是发现了自己的缺陷,一种最根本的缺陷——不能适应环境。因为这样,向外走的路既走不通,我就不能不转向内走。”①

向外走的路走不通,是指闻一多 1925 年 6 月回国后工作上的不顺利。学生时代的闻一多是一个极为活跃的人物。据《闻一多年谱长编》记载,闻一多在清华学校的学生工作、学生运动、社团活动、学生刊物的运作方面都是一个活跃分子。但是这种历练却并没有给他的工作带来什么好处。1925 年 8 月,经徐志摩推荐进入北京艺术学院任教,1926 年 3 月教务长闻一多“自请辞职”;1926 年 9 月,受聘为吴淞国立政治大学教授兼教务长,1927 年 4 月,北伐军关闭政治大学,再度赋闲;同年 2 月,加入北伐军总政治部任艺术股股长兼政治部英文秘书,因不惯军中政治生活,受任一个月即行告退;1927 年 7 月,到南京土地局任职;同年 9 月,就任南京第四中山大学文学院外国文学系主任;1928 年 7 月,被聘为武汉大学文学院院长,1930 年 6 月,因学潮(一说派系斗争)而辞去武汉大学职务;1930 年 9 月,被聘为国立青岛大学教授兼文学院院长、中国文学系主任,1932 年 6 月,因学潮而离开青岛大学。

1932 年 8 月,应聘为国立清华大学中国文学系教授,开始了他的向内转的治学历程,专心于古典文学的研究。其实,闻一多回国后即面临着选择何种职业为生的问题。诗歌创作、美术、戏剧,都是他的兴趣所在。后来,他全部放弃了甚至连学校的行

① 孙党伯、袁謇正主编:《闻一多全集》第 12 卷,第 265 页,武汉:湖北人民出版社,1993 年。

政职务也一并放弃。应聘为国立清华大学中国文学系教授时，“学校要我做国文系系主任，我不就，以后决不再做这一类的事了”①。1940年6月朱自清休假，同人推闻一多代理系主任，他在致许维遹的信中断然拒绝：“弟素性疏略，近十年来较前尤盛，已不堪任事，系主任一职决不敢接受，恐将来贻误，悔之无及也。”7月又致信朱自清申述拒绝的理由：“平生顽直之性，见事往往失之偏宕，不能体谅对方立场。见事偏宕，虽千虑一得，不无独到之处，然不能体谅对方，结果必归失败。若此者，充其量不过清议之材，只堪备当事者之咨询，不堪自试也。曩者屡试屡败，此兄之所熟知者，此其一。又素性脱略，生活习惯漫无纪律，读书时心力所注，辄一切皆忘，以此任事，疏失尤多，此亦曩日之经验，然积习已深，恐此生无法移易也，此其二。”②

闻一多刚开始讲古典文学时，不少清华师生都有看法。老派学者接受不了他的治学方法：“闻一多讲《诗经》是《水浒传》的讲法，江湖派！”③他也不掩饰自己对同行的情绪。赵俪生曾回忆1934年9月时的一些情况：“我常请先生参加一个什么座谈会，他总问：‘还有谁?’某次我答：‘还有陈铨先生。’他立即厉声说：‘我不去!’……课上在交论文以前，先交材料，大都是卡片，几十张的，几百张的。郑季翘交上三张卡片，先生愣住了，问：‘Mr.郑，你哪里抄来的?’郑如实答：‘《中国古代神话abc》。’先生立刻大怒，掷片于地，曰：‘我告诉你，我的课是xyz。’”④

---

① 臧克家：《我的先生闻一多》，《臧克家散文小说集(上)》，第485页，武汉：长江文艺出版社，1982年。

② 参见《文学院各学系教师异动的来往文书》，清华大学档案室藏。

③ 野萍：《〈死水〉的作者闻一多教授》，北京：《北平晨报》副刊《红绿》，1936年5月18日。

④ 1986年11月13日赵俪生给《闻一多年谱长编》编者的信，见闻黎明、侯菊坤《闻一多年谱长编》，第461～462页，武汉：湖北人民出版社，1994年。

学生们也不买账："那时清华同学与老师年龄相差不太多，有的已在刊物上发表过文章，因此认为不比老师差。再说当时文学史上占统治地位的是古代文学，朱自清讲'中国新文学研究'，有很多人反对。同学们中间确实有人存有闻先生是新月派、教不了古代文学的想法。一次课上先生讲训诂，认为'振'、'娠'互通，赖天缦同学认为先生讲的没有根据，先生很生气，发了脾气，说'你说该怎么讲?'我在一边笑了，先生说'你笑什么?'我说：'你说不同的意见可以讲，人家讲了你又发脾气。'课上不下去，闻先生也一周没来上课。后来，先生到教室，见没有人，又去宿舍让我们上课去。"①

面对这种压力，闻一多发愤图强，最终赢得了学术声誉。孙作云《忆一多师》指出："闻先生在这一年(1933 年)是颇有点负气的，所以他在这一年里拼命地预备功课，全心全意地为我们讲解。因为教室人少(2 人)，讲书如同座谈，所以我们几乎每一句解释必问出处，闻先生总是聚精会神地给我们讲，有时干脆就把他的笔记交给我们抄……就这样，半年的工夫读完了一篇《天问》。"②他的努力赢得了学生的欢迎："闻先生上课时，随身带有一对儿法宝——那就是一个二尺长、一尺多宽的大簿子，那里面装满了闻先生几年来的心血——《诗经》和《楚辞》的 notes……闻先生讲《诗经》和《楚辞》，是决和那些腐儒不一样的……哈哈！用新眼光去看旧东西，结果真是'倍儿棒'哪……还有一句更要紧的话得切实告诉你：闻先生的新见解都是由最可靠的训诂学推求得来的，证据极端充足，并不是和现在新曲解派一样的一味

---

① 1986 年 12 月 31 日《闻一多年谱长编》编者访问吴组缃的记录，见闻黎明、侯菊坤《闻一多年谱长编》，第 441～442 页，武汉：湖北人民出版社，1994 年。

② 孙作云：《忆一多师》，王子光、王康《闻一多纪念文集》，第 115 页，北京：三联书店，1980 年。

的胡猜。”①野萍在《〈死水〉的作者闻一多教授》一文中指出：“闻先生在清华的拿手功课有‘诗经’、‘楚辞’、‘离骚’、‘唐诗’等几门功课。这些功课之中，最称为棒的是用新的方法解千古来误解的《诗经》，解来头头是道，处处有证据，条条是理。从来解《诗经》的都说《诗经》是哀而不伤、乐而不淫的诗章，但是经闻先生的证明，《诗经》不但有伤雅之作，并且有许多简直就是淫诗……常听见别的自命经学家的卫道先生说：‘闻一多讲《诗经》是《水浒传》的讲法，江湖派！’我记得曾有一位老先生如此说。实在说来，那位先生的目光太近视了，终年啃这一本《毛诗传疏》，摒却理性，这又何说？”②

闻一多由讲外国文学最后转而讲古典文学，科研和教学同步进行。他倡导教学相长。“到了清华以后，闻先生开始进行学术研究。他反对当时清华大学所谓的通才教育（文科学生低年级要读理科课程），主张培养学术研究的人才。他告诉我们，要在教授会上力争，把中文系办成学系研究中心。”③笔者对闻一多历年所讲授的课程进行了统计，虽然很不完善，但在一定程度上反映了他的研究历程。

时间	经历	课程	备注
1927 年 7 月	南京第四中山大学文学院外国文学系主任	“英美诗歌”、“英美戏剧”和“英美散文”	
1928 年 7 月	武汉大学文学院	“英诗初步”	

①《教授印象记》，北京：《清华暑期周刊》，1934 年第 8、9 期。见闻黎明、侯菊坤《闻一多年谱长编》，第 461 页，武汉：湖北人民出版社，1994 年。

② 野萍：《〈死水〉的作者闻一多教授》，北京：《北平晨报》副刊《红绿》，1936 年 5 月 18 日。

③ 王力：《我所知道闻一多先生的几件事》，王子光、王康《闻一多纪念文集》，第 171 页，北京：三联书店，1980 年。

时间	经历	课程	备注
1930年9月	青岛大学文学院	“中国文学史”、“唐诗”、“名著选读(大一必修课)”、“英国诗歌”	
1931年9月	青岛大学文学院	“中国文学史”、“唐诗”、“英诗入门”	《青岛大学一览·文学院学程纲要》,1931年度
1932年9月	清华大学中文系	“文学专家研究(王维及其同派诗人)”、“先秦汉魏六朝诗”、“《诗经》及楚辞中之《九歌》”、“大一国文”	《清华大学一览·学程》,1932年度
1933年2月	清华大学中文系	“文学专家研究(杜甫)”、“先秦汉魏六朝诗”	《清华大学一览·学程》,1933年度
1933年9月	清华大学中文系 1933年12月任《清华学报》编辑	“《诗经》”、“《楚辞》”、“杜诗”	《清华大学一览·学程》,1933年度
1934年9月	清华大学中文系	“唐诗”“乐府研究”,与俞平伯、刘文典共授“国学要籍”:“本学期列国学要籍九种,学者任选其三。”九种典籍即:论孟庄荀韩非史记诗经楚辞文选杜诗	《清华大学一览·学程》,1934年度

时间	经历	课程	备注
1935年9月	清华大学中文系	“唐诗”，与杨树达合授“国学要籍《诗经》、《楚辞》”。指导文科研究所研究生的“中国古代神话研究”	《清华大学一览·研究院学程部》，1935年度
1936年9月	清华大学中文系	“唐诗”，与俞平伯、杨树达、刘文典授“国学要籍”，指导文学所研究生学习《诗经》、《楚辞》	《清华大学一览》，1936年度
1937年8月	临时长沙大学	10月到长沙，11月1日开课，文学院设在南岳	《西南联合大学各院系必修选修学程表》
1938年	1938年2月，步行入滇，4月到达，5月在蒙自开课，7月23日结束	“《楚辞》”、“《尔雅》”、“大一国文”、“《诗经》”	《闻一多先生事略》
1939年2月	1939年10月，开始休假，搬晋宁	“《离骚》”	《闻一多先生事略》
1940年9月	1940年6月，清华大学文科研究所中国文学部主任。代理系主任	“中国文学史分期研究(一)”(即上古文学史)、“中国文学专书选读(《诗经》)”	《西南联合大学各院系必修选修学程表》
1941年2月 1941年9月	1941年8月正式任清华大学中国文学系主任。	“古代神话(四年级)”、“中国文学专书选读(楚辞)”、“历代诗选(唐诗)”、“大一国文”	《西南联合大学各院系必修选修学程表》

时间	经历	课程	备注
1942 年 9 月		“中国文学专书选读(一)(周易)”、“中国文学史问题研究”	《西南联合大学各院系必修选修学程表》
1943 年 2 月		“乐府诗”	《西南联合大学各院系必修选修学程表》
1943 年 9 月		“中国文学专书选读(《诗经》)”、“历代诗选(唐诗)”、“大一国文”	
1945 年 9 月		“中国文学专书选读《诗经》”、“乐府”	《西南联合大学各院系必修选修学程表》

闻一多的初衷确实在教学中得到了实现,他的教学与研究还启迪了一批学生,把他们带上了学术道路。孙作云《〈九歌·山鬼〉考》“附白”指出:本文立意乃受闻一多先生《高唐神女传说之分析》之启发。属草时又屡就正于先生。先生为之组织材料,时赐新意,又蒙以所著关于《诗经》、《楚辞》之手稿数种借用。脱稿后,先生于文字上复多所润色。① 师生之间相互启发,还促进了学术火花的闪烁。如,1943 年 3 月作《七十二》,便是与季镇淮、何善周合作完成的。② 又如,1940 年 11 月作《怎样读〈九

① 孙作云:《〈九歌·山鬼〉考》“附白”,《楚辞研究》,开封:河南大学出版社,2003 年。

② 闻一多、季镇淮、何善周:《七十二》“附识”,上海:《国文月刊》,第 22 期,1943 年 7 月。

歌〉》时指出："前年我在'楚辞'班上讲《九歌》，曾谈到'兮'字代释的意思，后来陈君士林便本了那意思作了一篇《〈九歌〉'兮'字代释证例》作为成绩报告。最近余冠英先生看到陈君的文稿，甚感兴趣，请付月刊发表。我最初只想在陈文中附注些自己的意见，结果话说的太多，觉得不如自己重写一篇，并改题今名。"①

闻一多钻进故纸堆，陶醉其中，沉浸其中，几乎到了两耳不闻窗外事的地步。抗战爆发，闻一多回到武汉。1937 年 8 月，卞之琳曾前往看望，"只见他还是埋在古书堆里"②。1938 年 1 月，请假回武汉，拒绝教育部次长顾毓琇邀其到战时教育问题研究委员会工作："兹事体大，万难胜任。且累年所蓄著述之志，恨不得早日实现。近甫得机会，恐稍纵即失，将使半生勤劳，一无所成，亦可惜也。"③1938 年 5 月，文学院在蒙自开课，闻一多讲授"《诗经》"、"楚辞"。7 月 23 日课程结束，随即迁回昆明。郑天挺曾戏赠闻一多以"何妨一下楼主人"名号，其用力学问于此可见一斑。④ 1939 年 6 月 15 日，闻一多致信梅贻琦，畅谈自己的研究计划："惟是前次所定研究项目系编撰《诗经字典》，兹因书籍缺乏关系，该项工作不易进行，爰将研究项目改为'中国上古文学史'，缘本系新定课程中本有'中国上古文学史'一门，虽早经指定由一多担任，而迄今未能开班，诚以此类新创课程，内容较为复杂，即收集材料已非咄嗟可办，遑论整理。此次倘得休假一年，以全副精力从事准备，则不特久缺之课程得以早日开

① 闻一多：《怎样读〈九歌〉》"附记"，上海：《国文月刊》第 1 卷，第 5 期，1941 年 1 月。

② 卞之琳：《完成与开端：纪念诗人闻一多八十生辰》，王子光、王康《闻一多纪念文集》，第 213 页，北京：三联书店，1980 年。

③ 孙党伯、袁謇正主编：《闻一多全集》第 12 卷，第 311 页，武汉：湖北人民出版社，1993 年。

④ 王云：《访蒙自随笔二则》，昆明：《云南师范大学学报》，1984 年第 3 期。

班，即一多个人年来在此方面研究所得，亦可藉以告一段落，俾早日勒成专书，以贡献于社会，公私两便，幸何如之。”①1939年10月，开始休假，搬晋宁，具体实施研究计划。1941年10月全家搬迁至龙泉镇司家营清华大学文科研究所。“他精力充沛，研究兴趣最大，范围最广，努力著作，常至深夜不睡。《楚辞校补》、《乐府诗笺》、《庄子内篇校释》、《从人首蛇身到龙与图腾》、《唐诗杂论》等专著和论文，都是在这里写定并发表的。”②

闻一多对自己的向内转是充满着自信的。他在1933年9月29日致饶孟侃的信中指出：“在这向内走的路上，我却得着一个大安慰，因为我证实了自己在向内走的路上，很有发展的希望。因为不能向外走而逼得我把向内的路走通了，这也可说是塞翁失马，是福而非祸。”③

闻一多的努力最终也获得了学术界的承认。1942年3月，《楚辞校补》由国民图书出版社出版；1944年5月3日，《楚辞校补》获教育部学术审议会颁发的1943年度学术二等奖。冯友兰曾对他的成绩进行过中肯的评价：“到清华以后，先七八年，拿定主意，专心致力于研究工作。他的学问也就在这个时期，达到成熟阶段。在战前，有一次叶公超先生和我谈起当代文人，我们都同意，由学西洋文学而转入中国文学，一多是当时的唯一底成功者。”④

---

①《教师申请休假出国或在国内研究的来往函件》，清华大学档案室藏。

② 季镇淮：《闻一多先生事略》，王子光、王康《闻一多纪念文集》，第465页，北京：三联书店，1980年。

③ 孙党伯、袁謇正主编：《闻一多全集》第12卷，第265页，武汉：湖北人民出版社，1993年。

④ 冯友兰：《回忆朱佩弦先生与闻一多先生》，北京：《文学杂志》，第3卷第5期，1948年10月。

二、由内向外转

沉浸在学术中的闻一多俨然就像一个古代名士。他的学生对他在课堂上的名士派头有极为深刻的印象："记得那是初夏的黄昏……像念'座场诗'一样，他搭着极其迂缓的腔调，念道：'痛饮酒，熟读《离骚》，方得为真名士。'这样地，他便开讲起来。显然，他像中国的许多旧名士一样，在夜间比在上午讲得精彩，这也就是他为什么不惮烦向注册课交涉把上午的课移到黄昏以后的理由。有时，讲到兴致盎然时，他会把时间延长下去，直到'月出皎兮'的时候，这才在'凉露霏霏沾衣'中回到他的新南院住宅。"时在 1935 年 9 月。① 他也以名士的派头坚守着学术的独立品格，对文人从政极为反感。可是，随着抗战战局的发展、国内政局的变化、个人生活的贫困化，大约在 1943 年，闻一多从书斋中走了出来，开始向外走，关注时政，学术研究也带上了浓厚的政治色彩。

1933—1934 年的课堂上、1936 年的鲁迅追悼会上，他提出了知识分子的两种人生态度：文人的态度与诗人的态度，前者是"求活"的人生态度，后者是"超然"的人生态度。② 梁实秋曾回忆起 1937 年 1 月左右的一件事情："这时候日本侵略华北日急，局势阽危，在北平的人士没有不愁然心伤的，罗努生主编《北平晨报》，我有时亦为撰写社论，于安内攘外之义多所敷陈。一多此际则潜心典籍，决不旁骛，对于时局不稍措意，而且对于政治深为厌恶……他对努生不表同情，正颜厉色的对他这位老同学

---

① 冯夷（赵俪生）：《混着血丝的记忆》，上海：《文艺复兴》，第 2 卷第 4 期，1946 年 11 月 1 日。

② 方鸿开：《听课笔记》，参见施蛰存《文艺百话》，第 438～439 页，上海：华东师范大学出版社，1994 年；又见孙党伯、袁謇正主编：《闻一多全集》第 2 卷，第 350 页，武汉：湖北人民出版社，1993 年。

说：‘历来干禄之阶不外二途，一曰正取，一曰逆取。胁肩谄笑，阿世取容，卖身投靠，扶摇直上者谓之正取；危言耸听，哗众取宠，比周谩侮，希图幸进者谓之逆取。足下盖逆取者也。’当时情绪很不愉快。我提起这一件事，是为说明在抗战前夕一多是如何自命清流，如何的与世无争。”①

1937年，在南岳时，闻一多仍然没有改变这种态度：“我们脑子里装满了欧美现代国家的观念，以为这样的战争，一发生，全国都应动员起来，自然我们也不例外……事实证明这个幻想终于只是幻想，于是我们的心理便逐渐回到自己岗位上的工作，我们依然得准备教书，教我们过去所教的书。”②

1943至1944年，闻一多终于一改坚持了多年的“诗人的态度”，而以“文人的态度”关注时政。我们从如下三件事中可以窥见其演变的轨迹。

1943年3月，蒋介石《中国之命运》在昆明发售。闻一多在《八年的回忆与感想》中谈到自己的感受：“《中国之命运》一书的出版，在我一个人是一个很重要的关键。我简直被那里面的义和团精神吓了一跳，我们的英明的领袖原来是这样的想法的吗？五四给我的影响太深，《中国之命运》公开的向五四宣战，我是无论如何受不了的。”③

1943年9月，“唐诗”第一堂课上，闻一多朗读田间《时代的鼓手》；同年11月13日，《时代的鼓手——读田间的诗》发表于《生活导报周年纪念文集》。西南联大五周年校庆“文艺”壁报3期有一篇《听鼓的诗人和擂鼓的诗人》对此作了描述：“《听鼓的诗人和擂鼓的诗人》是记闻一多先生在中文系‘唐诗’班上所讲

---

① 梁实秋：《谈闻一多》，第103～104页，台北：传记文学出版社，1967年。

②③ 闻一多：《八年的回忆与感想》，《联大八年》，第3页，第6页，昆明：西南联大，1946年。

关于田间的诗的。这位沉默了许久的《死水》的作者，突然欣赏起田间的诗来，大家都觉得奇怪。他说：'抗战六年来，我生活在历史里，古书堆里，实在非常惭愧；但今天是鼓的时代，我现在才发现了田间，听到了鼓的声音，使我非常感动……田间实在是这鼓的时代的鼓！他的诗是这时代的鼓的声音。'"①

1944年5月3日，西南联大历史学会举行五四纪念座谈会，闻一多发表感言："方才张先生说五四是思想革命，是正中下怀（记者按：张奚若先生说道：'辛亥革命是形式上的革命，五四则是思想革命'）。但是你们现在好像在审判我，因为我是在被革的系——中文系里面的。但是我要和你们里应外合！张先生说现在精神解放已走入歧途，我认为还是太客气的说法，实在是整个都走回去了！是开倒车了……我为什么教中国文学系呢……我的读中国书是要戳破他的疮疤，揭穿他的黑暗，而不是去捧他。"②

从此，闻一多以诗人的气质介入政治。1944年暑假前后，加入共产党组织的西南文化研究会；1944年秋，加入中国民主同盟。与此同时，到处作演讲，写下了大量的杂文和政论，抨击时政。1946年7月15日，参加李公朴追悼会，作《最后一次演讲》，回家途中遇刺身亡。

闻一多思想上的转变也体现在他的学术研究之中，使得他的学术研究由内向外转，失去了学术自身的独立品格。这不仅体现在学术研究的民族意识上（如神话研究），更体现在学术观点的前后矛盾上。

比如，对唯物史观的态度。他在《匡斋尺牍》中指出："近人囊中满是科学方法，真厉害，无奈历史——唯物史观的与非唯物

---

① 焯：《联大杂写》，南京：《新华日报》，1943年11月16日。

② 闻一多：《五四历史座谈》，见孙党伯、袁謇正主编《闻一多全集》第2卷，第367页，武汉：湖北人民出版社，1993年。

史观的，离诗还是很远。明明一部歌谣集，为什么没人认真的把它当文艺看呢?"①1940 年，闻一多对唯物史观还颇有微词："可是在信中他又错误地谈到用唯物史观来解释艺术的起源，不免失之颇偏。"②关心政治后，"他又说，他已决定回北平以后底研究计划，他打算用唯物史观底观点研究中国文学史"③。

又如，对庄子的态度。"一多先生不仅在《庄子》的校释上做了刻苦的工夫，他另外有一篇题名就叫《庄子》的论文，直可以说是对于庄子的最高礼赞。"④可是在 1944 年以来的课堂上，闻一多却作出了截然相反的评价。1944 年 9 月，解聘传言四起，闻一多在"专书选读(《庄子》)"课上尽管保持了以往的教学内容，"但这种踏实的工夫并不曾使他陷于学究式的烦琐，他屡次提醒思想与时代的关联，要从战国时代的社会来理解《庄子》。他认为《庄子》一书正反映战国时代知识分子——'士'的悲哀。他说：庄子所处的时代，士底出路是作官，作官实际上是作统治者的走狗，内则榨取民众，外则争夺别国的土地人民，夺取之后同样是榨取民众，你想要洁身自好也不行，非要你帮凶不可"⑤。1945 年 6 月 4 日，闻一多在西南联大附中讲"道家的人生观"："儒家道家是两个破落户，出身于僧侣，以种种宗教的仪式增加帝王的威严，起初很得宠，后来渐渐被遗弃了。"⑥这已经是毫无

---

① 闻一多：《匡斋尺牍》，见孙党伯、袁謇正主编《闻一多全集》第 3 卷，第 214 页，武汉：湖北人民出版社，1993 年。

② 郭良夫：《因闻一多先生而想起的二三事》，转引自闻黎明、侯菊坤《闻一多年谱长编》，第 588 页，武汉：湖北人民出版社，1994 年。

③ 冯友兰：《回忆朱佩弦先生和闻一多先生》，北京：《文学杂志》，第 3 卷第 5 期，1948 年 10 月。

④ 郭沫若：《闻一多全集・序》，上海：开明书店，1948 年。

⑤ 寄思：《忆闻一多教授》，上海：《文萃》，第 40 期，1946 年 7 月 25 日。

⑥ 转引自闻黎明、侯菊坤：《闻一多年谱长编》，第 858 页，武汉：湖北人民出版社，1994 年。

学术意味了。

最令人深思的是对屈原的评价。

1935年,闻一多认为《史记》关于屈原死于顷襄王时期的记载欠确,而“王懋竑说屈原死在怀王入秦以前似乎可信”。“因这件史实的修正,而我们对于屈原的人格的认识也得加以修正,才是关系重大。怀王丧身辱国,屈原既没有见着,则其自杀的基因确是个人的遭遇不幸所酿成的,说他是受了宗社倾危的刺激而沉江的,便毫无根据了……历来解释屈原自杀的动机者,可分三说。班固《离骚·序》曰:‘忿怼不容,沉江而死’,这可称为泄忿说。《渔父》的作者曰:‘宁赴常沅而葬江鱼腹中耳,又安能以浩浩之白而蒙世之温蠖乎’,这可称为洁身说。东汉以来,一般的意见渐渐注重屈原的忠的方面,直到近人王树楠提出‘尸谏’二字,可算这派意见的极峰了。这可称为忧国说。三说之中,泄忿最合事实,洁身也不悖常理,忧国则最不可信。然而偏是忧国说流行最久、势力最大。一个历史人物的偶像化的程度往往是与时间成正比例的,时间愈久偶像化的程度愈深,而去事实愈远。在今天,我们习闻的屈原,已经变得和《离骚》的作者不能并立了。你若认定《离骚》是这位屈原作的,你便永远读不懂《离骚》。你若能平心静气的把《离骚》读懂了,你感觉《离骚》不像是这位屈原作的。你是被你自己的偶像崇拜的热忱欺骗了。”①1939年2月,“寒假后,开始讲《离骚》。他仍着重于文字训诂名物考证,对于诗人屈原其人类似当代名伶的看法也提出来了,但未详细论述”②。此外,他还作了一篇《端午考》,考证端午起源的目

① 闻一多:《读骚杂记》,天津:《益世报》“文学副刊”,第5期,1935年4月3日。

② 季镇淮:《闻一多先生事略》,王子光、王康《闻一多纪念文集》,第464页,北京:三联书店,1980年。

的是为了说明端午的起源与屈原无关。①

应该说明的是，闻一多的上述观点在当时学术界关于有无屈原和屈原的人格、地位的论争中，具有纯学术的色彩。可是，在抗战后期的政治格局中，闻一多由否定屈原的忧国忠君说转而肯定忧国说，并把屈原提升到人民诗人的高度。

他反对否定屈原。1942 年 2 月，郑临川打算写否认屈原的读书报告，闻一多指出："否认屈原的存在，对于抗战有什么好处呢？要记住，做学问绝不是为了自我表现，是要为国家民族的生存和进步作出有益的贡献呵。"②后来他又撰写《廖季平论楚辞》，驳斥屈原否定论。

他在昆明与友人讨论屈原时指出，"光用爱国主义不足以表达屈原思想的高度，应该用'人民的诗人'才能把屈原的崇高表述出来"③。1944 年成都诗人节茶会上，孙次舟提出屈原是文学弄臣说，并发表《屈原是"文学弄臣"的发疑——兼答屈原崇拜者》；遭到国人的批评后，孙次舟在《屈原讨论的最后申辩》中指出："昔闻一多先生亦有类似之说，以屈原与梅兰芳"相比。闻一多于是在 1944 年 12 月作《屈原问题——敬质孙次舟先生》，认为"孙先生以屈原为弄臣，是完全正确地指出了一桩历史事实，不幸的是，他没有将这事实在历史发展过程中所代表的意义，充分的予以说明"。闻一多强调这个文学弄臣是个"孤高与激烈"的"文化奴隶"，这个奴隶"不但站起来做了人，"而且还"做了人的导师"。"在思想上，存在着两个屈原"，"一个是竭忠尽智、以事其君的集体精神的屈原，一个是露才扬己、怨怼沉江的个人精神的屈原"。"前一方面，屈原是他自己的时代之子"；"在后一方

① 闻一多：《端午考》，遇难后发表于北京：《文学杂志》，第 2 卷第 3 期，1947 年 8 月。

② 郑临川：《闻一多论古典文学·序言》，重庆：重庆出版社，1984 年。

③ 刘烜：《闻一多评传》，第 263 页，北京：北京大学出版社，1983 年。

面，他是一个为争取人类解放……的斗争的参加者。”①1945年6月14日，又应郭沫若之邀发表《人民的诗人——屈原》，该文指出：屈原的弄臣身份表明他“属于广大人民群众中的”一个；屈原最主要的作品是用“人民的艺术形式”写成的；“在内容上，《离骚》……用人民的形式喊出了人民的愤怒”；“最使屈原成为人民热爱与崇敬”的是他的“行义”而非“文采”。因此，屈原“实质是等于领导了一次人民革命，替人民报了一次仇”，“屈原是中国历史唯一有充分条件称为‘人民诗人’的人”；“端午这个节日，远在屈原出世以前已经存在，而它变为屈原的纪念日，又远在屈原死去以后”，“足以证明屈原是一个真正的‘人民诗人’”。② 这次是把论文当作政治任务，完全脱离了学术的轨道。

闻一多曾表示：“不过同你们比起来，我是一脚门里一脚门外而已。等到政治告一段落，我的门外底一只脚还是收回，不过留个窗户时常向外看看。”③他又说，他已决定回北平以后底研究计划，他打算用唯物史观底观点研究中国文学史。

可惜，闻一多再也无法由外向内转了。梁实秋在《谈闻一多》中描述了闻一多在昆明的贫困境遇后指出：“文人不得已鬻印，亦可慨已！然而一多的脊背弯了，手指破了，内心闷积一股怨气，再加上各种各样的环境的因素，以至于成了‘千古文章未尽才’，这怪谁？”④

---

① 闻一多：《屈原问题——敬质孙次舟先生》，重庆：《中原》，第2卷第2期，1945年10月。

② 闻一多：《人民的诗人——屈原》，昆明：《诗与散文》“诗人节特刊”，1945年6月14日。

③ 冯友兰：《回忆朱佩弦先生和闻一多先生》，北京：《文学杂志》，第3卷第5期，1948年10月。

④ 梁实秋：《谈闻一多》，第111页，台北：传记文学出版社，1967年。

专与博：闻一多的治学业绩

闻一多由诗人转向学者，研究对象由杜甫扩大到整个唐诗，由唐诗而伸展至先秦两汉古籍，乃至建构中国古典文学史，研究面不仅广博，而且在每一个面上都有精深的造诣，为古典文学的研究开辟出一条崭新的道路。

一、唐诗研究

诗人闻一多的古典文学研究首先以唐诗为研究对象乃是情理之中的事情。早在1922年，他就参考《古诗源》、《文选》、《六一诗话》、《漫堂诗话》等二十种古籍，作有《律诗底研究》一文，有人称此文可能是五四运动以后，较早运用新的方法，系统研究中国诗歌的民族传统的长篇著作。1928年10月，闻一多发表散文《杜甫》，1928年7月被聘为武汉大学文学院院长后，即对杜甫作了仔细研究。1930年4月，《杜少陵年谱会笺》发表于《文哲季刊》第一卷第一期，连载至第四期。并留下了手稿《说杜丛钞》，该书汇集了二十多部古籍中论述杜甫的资料。“一多在武汉时既已对杜诗下了一番工夫，到青岛后便开始扩大研究的计划，他说要了解杜诗需要理解整个的唐诗，要理解唐诗需先了然于唐代诗人的生平，于是他开始草写唐代诗人列传，积稿不少，但未完成。他的主旨是想藉对于作者群之生活状态去揣摩作品的涵意。”①朱湘在《闻一多与死水》中也指出：杜甫，在唐代的文学中，是他的兴趣的中心点。不过，这六年以来，由杜甫而推广到全个唐代的诗，全个唐代的文，唐代文化的整体。唐代文学的来源、去脉，就我在谈话中所听到的，他在这方面也有许多精辟

① 梁实秋：《谈闻一多》，第85页，台北：传记文学出版社，1967年。

的议论。①

闻一多曾多次向朋友谈起自己的研究计划。

1933年6月,朱湘拜访闻一多,在《闻一多与死水》中提到闻一多的计划。关于杜诗,闻一多有三部著作:《少陵先生年谱会笺》、《少陵先生交游考略》、《杜学考》。差不多杜甫的每一首诗,他都给考定了著作的年月。这个,对于杜诗的新认识,是如何的重要,不用说了……在作着的又有《王右丞年谱》、《岑嘉州系年考证》、《岑嘉州集笺疏》。将近告成,或正在作着的,有:《唐代文学年表》、《初唐大事表》(分政治、四裔、宗教、学术、文学、艺术六栏)、《唐语》、《全唐诗人补传》、《唐诗人生卒年考》、《全唐诗校勘记》、《全唐诗拾遗》、《唐诗统笺》、《全唐诗选》、《见存唐人著述目录》、《唐代遗书撰人考》、《唐两京城坊考续补》、《长安风俗志》、《唐器物著录考》、《唐代研究用书举要》、《全唐文选》、《唐人小说疏证》等等。至于汉魏六朝方面,也在进行着。

闻一多在1933年9月29日致饶孟侃的信中说到自己"向内发展的工作",除《毛诗字典》、《楚辞校议》外,其余六项为:三、《全唐诗校勘记》:校正原书的误字;四、《全唐诗补编》:收罗《全唐诗》所未收的唐诗,现已得诗一百余首,残句不计其数;五、《全唐诗人小传订补》:《全唐诗作家小传》最潦草,拟订其讹误,补其缺略;六、《全唐诗人生卒年考》附《考证》;七、《杜诗新注》;八、《杜甫》(传记)。②

闻一多的手稿中有一份《拟思唐诗聚著目录》,提到自己的研究计划:唐代文学年表、唐两京城坊考续补、唐代遗书目录标注、唐人九种名著叙论、全唐诗人补传、全唐诗校勘记、少陵先生

---

① 朱湘:《闻一多与死水》,上海:《文艺复兴》,第3卷第5期,1947年7月1日。

② 孙党伯、袁謇正主编:《闻一多全集》第12卷,第265～266页,武汉:湖北人民出版社,1993年。

年谱会笺、少陵先生交游考略、说杜丛钞、全唐诗续补、全唐诗人生卒年考、岑嘉州系年考证、岑嘉州交游事辑、唐文别裁集。

尽管闻一多到清华后研究兴趣逐渐转向上古文学，但唐诗的研究却没有停止。如，1937 年 10 月 28 日，闻一多"先生在长沙，由朱自清先生介绍，与孙望先生晤谈唐诗问题。时先生正从事《唐诗人登第年代考》和《唐诗人生卒年代考》的著作"①。此后他陆续整理发表了一系列论文。

这些论文后来收入《闻一多全集》：1934 年 3 月 24 日，《类书与诗——唐诗杂论之一》发表于《大公报》文艺副刊第 52 期，后又刊于 1945 年《国文月刊》第 37 期；1933 年 5 月，《岑嘉州交游事辑》发表于《清华周刊》第 39 卷；1941 年 2 月 11 日，《贾岛》发表于《中央日报》"文艺"副刊第 18 期；1941 年 8 月，作《宫体诗的自赎》，同年 9 月 8 日，发表于《当代评论》第 1 卷第 10 期；1943 年 8 月，《孟浩然》发表于《大国民》周刊第 3 期；1943 年，《四杰》发表于《世界学生》第 2 卷第 7 期。

可惜，闻一多未能全盘实现他的研究计划，但仍然给后人留下了大量的手稿。如疏证：唐诗笺证、唐诗校读法举例、全唐诗辨证、全唐诗校勘记；表谱：唐文学年表、唐诗人生卒考（附进士登第年考）、新旧唐书人名引得、初唐四杰合谱；史料：唐诗大系、全唐诗补传、全唐诗续补、全唐诗汇补；札记：唐风楼捃录、璞堂杂记、唐诗要略、诗的唐朝；传记：全唐诗人小传，约 60 万字，406 位诗人的材料。

二、乐府研究

闻一多研究乐府是由于教学的促进。1934 年 9 月，他在清华大学教"乐府研究"，教学目的为："本学程在钩求史事，证据古音，以资研究。"此后，他经常开设这门课程。如，1943 年 2 月开设"乐

① 季镇淮：《闻朱年谱》，第 33 页，北京：清华大学出版社，1986 年。

府诗”;1945 年 9 月开设“中国文学专书选读(《诗经》、乐府)”。①

乐府研究的主要成果便是《乐府诗笺》。这项工作动笔于1940 年 10 月。有关成果曾陆续发表:1940 年 10 月,《乐府诗笺》发表于《国文月刊》第 1 卷第 3 期;1940 年,《乐府诗笺续》发表于《国文月刊》第 1 卷第 4 期;1941 年 6 月,《乐府诗笺续》发表于《国文月刊》第 2 卷第 8 期;1941 年 12 月,《乐府诗笺续》发表于《国文月刊》第 2 卷第 11 期;1942 年 10 月,《乐府诗笺续》发表于《国文月刊》第 3 卷第 16 期。

此外,他还有未刊稿《乐府叙论》,该稿具有“文学史”的意味:“如果文学中有所谓正统的话,无疑诗是中国文学的正统,即在两汉也非例外。以产量论,赋在当时诚然居第一位,若论到质,则远不如诗,因之两汉文学的真实价值在诗而不在赋。继承楚辞传统的汉赋,除汉初少数作品外,只是无意义的挥霍文字而已。换言之,汉赋只是堕落了的楚辞。反之,汉诗却是进了一步的三百篇,只要排除了儒生们势利眼的尊经心理,我们当承认三百篇的文艺价值早已被超过了。建安以后不必论,因为那属于另一个文学的纪元,拿它与三百篇并论,根本是不公平的。建安以后诗中有主名的作家,渐多起来,那表示作诗渐渐成了一部分人的专业。从建安直到现在,我们可以用一种广义的说法,称之为近代。建安以前,概括的说,是一个无主名的诗人时期,诗在当时也可说是社会的而非个人的产品。这样一个时期,与建安以后相对照,我们称之为古代。就作品说,‘古代’的诗大体是歌曲,‘近代’的诗才是诗,就产生的方式说,诗是创造的,歌曲可说是长成的。就应用说,诗是供人朗读的,歌曲则是供人唱的和演的。”②

---

①《西南联合大学各院系必修选修学程表》,清华大学档案室藏。

② 闻黎明、侯菊坤:《闻一多年谱长编》,第 591 页,武汉:湖北人民出版社,1994 年。

三、《诗经》研究

闻一多最早研究《诗经》是在 1927 年，到青岛大学后全面铺开，到清华大学后开设专题课，此后一直坚持《诗经》的科研与教学。闻一多的《诗经》研究由两部分构成。一部分是对《诗经》篇目的释读，试图还原《诗经》的本来面目；一部分是对《诗经》字义的研究。

前者实际上开始于 1927 年。他在 7 月 9 日至 21 日的《时事新报·学灯》上发表《诗经的性欲观》，是作者最早运用文化人类学方法撰写的论文。到青岛大学任教后，“他开始研究《诗经》……他浩然长叹，认为我们中国文学虽然内容丰美，但是研究的方法实在是落后了。他决心要把《诗经》这一部最古的文学作品彻底整理一下。他从此埋头苦干，真到了忘寝废食的地步。我有时到他宿舍去看他，他的书房中参考图书不能用‘琳琅满目’四字来形容，也能说是‘獭祭鱼’。因为那凌乱的情形使人有如入废墟之感。他屋子里最好的一把椅子，是一把老树根雕刻成的太师椅，我去了之后，他要把这椅上的书搬开，我才能有一个位子。他的研究的初步成绩便是后来发表的《匡斋尺牍》”①。

这方面的成果陆续发表：1934 年 5 月，《匡斋尺牍》，载《学文》创刊号；1934 年 7 月，《匡斋尺牍》，载《学文》第 3 期；同时还完成《兔罝》手稿；1935 年 9 月 15 日，《卷耳》，载《大公报》“文艺”副刊第 9 期；1943 年 6 月，《芣苢》修改稿，载《世界学生》第 2 卷第 5 期；1943 年 11 月 15 日，《狼跋篇》修改稿，载《时与潮文艺》第 2 卷第 3 期；1945 年 5 月 2 日，作《〈说鱼〉后记》，6 月《说鱼》发表于《边疆人文》（乙种）第 2 卷第 3～4 期。此外，还有手稿《风诗类钞》（甲）、《风诗类钞》（乙）、《诗风辨体》（清华大学讲

① 梁实秋：《谈闻一多》，第 85～86 页，台北：传记文学出版社，1967 年。

义，按四言、杂言编次的风诗）。2005年，天津古籍出版社出版了《闻一多诗经讲义》，系刘晶雯根据自己1944—1945学年的听课笔记加以整理而成。

后者的最终计划是编一部《诗经》字典。他在1933年9月29日致饶孟侃的信中提到编写《毛诗字典》的计划："将《诗经》拆散，编成一部字典，注明每字的古音古义古形体，说明其造字的来由，在某句中作何解，及其 parts of speech（古形体便是甲骨文、钟鼎文、小篆等形体）（这项工作已进行了一年，全部完成的期限当在五年以上）。"①

他在1934年9月的课堂上也要求学生编字典。王瑶对此有回忆："我上'诗经'课的时候，他讲需要编一部《诗经字典》，并要求班上的学生各在《诗经》中选一个字，然后把所有各篇中有这个字的句子都集中起来，按照句法结构把它们分为几类，然后再从声和形的两方面来求义，并注意古代廋辞的用法和含义。他强调开始最好只看正文，不看旧注；如无法着手，也可先看看马瑞辰的《毛诗传笺通释》和陈奂的《诗毛氏传疏》。"②

1937年6月，闻一多被批准1937年度休假一年，计划回浠水编撰《诗经字典》，并为之作准备。钱穆指出闻一多在南岳时，四人一室，"室中一长桌，入夜，一多自燃一灯置其座位前。时一多方勤读《诗经》、《楚辞》，遇新见解，分撰成篇，一人在灯下默坐撰写"③。1939年6月15日闻一多致梅贻琦的信中也谈及这一问题："惟是前次所定研究项目系编撰《诗经字典》，兹因书籍缺

---

① 孙党伯、袁謇正：《闻一多全集》第12卷，第265页，武汉：湖北人民出版社，1993年。

② 王瑶：《念闻一多先生》，季镇淮主编《闻一多研究四十年》，第135页，北京：清华大学出版社，1988年。

③ 钱穆：《八十忆双亲·师友杂忆》，第182页，长沙：岳麓书社，1986年。

乏关系，该项工作不易进行，爰将研究项目改为《中国上古文学史》。"①

这个计划最终没有完成，但是留下了一些产生重大影响的公开发表的论文：1935 年 7 月，《诗·新台"鸿"字说》，载《清华学报》第 10 卷第 3 期；1937 年 1 月，《诗经新义（二南）》，载《清华学报》第 12 卷第 1 期；1943 年 10 月，《诗经通义（召南）》，载《中山文化季刊》第 1 卷第 3 期；1943 年 11 月，作《诗经通义（周南）》，载 1945 年《图书季刊》新 6 卷第 3～4 期。《诗经通义（召南）》、《诗经通义（周南）》是对《诗经新义（二南）》的进一步修改。此外，留下了手稿《诗经词类》（40 字）和未定稿《诗经通义（乙）》（共释读 171 首）。

四、《楚辞》研究

闻一多对《楚辞》产生兴趣跟游国恩的建议有关。闻一多因读到游国恩《楚辞概论》，以文学院院长的身份向学校推荐。1929 年 9 月，游国恩被聘为武汉大学中国文学系讲师，建议闻一多研究《楚辞》。1932 年 3 月，闻一多在青岛与游国恩合住一红楼，"早晚谈论《楚辞》、《诗经》"②。闻一多到清华后，决定开设"楚辞"课，与游氏书信往来密切。1933 年 7 月 2 日致信游氏："弟下年讲授《楚辞》，故近来颇致力于此书。间有弋获，而疑难处尤多。屡欲修书奉质，苦于无着手处。今得悉大驾即将北来，曷胜欣忭！惟盼将大著中有关《楚辞》之手稿尽量携带，藉便拜诵，他无所需也。"同年 8 月 21 日又致信游氏："病中再读大著，渊博精审，突过古人，是诚不愧为后来居上矣。近偶读朱一栋《群书札记》，中有论《楚辞》十余条，精当处似欲与朱丰芑、俞

---

① 孙党伯、袁謇正主编：《闻一多全集》第 12 卷，第 359 页，武汉：湖北人民出版社，1993 年。

② 季镇淮：《闻朱年谱》，第 27 页，北京：清华大学出版社，1986 年。

荫甫辈方驾。朱氏《十三经札记》刻在《续经解》中。”①

从此，《楚辞》研究便成了闻一多一生中关注最多的学术课题。他在1933年9月29日致饶孟侃的信中说到自己“向内发展的工作”，其中第二项便是《楚辞校议》：“希望成为最翔实的《楚辞》注，已完成三分之二。二年后可完工。”②1938年12月1日致孙作云信云：“今年定开‘楚辞’、‘尔雅’二课，本年内决将《楚辞》旧稿整理完毕，校勘部分已缮毕。《离骚》、《九歌》、《天问》、《卜居》、《渔父》、《远游》、《九辩》，笺注部分较繁重，现只完成《天问》中夏史数十条。”③1941年12月，《楚辞校补》“引言”写定。“可是如果这样来，能保证全部工作及早赶完，藉此可以腾出时间来做点别的事，那对于自己还是合算的。在一部书上已经花了上十年左右的光阴，再要拖延下去，总会教人腻味的。”④

闻一多的《楚辞》研究主要包括如下三方面的内容。一为关于屈原的评价：1935年4月3日，《读骚杂记》，载《益世报》“文学副刊”第5期；1943年7月3日，《端午节的历史教育》，载《生活导报》第32期；1944年12月，作《屈原问题——敬质孙次舟先生》，载1945年10月《中原》第2卷第2期；1945年6月14日，《人民的诗人——屈原》，载《诗与散文》“诗人节特刊”；《端午考》，遇难后发表于1947年8月《文学杂志》第2卷第3期。

一为《楚辞》文献的整理和校释：1935年，《楚辞斠补》，载《文哲季刊》第5卷第1号；1936年3月，《敦煌旧抄楚辞音残卷跋(附校勘记)》，载《图书季刊》第3卷第1～2期；1936年6月，《楚辞斠补》，载《清华学报》第11卷第4期；1936年，《离骚解

①②③ 孙党伯、袁謇正主编：《闻一多全集》第12卷，第259、第261页，第265页，第357页，武汉：湖北人民出版社，1993年。

④ 闻一多：《楚辞校补》“引言”，孙党伯、袁謇正主编《闻一多全集》第5卷，第113页，武汉：湖北人民出版社，1993年。

诂》，载《清华学报》第 11 卷第 1 期（共释 21 条。1985 年上海古籍出版社出版同名专书，由季镇淮整理。全书征引 46 家古书）；1936 年，《天问·释天》，载《清华学报》第 9 卷第 4 期；1941 年 7 月，作《九章》（手稿经整理定名《九章解诂》，后与《九歌解诂》合为一书，于 1985 年由上海古籍出版社出版）；1941 年 12 月，《楚辞校补》"引言"写定；1942 年 3 月，《楚辞校补》由国民图书出版社出版；1944 年 5 月 7 日，《九歌校释——东皇太一》，载《中央日报》"星期增刊"第 14 期；1944 年 5 月 16 日，《九歌校释——东君、云中君、湘君》，载《中央日报》"文林"副刊第 1 期。此外，还有手稿《天问疏证》和《楚郊祀东皇太一乐歌》。

一为楚辞的文化阐释：1940 年 11 月作《怎样读九歌》，1941 年 1 月发表于《国文月刊》第 1 卷第 5 期；1941 年 11 月在北京大学文科研究所学术演讲会上发表《什么是九歌》，讲稿刊登于 1947 年 8 月 15 日《文艺春秋》第 5 卷第 2 期；1946 年 6 月，作《九歌古歌舞剧悬解》。此外，还有手稿《九歌的结构》、《论九章》、《东皇太一考》、《九歌释名》、《东君、湘君、司命——九歌杂记之一》。其手稿《九歌杂记》指出：湘君、湘夫人为男女夫妇神；河伯冯夷即屏翳，一号玄冥；东君、云中君恐怕都是从胡地传入晋国的；东君、云中君二神并祀，恐怕也是胡俗。

郑临川《闻一多论古典文学》是 1940—1941 年度西南联大的听课笔记，内容涉及：《楚辞与神仙思想》、《离骚与仙真人诗》、《楚辞中的"兮"字说》、《论九章》、《论天问》、《论九辩》、《论楚辞的分类》、《屈原论》。

总之，他的这些成果，30 年代重在校正文字、诠释词义；40 年代又加入了说明背景的内容。

五、庄子研究

闻一多的庄子研究起始于 1929 年 11 月发表的《庄子》。他认为："《庄子》的文学价值还不只在文辞上，实在连他的哲学都不像寻常那一种矜严的、峻刻的、料峭的一味皱眉头、绞脑子的东西:他的思想本身便是一首绝妙的诗。""哲学的起点便是文学的核心。只有浅薄的庸琐的渺小的文学,才专门注意花叶的美妙,而忘掉了那最原始的、最宝贵的类似哲学的仁子。无论《庄子》的花叶已经够美茂的了;即令他没有发展到花叶,只是他那简单的几棵仁子,给投在文学的园地上,便是莫大的贡献,无量的功德。"①

1942 年,即"在文科研究所住的第二年,他重新开始研究《庄子》,说打算用五年工夫在这部书上"②。此后他陆续发表了一系列论文:1941 年 1 月 13 日,《道教的精神》,载《中央日报》"人文科学"副刊第 2 期,20 日第 3 期续完;1943 年 9 月,《庄子内篇校释》,载《学术季刊》第 1 卷第 3 期,以校补、训诂、注释为主;1944 年 3 月 19 日,《庄子外篇校释——骈拇》,载《中央日报》"星期增刊"第 7 期。

他的计划没有完成,只留下一些手稿。如手稿:《庄子章句》、《庄子校补》、《庄子义疏》、《庄子疏证》、《庄子校拾》、《庄子札记》、《庄子人名考》。前三种快完稿,第四种只完成《逍遥游》,其余为零散资料。另外还有手稿《道家的精神》,是写作提纲,分绪论、泛论原始思想及其发展——部落社会、庄子思想的原始背景——内七篇研究、庄子思想本身的原始性等部分。

六、神话研究

闻一多的神话研究也是起始于教学。1935 年 9 月,指导文科研究所研究生的"中国古代神话研究","目的在研究我国古代神话之起源及其演变"。③ 在"中国古代神话研究"班上,"他要求学生各选定一个古代神话故事的题目,从类书中先把有关材

① 闻一多:《庄子》,北京:《新月》,第 2 卷第 9 号,1929 年 11 月。

② 朱自清:《闻一多全集》"编后记",第 6 页,北京:三联书店,1982 年。

③《清华大学一览·研究院学程部》,1935 年度。

料摘录出来，再复查原书，将材料按时代先后排序，分析其繁简情况及有无矛盾现象，然后再考察他的来源和流变过程，写出一个报告”①。1937年6月，臧克家拜访闻一多，耳闻目睹了闻一多研究神话的情景：“还是那样的大本子，大本子抄的不再是唐诗、杜甫交游录，而是‘神话’一类的东西了。”“我在弄《诗经》、《楚辞》、史前史，牵连到一些神话，我也很有兴趣。”②

从此闻一多一直关注神话，并陆续发表了一系列论文：1935年10月，《高唐神女传说之分析》，载《清华学报》第10卷第4期；1936年1月《高唐神女传说之分析补记》，载《清华学报》第11卷第1期；1940年1月作《姜嫄履大人迹考》，3月5日发表于《中央日报》“史学”副刊第72期；1941年2月，“在陈家营闻先生一家八口和我们一家六口隔帘而居期间，我伏首搞数学，他埋头搞‘槃瓠’”③；1942年5月6日，在云南地方行政干部训练团讲“神话与中国文化”，手稿《神话与古代文化》可能是这次演讲的提纲；1942年11月，担纲西南联合大学史学会主办文学史讲座第一讲“伏羲的传说”；1942年11月15日作《伏羲考》引言和第二部分，发表于同年12月出版的《人文科学学报》第1卷第2期(后三章未发表)；1942年12月17日，在中法大学讲《神话与诗》，“是晚至中法大学听闻一多讲《神话与诗》。大意为神话告终而诗出。神话与魔术时代，人觉无所不能，理想之境界皆可达到。至诗人时代则感觉人生之能力有限，而多悲观之思想矣”④。此

① 王瑶：《念闻一多先生》，季镇淮主编《闻一多研究四十年》，第135～136页，北京：清华大学出版社，1988年。

② 臧克家：《我的先生闻一多》，臧克家《臧克家散文小说集(上)》，第485页，武汉：长江文艺出版社，1982年。

③ 华罗庚：《知识分子的光辉榜样——纪念闻一多烈士八十诞辰》，王子光、王康《闻一多纪念文集》，第139页，北京：三联书店，1980年。

④ 浦江清：《西行日记》，《清华园日记·西行日记》，第204页，北京：三联书店，1999年。

外，还留下《图腾杂考拟目》、《神仙考》、《司命考》、《朝云考》、《端午考》、《东皇太一考》、《神话与诗——诗的生物功能观》等手稿。

要之，30年代由《诗经》、《楚辞》而神话，40年代由文献而民俗材料，奠定了伏羲女娲、龙图腾研究的基础。

七、《周易》研究

闻一多的《周易》研究开始于长沙临时大学时期。1937年11月，长沙临时大学，“闻一多摆开一案子的书，考订《周易》。学术空气非常浓厚”①。1942年9月，闻一多开设“中国文学专书选读(一)”(《周易》)，季镇淮认为这是第一次从文字训诂入手研究《周易》。② 在昆明司家营清华大学文科研究所，闻一多还和汤用彤一起讨论《周易》问题。③

闻一多的研究成果有1941年4月作的《周易义证类纂》(同年10月发表于《清华学报》第13卷第2期)和手稿《周易新论》、《周易杂记》、《周易字谱》、《周易分韵引得》等。

闻一多的这项研究以考证为主，目的是想通过《周易》了解古代社会。《周易义证类纂》“引言”指出：“以钩稽古代社会史料之目的解《周易》，不主象数，不涉义理，计可补苴旧注者百数十事。删汰芜杂，仅得九十。即依社会史料性质，分类录出，幸并世通人匡其不逮云。”④全书分“有关经济事类”、“有关社会事类”、“有关心灵事类”和“余录”加以编排。

八、文学史研究

闻一多的文学史研究贯穿于他的教学与研究之中。他的唐

---

① 冯友兰：《三松堂自序》，第99页，北京：三联书店，1984年。

② 季镇淮：《闻朱年谱》，第42页，北京：清华大学出版社，1986年。

③ 朱自清：《闻一多全集》“编后记”，第6页，北京：三联书店，1982年。

④ 孙党伯、袁謇正主编：《闻一多全集》第10卷，第189页，武汉：湖北人民出版社，1993年。

诗和乐府的教学与研究实际上已经有了明显的文学史意识，而真正准备写文学史则起始于上古文学史教学的需要。根据《西南联合大学各院系必修选修学程表》，闻一多于 1940 年 9 月、1942 年 9 月先后开设有“中国文学史分期研究(一)”(即上古文学史)、“中国文学史问题研究”。

1940 年 11 月，闻一多致校长信中附有《中国上古文学史研究报告》。这个报告可以窥见闻一多的文学史观和文学史写作构想，现将其报告主要内容征引如下。研究旨趣有二。一曰“了解文学作品”：“文艺作品为文学史之最基本、最直接的材料。学者对于文学作品，苟无较深了解，而遽侈谈其渊源流变，何异无的放矢？唯是上古文学，最为难读。乾嘉以来学者凭其校勘训诂诸工具，补苴旧说，发扬幽隐，阙功伟矣，然而古书之不可解者，犹十有四五。今拟遵清人旧法，佐以晚近新出材料(如敦煌残卷，及殷墟卜辞，商周铜器等)，对于先秦两汉诸古籍之奇文滞义，作更进一步的探索，冀于昔贤传注、清儒考订之外，有所补充焉。”二曰“考察时代背景”：“文学史为整个文化史中之一环，故研究某时期之文学史，同时必须顾及此期中其他诸文化部门之种种现象。今拟以若干问题为中心，就其社会背景，或思想潮流等方面，详加分析，求其相互的关系，庶使文学得成为一种有机体的历史，而非复一串账簿式的记载而已。”根据上述二项旨趣，闻一多将“研究工作”分为下列二项：一曰专书研究，二曰专题研究。在“研究结果”中，闻一多开列了如下“专书研究要目”，并说明了进度：尚书补释(已完成虞夏书部分)、周易间诂(行将在本校学报发表)、庄子章句(已完成内七篇)、楚辞校补(已交北平图书馆《图书季刊》发表)、离骚叙论、天问疏证、乐府诗笺(已交联大师范学院国文系主办之《国文月刊》发表)、易林琼枝、上古文选校释。其“专题研究要目”包括：古代教育、商周铜器艺术、史职与史书、史诗的残骸、采诗制度蠡测、古代著述体裁之长成、神仙与先秦思想、舞蹈与戏剧、宴饮与诗。另外，闻一多在研究报告中还附有相关问题论文目录：夏商世系考、姜嫄履大人迹考(载《中央日报》史学周刊)、象舞考原、雷纹解、说鲧(已交《金陵学报》发表)、释臣，等等。①

1943 年 10 月，闻一多在中法大学讲授“中国文学史”，讲课提纲中有《四千年文学大势鸟瞰》。在这个提纲中，闻一多将中国文学史分为四段八期，可以说是闻一多对中国文学史的初步构想。第一段“本土文化中心的抟成”(一千年左右)，此一段包含第一大期“黎明”，即夏商至周成王中叶(公元前 2050—前 1100)，约九百五十年。第二段“本土文化区域的扩大”(从《三百篇》到《十九首》，一千二百九十一年)，包括三个大时期，即第二大期“五百年的歌唱”：周成王中叶至东周定王八年(即陈灵公卒，《国风》约终于此时；公元前 1099—前 599)，约五百年；第三大期“思想的奇葩”：周定王九年至汉武帝后元二年(公元前 598—前 87)，五百一十年；第四大期“一个过渡时期”：汉昭帝始元元年至东汉献帝兴平二年(公元前 86—公元 195)，二百八十一年。第三段“从曹植到曹雪芹”(一千九百一十九年)，包含三个大时期，即第五大期“诗的黄金时代”：东汉献帝建安元年至唐玄宗天宝十四年(196—755)，五百五十九年；第六大期“不同型的余势发展”：唐肃宗至德元年至南宋恭帝德祐二年(756—1276)，五百二十年；第七大期“故事兴趣的醒觉”：元世祖至元十四年至民国六年(1277—1917)，六百四十年。第四段“未来的发展——大循环”，即第八大期“伟大的期望”：民国七年至……(1918—……)。②

① 孙党伯、袁謇正主编：《闻一多全集》第 12 卷，第 367～369 页，武汉：湖北人民出版社，1993 年。

② 孙党伯、袁謇正主编：《闻一多全集》第 10 卷，第 22～36 页，武汉：湖北人民出版社，1993 年。

围绕教学，他开始撰写系列论文。1940 年 5 月 26 日致赵俪生信指出："到此闲居将近一年，除略事整理《诗经》、《楚辞》、乐府、神话诸旧稿外，又从《易经》中寻出不少的古代社会材料。下年将加开'上古文学史'一课，故对于诗歌舞蹈戏剧诸部门之起源及发展，亦正在整理研究中。"①不少论文也开始发表：1939 年 6 月 5 日，《歌与诗》发表于《中央日报》副刊"平明"第 16 期（题下注云"这是计划中的《中国上古文学史讲稿》的一章"）；1939 年 12 月完成《易林琼枝》；1943 年 12 月 1 日，《文学的历史方向》发表于《当代评论》第 4 卷第 1 期。

闻一多曾表示要写一部文学史，可惜，历史并没有给他机会，他只留下了一些手稿。如，《中国上古文学》（《中国文学史稿》（一））、《中国上古文学年表》、《唐文学年表》等。

新与旧：闻一多的治学方法

闻一多治古典文学非常强调方法，他多次向友人谈到这一点。熊佛西在 1933 年 9 月曾拜访过闻一多，后来对此有清晰的回忆："'你以西洋治学的科学方法来研究杜甫和李白，兼及唐宋两代的文化，当时朋友们都引以为异：为什么像你这样才情纵横奔放的诗人不写诗而研究中国的死文学？'……'我已发现我在创作方面无天才。诗，只好给那些有天才的人们去写。过去，我觉得我搞的玩意儿太多太杂，结果毫无成就，今后我愿意集中精力来研究中国文学'……'你为什么先从杜甫李白入手呢——是否你对于他们特别喜爱？'……'也许是的，不过主要的原因还不在此。中国的文学浩如烟海，要在研究上有点成绩，必须学西洋

① 孙党伯、袁謇正主编：《闻一多全集》第 12 卷，第 362 页，武汉：湖北人民出版社，1993 年。

人治学的方法，先挑选一两个作家来研究，或选定一个时代来研究。”①在青岛，他也向梁实秋谈到治学方法问题：“他开始研究《诗经》。有一天他到图书馆找我，我当时兼任图书馆馆长，他和我商量研究《诗经》的方法。并且索阅莎士比亚的版本以为参考。我就把刚买到的佛奈斯新集注本二十册给他看，他浩然长叹，认为我们中国文学虽然内容丰富，但是研究的方法实在是落后了。他决心要把《诗经》这一部最古的文学作品彻底整理一下……他的研究的初步成绩便是后来发表的《匡斋尺牍》。”②

学术界对他的研究方法也给予了足够的肯定。朱自清认为《匡斋尺牍》“在《诗经》研究上，这是一个划时代的作品。他用现代的科学方法解释《诗经》。他自己从来没有夸述过他对《诗经》研究的贡献，但是作品俱在，其价值是大家公认的。清儒解诗，王引之的贡献最大，他是得力于他的声韵训诂的知识之渊博，但是，一多则更进一步，于音韵训诂之外，再运用西洋近代社会科学的方法。例如《匡斋尺牍》所解释《芣苡》和《狼跋》两首，却有新的发明，指示出一个崭新的研究方向。”③今人叶舒宪、萧兵步武闻一多的治学方法研究古代典籍，对闻一多推崇不已，认为闻一多“所开辟的古典文学的人类学民俗学研究在现代学术史上具有方法论的典范意义，至今在学术界仍有余响”④。

要而言之，闻一多的古典文学治学方法主要体现为如下三个方面。

一、求真与求美

闻一多“求真与求美”的追求主要体现为一种历史还原意

---

① 熊佛西：《悼闻一多先生——诗人、学者、民主的鼓手》，上海：《文艺复兴》，第2卷第1期，1946年8月1日。

②③ 梁实秋：《谈闻一多》，第85～86页，第86页，台北：传记文学出版社，1967年。

④ 叶舒宪、萧兵、王建辉：《中国文化的人类学破译系列的说明》，叶舒宪《庄子的文化解析》，武汉：湖北人民出版社，1997年。

识。这种意识在他论文中有明白的表述。“在某种心理状态之下，人们每喜从一个对象中——例如一部古书——发现一点意义来灌溉自己的良心，甚至曲解了对象，也顾不得。……我，也有我的良心，而灌溉的方法也不见得只限于一种。如果与那求善的古人相对照，你便说我这希求用‘《诗经》时代’的眼光读《诗经》，其用‘诗’的眼光读《诗经》，是求真求美，亦无不可。”①

闻一多的还原意识是针对古籍的历史变迁和古籍的历史阐释而发的。所谓求真，是要还古籍以历史真貌；所谓求美，是希望研究者和读者把古籍中的文学作品当作“文学作品”来欣赏和研究。闻一多在文章中多次谈到求真与求美的必要性。他认为：“较古的文学作品所以难读，大概不出三种原因。一、先作品而存在的时代背景与作者个人的意识形态因年代久远，史料不足，难于了解；二、作品所用的语言文字，尤其那些‘约定俗成’的白字（训诂家所谓假借字），最易陷读者于多歧亡羊的苦境；三、后作品而产生的传本的讹误，往往也误人不浅。《楚辞》恰巧是这三种困难都具备的一部古书，所以在研究它时，我曾针对着上述诸点，给自己定下了三项课题：一，说明背景；二，诠释词义；三，校正文字。”②这就是所谓的求真。在《匡斋尺牍》中，他一再指出：“我相信，我们今天所见到的《三百篇》尤其是二《南》十三《风》，决不是原来的面目。至于时间的自然的剥蚀，字体的变迁，再加上写官的粗心与无识——一部书从那么荒远的时代传递下来，还不知要受多少折磨呢。……在今天要看到《诗经》的真面目，是颇不容易的，尤其那圣人或‘圣人们’赐给它的点化，最是我们的障碍。当儒家道统面前的香火正盛时，自然

① 闻一多：《匡斋尺牍》，孙党伯、袁謇正主编《闻一多全集》第 3 卷，第 215 页，武汉：湖北人民出版社，1993 年。

② 闻一多：《楚辞校补》“引言”，孙党伯、袁謇正主编《闻一多全集》第 5 卷，第 113 页，武汉：湖北人民出版社，1993 年。

《诗经》的面目正因其不是真的，才更庄严更神圣。但在我们今天，我们要的恐怕是真而不是神圣。（真中自有着它的神圣在！）我们不稀罕那一分点化，虽然是圣人的。读诗时，我们要了解的是诗人，不是圣人。”“汉人功利观念太深，把《三百篇》做了政治的读本；宋人稍好点，又拉着道学不放手——一股头巾气；清人较为客观，但训诂学不是诗；近人囊中满是科学方法，真厉害，无奈历史——唯物史观的与非唯物史观的，离诗还是很远。明明一部歌谣集，为什么没人认真的把他当文艺看呢？”①这是求真，也是求美。在《卷耳》一文中，闻一多指出：“读《诗经》的态度，到宋人是一变。在他们心目中，《诗经》固然是好诗，但同时在可能范围内，最好还是诗。后来经过明人，经过一部分清人，如姚际恒、崔述、方玉润等，以至于近人，《诗经》中的成分被发现的似乎愈来愈多。顾名思义，研究《诗经》说不定还当以这一派为正宗。我个人读《诗经》的动机也未尝不是要在那里边多懂点诗。”②这是从历史的角度寻找求真求美的内在依据。

这种求真与求美的追求贯穿了闻一多的整个古典文学研究。

在神话研究上，闻一多强调“以神话治古史”。闻一多在陈梦家《高媒郊社祖庙通考》跋中指出：“以神话治古史”，“此乃吾年来之私愿”，“古代神话存于今者，其神话色彩愈浓，其所含当时之真相愈多”。“盖历史为人类活动之记录，神话则其活动动机之口供。由历史可以知其‘然’，由神话可以知其‘所以然’也”。③ 关于这一点，朱自清先生也有回忆：“闻先生研究伏羲的故事或神话，是将这神话跟人们的生活打成一片，神话不是空

① 闻一多：《匡斋尺牍》，孙党伯、袁謇正主编《闻一多全集》第3卷，第199页、第214页，武汉：湖北人民出版社，1993年。

② 闻一多：《卷耳》，载天津：《大公报》文艺副刊，第9期，1935年9月15日。

③ 闻一多：《陈梦家〈高媒郊社祖庙通考〉跋》，北京：《清华学报》第12卷，第3期。

想，不是娱乐，而是人民的生命欲和生活力的表现。这是死活存亡的消息，是人与自然斗争的记录，非同小可。他研究楚辞的神话，也是一样的态度。”“曾听他谈过大概，可惜写出来的还只是一小部分。”①

在《周易》研究上，闻一多“不主象数”、“不涉义理”，把《周易》当作社会史料。他认为，爻辞“其性质盖等于近代之观音签、牙牌诀之类”，天、地等卦名“与卦画均无本然的联系”，春秋时代起，产生了“以形相寓凶吉”的象数和“卦画的整理简化与系统化”之后的义理。因此，《周易》研究应该还原为当时的社会史料，并对这些史料作出合理的解释。在解释层面上，闻一多充分利用了文化人类学的方法。如对《旅》“上九”（鸟焚其巢，旅人先笑后号啕，丧牛于易，凶）和《大壮》“六五”（丧羊于易，无悔）这两条爻辞的解释，闻一多在王国维《殷卜辞中所见先公先王考》、顾颉刚《周易卦爻辞中的故事》的基础上，利用《山海经·大荒东经》、《楚辞·天问》等书中的相关神话学材料进一步证明了这样一个史实：殷先王王亥丧羊于易，被有易氏之君捉而杀之。这就与义理派的解释不啻天壤之别。

在《诗经》研究上，他的《〈诗经〉的性欲观》力图还原《诗经》的本来面目。“前人总喜欢用史事来解《诗经》，往往牵强附会，不值一笑。”“用研究性欲的方法来研究《诗经》，自然最能了解《诗经》的真相。”“我的主意是要证明《诗经》的时代虽然出了几个圣人（？），却还不是什么黄金时代”，“《诗经》时代的生活还没有脱尽原始的蜕壳，现在我还要肯定的说一句，真正《诗经》时代的人只知道杀、淫”。“不管十五国风里那大多数的诗，是淫诗还是刺淫的诗，即便退一百步来讲，承认都是刺淫的诗也得有淫，然后才能刺。认清了《左传》是一部秽史，《诗经》是一部淫诗，我

① 朱自清：《中国学术界的大损失——悼闻一多先生》，《朱自清全集》第3卷，第120～122页，南京：江苏教育出版社，1988年。

们才能看到春秋时代的真面目。可是等看到了真面目的时候，你也不必怕，也不必大惊小怪。原始时代本来就是那一回事。”在他看来，《齐诗·东方未明》“折柳樊圃”与性欲有关，《谷风》中捕鱼的“笱”隐喻女阴，《野有死麇》、《桑中》、《载驱》暗示性交，《小星》、《大车》、《葛生》都是情诗，“风雨”是性欲的冲动。在这种认识基础上，闻一多分析了《诗经》表现性欲的五种方式：明言、隐喻、暗示、联想、象征。闻一多对这种还原努力不无自豪：“‘离经叛道’到了这步田地，恐怕要算至矣，尽矣，蔑以加矣。”①

在唐诗研究上的这种努力，朱自清赞不绝口：“他最初在唐诗上多用力量，那时已见出他是一个考据家，并已见出他的考据本领。”“他注重诗人的年代和诗的年代。关于唐诗的许多错误的解释与错误的批评，都由于错误的年代。他将唐代一部分诗人生卒年可考者制成一幅图表，谁看了都会一目了然。”②

二、朴学与西学

王瑶在一篇纪念闻一多的文章中曾谈到清华学派的治学特点：“一种大家默契的风气，就是要求对古代文化现象作出合理的科学的解释。冯友兰先生认为清朝学者的治学态度是‘信古’，要求遵守家法；五四时期的学者是‘疑古’，要重新估定价值，喜作翻案文章；我们应该在‘释古’上多用力，无论‘信’与‘疑’必须作出合理的符合当时情况的解释……闻先生的《诗经新义》、朱自清先生的《诗言志辨》都是这种学风下产生的成果。”③

闻一多先生的治学特色在于使传统朴学成为了学术阐释的

---

① 闻一多：《诗经的性欲观》，孙党伯、袁謇正主编《闻一多全集》第3卷，第182页、第170页、第190页，武汉：湖北人民出版社，1993年。

② 朱自清：《中国学术界的大损失——悼闻一多先生》，《朱自清全集》第3卷，第122页，南京：江苏教育出版社，1988年。

③ 王瑶：《念闻一多先生》，见季镇淮《闻一多研究四十年》，第140页，北京：清华大学出版社，1988年。

工具，他强调材料考证与理论阐释比翼齐飞。关于这一点，闻一多有过自我表述："我走的不是那些名流学者国学权威的路子，他们死咬定一个字、一个词大做文章。我是把古书放到古人的生活范畴里去研究，站在民俗学的立场，用历史神话去解释古籍。"①

闻一多对朴学非常推崇。"他的书桌手边常摆着高邮王氏（念孙、引之）父子的书如《读书杂志》、《经义述闻》等，认为这是'经典著作'，指的是他们的文字训诂之学。"②1933 年 11 月，闻一多致信游国恩时谈到楚辞及史料："清代大师札记宜多涉猎，以其披沙拣金，往往见宝也。""近读易实父《经义莛撞》，内论《毛诗》数条，精悍绝伦，虽王氏父子未可多让。信乎才人能事，无施不可。"③"平时讲书时，他总好称道郭沫若先生，他在研究毛诗、楚辞及古代神话中，他多次引用郭先生研究金文所得，他佩服郭先生的卓识有胆量，能创造。"④

闻一多对朴学确实下过功夫。这可从他的古文字研究中以一斑而窥全豹。闻一多的学术研究由唐诗逐渐转向先秦两汉文学，研究方法偏向训诂，因此，对文字产生了浓厚的兴趣。1936 年暑假，赴安阳看甲骨发掘；1937 年 7 月，离平返鄂，只带两部书：《三代吉金文存》、《殷墟书契前编》；1938 年 12 月 1 日致信孙作云，表示今年定开"楚辞"、"尔雅"二课。⑤这方面的论文先

---

① 陈凝：《闻一多传》，转引自李中华、朱炳祥《楚辞学史》，第 300 页，武汉：武汉出版社，1996 年。

② 季镇淮：《闻一多先生事略》，王子光、王康《闻一多纪念文集》，第 465 页，北京：三联书店，1980 年。

③⑤ 孙党伯、袁謇正主编：《闻一多全集》第 12 卷，第 270 页，第 357 页，武汉：湖北人民出版社，1993 年。

④ 张春风：《闻一多先生二三事》，上海：《宇宙风》，第 147～148 期合刊，1947 年 3 月 1 日。

后发表的有如下一些：

1937 年 5 月，《释朱》，载《文学年报》第 3 期。

1937 年 6 月，《释契文疏证之一》，载《语言与文学》创刊号。

1937 年，《释为释豕》，载《考古》第 6 期。

1939 年 3 月 14 日，《璞堂杂记》，载《益世报》副刊“读书”第 113 期。乃《周易》、金文文字的考释和训诂。

1940 年 2 月 18 日，《璞堂杂说》，载《中央日报》“读书”副刊第 17 期。

1940 年 3 月，《释鲧》，载《金陵学报》第 10 卷第 1～2 期合刊。由文字论上古文化。

这些发表的文章和未发表的释单字论文总共 17 篇，是对文字的考证与训释，后来收入《闻一多全集》。此外还有手稿《璞堂杂识》(古字古语古词的考释、契文金文疏证)、《尔雅新义》、《金文杂释》等。

闻一多的这种朴学功力全方面地反映在他的教学和科研中。举凡古籍的校勘和辑佚、词义的诠释和章句的阐发、文化史现象和文学史史料的考证(详细业绩参见本文第二部分)都体现出朴学方法的纯熟运用。他的不少考据文章甚至被学术界誉为典范。如，《诗·新台“鸿”字说》一文对“鱼网之设，鸿则离之”这一句中的“鸿”字的解释便堪称典范。闻一多认为“鸿之为鸟名，既不可以网取，又无由误入于鱼网之中，而以为丑恶之喻，尤大乖于情理，则《诗》之‘鸿’，其必别为一物，而非‘鸿鹄’之‘鸿’。”“自文字音义及语言演变之迹观之，‘鸿’为‘蟾蜍’之异名。”①闻一多还进一步从《易林》、《初学记》等古籍中找到了“鸿”释为“蟾

① 闻一多:《诗·新台“鸿”字说》，孙党伯、袁謇正主编《闻一多全集》第 3 卷，第 192 页、第 195 页，武汉:湖北人民出版社，1993 年。

蜍”的文献学依据。郭沫若对此特别赞赏，认为闻一多此说是“细密新颖地发前人之所未发的胜义”①。又如对“风”字的解释。1935 年听过他的课的王瑶记忆犹新：“他的许多用低沉的声音娓娓道来的解说，过了半个世纪仍然记忆犹新。譬如他讲《诗经》中的风诗是爱情诗，就从‘风’字的古义讲起……由此发展下来的词汇，如风流、风韵、风情、风月、风骚等，皆与异性相慕之情有关。他援引了许多的史实以及后来的演变，妙语迭出，十分生动。”②

闻一多的训诂学功力在西方科学理论尤其是西方文化人类学理论的指导下不仅如虎添翼，而且使训诂学成为理论阐释的工具。他在 1943 年 11 月 25 日致臧克家的信中指出：“我始终没有忘记除了我们的今天外，还有那二三千年的昨天，除了我们这角落外还有整个世界。我的历史课题甚至伸到历史以前，所以我研究了神话，我的文化课题超出了文化圈外，所以我又在研究以原始社会为对象的文化人类学。”③闻一多强调研究者和研究对象之间的时空距离，主张“用我们自己的眼光，我们自己的心理去读《诗经》”这样的古代典籍，“摆开你的主见，去悟入那完全和你生疏的诗人的心理”。这就要求做到训诂学和西学的统一。他的《风诗类钞 · 序例提纲》实际上就是这种统一的具体体现。他在“关于编次”中提出了有别于“经学的”、“历史的”、“文学的”这“三种旧的读法”的读法——“社会学的”读法，主张“缩

---

① 郭沫若：《闻一多全集序》，朱自清等编辑《闻一多全集》，上海：开明书店，1948 年。

② 王瑶：《念闻一多先生》，季镇淮主编《闻一多研究四十年》，第 132 页，北京：清华大学出版社，1988 年。

③ 孙党伯、袁謇正主编：《闻一多全集》第 4 卷，第 381 页，武汉：湖北人民出版社，1993 年。

短时间距离——用语体文将《诗经》移至读者的时代，用下列方法带读者到《诗经》的时代”，具体做法便是“考古学”（关于名物尽量用图画代解说）、“民俗学”、“语言学”（包括声韵：摹声字标者以声见义（声训），训正字不理借字；文字：肖形字举出古体以形见义（形训）和意义：直探本源）的结合。[①] 他这里所说的“社会学”、“考古学”、“民俗学”实际上就是文化人类学。他的《风诗类钞》实际上就是情歌选本，按男词、女词、不分男女之词三类加以编排。这是经过朴学和文化人类学检视后的《诗经》选本。

在具体的研究中，闻一多更是熔朴学、西学尤其是人类学于一炉。这在《诗经》、《楚辞》、《周易》、上古神话等领域表现得尤其明显。

他的第一篇古典文学研究论文《诗经的性欲观》便是运用人类学方法研究文学的结果。这种方法后来在《匡斋尺牍》、《说鱼》等系列论文中始终得到贯彻。例如，关于《芣苢》，历来有不同的解释。闻一多认为理解这首诗的关键是“芣苢”的意义。闻一多从训诂学的角度说明“芣苢”的本义就是胚胎，又引用“禹母吞薏苡而生禹”的神话传说说明“芣苢”的宜子功能（因为“薏苡”就是“芣苢”），紧接着又从生物学和社会学的角度指出采“芣苢”这种习俗是一种性本能的演出，是古代妇女为了种族的繁衍而进行的一种交感巫术活动。通过这种人类学的阐释，闻一多揭示了这一活动的严肃性和神圣性，把我们带到了《诗经》的时代。又如，闻一多非常注重《诗经》中的生殖崇拜以及相关的表达的研究。关于“风”的阐释，他就充分利用了朴学和人类学的方法。后来在《说鱼》一文中，闻一多不仅强化了这种方法的运用，而且大量运用民歌民谣等田野作业的人类学成果来说明生殖崇拜。

---

① 孙党伯、袁謇正主编：《闻一多全集》第 4 卷，第 456～457 页，武汉：湖北人民出版社，1993 年。

他的《楚辞校补》也是人类学与考据学完美结合的典范。该书的写作，闻一多曾给自己定下了三项课题："一，说明背景；二，诠释词义；三，校正文字……我只好将这最下层，也最基本的第三项——校正文字的工作，先行结束，而尽量将第二项——诠释词义的部分容纳在这里，一并提出。这实在是权变的办法，我本心是极不情愿这样做。"①这两项相结合，也就把朴学和人类学结合起来了。该书以洪兴祖《楚辞补注》为底本，参考王逸、洪兴祖、刘师培、许维遹、刘永济等人的成果，采用宋以来 28 人的文字考据成果，共校引书目 65 种，从如下五个方面进行校补："今本误，可据别本以諟正之者；今本似误而不误，当举证说明者；今本用借字，别本用正字，可据别本以发明今本之义者；各本皆误，而以文义、语法、韵律诸端推之，可暂改正以待实证者；今本之误，已经诸家揭出，而论证未详，尚可补充例证者。"②在这种坚实的文献学基础上，闻一多又以文化人类学的眼光来考辨作品，如王逸以来的学者均释"女媭"为"屈原妹"，明代以来不断有人怀疑此一没有文献学支持的说法。闻一多从文化人类学的立场认为楚辞具有神话思维的特点，进而根据《开元占经》、《世本》、《汉书·礼乐志》等文献，指出女媭和"媭女四星"的神话传说有关，女媭就是楚国先妣——女嬇，因为女嬇和下文重华一样既是人名又是星名。

《九歌》研究是闻一多强调的经过第一、第二层之后的第三层"说明背景"的综合研究。他认为《九歌》篇名与十一篇并不矛盾，九也不是虚指，首尾两篇是迎送神曲，中间九篇才是"九歌"，且分为自然神和人鬼两类；他还进而认为《九歌》有"神话的九

---

① 闻一多：《楚辞校补》"引言"，孙党伯、袁謇正主编《闻一多全集》第 5 卷，第 113 页，武汉：湖北人民出版社，1993 年。

② 闻一多：《楚辞校补》"凡例"，孙党伯、袁謇正主编《闻一多全集》第 5 卷，第 116 页，武汉：湖北人民出版社，1993 年。

歌”、“经典的九歌”、“楚辞的九歌”，并撰写剧本《九歌古歌舞剧悬解》，试图恢复《九歌》的内在风貌。这实际上就是文化人类学的纯熟运用。

闻一多1942年11月15日作《伏羲考》引言和第二部分，发表于同年12月出版的《人文科学学报》第1卷第2期。在“引言”中，闻一多指出：“人类学可供给我们的材料，似乎是无限度的。……但人类学对这问题的贡献，不仅是因那些故事的发现而使文献中有关二人的传说得到了印证，最要紧的还是以前七零八落的传说或传说的痕迹，现在可以连贯成一个完整的有机体了。”①这两部分文章和未发表的第三部分充分利用文献学、考古学、人类学的文献互相参证，不仅奠定了女娲、伏羲神话和龙图腾神话的研究基础，而且为古代神话的人类学研究提供了新的思路：“他的研究神话，实在给我们学术界开辟了一条新的大路，关于伏羲的故事，他曾将许多神话综合起来，头头是道，创见最多，关系极大。”②

三、宏观与微观

闻一多研究古典文学还特别强调将具体的研究对象放到整个文学背景和文化背景乃至整个文学史和文化史的大背景下去考察，以期作到宏观与微观的完美统一。傅璇琮把闻一多的这种研究方法称为“特有的历史文化的综合研究”③。

在具体的作家研究中，闻一多一贯主张将作家纳入当时的文学背景和文化背景中去加以考察。如对杜甫的研究。他写

---

① 闻一多：《伏羲考》引言和第二部分，昆明：《人文科学学报》，第1卷第2期，1942年12月。

② 朱自清：《中国学术界的大损失——悼闻一多先生》，见《朱自清全集》第3卷，第120～122页，南京：江苏教育出版社，1988年。

③ 傅璇琮：《唐诗杂论·导读》，上海：上海古籍出版社，1998年。

《杜甫》，自认为是跨越了第一部的分析研究，直接做了第二步的综合研究。他作《少陵先生年谱会笺》、《少陵先生交游考略》、《说杜丛钞》就是为了做杜甫传、综合研究杜甫做准备。1932 年 9 月开设“文学专家研究”，讲授“王维及其同派诗人”，“在讲授王维诗外，并取孟浩然、綦毋潜、王昌龄、崔国辅、储光羲、裴迪、祖咏、常建等十数家代表作品比较研究之，以期说明盛唐时期一般的作风”。① 他的这种观点体现在他的整个唐诗研究之中。他在 30 年代的唐诗研究主要集中在唐诗的校订辑佚、诗人生平资料的考订整理、唐代文化史料的收集研究上（年谱、交游、诗集校读、文学活动、文化背景材料、交游考之类），直到 40 年代才整理发表《唐诗杂论》中那些具有综合分析性质的论文，就连 30 年代发表的《类书与诗》也被重新加以修改并发表出来。

在具体的文学现象的研究中，闻一多喜欢将文学现象纳入到宏观的文化视野中去加以分析。“将艺术各部门及中外艺术进行比较，以求要点，即在世界文学中定中国文学之地位，和在整个文化中定中国文学之要点。”②比如，关于唐诗的文化观照，他提出了一个“诗唐”的概念：“一般人爱说唐诗，我却要讲‘诗唐’。诗唐者，诗的唐朝也。懂得了诗的唐朝，才能欣赏唐诗，才能欣赏唐朝的诗”。③ 在他看来，唐代创造了“诗化的人格与选举制度的会合——以诗取士”，“唐代文化即进士文化”，“教育即学诗”，导致了“诗才的最大限度之发展”，“全面生活的诗化（诗的生活化，生活化的诗）。几乎凡用文字处与乎不须文字处皆用诗：生活的记录——日记，生活的装潢——应酬——社交，生活

①《清华大学一览·学程》，清华大学档案室藏。

② 闻一多：《中国上古文学》，孙党伯、袁謇正主编《闻一多全集》第 10 卷，第 37 页，武汉：湖北人民出版社，1993 年。

③ 郑临川：《闻一多论古典文学》，第 82 页，重庆：重庆出版社，1984 年。

的消遣——游戏——联句、集句、回文、诗钟、诗令、赌博＝律诗”。① 又如关于门阀制度的衰亡与唐代诗风的演变，闻一多是这么论述的：“门阀之风，始于东晋，盛于六朝初唐，至唐而衰，天宝乱后，盖已完全灭熄矣。以诗论之，东晋至盛唐，亦天然成一段落。此期特色为——华丽、温雅、清秀、高超(二谢是其代表)。皆其时人之写照，律诗之兴起全是贵族之表征。陶写田园，虽为贵族目中之田园，钟氏犹屈之于中等。鲍照已有‘才秀人微’之讥，其‘俊逸’处，实近魏武，宜列下等。”“宫体诗之堕落，即贵族生活之堕落。王绩疏野甚于陶潜，故不为时人所重。唐初诸家但有华丽而无秀雅，贵族但有其表，而灵魂就尽矣，王维最后明星，《河岳英灵集》重尽矣。”“玄宗末叶，门阀风歇，但有士人，而无士族，贵族与平民通约了。杜甫、元结及《箧中集》诸人开新纪元，以平民的作风写平民的题材。宋人称杜为村夫子。十才子贵族余音。孟、韩、元、白、姚、贾至宋……后世学盛唐，永远无效，诗与贵族烟消云散故也。杜可学，李有时可能，惟王不可能。”②

闻一多研究具体的文学现象和作家作品时总是把文学现象和作家作品纳入到文学史的具体框架内去加以观照。《唐诗杂论》实际上是选取了唐代文学史上的独特作家和文学现象以点带面地论述了唐代诗歌的历史进程。初唐诗歌“说是唐的头，不如说是六朝的尾”；四杰“放开嗓子说自家话”；“宫体诗在卢骆手里由宫廷走到市井，五律到王杨的时代是从台阁到江山与塞漠”。“陈子昂以文章道弊五百年，力创复古，以挽颓俗……有唐文学之盛，子昂有廓清之功。”晚唐五代为“贾岛的时代”。这样

① 孙党伯、袁謇正主编：《闻一多全集》第 6 卷，第 120～121 页，武汉：湖北人民出版社，1993 年。

② 孙党伯、袁謇正主编：《闻一多全集》第 10 卷，第 30 页，武汉：湖北人民出版社，1993 年。

的论述实际上就是在建构文学史。又如，闻一多认为盛唐诗歌的形成有所谓的复古三阶段："（一）齐梁陈时期，（二）晋宋齐时期，（三）汉魏晋时期。这里所谓复古，实指盛唐诗歌从摆脱齐梁陈的影响逐步回升到汉魏建安风格的发展过程。""宫体诗自从经过卢照邻、刘希夷、张若虚等人的改造，……可说是唐诗由齐梁回到晋宋的作风，是进一层的回升。另外，北朝是异族政权，以胡服骑射为主，他们的文艺作风配合他们的生活方式，盛唐的李白、高适、岑参、崔颢诸人就承受了这一派的作风，……其余作家的兴趣都集中在山水寺观，这批人可以《世说新语》代表他们的人生观，是晋宋诗风的嗣音。到《箧中集》诸作者，便上升到汉魏诗的境界了。"①

闻一多的这种宏观与微观相结合的研究方法在他的教学过程中也得到体现，其课程说明充分证明了这一点：

1930 年 9 月，被聘为国立青岛大学教授，兼文学院院长，讲授"中国文学史"、"唐诗"。前者的"内容注重各时代之社会背景及作家生活，以期阐明我国历代文艺思潮及其艺术所以形成演变之因"。后者"依时次为先后，取唐代之主要诗作，参以时代背景及作家生活，详加疏解，以期说明唐诗之特标的风格，并其间所呈现之唐代文化"。②

1933 年 2 月开设"文学专家研究（杜甫）"和"先秦汉魏六朝诗"。前者"讲授杜甫作品并随时说明其生活及时代之背景"；后者"讲授自汉至隋之主要诗篇，以期说明我国唐代以前诗风递变之大势"。③

1934 年 9 月，增设"唐诗"一门课程，"分唐诗为两大时期，

---

① 郑临川：《闻一多论古典文学》，第 113～114 页，重庆：重庆出版社，1984 年。

②《青岛大学一览·文学院学程纲要》，1931 年度。

③《清华大学一览·学程》，1932 年度，清华大学档案室藏。

取其间主要诗作，参以时代背景及作家生活，依次讲授，以期说明唐诗之特标的风格，并其间所反映之唐代文化”。开设“乐府研究”课程，认为“汉魏乐府，晋时犹被之管弦，与六朝以五言为乐府者不同。顾汉魏乐府有本事、有声音，晋宋时合乐，往往改易字句以就管弦，故本事有因而失解，声音有因而舛乱者。本学程在钩求史事，证据古音，以资研究”。①

1935 年 9 月，指导文科研究所研究生的“中国古代神话研究”，“目的在研究我国古代神话之起源及其演变”。②

经过长时间的宏观与微观相结合的科研和教学之后，闻一多曾以文学史家自居，决定写一部文学史。前文提到的“上古文学史研究报告”实际上已经体现了傅璇琮所说的“特有的历史文化的综合研究”。这种研究在他完成的一系列文学史论文中也有所体现。比如：

1939 年 6 月 1 日发表的《歌与诗》题下注云“这是计划中的《中国上古文学史讲稿》的一章”。该文主要观点为：“歌的本质是抒情的”、“诗的本质是记事的”、“诗亡而《春秋》作”、“诗与歌的合流”。该文的主要意图是：“大体上是凭着一两字的训诂，试测了一次《三百篇》以前诗歌发展的大势”，“《三百篇》有两个源头，一是歌，一是诗，而当时所谓诗在本质上乃是史。最后这一点特别值得注意。知道诗当初即是史，那恼人的问题‘我们原来是否也有史诗’也就有解决的希望”。③

他在《中国上古文学史·史诗问题》中指出：“神话不只是一个文化力量，它显然也是一个记述。是记述便有他文学的一面。它往往包含以后成为史诗、传奇、悲剧等等的根苗，而在文明社

---

①《清华大学一览·学程》，1934 年度，清华大学档案室藏。

②《清华大学一览·研究院学程部》，1935 年度，清华大学档案室藏。

③ 孙党伯、袁謇正：《闻一多全集》第 10 卷，第 5～15 页，武汉：湖北人民出版社，1993 年。

会的自觉艺术以内，被各民族的创作天才利用到这种方面去。”①

《易林琼枝》也是上古文学史中的一章。该文指出：“《易林》是诗，它的四言韵语的形式是诗；它的‘知周乎万物’的内容尤其是诗。”② 季镇淮认为：“从《易林》这部书里，发现诗似的东西，是一个新发现。”③

闻一多在《文学的历史动向》中认为：“《三百篇》的时代，确乎是一个伟大的时代，我们的文化大体上是从这一开端的时期就定型了。文化定型了，文学也定型，从此后二千年间，诗——抒情诗，始终是我国文学的正统类型，甚至除散文外，他是唯一的类型。”“从西周到宋，我们这大半部文学史，实质上是一部诗史。”④ 后来印度文化、欧洲文化的两度影响促使了传统文化的小说戏剧转向，诗歌才从唯一的类型这样的地位中衰败下来。

闻一多的这些论述是建立在微观研究上的宏观论述。可惜的是，闻一多并没有机会去完成他的文学史。

（黑龙江大学　吴光正）

---

①②④ 孙党伯、袁謇正：《闻一多全集》第 10 卷，第 43 页，第 61 页，第 17～18 页，武汉：湖北人民出版社，1993 年。

③ 季镇淮：《闻朱年谱》，第 39 页，北京：清华大学出版社，1986 年。

朱自清的古典文学研究

朱自清，字佩弦，1898 年生于江苏东海县。幼年时在私塾读经书、古文、诗词，很快学通国文，后又在旅扬公学学成英文。1916 年考取北京大学预科，1918 年进入北京大学哲学系学习，三年内修完四年的课程，于 1920 年提前毕业。自此先后在杭州第一师范、江苏省立第八中学、白马春晖中学、宁波四中等校任教五年多。1925 年，由俞平伯援引到北京清华大学讲授中国文学，直至 1948 年因病去世。“由于教学的需要，先生开展古代历史文化的研究，自汉字、汉语语法、经史子集、诗文评、小说、歌谣之类，以及外国历史文学，无所不谈，无不涉猎研究”，“而比较集中于中国文学史、中国文学批评史的研究和当代文学评论”①，“在古典文学、新文学、文学批评、语文教学等各个方面都给我们留下了宝贵的遗产”②。

治学背景与治学理念

1925 年暑假后，北京清华学校加办大学部，成立国文系。

① 季镇淮：《纪念佩弦师逝世三十周年》，见朱金顺《朱自清研究资料》，第 74 页，北京：北京师范大学出版社，1981 年。

② 郭良夫：《怀念我的老师朱佩弦先生》，见郭良夫编《完美的人格——朱自清的治学和为人》，第 55 页，北京：清华大学出版社，2003 年。

俞平伯推荐朱自清为该系教授，朱自清只身前往北京。这是朱自清"一生服务清华大学的开始，也是先生学习、研究中国古典文学的开始"①。

而事实上，来京之前，朱自清还没有确定自己的方向，他在1925年1月份给俞平伯的信中说："我颇想脱离教育界，在商务觅一事，不知如何？"3月份的信中又说："弟顷颇思入商务，圣陶兄于五六月间试为之。但弟亦未决。弟实觉教育事业，徒受气而不能收实益，故颇倦之。兄谓入商务（若能），适否？"②而就职于清华对朱自清的吸引力可能源自北京城的魅力（朱自清在《南行通信》中曾专门谈北京的好处），他对俞平伯说"从前在北京实在太苦了，真是白白住了那些年……很想再去仔细领略一回。若有相当机会，尚乞为我留意！"③

如果说到清华任教，给朱自清从事古典文学研究以外部契机，那内部的转变——朱自清心灵与精神对古典文学的皈依则发生在1927年蒋介石发动四·一二政变之后。"政坛的剧烈变动，引起朱自清思想的极度彷徨苦闷，经过痛苦的思索清理，他重新确立了自己的生活准则。"④在1928年的"决定自己道路的一篇宣言"⑤——《哪里走——呈萍郢火栗四君》中说：

> 我既不能参加革命或反革命，总得找一个依据，才可姑且安心地过日子。我是想找一件事，钻了进去，消磨了这一

①⑤ 季镇淮：《朱自清先生年谱》，见朱金顺《朱自清研究资料》，第379页，第382页，北京：北京师范大学出版社，1981年。

② 朱自清致俞平伯信，《朱自清全集》第11卷，第130页，南京：江苏教育出版社，1998年。

③ 陈竹隐：《忆佩弦》，见朱金顺《朱自清研究资料》，第295页，北京：北京师范大学出版社，1981年。

④ 姜健、吴为公：《朱自清年谱》，第76页，合肥：安徽教育出版社，1996年。

生。我终于在国学里找着了一个题目,开始像小儿的学步。

就这样,朱自清"走到书斋里专心致志地做学问去了。他钻研中国的古典文学,在这上面付出了自己半生的精力"①。

一、中外结合与古今贯通

20世纪初,西学东渐给传统的治学方法带来了新的气息与活力。中国古典文学研究也开始引入西方的理论和方法,学者们有机会从训诂与考证的狭小圈子中走出来了,而清华大学最初的出国预备部的性质决定了它在这一方面成为先锋。如清华大学本科有"中国文学系","这个名称是与当时的老大学不同的。师大就叫国文系。中国文学系这个名称亮出了摆脱国学束缚的新鲜旗帜"。②

1928年8月,国民政府决议改清华学校为国立清华大学,杨振声为中文系主任。1930年,杨振声就任青岛大学校长后,朱自清代理清华中国文学系主任,1932年正式就任中国文学系主任,开始主持清华大学中文系工作。1937年清华南迁,与北大、南开合并为西南联大,朱自清兼任联大中文系主任,1940年初辞去联大系主任职务(罗常培接任),后又辞去清华中文系主任职务(闻一多代理),1946年初重新就任。杨振声曾明确提出"创造我们这个时代的新文学"的办系宗旨,与朱自清"都注重新旧文学的贯通与中外文学的联合,这是清华国文系与当时其他大学的最不同的特点,就是主张研究新旧文学和中外文学"③。

朱自清的具体的主张则是:"用新的观点研究旧时代文学,

---

① 陈竹隐:《忆佩弦》,朱金顺《朱自清研究资料》,第295页,北京:北京师范大学出版社,1981年。

② 张清常:《怀念佩弦老师》,郭良夫《完美的人格——朱自清的治学和为人》,第80、81页,北京:清华大学出版社,2003年。

③ 季镇淮:《回忆朱佩弦自清先生》,郭良夫《完美的人格——朱自清的治学和为人》,第65页,北京:清华大学出版社,2003年。

创造新时代文学。”①这个主张朱自清“一生贯彻始终”，“读书作文，总是中外古今同时并进”。他不仅古今并重，还注意到二者之间的互动关系。他说：

中国各大学的国学系，国文学系，或中国文学系的课程，范围往往很广：除纯文学外，更涉及哲学、史学、考古学等。他们所要造成的是国学的人才，而不一定是中国文学的人才。对于中国文学，他们所要学生做的是旧文学研究考证的工夫，而不是新文学的创进。

我们并不看轻旧文学研究考证的工夫，但在这个时代，这个青黄不接的时代，觉得还有更重大的使命：这就是创造我们的新文学……其实要创造新文学，也还是得研究旧文学。②

在新文学领域，朱自清是重要的颇有成就的倡导者、实践者与研究者，同时，他还“把学习本国文学和学习外国文学结合起来，……热心的了解和学习欧洲各国的文学、戏剧、音乐、美学”③。1931 年 8 月至 1932 年 8 月，朱自清到英国访学。在这一年里，他刻苦学习英文，观看音乐与戏剧演出，多次到英国国家美术馆看展览，听讲座。在 1931 年 11 月 30 日的日记中写道：

我虽然不懂音乐，但很喜欢教堂唱诗班歌手们的歌唱。他们的声音优美而自然，我过去从未听到过。找到了一个歌本，想按音符一个个地去学。戏剧、绘画和音乐将是我下

① 吴组缃：《佩弦先生》，郭良夫《完美的人格——朱自清的治学和为人》，第 146 页，北京：清华大学出版社，2003 年。

② 朱自清：《清华大学中国文学系概况》，《朱自清全集》第 8 卷，第 405 页，南京：江苏教育出版社，1998 年。

③ 陈竹隐回忆，转引自章原、王启才：《闻一多和朱自清治学方法比较》，兰州：《兰州大学学报》，2002 第 4 期。

学期感兴趣的学习科目，所以想事先准备一下，学一点入门知识。①

12月23日写道："到今天为止我已看了二十七次演出。"②1932年上半年，他在业余时间读了《音乐欣赏者指南》、《乐理入门》、《音乐简史》、《音乐史》等。这些对他日后研究中国文学——包括新文学（特别是戏剧）与旧文学（特别是歌谣与音韵）——无疑会产生积极的影响。

朱自清说："多会一种语言，便可多历一番新天地的。这就在研究考证旧文学的人也是必需；因研究中国文学的材料与方法须取资于外国的正不少呢。"③

在致缪钺的信中，他高度评价缪钺"欢随水注""境如池草""住兵如水"等诗句，说：

> 此等新意，非通西方文学者不办也……弟半年来连发胃疾三次，骨如柴立。下年度休假，须小心静养，冀可复原。但时事紧张，日日在神经战中，欲真得静养，亦殊不易耳。稍暇拟草考证与批评一文，介绍美国近年历史的、批评的方法，说明治学不当以冷静琐屑之考证自限。④

正是在这种思想指导下，他除了中国古代典籍之外，更阅读了大量的西方文学与理论著作，写出了如《诗多义举例》、《论以文为诗》等吸收西方观念与方法研究中国古典文学的文章。他在《诗多义举例》中说："去年暑假，读英国 Empson 的《多义七式》(Seven Types of Ambiguity)，觉着他的分析法很好，可以试用于中国旧诗。"⑤

---

①②《朱自清全集》第9卷，第78页，南京：江苏教育出版社，1998年。

③ 朱自清：《清华大学中国文学系概况》，《朱自清全集》第8卷，第406页，南京：江苏教育出版社，1998年。

④ 朱自清1948年8月1日致缪钺信，《朱自清全集》第11卷，第186页，南京：江苏教育出版社，1998年。

⑤ 朱自清：《诗多义举例》，《朱自清全集》第8卷，第208页，南京：江苏教育出版社，1998年。

这种古今贯通中外结合的思想他认为也应运用于文学的教学与学习。他在回答南克敬怎样教国文、怎样学国文的问题时说：

> 你问怎样教学生学习国文，我想介绍叶绍钧先生和我两个编的《精读指导举隅》和《略读指导举隅》（商务）请你看看。还有我的《经典常谈》（文光），叶、夏两位的《文心》（开明）以及叶和我的《国文教学》（开明），都可看。至于你自己读文学书，理论方面如《托尔斯泰艺术论》（耿译，商务），《唯物史观文学论》，傅东华译的《近代文学批评》、《社会的文学批评》（此名或有误，两书均商务版）、《诗学》等。还有一本小书叫《文学》，也好。还有柯根的《世界文学史》，麦西《世界文学史话》（白译，世界版。开明胡译不易懂）。作品可多读翻译名著，不论古今。本国的鲁迅、茅盾、曹禺……各家均可读。冯雪峰的《批评》也很好。朱光潜的书还是该读的，因为材料结实。①

二、教学与研究并行

在清华二十余年（包括 1937 年—1946 年西南联大），朱自清先后为学生开设了李杜诗、古今诗选、歌谣、陶渊明诗、李贺诗、宋诗、谢灵运诗、中国文学批评等古典文学课程。

朱自清的相当一部分研究成果都是伴随着教学的过程积累沉淀下来的。比如：1929 年暑假后，朱自清讲授“歌谣”一门新课程。这门课程“在当时保守的中国文学系学程表上显得突出而新鲜，很能引起学生的兴味”②。根据讲义，编成油印本《歌谣发凡》、铅印本《中国歌谣》③，是部“有系统的著作，材料通乎古

---

① 朱自清：1948 年 7 月 23 日日记，《朱自清全集》第 11 卷，第 220 页，南京：江苏教育出版社，1998 年。

② 浦江清：《〈中国歌谣〉跋记》，《朱自清全集》第 6 卷，第 556 页，南京：江苏教育出版社，1998 年。

③ 朱自清：《中国歌谣》，见《朱自清全集》第 6 卷，南京：江苏教育出版社，1998 年。

今，也吸取外国学者的理论，别人没有这样做过”；①1933 年，他开设陶渊明诗，1934 年写成《陶渊明年谱中之问题》；1934 年，他开设李贺诗，1935 年写成《李贺年谱》；1935 年，仍开陶渊明诗，1936 年，写成《陶诗的深度——〈评古直陶靖节诗笺定本〉》；1936 年起，开设中国文学批评，《诗言志说》、《文选序“事出于沉思，义归乎翰藻”说》等论文相继发表；清华南下后，1938 初，朱自清在南岳、长沙及蒙自间的辗转迁移中仍不辍读写，相继读完《宋诗选》、《瓯北诗话》、《宋诗精华录》等，4 月，写成《什么是宋诗的精华——评石遗老人（陈衍）评点〈宋诗精华录〉》，1939 年，他在西南联大开设宋诗，完成了《宋五家诗钞》；1943 年，开设谢灵运诗，1944 年写成《谢灵运年谱》、《谢灵运传》、《南朝谢氏族系表》（此三稿今佚），等等。

纵观这二十余年的教学与研究，1936 年可视为一个分水岭。此前，教学与研究多集中于文学史方面，而从这一年起，朱自清开设文学批评课，开始同时进行文学批评的研究。在 10 月 3 日的日记中，朱自清写道：“准备中国文学评论。此一课题确需花很多时间。”②他的《诗言志辨》中四篇论文、《诗文评的发展》③等都写于此后。而从他的讲义④可以看出，他对文学批评的研究已经构建出自己的体系，大量的“爬罗抉剔”的功夫也已完成，只是还不及成书。事实上，朱自清对中国文学批评的关

① 浦江清：《〈中国歌谣〉跋记》，《朱自清全集》第 6 卷，第 556 页，南京：江苏教育出版社，1998 年。

②《朱自清全集》第 9 卷，第 439 页，南京：江苏教育出版社，1998 年。

③ 其副标题为：评罗根泽《中国文学批评史》第一、二、三分册：《周秦两汉文学批评史》、《魏晋六朝文学批评史》、《隋唐文学批评史》（商务印书馆）与朱东润《中国文学批评史大纲》（开明书店）。朱自清《诗文评的发展》，见《朱自清全集》第 3 卷，第 23 页，南京：江苏教育出版社，1998 年。

④ 刘晶雯整理：《朱自清中国文学批评研究讲义》，天津：天津古籍出版社，2004 年。

注，从1933年就已经开始了。这一年，朱自清读了郭绍虞的中国文学批评讲义，这触动了他对中国文学批评的研究，并且找到独特的视角。在《中国文评流别述略》中，他说：

> 近年读郭绍虞先生的《中国文学批评史》讲义（周、秦至北宋），别具条理，跟坊间的文学史文学批评史大不相同，确是一部好书。但那是纵剖的叙述，范围也大，通论与专评都要说及。本篇却想横剖的看，看中国文评到底有几大类。范围只限于专评，就是具体的评作家评作品的话，完整的或零星的。因此着眼于诗文评专著和诗文评选本的地方多些。

由此，朱自清把中国文学批评分成五大类：论比兴，论教化，论兴趣，论渊源，论体性。这分类的题目正是用中国的方法来看中国的文学批评，是把"中国还给中国"的一种体现。此外，在《评郭绍虞中国文学批评史上卷》中，朱自清对于文学批评的一些理念也初现端倪。

另一方面，朱自清的教学也反映着他研究古典文学的方法和理念。有两件事可以注意。

一是学做旧诗。从1925年到清华开设李杜诗起，朱自清就学做旧诗。余冠英说："那时他偶然做做旧诗，学杜甫，也填小词，近花间派，都很精工"。①

> 一九二七年，先生有拟古诗《行行重行行》、《青青河畔草》、《西北有高楼》、《迢迢牵牛星》等。此时前后，专心模拟唐五代词及汉魏六朝古诗等，这就成为后来先生自题的《敝帚集》中作品的一部分。这些作品，先生从来秘不示人，其所以模拟者，只是作为了解、研究中国旧诗词的一种方法。②

---

① 余冠英：《悲忆佩弦先生》，朱金顺：《朱自清研究资料》，第267页，北京：北京师范大学出版社，1981年。

② 季镇淮：《朱自清年谱》，郭良夫《完美的人格——朱自清先生治学与为人》，第207页，北京：清华大学出版社，2003年。

一是讲诗的方法。1939 年暑假后，朱自清在昆明的西南联大讲"宋诗"。季镇淮回忆说："我们所用的课本是先生从吕留良等《宋诗抄》精选约编而成的，题为《宋诗钞略》，铅印本，白文，无标点注释，先生逐句讲解，根究用词、用事的来历，并随处指点在风格上宋诗与唐诗的不同。"

此外在定期举行的考试中，"则注重默写和解释词句。这就是要求学生要把诗念熟并了解一字一句的意义"。① 之所以这样做，是因为朱自清"有一个最简单的原则，就是诗是精粹的语言，它的内涵应该是丰富的，多义的；诗的欣赏必然植基于语言文字的涵义的了解，多了解一分，多欣赏一分"，"这种从谨严研究出发的了解和欣赏，再加上对古人的关心态度，就是朱先生说诗的立场"。②

这作诗与讲诗的原则其实与朱自清治文学批评的原则是相统一的，那就是从大处着眼而能从小处入手。

> 通过多年的苦读，朱先生占有了大量的材料，特别是在诗歌史和文学批评史方面。以先生对中国诗歌（从《诗经》到现代）的深湛研究，他是完全有能力写出一部很有分量的诗歌史的。但他没有写。先生主张研究工作要"从小处下手"。他把精力集注于资料的搜集，代表作家的行年考索，代表作品的选编、笺释以及诗歌史中个别专题的探讨，乃至某些名句的解故分析。先生在文学批评上的造诣更深。他也没有急于事功地去写大部头的史的专著，而凝聚心力于种种"意念"的考证和辨析。③

---

① 朱金顺：《朱自清研究资料》，第 79 页，北京：北京师范大学出版社，1981 年。

② 王瑶：《念朱自清先生》，郭良夫《完美的人格——朱自清的治学和为人》，28 页，北京：清华大学出版社，2003 年。

③ 王瑶：《中国文学研究现代化进程》，第 385 页，北京：北京大学出版社，1996 年。

三、身份人格与古典文学研究

朱自清是一位学者，同时也是一位作家、一位教育工作者。这种多元的身份使他的古典文学研究具有多元的方向和广阔的视角。他的研究涉及现代小说、散文、诗歌、戏剧、文艺批评、古代诗歌、散文、歌谣、文学批评；他发扬了传统国学重考证善感悟的特征，同时又吸收了西方文学研究方法与理论，应用到中国古典文学研究中去。他从不轻视文学普及工作。他自己的《经典常谈》、《柳宗元〈封建论〉指导大概》(选自《读书指导》，1941 年)《〈唐诗三百首〉指导大概》(选自《读书指导》，1941 年)等都为此做出了贡献。

而说到朱自清的人格，对其古典文学研究产生较大影响的当有两个方面。

一是认真严谨。

> 凡是认识朱先生的人，同朱先生同过事的，都承认朱先生是最"认真"的人，他大事认真，小事也认真，自己的私事认真，别人或公众的事他更认真。他有客必见，有信必回，他开会上课绝不迟到早退……①

这样认真的态度，伴随朱自清一生治学之始终。读他的《古诗十九首释》、《诗言志辨》都会有此种感觉。一个字，一句诗，一个意念，他都一丝不苟地梳理其意义的历史脉络，再进行详尽的分析，才得出自己的结论。他的《诗言志辨》自构思动笔，到出版发行，历经七载(1937—1944)，其中四篇文章都曾作为单篇论文公开发表，而到出版以前，他又逐篇改定，整个《诗言志辨》几乎重写了一遍。这种严谨认真的态度，即使是在抗战胜利后的晚年，生活日渐艰难的情况下，也没有改变：

---

① 李广田：《最完整的人格——哀念朱自清先生》，朱金顺《朱自清研究资料》，第 253 页，北京：北京师范大学出版社，1981 年。

复员以来，佩弦先生出版了很多新书，如《新诗杂话》，《语文零拾》，《诗言志辨》，《标准与尺度》，和《论雅俗共赏》……朱先生以一身而负着一个很重的家累，职业上的薪俸不足以维持一家的生活，为了升斗所需，于是也就不得不快写，不得不多写了。但无论怎么多写，快写，却从没有乱写，因为他是认真的，因为他所写的是真理。①

二是平和客观。

李长之在回忆朱自清时说：

我有一位朋友编刊物，发现了一件有趣的事情，就是朱先生的稿件往往有着涂改，这涂改之中有着一个共同点，就是把口气改得和缓些。在他的文字里，很少有"绝对"，"万分"，"迥然"，"必定"的字样。就是有，也往往改成轻淡一些的了……②

这种对文字分寸的把握其实正反映出朱自清治学与为人中平和客观的态度。

孙伏园回忆在新潮社与朱自清讨论思想、学术和稿件时也说：

佩弦有一个和平中正的性格，他从来不用猛烈刺激的言词，也从来没有感情冲动的语调。虽然那是我们都在二十左右的年龄。他的这种性格近乎少年老成，但有他在，对于事业的成功有实际的裨益，对于纷歧的异见有调解的作用，甚至他一生的学问事业也奠基在这种性格。③

---

① 李广田：《最完整的人格——哀念朱自清先生》，朱金顺《朱自清研究资料》，第 255 页，北京：北京师范大学出版社，1981 年。

② 李长之：《杂忆佩弦先生》，朱金顺《朱自清研究资料》，第 282 页，北京：北京师范大学出版社，1981 年。

③ 孙伏园：《悼佩弦》，《大公报》副刊《大公园地》第三〇五期，1948 年 8 月 31 日；姜建、吴为公：《朱自清年谱》，第 18 页，合肥：安徽教育出版社，1996 年。

正因为有这样平和客观的态度，才有他对作家生平思想全面公允的评价、对作品具体深透的分析以及对文学批评史上一系列意念的爬罗抉剔和对西方文学理论与方法不失理性的拿来与扬弃。

也正因为有这样平和客观的态度，他的生活与治学才能在那样风云变幻的时代仍然有条不紊、波澜不惊。特别是西南联大时期的一些生活画面让人印象颇深。

李长之回忆 1940 年与休假的朱自清会面说：

> 他住的地方是成都东门外的一座古庙……他的工作依然紧张而有秩序。桌上摆着十三经注疏。他那《经典常谈》——一部非常可称道的书，用着最亲切的语言，报道着最新的专门成绩——就是这时完成的。另外，《精读指导举隅》、《略读指导举隅》大概也完成于此时……①

1941 年 10 月，清华大学文科研究所在昆明东北郊龙泉镇之司家营成立，冯友兰为所长，闻一多为中文系主任兼文科研究所主任。这时朱自清的家眷在成都，他就搬到所里去住，同时住在所里的还有浦江清、许骏斋、何善周、李嘉言、黄匡一、朱兆祥。朱自清每天七点左右起床，作运动，打扫房间，洗漱，然后坐下来读书或写作，一日之中，除了三餐饭和午饭后的小睡外，很少离开座位，完全沉浸在一种浓厚的学术氛围当中。

也许正是这样平和客观的性格，使朱自清没有什么惊天动地之举，但是他的朋友学生却都极敬爱他：

> 他的性情笃厚、品格高洁处，相处愈久发现愈多，正如他的文章，也需要细读，多读，久读才能发现那些常言常语中的至情至理，才能发现那些矜慎中的创造性，稳健中的进

---

① 李长之：《杂忆佩弦先生》，朱金顺《朱自清研究资料》，第 284 页，北京：北京师范大学出版社，1981 年。

步性，才能发现那些精炼中的生动，平淡中的绚烂。①

文学史研究

朱自清曾连续多年为清华学生开设每周四学时的中国文学史课程，在此过程中，他搜集了大量的书籍与资料，从大处着眼，从小处入手，对文学史上的许多课题进行了深入研究，发表论文十余篇，留下专著及讲义五部。朱自清作为清华大学中国文学系主任，工作繁冗，作为新文学的倡导者和实践者，又同时进行着新文学的创作与研究，加之严重的胃病使他英年早逝，所以我们没能看到他希望写成的新的观点的文学史，能见的则只是他对于部分作家或作品的个别的研究了。

一、立足于生平考证的作家研究

朱自清对古代作家的研究主要体现在两个人身上。一是陶渊明，一是李贺。对这二人的研究又都是以生平考证为主。

陶渊明的研究到20世纪上半叶，已经实现了传统向近代的过渡，并保持着传统方法与新方法齐头并进的状态。在这一时期，“近代化科学思想和文化观念在中国有进一步发展，而唯物史观的传播和运用，也使整个古典文学研究呈现深化、细密化的趋势”②。鲁迅、陈寅恪、朱光潜等人多围绕陶渊明的思想倾向、艺术风格进行探讨，对陶渊明的认识日渐全面。梁启超则双管齐下，他的《陶渊明》一书，分为《陶渊明之文艺及其品格》、《陶渊明年谱》、《陶渊明考证》三部分。第一部分是近代化的，使用了新的研究方法，后二者则属于传统研究。

① 余冠英：《悲忆佩弦师》，朱金顺《朱自清研究资料》，第269页，北京：北京师范大学出版社，1981年。

② 吴云：《陶坛百年》，北京：《文学遗产》，2000第3期。

朱自清的陶学业绩，主要反映在对陶渊明年谱的研究上。早在三十年代，他就写出《陶渊明年谱中之问题》的长篇论文……朱氏为一学风严谨者，文中考证之确凿，辨析之慎密，是非之取舍，皆颇精当，为历代众多陶渊明年谱作一科学的总结……①

治陶渊明年谱者，朱自清以前共有七人：南宋人王质、吴仁杰，清人丁晏、杨希闵，近人梁启超、古直、傅东华。在《陶渊明年谱中之问题》里，作者先对这七人所作进行介绍和简评，认为诸家所据资料可信者不多，且考证态度不甚客观。他说："陶谱之作，确可信赖之资料殊少；而谱家又多蔽于'忠愤'之论，其所为亦仅钩稽诗文史事，强为牵合而已。"②其中：

《王谱》最早，疏舛自不能免……谱中惟渊明居址一事，足资研讨；《吴谱》征引颇博，考核尤详……居址而外，名字、甲子、出处诸端，皆加论列，为后来诸家所本……《丁谱》论甲子，最得要领，余无足观。《杨谱》仅论渊明出处之迹当存疑一节可取。《梁谱》简而不密……论年岁创见独多；《古谱》就梁君说详加考订……所论亦以年岁为主，居址其次；《傅谱》惟驳《梁谱》，颇有是处……③

然后朱自清对陶渊明生平中有争议的问题如名字、年号、甲子、居址、出处、世系、年岁等进行了详尽的考辨，"其概括至为明晰，非于陶氏行年研究之历史与现状了若指掌者，断莫能为"④。最后认为：

---

① 吴云：《陶学一百年》，九江：《九江师专学报》，1998 年第 1 期。

②《朱自清全集》第 8 卷，第 161 页，南京：江苏教育出版社，1998 年。

③ 朱自清：《陶渊明年谱中之问题》，《朱自清全集》第 8 卷，第 158～159 页，南京：江苏教育出版社，1998 年。

④ 王瑶：《中国文学研究现代化进程》，第 377 页，北京：北京大学出版社，1996 年。

陶谱诸事，可得论定者，约有四端：渊明字元亮，入宋更名潜，一也。所著文章入宋不书年号，二也。始居柴桑，继迁上京，复迁南村。栗里在柴桑，为渊明尝游之地。上京有渊明故居，南村在浔阳附郭。渊明尝为州祭酒，尝仕桓玄，丁忧归。嗣州召主簿不就，又为镇军参军，仕刘裕，建威参军，仕刘敬宣或刘怀肃，官终彭泽令，四也。至世系年岁，则只可姑存然疑而已。①

王瑶评论说：

此文里的见解，自然并非全属定论。但即使不提文中屡见迭出的胜义，仅就著者于陈陈相因的旧资料中爬罗剔抉的考辨工夫而言，也足以令人折服了。……今人治陶谱者，多取先生成说。如逯钦立所撰《陶渊明诗文事迹系年》，采用先生的见解就很不少……②

此外，在《陶诗的深度——评古直〈陶靖节诗笺定本〉》中，朱自清还对陶诗的遣词造句、用典用事进行辨析和考释，从而提出“陶诗里主要思想实在还是道家”，并谓晋宋之际有“所谓孔子学说的道家化”趋势，不同于当时学者们的自然说、儒释道互补说等，“此乃朱氏创见”。③ 他说：

但是渊明的思想究竟受道家影响多，还是受儒家影响多，似乎还值得讨论。沈德潜以多引《论语》为言。考渊明引用《论语》诸处，除了字句的胎袭，不外“游好在《六经》”、“忧道不忧贫”两个意思。这里《六经》自是儒家典籍，固穷

① 朱自清：《陶渊明年谱中之问题》，《朱自清全集》第8卷，第194页，南京：江苏教育出版社，1998年。

② 王瑶：《中国文学研究现代化进程》，第377页，北京：北京大学出版社，1996年。

③ 钟优民：《世纪回眸 陶坛百年》，长春：《社会科学战线》，2001年第2期。

也是儒家精神，只是"道"是什么呢？渊明两次说："道丧向千载"。但如何才叫做"道丧"，我们可以看《饮酒》诗第二十云："羲农去我久，举世少复真。汲汲鲁中叟，弥缝使其淳"。"真"与"淳"都不见于《论语》，什么叫"真"呢？我们可以看《庄子·渔父》篇云："真者，所以受于天也。自然不可易也。故圣人法天贵真，不拘于俗。""真"就是自然。"淳"呢？《老子》五十八章，"其政闷闷，其民淳淳"……"真"和"淳"都是道家的观念，而渊明却将"复真"、"还淳"的使命加在孔子身上；此所谓孔子学说的道家化，正是当时的趋势。所以陶诗里主要思想实在还是道家。①

针对"忠愤"说，朱自清也阐明了自己的看法：

> 陶诗里可以确指为"忠愤"之作，大约只有《述酒》诗和《拟古》诗第九……"三良"与"荆轲"都是诗人的熟题目……渊明作此二诗，不过老实咏史，未必别有深意……以上这些诗（拟古、咏史），连《述酒》在内，历来并不认为渊明的好诗……他究竟是"少无适俗韵，性本爱丘山"的人。②

朱自清还在致李长之信中说："读到你的《陶渊明真超出于时代么？》一文，很高兴！你说了人家没有说的话，人家不敢说的话。陶渊明究竟也是人，不必去神化他"，③也是他这种观点的体现。

1934年朱自清开始李贺诗研究，先后作了《李贺年谱》、《李贺年谱补记》(1936)，他是作李贺年谱的第一个人。朱自清考证李贺生平大致为：李贺，出于唐大郑王后，居河南福昌县之昌谷，生于790年。李贺7岁能辞章，15岁以乐府诗歌名于时，18岁

①② 朱自清：《陶诗的深度》，《朱自清全集》第3卷，第7～8页，第8页，南京：江苏教育出版社，1998年。

③《朱自清全集》第11卷，第174页，南京：江苏教育出版社，1998年。

至东都，以歌诗谒韩愈，21 岁举进士入京，然卒不就试，22 岁为奉礼郎，24 岁以病辞官，归昌谷，25 岁自京师归，秋至潞州，依张彻，27 岁自潞州归，卒。朱自清详尽考证了李贺的创作和交游情况。

朱自清"于琐碎凌杂的资料中整理出这位杰出诗人的年谱，其创始之功不可低估。且谱中胜义往往而是，沾溉后学亦复不小"①。特别是对李贺出身的考证，朱自清发现：

> 《新书》称元懿为郑惠王，"惠"者元懿谥也，又谓唐时称元懿后为小郑王后，亦曰惠郑王后，以别郑王亮；《宗室世系表》中复称亮为大郑王后。《旧书》虽均称郑王，然于大郑王后，追叙世系，至于大郑王子淮安王神通而止，不及大郑王；殆以世远名微，不足增重故欤？其于小郑王后，则举"郑王元懿"或"宗室郑王元懿"。《新书》于大郑王后，亦溯至大郑王次子襄邑恭王神符而止？其于小郑王后，则举"郑惠王元懿"，间亦曰："郑王元懿"。两《唐书》之于二王，其分别略如此。②

"两《唐书》的这个文例，一经先生提出，李贺为大郑王后即成定谳。"钱仲联的《李贺年谱会笺》即多用朱自清成说，"引文凡二十余处，不少地方是大段抄录"③。

相信凡做考证的人都愿以一种科学的态度来关注研究对象的。所用材料也多为众人所共见。而能于此中找出科学准确的真相，其原因当在于对材料的谙熟及分析的客观深透。朱自清

---

① 王瑶主编：《中国文学研究现代化进程》，第 378 页，北京：北京大学出版社，1996 年。

② 朱自清：《李贺年谱》，《朱自清全集》第 8 卷，第 225～226 页，南京：江苏教育出版社，1998 年。

③ 王瑶：《中国文学研究现代化进程》，第 379 页，北京：北京大学出版社，1996 年。

的考证我们不能都奉为定论，但是他对材料详尽的把握和他全从作家作品出发而不为时俗左右的客观态度却是不能否认的。

二、立足于宏观把握、入手于诗义辨析的作品研究

朱自清在清华大学二十余年，一直为学生开设中国文学课，其中“诗选”是贯穿始终的科目之一。这促成和体现了朱自清大量的诗歌考释工作，也形成了他诗歌研究的独特个性。

《古诗歌笺释三种》、《十四家诗钞》、《宋五家诗钞》是朱自清作品研究的主要成果。其中可见朱自清研究诗歌作品的第一个原则就是微观上对诗歌本身切合原义的理解。他在《诗多义举例》中的观点是：1. 诗的意义丰富而复杂，思想、感情、修辞，综合起来变幻不穷；2. 固然有许多诗是只有一个正解，但是有些却并不如此；3. 诗虽多义，但解诗时并非有义必收：“搜寻不妨广，取舍却须严”，不能断章取义。所以要得到切合原义的理解有两个必备条件，一是全面的了解，二是正确的分析。

《古诗歌笺释三种》分为三个部分：《古逸歌谣集说》、《诗名著笺》和《古诗十九首释》。

《诗名著笺》是《诗经》中若干名篇的笺注和解释。主要篇目选自国风。在这部笺注中，作者旁征博引，搜集了大量参考资料。

如《关雎》一篇，即列举了《毛亨传》、《朱熹集传》、《鲁诗说》、《齐诗说》、《韩诗说》、姚际恒《诗经通论》、崔述《读风偶识》、方玉润《诗经原始》、陆侃如《中国古代诗史》、戴君恩《读风臆评》等十余家的评注。

除涉及《诗经》的传统经典外，作者还注意到当时学术界对《诗经》的讨论与争鸣，如顾颉刚、俞平伯、刘大白、魏建功等人的信函往来。在某些篇章后还附有郭沫若等人的译文。

如《邶风·静女》篇，在列举《诗大序》、《鲁诗说》、《齐诗说》、《韩诗说》、《诗沈》、《诗本谊》而后即附有刘大白与顾颉刚及魏建

功的往来信件。顾信中说：

> 我以为彤就是红色，彤管就是一个红色的管子……这个彤管，我以为只是那位静女从牧场上采回来的一杆红色的茅苗儿。因为初生的嫩茅，鲜红而有光，所以那位静女采回来赠给她的爱人。

而魏建功则在给顾颉刚的信中说：

> "管"字，我觉得不必去兜圈子改成草头"菅"，但注意音乐又是爱情生活的重要点缀，这个"管"是笙箫管笛的"管"。……"管"，古时是指乐器中之吹竹的东西，乐器上涂加红彩，也不稀罕。

这样的笺注自然使学生与读者开阔了视野，能从更全面的背景中了解诗的含义及读诗的方法。

1941 年开始，朱自清陆续发表了《古诗十九首释》，目的是"帮助青年诸君的了解，引起他们的兴趣，更注意的是要养成他们分析的态度。只有能分析的人，才能切实欣赏；欣赏是在透彻的了解里"。而之所以选择《古诗十九首》，朱自清说：

> 一来《十九首》可以说是我们最古的五言诗，是我们诗的古典之一。所谓"温柔敦厚"、"怨而不怒"的作风，《三百篇》之外，《十九首》是最重要的代表。直到六朝，五言诗都以这一类古诗为标准；而从六朝以来的诗论，还都以这一类诗为正宗……二来《十九首》既是诗的古典，说解的人也就很多。①

但是历来说解的人有的重修辞比喻，有的重典故来历，各有优长，却不能全面，亦不能切合诗人原义。

而"朱先生讲诗，从语言文字的分析入手，而最后绘出一整

① 朱自清：《古诗十九首释》，《朱自清全集》第 7 卷，第 191～192 页，南京：江苏教育出版社，1998 年。

个的意境，是最合乎诗人的原意的”①。

朱自清释《行行重行行》中说：

> 一个比喻往往有许多可能的意旨，特别是在诗里，我们解释比喻，不但要顾到当句当篇的文义和背景，还要顾到那比喻本身的背景，才能得着它的确切的意旨。见仁见智的说法，到底是不足为训的……我不说那游子是“忠良”或“贤臣”；因为乐府里这类诗的主人，大概都是乡里的凡民，没有朝廷的达官的缘故。②

在《陶诗的深度》中，朱自清说：

> 注以详密为贵；密就是密切，切合的意思。从前为诗文集作注，多只重在举出处，所谓“事”；但用“事”的目的，所谓“义”，也当同样看重。只重“事”，便只知找最初的出处，不管与当句当篇切合与否；兼重“义”才知道要找那些切合的。有些人看诗文，反对找出处；特别像陶诗，似乎那样平易，给找了出处倒损了它的天然。
>
> 古先生《陶靖节诗笺定本》用昔人注经的方法注陶，用力极勤；读了他的书才觉得陶诗并不如一般人所想的那么平易，平易里有的是“多义”。但“多义”当以切合为准，古先生书却也未必全能如此。③

这些都反映出朱自清对理解诗义的态度及看法。

《十四家诗钞》和《宋五家诗钞》都是朱自清在清华大学及西南联合大学讲授“历代诗选”时所选的诗篇和抄纂的注释材料。

---

① 王瑶：《念朱自清先生》，朱金顺《朱自清研究资料》，第 29 页，北京：北京师范大学出版社，1981 年。

② 朱自清：《古诗十九首释》，《朱自清全集》第 7 卷，第 197～198 页，南京：江苏教育出版社，1998 年。

③ 朱自清：《陶诗的深度》，《朱自清全集》第 3 卷，第 5～6 页，南京：江苏教育出版社，1998 年。

一九四三年,朱先生在昆明西南联合大学授课,课后住在校外龙泉镇司家营清华大学文科研究所,村居多暇,每日早起,端坐,用好纸抄写宋诗,排列旧注,复多方参考诗话,日作一二首以为课。积久裒然成帙。

虽"只是初步收集材料,还不成为完整的著作",但"在这里面可以看到一位认真负责的教授如何在教材上用过一番搜辑的工夫,就是这么丰富的参考材料,对于学者也是很有帮助的"①。《十四家诗钞》是汉以后从三国时的曹植起到晚唐杜牧止的各代著名诗人的名篇选录和集注,《宋五家诗钞》是北宋梅尧臣、欧阳修、王安石、苏轼、黄庭坚等名家的诗选和笺注。其体例类于《诗名著笺》,但在诗钞之前先有诗人小传:《十四家诗钞》较简,只摘史书,无作者意见;《宋五家诗钞》较繁,史书而外,兼摘诗话年谱等,且间有作者评论。

李少雍说:"三集所选均属先秦至北宋有代表性的诗人与诗作,时间上前后衔接,呈露出朱先生关于古代诗歌史的构想"。②这就是朱自清研究诗歌作品的第二原则:对诗歌史的宏观把握。

如他在《古诗十九首释·行行重行行》中说:

诗从歌谣演化,回环复沓的组织也是它的基本;三百篇和屈原的"辞"都可看出这种痕迹。十九首出于本是歌谣的乐府,复沓是自然的;不过技巧进步,增变来得多一些。到了后世,诗渐渐受了散文的影响,情形却就不一定这样了。③

《十四家诗钞》和《宋五家诗钞》在朱自清生前没有成书,作者也不曾写文学史专著,所以其取舍原则没有专门的说明,但在

---

① 浦江清:《宋五家诗钞》附记,《朱自清全集》第 7 卷,第 585 页,南京:江苏教育出版社,1998 年。

② 李少雍:《朱自清先生对古典文学研究的贡献》,见《朱自清说诗·序》,上海:上海古籍出版社,1998 年。

③ 朱自清:《古诗十九首释》,《朱自清全集》第 7 卷,第 191 页,南京:江苏教育出版社,1998 年。

他的文学普及性著作《经典常谈》中，却可大致领略作为一个“选家”，朱自清对这些诗人在诗歌史上地位与价值及渊源关系的梳理判断。他说：

> 曹植在曹丕作了皇帝之后，颇受猜忌，忧患的情感，时时流露在他的作品里。诗中有了“我”，所以独成大家。
>
> 但真正奠定了五言诗的基础的是魏代的阮籍，他是第一个用全力作五言诗的人……他是这样扩大了诗的范围，正式成立了抒情的五言诗。
>
> 陶渊明……从躬耕里领略到自然的恬美和人生的道理。他是第一个将田园生活描写在诗里的人。
>
> 谢灵运……的自然的哲学和出世的哲学教他沉溺在山水的清幽里。他是第一个在诗里用全力刻画山水的人；他也可以说是第一个用全力雕琢字句的人。
>
> 到了宋代，鲍照有《行路难》十八首，人生的感慨颇多，和舞曲描写声容的不一样，影响唐代的李白、杜甫很大……①

诸如此类，诗钞中诗人的入选理由都可找到相应说明。我们也可因此看到作者心中清晰的文学史脉络。

1947 年 5 月 10 日、11 日，朱自清为林庚的《中国文学史》（厦门大学出版社 1947 年 5 月出版）撰写了序言，由此序言可见朱自清卓异的文学史观。

其一，朱自清认为文学史的研究应以史为基础。他说：“文学史的研究得有别的许多学科做根据，主要的是史学，广义的史学。”②

---

① 朱自清：《经典常谈·诗第十二》，《朱自清全集》第 6 卷，第 93～96 页，南京：江苏教育出版社，1998 年。

② 朱自清：《〈中国文学史〉序言》，见林庚《中国文学简史》，第 722 页，北京：北京大学出版社，1995 年。

其二，研究文学史应有“见”和“识”，应有“一以贯之”的文学史观。正是在这个意义上，朱自清分别肯定了当时已经出版的几部文学史和林庚的《中国文学史》，他说：

> 这二十多年来从胡适之先生的著作开始，我们有了几部有独见的文学史。胡先生的《白话文学史》，着眼在白话正宗的“活文学”上。郑振铎先生的《插图本中国文学史》，着眼在“时代与民众”以及外来的文学的影响上。这是一方面的进展。刘大杰先生的《中国文学发展史》上卷，着眼在各时代的主潮和主潮所接受的文学以外的种种影响。这是又一方面的发展。这两方面的发展相辅相成，将来是要合而为一的。
>
> 林静希先生(庚)这部《中国文学史》，也着眼在主潮的起伏上。他将文学的发展看作是有生机的，由童年而少年而中年而老年；然而文学不止一生，中国文学是可以再生的，他所以用“文艺曙光”这一章结束了全书。①

其三，文学史的研究应是一种创造。首先，从文学史的建构而言，研究者应具有创造精神。林庚曾说：“我们应当与世界上寻觅主潮的人士，共同投身于探寻的行列中；我们不应当在人家还正在未可知的摸索着的时候，便已经开始模仿了。”②朱自清对此十分赞同，他说：“他(林庚)反对模仿，模仿传统固然不好，模仿外国也不好”③，而“形式化”、“公式化”就是“正统化”，都是“衰老和腐化的现象”。其次，从文学史的写作而言，文学史研究

---

① 朱自清：《〈中国文学史〉序言》，见林庚《中国文学简史》，第722～723页，北京：北京大学出版社，1995年。

② 林庚：《中国文学史》自序，见林庚《中国文学简史》，第727页，北京：北京大学出版社，1995年。

③ 朱自清：《〈中国文学史〉序言》，见林庚《中国文学简史》，第723页，北京：北京大学出版社，1995年。

也应是一种创造。朱自清称赞林庚的文学史说："著者用诗人的锐眼看中国文学史，在许多节目上也有了新的发现，独到之见不少"；"他写的是史，同时更是文学；既是著作也是创作。这在一般读者就也津津有味，不至于觉得干燥，琐碎，不能终篇了"。①

文学批评研究

中国传统的文学批评，虽有自己的特色，但是与西方文学批评相比，却显得支离而不成体系。作为一个文学研究者，朱自清却没有因此而忽视它的价值或忽视对它的研究。

> "中国文学批评"是他多少年来专门致力的学问，清华研究院中国文学部特设文学批评一组，就是当闻一多先生任主任时因了朱先生的专长设立的。"文学批评"、"文辞研究"都是朱先生讲授过的属于这种性质的课程。②

在此过程中，朱自清的文学批评研究也形成了自己的特色。

在朱自清生活的时代，西方文学批评逐渐传入，中国的文学批评研究则由此进入崭新的阶段。这就要面对一个问题：如何拿来别人的，如何保持自己的。朱自清承认西方文学批评在这方面对中国文学批评的领先意义，他说：

> "文学批评"一语不用说是舶来的。现在学术界的趋势，往往以西方观念（如"文学批评"）为范围去选择中国的问题；姑无论将来好是坏，这已经是不可避免的事实。③

---

① 朱自清：《〈中国文学史〉序言》，见林庚《中国文学简史》，第725页，北京：北京大学出版社，1995年。

② 王瑶：《念朱自清先生》，郭良夫《完美的人格——朱自清的治学和为人》，第24页，北京：清华大学出版社，2003年。

③ 朱自清：《评郭绍虞〈中国文学批评史〉》，《朱自清全集》第8卷，第197页，南京：江苏教育出版社，1998年。

但是朱自清认为，不必对中国文学批评过于自卑或妄自菲薄。罗根泽的《中国文学批评史》中说“西洋的文学批评偏于文学裁判及批评理论，中国的文学批评偏于文学理论”①，朱自清评论道：“在文学批评里，理论也罢，裁判也罢，似乎都在一面求真，同时求好。我们可以不必在两类之间强分轻重”②，而“所谓文学裁判，在中国虽然没有得着充分的发展，却也有着古久的渊源和广远的分布。这似乎是不容忽视的”③；在接受西方理论时则不应盲目崇拜而全盘吸收。他认为郭绍虞的一个长处是“用西方的分类来安插中国材料，却很审慎”④，而对郭引入日本名词“纯文学”与“杂文学”则以为“反多一番纠葛”。他认为，要写好文学批评史，必须做到三点：将文学批评还给文学批评、将中国还给中国、将一时代还给一时代。⑤

而对具体的研究方法，朱自清说：“若有人能用考据方法将历来文评所用的性状形容词爬罗剔抉一番，分别确定它们的义界，我们也许可以把旧文学的面目看得清楚些。”⑥1934 年，郭绍虞的《中国文学批评史》出版，朱自清对他的肯定评价中就说：

> 郭君还有一个基本的方法就是分析意义，他的书的成功，至少有一半是在这里。例如“文学”，“神”、“气”、“文笔”、“道”、“贯道”、“载道”这些个重要术语最是缠夹不清；书中都按着它们在各个时代或各家学说里的关系，仔细辨

---

① 罗根泽：《中国文学批评史·绪言》，罗根泽《中国文学批评史》，上海：古典文学出版社，1957 年。

②③⑤ 朱自清：《诗文评的发展》，《朱自清全集》第 3 卷，第 27 页，第 29 页，第 29 页，南京：江苏教育出版社，1998 年。

④ 朱自清：《评郭绍虞〈中国文学批评史〉》，《朱自清全集》第 8 卷，第 197 页，南京：江苏教育出版社，1998 年。

⑥ 朱自清：《中国文评流别述略》，《朱自清全集》第 8 卷，第 152 页，南京：江苏教育出版社，1998 年。

析它们的意义。懂得这些个术语的意义，才懂得一时代或一家的学说①。

他自己作文学批评研究时，也是对“每一个历史的意念和用词，都加以详细的分析，研究它的演变和确切的涵义。”②

一、《诗言志辨》

《诗言志辨》讨论了文学史上四条传统的“批评意念”：“诗言志”、“比兴”、“诗教”、“正变”。本是四篇论文：“《诗言志》篇跟《比兴》篇是抗战前写的，曾分别登载《语言与文学》和《清华学报》。《诗教》篇跟《正变》篇是近两年(1943—1944)写的。前者曾载《人文科学学报》；后者也给了《清华学报》。”③1944 年，作《诗言志辨序》，1945 年《诗言志辨》由上海开明书店出版。

虽然只是对一组批评意念的阐述，《诗言志辨》却不乏史的气度。

朱自清在《诗言志辨》的序中说：

> 现在我们固然愿意有些人去试写中国文学批评史，但更愿意有许多人分头来搜集材料，寻出各个批评的意念如何发生，如何演变——寻出它们的史迹。这个得认真的仔细的考辨，一个字不放松，像汉学家考辨经史子书。这是从小处下手。希望努力的结果可以阐明批评的价值，化除一般人的成见，并坚强它那新获得的地位。
>
> 这四条诗论，四个词句，在各时代有许多不同的用例。书中便根据那些重要的用例试着解释这四个词句的本义跟

① 朱自清：《评郭绍虞〈中国文学批评史〉》，《朱自清全集》第 8 卷，第 196～197 页，南京：江苏教育出版社，1998 年。

② 王瑶：《念朱自清先生》，郭良夫编《完美的人格——朱自清的治学和为人》，第 24 页，北京：清华大学出版社，2003 年。

③ 朱自清：《诗言志辨·序》，《朱自清全集》第 6 卷，第 131 页，南京：江苏教育出版社，1998 年。

变义,源头和流派……

这正是朱自清《诗言志辨》以及其他诗歌理论研究的指导思想和实践原则。

> 但先生的考辨,与过去汉学家的做法有所不同。他注重概念的"史的发展",并能运用现代观点廓清旧说谬误,而不是像历来诗文评者那样以獭祭各家之说为能事。①

朱光潜说:

> 在中国和其它各国一样,诗是最原始而普遍的文学体裁,重要的文艺思想都从诗论出发,佩弦先生单提出诗来说,正是提纲挈领。……在中国诗论里抓住了四大中心观念来纵横解剖,理清脉络。……在表面上他虽似只弄清楚了这四大问题,在实际上他以大处落墨的办法画出全部中国文学批评史的轮廓。②

吴小如也说:

> 我们切不可误认作这本书只是谈到有关《诗三百》的几个问题的源头而已,作者还谈到他们的流变,从先秦直到如今,而这后面的部分对我们似更为重要。③

《诗言志辨》有自己独特的研究方法。

> 在有目的、有系统地考辨中国文学批评史的"意念"方面,朱先生不愧是一位"大胆的创拓者"。通过对这些"意念"的史迹的追寻,的确可以如他所期望的那样看清古代文学(包括文学批评)的真实面目。并且这些诠解的文字本

---

① 王瑶:《中国文学研究现代化进程》,第 381 页,北京:北京大学出版社,1996 年。

② 朱光潜:《朱佩弦先生的〈诗言志辨〉》,北京:《周论》第二卷第七期,1948 年。

③ 吴小如:《读朱自清先生〈诗言志辨〉》,郭良夫编《完美的人格——朱自清的治学和为人》,北京:清华大学出版社,2003 年。

身，就是某种意义上的诗论史或文学批评史。这种专题的批评史，因为是以文学观念的辨析为内容，所以不仅切实、严密，而且较有理论深度。①

他丢开了学究式的研究方法，没有因考据注疏而沉入故纸堆，它的历史考察是现代精神的实践，而他现实的批评则更反映出他对新文学整体面貌的一种胸有成竹的把握。例如，在《诗言志辨》中，他在研究“诗言志”这一命题的流变时，一反前人诠释正义之法，而借西方文化“史”的，梳理出这一命题变化的形态，指出“言志”、“诗教”、“比兴”、“正变”，“这四条诗论，四个批评的意念，二千年来都曾经过多多少少的演变”(《诗言志辨》序)，然后，以史论结合的方法，对这四个“批评的意念”进行了“辨析”，将古人的观念纳入到一个崭新的模式，而赋予它很浓的现代气息。②

当然，《诗言志辨》的具体价值更直接地体现在朱自清对几条诗论的考辨上，因为这毕竟是他研究中国文学批评的基本形式。

《诗言志辨》是一本探究我国古典诗歌批评理论源头——一些最基本的概念——的书。例如什么是“诗言志”？什么是“比”？什么是“兴”？什么是“赋”？什么是“思无邪”？诗和政教、教化的关系？由此引出的“温柔敦厚”等究竟是什么意思？以及什么是“正”？什么是“变”？等等。作者对这些最基本的概念，一方面追本溯源，严谨地考证辨析；一方面又研究它们的史的发展，说明了它们从先秦直至后来的流变，从而廓清了先前的许多错误观念，作出了新的

① 王瑶：《中国文学研究现代化进程》，第 384 页，北京：北京大学出版社，1996 年。

② 黄曼君：《中国近百年文学理论批评史》，第 882 页，武汉：湖北教育出版社，1997 年。

正确的解释……①

比如他对"比""兴"的探讨。朱自清指出:

《毛传》"兴也"的"兴"有两个意义,一是发端,一是譬喻;这两个意义合在一块儿才是"兴"。

兴是譬喻,"又是发端",便与"只是"譬喻不同。前人没有注意兴的两重义,因此缠夹不已。他们多不敢直说兴是譬喻,想着那么一来便与"比"无别了。②

在本文中,朱自清先列举《毛诗郑笺》中对《诗》中各种比兴的解释,又对"兴"义的历史发展给以梳理总结。"这中间关于'兴'的析疑,基本上解决了千古聚讼的论争。"③其他关于"诗教",关于"诗言志"都是类似方法,力图以此来找出这些批评意念的准确含义。

除了从史的角度的梳理和从意念出发所做的辨析,《诗言志辨》在写法上也有自己的特色。吴小如说:

《诗言志辨》虽是论文,却有宋人注疏体的气息,朴实然而清新,同时也谨严有法度,兼具西洋人写科学论文的条分缕析、纲举目张。但作者又能在行云流水般的语言中见出层次井然、眉清目朗的疏宕处,既不枯燥又不啰嗦。这确是一种似旧实新的文章作法,绝无晚近写论文者的故作诘曲、以洋味十足文其浅陋的讨厌习气。而先生气度冲淡雍容,更无板起面孔训人"虎人"的嫌疑。之所以能写得这么周详,谨严,平易近人,则应归功于作者既是一位治文学史的

---

① 朱乔森:《朱自清全集第 8 卷编后记》,见《朱自清全集》第 8 卷,第 559 页,南京:江苏教育出版社,1998 年。

② 朱自清:《诗言志辨》,《朱自清全集》第 6 卷,第 180～181 页,南京:江苏教育出版社,1998 年。

③ 范宁:《狼藉丹铅送岁华——回忆朱自清先生》,郭良夫编《完美的人格——朱自清的治学和为人》,第 94 页,北京:清华大学出版社,2003 年。

学者，又是国内有数的诗人、散文家……①

二、其他批评意念研究

对文学批评的研究其实贯穿着朱自清的整个学术生命，除“诗言志”外，他还对很多批评意念进行了研究。因为他认为考释诗文评里种种传统用语，目的即在于揭示文学史的真实面貌。这是有志撰写批评史者必须首先进行的基础工作。

1937 年 11 月，在长沙临时大学的朱自清来到设于南岳的文学院图书馆，查书竟日，为“沉思翰藻说”一文搜集材料，后来写成《文选序‘事出于沉思义归乎翰藻’说》。“事出于沉思、义归乎翰藻”是萧统在《文选序》中述去取标准时说的一句话，尽管“事”、“义”二词西晋以来常为论文者所用，但最早论《文选序》中这两句话的阮元却将注意力集中在“沉思”与“翰藻”上（且更重“翰藻”），朱自清认为这不甚妥当。他广泛深入地考证了古代文论中“事”、“义”的含义及《文选》时期的文学风气，认为昭明《文选序》“事出于沉思、义归乎翰藻”的原意应是善于用事、善于用比。对此，朱自清在《中国散文的发展》中也有论述：“‘事’是‘事类’，就是典故；‘翰藻’兼指典故和譬喻。典故用得好的，譬喻用得好的，他才选在他的书里。”②

“以文为诗”是诗歌理论中的又一批评意念。《论“以文为诗”》（1936 年）从陈师道《后山诗话》对韩愈的批评说起，认为涉及这一意念的问题有两个：诗文分界问题；诗之正宗问题。在宋代以前，实际上没有明确的真正的诗文分界：先秦是诗、史、辞等相混的；汉时的文指赋，而“赋者，古诗之流也”；魏、晋、六朝和唐

---

① 吴小如：《读朱自清先生〈诗言志辨〉》，北京：《北京大学学报》，1984 年第六期，见郭良夫编《完美的人格——朱自清的治学和为人》，第 122 页，北京：清华大学出版社，2003 年。

② 朱自清：《中国散文的发展》，《朱自清全集》第 8 卷，第 324 页，南京：江苏教育出版社，1998 年。

代都只有“诗”、“笔”的分别；只有到了宋朝，古文大盛，诗文的分别才应运代兴。同时，宋人确立了风诗正宗论，即以“吟咏性情”、“温柔敦厚”为诗家定法。但是旧传统压不倒新风尚，宋代仍然产生了一种沉着痛快的诗歌风格。由此作者得出结论：唐代还没有明确的诗文分界，所以刘克庄、严羽等宋代理论家对韩、杜的批评是不甚明通的。

《“好”与“妙”》是对“好”和“妙”这对批评术语（或叫意念）进行辨析的。作者通过小学、文论学总结出：“好”字出现得比“妙”字早，原为审美的评语（是匀称的意思），随后又成了道德的评语；而“妙”字最初是道家哲学中的一个术语，后来变为审美的评语（是玄虚而不可言传的意思）。所以“好”字更客观严肃，“妙”字则主观灵活。

除上述已发表的论文外，我们虽不能看到朱自清写成的系统完整的批评史著作，却有幸看到了朱自清的学生整理的《朱自清中国文学批评研究讲义》。这份讲义是 1945 年秋至 1946 春夏之交朱自清在昆明国立西南联合大学讲授“中国文学批评研究”时编撰使用的。它能让我们更清晰具体地感受和理解朱自清关于中国文学批评史的理念与构想。全书共分四章：第一章，言志与缘情；第二章，模拟；第三章，文笔；第四章，品目。现将第四章细目详列于次：

甲：体用　一、顺逆；二、诚伪；三、劝惩；四、雅俗；五、厚薄；六、虚实；七、大小；八、深浅

乙：文质　一、雕率：1. 自然，2. 清，3. 丽，4. 艳，5. 野；二、浑划；三、新古；四、华素

丙：神气　一、风神；二、气

丁：辞情　一、刚柔；二、奇正；三、庄谐；四、繁简；五、显晦；六、难易；七、工拙

再举“自然”一条列于下，可见朱自清对批评意念“爬罗剔抉”的功夫及研究的方法：

这名词是从道家来的。老子所谓"人法地,地法天,天法道,道法自然"。自然,自己成功之谓也。道家以为天非人格化之主宰。自然就是原来如此的。

晋时,老庄思想风行。嵇康在生活方面主自然。他说自己"性复多虱",任其自然,不遵守传统之规律,阮籍也如此。

"丝不如竹,竹不如肉",陶潜替其外祖孟嘉作《孟府君传》时,引孟语讨论音乐,说因为弦乐器不如管乐器,而管乐器又不如人之声音那样"渐近自然"。自然,就是"本来"的意义,不加人工。

《文心雕龙》:"感物吟志,莫非自然。""自然",就是天然趋势,本来如此。这就把诗也说到道家的根据上。诗是自然写出来的……

钟嵘《诗品》说"自然英旨","即目","不用事","口吻调和,不拘声病"。这就是要自然。文字技巧上要自然……

向来人认为陶渊明自然,他不用典,不讲究声病。而谢灵运,当时就有人说他自然。鲍照说:"谢如初发芙蓉,自然可爱。"梁简文帝说:"谢客吐言天拔,出于自然。"梁昭明太子《序》说陶"论怀抱则旷而且真",真就是自然。谢之所谓"自然",不是指技术上的,而是内容、题材、人方面的自然。陶说田园,谢写山水,俱是自己经验上的。而且,又与人事远,与自然近。山水比田园更远人事。鲍照说谢如"初发芙蓉",是指材料方面。昭明太子说陶,亦说材料方面。六朝时,人说自然是指材料方面;钟嵘却特别,是说技巧方面的。[①]

以上,是朱自清古典文学研究的大致情况。

(黑龙江大学　董晓玲)

---

① 刘晶雯:《朱自清中国文学批评研究讲义》,第184～185页,天津:天津古籍出版社,2004年。

钱锺书的《谈艺录》

钱锺书前期生平及著述活动

钱锺书(1910—1998),字默存,号槐聚,曾用笔名"中书君"。江苏无锡人。20世纪中国最杰出的中国古典文学研究及中西比较文学研究大师之一。"时人之中,博古通今,精究欧西文艺,而能运化中国文艺,以钱锺书先生为最湛深。"①

钱锺书的父亲钱基博(1887—1957)以集部之学见长,历任清华大学、第四中山大学、光华大学、圣约翰大学、浙江大学、蓝田国立师范学院、华中大学、华中师范学院等校教授。在父亲的严格督教下,少年钱锺书打下了坚实的国学基础。接触了林纾翻译的外国小说后,他培养起了学习西方语言文学的兴趣,1929年考入清华大学外文系。在清华大学读书期间,钱锺书便以中西文学与文化方面的深厚学养和极为出色的颖悟力而驰誉学林。他的老师吴宓感慨地说:"当今文史方面的杰出人才,在老一辈中要推陈寅恪先生,在年轻一辈中要推钱锺书,他们都是人中之龙!"②张申府在1932年将年仅22岁的钱锺书视为"现在

① 曹聚仁:《中国学术思想史随笔》,第397页,北京:三联书店,1986年。

② 见郑朝宗:《但开风气不为师》,《钱锺书杨绛研究资料集》,第45页,武汉:华中师范大学出版社,1997年。

清华最特出的天才”,“现在全中国人中,天分学力也再没有一个赶得上他的”①。钱穆回忆:“及余去清华大学任教,锺书亦在清华外文系为学生,而兼通中西文学,博极群书,宋以后集部殆无不过目。”②“1933 年从清华毕业后,他曾在上海光华大学任教。1935 年考取庚款赴英伦牛津大学留学,两年后以论文《十七、十八世纪英国文学中的中国》获文学硕士学位。随后转赴法国巴黎索邦大学进修一年。1938 年回国,被清华大学破例录用为教授。后曾在湖南蓝田师范学院、上海震旦女子文理学院、暨南大学任教,并兼任南京中央图书馆英文馆刊《书林季刊》主编。”③“自 1938 年夏从海外留学归国之后,钱锺书进入了文学创作及学术思考的高峰期。在 1949 年之前的十年内,他先后出版了《写在人生边上》、《人·兽·鬼》、《围城》、《谈艺录》及包括英文论文《十七、十八世纪英国文学中的中国》在内的各类外文著述,还有各类单篇文章。1934 年,钱锺书还自费刊印过一部旧诗集《中书君诗初刊》。在民国时期,钱锺书作为学者的地位并不十分凸显,他主要因其‘诗人’和‘作家’的身份而成为时人的关注点,其主要学术著作《谈艺录》的价值并未得到充分认识。”④

《谈艺录》的成书过程与体式特点

1939 年,钱锺书于湖南蓝田师范学院任教期间,开始写作

---

① 张申府:《民族自救的一个方案》,上海:《大公报》,1932 年 10 月 15 日。

② 钱穆:《八十忆双亲》、《师友杂忆》合刊本,第 132 页,北京:三联书店,2002 年。

③ 陆文虎:《钱锺书先生其人其书》,《围城内外——钱锺书的文学世界》,第 28 页,北京:解放军出版社,2004 年。

④ 龚刚:《钱锺书——爱智者的逍遥》,第 25 页,北京:文津出版社,2005 年。

《谈艺录》。在作于1942年8月26日的《谈艺录序》中自谓："《谈艺录》一卷虽赏析之作，而实忧患之书也。始属稿湘西，甫就其半。养疴返沪，行箧以随。"①见证该书撰作过程的吴忠匡回忆说："在蓝田，除了和极少数熟悉的同人有往还交际而外，中书并无外事困扰……《谈艺录》也是在这一时期草创的，用的是小镇上所能买到的极为粗糙的直行本毛边纸。他每晚写一章，二三天以后又修补，夹缝中，天地上填写补缀得密密麻麻。他每完成一章，就交给我阅读，陶潜、李长吉、梅圣俞、杨万里、陈简斋、蒋士铨等章节是最先写成的，我都有过录本。1941年，在他临离去蓝田前，奋力清了一遍稿，誊录了一本后，就在原稿本上，大笔一挥'付忠匡藏之'五个大字，把它赠遗给了我。"②

1948年6月，《谈艺录》由开明书店出版，列入《开明文史丛刊》，1949年7月再版。1984年9月，中华书局出版了经钱锺书修订、较开明版篇幅增加一倍的《谈艺录》补订本。在新版引言中，钱锺书对修订情况作了简要介绍："乃稍删润原书，存为上编，而逐处订益之，补为下编；上下编册之相辅，即早晚心力之相形也。"③

对于《谈艺录》的修订情况，中华书局版的责任编辑马蓉有比较详赡的说明："下编中有少量属于订正错误，如347页评黄公度诗一则，自称'词气率略，鄙意未申'；382页言造艺两宗一则，直言'尚无大误；而援据欠审'；456页自感举渔洋诗本放翁二例'殊未审允'等等。大多数则是详征文证，增补例证，发展和完善论点，如392页称'因勘订此书，稍复披寻雁湖注，偶有所见，并识之'。又432页称'珠、弹久成吾国评诗文惯例，复益数

① 钱锺书：《谈艺录》，北京：中华书局，1984年。

② 吴忠匡：《记钱锺书先生》，北京：《随笔》，1988年第4期。

③ 钱锺书：《谈艺录》（补订本），"引言"，北京：中华书局，1984年。

例'。又 475 页称'因勘订此书,复检遗山诗,偶有弋获,并识之'。又 507 页称'重订此书,因复取《宛陵集》读之,颇有榛芜弥望之叹,增说数事'。"①

在刊于 1948 年 12 月《燕京学报》第 35 期的关于《谈艺录》的最早的一篇书评《评钱锺书先生著谈艺录》中,作者阎简弼征引了开明书店出版物广告页上关于《谈艺录》内容的提要语:"包括中西文艺理论的比较研究,历代重要作家与作品之批判及重要作品之笺释和考证,旁及作家轶事的考订。"②关于《谈艺录》的研讨范围,汤晏有如下解说:"钱锺书以前出版的书均属创作——不是诗(旧体诗)即是散文或小说。但《谈艺录》不一样,它是一部讲座旧体诗的书,用文言文写成……本书虽谈论旧体诗,但不是什么诗都谈,他只从唐宋开始,所以他一开始即说诗分唐宋。"③郑朝宗对《谈艺录》内容的介绍尤为全面:

> 《谈艺录》和《管锥编》不同,是一部集中谈古典诗艺的书,范围比较狭窄,而内容却更艰深。作者把重点放在论述我国旧体诗技巧的发展变化上面,因此他选择研究对象和一般诗史作者有别,唐以前的诗人几乎全被搁置,唐代诗人谈得较多的也只有韩愈、孟郊、李贺、李商隐等几人,目光所注是在陈师道、陈与义、杨万里、陆游、元好问、方回、锺惺、谭元春、王士祯、袁枚、赵翼、蒋士铨、龚自珍等,这些人在文学史上的地位高下悬殊,但他们有一个共同之点,便是在创作或评论方面对促进古典诗艺的发展、给作诗的技巧增添新样都多少有所贡献。特别令人注意的,一向在文学史书

---

① 马蓉:《自己攻自己——谈钱锺书先生对其〈谈艺录〉和〈管锥编〉的修改》,《钱锺书研究采辑》,第 73 页,上海:上海三联书店,1996 年。

② 阎简弼:《评钱锺书先生著谈艺录》,北京:《燕京学报》,第 35 期。

③ 汤晏:《一代才子钱锺书》,第 254 页,上海:上海人民出版社,2005 年。

里难得露面的乾隆时期诗人钱载竟蒙钱先生青眼，在《谈艺录》里大加评介，所占篇幅达20页之多。①

许多论者注意到了《谈艺录》与中国传统诗话体式之间的密切联系。夏志清认为："它是中国诗话里集大成的一部巨著，也是第一部广采西洋批评来诠注中国诗学的创新之作。"②汤晏认为："《谈艺录》是一部空前绝后的诗话。因为从前的诗话没有西洋的东西，以后的学者要写诗话，可能有西洋的东西，但不可能用文言文写了。"③对于这一问题，陆文虎的阐述最为深入透辟：

> 《谈艺录》是中国最后一部集传统诗话之大成的书，也是第一部广采西方人文、社科新学来诠评中国古典诗学诗艺的书。全书45万字，古来诗家作品多所评骘，唐以后一些有代表性的诗人更被重点论列。本书征引或评述了宋以来的诗话近130种，中国诗话史上的重要著作几乎都被涉及。举凡作者之心思才力、作品之沿革因创、批评之流弊起衰等等，都包容其中。各节论述具体入微，多所创见，行文则或兼综、或条贯，或评点、或专论，长短自如，不拘一格。④
>
> 钱锺书先生认为，许多"名牌的理论著作"，只是"陈言加空话，而诗话等有时'往往无意中三言两语'，说出了益人神智的精湛见解，含蕴着很新鲜的艺术理论，值得我们重视和表彰"。也许正因为此，钱先生很看重诗话……本书主题

---

① 郑朝宗：《再论文艺批评的一种方法——读〈谈艺录〉补订本》，《钱锺书杨绛研究资料集》，第446页，武汉：华中师范大学出版社，1997年。

② 夏志清：《追念钱锺书先生——兼谈中国古典文学研究之新趋向》，台北：《中国时报》，1976年2月9日。

③ 汤晏：《一代才子钱锺书》，第255～256页，上海：上海人民出版社，2005年。

④ 陆文虎：《钱锺书先生其人其书》，《围城内外——钱锺书的文学世界》，第33页，北京：解放军出版社，2004年。

的随意性转换，各杂篇幅的长短自如，表明其确属典型的“诗话”……《谈艺录》对传统诗话的继承和总结，是多方面的。我读《谈艺录》的感受，一如读其他诗话那样具体而微，口角亲切；所不同之处在于本书所独具的行文之美、深刻的历史感和难能可贵的现代意识。观《谈艺录》之书，知其于传统诗话颇多扬弃……西方诗歌界多有专以批评名家者，其理论又偏重诗之评判，因此，批评家们对于构建理论体系怀有极大的热忱，铺排演绎出了不少大部头的著作。中国以诗话为代表的诗歌理论与此大相径庭，我们少有专门的批评家，诗话大率是诗人之余事。因此，诗话的作者常常只是从一己之创作经验出发，随兴漫与，赏鉴多、分析少，诗结多、诗论少，极难见到有系统的美学批评和完整的理论体系。而且如钱先生所提出的：“盖作者以偏长而生偏向，于是每‘轻所短’。”《谈艺录》的作者也是诗人，但是，由于钱先生把作诗以为余事，而将论诗作为本分，兼以其广博淹贯的中西方文学与哲学修养这一特殊条件，使《谈艺录》成为一部迥异于以往诗话的诗话……《谈艺录》与旧诗话之最大区别，就在于既能保有传统诗话的优长，又能于兼综百家之说，引进西方新论的基础上，别具手眼，创成一家之言。①

《谈艺录》的研究方法

关于《谈艺录》的研究方法，究其大端，可以概括为“博证”与“比较”。

---

① 陆文虎：《中国古典诗学的集大成和传统诗话的终结——读〈谈艺录〉》，《围城内外——钱锺书的文学世界》，第 235～245 页，北京：解放军出版社，2004 年。

我们首先根据龚刚的论述来看一下《谈艺录》中的"博证"之法。

钱锺书在《谈艺录》初版序中说："凡所考论，颇采二西之书，以供三隅之反。"这就是说，在《谈艺录》这部以"探讨中国传统诗学为主要内容"的诗话体论著中，广泛征引了"二西之书"中的材料以与中国古典文学现象"交互映发"，从而昭示出共同文学规律的存在，由此达到"举一隅以反三隅"的效果……具体来看，钱锺书的目收中西，广求证据，都是围绕着对某一观点的论证或是对某一现象的说明。

例如，《谈艺录》第四则为了论证"以文为诗"乃文章"革故鼎新"之道这一观点，首先征引了唐司空图《诗赋》、南宋刘辰翁《赵仲仁诗序》、金赵闲闲《与李孟英书》及清末黄公度《人境庐诗草·自序》等文中的论述，又以"西方文学中，此例甚繁"一语为引子，罗列了华茨华斯、T·S·艾略特、雨果、希来格尔（今通译施莱格尔）、许克洛夫斯基（今通译什克洛夫斯基）以及不甚知名的约翰·贝雷等人的看法。

又如，《谈艺录》第三一则为了说明以"圆"论艺这一现象，于"泰西"之书中引用了蒂克、李浮侬、歌德、缪赛、丁尼生及斯密史等人的诗作或文评，并以"求之汉籍……此类语意数见"为引子，历举了从晋谢朓到清曾国藩等约十九人分别见诸诗歌、传记、家书、序言、墓志铭及专论等各类文体中的诗文评语。此外，钱锺书又通过"补订"的形式，于"西书"中增引了雪莱、柯尔律治等人的作品，于"汉籍"，则以"珠、弹久成吾国评诗文惯喻，复益数例"为引子，又摘引了包括梁刘勰《文心雕龙》、宋梅圣俞《宛陵集》和近人况周颐《蕙风词话》在内的八部著作中的约十四个例证。①

① 龚刚：《钱锺书：爱智者的逍遥》，第110～112页，北京：文津出版社，2005年。

下面让我们再来根据郑朝宗的论述看一下《谈艺录》的比较之法。

用比较的方法评诗是我国诗学的传统方法之一,《谈艺录》中不乏此例,试举其一:"尝试论之。以入画之景作画,宜诗之事赋诗,如铺锦增华,事半而功则倍,虽然非拓境宇、启山林手也。诚斋放翁,正当以此轩轾之。人所曾言,我曾言之,放翁之与古为新也;人所未言,我能言之,诚斋之化生为熟也。放翁善写景,而诚斋擅写生。放翁如画图之工笔;诚斋则如摄影之快镜,兔起鹘落,鸢飞鱼跃,稍纵即逝而及其未逝,转瞬即改而当其未改,眼明手捷,纵矢蹑风,此诚斋之所独也。"(118 页)这样的比较文章,只有在对陆游、杨万里两家诗透彻理解、洞见隐微的情况下才写得出的。但这还不是钱锺书的无与伦比的专长,他的专长是中西比较。立足在中国文学作品上面,看见一个新鲜的比喻,一种巧妙的手法,一点未经别人说过的意思,他会立刻联想到外国文学作品里可能也有同样的比喻、手法或意思……

钱锺书先生文艺比较学的一个登峰造极的成就是,能从具体的语言、意境、艺术手法的比较飞跃到中西造艺精神和原则对比的高度,从而为探索世界共同的艺术原理打开途径……

经过不断的中西对比,钱先生终于在《谈艺录》的结束处树立了一个新义,即所谓"同时之异世,并在之歧出"(304 页),说明矛盾现象普遍存在,文艺学术界也不例外,同一作家,同一时代,可以自相矛盾,发生各种分歧的现象,对于这种现象,有识之士应该"于孔子一贯之理、庄生大小同异之旨,悉心体会,明其矛盾,而复通以骑驿",而决不可"将'时代精神'、'地域影响'等语,念念有词,如同禁咒"(304 页)。①

① 郑朝宗:《再论文艺批评的一种方法——读〈谈艺录〉补订本》,《钱锺书杨绛研究资料集》,第 461～464 页,武汉:华中师范大学出版社,1997 年。

丁毅将《谈艺录》中的比较方法概括为“同中求异”和“异中求同”两种基本类型:“一般说来在研究本国作家作品时多采用同中求异的方法,往往在一般人公认结论‘同’中发现异处,得出与别人不同的见解。在论证重大文艺理论时往往把视野投向国外,充分运用比较方法,在异中求同,即发现中外文学现象背后的共同规律。”①

《谈艺录》的作家作品论

钱锺书在《谈艺录》中对中国诗史上多位诗人的创作风格和特色进行了见解独到的赏鉴和品评,并对他们的某些经典诗作提出了发前人之所未发的诠释和疏解,其中最具代表性的当推李贺、李商隐两家诗谈。

我们先来看一下《谈艺录》中关于李贺的内容。“钱先生论李贺,不论从个别作品的鉴赏说,还是就李贺的风格、艺术创作说,都有突破前贤的创新见解,可以作为鉴赏的典范。”②“《谈艺录》全书总九十一节,其中论李贺九节,略占十分之一……钱先生从论李贺诗修辞设色入手,继之,次第论及学者诗者、诗境、用词赋物、凝重险急、曲喻、好用啼泣字、好用代字,年命之嗟,最后的总论道术,艺事作结。其中多有前人未发,后人不刊之论。”③

范明华指出:

作者评李贺诗歌的艺术风格,从李贺的许多作品中发

① 丁毅:《〈谈艺录〉二题》,《钱锺书研究》(第二辑),第456页,北京:文化艺术出版社,1990年。

② 周振甫:《论〈谈艺录〉补订本谈李贺诗》,《周振甫讲〈管锥编〉〈谈艺录〉》,第232页,南京:江苏教育出版社,2005年。

③ 陆文虎:《钱锺书〈谈艺录〉的几个特点》,《钱锺书研究》(第一辑),第91页,北京:文化艺术出版社,1989年。

现：诗人“皆变轻清者为凝重，使流易者具锋芒……长吉之屡用‘凝’字，亦正耐寻味。至其用‘骨’字、‘死’字、‘寒’字、‘冷’字句，多不胜举，而作用适与‘凝’字相通……长吉言物体多用‘凝’字、‘死’字，言物态则凝死忽变而为飞动”。一个“凝”字，勾魂，拈出长吉诗歌风格技巧的特点，令人叫绝。①

徐传武从多个角度对《谈艺录》中李贺研究的特点进行了全面而深入的评介。

李贺喜用一种比喻，看似无理，实乃曲折而成，“皆类推而更进一层”，钱老名之为“曲喻”。他说：“而其比喻之法，尚有曲折。夫二物相似，故以此喻彼；然彼此相似，只在一端，非为全体。苟全体相似，则物数虽二，物类则一；既属同根，无须比拟。长吉乃往往以一端相似，推而及之于初不相似之他端。余论山谷诗引申《翻译名义集》所谓：‘雪山似象，可长尾牙；满月似面，平添眉目’者也。如《天上谣》云：‘银浦流云学水声。’云可比水，皆流动故，此外无似处；而一入长吉笔下，则云如水流，亦如水之流而有声矣。《秦王饮酒》云：‘羲和敲日玻璃声。’日比琉璃，皆光明故；而来长吉笔端，则日似玻璃光，亦必具玻璃声矣。……”“古人病长吉好奇无理，不可理会，是盖如有木义而未识有锯义耳。”钱老可谓李贺的“知心”，深得李诗三昧。他命名的这种“曲喻”，已被评论李贺者奉为经典之论而经常称引……

钱老评骘李贺，力求把李贺放在古今学术的大系统中加以考察，力求把李贺置于世界文学的总背景下加以观览。所以他的评论显得目光四射，举重若轻。为了解说“长吉好

① 范明华：《一种启人心智的文体论——〈谈艺录〉补订本研究之一》，《钱锺书研究》（第二辑），第133页，北京：文化艺术出版社，1990年。

用'啼'、'泣'等字",钱老举了李商隐、温庭筠、杜甫、刘向《别录》、《东观汉记》载马援上书、《论衡·解除》、《子华子·执篇中》、郭熙《山水训》、董彦远《广川画跋》、罗大经《鹤林玉露》、孔德璋《北山移文》、李巨来《秋山论文》等各种诗文典籍,从各个角度加以阐述。此外,还举了瑞士哲人亚弥爱儿、居友等洋人的见解,在《补订》中,除引了韩愈、钱仲文、《淮南子》、《南吴旧话录》等诗文为例外,还引了圣·奥古斯丁、亚里士多德等人的言论为证,在《补订补正》中,又引了《文子》、意大利古掌故书的一则记载等,熔古今中外于一炉,汇文史哲社于眼底,以高屋建瓴之势,把与此有关的问题阐述得微妙而清晰。①

钱锺书在《谈艺录》中对李商隐的名篇《锦瑟》提出新解,认为,《锦瑟》是李商隐用诗说诗的方式自序其诗歌创作,"三四句'庄生晓梦迷蝴蝶,望帝春心托杜鹃',言作诗之法也……五六句'沧海月明珠有泪,蓝田日暖玉生烟',言诗成之风格或境界,犹司空表圣之形容《诗品》也"②。赞成钱氏新解的有周振甫、陈子谦等人。周振甫认为:"钱先生剖析《锦瑟》,是对作者做了全面的了解,还对作者的作品做了全面的掌握,所以他能做出正确的剖析。"③陈子谦认为:"钱锺书决不俯仰随人,于各家之论里寻觅知音:'窃喜程说与鄙见有合,采其旨而终条理之也可。''程说'即何焯在《义门读书记·李义山诗集》卷上所说:'亡友程湘衡谓此义山自题其诗以开集首者,次联言作诗之旨趣,中联又自

---

① 徐传武:《钱锺书论李贺诗谈序》,《钱锺书研究》(第三辑),第115~116页,117页,121页,北京:文化艺术出版社,1992年。

② 钱锺书:《谈艺录》(补订本),第436~437页,北京:中华书局,1984年。

③ 周振甫:《鉴赏诗的典范——〈谈艺录〉评析锦瑟诗》,《周振甫讲〈管锥编〉〈谈艺录〉》,第253页,南京:江苏教育出版社,2005年。

明其匠巧也。’……钱锺书在对‘锦瑟’、‘无端’等修辞立意作出了令人信服的解释以后，专从‘以诗说诗’、‘以象拟象’的晚唐风气里辨析李商隐的比兴深旨，对程说已萌之绪条分缕析，对程说未申之意畅所欲言，其论之清新，其说之透辟，不啻破《锦瑟》千古之谜。”①刘学锴、余恕诚则对钱氏新解提出了质疑：“谓自序其诗歌创作者，说颇新颖。以锦瑟喻诗歌创作，犹西人之以竖琴设喻，足以沟通互证。其解首联，亦甚融洽。然次句既云‘一弦一柱思华年’，则颔腹二联当承此而抒写其诗歌创作中所反映之华年身世，似不得撇开诗歌之内容而专言作诗之法与诗歌境界风格。且专言诗法诗境，与‘此情可待成追忆’之‘情’字、‘忆’字亦嫌脱节。”②国内文学史著作中论及《锦瑟》者，采纳钱氏新解的寥寥无几。

《谈艺录》中关于黄庭坚诗歌的补注占据较大篇幅。对于钱锺书对黄庭坚研究的目的和特色，周振甫有详赡的解析：

> 钱先生为什么这样大力补注黄山谷诗呢？原来这许多补注，同钱先生的研究古典文学和探索艺术奥秘有关……钱先生在读宋任渊、史容、史季温三家注黄山谷诗感到不足，才加补注……对这样艺林宝传的善注，像听讼那样来判断，看到它的疏漏加以补注，更显出钱先生考质的精密。试举一例，《谈艺录》补注二十二(12 页)《次韵文潜立春日》三绝句第一首云：“眇然今日望欧梅，已发黄州首重回。”天社谓是忆东坡，东坡谪于黄州；欧阳修、梅圣俞，则坡举主也。按此诗乃崇宁元年十二月中作，时山谷已罢太平州。《外

① 陈子谦：《以象拟象与锦瑟诗——从钱学看古代文评兼创作的一种风气和传统》，《钱锺书研究》(第三辑)，第 157 页，北京：文化艺术出版社，1992 年。

② 刘学锴、余恕诚：《李商隐诗歌集解》，第 1435 页，北京：中华书局，1988 年。

集》载崇宁元年六月在太平州作二首之一云："欧靓腰支柳一涡，小梅催拍大梅歌"；又《木兰花令》云："欧舞梅歌君更酌。"则是欧梅皆太平州官妓。以下又举吴渊《退庵遗集》卷下《太平郡圃记》证一，卷上《挥麈堂诗》证二，又补订举李端叔《姑溪居士前集·跋山谷二词》证三，《能改斋漫录》载山谷此词自批证四，方虚谷《桐江集·送白廷玉如当涂诗序》证五，来证实任注之误。这是听讼考质的一例。有了这样的考质，才能明辨是非，进行研究了。

这样博考群书来改正任注之误，还不是最主要的，主要的还在于探索作者的艺术特色。钱锺书先生《谈艺录》和新著《补订》里的黄山谷诗补注要"擘肌分理"，"取心析骨"，着眼在"属词比事之惨淡经营"，以及"诗眼文心"。这样钱先生通过补注来探索艺术技巧，成为谈艺的名篇了。试举例来说明……补注十七，"《戏答王定国题门两绝句》之二云：'花里雄蜂雌蛱蝶，同时本自不作双。'天社引李义山《柳枝》词云：'花房与蜜脾，蜂雄蛱蝶雌。同时不同类，那复更相思。'按斯意义山凡两用，《闺情》亦云：'红露花房白蜜脾，黄蜂紫蝶两参差。'……义山一点换而精彩十倍"。钱先生在这个补注里引了《左传》"风马牛不相及"以及《列女传》卷四《齐孤逐女传》、《易林》大有之姤、《论衡·奇怪篇》说明以前讲异类不相吸引，多用牛马或雀鸡作例，用来比青年男女似不够贴切。李商隐改用蜂蝶，又与花房蜜脾结合，就非常贴切。这样的点换就显得精彩十倍了。这就进一步说明怎样的点换才精彩了。①

① 周振甫：《钱锺书补注黄山谷诗的艺术探索》，《周振甫讲〈管锥编〉〈谈艺录〉》，第207～208页，南京：江苏教育出版社，2005年。

《谈艺录》的诗学思想

《谈艺录》的诗话性质使得钱锺书的诗学思想散落于全书各处,欲贯通其整体脉络纲目,实有赖于研究者的梳理概括。周振甫将《谈艺录》文艺论文的要旨概括为十个方面:

其一:谈艺术创作的模写自然与润饰自然。

其二:钱先生论妙悟和神韵。

其三:论理趣。

其四:论于山水中见性情。

其五:论"以故为新,以俗为雅"。

其六:讲文章布置的"行布"。

其七:讲比兴风骚。

其八:钱先生又多次谈到曲喻,称曲喻的修辞,有的有关神韵。

其九:从创作到修辞,还得注意心手物相应。

其十:词与意之离合用语言来写诗,它运用语言的特点,在表现词与意的离合上。①

杨义、陈圣生认为,钱锺书《谈艺录》的诗学思想是以宋代诗论家严羽的"妙悟说"为理论基石进而融通古今东西诸家的。

他抓住严羽颇为自负的一句话:"以禅喻诗,莫此亲切,是自家实证实悟者。"进一步引申和参悟:"沧浪'不涉理路,不落言诠者,上也',犹《五灯会元》卷十二谷隐曰:'才涉唇吻,便落意思,尽是死门,终非活路。'即瓦勒利论文之所谓:'以文字试造文字不传之境界'。然诗之神境,'不尽于言'

① 周振甫:《〈谈艺录〉补订本的文艺论》,《钱锺书研究》(第一辑),第60～76页,北京:文化艺术出版社,1989年。

而亦'不外于言',禅之悟境,'语言道断',斯其异也。当世西方谈士有径比马拉美及时流篇什于禅家'公案',或'文字瑜伽'者;有称里尔克晚作与禅宗方法宗旨可相拍合者;有谓法国新结构主义文评巨子潜合佛说,知文字之为空相,'破指事状物之轮回',得'大解脱'者。余四十年前,仅窥象征派冥契沧浪之说诗,孰意彼土比来竟进而冥契沧浪之以禅通诗哉。"(590～596页)这就以其博学和灵性,把严羽推崇妙悟和兴趣,以不涉理路、不落言诠为诗之上品的见解,与禅宗,与西方象征主义诸流派的某些主张相沟通了。钱氏这个博通的境界,虽未形成一个严密的理论思想体系,却以许多精微的妙悟触动人们智慧的深层了。①

杨义、陈圣生在以上论述的基础上将《谈艺录》文艺批评的内容归纳为七个大端:

1. 无论向自然(现象)还是向古人(书本)学诗,都要"讲活法"。活法就是知道变化又不背于规矩,目的在于穷尽其中的道理。

2. 宋人常将诗比于禅,严羽更将诗通于禅,"不仅以学诗之事,比诸学禅之事,并以诗成有神,言尽而味无穷之妙,比于禅理之超绝语言文字",这些从'悟',即格物致知的角度来说,是可以的,因为诗心和禅心有相通之处。

3. 诗中的"悟"有迟速……"悟"是人生中重要的"跳跃"式经验,必须以"思、学"为其起跳的实地。

4. 学古人要自出手眼。

5. "性灵"与"学问"既有相违也有相需之处。

6. 文学与哲学等各门学科有联系,甚至有不少共通

---

① 杨义、陈圣生:《中国比较文学批评史纲》,第323～324页,福州:福建教育出版社,2002年。

点，但不应无视它们分道扬镳的事实。

7.“妙悟”通于神秘经验。①

对文本形式尤其是语言的关注，是《谈艺录》诗学思想的核心和命脉所在。范明华认为：

从《谈艺录》来看，钱先生极其强调诗歌语言的艺术地位。他指出：“诗藉文字语言，安身立命。”又引毛德纳语说：“言语与行走呼吸等视，窃谓人非呼吸眠食不生活，语言仅次之，公私百事，胥赖成办。潜意识之运行，亦勿外言言语语。”从创作上讲，他认为：“诗者，艺之取资于文字者也。文字有声，诗得之为调为律；文字有义，诗得以侔色揣称者，为象为藻，以写心宣志者，为志为情。及夫调有弦外之遗音，语有言表之余味，则神韵盎焉。”这就是说，语言是诗歌艺术生命的活力源泉之一，语言本身就包含或体现着诗歌的意境、情感、韵味和风格。因此，忽视语言的运用，就不仅仅是忽视形式的一个要素，而是损害了诗歌的内容乃至生命。所以，钱先生对诗人的语言艺术十分关注。②

爱默指出：

钱锺书力图使文学避免成为社会历史因素的附庸，而成为具有自足意义的本体，因此极大地抬高了文学艺术的地位。他在《谈艺录》开篇就说：“余窃谓就诗论诗，正当本体裁以划时期，不必尽与朝政国事之治乱盛衰吻合。”“诗自有初、盛、中、晚，非世之初、盛、中、晚。”这就把划分文学作品样式与体裁的标准由社会或历史转到了文学作品本身，将文学的本质规定为了有意味的形式，抵制了从内容的角

① 杨义、陈圣生：《中国比较文学批评史纲》，第 325～327 页，福州：福建教育出版社，2002 年。

② 范明华：《一种启人心智的文体论——谈艺录补订本研究之一》，《钱锺书研究》（第二辑），第 135 页，北京：文化艺术出版社，1990 年。

度来讨论文艺的实证主义和客观主义。钱锺书的这种思想，很像俄国的形式主义者。俄国形式主义文评家许克洛夫斯基曾认为："文词最易袭故蹈常，落套刻板，故作者手眼须使熟者生，或亦曰使文者野。"钱锺书对此就表示了欣赏。因为注重形式，所以钱锺书特别注重文学作品的语言。他说："若诗自是文字之妙，非言无以寓言外之意。"（100 页）"诗藉文字语言，安身立命：成文须如是，为言须如彼，方有文外远神、言表悠韵。斯神斯韵，端赖其文其言。"（412 页）"玩味一诗言外之致，非流连吟赏此诗之言不可；苟非其言，即无斯致。"（413 页）在语言的运用上，应达到"圆"的境界。"圆"不仅是指"音节调顺，字句光致"，而且是指"词意周妥、完善无缺"；"若夫僻涩呕哑，为字之妖，为文之吃，则不得与于圆也明矣"。这种对语言的态度又很像西文的哲学解释学和结构主义。①

李洪岩、毕务芳也认为，《谈艺录》坚持作品本体论，是与 20 世纪上半叶流行于西方的审美形式主义思潮有着直接承传关系的。② 针对钱锺书的这种文本形式本体论立场，丁毅认为《谈艺录》中存在着因忽视对"时代精神"、"地域影响"、"身世交游"等因素的考察而未能将文学的内部规律与外部规律结合一起研究的问题。③ 刘梦芙亦指出："钱锺书先生撰《谈艺录》，顾名思义，重在谈诗之'艺'，书中纵论历代诗人诗作的源流、派别、风格、意境乃至修辞炼字、平仄声韵，时时引入西方诗论作为参照，指陈

① 爱默：《钱锺书传稿》，第 216～217 页，天津：百花文艺出版社，1992 年。

② 李洪岩、毕务芳：《诗化哲学与钱锺书》，《钱锺书研究》（第一辑），第 194～196 页，北京：文化艺术出版社，1989 年。

③ 丁毅：《〈谈艺录〉二题》，《钱锺书研究》（第二辑），第 156 页，北京：文化艺术出版社，1990 年。

利病、剖析精微，创见极多，令人一新耳目，誉为‘传统诗话的里程碑’，当之无愧。但对于诗之思想性颇少涉及，亦是无庸讳言的缺憾。”①

（黑龙江大学　杜萌若）

① 刘梦芙:《二钱诗学之比较》(选录),《钱锺书研究集刊》(第三辑),第 422 页,上海:上海三联书店,2002 年。

刘大杰的《中国文学发展史》

20 世纪初，受西方文学理论的影响，中国学人开始了撰写文学史的征程。据陈玉堂《中国文学史旧版书目提要》统计，从 20 世纪初到 40 年代，各种通史性质的中国文学史著作达 86 部之多。① 40 年代，刘大杰的《中国文学发展史》出版，成为新中国成立前文学史领域内最具有系统性、成就最为突出的一种。这部文学史自问世以来，几经波折，三经修改，可谓饱经沧桑。陈尚君先生说："其改写之频，影响之大，遭遇之奇，在现代学术著作中是十分罕见的。"②

40 年代：初版之盛誉

刘大杰《中国文学发展史》初版本分为上下两卷，80 万字。上卷完成于 1939 年，1941 年由中华书局出版；下卷完成于 1943 年，"因书局种种原因"③，1949 年才出版。

---

① 陈玉堂：《中国文学史旧版书目提要》，第 1～188 页，上海：上海社会科学院文学研究所，1985 年。

② 陈尚君：《刘大杰先生和他的〈中国文学发展史〉——写在〈中国文学发展史〉初版重印之际》，见刘大杰《中国文学发展史》附录，第 540 页，天津：百花文艺出版社，1999 年。

③ 刘大杰：《中国文学发展史・新序》，上海：古典文学出版社，1957 年。

在结构上，与传统的纪传体、编年体或纪事本末体不同，《中国文学发展史》采取的是受西方影响的章节体，时间上以封建王朝的更替为顺序，具体章节突出作家作品，主要内容包括时代背景、作家生平经历及思想状况和代表作品的介绍等几个方面，基本上确立了我国文学史的编写范式。在文学史观上，刘大杰因早年出国留学而受到西方文学思想的影响。他自言在文学理论上给其影响最深的是：1. 丹纳的《艺术哲学》和《英国文学史》；2. 朗宋的《文学史方法论》；3. 佛里契的《艺术社会学》和《欧洲文学发达史》；4. 勃兰克斯的《十九世纪文学主潮》。他说："我当时读了这些书，非常钦佩，认为是进步的理论。我编写《中国文学发展史》，就是把这些理论，组织成为自己的系统，来说明中国古典文学发展的历史。"①刘大杰在书中引用了朗宋在《文学史方法论》中对文学下的定义：

> 文学便是叙述记载种种在政治的社会的事实或制度之中，所延长所寄托的情感与思想的活动，尤其以未曾实现于行动的想望或痛苦的神秘的内心生活为最多。②

进而他阐述了自己的文学史观：

> 可知文学便是人类的灵魂，文学发展史便是人类情感与思想发展的历史。人类心灵的活动，虽近于神秘，然总脱不了外物的反映，在社会物质生活日在进化的途中，精神文化自然也是取着同一的步调，生在二十世纪科学世界的人群，他脑中绝没有卜辞时代的宗教观念。在这种状态下，文学的发展，必然也是进化的，而不是退化的了。文学史者的任务，就在叙述他这种进化的过程与状态，在形式上，技巧

① 刘大杰：《批判〈中国文学发展史〉中的资产阶级学术思想》，见《〈中国文学发展史〉批判》，第275～276页，上海：中华书局，1958年。

② 刘大杰：《中国文学发展史·自序》，上海：中华书局，1941年。

上，以及那作品中所表现的思想与情感。并且特别要注意到每一个时代文学思潮的特色，和造成这种思潮的政治状态、社会生活、学术思想以及其他种种环境与当代文学所发生的联系和影响。再其次，文学史者要集中力量于代表作家代表作品的介绍，省除繁琐的不必要的叙述，因为那些作家与作品，正是每一个时代的文学精神的象征。①

对于撰文学史者所应持有的态度，他遵行朗宋的“三个切勿”：

写文学史的人，切勿以自我为中心，切勿给与自我的情感以绝对的价值，切勿使我的嗜好超过我的信仰。我要做作品之客观的真实的分析，以及尽我所能收集古今大多数读者对于这部作品的种种考察批评，以控御节制我个人的印象。②

此书上卷在 1941 年一出版就引起学术界高度重视，产生了巨大影响。同年的《图书月刊》③称这本书为“巨帙”，比以往的文学史是“后来居上”的，认为这本书在整体上“作者□述所把握之中心意识，则殊简常而扼要”，“故举凡代表作家与作品之介绍，大体均妥帖；而每一时代文学思潮之轮廓，亦殊明晰”。于具体内容而言，《图书月刊》认为《中国文学发展史》多有令人称赞之处，归纳起来有以下几点：1. 能够征引史实材料去证明观点，且能做到“无征不信”；2. 善于运用卜辞、唐代变文等新材料；3. 能够“力扫古人以道德伦理观念谈诗之谬”，而能从时代与社会形态方面来阐述诗歌的演进；4. 能够突破以往治文学史者所死守的纯文学范围，将诸子之文列入散文范畴。

《图书月刊》亦在具体内容上提出了《中国文学发展史》的几

---

①② 刘大杰：《中国文学发展史·自序》，上海：中华书局，1941 年。

③ 哈（当为笔名）：《〈中国文学发展史〉上卷》，重庆：《图书月刊》，民国 30 年（1941 年）六月，第 1 卷第 6 期。

点不足之处：1. 西汉文学部分没有述及散文，“作者似亦不免拘于韵文范围矣”；2. 魏晋文学部分“惟当时有风趣之书简小品文字未述及”；3. 北朝文学部分未提《洛阳伽蓝记》与《水经注》等；4. 唐代文学部分过于偏重诗歌。

《图书月刊》虽然指出《中国文学发展史》的几点不足，但总体评价还是相当高的，认为这些不足是“瑕不掩瑜”的，而且对《中国文学发展史》下卷以相当高的期待：

> 下卷问世想不致过迟，一般文学史于晚清以后，叙写大多简率，而欲了解整个民族之文学精神，求因明变，实非有完整详实贯穿到底之叙写不可。现代文学方面固较多，头绪固较繁，亦不能即便节略，或竟付缺如，以待专著；本书既称文学发展史，作者想能力矫详古略今，避重就轻之病，使成完璧也。

刘大杰的《中国文学发展史》在当时相当风行。龚鹏程后来回忆说是“流行最广而影响最大的文学史书，初学往往以此书为基础，建立起文学历史的概念和知识”①。

1943 年，余冠英在《人文科学学报》②发表文章评论刘大杰的《中国文学发展史》。余冠英在回顾了《中国文学发展史》出版前国人撰写中国文学史的 40 年历程后，高度赞扬了《中国文学发展史》在总体撰史观念和具体撰写方法上的成就。余文首先肯定了《中国文学发展史》总体撰史观念的正确，有如下几点：

> 一、人类心灵的活动脱不了外物的反映，在社会物质生活日在进化的途中，精神文化取着同一步调，所以文学的发展是进化的。二、文学史者的任务在叙述文学进化的过

① 龚鹏程：《试论文学史之研究——以刘大杰〈中国文学发展史〉为例》，《古典文学》第五集，台北：台湾学生书局，1983 年。

② 余冠英：《评刘大杰〈中国文学发展史〉上卷》，昆明：《人文科学学报》，民国 32 年(1943)6 月，第 2 卷第 1 期。

> 程与状态，在形式上，技巧上，以及那作品中所表现的思想与情感。三、文学史应特别注意每一时代文学思潮的特点和造成这种思潮的政治状态，社会生活，以及其他种种环境与当代文学所发生的联系和影响。四、文学史者要集中力量于代表作家代表作品的介绍，省除不必要的叙述。因为那些作家与作品正是每一个时代的文学精神的象征。

然后，余文具体详谈了《中国文学发展史》在撰写方法上的特点。他认为《中国文学发展史》在方法上最大的特色在于"注重在每一个时代中主要文学潮流的叙述，在这种叙述里举出几个代表作家，只论其和这个潮流有何关系，不论其文学造诣究竟如何"。关于《中国文学发展史》在观察及说明一个文学潮流的来由和文学某一种特异性的根源及其发达的原因，余冠英将其中所运用的因素总结为 7 个：1. 文学本身发展的通则；2. 社会经济；3. 政治制度；4. 风俗习惯；5. 学术思想；6. 自然环境；7. 外来影响。当欲说明作家个人作品的特色和转变的根由时，余文认为《中国文学发展史》运用了更加复杂的因素，他把这些因素归结为 12 个：1. 时代精神；2. 地方色彩；3. 民族特性；4. 阶级背景；5. 社会风气；6. 生活体验；7. 思想宗派；8. 家庭环境；9. 文学传统；10. 智识范围；11. 遗传；12. 个性。

余冠英亦在 5 个方面提出商榷意见：1. 关于叙述范围方面：认为《中国文学发展史》割去了汉代的散文，是个"缺陷"，并且不应该省略一些能站在潮流之外的大作家，如温庭筠、刘禹锡等。2. 关于说明方法方面：前文已列出的《中国文学发展史》用来说明诸文学现象的因素，余文嫌其"不曾广泛地彻底地应用"。3. 关于组织条理方面：对《中国文学发展史》的一些文学潮流段落的划分不同意。4. 关于史实考证方面：指出《中国文学发展史》除关于屈原的一二点外没有新考证加入，"考证不是本书擅长的部分"，"文学史里夹杂些考证文字原非必需，但如对史实的认识与众不同或是他人聚讼未决而自己下手判定的时候，就不能不将考证经过发表”。5. 关于源流观察方面：认为《中国文学发展史》对于源流的观察有时不免疏忽，如第十五章论由李贺到李商隐一派的诗歌，“本书以李贺为晚唐唯美文学的开先人，是极正确的，但于李贺之后只叙了杜牧与李商隐而不叙温庭筠”，“是一个很大的缺陷”。

直至今日，学者们仍从时代的高度，给予这部书以高度评价。陈尚君在《刘大杰先生和他的〈中国文学发展史〉——写在〈中国文学发展史〉初版重印之际》①一文中赞扬这部书：

> 综合了足以代表三十年代学术前沿水平的中外各家文学见解和研究成果，刘先生的文学史研究观念和其新著所追求的学术目标，都超过了他以前的各种文学史撰写者。

陈尚君还高度评价这部书在研究中所采用的方法：

> 就史料收集和处理方法来说，《中国文学发展史》应说是相当成功的。首先，刘先生既将文学的发展与时代状况和社会发展综合起来加以考察，他的视野不能仅仅限于历代文学作品，必须将历代的政治举措、社会变迁、宗教信仰、艺术氛围等因素综合起来加以考虑。他在书中大量征引传统的子、史类文献，于清末以来历史、哲学、宗教、艺术及考古学的研究成果，也能广泛地予以吸收。

其次：

> 他于历代文学作品，力求有广泛而准确的把握。对作家、作品的介绍，多有独到的取舍眼光，所作评述，总是在充分读透理解后写出。

---

① 陈尚君：《刘大杰先生和他的〈中国文学发展史〉——写在〈中国文学发展史〉初版重印之际》，见刘大杰《中国文学发展史》附录，天津：百花文艺出版社，1999 年。

再次：

> 作者既认为文学史不应是文学现象的简单的时序排列，也不应是主次不分的繁琐堆砌，他要寻绎文学发展的内在规律，不能不对史料作“求因明变”的深究。书中在许多方面可以见到他的刻意追求，无论于历代学者旧说的采撷，还是对晚近学人新说的汲取，他在取舍间都是十分严格而矜持的。

陈尚君还指出了该书的4个优点：其一，对各个时代文学面貌的概述，“大多视野开阔，议论弘通，长短备列，不拘一隅”。如他对刘大杰清代文学部分的撰写评论说：

> 对清代文学，他既肯定正统文学作家严肃认真的努力而创造的旧文学的最后光荣，但也确信这些努力的挣扎不可能挽回旧文学的没落。他在清代文学中看到了新文学的先声，看到了新旧文学交替时期的进步和希望。以新文学作者来研治古代文学，刘先生的见解是较为公允的。

其二，认为刘大杰能够客观历史地研究文学现象，“在评价作家作品时，总求能公允恰当地表示意见”。如：

> 对于南朝及唐末盛行的注重文采的唯美诗，刘先生不为传统的评价所囿，评说道：“我们并不能承认就是文学中的模范，他们有一个不可缺少的重大的弊病，就是缺少社会的人生的意义与基础。然而就其文学本身的发展上看来，他是进化的，艺术的，他有他不可磨灭的创造精神。”这一评价，应是十分中肯的。

其三，认为刘大杰对抒发个人怀抱的浪漫诗歌情有独钟。

> 他将文学看做人类情感的纪录历史，又受勃兰克斯评价欧洲十九世纪浪漫文学的影响，非常重视浪漫主义文学的积极意义……刘先生是经历过五四文学革命的学者，在上述的诸多评价中，不难看到他在古代文学中有意发掘与新文学精

神相通的文化宝藏，热烈弘扬张扬个性、崇尚情感的反传统的文学精神，表达出文学史研究中强烈的现代意识。

其四，赞扬刘大杰的文章华丽，富有才情。

在评述作家时，刘先生多喜用生动活泼的文学语言，写出其遭际和性格。如写屈原："他是一个多疑善感的殉情者，缺少道家的旷达，墨家的刻苦，和孔、孟的行为哲学的奋斗精神，加以他少年得志，一旦遭受着重大的打击，就不容易自拔，于是牢骚郁积，发泄于诗歌，而成为千古文人了。"

魏崇新、王同坤认为《中国文学发展史》"点线结合，眉目清晰，叙述简洁，文笔优美，在众多的中国文学史著作中显得卓然不群，自成一家，他以其清醒的历史主义和逻辑力量赢得了广泛的读者"。魏、王两位从 4 个方面肯定了《中国文学发展史》的著作特色：1. 认为《中国文学发展史》在叙述中国文学发展历史时，其关注点在于"求因明变"，探寻中国文学史上各种文体的兴衰消长，以进化的理论阐述各体文学发展的因果。2. 认为《中国文学发展史》在叙述文体的变化时，"比较注意对社会历史文化因素的挖掘，注意到文学思潮对文体演变的影响"。3. 重视文学形式和唯美主义思潮。"刘大杰不受传统思想与文学偏见的束缚，在其文学史中给唯美主义以一席地盘，实为难能可贵……"4. 指出 40 年代出版的《中国文学发展史》具有一种较为鲜明的时代意识，"表现出一种反传统的意识，使他的文学史具有当代性"。①

董乃斌在《刘大杰文学史研究的成就和教训》中称《中国文学发展史》是"文学史撰著的一座丰碑"。他认为刘著相比已经问世的同类作品的最大特点是具有比较充足的"现代性"，其最

---

① 魏崇新、王同坤：《20 世纪中国文学史观——观念的演进》，第 103～107页，北京：西苑出版社，2000 年。

突出而深刻的表现在于：

> 它所用的理论的先进性和由之而达成的著作体系的完整性，也就是说，刘著不是简单随意地罗列一堆文学史实，而是在史实的述评中自觉地贯穿着一套理论观念。这理论在当时比较先进，刘先生的理解也比较深透，所以能将这理论自然恰当地用于著作之中，做到"史""论"有机地结合，使二者有相得益彰之美，从而将这部著作构筑成为一个具有范式意义的、扎实而新颖的知识体系。①

2005 年，骆玉明在《文汇读书周报》②上高度评价《中国文学发展史》说：

> 此书不仅影响了后来多种同类型著作的撰写，其自身也一直没有完全被替代、没有停止过在高校教学及普通读者中的流行。总之，要论影响的广泛与持久，至今还没有一种文学史能够超过它。

骆玉明还强调了《中国文学发展史》能够"获得绝大的成功"的三方面原因。一是理论特色，认为刘大杰能够很好地运用西方文学理论。

> 刘先生并不是生硬地从中割取若干观点来解释中国文学，用他自己的话来说，他是"把这些理论组织成为自己的体系，来说明中国文学的发展"。

二是具有鲜明的时代意识。

> 他是站在五四新文化的立场上，汲取了自五四以来中国社会思想发展与学术进步的成果，对中国古代文学进行一种新的总结的著作；它是个人的作品，也是历史的产物。

---

① 董乃斌：《刘大杰文学史研究的成就和教训》，见陈平原主编《中国文学研究现代化进程二编》，第 265 页，北京：北京大学出版社，2002 年。

② 骆玉明：《刘大杰〈中国文学发展史〉(复旦版)感言》，上海：《文汇读书周报》，2005 年 12 月 16 日。

三是个性化特征。

> 《中国文学发展史》是各种文学史著作中最能显示个人学术风格和个人审美趣味的一种。不仅语言富丽，叙述生动，富于感染力，书中的议论也每带有激情。可以说，史家的理性与诗人的感性在此书中是共存的。

然而，也有不客气的声音。戴燕《文学史的权力》认为《中国文学发展史》“稍加核查，就可知它基本上没有脱离胡适的笼罩”。她指出：

> 刘大杰仍然在表现出对胡适的文学史权威的确认与维护——或引据其观点，或因袭其方法，或照搬其原文——一方面，是确认与维护胡适按照写实原则遴选的文学史经典，另一方面，也是确认与维护胡适采用写实方法对这些文学史经典所作的诠释——文学史的出版与教学，大体上便是从文学作品经由选择与诠释而经典化，到文学经典及其诠释经过反复重申而再度经典化的这样一个连续不断的过程，正是通过文学史对文学史的认同、接续、摹仿和复制，写实主义的阅读方式在1920—1940年代，于是成为最基本的文学史阅读方式。①

戴燕还举了具体例子进行详细地对比分析，以证明她的观点。

50年代：第一次修改

对于初版的《中国文学发展史》，刘大杰感到“错误遗漏的地方是难免的”②，他希望能有一个“修补的机会”③。解放后，刘大杰“由于自己对马克思列宁主义的初步学习和看到了一些从

① 戴燕：《文学史的权力》，第151～152页，北京：北京大学出版社，2004年。

②③ 刘大杰：《中国文学发展史·自序》，上海：中华书局，1941年。

前没有看到过的史料，关于中国文学史的某些问题，已有不同的看法"①，于是，他产生了"把这部书重写一遍的想法"②。

1957年，《中国文学发展史》的第一次修订版出版。与初版上、下两卷不同，这次改为上、中、下三卷，76.4万字。1957年版仍然是以朝代为演变顺序的，在体制上和初版出入不大，但在章节具体名称上的改动比较大，改后更加突出作家作品。对比两版的每大章目录名称如下：

初版	1957年版
第二章　周诗发展的趋势	第二章　周诗发展的趋势及其艺术特征
第三章　诗的衰落与散文的勃兴	第三章　社会的变革与散文的勃兴
第四章　南方的新兴文学	第四章　屈原与楚辞
	第七章　司马迁与史传文学(新增)
第九章　魏晋诗人	第十章　从曹操到陶渊明
第十四章　浪漫诗的产生与全盛	第十五章　李白与盛唐诗人
第十五章　社会诗的兴衰与唯美诗的复活	第十六章　杜甫与中晚唐诗人
第十六章　晚唐五代的词	第十七章　词的兴起，温庭筠与李煜
第十八章　北宋的词	第十九章　苏轼与北宋词人
第十九章　南宋的词	第二十章　辛弃疾与南宋词人
第二十三章　元代的杂剧	第二十四章　关汉卿、王实甫与元代杂剧
第二十六章　明代的小说	第二十七章　《水浒传》与明代的小说
第三十章　清代的小说	第三十一章　《儒林外史》、《红楼梦》与清代的小说

大章次如此改动，小节亦有相应的变动。

对于1957年版文学史，刘大杰自己认为"这次印出来的，只

①② 刘大杰：《中国文学发展史・新序》，上海：古典文学出版社，1957年。

在文字上做了些改动，体制内容，仍如旧书"①。陈尚君比较赞同这一点："从总的方面来看，这一版的改动幅度并不太大。"经对比后，他认为改动有以下几点：一、删去一些与当时政治有违碍的内容，如初版大量引用胡适的见解；二、补充一些新见史料和四五十年代学者的最新见解，如胡厚宣的甲骨文研究等；三、修订旧著中的一些提法，如将南北朝的"唯美文学的兴起"改为"形式主义文学的兴盛"等；四、增写《司马迁与史传文学》等初版未及的章节。②

然董乃斌在《刘大杰文学史研究的成就和教训》一文中认为："实际上，这次改动的幅度并不小，由于这次改动，才使这部旧书获得部分的新质，也才带上了不少时代气息。"董乃斌指出，修改后的《中国文学发展史》有两点重要变化：一是带上了明显的新文艺理论色彩，二是对原来的粗糙的疏漏的部分做了一次"精心打磨，该补的补，该改的改"，这就使这部本来基础就很好的文学史，"变得更为厚实精粹，也有了相当的时代气息"。他还具体地从以下几个方面来证明其观点：其一，他认为 1957 年版在学术上最重要的提高，是增补了《司马迁与史传文学》一章：

> 中国文学史而没有司马迁，不能不说是个重大缺失，不补是不行的。1957 年版不但增补了司马迁与《史记》(四节)，而且在这一章内还包含了《汉书》与政论文、王充的文学观两节，六节字数超过一万八千……这就丰富了本书的内容，也使它的结构较为匀称。③

---

① 刘大杰：《中国文学发展史·新序》，上海：古典文学出版社，1957 年。

② 陈尚君：《刘大杰先生和他的〈中国文学发展史〉——写在〈中国文学发展史〉初版重印之际》，见刘大杰《中国文学发展史》附录，第 555 页，天津：百花文艺出版社，1999 年。

③ 董乃斌：《刘大杰文学史研究的成就和教训》，见陈平原主编《中国文学研究现代化进程二编》，第 270～271 页，北京：北京大学出版社，2002 年。

其二，认为1957年版的一个重要的修改是对作家作品分析的加强，“这既表现在论析文字的加多和分量的加重，更表现在某些新文艺理论的运用”。董乃斌还具体地举了关汉卿的戏剧，将初版和1957年版做了详细对比。

> 在引完《玉镜台》三支曲子后，初版说：“这种风流妩媚的文字，巧与那少年的身份和那浪漫的题材相合，其华艳之处，并不在《西厢》之下。”1957年版在此下增加一句：“在这本喜剧里，表现了刘倩英的反愚弄、求自主的积极精神。”①

其三，认为对于某些作家作品，刘大杰特别强调主观动机和客观效果的差距，且强调后者往往高于或大于前者。其四，认为1957年版的一些改动应与时代有关。其五，认为一些改动与古代文学研究本身的深化与进展关系更为密切，而不一定完全出于政治的原因。

> 像《易》中之诗的深入发掘，像《九歌》著作权的归属等问题，似应属于此类。又如对蒲松龄作品的看法，初版是突出《醒世姻缘传》，1957年版则改为突出《聊斋志异》，且观点大变。②

其六，董乃斌指出了1957年版文学史大量词语、句子的删改变动。他举李白为例，初版称其为“彻底的纵欲享乐者”、“殉情主义者”，1957年版改为“浪子”和“有狂热感情的人”，这样就使书的面貌有所改观，表达的主观感情色彩被抹淡了，折中稳妥的趋向渐次昭显，他也“向确切和规范前进了一步”。③

然1957年国内政治空气紧张，政治运动频繁不断，文化领域也没有逃脱厄运，批判资产阶级学术思想的运动席卷全国。刘大杰的《中国文学发展史》自然是批判的重点对象，各类批判

①②③ 董乃斌：《刘大杰文学史研究的成就和教训》，见陈平原主编：《中国文学研究现代化进程二编》，第272页，第273～274页，第274～275页，北京：北京大学出版社，2002年。

文章诸如《批判刘大杰先生反历史唯物主义的发展观》、《批判刘大杰先生的形式主义唯美主义观点》、《批判刘大杰先生对待民间文学的错误观点》、《批判刘大杰先生在对陶渊明评价上的资产阶级观点》、《批判刘大杰先生对唐诗评价中的形式主义观点》、《批判刘大杰先生评价王维的资产阶级观点》、《从元杂剧的发展谈刘大杰先生否定资产阶级斗争对文学的作用》、《批判刘大杰先生在〈红楼梦〉研究中的资产阶级观点》等等，铺天盖地。《我们的看法——评刘大杰先生的〈中国文学发展史〉》是一篇比较有代表性的批判文章，认为刘大杰的《中国文学发展史》中有三个严重根本性错误的资产阶级观点。

> 以反历史唯物主义的观点，无原则地抬高文人和统治者在文学史中的作用，贬低人民群众的贡献；以资产阶级的庸俗进化论观点来解释文学史的发展，这是刘先生第一个根本性的错误。
>
> 忽视作家的阶级地位和阶级局限，以资产阶级人性论代替阶级论来评价古典作家和作品，是刘先生的第二个根本性错误。
>
> 以形式主义唯美主义的文艺批评标准来代替思想性与艺术性统一、思想性第一艺术性第二的马列主义标准，堕入了自然主义的泥潭。这就是刘大杰先生的第三个根本错误。①

再如《批判刘大杰先生反历史唯物主义的文学发展观》：

> 刘先生的文学史的根本问题是以反历史唯物主义的观点来解释文学史的“发展”，主要表现在：一、夸大个人在文学发展史中的作用，取消阶级分析，取消人民群众的地位。二、继承了胡适的庸俗进化论，笼统地谈一个时代有一个

---

① 邱明正、陆士清、徐佩珺：《我们的看法——评刘大杰先生的〈中国文学发展史〉》，见《〈中国文学发展史〉批判》，第 8～15 页，上海：中华书局，1958 年。

> 时代的文学,在谈时代时抽掉了阶级斗争。这就不能不是抹煞文学的阶级本质,否定了阶级社会中两种文化的对立和斗争,只是从形式上看文学的进化而不问内容,对于一些消极有害的东西也不厌其详地作客观主义的介绍。①

当时的批判文章皆如此类。1958 年这些文章被收到《〈中国文学发展史〉批判》一书中。直到 1959 年,中国社会科学院胡念贻、乔象钟、刘世德、徐子余还曾在《文学评论》上发表《评〈中国文学发展史〉》一文批判刘《史》"用资产阶级唯心主义观点来研究文学史"、"庸俗社会学"、"主观唯心主义论调"、"形式主义文学观"等等。②

政治形势严峻,刘大杰不得不发表文章承认错误。他在《批判〈中国文学发展史〉中的资产阶级学术思想》③一文中列出了自己的资产阶级思想来源,"讲《诗经》的发展时,是用的佛里契的观点;说明《楚辞》的特质时,是用的泰纳的观点;在文学史中强调浪漫主义的作用和地位,是受了勃兰克斯的影响;写作态度,是受了朗宋的影响",并承认自己犯了"资产阶级庸俗进化论的思想",没有遵行"现实主义和反现实主义这一文学发展史的基本规律",走了"人性论代替阶级论的错误道路",没有遵照"政治标准第一,艺术标准第二"的原则评价作品。

在承认错误的同时,刘大杰仍然坚持自己的部分看法。早在 1957 年一开始批判的时候,他就曾写了《关于〈中国文学发展史〉的批评》④一文,承认自己所著的《中国文学发展史》"受有资

---

① 吴大逵、顾易生、章培恒:《批判刘大杰先生反历史唯物主义的文学发展观》,见《〈中国文学发展史〉批判》,第 27 页,上海:中华书局,1958 年。

② 胡念贻、乔象钟、刘世德、徐子余:《评〈中国文学发展史〉》,北京:《文学评论》,1959 年第 11 期。

③ 刘大杰:《批判〈中国文学发展史〉中的资产阶级学术思想》,见《〈中国文学发展史〉批判》,第 276 页,上海:中华书局,1958 年。

④ 刘大杰:《关于〈中国文学发展史〉的批评》,见《刘大杰古典文学论文选集》,长沙:湖南人民出版社,1984 年。

产阶级进化论和社会学的影响”，但也作了一些辩白。对于现实主义和反现实主义的问题，刘大杰以具体问题用一连串的反问来反诘当时的批评者，十分精彩：

一、说“国风”中绝大部分是民间创作，这是大家承认的；说整部《诗经》基本上是民间创作，有何证据？

二、把为谁服务的问题，理解为现实主义和反现实主义的标准，在文艺创作方法上讲来是不是正确的？《诗经》中究竟有多少现实主义的作品？说《诗经》基本上是现实主义的创作方法，这是不是真实的？

三、《诗经》中的颂和大雅，既非民间创作，何以它们在风格上、形式上，同《楚辞》中的文人创作又那样不同？

四、颂和大雅既是为统治阶级服务的非现实主义的作品，何以同那些为人民服务的现实主义的小雅国风，在形式上、语言上反而大略相同，有的甚至非常相同（特别是小雅部分）？

这样看来，问题并不简单，不进行深入分析，是容易出毛病的。我认为，谈论它们的特色，除思想内容外，还要注意民族形式，只是单单地提出民间创作、文人创作，单单提出现实主义、积极浪漫主义的创作方法来，看起来似乎很新，其实并不能解决问题。①

运动过后，刘大杰修改旧作。

60年代：第二次修改

1962年，刘大杰的《中国文学发展史》第二次修改版在中华书局出版。这次也是分为上中下三卷，93.4万字，比初版多13

① 刘大杰：《关于〈中国文学发展史〉的批评》，见《刘大杰古典文学论文选集》，第66～71页，长沙：湖南人民出版社，1984年。

万字。章次安排上又有所改动，对比如下：

1957年版	1962年版
第一章　殷商社会与巫术文学	第一章　殷商文学与神话故事
第一节　卜辞中的古代社会与原始文学的状况	第一节　文学的起源
	第二节　卜辞时代的文学
第二节　易经与巫术文学界	第三节　周易卦爻辞中的古代歌谣
	第四节　古代的散文盘庚
	第五节　古代的神话故事
	（秦代部分删掉）
第七章　司马迁与史传文学	第六章　司马迁与汉代散文
第八章第五节　叙事诗	第七章第五节　“悲愤诗”与《孔雀东南飞》
第十一章第五节　小说	第十章第五节　《世说新语》及其他小说
第二十章　元代的散曲	第二十二章　元代的散曲与诗词
第二十五章　明代的社会环境与文学思想	第二十四章　明代的社会环境与文学思想
第五节　晚明的散文	第五节　唐宋派与归有光
	第七节　晚明的散文与诗歌
第二十六章　明代的戏曲	第二十五章　明代的戏曲
	第五节　沈璟与吴江派
第五节　汤显祖与晚明戏曲	第六节　汤显祖的戏剧
	第二十七章　明代的散曲与民歌
第三十章　清代的诗歌与词曲	第二十九章　清代的诗歌
	第三十一章　清代的戏剧
	第三十二章　清代的词曲

对于1962年版文学史，刘大杰在《重版前记》中自言：“在原有体系的基础上，又作了一些改动。修改旧书，正如修理旧的房屋一样，只是通沟补漏，粉壁涂墙，在旧的规模上略求平衡而已。

即是如此，也颇费心力。”①

陈尚君认为1962年版修订的幅度比1957年版修订的幅度要大。他说：

> 初版中大量引用的西方学者的论述，差不多都删削掉了；在论述文学发展过程和评价作家作品时，既保存了原书的大体框架和主体思路，又求在政治思想尺度上与当时的评判标准保持一致。初版中最具个性才华的议论，在这里已大都收敛为接近规范的叙述。与当时集体编写的几种文学史著作比较，刘著的个人色彩仍很显著，在体系完整、论述深到及文笔华丽诸方面，也显然有其优胜之处。②

董乃斌的意见与陈尚君不同，他认为1962年版“不但体系框架未变，具体观点的改动也很少，反不如从初版到1957年版的变动大”，并指出第二次修改的功夫“主要花费在内容的增补和叙述规范的整饬上”，举了许多例子。董乃斌同时认为，如果“从内容的丰富坚实、章节安排的清晰合理、叙述文学和论析话语既保持个性又具有相当的时代色彩等方面来看，《中国文学发展史》的1962年版应该说比1957年版又前进了一大步”。他对初版、1957年版、1962年版作了如下评判：

> 1957年版只能算是一个由旧变新的过渡性版本。今天，如果想领略刘先生的学术锐气和充沛才情，那么不妨看该书的初版；如果想了解刘先生的学术功力并想获得更多更准确的知识，那就最好去读该书的1962版。③

---

① 刘大杰：《中国文学发展史·重版前记》，上海：中华书局，1962年。

② 陈尚君：《刘大杰先生和他的〈中国文学发展史〉——写在〈中国文学发展史〉初版重印之际》，见刘大杰《中国文学发展史》附录，第557页，天津：百花文艺出版社，1999年。

③ 董乃斌：《刘大杰文学史研究的成就和教训》，见陈平原主编《中国文学研究现代化进程二编》，第277～278页，北京：北京大学出版社，2002年。

骆玉明亦有如是观：

> 大概而言，初版本更多地体现了刘先生早年的才情，而1962年修订版尽管有不少拘束，就知识性、学术性来说，还是比前者显得成熟和老练。①

陈尚君比较这三个版本，认为“两次修订本相比初版”，是“有退有进的”。

> 以今天的学术眼光，来比较《中国文学发展史》的初版和五六十年代的两次修订本，我赞同许多学者的意见，初版最具个性，最见真诚，也最有才华。两次修订本相比初版，则是有退有进的，退的是对时事的妥协和个性的逊让，进则在于许多方面的叙述更趋完整和准确。初版没有讲到司马迁，当然是缺了一段。有些初版薄弱的部分，修订本有较大幅度的充实。其中清代部分，可说是增写幅度最大的。由于时代的晚近，清代留存的著作，实在太多，多到绝非个人目力所能穷。初版这部分仅寥寥六十多页，五万余字，显然无法讲清清代文学的全貌。1957年版增加到一百多页，八万多字，1962年版增加到二百五十页，约二十万字，将诗歌戏剧与词曲作专章列出，有系统的分析和评述，于鸦片战争后的诗文新变，介绍尤详，较初版可说是大大地充实了。②

此版较前两版规范，此书以较高的学术质量和鲜明的个人风格长期以来受到欢迎，“文革”前后被列为大学教材和研究生考试的主要参考书，甚至得到毛泽东同志的喜爱。1965年5月20日，毛泽东在上海接见刘大杰，谈了两个多小时。毛泽东和

---

① 骆玉明：《刘大杰〈中国文学发展史〉（复旦版）感言》，上海：《文汇读书周报》，2005年12月16日。

② 陈尚君：《刘大杰先生和他的〈中国文学发展史〉——写在〈中国文学发展史〉初版重印之际》，见刘大杰《中国文学发展史》附录，第557页，天津：百花文艺出版社，1999年。

刘大杰谈了中国文学史上的一些重要作家，如唐代的韩愈、柳宗元、刘禹锡，宋代的王安石、苏东坡、李清照等。毛泽东还鼓励刘大杰要拿出勇气来，发表独到见解，不要怕失掉什么，要发扬争鸣的精神。毛泽东说："学术问题一定要百家争鸣，才能促进文化的繁荣、艺术的发展和科学的进步。"①70 年代毛泽东重读刘大杰的《中国文学发展史》，因其字小阅读不便，印成三十六磅大字本。

70 年代：第三次修改

1966 年，文化大革命开始，文化界受到空前的摧残，众多学者遭受精神和肉体的双重折磨。刘大杰因《中国文学发展史》受到毛泽东的赏识和喜爱，而被批准可以回家修改《中国文学发展史》。

刘大杰以阶级斗争的观点修正书中的唯心主义观点。1973 年，《中国文学发展史》"文革"版第一卷由上海人民出版社出版，第二卷于 1976 年出版。"文革"版《中国文学发展史》带有鲜明的政治特色，书中大量引用毛泽东语录，并以醒目的黑体字排出。而且，该书还突出"政治标准第一"的批评原则，用阶级划分的办法，给古人定出身，划成分，再根据古人的阶级属性来判断其政治立场。他在新版的《前言》②中写道：

> 在无产阶级文化大革命中，我受到了深刻的阶级斗争和路线斗争的教育。学术领域里对于资产阶级思想的批

① 林冠夫、林东海：《缅怀与思考——纪念先师刘大杰先生》，北京：《文学遗产》，1999 年第 4 期。

② 刘大杰：《中国文学发展史 · 前言》，上海：上海人民出版社，1973 年。

判，使我进一步认识到在本书中所存在的一些历史唯心主义观点。现在我又作了一些修改。关于文学遗产问题，毛主席有许多极其精辟的论述，这是我在修改工作中必须遵循的指导原则。

正当刘大杰修改第二卷时，全国掀起了“评法批儒”运动，“四人帮”鼓吹“儒法斗争贯穿两千年来中国历史”的论调，学术界受到惨不忍睹的摧残。上海写作小组“协助”刘先生进行第二卷的修改工作，致使第二卷充满儒法斗争的气味，成为标准的“文革”版文学史，古代文人被分为两大派别，非儒即法。凡是取得巨大成就的文人都是法家，凡是不能取得巨大成就的文人都属于儒家。就连一生“致君尧舜上”的杜甫，也被写成由早年的儒家到晚年终于转变成了法家。是时“四人帮”横行大地，人们噤若寒蝉，谁敢指斥？

然终有敢言者。1976 年，陆侃如针对“文革”版文学史中杜甫晚年轻儒重法的观点，给刘大杰写了一封信，这封信发表在 1977 年的《文史哲》①上。信中征引大量杜甫诗文证明杜甫一生都是尊孔奉儒的，而不是什么法家。

> 在他一生中，在他四十岁以后的“后期”中，在他四十九岁以后的“晚年”中，儒家色彩似乎远远超过其他一切。

不久，中国政局发生巨变，“文革”结束，“四人帮”垮台。由于刘大杰的“文革”版文学史遵行了“四人帮”所推行的思想政治路线，自然难逃谴责。一些学者撰文批判“四人帮”推行的儒法斗争模式的文学史忘记了马克思阶级论的观点。

> （“四人帮”）不仅鼓吹在整个封建社会中一直存在着儒法两条路线斗争，儒法斗争是封建社会的主要矛盾，并用儒法斗争代替了阶级斗争。在文学史上，则说什么“历史上的

① 陆侃如：《与刘大杰论杜甫信》，济南：《文史哲》，1977 年第 4 期。

儒法两家，都把文艺作为推行各自的政治路线的斗争武器。文艺为哪条政治路线服务的问题，也就成了文艺史上儒法斗争的根本问题”。这种论调的实质，不外是要以儒法斗争为文学史的“根本问题”，从而用儒法斗争取代阶级斗争。

新版《中国文学发展史》很明显地受到了这种谬论的影响，以“儒法斗争”观点来贯穿和立论。①

1979年，陈伯海发表《臆造的公式和科学的方法——新版〈中国文学发展史〉第二册读后》②一文，谴责刘大杰的《中国文学发展史》新版第二册全盘接受了“儒法斗争贯穿两千年来中国历史”这个臆造的公式——“套用在文学史的研究上，作出了一系列错误的论断”。陈伯海严厉地批评说：

按照“儒法斗争”的线索把文学史切开，还会造成一个恶果，就是不可避免地要把千殊万别、各具姿态的文学创作，硬塞进“儒家”、“法家”这一对模子里，挤压、炮制成一批批刻板乏味的样品。各个作家思想和艺术上的特色不见了，剩下的只是构成“儒家”、“法家”的几条干巴巴原则的图解。这不仅严重歪曲了我国丰富多彩的文学传统，也不利于人们去对各种文学现象进行比较、分析，找出文学发展过程本身的内在联系和规律来。

“文革”给学术界带来的灾害是惨痛的，“阶级斗争”哲学竟然可以把一部优秀的文学史变得面目全非，使之充斥着阶级斗争、路线斗争的说教，甚至在客观上成为某种极危险的政治理念的学术化传声筒。

“文革”结束了，刘《史》第三次修改也因此而终止了。

---

① 牟世金：《评新版〈中国文学发展史〉》，北京：《文学评论》，1978年第2期。

② 陈伯海：《臆造的公式和科学的方法——新版〈中国文学发展史〉第二册读后》，上海：《上海师范大学学报》，1979年第1期。

刘大杰的《中国文学发展史》虽然经历了多次风波，但仍有其内在的生命力，直到现在，其60年代的修订本还在不断地重印。历史会给刘大杰的《中国文学发展史》以公正的评价。上海古籍出版社在1997年出版的《中国文学发展史》的《出版说明》中，评价比较公允。

> 刘大杰的《中国文学发展史》是一部上起殷商、下迄清朝的通代文学史巨著，重点阐述各代文学之胜，兼顾其他文学品种；文人创作与民间通俗作品一并重视；在阐述各个历史阶段和文学体裁的同时，尤其注意揭示文学发展进化的脉络。它是作者在长期教学、研究基础上独立完成的学术著作，其体例之统一、观点材料取舍标准之一致、文气之流畅、个人风格之突出，为集体编纂之作所难以企及，故在众多同类著作中独树一帜，久享盛誉。①

（浙江大学　吕红光）

① 刘大杰：《中国文学发展史·出版说明》，上海：上海古籍出版社，1997年。

朱光潜的古典文学—美学研究

朱光潜的生平著述及学术思想

朱光潜(1897—1986),字孟实,安徽桐城人,20 世纪中国最杰出的美学家之一。关于朱光潜在 20 世纪中国美学研究界的地位和影响,章启群作出这样的评价:"毫无疑问,在 20 世纪中国产生最大影响的美学家自然是朱光潜。朱光潜曾是中华全国美学学会的第一任会长,这个位置是中国美学界第一号权威的象征。这也象征朱光潜对于 20 世纪中国美学所产生的影响是任何其他人无法替代的。他用流畅、清丽、生动的文笔,把美学这种西方的学术用一种文学的方式引入中国。可以肯定,朱光潜的这些工作对于 20 世纪中国美学的研究和发展具有非常重要的作用和意义.我们无法把 20 世纪中国美学的研究与朱光潜个人的成就区分开来。事实是,朱光潜之后,几乎每一个中国美学的研究者都是从读朱光潜的书而迈进美学之门的。就这一点而言,朱光潜对于中国美学的贡献也是难以估量的。"①叶朗认为:"朱光潜是中国现代美学的代表人物,最主要是因为朱光潜美学思想集中体现了美学这门学科在 20 世纪中国发展的历史趋势。也正因为这样,所以在中国现代的美学界,朱光潜在理论

① 章启群:《中国美学研究非学术化倾向的根源——兼谈宗白华与朱光潜美学研究的不同方法及其意义》,南京:《中国美学》,2004 年第 1 期。

上的贡献最大,最值得后人重视。"①钱念孙指出:"朱光潜是中国现代美学最重要的开拓者。中国古代虽有较丰富的美学思想,却没有建立起美学学科。在朱光潜之前,尽管蔡元培、吕澂、范寿康等人已闯入美学园囿跑马圈地、打桩奠基,但他们的著述或偏于一端不够全面(如蔡元培主要只探讨了美育问题),或过于简略不够系统(如吕澂 1923 年出版的《美学浅说》只是一本通俗的谈美小册子),或仅介绍他人学说而缺少自己的见解(如范寿康 1927 年出版的《美学概论》主要是叙说日本学者阿部次郎著作的内容),严格意义上的中国美学大厦并没有耸立于华夏大地。朱光潜于 20 世纪 30 年代初写的《文艺心理学》及《谈美》,堪称中国第一批系统的美学著作。他在北京大学和清华大学开设的相关课程,也在中国杏坛居美学课之首。他介绍和翻译的大量西方美学论著,从古希腊的柏拉图到现代的克罗齐,几乎向中国美学界展示了整个西方美学演化嬗变的历史画卷,其丰功伟绩,当代中国无有出其右者,确可谓'造福于中国现代美学'。"②以上诸家所言,基本上代表了学术界的共识和公论。

1913 年,朱光潜入桐城中学,接受以《古文辞类纂》等为主要教材的古文训练,在国文教师潘季野的熏陶下,培养起对中国古典诗歌的浓厚兴趣。1917 年,朱光潜考入国立武昌高等师范学校国文系。1918 年,他于香港大学特设先修班补习英语、数学等课程;1919 年秋,正式入香港大学教育系就读。朱光潜在香港大学学习英国语言和文学、教育学、生物学、心理学等学科,是接受西式教育的开始。1921 年,他用白话写成的处女作《福

① 汝信、王德胜主编:《美学的历史:二十世纪中国美学学术进程》第四编"从朱光潜接着讲"(叶朗撰),第 733 页,合肥:安徽教育出版社,2000 年。

② 钱念孙:《朱光潜:出世的精神与入世的事业》前言,第 1 页,北京:文津出版社,2005 年。

鲁德的隐意识说与心理分析》发表于《东方杂志》第18卷第14期，介绍弗洛伊德的精神分析学说。“留欧以前朱光潜对中国传统文化的态度可分为从仰慕到批判前后两段。前一段从幼年启蒙到进香港大学，在此阶段，他从思想上到感情上都对国故‘仰慕之至’……朱光潜从进港大到留欧为后一阶段。由于大量接触西方文化，特别是心理学、生物学等实证科学所体现的西方近代科学精神、理性力量，猛烈地冲击着他头脑里的传统文化思想。西方文化在他心目中逐渐树起一个新的参照系统，使他有可能对传统文化进行反思，产生新的认识。”①

1925年，朱光潜考取安徽官费留英，入爱丁堡大学，修英国文学、哲学、心理学、欧洲古代史等课程，1928年获爱丁堡大学文科硕士学位。1929年，朱光潜在伦敦大学的大学学院注册学习五门英文课程，同时在法国巴黎大学注册。1931年11月他在法国斯特拉斯堡大学文学院注册，1933年完成以英文撰写的博士论文《悲剧心理学》，获斯特拉斯堡大学文学博士学位，同年该书由斯特拉斯堡大学出版社出版。“朱光潜在欧洲留学八年，刻苦勤奋，所获甚多，以相当扎实的脚步迈入了学术殿堂。八年间，他完成著作八部，包括《给青年的十二封信》、《变态心理学派别》、《变态心理学》、一部符号逻辑学著作(已佚)、《谈美》、《文艺心理学》和《诗论》初稿、博士论文《悲剧心理学》，其数量是惊人的，尤其是后三部著作，以当时国内的学术水准与研究方式来看，都是相当不错的。”②也正是在这一期间，朱光潜奠定了以美学研究为中心的一生治学方向。他在回顾其学术经历时说过：“我原来的兴趣中第一是文学，其次是心理学，第三是哲学。因

① 蒯大申：《朱光潜后期美学思想述论》，第248～249页，上海：上海社会科学出版社，2001年。

② 王攸欣：《朱光潜学术思想评传》，第52页，北京：北京图书馆出版社，1999年。

为喜欢文学，就被逼到研究批评的标准、艺术与人生、艺术与自然、内容与形式、语文与思想等问题。因为喜欢心理学，我就被逼到研究想象与情感的关系、创造和欣赏的心理活动以及文艺趣味上的个别差异。因为喜欢哲学，我就被逼到研究康德、黑格尔和克罗齐诸人讨论美学的著作。这样一来，美学就成为我喜欢的几门学问的联络线索了。"①

1933 年，结束欧洲留学生活后的朱光潜经徐中舒引荐，被时任北京大学文学院院长的胡适聘请为北京大学西语系教授，讲授"西洋名著选读"及"欧洲文学批评史"课程。之后，又应朱自清之邀在清华大学研究班讲授"文艺心理学"和"诗论"。当年在清华大学听过朱光潜"文艺心理学"这门课的季羡林回忆说："当时我就感觉到，这一门课非同凡响，是我最满意的一门课，比那些英、美、法、德等国来的外籍教授所开的课好到不能比的程度……他介绍西方各国流行的文艺理论，有时候举一些中国旧诗词作例子，并不牵强附会，我们一听就懂。对那些古里古怪的理论，他确实能讲出一个道理来，我听起来就津津有味。我觉得，他是一个有学问的人，一个在学术上诚实的人。"②

《文艺心理学》约于 1932 年初完成初稿，1936 年最终定稿，同年 7 月由开明书店出版。在本书的《作者自白》中，朱光潜有这样的说明："这是一部研究文艺理论的书籍。我对于它的名称，曾费一番踌躇。它可以叫做《美学》，因为它所讲座的问题通常属于美学范围。美学是从哲学分支出来的，以往的美学家大半心中先存有一种哲学系统，以它为根据，演绎出一些美学原理来。本书所采的是另一种方法。它丢开一切哲学的成见，把文艺的创造和欣赏当做心理的事实去研究，从事实中归纳得一些

---

①《朱光潜全集》第 10 卷，第 569～570 页，合肥：安徽教育出版社，1993 年。

② 季羡林：《他实现了生命的价值——悼念朱光潜先生》，上海：《文汇报》，1986 年 3 月 14 日。

可适用于文艺批评的原理。它的对象是文艺的创造和欣赏，它的观点大致是心理学的，所以我不用《美学》的名目，把它叫做《文艺心理学》。"①正如钱念孙指出的那样："这一申述实际是标明自己的独特性，是把《文艺心理学》与一般的美学和文艺理论著作划开界线。它不走一般美学和文艺理论著作的老路，不是从某种哲学理论出发，去推衍出一些美学原理，而是以文艺创造和欣赏的事实为依据，运用心理学的方法去具体分析这些事实，归纳出具有普遍意义的审美规律。……在吸收哲学美学研究成果的同时，主要从心理学的角度来探讨美学和文艺理论问题。这不仅使《文艺心理学》从学术整体上给人耳目一新之感，而且为中国的美学和文艺理论研究开拓了一片新天地，即文艺心理学（或者说审美心理学）研究的新路。"②《文艺心理学》问世后，即在学术界取得了极佳的声誉。向培良认为，在中国学者自著的文艺理论著作中，"能以卓特的见解，自成一家之言的，不能不自朱先生的《文艺心理学》始"③。不过，在对于《文艺心理学》的一片赞扬声中，也有学者指出此书主要是介绍和综合西方美学、文艺理论，缺乏思想的独创性。如张景澄的评论："朱光潜先生只可说是一个冷静的观察者，称不起是一个有新见的创立者，是美感经验的分析者，而非立论者，是史的沿革的说明者，而非某一派主潮的辩护者。这本书只泛论及各家的学说，他的功绩，只做到这一点。"④朱自清的评论则强调《文艺心理学》中并不缺乏

① 朱光潜：《文艺心理学·作者自白》，见《朱光潜全集》第1卷，第197页，合肥：安徽教育出版社，1987年。

② 钱念孙：《朱光潜：出世的精神与入世的事业》，第88～89页，北京：文津出版社，2005年。

③ 向培良：《文艺心理学》，上海：《大公报·文艺副刊》，第46期，1936年9月3日。

④ 张景澄：《朱光潜的文艺心理学》，上海：《国闻周刊》，第13卷第46期，1936年12月。

作者本人的独到见解："这部书并不是材料书，孟实先生是有主张的。他以他所主张的为取舍衡量的标准，折中和引申都从这里发脚。有他自己在里面，便与教科书或类书不同。他可是并不褊狭，相反的理论在书中有同样充分的地位，这样的比较其实更可阐明他所主张的学说。"①对于《文艺心理学》方法论上的特点，罗大冈的概括颇为简明："我非常佩服而且赞美朱先生《文艺心理学》中所采用的方法。那就是用中国文学（主要是诗词）以及艺术（主要是绘画）举一些例子，来阐明西方的美学基本概念。"②"'直觉说'是朱光潜早期（1949 年前）美学思想的理论基石。《文艺心理学》二十余万言，涉猎美学和文艺理论中许多重要问题，其核心是对'美感经验'的分析。……'形象的直觉'的概念，来源于意大利美学家克罗齐。对此，朱光潜不仅在《文艺心理学》序文'作者自白'里作过交待，而且在《近代美学与文学批评》一文里作过说明。"③意大利学者马利奥·沙巴蒂尼（Mario Sabattini）在《朱光潜文艺心理学中的"克罗齐主义"》一文中对于朱光潜与克罗齐思想的关系表明看法，认为朱光潜在《文艺心理学》中是移植克罗齐美学之"花"，以接中国道家传统思想之"本"，结果在很多地方误解了克罗齐的理论。④ 对于沙巴蒂尼的看法，朱光潜 1983 年在香港中文大学讲学时接受郑树

① 朱自清：《文艺心理学·序》，《朱光潜全集》第 1 卷，第 524 页，合肥：安徽教育出版社，1987 年。

② 罗大冈：《值得尊敬的智力劳动者——赞美朱光潜先生的学风》，北京：《人民日报》，1986 年 5 月 26 日。

③ 钱念孙：《朱光潜：出世的精神与入世的事业》，第 93 页，北京：文津出版社，2005 年。

④ 马利奥·沙巴蒂尼（Mario Sabattini）：《朱光潜〈文艺心理学〉中的"克罗齐主义"》，载《东方与西方》第 20 卷第 1、2 期合刊（1970 年 6 月）。该文中文摘要见《外国学者论朱光潜与克罗齐美学》（申奥译），北京：《读书》，1981 年第 3 期。

森博士访问说:“沙巴蒂尼批评我还不够‘唯心’是从右的方面来批评我的,他批评我移克罗齐美学之花接中国道家传统之木,我当然接受了一部分道家的影响,不过我接受的中国传统主要的不是道家而是儒家,应该说我是移西方美学之花接中国儒家传统之木。”①

1949年,朱光潜留在北京大学西语系,迎接了全国解放。在思想改造运动中,他成为北京大学几个重点改造批判对象之一。1956年6月30日,朱光潜的《我的文艺思想的反动性》一文发表于《文艺报》。之后,“早已组织好的一批批判文章,如贺麟的《朱光潜文艺思想的哲学根源》、黄药眠的《论食利者的美学》、蔡仪的《朱光潜美学思想的本来面目》、敏泽的《朱光潜反动美学思想的源与流》等,很快在《人民日报》、《文艺报》、《哲学研究》等重要报刊上连珠炮一般发表出来。这些文章,都是针对朱光潜过去唯心论思想(主要是《文艺心理学》里的思想)而进行的批判”②。对朱光潜美学思想的批判引发一场长达六年的美学大辩论。朱光潜本人对当时的情况是这样描述的:“就是在‘百家争鸣’的号召之下,《文艺报》发动了对于我的美学思想的批判和评论。整个气氛和从前大不相同了。首先我有机会和批评我的人见面,在友好的气氛下交换意见,他们对我的检讨提意见,我对他们的批评也提意见,这样就解除了过去那种如临大敌、严阵以待的紧张形势,彼此虚心静气地说理。”③在美学大辩论过程中,朱光潜深入研究了马克思主义相关经典著作,一方面阐发与其前期美学观念有内在联系的美是主观与客观的统一的理

① 朱光潜:《答郑树森博士的访问》,香港:《明报月刊》,1983年4月。

② 钱念孙:《朱光潜:出世的思想与入世的事业》,第184页,北京:文津出版社,2005年。

③ 朱光潜:《从切身的经验谈百家争鸣》,《朱光潜全集》第10卷,第80页,合肥:安徽教育出版社,1993年。

论，另一方面，在《生产劳动与人对世界的艺术掌握——马克思主义美学的实践观点》等文章中，正面提出实践论美学观。

1960年，北京大学哲学系成立美学教研室，朱光潜从西语系调到哲学系，主讲“西方美学史”。1962年，朱光潜接受全国高校文科教材会议委托，编写《西方美学史》。1963年，《西方美学史》完成，上卷出版；1964年，《西方美学史》下卷出版。朱光潜本人认为：“建国以后，我唯一重要的著作就是《西方美学史》。”①《西方美学史》问世后，获得学术界一致好评。蒋孔阳指出：“它不仅是我国学者所写的第一部这方面的著作，而且就我所接触的不多的外国学者所写的这方面著作来看，在体系的完整和内容的详备赅博上，它也不见得逊色。”②王攸欣评价说：“《西方美学史》是朱光潜一生所花精力最多的一部著作，比较系统地评述了西方美学家的主要观点，并试图理清西方美学的发展线索。就每一个写入西方美学史的美学家而言，朱光潜的把握是相当全面的。这是朱光潜对美学的最大贡献，但也不可避免地为时代所局限。”③

朱光潜把自己60余年的美学研究分为解放前和解放后两个时期，在不同的场合下，他对于这两个时期学术成就的评价截然不同。在1979年的一封信中，朱光潜说：“我研究美学主要是解放前的事，无论从质看还是从量看，解放前的著作都较重要。这当然是个人敝帚自珍的看法。”④1982年，他在《关于我的美

① 朱光潜：《朱光潜教授谈美学》，《朱光潜全集》第10卷，第532页，合肥：安徽教育出版社，1993年。

② 蒋孔阳：《西方美学研究中的一项重要成果——评价〈西方美学史〉》，北京：《文学评论》，1980年第2期。

③ 王攸欣：《朱光潜学术思想评传》，第279页，北京：北京图书馆出版社，1999年。

④ 朱光潜：《朱光潜全集》第10卷，第461页，合肥：安徽教育出版社，1993年。

学文集的几点说明》中则又有这样的说法："解放后特别是美学批判和讨论以后，我才开始认真地钻研马列主义，并且试图运用历史唯物主义和辩证唯物主义来探讨一些关键性的美学问题。《西方美学史》、《谈美书简》就是这种尝试的见证。从敝帚自珍的眼光来看，我以为我的解放后实际不到20年的工作比起解放前大半生的工作远较重要。"①对于这个问题，陈文忠认为，朱光潜实际上"更重视解放前的美学研究和美学著作，当然，这绝不是说朱光潜自觉转到马克思主义实践观点后的美学业绩不值得重视，但是，作为中国现代美学学科的奠基者，朱光潜前期的美学研究和美学著作影响更大，更值得后人重视和研究"②。

对于西方美学经典著作的翻译是朱光潜平生事业的又一大支柱。50年代以后他完成了《柏拉图文艺对话录》，莱辛《拉奥孔》、《歌德谈话录》，黑格尔《美学》，维柯《新科学》等诸多西方美学经典著作的翻译工作。季羡林这样评价朱光潜的翻译成就："他译完了黑格尔的《美学》，又翻译维柯的著作。这些著作内容深奥，号称难治，能承担这种翻译工作的，在世没有第二人。孟实先生以他渊博的学识和湛深的外语水平，终于完成了这项艰巨的工作，给我们留下了宝贵的财富，得到了学术界的普遍的赞扬。"③

朱光潜的中西诗歌、戏剧比较研究

朱光潜在中国古典文学与西方文学两个领域均具有精深的

---

① 朱光潜：《朱光潜全集》第10卷，第566～567页，合肥：安徽教育出版社，1993年。

② 陈文忠：《美学领域中的中国学人》，第231页，合肥：安徽教育出版社，2001年。

③ 季羡林：《他实现了生命的价值——悼念朱光潜先生》，上海：《文汇报》，1986年3月14日。

造诣，擅长于中西文学特质与差异的宏观比较。朱立元、张旭曙站在21世纪的高度回瞻，肯定了朱光潜在这一领域的突出贡献："上世纪二三十年代，朱光潜先生写了一系列有关中西文学比较的论文，如《中国文学之未开辟的领土》、《长篇诗在中国何以不发达》、《谈中西爱情诗》等，对中西文学的差异和特点作了即使在今天看来也有相当深度的精湛探索。80年代，比较文学方兴未艾，引起许多学者的关注。其实，朱光潜在这方面是开风气之先的。"①

关于中西诗歌的比较，朱光潜一方面反对粗疏简单的泛泛之论，另一方面则确认了这种平行比较的可行性："概括地论中西诗的优劣，一如概括地论中西文化的优劣一样，很难得公平允当。中诗有胜过西诗的地方，也有不及西诗的地方，各有胜境，很可以互相印证。"②在《中国文学之未开辟的领土》一文中，朱光潜指出，从古希腊的《荷马史诗》以降，西方产生了大量的长篇英雄史诗和长篇叙事诗，而中国《诗经·国风》以来的诗歌传统则多为短小的抒情诗，即使被沈德潜称为"古今第一长诗"的《孔雀东南飞》也无法算作西方意义上的长篇叙事诗(epic)，充其量不过是一种短篇叙事歌(ballad)。③ 在《长篇诗在中国何以不发达》一文中，朱光潜认为，"中国恰是一个没有荷马和悲剧三杰的希腊，杜甫却是一位只做过十四行诗的莎士比亚，长篇诗的不发达对于中国文学不能说不是一个缺陷"，而长篇诗在中国不发达的最大的原因，便是"哲学思想的平易和宗教情感的浅薄"。"史

① 朱立元、张旭曙：《〈诗论〉导读》，第22页，上海：上海古籍出版社，2001年。

② 朱光潜：《研究诗歌的方法》，上海：《国文杂志》，第3卷第4期，1945年9月。

③ 朱光潜：《中国文学之未开辟的领土》，上海：《东方杂志》，第23卷第11号，1926年6月。

诗和悲剧的作者都须有较广大的观照，才能在繁复多变的人生世相中看出条理线索来，同时又是要有较浓厚的情感和较长久的‘坚持的努力’，才能战胜惰性和环境的障碍，去创造完整伟大的作品。广大的观照常有赖于哲学，深厚的情感和坚持的努力常有赖于宗教。这两点恰是中国民族所缺乏的。”①对于朱光潜的这种认识，钱念孙评价说：“值得指出的是，朱光潜说中国文学史上没有像西方那样的长篇史诗，可谓确论！但说古希腊文学的早期作品都是长篇叙事诗，似不甚严密……尽管朱光潜这里的一些看法并非十分精当（如深厚的情感和坚持的努力，也不一定非信奉宗教才能获得），但他能在当时自觉地从中西比较的角度率先提出‘长篇诗在中国何以不发达’的问题，并作出比较系统且有相当深度的论述，已是非常难能可贵了。”②

在《中西诗在情趣上的比较》一文中，朱光潜进行了中西诗歌整体气质和成就的宏观比较：“诗好比一株花，哲学和宗教好比土壤，土壤不肥沃，根就不能深，花就不能茂。西方诗比中国诗深广，就因为它有较深广的哲学和宗教在培养它的根干……中国诗在荒瘦的土壤中居然现出奇葩异彩，固然是一种可惊喜的成绩，但比较西方诗，终嫌美中不足。我爱中国诗，我觉得在神韵微妙、格调高雅方面往往非西方诗所能及，但说到深广伟大，我终无法为它护短。”③朱立元、张旭曙认为：“朱光潜对中西诗歌总体特征的概括是准确公允的，尽管还可以再作更精细的研究。他的中西文学比较的思路在当今的学界已成为公认的可

① 朱光潜：《长篇诗在中国何以不发达》，上海：《申报月刊》，第3卷第2号，1934年2月。

② 钱念孙：《朱光潜对中西诗歌的比较》，《重建文学空间》，第190～192页，合肥：安徽教育出版社，2003年。

③ 朱光潜：《中西诗在情趣上的比较》，《朱光潜全集》第3卷，第78页，合肥：安徽教育出版社，1987年。

行的模式。”①王攸欣认为，朱光潜这篇文章中的中西诗歌比较，看似指出了中国诗的某些不足甚至重大缺陷，而其骨子里的审美趣味却明显与中国传统更为接近。

该文最后指出中国诗相对于西方诗歌的一个重大缺陷就是因为中国人的精神与深邃的哲理和有宗教性的热烈的企求都不相容，所以中国诗能创造出美的境界却无法达到西方诗具有的深广伟大的境界。不过在文中他也指出，中国诗在神韵微妙、格调高雅方面往往非西诗所能及。他总观中西诗的全体，认为西诗以直率胜，中诗以委婉胜；西诗以深刻胜，中诗以微妙胜；西诗以铺陈胜，中诗以简隽胜；西诗以阳刚之美胜，中诗以阴柔之美胜；西诗以热烈深邃胜，中诗以幽美平易胜。好像朱光潜既能够充分体会中国诗的长处，也能体会并赞许西方诗歌的长处。其实，综观其所有著述，朱光潜对作品的观赏，总是尽力发挥、赞赏那种倾向于委婉、微妙、简隽、阴柔、幽美风格的诗，而不是那种直率、铺陈、热烈、阳刚之类的诗（亦偶有例外），这就足见朱光潜的审美趣味没有因其所受的西方文化教育而截然改观，虽然他声明在中西文学中，在不同的作家中往往刚柔兼具，但西方人往往崇尚崇高之美，中国艺术则较缺乏刚性美。他说：“统观全局，中国的艺术是偏于柔性美的。中国诗人的理想境界大半是清风皓月疏林幽谷之类。环境越静越好，生活也越闲越好……他们的诗也大半是微风般的荡漾，轻燕般呢喃。”朱光潜并没有绝对化，他的概括确实是有道理的，与西方文化比较而言，中国文化刚健之气似有不足，而阴柔之气较重，中国人倾向于静，审美趣味也更倾向冲淡、

① 朱立元、张旭曙：《〈诗论〉导读》，第 23 页，上海：上海古籍出版社，2001 年。

典雅、飘逸、旷达之类。朱光潜本人恰恰喜欢表现阴柔之美的诗。他最擅长解说也最多地解说的诗往往是那种具阴柔之美者。①

朱光潜在比较中西爱情诗时，首先揭出恋爱在中国诗中不如在西方诗中重要的事实，接下来分析造成这种现象的社会文化原因，然后概括道："西方诗人要在恋爱中实现人生，中国诗人往往只求在恋爱中消遣人生。中国诗人脚踏实地，爱情只是爱情；西方诗人比较能高瞻远瞩，爱情之中都有几分人生哲学和宗教情操。"②钱念孙高度评价朱光潜在这一领域的开创之功，并对其思路上可能存在的渊源进行考察。

检索二三十年代的报刊杂志，对中西爱情诗进行专题比较研究，朱光潜是第一人。他不仅可说是中国比较文学这一主题研究的拓荒者，而且一开始的起点就相当高，不论是从问题把握的准确度和探讨的深度上看，都达到了相当高的学术水准。这当然一方面得力于他的学术敏感，另一方面也得益于他对"国学"和"西学"都有深厚的功底。

朱光潜是如何突发奇想，对中西爱情诗进行比较研究的？一般来说，一个作家或学者在创作和研究中选择某个题目，并非莫名其妙地空谷来风，而总是直接或间接地受到某种机缘的触发和启迪。我以为，朱光潜之所以起意做中西爱情诗比较这题目，最初的灵感可能来源于小泉八云。

小泉八云本是英国人，原名为拉夫卡迪奥·赫恩，他曾在日本东京帝国大学当过六年文学教授(1896—1902)，向日本学生讲解西方文学。他当时有一讲的标题是《英诗中

① 王攸欣：《朱光潜学术思想评传》，第164～167页，北京：北京图书馆出版社，1999年。

② 朱光潜：《中西诗在情趣上的比较》，《朱光潜全集》第3卷，第76页，合肥：安徽教育出版社，1987年。

的爱情》。在这篇讲演中，小泉八云说，日本学生读英国文学越多，对其中爱情作品的数量之大和地位之突出就越会感到诧异。他自己在准备讲稿和选材料时，发现丁尼生、勃朗宁、罗赛蒂、拜伦和雪莱的作品中，不涉及爱情的诗篇很少。究其原因，乃在于恋爱和婚姻是欧美人生活中一桩十分重要的大事，因此文学作品多谈这件事是自然而又必然的。西方社会是个竞争的社会，恋爱和婚姻也一样，每个男人和女人都要独立地通过竞争来找到自己的对象。因为恋爱在人们生活中是头等大事，大家都对这问题感兴趣，所以爱情成了文学作品主要的永恒主题。朱光潜到爱丁堡大学留学的头一年，曾深深沉迷于小泉八云的四大本"文学演讲集"，自称是他在文学批评方面"最感觉受用"的著作，并专门写了长文《小泉八云》，向国人介绍其特异的生平和富有魅力的学术成果。由此可以想见，朱光潜当时读过《英诗中的爱情》一文当无疑问。他的关于中西爱情诗的比较，最初的念头从中受到启发，也属情理之中的自然事。①

在中西戏剧比较领域，朱光潜亦创获颇丰。在《中国文学之未开辟的领土》一文中，朱光潜提出中西戏剧在各自社会文化中地位的悬殊："西洋方面，亚里士多德的《诗学》——西方第一部文学批评专著——就把悲剧冠各类文学之首。西方最大的文学家都是戏剧作者。希腊有索福克勒斯和欧里庇得斯，英国的莎士比亚、法国的莫里哀、德国的席勒和歌德、挪威的易卜生诸人最好的著作都是戏剧。西方民众多数人能感文学的兴味，也就大半因为他们文学家看重戏剧，而戏剧又是民众的重要消遣。中国人向来过于拘墟严重，游戏本能不十分强烈，所以优伶和娼

① 钱念孙：《朱光潜对中西诗歌的比较》，《重建文学空间》，第 194～196 页，合肥：安徽教育出版社，2003 年。

妓同为社会所轻视。”①在博士论文《悲剧心理学》中，朱光潜认为，中国古典戏曲中缺乏真正的悲剧体验：“事实上，戏剧在中国几乎就是喜剧的同义词。中国的剧作家总是喜欢善得善报、恶得恶报的大团圆结尾，情境当然常常穿插着不幸事件，但结尾总是大团圆。中国戏剧的关键往往在亚里士多德所谓‘突变’(Peripeteia)的地方，很少在最后的结尾。随便翻开一个剧本，不管主要人物处于多么悲惨的境地，你尽可放心，结尾一定是皆大欢喜，有趣的只是他们怎样转危为安。剧本给人的总印象很少有阴郁的。仅仅元代(即不到一百年时间)就有五百多部剧作，但其中没有一部可以真正算得悲剧。”②钱念孙指出：“这是中国学者第一次用英文向西方读者如此系统地阐述中西戏剧和中西人生态度的特征，因而在西方学术界产生了一定的反响……朱光潜通过中西戏剧的比较，不仅发现和把握了中国戏剧的独特品格和发展的独特道路，而且结合中国社会历史发展和中国人的人生观念及生活态度，从广阔的文化背景上，剖析了中国戏剧殊异于西方戏剧的原因，可谓言简意赅、切中要害。”③法国学者夏尔·布朗德尔(Charles Blondel)认为，《悲剧心理学》中关于中西戏剧比较这一章“是最有独创性的”，“这些最富有独创性的见解也是最值得争议的，但同时也是对我们最有教益的”④。

---

① 朱光潜：《中国文学之未开辟的领土》，上海：《东方杂志》，第23卷第11号，1926年6月。

② 朱光潜著，张隆溪译：《悲剧心理学》，《朱光潜全集》第2卷，第427～428页，合肥：安徽教育出版社，1987年。

③ 钱念孙：《朱光潜论中西戏剧的异同特点》，《重建文学空间》，第175页，合肥：安徽教育出版社，2005年。

④ 转引自邦尼·麦克杜哥著，申奥译：《从倾斜的塔上瞭望：朱光潜论二十世纪二十至三十年代的美学和社会背景》，北京：《新文学史料》，1981年第3期。

《诗论》的诗学思想

诗是朱光潜浸淫最深的文学种类，他认为诗是文学之精华，“一切纯文学都有诗的特质，推广开来，好的艺术都是诗，一幅图画是诗，一座雕像是诗，一节舞蹈是诗，不过不是文字写的罢了。要在文学跟艺术的天地间回旋，不从诗入手，就是植根不厚”①。在朱光潜的所有著作中，他本人最珍爱、视为最有独创性的一部作品便是《诗论》。《诗论》初稿写于留学法国斯特拉斯堡大学期间，1933 年回国任教后，他以该书初稿作为讲义，先后在北京大学中文系、辅仁大学中文系、武汉大学中文系开设“诗学”课程，反复增删，日臻完善。1943 年，《诗论》由重庆国民图书出版社出版，世称“抗战版”，全书共 10 章。1948 年，正中书局出版了《诗论》增订版，增补了《中国诗何以走上“律”的路》(上、下)和《陶渊明》三章。1984 年，三联书店重版《诗论》，增补《中西诗在情趣上的比较》和《替诗的音律辩护》二篇，分别作为第三章、第十二章附录。关于《诗论》的内容纲要，朱立元、张旭曙的介绍比较简明清晰。

> 《诗论》第一章追寻诗的起源，指出诗、乐、舞同源，三位一体；第二章从诗与诙谐、隐语、文字游戏的关系考察中国诗歌特有的“艺术的意识与技巧”及其对诗歌创造的影响；第三章提出诗的境界是“情趣与意象的契合”的命题，并讨论有关诗境的几种重要分别；第四章阐述诗境的传达媒介语言文字和思想情感的关系的新表现说；第五章从形式与实质两方面剖析诗与散文的区别，提出“诗是有音律的纯文

① 朱光潜：《我与文学及其他·序》，《朱光潜全集》第 3 卷，第 484 页，合肥：安徽教育出版社，1987 年。

学”的定义；第六章探究诗与音乐的异同，说明诗的命脉“节奏”兼有纯形式的和语言的两方面；第七章批评莱辛的诗画异质说的简单化倾向，意在强调诗歌创造遵循自身特质的必要性。上述七章从史实、学理、横向比较诸方向展现诗的特征，可以看作是为诗“正名定义”的诗的本质论。

第八、九、十章分别从声、顿、韵三方面具体分析中国诗的节奏和声韵的特点，替诗的音律辩护，回应关于新诗的节奏和音律的论争；第十一、十二章从诗歌演化史角度对中国诗走上“律诗”之路的原委作了追根溯源式的考察。上述五章进一步从形式方面深化诗的本质论，突出“白话诗也仍须认旧诗作祖宗”的论断的历史和学理根据。

第十三章看似游离于全书的完整结构，实则是朱光潜匠心独运地以陶渊明为个案印证他的诗境说的普适性。附录《给一位写新诗的朋友》论述新诗的内容和形式及其出路问题，是全书的落脚点，也是作者构造诗学理论的现实指向之所在。①

在《诗论》“抗战版”序中，朱光潜谈到了本书的写作宗旨：

中国向来只有诗话而无诗学。刘彦和的《文心雕龙》条理虽缜密，所谈的不限于诗。诗话大半是偶感随笔，信手拈来，片言中肯，简练亲切，是其所长；但是它的短处在零乱琐碎，不成系统，有时偏重主观，有时过信传统，缺乏科学的精神和方法。诗学在中国不甚发达的原因大概不外两种。一般诗人与读诗人常存一种偏见，以为诗的精微奥妙可意会而不可言传，如经科学分析，则如七宝楼台，拆碎不成片断。其次，中国人的心理偏向综合而不喜分析，长于直觉而短于

---

① 朱立元、张旭曙：《〈诗论〉导读》，第3页，上海：上海古籍出版社，2001年。

逻辑的思考。谨严的分析与逻辑的归纳恰是治诗学者所需要的方法。诗学的忽略总是一种不幸……写完《文艺心理学》之后，我就想对于平素用功较多的一种艺术——诗——作一个理论的检讨。①

朱光潜在三联版《诗论》的"重版后记"中，着重指出本书中西互证的方法论特色："在我过去的写作中，自认为用功较多、比较有点独到见解的，还是这本《诗论》。我在这里试图用西方诗论来解释中国古典诗歌、用中国诗论来印证西方诗论；对中国诗的音律、为什么后来走上律诗的道路，也作了探索分析。"②

对于《诗论》在中国现代诗学体系建构中的开创性贡献，学术界普遍给予极高赞誉。1947 年，张世禄在《评朱光潜〈诗论〉》一文中指出："朱氏在此书里所列各章，讨论诗学上的各种问题，都引用西洋文艺的学说，以和中国原有的学说来相参合比较，以和中国诗歌的实例来衡量证验，这已经足以指示我们研究中国文学的一个必由的途径。却又一方面，对于西洋的各种学说，也并非一味盲从，往往能融会众说，择长舍短，从中抉取一个最精确的理论，以作为断案；并且有时因为看到了中国的事实，依据了中国原有的理论，回转来补正西洋学说的缺点，这就接受外来的学术而言，可以说是近于消化的地步。"③

朱立元、张旭曙从 20 世纪中国文论现代转型的角度肯定《诗论》里程碑式的历史地位。"自 20 世纪初王国维自觉接受、运用叔本华的悲观主义哲学阐释中国古典小说《红楼梦》以来，中国文论已经历了将近一个世纪的超越古典走向现代的艰难历

① 朱光潜：《〈诗论〉抗战版序》，《朱光潜全集》第 3 卷，第 4 页，合肥：安徽教育出版社，1987 年。

② 朱光潜：《〈诗论〉重版后记》，《朱光潜全集》第 3 卷，第 331 页，合肥：安徽教育出版社，1987 年。

③ 张世禄：《评朱光潜〈诗论〉》，上海：《国文月刊》第 58 期，1947 年 7 月。

程。在这个传统文论现代转换的漫长途程中，朱光潜先生的《诗论》无论在理论体系的严谨完整、逻辑分析的细致缜密，还是在涉猎问题的广泛深入诸方面，都堪称中国现代诗学体系建构的里程碑著作。”①对于《诗论》中所采用的中西互证法，论者大多评价较高。钱念孙认为，朱光潜“自己最看重、最珍爱的作品《诗论》，不仅是中国诗学由传统偶感随笔形态转向现代系统理论形态的一部具有开创意义的名著，而且在用西方诗论解释中国古典诗歌，用中国诗论来印证和阐发西方著名诗论方面，更是取得了至今让人仰视的成就……他在中西比较、互释中阐发自己美学思想的做法，不仅可以把中国古代美学和文艺学许多直觉顿悟式的精彩思想，熔铸到西方美学和文艺学的概念系统之中，同时也让西方美学和文艺学概念的意义及价值，在中国文艺传统和审美实践中得到进一步的检验、确认、丰富及补正，从而为寻求跨越不同文化系统的共同美学规律作出贡献”②。周兴陆认为：“强烈的比较意识，是朱光潜《诗论》的主要特色。在阐述诗的起源、诗与谐隐时，他处处以西方情形作比较，还用克罗齐的‘直觉论’美学来解释中国诗歌创作和理论中情趣和意象契合的道理。他意在说明，从心理美学上看，中西诗学是互通的……朱光潜还借鉴西方理论分析中国诗音律、声韵、节奏上的特点，批评莱辛‘诗画异质说’难以运用于中国传统艺术的分析。通过中西诗学的比较研究，朱光潜探索中国传统诗歌创作和理论上的一般原则，探索传统诗学的现代出路”③。相对而言，章启群在评价《诗论》方法论成就时有一定保留，认为该书的实质仍只是

---

① 朱立元、张旭曙：《〈诗论〉导读》，第 44 页，上海：上海古籍出版社，2001 年。

② 钱念孙：《朱光潜：出世的精神与入世的事业·前言》，第 2～3 页，北京：文津出版社，2005 年。

③ 周兴陆：《20 世纪中国古代文学研究史·总论卷》，第 130～131 页，上海：东方出版中心，2006 年。

对西方艺术理论的介绍,中国诗歌仅仅用为例证而已。“虽然它在中国诗歌的音律、节奏等方面提出了一些新的看法,同时对中西诗歌的不同特点进行了一些比较和讨论,在诗歌理论上具有一定的价值,但在总体上,《诗论》没有提出中国美学重大的理论问题。因此,它无论如何不能属于中国美学方面的著作,而只是一般的诗歌理论著作,而且是一部以介绍西方思想为主要线索的诗歌理论著作。同时,我们还可以进一步说,从《诗论》可以看出,朱光潜对于中国美学的理解与宗白华有着不小的距离,并没有抓住中国美学的本质和精髓。”①

朱光潜撰写《诗论》时对于理论化、体系化诗学原理抽绎的追求是显而易见的。那么,整部《诗论》诗学思想的理论核心体现在哪里呢?许多论者指出,诗境论是《诗论》诗学理论体系的枢纽所在。朱立元、张旭曙认为,朱光潜诗境说的提出与王国维《人间词话》的意境说有直接渊源,但其理论支柱则为克罗齐的直觉说。

> “诗境”说是《诗论》的核心观点之一,也是朱光潜诗学理论的精髓之一。它虽未直接讨论诗的本质问题,但实质上却是朱光潜诗的本质观的核心部分。朱光潜的“诗境”说直接受王国维《人间词话》的“境界”说的启示。王国维《人间词话》提出“词以境界为上,有境界则自成高格,自有名句”的“境界”说。朱光潜先生对王氏评价极高,认为《人间词话》是近代文学批评“最精到”的著作,甚至到晚年他还满怀感激地说:“王国维写过一本小书《人间词话》,我从中受到很多启发。”但是,朱光潜也客观地指出“境界”说“似较概括”,于是他以此为基点,对“诗境”(有时他径直用“意境”)

① 章启群:《中国美学研究非学术化倾向的根源——兼谈宗白华与朱光潜美学研究的不同方法及其意义》,南京:《中国美学》,2004 年第 1 期。

的内涵、特征、构成要素展开深入、严密的学理分析。但是，我们需要注意的是，朱光潜诗境论的框架却是依靠克罗齐的“直觉”说构建起来的。……“诗境”论又在一定程度上体现了朱光潜的诗的本质观。其要义可以概括为：诗是人生世相的返照，又浸润渗透着作者的性格和情趣，它与实际人生世相的关系妙在不即不离。不论作者或读者，在心领神会一首好诗时，都能见到一种境界，纯粹的诗的心境是凝神注视，纯粹诗的心所观的境是孤立绝缘。诗人从人生世相中摄取一刹那、一片段，给它灌注生命，赋予完整的形象，成为一种独立自足的小天地，从而能超越时间与空间的限制，在无数欣赏者的心灵中显现。①

王攸欣认为朱光潜的诗境论与克罗齐思想的关系并不很大，而更多源自传统诗论尤其是王夫之的诗论。

朱光潜《诗论》的主要理论核心是“诗的境界”(简称诗境论)，“诗境”是由诗人的情趣在直觉中与意象契合而成，在刹那中见终古，在微尘中显大千，在有限中寓无限。纯从表面上看来，构成诗的境界的两个方面——直觉中的意象与诗人的情趣——都从克罗齐美学中来，朱光潜明确地引述了克罗齐的论断来说明诗的境界。不过，实质上朱光潜的诗境论与克罗齐关系并不很大。朱光潜认为诗歌所表现的就是诗人的情趣，并且把情趣作为英文 feeling 的翻译，这是与他在正式的译文中把 feeling 译为情感不一致的。倒是他自己把情趣简称情，把意象简称景，透露了与传统诗论的关系。

在朱光潜的诗境论中，诗人的主观情趣与外物的意象

---

① 朱立元、张旭曙：《〈诗论〉导读》，第 13～14 页，上海：上海古籍出版社，2001 年。

是缺一不可的，情趣与意象在直觉中消融其界限，融合为一体，即成为诗的境界。他说："情景相生而且契合无间，情恰能称景，景也恰能传情，这便是诗的境界。每个诗的境界都必有'情趣'和'意象'两个要素。'情趣'简称'情'，'意象'即是'景'。"这里朱光潜有意显示出诗境论与传统诗论的关系，情、景，意、境，意、象，情、境等都是在中国传统的二元辩证思维中具有对峙意义而又可统一为一词的两种因素，一种关涉主体，另一项关涉对象，扭结为一体后，成为说诗的常用语词，如情景、意境、意象、情境等。就朱光潜使用的情景来说，渊源相当清楚……朱光潜理想中的诗的境界也正是王夫之所谓的"情景名为二而实不可离，神于诗者，妙合无垠"。其相似的地方还不止这些。总之，朱光潜诗境构成的两因素情趣（情）与意象（景）及其关系的特征更多地是从传统诗论尤其是从王夫之诗论中来，而不是从西方美学更不是从克罗齐那里来。①

对于朱光潜诗境论的特色和成就，朱立元、张旭曙是这样评价的："朱光潜的诗境论表面上看起来不很系统，但实际上他以直觉论为基础框架，抓住意象与情趣契合这一核心，展开对诗的主观与客观、隔与不隔、有我和无我等一系列重要关系的论述，并以此为依据来勾勒中国诗的历史演进线索，因而在某种意义上可以说诗境论就是朱光潜的诗的本质论，而且深化了对诗的本质的理解。"②王攸欣则指出诗境在东西方美学会通方面的意义和不足："诗境论是融合东西方美学思想的自觉尝试，而且得以运用，再考虑到整个《诗论》的理论性质，可以看出朱氏的研究

① 王攸欣：《朱光潜学术思想评传》，第159页、第162～163页，北京：北京图书馆出版社，1999年。

② 朱立元、张旭曙：《〈诗论〉导读》，第23页，上海：上海古籍出版社，2001年。

方式在中国诗歌研究史上是有开创性意义的，这种方式是传统学者不屑为也不敢为的，是西方文化影响及于中国学术思维方式的体现和例证，尽管例证本身不十分成功，但从传统研究着力于个别作家作品转变为着眼于整体特征和趋向，无疑是由眼光近视演进为眼界高远，使后学受惠不少……诗境论作为探讨诗歌乃至艺术本质的理论不太成功，但我们如果准确地把握其价值论性质，这种理论不仅足以代表许多人的审美理想，而且确实显示了诗歌与艺术价值的一个非常重要甚至主导的方面，它积累和沉淀了东西方文明的审美经验，所以也自有存在的价值。”①

三联版《诗论》第八至十二章探讨了中国诗的声律特点与诗体衍变等诸多专门问题，颇多精义，大致概括为两方面内容：

第一，中国诗的四声问题。朱光潜的基本观点是：“四声的‘调质’的差别比长短、高低、轻重诸分别较为明显，它对于节奏的影响虽甚微，对于造成和谐则功用甚大。”②张世禄认为，朱光潜在“四声”概念的使用上存在问题：“‘四声’的声，跟‘声母’的声，绝对不可相混；前者是指字调的分别，后者是指字音起首的辅音。朱氏此书第八章论‘声’，讲到中国的‘四声’问题，有几处不免与‘音质’的问题相纠缠起来。如说‘中国诗音律的研究，向来分“声”（子音）“韵”（母音）两个要素……现在分析声的性质。声就是平上去入’，几乎使读者要误认‘声母’的声和‘平上去入’的声为一件东西了！这或许是叙述时偶尔的疏忽；可是朱氏在这一章里所提出的四声‘调质’的区别，确是把字调的现象和音质问题混为一谈。”③对此，钱念孙评论说：“这里的批评言之有

① 王攸欣：《选择·接受与疏离——王国维接受叔本华、朱光潜接受克罗齐美学比较研究》，第 218 页，北京：三联书店，1999 年。

② 朱光潜：《诗论》，《朱光潜全集》第 3 卷，第 171 页，合肥：安徽教育出版社，1987 年。

③ 张世禄：《评朱光潜〈诗论〉》，上海：《国文月刊》第 58 期，1947 年 7 月。

据，析理清晰，是很有道理的。朱光潜在谈论‘四声’时，确实有时将作为‘音调’的声和作为‘声母’的声混为一谈了，这是不应该出现的失误。但是，这一概念的混淆，并没影响其基本结论的正确。他的基本结论是：四声（实际就是指‘平仄’）对于中国诗的节奏影响甚微，对于造成和谐则功用甚大。这一看法今天几乎已是学术界的公论，而朱光潜在三四十年代就作了较深入的探讨。因之，张世禄批评他由于概念含混不清‘自然也得不到正确的结论’的话，不免有点过甚其辞。”①

第二，中国诗何以走上“律的”道路的问题。朱光潜的基本观点是：

> 一、声音的对仗起于意义的排偶，这两个特征先见于赋，律诗是受赋的影响。
>
> 二、东汉以后，因为佛经的翻译与梵音的输入，音韵的研究极发达。这对于诗的声律运动是一种强烈的刺激剂。
>
> 三、齐梁时代，乐府递化为文人诗到了最后阶段。诗有词而无调，外在的音乐消失，文字本身的音乐起来代替它。永明声律运动就是这种演化的自然结果。②

钱念孙着重指出朱光潜在这一问题上的创见所在，并呼吁学术界对此应有充分的关注和重视：“这三个见解，第二、三点前人已有不同程度论述，如关于中国音韵研究受佛经翻译和梵音输入的启发，陈寅恪早在《四声三问》中便明确提出，并作了较详细的解说；关于诗与乐分离后，诗必须在文字本身求音律的看法，刘大白在《中国旧诗篇中的声调问题》里也早有涉猎。对于这些问题，朱光潜虽有些地方作了自己的阐发，但总体上毕竟是陈述他

---

① 钱念孙：《朱光潜论中国诗的声律及诗体衍变》，北京：《文学遗产》，1999 年第 3 期。

② 朱光潜：《诗论》，《朱光潜全集》第 3 卷，第 220 页，合肥：安徽教育出版社，1987 年。

们的观点。可是,第一点说明中国诗走了律的路,在意义排偶和声音对仗两方面,都受到赋的影响,却是朱先生的发明,最具新意,堪称创见……朱光潜这里所揭示的,是从诗体及文体本身衍变的角度,说明律诗这一重要文学现象的产生,在意义排偶和声音对仗方面并非突发事件,而是受到辞赋的流灌和滋养。这一看法新颖而独到,至今少有人论及,也少有人评价,似没有引起学术界的充分注意。笔者以为,只要细心考察、比较汉魏及南北朝时期的辞赋和诗歌,朱先生的观点有大量的事实作根据,是值得认真对待的。"①

朱光潜的陶渊明研究

在中国古今诗人中,陶渊明的人格与诗风是朱光潜平生最为景仰的。在 1935 年 12 月《中学生》上,朱光潜的《说"曲终人不见,江上数峰青"——答夏丏尊先生》一文提出关于陶渊明的著名论断:"古希腊——尤其是古希腊的造型艺术——常使我们觉到这种'静穆'的风味。'静穆'是一种豁然大悟、得到皈依的心情。它好比低眉默想的观音大士,超一切忧喜,同时你也可以说他泯化一切忧喜,这种境界在中国诗里不多见。屈原、阮籍、李白、杜甫都不免有些像金刚怒目、愤愤不平的样子。陶潜浑身是'静穆',所以他伟大。"②之后不久,朱光潜的这一论断即遭到鲁迅的批评。鲁迅说:

> 被选家录取了《归去来辞》和《桃花源记》、被论客赞赏

① 钱念孙:《朱光潜论中国诗的声律及诗体衍变》,北京:《文学遗产》,1999 年第 3 期。

② 朱光潜:《说"曲终人不见,江上数峰青"——答夏丏尊先生》,上海:《中学生》,1935 年 12 月。

着“采菊东篱下，悠然见南山”的陶潜先生，在后人的心目中，实在飘逸得太久了……就是诗，除论客所佩服的“悠然见南山”之外，也还有“精卫衔微木，将以填沧海。刑天舞干戚，猛志固常在”之类的“金刚怒目式”，在证明着他并非整天整夜的飘飘然。这“猛志固常在”和“悠然见南山”的是一个人，倘有取舍，即非全人，再加抑扬，更离真实。

我总以为倘要论文，最好是顾及全篇，并且顾及作者的全人，以及他所处的社会状态，这才较为确凿……陶潜正因为并非“浑身是‘静穆’，所以他伟大”。现在之所以往往被尊为“静穆”，是因为他被选文家和摘句家所缩小、凌迟了。①

对于朱光潜与鲁迅有关陶渊明理解和认识的歧异，羊列荣做出了具有一定深度的解析。

“静穆”之所以伟大，在于“静穆”是一种超越了“金刚怒目式”的社会主体性而表现出的境界，是当个体与现实保持一定的距离时所呈现出的一种独特的诗意气质。德国艺术史家温克尔曼《论古代艺术》曾说：“希腊杰作有一种普遍和主要的特点，这便是高贵的单纯和静穆的伟大。”莱辛的《拉奥孔》虽是针对温克尔曼的，但对于其“静穆”之说并无异议。很难说朱光潜讲的“陶潜浑身是‘静穆’，所以他伟大”与温克尔曼说的“静穆的伟大”没有措辞上的渊源。至少，陶潜“浑身是静穆”，也让他品到了一如希腊古典艺术所具有的那种经典气质，而“浑身”二字，大约也就是表达他对这种气氛的由衷惊叹罢。渊明其人其诗的“静穆”境界，无疑契合了朱光潜的超功利的审美理念……鲁迅更欣赏那种有

① 鲁迅：《题未定草·六》，《且介亭杂文二集》，《鲁迅全集》第6卷，第422、430页，北京：人民文学出版社，1981年。

血性的社会主体人格，更倾向于一种贴近时代的风骨之美。在他看来，"静穆"的人格与境界毕竟不太适合于一个需要呐喊与振作的社会。然而，实际上鲁迅的矛头所指向的，是"浑身"二字，而不是"静穆"本身，因为鲁迅并非看不到渊明的"非常和平"的一面……"和平"也是"静穆"，只是说法不同。但鲁迅更强调的是渊明的"和平"心态的相对性：既相对于孔融嵇康之辈，也相对于渊明自身的"金刚怒目式"、"不能超于尘世"的那一面。"这'猛志固常在'和'悠然见南山'的是一个人，倘有取舍，即非全人，再加抑扬，更离真实"，鲁迅试图刻画一个立体的渊明。①

吴云认为，朱光潜、鲁迅的立论皆成一家之言，但也有各自的片面性。

1935 年朱光潜在《说"曲终人不见，江上数峰青"》一文中论及"陶潜浑身是'静穆'，所以他伟大"，次年受到了鲁迅的批评。朱氏立论的缺点在于"浑身"二字上。尽管如此，朱氏对陶渊明的分析，已成一家之言。虽然陶诗中并非都是"静穆"的，还有"金刚怒目"的一面，但"静穆"风格毕竟是陶诗的主要方面。鲁迅批评朱光潜评陶诗因"摘句"而出现片面性基本是正确的；但鲁迅在理论上也有不足之处，即他指出了陶渊明诗的特点有两方面："金刚怒目"和"静穆"，但哪方面是主导，鲁迅未能指出。为此，鲁迅在批评朱光潜片面性的同时也出现了片面性。②

1946 年，朱光潜撰写了长篇论文《陶渊明》，分上、下两篇发表于《大公报 · 星期文艺》第 1 期和第 2 期，后增补入 1948 年正

① 羊列荣：《20 世纪中国古代文学研究史 · 诗歌卷》，第 150～151 页，上海：东方出版中心，2006 年。

② 吴云主编：《魏晋南北朝文学研究》，第 265 页，北京：北京出版社，2001 年。

中书局版《诗论》，作为第 13 章。关于该文的要旨，王攸欣的概括较为精当全面。

朱光潜认为陶渊明是他所提出的一个原则的典型例证，这条原则是：大诗人先在生活中把自己的人格涵养成一首完美的诗，充实而有光辉，写下来的诗是人格的焕发。朱光潜认为陶渊明是一个富于热情而自甘淡泊，绝顶聪明而博采众长的人。他批驳陈寅恪认为陶渊明外儒而内道、宗法天师道的观点，认为陶渊明身上儒、道、释兼具，而尤倾向于儒家……他认为陶渊明的世界中，人与物、人与我的分别都已化除，只是一团和气、普运周流，人我物在一体同仁的状态中各徜徉自得，他把自己的胸襟气韵贯注于外物，使外物的生活更活跃，情趣更丰富；同时也吸收外物的生命与情趣来扩大自己的胸襟气韵。陶渊明人品的高妙就在有这样深广的同情，他虽然不参禅，但以对自己的默契，处处流露禅机，达到最高的禅境。在他的内心世界，各种因素达到极端的和谐肃穆……朱光潜否定两种传统的看法。一种把陶渊明当做"隐逸诗人之宗"，强调其隐逸的一面；一种把陶渊明看做晋宋换代之际，忠贞不事二主的人物，强调其政治上的忠贞。朱光潜认为他胸襟高超而生活平凡，不矫情而率真，很近人情，感情生活深厚。陶渊明的人格就显现了他的诗风。朱光潜认为陶诗的特色正在不平不奇、不枯不腴、不质不绮，同时而又亦平亦奇、亦枯亦腴、亦质亦绮。简练高妙，达到了艺术的最高境界即化境。在朱光潜眼中，似没有人能与陶渊明相提并论。①

吴云认为："朱氏修改、补充后的评陶诗'静穆'说，删掉了

① 王攸欣：《朱光潜学术思想评传》，第 76～77 页，北京：北京图书馆出版社，1999 年。

'浑身'二字;强调陶潜的'诗集满纸都是忧生之嗟',并指出'他(陶渊明)和我们一般人一样,有许多矛盾和冲突,和伟大诗人一样,他终于达到了调和静穆。'在朱氏看来,陶渊明经过激烈、痛苦的思想斗争和涵养的过程,在创作上'终于达到调和静穆'这一诗的极境。此时朱氏评陶诗'静穆'说,在理论上已是正确的一家之言了。1948 年之后,再抓住朱氏评陶诗'静穆'说加以批判或批评就欠妥了。"①40 年代朱光潜的陶渊明评论是否"已是正确的一家之言",容或有商,不过,此时,朱光潜对陶渊明其人其诗的理解比之 30 年代提出"静穆"说时有了较大提高,却是不争的事实。

20 世纪 90 年代以后,朱光潜评陶的"静穆"说在学术界得到愈来愈多的认同。羊列荣简要地介绍了这方面的情况。

> 《读山海经》通常被认为是呈现了渊明"金刚怒目式"的一面,但陈兴伟认为诗中"同物既无虑"表现的其实是庄子的"齐物"观,也是当时诗人们共同吟咏的一个主题,于是,"原来陶渊明所表现的不是什么'金刚怒目式'的愤怒,也无意歌颂精卫、刑天的不屈精神,这是一首吟咏超自然处世的达观诗"。当然,他也不否认诗中"似乎还隐隐地带着一丝人生失意的解嘲"。虽然《读山海经》未必真是一首"达观诗",但叙述者的姿态,已然倾向于"静穆说"了。韦凤娟说,虽然陶渊明并非"浑身都是'静穆'",但是"陶渊明的性格中给人印象最深刻的仍然是那份少有的洒脱、平淡、从容"。章培恒主编的《中国文学史》(以下简称"章培恒本")对"静穆"作了直接的解释:"他的大多数田园诗呈现出冲淡平和、旷洁悠远的外貌,此即前人所言'静穆'。但在这背后,却充

① 吴云主编:《魏晋南北朝文学研究》,第 268 页,北京:北京出版社,2001 年。

满了对现实社会的憎恶与不安、对人生短促深感无所寄托的焦虑。换言之,‘静穆’是在‘自然’哲学支配下构造出的美学境界,而激起这种追求的内驱力恰恰是高度的焦灼不安。”这里沿用的正是朱光潜在40年代提出的“新静穆说”。戴建业并不否认渊明有“金刚怒目式”的一面,但他是如此鲜明地表明了自己对“静穆说”的态度:“‘静穆’是陶诗中的一种客观存在,否定它并不等于取消它。”他又这样去解释“静穆”的意义:“他的遭遇无论是穷还是达,是成还是败,陶渊明都没有表现出相应的大喜与大悲,见不到他剧烈的心灵骚动。从诗人应世观物的情感态度、内在的心境到诗歌的语言、音调、节奏,无一不烙下他相同的体验方式的印记:恬静、冲和、节制。这种情感体验及表现这种体验的特点就是人们所常言的静穆。”他对“静穆”的体味,更接近30年代的朱光潜。①

朱光潜学风朴实平易,所论多出之以精深体悟,这一特点在其陶渊明研究中可见一斑。

(黑龙江大学　杜萌若)

① 羊列荣:《20世纪中国古代文学研究史·诗歌卷》,第155页,上海:东方出版中心,2006年。

参考文献

胡适的《白话文学史》

素痴:《评胡适〈白话文学史〉上卷》,天津:《大公报·文艺副刊》,1928年12月3日第48期。

张大卫:《评胡适之〈白话文学史〉》,上海:《国闻周报》,1929年6月第6卷22期。

梁淑仪:《胡适著〈白话文学史〉上卷》,北京:《图书评论》,1931年12月第1卷9期。

胡云翼:《新著中国文学史》,上海:北新书局,1932年。

周作人:《中国新文学的源流》,北京:人文书店,1932年9月。

叶青:《胡适批判》,上海:辛垦书店,1934年。

《胡适思想批判论文汇编》,北京:三联书店,1955年。

陆侃如、冯沅君:《中国诗史》,北京:作家出版社,1956年。

谭彼岸:《晚清的白话文运动》,武汉:湖北人民出版社,1956年12月。

鲁迅:《鲁迅书信集》,北京:人民文学出版社,1976年。

《中国新文学大系·建设理论集》,上海:上海文艺出版社(据上海良友图书印刷公司1935年版影印),1980年。

朱光潜:《诗论》,北京:三联书店,1984年。

郑振铎:《郑振铎古典文学论文集》,上海:上海古籍出版社,

1984年。

金启华:《建国前十三部〈中国文学史〉简评》,芜湖:《芜湖师专学报》,1985年第1期。

耿云志:《胡适研究论稿》,成都:四川人民出版社,1985年。

孟悦:《过去时代的"本文"——评胡适的〈白话文学史〉》,北京:《读书》,1987年第11期。

胡适:《胡适古典文学研究论集》,上海:上海古籍出版社,1988年。

朱文华:《胡适评传》,重庆:重庆出版社,1988年。

耿云志:《胡适年谱》,成都:四川人民出版社,1989年。

唐德刚译注:《胡适口述自传》,北京:华文出版社,1992年第二版。

赵敏俐:《文学观念的更新与文学史的编写》,漳州:《漳州师院学报》,1994年第3期。

陈克明:《浅论胡适的〈白话文学史〉》,上海:《华东理工大学学报》,1994年第6期。

胡明:《胡适传论》,北京:人民文学出版社,1996年。

董乃斌:《论草创期的〈中国文学史〉》,长春:《社会科学战线》,1997年第5期。

陈万雄:《五四新文化运动的源流》,北京:三联书店,1997年。

陈平原:《中国现代学术之建立——以章太炎、胡适之为中心》,北京:北京大学出版社,1998年。

戴燕:《中国文学史:一个历史主义的神话》,北京:《文学评论》,1998年第5期。

陈改玲、刘义波:《胡适与文学史学科——评〈白话文学史〉》,郑州:《郑州大学学报》,1998年第3期。

宋毅:《评胡适的〈白话文学史〉》,莆田:《莆田高等专科学校学报》,1999 年第 4 期。

骆玉明:《关于胡适的〈白话文学史〉》,上海:上海古籍出版社,1999 年 12 月。

吕微:《论学科范畴与现代性价值观——从〈白话文学史〉到〈中国民间文学史〉》,北京:《文学评论》,2001 年第 4 期。

杜治国:《文学观念的变革与“纯”文学史的兴起——论二三十年代的中国文学史编写》,济南:《齐鲁学刊》,2002 年第 2 期。

戴燕:《文学史的权力》,北京:北京大学出版社,2002 年。

刘石:《关于胡适的两部中国文学史著作》,北京:《文学评论》,2003 年第 4 期。

刘师培、黄节、黄侃等的古典文学研究

黄节:《鲍参军诗注》,北京:人民文学出版社,1957 年。

黄节:《曹子建诗注》,北京:人民文学出版社,1957 年。

黄节:《阮步兵咏怀诗注》,北京:人民文学出版社,1957 年。

黄节:《汉魏乐府风笺》,北京:人民文学出版社,1958 年。

黄节:《魏武帝魏文帝诗注》,北京:人民文学出版社,1958 年。

程千帆:《量守庐学记——黄侃的生平和学术》,北京:三联书店,1958 年。

刘师培:《中国中古文学史 · 论文杂记》,北京:人民文学出版社,1959 年。

刘师培:《刘申叔遗书》,南京:江苏古籍出版社,1997 年。

陈引驰:《刘师培中古文学论集》,北京:中国社会科学出版社,1997 年。

王森然:《近代名家评传》(二集),北京:三联书店,1998 年。

万仕国:《刘师培年谱》,扬州:广陵书社,2003 年。

李帆:《刘师培与中西学术》,北京:北京师范大学出版社,2003 年。

司马朝军、王文晖:《黄侃年谱》,武汉:湖北人民出版社,2005 年。

刘师培:《中国中古文学史讲义》,上海:上海古籍出版社,2006 年。

黄侃:《黄侃文集·文选平点》(重辑本)(上、下),北京:中华书局,2006 年。

黄侃:《黄侃文集·文心雕龙札记》,北京:中华书局,2006 年。

黄节:《黄节诗学诗律讲义》,天津:天津古籍出版社,2007 年。

学衡派与中国古典文学

吴宓:《吴宓诗集》,北京:中华书局,1935 年。

吴宓等:《学衡》,北京:中华书局发行,1922 年到 1937 年。

北京大学:《文学运动史料选》,上海:上海教育出版社,1979 年。

李何林:《近二十年中国文艺思潮论》,西安:陕西人民出版社,1981 年。

沈松桥:《学衡派与五四时期的反新文化运动》,台北:台湾大学出版委员会,1984 年。

柳诒徵:《中国文化史》,上海:东方出版中心,1988 年。

陈崧:《五四前后东西文化问题论战文选》(增订本),北京:中国社会科学出版社,1989 年。

吴学昭:《吴宓与陈寅恪》,北京:清华大学出版社,1992 年。

陈美延、陈流求:《陈寅恪诗集》,北京:清华大学出版社,

1993 年。

马良春、张大明:《中国现代文学思潮史》,北京:北京十月文艺出版社,1995 年。

孙尚扬、郭兰芳:《国故新知论——学衡派文化论著辑要》,北京:中国广播电视出版社,1995 年。

吴宓:《吴宓自编年谱》,北京:三联书店,1995 年。

胡适:《胡适文存》,合肥:黄山书社(据亚东图书馆 1928 年版重印),1996 年。

周策纵:《五四运动:现代中国的思想革命》,南京:江苏人民出版社,1996 年。

郑师渠:《晚清国粹派——文化思想研究》,北京:北京师范大学出版社,1997 年。

旷新年:《现代文学与现代性》,上海:上海远东出版社,1998 年。

陈少明等:《近代中国思想史略论》,广州:广东人民出版社,1999 年。

刘炎生:《中国现代文学论争史》,广州:广东人民出版社,1999 年。

沈卫威:《吴宓与〈学衡〉》,开封:河南大学出版社,2000 年。

李世涛:《知识分子立场——激进与保守之间的动荡》,长春:时代文艺出版社,2000 年。

李继凯、刘瑞春:《解析吴宓》,北京:社会科学文献出版社,2001 年。

罗岗、陈春艳:《梅光迪文录》,沈阳:辽宁教育出版社,2001 年。

高恒文:《东南大学与"学衡派"》,桂林:广西师范大学出版社,2002 年。

沈卫威:《"学衡派"谱系——历史与叙事》,南昌:江西教育出版社,2007 年。

鲁迅的《中国小说史略》及其他古典文学研究(上、下)

鲁迅:《鲁迅全集》(全十六卷),北京:人民文学出版社,1973 年。

鲁迅:《鲁迅全集》(全十六卷),北京:人民文学出版社,1981 年。

鲁迅:《鲁迅全集》(全十八卷),北京:人民文学出版社,2005 年。

鲁迅博物馆鲁迅研究室《鲁迅研究月刊》选编:《鲁迅回忆录:专著》(上、中、下),北京:北京出版社,1999 年。

鲁迅博物馆鲁迅研究室《鲁迅研究月刊》选编:《鲁迅回忆录:散篇》(上、中、下),北京:北京出版社,1999 年。

李何林主编,鲁迅博物馆鲁迅研究室编:《鲁迅年谱》(增订本)(1～4 卷),北京:人民文学出版社,2000 年。

薛绥之主编:《鲁迅生平史料汇编》第一辑,天津:天津人民出版社,1981 年。

薛绥之主编:《鲁迅生平史料汇编》第二辑,天津:天津人民出版社,1982 年。

薛绥之主编:《鲁迅生平史料汇编》第三辑,天津:天津人民出版社,1983 年。

薛绥之主编:《鲁迅生平史料汇编》第四辑,天津:天津人民出版社,1983 年。

冯雪峰:《回忆鲁迅》,北京:人民文学出版社,1952 年。

陈梦韶:《鲁迅在厦门》,北京:作家出版社,1954 年。

李霁野:《回忆鲁迅先生》,上海:新文艺出版社,1956 年。

周启明:《鲁迅的青年时代》,北京:中国青年出版社,1957 年。

周遐寿:《鲁迅的故家》,北京:人民文学出版社,1981 年重印本。

周作人:《知堂回想录》,香港:三育图书有限公司,1980 年。

许广平:《鲁迅回忆录》,北京:作家出版社,1961 年。

许广平:《欣慰的纪念》,北京:人民文学出版社,1981 年第 2 版。

〔日〕增田涉著,北京师范大学中文系现代文学组译:《鲁迅的印象》,北京:北京师范大学中文系现代文学组,1976 年。

巴金、冯至、黄源等:《鲁迅回忆录》二集,上海:上海文艺出版社,1979 年。

周建人、茅盾等著:《我心中的鲁迅》,长沙:湖南人民出版社,1979 年。

川岛:《和鲁迅相处的日子》,成都:四川人民出版社,1979 年。

单演义:《鲁迅在西安》,西安:陕西人民出版社,1981 年。

许寿裳:《亡友鲁迅印象记·许寿裳回忆鲁迅全编》,上海:上海文化出版社,2006 年。

鲁迅先生纪念委员会编:《鲁迅先生纪念集》,上海:上海书店复印,1979 年。

复旦大学中国语言文学研究所鲁迅研究室编:《纪念鲁迅诞生二百周年论文集》,上海:复旦大学出版社,1981 年。

北京师范大学中文系编:《纪念鲁迅诞辰百周年文学论文集及鲁迅珍藏有关北师大史料》,北京:北京师范大学出版社,1981 年。

何幹之:《鲁迅思想研究》,北京:生活·读书·新知三联书店,1950 年。

胡冰:《鲁迅研究札记》,上海:新文艺出版社,1958 年。

许钦文:《学习鲁迅先生》,上海:上海文艺出版社,1959 年。

李宗英、张梦阳编:《六十年来鲁迅研究论文选》(上、下册),北京:中国社会科学出版社,1982 年。

张梦阳:《中国鲁迅学通史》(上卷),广州:广东教育出版社,2002 年重印本。

袁良骏:《鲁迅研究史》(上卷),西安:陕西人民出版社,1986 年。

许怀中:《鲁迅与中国古典文学》,西安:陕西人民出版社,1982 年。

厦门大学中文系编:《鲁迅论中国古典文学》,厦门:福建人民出版社,1979 年。

赵英:《籍海探珍——鲁迅整理祖国文化遗产撷华》,北京:中国文史出版社,1991 年。

单演义:《鲁迅小说史大略》,西安:陕西人民出版社,1981 年。

陈漱渝主编:《鲁迅版本书话》,北京:北京图书馆出版社,2004 年。

子通主编:《鲁迅评说八十年》,北京:中国华侨出版社,2005 年。

郑振铎:《郑振铎文集》第 4 卷,北京:人民文学出版社,1985 年。

胡适著,季羡林主编:《胡适全集》第 24 卷,合肥:安徽教育出版社,2003 年。

胡从经:《中国小说史学史长编》,上海:上海文艺出版社,1998 年。

陈平原:《小说史:理论与实践》,北京:北京大学出版社,2005 年重印本。

齐裕焜:《独创与通观——中国古代小说论集》,上海:上海三联书店,2009 年。

文学研究会与古典文学研究

郁达夫:《中国新文学大系·散文二集》,上海:良友图书公司,1935年。

赵家壁:《中国新文学大系·建设理论集》,上海:良友图书公司,1935年。

郑振铎:《中国文学研究》,上海:上海书店出版社影印本,1981年。

郭绍虞:《照隅室古典文学论集》,上海:上海古籍出版社,1983年。

孙中田、查国华:《茅盾研究资料》,北京:中国社会科学出版社,1983年。

贾植芳等:《文学研究会资料》,郑州:河南人民出版社,1985年。

郭沫若:《郭沫若古典文学论文集》,上海:上海古籍出版社,1985年。

陈安湖:《中国现代文学社团流派史》,武汉:华中师范大学出版社,1997年。

王瑶:《中国文学研究现化代进程》,北京:北京大学出版社,1998年。

郑振伟:《郑振铎前期文学思想》,北京:人民文学出版社,2000年。

丁尔纲:《茅盾翰墨人生八十秋》,武汉:长江文艺出版社,2000年。

董乃斌、陈伯海、刘扬忠:《中国文学史学史》,石家庄:河北人民出版社,2003年。

黄修己:《20世纪中国文学史》,广州:中山大学出版社,

2004 年。

朱寿桐:《中国现代社团文学史》,北京:人民文学出版社,2004 年。

蒋述卓等:《二十世纪中国古代文论学术研究史》,北京:北京大学出版社,2005 年。

董乃斌:《近世名家与古典文学研究》,上海:上海大学出版社,2005 年。

董丽敏:《想像现代性:革新时期的〈小说月报〉研究》,桂林:广西师范大学出版社,2006 年。

黄霖:《20 世纪中国古代文学研究史》,上海:东方出版中心,2006 年。

杨联芬:《二十世纪中国文学期刊与思潮》,南昌:百花洲文艺出版社,2006 年。

杨匡汉:《20 世纪中国文学经验》,上海:东方出版中心,2006 年。

郑尔康:《我的父亲郑振铎》,北京:团结出版社,2006 年。

石曙萍:《知伙份子的岗位与追求文学研究会研究》,上海:东方出版中心,2006 年。

清华研究院在古典文学学科史上的地位

清华学校:《清华学报》,第一卷第一号(1924 年 6 月)至第六卷第二号(1929 年 12 月)。

清华学校周刊社:《清华周刊》,第二十三卷(1925 年 2 月起)至第三十一卷(至 1929 年 6 月)。

清华学校研究院实学社:《实学》,第一号(1926 年 4 月)至第六号(1926 年 11 月)。

清华学校研究院:《国学论丛》,第一卷第一号(1926 年 9

月)至第二卷第二号(1927 年 12 月)。

梁启超:《饮冰室合集》,上海:中华书局,1936 年。

《陈寅恪先生论集》,台北:“中研院历史语言研究所”,1971 年。

赵万里:《民国王静安先生国维年谱》,台北:“商务印书馆”,1978 年。

清华大学校史编写组编:《清华大学校史稿》,北京:中华书局,1981 年。

王国维:《王国维遗书》(1~16 册),上海:上海古籍书店,1983 年。

丁文江、赵丰田:《梁启超年谱长编》,上海:上海人民出版社,1983 年。

吴泽:《王国维全集·书信》,北京:中华书局,1984 年。

汪荣祖:《史家陈寅恪》,台北:经联出版事业公司,1984 年。

孙敦恒:《王国维年谱新编》,北京:中国文史出版社,1991 年。

耿云志、崔志海:《梁启超》,广州:广东人民出版社,1994 年。

清华大学校史组:《清华人物志》(1~3 辑),北京:清华大学出版社,1983,1987,1995 年。

袁英光、刘寅生:《王国维年谱长编》,天津:天津人民出版社,1996 年。

苏云峰:《从清华学堂到清华大学》,台北:“中研院近代史研究所”,1996 年。

耿云志、欧阳哲:《胡适书信集》(上册),北京:北京大学出版社,1996 年。

陈平原、王枫:《追忆王国维》,北京:中国广播电视出版社,1997 年。

蒋天枢:《陈寅恪先生编年事辑》,上海:上海古籍出版社,1997 年。

吴宓:《吴宓日记》(第 3、4 册),北京:三联书店,1998 年。

齐家莹:《清华人文学科年谱》,北京:清华大学出版社,1999 年。

梁启超:《梁启超全集》,北京:北京出版社,1999 年。

王永兴:《陈寅恪先生史学述略稿》,北京:北京大学出版社,1999 年。

葛兆光:《清华汉学研究》(1～3 辑),北京:清华大学出版社,1994,1997,2000 年。

胡守为:《陈寅恪与二十世纪中国学术》,杭州:浙江人民出版社,2000 年。

黄延复:《二三十年代清华校园文化》,桂林:广西师范大学出版社,2000 年。

蒋广学:《梁启超和中国古代学术史的终结》,南京:江苏教育出版社,2001 年。

孙敦恒:《清华国学研究院史话》,北京:清华大学出版社,2002 年。

一二十年代的文学史写作(上、下)

刘毓盘:《中国文学史》,上海:古今图书店,1924 年。

胡怀琛:《中国文学史略》,上海:大新书局,民国 14 年(1925)。

周群玉:《白话文学史纲》,上海:群学社,1928 年。

顾实:《中国文学史大纲》,上海:商务印书馆,民国 18 年(1929)4 版。

钱振东:《中国文学史》,1929 年,出版社不详。

谭正璧：《中国文学史大纲（改订本）》，上海：光明书局，1931年。

曾毅：《订正中国文学史》，上海：泰东书局，1932年4版。

刘麟生：《中国文学史》，上海：世界书局，民国21年（1932）。

赵景深：《中国文学小史》，上海：光华书局，民国23年（1934）14版。

陈玉堂：《中国文学史书目提要》，合肥：黄山书社，1986年。

胡小石：《胡小石论文集续编》，上海：上海古籍出版社，1991年。

吉平平、黄晓静编：《中国文学史著版本概览》，沈阳：辽宁大学出版社，1992年。

谢无量：《中国大文学史》，郑州：中州古籍出版社，1992年。

浦江清：《浦江清文史杂文集》，北京：清华大学出版社，1993年。

刘师培：《刘申叔遗书》，南京：江苏古籍出版社，1997年。

胡适：《白话文学史》，合肥：安徽教育出版社，1999年。

胡适：《国语文学史》，合肥：安徽教育出版社，1999年。

郭维森编：《学苑奇峰——文史学家胡小石》，南京：南京大学出版社，2000年。

戴燕：《文学史的权力》，北京：北京大学出版社，2002年。

董乃斌、陈伯海、刘扬忠：《中国文学史学史》，石家庄：河北人民出版社，2003年。

傅斯年：《诗经讲义稿（含〈中国古代文学史讲义〉）》，北京：中国人民大学出版社，2004年。

胡云翼著，刘永翔、李露蕾编：《胡云翼集·胡云翼重写文学史》，上海：华东师范大学出版社，2004年。

林传甲、朱希祖、吴梅著，陈平原辑：《早期北大文学史讲义三种》，北京：北京大学出版社，2005年。

20年代的古典文学专业书籍和专业刊物的出版

茅盾:《我走过的路》上,北京:人民文学出版社,1981年。

《张元济傅增湘论书尺牍》,北京:商务印书馆,1983年。

黄镇伟:《中国编辑出版史》,苏州:苏州大学出版社,2003年。

李焱胜:《中国报刊图史》,武汉:湖北人民出版社,2005年。

史春风:《商务印书馆与中国近代文化》,北京:北京大学出版社,2006年。

余恕诚主编:《中国诗学研究》,收入《二十世纪中国人文学科学术研究史丛·文学专辑》,福州:福建人民出版社,2006年。

曹辛华、张幼良:《中国词学研究》,收入《二十世纪中国人文学科学术研究史丛·文学专辑》,福州:福建人民出版社,2006年。

齐裕焜、王子宽:《中国古代小说研究》,收入《二十世纪中国人文学科学术研究史丛·文学专辑》,福州:福建人民出版社,2006年。

韩经太:《中国文学批评史研究》,收入《二十世纪中国人文学科学术研究史丛·文学专辑》,福州:福建人民出版社,2006年。

陈飞主编:《中国古代散文研究》,收入《二十世纪中国人文学科学术研究史丛·文学专辑》,福州:福建人民出版社,2006年。

叶长海主编:《中国戏剧史研究》,收入《二十世纪中国人文学科学术研究史丛·文学专辑》,福州:福建人民出版社,2006年。

30年代以前的文学古籍整理

许守微:《论国粹无阻于欧化》,北京:《国粹学报》第1年第7期,1905年。

马其昶:《集虚堂丛书》,合肥:1907年印本。

吴闿生:《诗义会通》,北京:北京文学社,1927年。

《刘申叔遗书》,北京:1935年刻本。

林光义:《诗经通解》(1930年著),北京:北京大学,1936年。

《商务印书馆图书目录(1897—1949)》,北京:商务印书馆,1981年。

朱自清:《朱自清文选》第4卷,南京:江苏教育出版社,1990年。

《民国时期总书目》,北京:北京图书馆出版社,1992年。

黄卓越等主编:《中国大书典》,北京:中国书店,1994年。

郑永晓:《本世纪宋代诗文别集的整理的成就与不足》,北京:《文学遗产》,1994年第3期。

张元济:《百衲本二十四史前序》,《影印善本书序跋集录》,北京:中华书局,1995年。

欧阳健:《晚清小说史·引言》,杭州:浙江古籍出版社,1997年。

《中国大百科全书·新闻出版》,北京:中国大百科全书出版社,1999年。

张少康、汪春泓、陈允锋、陶礼天:《文心雕龙研究史》,北京:北京大学出版社,2001年。

桑兵:《晚清民国的国学研究》,上海:上海古籍出版社,2001年。

王发国、陈晓超:《钟嵘〈诗品〉应当重新作注(上)——兼论陈延杰〈诗品注〉》，许昌：《许昌师专学报》，2001年第1期。

黄镇伟：《中国编辑出版史》，苏州：苏州大学出版社，2003年。

唯物史观进入古典文学学科的滥觞

《俄罗斯名家短篇小说》第一集，北京：新中国杂志社，1920年。

贺凯：《中国文学史纲要》，北京：新兴文学研究会，1931年。

孙俍工：《唐代底劳动文艺》，上海：亚东图书馆，1932年。

萨孟武：《水浒传与中国社会》，南京：正中书局，1934年。

张希之：《中国文学流变史》，北京：文化书社，1935年。

阿英：《小说闲谈》，上海：商务印馆，1936年。

阿英：《晚清小说史》，上海：商务印书馆，1937年。

郭沫若：《中国古代社会研究》，北京：科学出版社，1954年。

方诗铭：《中国奴隶制度的探讨·跋》，《郭沫若研究》，北京：文化艺术出版社，1984年。

田昌五：《中国古代社会发展史论》，济南：齐鲁书社，1992年。

戴逸：《二十世纪中国史学名著》，石家庄：河北教育出版社，2000年。

黄烈：《中国古代社会研究》，石家庄：河北教育出版社，2000年。

余恕诚主编：《中国诗学研究》，收入《二十世纪中国人文学科学术研究史丛书·文学专辑》，福州：福建人民出版社，2006年。

30年代的“新”中国文学史

陈玉堂:《中国文学史旧版书目提要》,上海:上海社会科学院文学研究所,1985年。

朱文华:《胡适评传》,重庆:重庆出版社,1988年。

陈福康:《郑振铎论》,北京:商务印书馆,1991年。

金梅、朱文华:《郑振铎评传》,天津:百花文艺出版社,1992年。

万建中:《试评郑振铎俗文学研究的成就与不足》,南昌:《南昌大学学报》,1994年第2期。

彭清深:《论郑振铎对我国文学文献研究的贡献》,兰州:《图书与情报》,1995年第1期。

黄永林:《论郑振铎俗文学的理论特征与实践倾向》,上海:《华中师范大学学报》,1995年第4期。

戴燕:《文学・文学史・中国文学史——论本世纪初“中国文学史”学的发轫》,北京:《文学遗产》,1996年第6期。

孙明君:《追寻遥远的理想——关于20世纪〈中国文学史〉的回顾与瞻望》,北京:《北京大学学报》,1997年第1期。

戴燕:《怎样写中国文学史——本世纪初文学史学的一个回顾》,北京:《文学遗产》,1997年第1期。

董乃斌:《论草创期的〈中国文学史〉》,长春:《社会科学战线》,1997年第5期。

陈晋:《郑振铎研究综述》,南京:《文教资料》,1998年第2期。

饵荣本:《二十世纪上半叶中国文学史理论述论》,南京:《江苏社会科学》,1998年第6期。

高树海:《论中国文学史观的发展变迁——二十世纪上半叶

文学史观探寻》,哈尔滨:《学习与探索》,1999 年第 2 期。

陈平原:《文学史的形成与建构》,南宁:广西教育出版社,1999 年。

胡适:《白话文学史》,上海:上海古籍出版社,1999 年。

谭得伶:《文学史家谭丕模》,北京:北京师范大学出版社,1999 年。

魏崇新、王同坤:《观念的演进:20 世纪中国文学史观》,北京:西苑出版社,2000 年。

宋文涛:《20 世纪的中国文学史研究》,南京:《江海学刊》,2001 年第 4 期。

董乃斌:《中国文学史的演进:范式的视角》,北京:《中国社会科学》,2001 年第 6 期。

杜治国:《文学观念的变革与"纯"文学史的兴起——论二三十年代的中国文学史编写》,曲阜:《齐鲁学刊》,2002 年第 2 期。

渠晓云:《世纪中国文学史研究方法之变迁》,太原:《太原师范学院学报》,2003 年第 1 期。

刘石:《关于胡适的两部中国文学史著作》,北京:《文学评论》,2003 年第 4 期。

周兴陆:《窦、林、黄三部早期中国文学史比较》,沈阳:《社会科学辑刊》,2003 年第 5 期。

董乃斌、陈伯海、刘扬忠:《中国文学史学史》第 2 卷,石家庄:河北人民出版社,2003 年。

戴燕:《文学史的权力》,北京:北京大学出版社,2004 年。

张谷、谭得伶:《文学史家谭丕模评传》,北京:北京师范大学出版社,2005 年。

杨玉珍:《外来影响与郑振铎的文学史观》,哈尔滨:《北方论丛》,2005 年第 4 期。

朱晓进:《二十世纪中国文学史观的反思》,北京:《中国社会科学》,2006 年第 1 期。

胡鹏林:《二十世纪前期中国文学史的知识/权力结构之考辨》,成都:《天府新论》,2006 年第 4 期。

曹培根:《黄人及其〈中国文学史〉》,常熟:《常熟理工学院学报》,2007 年第 1 期。

30 年代的"旧"中国文学史

张宗祥:《清代文学》,上海:商务印书馆,1930 年。

郑宾于:《中国文学流变史》,上海:北新书局,1930—1933 年。

胡怀琛:《中国文学史概要》,上海:商务印书馆,1931 年。

胡云翼:《新著中国文学史》,上海:北新书局,1932 年。

刘麟生:《中国文学史》,上海:世界书局,1932 年。

陆侃如、冯沅君:《中国文学史简编》,上海:大江书铺,1932 年。

郑振铎:《插图本中国文学史》,北京:朴社,1932 年。

刘大白:《中国文学史》,上海:开明书店,1933 年。

童行白:《中国文学史纲》,上海:大东书局,1933 年。

钱基博:《明代文学》,上海:商务印书馆,1933 年。

康璧成:《中国文学史大纲》,上海:广益书局,1933 年。

宋佩韦:《明文学史》,上海:商务印书馆,1934 年。

柯敦伯:《宋文学史》,上海:商务印书馆,1934 年。

吴梅:《辽金元文学史》,上海:商务印书馆,1934 年。

刘经庵:《中国纯文学史》,北京:著者书店,1935 年。

杨荫深:《五代文学》,上海:商务印书馆,1935 年。

张长弓:《中国文学史新编》,上海:开明书店,1935 年。

张希之:《中国文学流变史论》,北京:文化学社,1935 年。

容肇祖:《中国文学史大纲》,北京:朴社,1935年。

钱基博:《中国文学史》,北京:中华书局,1993年。

顾育豹:《国学大师钱基博其人其事》,呼和浩特:《党建与人才》,1994年第1期。

刘梦溪、金岳霖主编:《中国现代学术经典·钱基博卷》,石家庄:河北教育出版社,1996年。

董乃斌等:《中国古典文学学术史研究》,乌鲁木齐:新疆人民出版社,1997年。

陈平原:《文学史的形成与建构》,南宁:广西教育出版社,1999年。

魏崇新、王同坤:《观念的演进:20世纪中国文学史观》,北京:西苑出版社,2000年。

王钟陵主编,许建平选编:《二十世纪中国文学史论精粹——文学史方法论卷》,石家庄:河北教育出版社,2001年。

戴燕:《文学史的权力》,北京:北京大学出版社,2002年。

董乃斌、陈伯海、刘扬忠:《中国文学史学史》第二卷,石家庄:河北人民出版社,2003年。

陈国球:《文学史书写形态与文化政治》,北京:北京大学出版社,2004年。

傅宏星:《钱基博年谱》,武汉:华中师范大学出版社,2007年。

30年代"唯物史观文学史"的兴起

王礼锡:《李长吉评传》,上海:神州国光社,1930年。

贺凯:《中国文学史纲要》,北京:新兴文学研究会,1931年。

陆晶清:《唐代女诗人》,上海:神州国光社,1931年。

陆侃如、冯沅君:《中国诗史》,上海:大江书铺,1931年。

孙俍工:《唐代的劳动文艺》,上海:亚东图书馆,1932 年。

《读书杂志》,3 卷 6 期“社会学观中国文学史专号”,上海:神州国光社,1933 年。

谭丕模:《中国文学史纲》,上海:北新书店,1933 年。

张希之:《文学概论》,北京:文化学社,1933 年。

张希之:《中国文学流变史论》,北京:文化学社,1935 年。

郭伯恭:《魏晋诗歌概论》,上海:商务印书馆,1936 年。

阿英:《晚清小说史》,上海:商务印书馆,1937 年。

杨季生:《元剧的社会价值》,贵州:文通书局,1938 年。

郭箴一:《中国小说史》,上海:商务印书馆,1939 年。

刘大杰:《中国文学发展史》(上),上海:中华书局,1941 年。

刘大杰:《中国文学发展史》(下),上海:中华书局,1949 年。

分体文学史在三四十年代的发达

曾毅:《中国文学史》,上海:上海泰东书局,1915 年。

谢无量:《中国大文学史》,上海:中华书局,1918 年。

胡适:《胡适文存》,上海:亚东图书馆,1921 年。

胡云翼:《新著中国文学史》,上海:北新书局,1932 年。

刘麟生:《中国文学史》,上海:世界书局,1932 年。

刘永济:《十四朝文学要略》,重庆:中国文化服务社,1945 年。

林庚:《中国文学史》,厦门:厦门大学出版,1947 年。

刘大杰:《中国文学发展史》上卷,上海:中华书局,1941 年;下卷,1949 年。

陈寅恪:《金明馆丛稿初编》,上海:上海古籍出版社,1980 年。

朱自清:《朱自清古典文学论文集》,上海:上海古籍出版社,

1981年。
郭绍虞:《照隅室古典文学论集》,上海:上海古籍出版社,1983年。
罗根泽:《罗根泽古典文学论文集》,上海:上海古籍出版社,1985年。
郭沫若:《郭沫若古典文学论文集》,上海:上海古籍出版社,1985年。
陈玉堂:《中国文学史书目提要》,合肥:黄山书社,1986年。
陆侃如:《陆侃如古典文学论文集》,上海:上海古籍出版社,1987年。
吉平平等:《中国文学史著版本概览》,沈阳:辽宁大学出版社,1992年。
郭沫若:《郭沫若全集》,北京:人民文学出版社,1992年。
胡适:《胡适学术论文集》,北京:中华书局,1993年。
浦江清:《浦江清文史杂文集》,北京:清华大学出版社,1993年。
乔默:《中国二十世纪文学研究论著提要》,北京:北京大学出版社,1994年。
郭英德等:《中国古典文学研究史》,北京:中华书局,1995年。
刘经庵:《中国纯文学史纲》,北京:东方出版社,1996年。
王瑶:《中国文学研究现代化进程》,北京:北京大学出版社,1996年。
黄文吉等:《中国文学书目提要》(1949—1994),台北:台北万卷楼图书有限公司,1996年。
赵敏俐等:《二十世纪中国古典文学研究史》,西安:陕西人民教育出版社,1997年。
蒋伯潜、蒋祖怡:《骈文与散文》,上海:上海书店出版社,

1997 年。

董乃斌等:《中国古典文学学术史研究》,乌鲁木齐:新疆人民出版社,1997 年。

胡从经:《中国小说史学史长编》,上海:上海文艺出版社,1998 年。

郑振铎:《郑振铎全集》,石家庄:花山文艺出版社,1998 年。

黑龙江大学、《文学遗产》编辑部:《百年学科沉思录——20 世纪古代文学研究回顾与前瞻》,北京:人民文学出版社,1998 年。

徐公持:《二十世纪中国古典文学研究近代化进程略论》,北京:《中国社会科学》,1998 年第 2 期。

刘扬忠:《本世纪前半期词学观念的变革和词史的编撰》,南京:《江海学刊》,1998 年第 3 期。

蒋寅:《中国诗学的百年历程》,《中国诗学》第 6 辑,南京:南京大学出版社,1999 年。

胡适:《白话文学史》,上海:上海古籍出版社,1999 年。

赵景深:《读曲随笔》,上海:上海文艺出版社,1999 年。

严迪昌、刘扬忠、钟振振、王兆鹏:《传承、建构、展望——关于二十世纪词学研究的对话》,北京:《文学遗产》,1999 年第 3 期。

魏崇新、王同坤:《观念的演进——二十世纪的文学史观》,北京:西苑出版社,2000 年。

董乃斌等:《中国文学史学史》,石家庄:河北人民出版社,2001 年。

吕薇芬、张燕瑾:《20 世纪中国文学研究》,北京:北京出版社,2001 年。

陈平原:《中国文学研究现代化进程二编》,北京:北京大学出版社,2002 年。

刘扬忠:《20世纪中国散曲史研究与撰著评述》,南京:《东南大学学报》(哲学社会科学版),2002年第1期。

吴梅及其弟子的词曲研究

任中敏:《词曲通义》,上海:商务印书馆,1931年。

卢前:《明清戏曲史》,上海:商务印书馆,1935年。

吴梅:《顾曲麈谈》,上海:商务印书馆,1936年。

卢冀野:《中国戏剧概论》,上海:世界书局,1944年。

王季思:《西厢五剧注》,龙泉:浙江龙吟书屋,1944年。

任中敏:《敦煌曲初探》,上海:上海文艺联合出版社,1954年。

王季思:《西厢记校注》,上海:上海新文艺出版社,1954年。

《纪念任中敏先生诞辰一百周年》,扬州:《扬州大学学报》,1977年第1期

杨栋:《论开山创派的任氏散曲学》,扬州:《扬州大学学报》,1997年第3期。

唐圭璋:《宋词三百首笺注》,上海:上海古籍出版社,1979年。

钱南扬:《永乐大典戏文三种校注》,北京:中华书局,1979年。

钱南扬:《元本琵琶记校注》,上海:上海古籍出版社,1980年。

钱南扬:《戏文概论》,上海:上海古籍出版社,1981年。

唐圭璋:《唐宋词简释》,上海:上海古籍出版社,1981年。

唐圭璋:《元人小令格律》,上海:上海古籍出版社,1981年。

任中敏:《优语集》,上海:上海文艺出版社,1981年。

任中敏:《唐声诗》,上海:上海古籍出版社,1982年。

王卫民编，吴梅著：《吴梅戏曲论文集》，北京：中国戏剧出版社，1983年。

王季思：《玉轮轩曲论》，北京：中华书局，1980年。

王季思：《玉轮轩古典文学论集》，北京：中华书局，1982年。

唐圭璋：《宋词四考》，南京：江苏古籍出版社，1985年。

唐圭璋：《词学论丛》，上海：上海古籍出版社，1986年。

顾随：《顾随文集》，上海：上海古籍出版社，1986年。

叶嘉莹、缪钺：《灵谿词说》，上海：上海古籍出版社，1987年。

顾随：《顾羡季先生诗词讲记》，台北：台湾桂冠出版公司，1992年。

叶嘉莹、缪钺：《词学古今谈》，长沙：岳麓书社，1993年。

王卫民：《吴梅评传》，北京：社会科学文献出版社，1995年。

吴小如：《吴小如戏曲文录》，北京：北京大学出版社，1996年。

王小盾、李昌集：《任中敏先生和他所建立的散曲学和唐代文艺学》，北京：《文学遗产》，1996年第6期。

叶嘉莹：《我的诗词道路》，石家庄：河北教育出版社，1997年。

叶嘉莹：《迦陵论词丛稿》，石家庄：河北教育出版社，1997年。

王卫民：《吴梅和他的世界》，石家庄：河北教育出版社，2002年。

王卫民：《吴梅全集》，石家庄：河北教育出版社，2002年。

王季思：《王季思文集》，广州：中山大学出版社，2004年。

俞平伯：《湖楼小撷》，武昌：长江文艺出版社，2006年。

陈寅恪的古典文学研究

陈寅恪:《金明馆丛稿初编》,上海:上海古籍出版社,1980年。

陈寅恪:《金明馆丛稿二编》,上海:上海古籍出版社,1980年。

陈寅恪:《元白诗笺证稿》,上海:上海古籍出版社,1982年。

陈寅恪著,万绳楠整理:《魏晋南北朝史讲演录》,合肥:黄山书社,1987年。

《纪念陈寅恪先生诞辰百年学术论文集》,北京:北京大学出版社,1989年。

《纪念陈寅恪教授国际讨论会文集》,广州:中山大学出版社,1989年。

陈寅恪:《陈寅恪史学论文选集》,上海:上海古籍出版社,1992年。

汪荣祖:《陈寅恪评传》,天津:百花文艺出版社,1992年。

陈寅恪:《陈寅恪诗集》,北京:清华大学出版社,1992年。

吴学昭:《吴宓与陈寅恪》,北京:清华大学出版社,1992年。

吴定宇:《陈寅恪传》,上海:上海文艺出版社,1996年。

刘梦溪:《陈寅恪的学术创获与研究方法》,载王瑶主编《中国文学研究现代化进程》,北京:北京大学出版社,1996年。

蒋天枢:《陈寅恪先生编年事辑》(增订本),上海:上海古籍出版社,1997年。

张杰、杨燕丽选编:《追忆陈寅恪》,北京:社会科学文献出版社,1999年。

张杰、杨燕丽选编:《解析陈寅恪》,北京:社会科学文献出版社,1999年。

刘克敌:《陈寅恪与中国文化》,上海:上海人民出版社,1999年。

《陈寅恪与二十一世纪中国学术》,杭州:浙江人民出版社,2000年。

刘以焕:《一代宗师陈寅恪》,重庆:重庆出版社,2001年。

陈寅恪:《陈寅恪集·讲义与杂稿》,北京:三联书店,2002年。

李锦绣:《陈寅恪学案》,载《百年学案》(上册),沈阳:辽宁人民出版社,2003年。

闻一多的古典文学研究

陈凝:《闻一多传》,重庆:民亨出版社,1947年。

史靖:《闻一多的道路》,上海:生活书店,1947年。

朱自清等编:《闻一多全集》,上海:开明书店,1948年。

梁实秋:《谈闻一多》,台北:传记文学出版社,1967年。

王康:《闻一多传》,武汉:湖北人民出版社,1979年。

王子光、王康:《闻一多纪念文集》,北京:三联书店,1980年。

朱自清等编:《闻一多全集》,北京:三联书店,1982年。

时萌:《闻一多朱自清论》,上海:上海文艺出版社,1982年。

刘烜:《闻一多评传》,北京:北京大学出版社,1983年。

郑临川:《闻一多论古典文学》,重庆:重庆出版社,1984年。

《闻一多研究资料》,太原:北岳文艺出版社,1986年。

季镇淮:《闻朱年谱》,北京:清华大学出版社,1986年。

季镇淮主编:《闻一多研究四十年》,北京:清华大学出版社,1988年。

俞兆平:《闻一多美学思想论稿》,上海:上海文艺出版社,

1988 年。

武汉大学闻一多研究室:《闻一多研究丛刊》第一集,武汉:武汉大学出版社,1989 年。

余嘉华、熊朝主编:《闻一多研究论文集》,昆明:云南教育出版社,1990 年。

商金林编著:《闻一多研究述评》,天津:天津教育出版社,1990 年。

闻黎明:《闻一多传》,北京:人民出版社,1992 年。

孙党伯、袁謇正主编:《闻一多全集》,武汉:湖北人民出版社,1993 年。

闻黎明、侯菊坤:《闻一多年谱长编》,武汉:湖北人民出版社,1994 年。

王瑶主编:《中国文学研究现代化进程》,北京:北京大学出版社,1996 年。

赵慧、拓志华:《闻一多研究报刊索引:1917—1998》,武汉:武汉出版社,1999 年。

苏志宏:《闻一多新论》,北京:中央编译出版社,1999 年。

张巨才、刘殿祥:《闻一多学术思想评传》,北京:北京图书馆出版社,2000 年。

邓乔彬、赵晓岚:《学者闻一多》,上海:学林出版社,2001 年。

刘晶雯整理:《闻一多诗经讲义》,天津:天津古籍出版社,2005 年。

朱自清的古典文学研究

周锦:《朱自清研究》,台北:台北智燕出版社,1978 年。

朱金顺:《朱自清研究资料》,北京:北京师范大学出版社,

1981 年。

时萌:《闻一多朱自清论》,上海:上海文艺出版社,1982 年。

朱自清:《朱自清古典文学专集》,上海:上海古籍出版社,1982 年。

俞平伯、吴晗等:《最完整的人格——朱自清先生哀念集》,北京:北京出版社,1986 年。

朱自清:《朱自清说诗》,上海:上海古籍出版社,1988 年。

陈孝全:《朱自清传》,北京:北京十月文艺出版社,1991 年。

罗宗强:《古代文学理论研究概述》,天津:天津教育出版社,1991 年。

清华大学校史研究室:《清华大学史料选编》(1～4 卷),北京:清华大学出版社,1991—1994 年。

关坤英:《朱自清评传》,北京:北京燕山出版社,1995 年。

姜健、吴为公:《朱自清年谱》,合肥:安徽教育出版社,1996 年。

王瑶:《中国文学研究现代化进程》,北京:北京大学出版社,1996 年。

朱自清:《朱自清传》,南京:江苏文艺出版社,1997 年。

黄曼君:《中国近百年文学理论批评史》,武汉:湖北教育出版社,1997 年。

赵所生、吴为公:《朱自清》,南京:江苏教育出版社,1998 年。

朱自清:《朱自清全集》,南京:江苏教育出版社,1998 年。

北京大学、清华大学、南开大学、云南师范大学:《国立西南联合大学史料》,昆明:云南教育出版社,1998 年。

徐德明、李真:《朱自清传》,北京:团结出版社,1999 年。

姚丹:《西南联大历史情境中的文学活动》,桂林:广西师范大学出版社,2000 年。

张玲霞:《清华校园文学论稿》,北京:清华大学出版社,2002年。

郭良夫:《完美的人格——朱自清的治学与为人》,北京:清华大学出版社,2003年。

刘晶雯:《朱自清中国文学批评研究讲义》,天津:天津古籍出版社,2004年。

钱锺书的《谈艺录》

钱锺书:《谈艺录》(补订本),北京:中华书局,1984年。

吴忠匡:《记钱锺书先生》,北京:《随笔》,1988年第4期。

《钱锺书研究》第一辑,北京:文化艺术出版社,1989年。

《钱锺书研究》第二辑,北京:文化艺术出版社,1990年。

《钱锺书研究》第三辑,北京:文化艺术出版社,1992年。

爱默:《钱锺书传稿》,天津:百花文艺出版社,1992年。

余英时:《中国思想传统的现代诠释》,南京:江苏人民出版社,1995年。

马蓉:《自己攻自己——谈钱锺书先生对其〈谈艺录〉和〈管锥编〉的修改》,《钱锺书研究采辑》,上海:上海三联书店,1996年。

《钱锺书杨绛研究资料集》,武汉:华中师范大学出版社,1997年。

《钱锺书研究集刊》第一辑,上海:上海三联书店,1999年。

《钱锺书研究集刊》第三辑,上海:上海三联书店,2002年。

杨义、陈圣生:《中国比较文学批评史纲》,福州:福建教育出版社,2002年。

陆文虎:《围城内外——钱锺书的文学世界》,北京:解放军出版社,2004年。

龚刚:《钱锺书:爱智者的逍遥》,北京:文津出版社,2005年。

汤晏:《一代才子钱锺书》,上海:上海人民出版社,2005年。

周振甫:《周振甫讲〈管锥编〉〈谈艺录〉》,南京:江苏教育出版社,2005年。

刘大杰的《中国文学发展史》

哈:《〈中国文学发展史〉上卷》,重庆:《图书月刊》,民国30年(1941)6月第1卷第6期。

余冠英:《评刘大杰〈中国文学发展史〉上卷》,昆明:《人文科学学报》,民国32年(1943)6月第2卷第1期。

刘大杰:《中国文学发展史》,上海:中华书局,1941年。

刘大杰:《中国文学发展史》,上海:古典文学出版社,1957年。

复旦大学中文系文学教研组:《〈中国文学发展史〉批判》,上海:中华书局,1958年。

胡念贻、乔象钟、刘世德、徐子余:《评〈中国文学发展史〉》,北京:《文学评论》,1959年第11期。

刘大杰:《中国文学发展史》,上海:中华书局上海编辑所,1962年。

刘大杰:《中国文学发展史》,上海:上海人民出版社,1973年。

陆侃如:《与刘大杰论杜甫信》,济南:《文史哲》,1977年第4期。

牟世金:《评新版〈中国文学发展史〉》,北京:《文学评论》,1978年第2期。

陈伯海:《臆造的公式和科学的方法——新版〈中国文学发

展史〉第二册读后》,上海:《上海师范大学学报》,1979 年第 1 期。

龚鹏程:《试论文学史之研究——以刘大杰〈中国文学发展史为例〉》,《古典文学》第 5 集,台北:学生书局,1983 年。

《刘大杰古典文学论文选集》,长沙:湖南人民出版社,1984 年。

陈玉堂:《中国文学史旧版书目提要》,上海:上海社会科学院文学研究所,1985 年。

刘大杰:《中国文学发展史》,上海:上海古籍出版社,1997 年。

林冠夫、林东海:《缅怀与思考——纪念先师刘大杰先生》,北京:《文学遗产》,1999 年第 4 期。

魏崇新、王同坤:《20 世纪中国文学史观——观念的演进》,北京:西苑出版社,2000 年。

陈平原主编:《中国文学研究现代化进程二编》,北京:北京大学出版社,2002 年。

戴燕:《文学史的权力》,北京:北京大学出版社,2004 年。

骆玉明:《刘大杰〈中国文学发展史〉(复旦版)感言》,上海:《文汇读书周报》,2005 年 12 月 16 日。

朱光潜的古典文学—美学研究

张世禄:《评朱光潜〈诗论〉》,上海:《国文月刊》,1947 年 7 月第 58 期。

蒋孔阳:《西方美学研究中的一项重要成果——评价西方美学史》,北京:《文学评论》,1980 年第 2 期。

邦尼·麦克杜哥著,申奥译:《从倾斜的塔上瞭望:朱光潜论二十世纪二十至三十年代的美学和社会背景》,北京:《新文学史料》,1981 年第 3 期。

季羡林:《他实现了生命的价值——悼念朱光潜先生》,上海:《文汇报》,1986 年 3 月 14 日。

罗大冈:《值得尊敬的智力劳动者——赞美朱光潜先生的学风》,北京:《人民日报》,1986 年 5 月 26 日。

朱光潜:《朱光潜全集》(1～20 卷),合肥:安徽教育出版社,1987—1993 年。

王攸欣:《朱光潜学术思想评传》,北京:北京图书馆出版社,1999 年。

王攸欣:《选择·接受与疏离——王国维接受叔本华、朱光潜接受克罗齐美学比较研究》,北京:三联书店,1999 年。

钱念孙:《朱光潜论中国诗的声律及诗体衍变》,北京:《文学遗产》,1999 年第 3 期。

汝信、王德胜主编:《美学的历史:二十世纪中国美学学术进程》,合肥:安徽教育出版社,2000 年。

朱光潜:《诗论》(朱立元导读本),上海:上海古籍出版社,2001 年。

蒯大申:《朱光潜后期美学思想述论》,上海:上海社会科学出版社,2001 年。

吴云主编:《20 世纪中国文学研究:魏晋南北朝文学研究》,北京:北京出版社,2001 年。

陈文忠:《美学领域中的中国学人》,合肥:安徽教育出版社,2001 年。

钱念孙:《重建文学空间》,合肥:安徽教育出版社,2003 年。

章启群:《中国美学研究非学术化倾向的根源——兼谈宗白华与朱光潜美学研究的不同方法及其意义》,《中国美学》,2004 年第 1 期,北京:商务印书馆,2004 年。

钱念孙:《朱光潜:出世的精神与入世的事业》,北京:文津出版社,2005 年。

蒋述卓等:《二十世纪中国古代文论学术研究史》,北京:北京大学出版社,2005 年。

周兴陆:《20 世纪中国古代文学研究史·总论卷》,上海:东方出版中心,2006 年。

羊列荣:《20 世纪中国古代文学研究史·诗歌卷》,上海:东方出版中心,2006 年。